絵解きと伝承そして文学

林 雅彦
Masahiko Hayashi 編

方丈堂出版
Octave

林雅彦教授近影

緒言

林　雅彦

近年幾つかの大病をしつつも、何とか昨春古稀を迎えることが出来、今年三月末には三十五年間務めた明治大学法学部を定年退職することが出来た。武蔵高等学校・中学校の四年、学習院女子短期大学の併せて七年を加えると、専任教師として四十六年間勤務したことになる。その間親交のあった方々が、編者（林）の古稀を祝って玉稿を賜わった。心から感謝申し上げるとともに、その出会いについて少しく触れておきたい。

初めに、些か編者（林）の生い立ちについて触れることをお赦し頂きたい。

編者は、大東亜戦争の最中《さなか》の昭和十九（一九四四）年四月、東京・下谷区竹町（現在の台東区台東三丁目）に、父豊雄・母起きゑの長男として生まれた（父は前年十一月末に病死している）。翌二十年三月十日の米軍による東京下町の大空襲を機に、母の故郷である山梨県山梨村（現在・山梨市）に母と曽祖母と編者の三人で疎開した。戦後の混乱期に加え、母子家庭ゆえにそのままその地に留まり、地元の国立大学・山梨大学学芸学部人文学科文芸科に入学した。国文学系の教授陣は、地方大学にもかかわらず、素晴らしい先生方が揃っていた。マイスター制度という独特の取り組みもあり、当時の四年生には、後に源氏物語研究で著名な日向一雅氏がおられ、少なからず将来に向けて影響を受けた。

編者は、思うところがあって、漢文学担当の渡辺卓教授のマイスターに入った。専門科目は一年から四年まで一緒に受講出来る少人数制の講義があらかたで、上級生から勉学の楽しさを学ぶことが出来たのである。渡辺先生の授業では、学問に限らず厳格な先生と一年を通してマンツーマンという恵まれた講義も受講して、漢文学の魅力に取り憑かれた。大学院へ進学、漢文学の研究をしたい旨、先生に相談したところ、中国語が出来なければ本格的な研究は難かしいとの言葉を頂いた。残念ながら当時の山梨大学には中国語の講座は全く存在しなかったので、この夢は潰《つい》えてしまった。

しかし、大学院進学の夢は捨てきれず、説話文学研究者として名立たる西尾光一先生の元で、説話を卒業論文にしようと考えた。ちょうどその頃、西尾先生から、鑑定依頼を受けていた甲府在住の米沢重子さん所蔵の絵巻を卒論に扱ってはどうかと勧めて頂いた。件の絵巻は、御伽草子「阿弥陀の本地」の内容と近い異本で、三年生の夏休み、先生の官舎でこの絵巻を、先生自ら愛用のライカで撮影して下さり、編者がその助手をつとめたのも、懐しい思い出のひとつである。外題・内題ともに記述されていないので、編者が「あみだの御ゐんぎ」と仮称することとした（近年、国立歴史民俗博物館の所蔵に帰した）。西尾先生には、当時東京大学教授だった御伽草子研究の第一人者・市古貞次先生に御意見を伺いに研究室を訪れる機会も創って頂いた。

学問の厳しさは、教職課程必須の「国語科教育法」の講義を通して、志田延義先生からも教えて頂いた。また、編者の教師生活の信念は、この時に育《はぐく》まれたと言ってもよかろう。歌人で教育学者の加藤将之先生には、個人的に短歌について御教示頂いたことも忘れられない。

山梨大学に学び、秀れた先生方から教えを受けたことを、まことにありがたいと思っている（因みに、今秋ノーベル医学・生理学賞を受賞された大村智先生は、学科は異なるが、学芸学部の先輩であることも、誇らしい限りである）。

かくして、市古貞次先生を慕って東京大学大学院に進み、修士課程および博士課程の途中まで市古先生に御指導頂き、性空上人と和泉式部に関する説話とその周辺を勉強することが出来た。市古先生が定年退官後は、久保田淳先生の御指導を仰いだ。

この間、秋山虔先生と久保田先生からのお言葉で、武蔵高等学校・中学校教諭として奉職、その後の学習院女子短期大学奉職時代の一時期を含めて、教員と大学院生との二足の草鞋を履くこととなった。武蔵高等学校の教え子のひとりが、この記念論文集刊行会代表の任を喜んで執ってくれた渡浩一君（親愛の情を込めて「君」と呼ぶこととする。以下同じ）である。渡君とは調査・研究旅行を幾度となく行なってきた、謂わば齢《とし》の離れた兄弟のような関係であった。田桐正彦君も、武蔵高等学校出身で渡君と親友である。そればかりか、編者とは研究領域こそ異にするが、長い付き合いの中での大切なひとりである。

次に、「目次」を御覧頂くと、大きく「絵とく」「事とく」「文字とく」と三つに章立てしたように、絵解き・伝承伝説・文学と多岐にわたった執筆陣である。

とある年の一夜、長野市・西光寺の「かるかや縁日芸能鑑賞の夕べ」終了後、当時ホテルだった旧本陣「藤屋」の客室のひと間に、長年にわたって編者の公私両面で取り分け大事な渡・吉原浩人・高達奈緒美のお三方と、わが妻が加わって、酒を酌み交わしながら談笑している間、編者はひとり傍らの部屋で締切りの迫った原稿を書いていた。つくづく因果な商売だと自らを詛《のろ》ったものであるが……。思えば、この原稿は至文堂からの依頼のものだったような気がする。

その至文堂発行月刊誌『国文学　解釈と鑑賞』古典担当の編集委員を四半世紀務めた。毎回大家と新鋭という研究者の組み合わせで編集に携わった中で、原聖・髙橋秀城・小番達・田村正彦といった方々との御縁も生まれた。

また至文堂は、東京・京都・奈良の三国立文化財研究所監修で、『日本の美術』を隔月刊行していて、後年石川知彦氏や村松加奈子さんたちと親しくさせて頂いた。

説話文学会の代表も二度させて頂いたが、初度は渡君や高達さんが、再度の折は鈴木彰氏が、事実上の運営を担って下さった。感謝している。

韓国出身の李龍美さん・金任仲君には、韓国あるいは日本の地で調査・翻訳の際にしばしば助けて頂いている。右にお名前をあげた方々や、上島敏昭氏をはじめ、荒見泰史・久野俊彦・榎本千賀さんとは、二十年余り続いた絵解き研究会の活動での親しい研究仲間でもある。

さらに、国立歴史民俗博物館の共同研究にあっては、小池淳一君・大野順子さんに事ある毎に助力して頂いた。特に小池君とは、米沢さん所蔵の「あみだの御ゑんぎ」を国立歴史民俗博物館で買い上げる折に、米沢さん宅へ一緒に伺った思い出がある。

明治大学和泉キャンパスに、学部のない独立の大学院教養デザイン研究科が創設されたことから、玉本太平君・関口智弘君、中国からの留学生崔雪梅さんの指導教授となったが、彼らはいずれも個性豊かな人たちで、時間が過ぎるのも忘れてともに勉強したのだった。

ところで、小峯和明・徳田和夫・錦仁の各氏とは、大学院生の頃から、あるいは絵解き研究会初期の頃から親交のあったことからすれば、是非とも玉稿を賜わるべきところであったが、企画がなされた時点で、教え子の渡・玉本の両君がまもなく還暦を迎えるということで、執筆者は六十歳以下の人々に限定したい旨、編者から提案して、刊行会委員の方々から賛同頂いたことを明記しておきたい。

最後に、出版界も他の業種と同様、非常に厳しい状況下にある中、とりわけこのような記念論文集という特殊な出版物の刊行を快くお引き受け下さった方丈堂出版社長光本稔氏、執筆者・読者双方の視点に立って編集の労を執って下さった同編集長上別府茂氏に、心から御礼申し上げて、筆を擱《お》くこととする。

林雅彦教授　履歴

一九四四年四月二〇日　東京都生まれ。
一九四五年四月、山梨県山梨村（現、山梨市）に疎開。
現在、千葉市に在住。

学歴

一九六三年三月　山梨県立日川高等学校卒業
一九六七年三月　山梨大学教育学部（旧学芸学部）人文学科文芸科卒業
一九七一年三月　東京大学大学院人文科学研究科修士課程国語国文学専門課程修了（文学修士）
一九七四年五月　東京大学大学院人文科学研究科博士課程国語国文学専門課程退学（単位修得）

学位

一九七一年三月　文学修士（東京大学）

学界の活動

一九八〇年一〇月　月刊誌『国文学　解釈と鑑賞』編集委員（～二〇一一年一〇月）

一九八三年七月　説話文学会代表委員（～一九八五年六月）
一九八六年五月　絵解き研究会代表委員（～二〇一二年一〇月）
二〇〇〇年四月　仏教文学会副代表委員（～二〇〇二年三月）
二〇〇五年三月　国際熊野学会代表委員（～現在）
二〇一一年七月　説話文学会代表委員（～二〇一三年六月）

社会の活動

二〇〇七年一月　和歌山県新宮市総合計画審議会会長（～二〇〇八年三月）
二〇〇八年一月　熊野学センター建設検討委員会委員長（～二〇〇八年一二月）
二〇〇九年一〇月　成田市生涯学習推進協議会会長（～現在）
二〇一〇年一月　新宮市文化複合施設基本計画策定委員会委員長（～二〇一一年三月）

表彰等

一九八〇年七月　第六回日本古典文学会賞受賞
二〇〇八年一〇月　和歌山県新宮市市政功労者特別表彰

職歴

一九六七年七月一日　埼玉県立朝霞高等学校講師（～一九六七年一〇月三一日）
一九六七年一一月一日　東京都立北野高等学校講師（～一九六八年三月三一日）
一九六八年四月一日　武蔵高等学校・武蔵中学校講師（～一九六九年三月三一日）
一九六八年四月一日　東京都立小石川工業高等学校講師（～一九六九年三月三一日）

一九六九年四月一日　武蔵高等学校・武蔵中学校専任講師（〜一九七〇年三月三一日）
一九七〇年四月一日　武蔵高等学校・武蔵中学校教諭（〜一九七三年三月三一日）
一九七三年四月一日　学習院女子短期大学専任講師（〜一九七六年三月三一日）
一九七三年四月一日　武蔵高等学校・武蔵中学校講師（〜一九七四年三月三一日）
一九七三年四月一日　立正大学教養部非常勤講師（〜一九七六年三月三一日）
一九七五年四月一日　学習院大学文学部兼任講師（〜一九七六年三月三一日）
一九七六年四月一日　明治大学法学部兼任講師（〜一九七八年三月三一日）
一九七六年四月一日　学習院女子短期大学助教授（〜一九八〇年三月三一日）
一九七六年四月一日　明治大学政治経済学部兼任講師（〜一九七八年三月三一日）
一九七六年四月一日　国文学研究資料館国文学文献資料調査員（〜一九七九年三月三一日）
一九七九年四月一日　学習院女子短期大学人文学科国文学専攻主任（〜一九八〇年三月三一日）
一九七九年四月一日　学習院大学文学部兼任講師（〜一九八〇年三月三一日）
一九七九年四月一日　明治大学法学部兼任講師（〜一九八三年三月三一日）
一九七九年四月一日　明治大学政治経済学部兼任講師（〜一九八〇年三月三一日）
一九八〇年四月一日　明治大学法学部助教授（〜一九八三年三月三一日）
一九八〇年四月一日　学習院女子短期大学非常勤講師（一九九二年三月三一日）
一九八一年四月一日　国文学研究資料館国文学文献資料調査員（〜一九八二年三月三一日）
一九八二年四月一日　東京外国語大学アジア・アフリカ言語文化研究所共同研究員（〜一九八四年三月三一日）

一九八三年四月一日　明治大学法学部教授（～二〇一五年三月三一日）
一九八五年四月一日　秋田大学教育学部非常勤講師（集中）（～一九八六年三月三一日）
一九八七年三月一日　中央大学校芸術大学招聘教授（韓国）（～一九八八年二月二八日）
一九八七年九月一日　中央大学校文科大学講師（韓国）（～一九八八年二月二八日）
一九八七年九月一日　中央大学校文科大学大学院講師（韓国）（～一九八八年二月二八日）
一九九〇年四月一日　立正大学文学部非常勤講師（～一九九二年三月三一日）
一九九一年四月一日　立教大学文学部非常勤講師（～一九九二年三月三一日）
一九九二年四月一日　山梨大学教育学部非常勤講師（～一九九三年三月三一日）
一九九三年四月一日　中央大学大学院文学研究科兼任講師（～一九九四年三月三一日）
一九九三年四月一日　中央大学文学部兼任講師（～二〇〇八年三月三一日）
一九九三年四月一日　日本大学文理学部非常勤講師（～一九九五年三月三一日）
一九九三年四月一日　千葉大学大学院文学研究科非常勤講師（～一九九四年三月三一日）
一九九三年四月一日　千葉大学文学部非常勤講師（～一九九六年三月三一日）
一九九三年四月一日　千葉大学旧教養部非常勤講師（集中）（～一九九四年三月三一日）
一九九三年四月一日　お茶の水女子大学文教育学部非常勤講師（～一九九五年三月三一日）
一九九三年四月一日　富山大学人文学部非常勤講師（集中）（～一九九五年三月三一日）
一九九四年四月一日　明治大学教養論集刊行会会長（～二〇〇〇年三月三一日）
一九九九年四月一日　立教大学文学部非常勤講師（～二〇〇〇年三月三一日）

二〇〇〇年四月一日　山梨大学人間教育学部非常勤講師（〜二〇〇一年三月三一日）
二〇〇一年四月一日　明治大学人文科学研究所所長（〜二〇〇五年三月三一日）
二〇〇八年三月一日　中央大学校日本研究所『日本研究』編集委員（韓国）（〜現在）
二〇〇八年四月一日　明治大学大学院教養デザイン研究科教授（〜二〇一五年三月三一日）
二〇〇八年五月一日　国立歴史民俗博物館客員教授（〜二〇一二年三月三一日）
二〇〇九年一〇月一日　明治大学日本語教育センター長（〜二〇一〇年九月三〇日）
二〇一二年六月一日　学校法人大乗淑徳学園学術顧問（〜二〇一三年三月三一日）
二〇一五年五月一日　明治大学名誉教授

林　雅彦教授著述目録

■著書・編著・共著

西尾光一教授定年記念論集 論纂　説話と説話文学（共編著）　笠間書院　一九七九年六月
説話文学Ⅰ古代篇（共編）　双文社出版　一九八一年四月
説話文学Ⅱ中世篇（共編）　双文社出版　一九八一年六月
日本の絵解き―資料と研究―　三弥井書店　一九八二年二月
えとく（芸双書）（共著）　白水社　一九八二年六月
絵解き台本集（伝承文学資料集）（共編著）　三弥井書店　一九八三年十一月
増補日本の絵解き―資料と研究―　三弥井書店　一九八四年六月
口頭伝承の比較研究1（共著）　弘文堂　一九八四年十一月
一冊の講座　絵解き（共著）　有精堂出版　一九八五年九月
絵画の発見〈かたち〉を読み解く19章（イメージ・リーディング叢書）（共著）　平凡社　一九八六年五月

佛教大事典BUDDHICA（共著）　小学館　一九八八年七月
西尾光一先生古稀記念論集 絵解き―資料と研究―（共編著）　三弥井書店　一九八九年六月
日本にとっての朝鮮文化（明治大学公開文化講座講演集）（共著）　明治大学人文科学研究所　一九九二年五月
おとぎ草子・山椒太夫（少年少女文学館）（共著）　講談社　一九九二年十月
絵解き万華鏡聖と俗のイマジネーション（編著）　三一書房　一九九三年五月
日本における民衆と宗教（共著）　雄山閣　一九九四年六月
絵解き 苅萱親子地蔵尊縁起 苅萱道心と石童丸（監修）　苅萱山西光寺　一九九四年八月
穢土を厭ひて浄土へ参らむ―仏教文学論―　名著出版　一九九五年二月
かるかや山西光寺・冥途への旅立ち十王巡り（監修）　苅萱山西光寺　一九九五年十一月
宗祖高僧絵伝（絵解き）集（伝承文学資料集成）（共編著）　三弥井書店　一九九六年五月
絵解き　六道地獄絵　竹澤繁子口演記録（監修）　苅萱山西光寺　一九九七年四月
日本古典文学紀行（共著）　岩波書店　一九九八年一月
神話・宗教・巫俗―日韓比較文化の試み―（共著）　風響社　二〇〇〇年一月
絵解きの東漸　笠間書院　二〇〇〇年三月
生と死の図像学―アジアにおける生と死のコスモロジー―（編著）　至文堂　二〇〇三年三月
絵解き　六道地獄絵　竹澤繁子口演記録（改訂版）（監修）　苅萱山西光寺　二〇〇五年十一月
「日本の絵解き」サミット　山岳霊場と絵解き・台本集（編著）　那智勝浦町観光地魅力アップ推進委員会　二〇〇六年三月

「日本の絵解き」サミット報告書　山岳霊場と絵解き（編著）　人間文化研究機構連携研究「日本とユーラシア：交流と表象」「唱導文化の比較研究」班　二〇〇六年三月
語り紡ぐ絵解きのふるさと・信濃（台本集）（共編著）　笠間書院　二〇〇六年四月
熊野　その信仰と文学・美術・自然（「国文学　解釈と鑑賞」別冊）（編著）　至文堂　二〇〇七年一月
大衆芸能の世界―唱導文化の日韓比較研究への試み―（編著）　人間文化研究機構連携研究「ユーラシアと日本：交流と表象」「唱導文化の比較研究」班　二〇〇七年七月
「生と死」の東西文化史（明治大学人文科学研究所叢書）（編著）　方丈堂出版　二〇〇八年三月
九相図資料集成　死体の美術と文学（共著）　岩田書院　二〇〇九年二月
唱導文化の比較研究（人間文化叢書　ユーラシアと日本―交流と表象）（共編著）　岩田書院　二〇一一年三月
縁起堂淵之坊善光寺如来絵伝（共著）　淵之坊　二〇一三年十二月
第3回絵解きフェスティバルin善光寺大本願　絵解き台本集（編著）　第3回絵解きフェスティバルin善光寺大本願実行委員会　二〇一四年九月
第3回絵解きフェスティバルin善光寺大本願　絵解き台本集（新装版DVD2枚付）（編著）　方丈堂出版　二〇一五年四月
［付記］　紙数の都合上、論文・小論・エッセイ等、雑誌・新聞に記載のもの、また講演・口頭発表は全て省略したことをおことわりしておく。

■ＤＶＤ監修・編

《絵解きシリーズ》（方丈堂出版　二〇〇五年以降作成）
釈迦涅槃図（解説も）
道元禅師御絵伝
苅萱道心と石童丸（解説も）
道成寺縁起（解説も）
立山曼荼羅
聖徳太子御絵伝御絵解（解説も）
国宝・六道絵前篇（解説も）
国宝・六道絵後篇（解説も）

（作製　林　雅彦）

絵解きと伝承そして文学＊目次

I　絵とく

Ⅱ　事とく

Ⅲ 文字とく

Ⅰ

絵とく

道成寺説話の展開
——男と女の愛憎物語——

林　雅彦

一

旅に出ると、その長短にかかわらず時に予想だにしなかった出来事に遭遇することがままある。日常とは異なる時空なるがゆえに、アクシデントを期待するような場合さえあるやも知れぬ。件の道成寺説話——安珍と清姫の物語——もまた、そのような事例のひとつだと言えよう。即ち、熊野参詣を目の前にした若い僧に心ひかれた人妻は、その情欲の思いを受けとめてもらうことが出来ず、仕舞いには大毒蛇と化してあとを追いかけ、道成寺の釣鐘の中に身を隠した若い僧を焼き殺してしまうのであった。

二

道成寺説話の嚆矢は、平安時代の末期に成立した天台宗僧・鎮源の編になる『大日本国法華経験記』、略して

『本朝法華験記』巻下第百二十九話「紀伊国悪女語」である。論述の都合上、先ず左にその全文（原漢文）の書き下し文を掲げることとする。

二《ふたり》の沙門あり。一人は年若くして、その形端正《たんじやう》なり。一人は年老いたり。共に熊野に詣り、牟婁《むろの》郡に至りて、路の辺《ほとり》の宅《いへ》に宿《やどり》しぬ。その宅の主《あるじ》は寡婦《やもめ》なり。両三の女の従《とも》の者《もの》を出して、二の僧を宿り居らしめ、志を致して労《いたは》り養へり。ここに家の女、夜半《よなか》に若き僧の辺に至りて、衣を覆ひて僧に並び語りて言はく、我が家は昔より他の人を宿さず。今夜《こよひ》宿を借したるは、由るところなきにあらず。見始めし時より、交り臥さむの志あり。仍《よ》りて宿せしむるなり。その本意を遂げむがために、進み来るところなりといふ。僧大きに驚き怪びて、起き居て女に語りて言はく、日来《ひごろ》精進して、遙なる途を出で立ちて、権現の宝前に参り向ふ。如何《いか》にしてかこの悪事あらむやといふ。更に承引せず。女大きに恨怨みて、通夜《よもすがら》僧を抱きて、擾乱《ねうらん》し戯咲せり。僧種々《くさぐさ》の詞《ことば》をもて語り誘《こしら》へたり。熊野に参詣して、ただ両三日、燈明・御幣《みてぐら》を献《たてまつ》りて、還向《ぐゑんかう》の次《ついで》に、君が情《こころ》に随ふべしといへり。約束を作《な》し了へて、僅にこのことを遁れて、熊野に参詣せり。

女人《によにん》僧の還向の日時を念ひて、種々の儲《まうけ》を致して相待つに、僧来らずして過ぎ行きぬ。女、僧を待ち煩ひて、路の辺《ほとり》に出でて往還《わうぐゑん》の人を尋ね見るに、熊野より出づる僧あり。女、僧に問ひて曰く、その色の衣を着たる、若き老いたる二の僧は来りしや否やといふ。僧の云はく、その二の僧は早く還向して、既に両三日を経たりといへり。女このことを聞きて、手を打ちて大きに瞋《いか》り、家に還りて隔る舎に入り、籠居して音なかりき。即ち五尋《いつひろ》の大きなる毒蛇の身と成りて、この僧を追ひ行けり。時に人、この蛇を見て、大きなる怖畏を生じ、二の僧に告げて言はく、希有のことあり。五尋計《ばかり》の大きなる蛇、山野を過ぎて走り来るといへり。二の僧聞き了《を》へて定めて知りぬ、この女、蛇と成りて我を追ふなりと。即ち早く馳せ去りて、道成寺《だうじやうじ》に到り、ことの由を寺の中に啓《まう》して、蛇の害を遁れむと欲《おも》へり。諸僧集会《しふゑ》して、このことを議計《はか》り、大きなる鐘を取りて、件の僧を鐘の内に籠め居《す》ゑて、堂の門を閉ざしめつ。

時に大きなる蛇道成寺に追ひ来りて、堂を囲むこと一両度して、僧を有《かく》せる戸に到り、尾をもて扉を叩くこと数百遍なり。扉の戸を叩き破りて、蛇堂の内に入りぬ。大きなる鐘を囲み巻きて、尾をもて龍頭《りうづ》を叩くこと両三時《とき》計なり。諸僧驚き怪びて、四面の戸を開き、集りてこれを見て恐れ歎く。毒蛇両の眼《まなこ》より血の涙を出し、堂を出で、頸を挙げ舌を動《はたら》かし、本の方を指して走り去りぬ。諸僧見るに、大きなる鐘、蛇の毒のために焼かれ、炎の火熾《さかり》に燃えて、敢へて近づくべからず。即ち水を汲みて大きなる鐘を浸《ひた》して、炎の熱を冷せり。僧を見るに皆悉くに焼け尽きて、骸骨も残らず、纔に灰と塵のみあり。

数日を経たるの時、上臈《じやうらふ》の老僧夢みらく、前の大きなる蛇直《ただ》に来りて、老僧に曰《まう》して言はく、我はこれ鐘の中に籠居したる僧なり。遂に悪しき女のために領《りやう》せられて、その夫と成り、弊《つたな》く悪しき身を感じたり。今苦びを抜かむことを思ふに、我が力及ばず。我存生《ぞんしやう》の時、妙法を持せしといへども、薫修《くんじゅ》年浅くして、いまだ勝利に及ばざりき。決定業《けつぢやうごふ》の牽《ひ》くところ、この悪縁に遇へり。今聖人の思を蒙《かうぶ》りて、この苦びを離れむと欲す。殊に無縁の大慈悲の心を発して、清浄《しやうじやう》に法華経の如来寿量品を書写し、我等二の蛇のために苦びを抜きたまへ。妙法の力にあらずは、争か《いかで》苦びを抜くことを得むや。就中にかの悪しき女の抜苦のために、当にこの善を修すべしといへり。蛇この語《こと》を宣べて、即ちもて還り去りぬ。

聖人夢覚めて、即ち道心を発し、生死《しやうじ》の苦びを観じたり。手づから如来寿量品を書写し、衣鉢《えはつ》の蓄《たくはへ》を捨てて、施僧《せそう》の営《いとなみ》を設け、僧侶を屈請《くつしやう》して、一日無差の大会を修して、二の蛇の抜苦のために、供養既に了へぬ。その夜聖人夢みらく、一《ひとり》の僧一の女、面貌《めんめう》に喜びを含み、気色《けしき》安穏にして、道成寺に来りて、一心に三宝及び老僧を頂礼して白して言はく、清浄の善に依りて、我等二人、遠く邪道を離れて、善趣に趣き向ひ、女は忉利天に生れ、僧は兜率天に昇りぬといへり。この語を作《な》し了へて、各々相分れ、虚空に向ひて去るとみたり。

聞法華経是人難　書写読誦解説難
敬礼如是難遇衆　見聞讃謗斉成仏

この説話には、特定の時代設定がなく、主人公の若い僧と連れの老僧の出身地や氏名も記述されておらず、さらに若い僧を恋した女性（本話では「寡婦《やもめ》」）の名前も記されていないのである。

爾後、件の説話が長い年月にわたって伝承されていく過程において、若い僧と女性の名前が揃って明記されるのは、寛保二年（一七四二）初演の浅田一鳥・並木宗輔作の浄瑠璃「道成寺現在蛇鱗」まで下るのである。また、東北地方の古体を留める黒川能「鐘巻」や南部神楽、あるいは九州地方の盲僧琵琶、琉球舞踊「執心鐘巻」など、広く全国各地の諸芸能中にも伝承伝播の様相を見ることが出来る。

平安末期の『今昔物語集』巻十四第三「紀伊国道成寺僧、写法華救蛇語」には、右の『本朝法華験記』を漢字仮名交り文にしたものがあり、標題は蛇道に堕ちた男女二人の救済に重きを置いた形に変えられている他、『今昔物語集』編者独自の表現も垣間見られる。仮りに一例をあげるならば、若い僧が熊野参詣後ならば女の言動に従うと約した日が経過しても、女の許に戻って来ない二人の僧が、既に逃げ去ったことを知った女は、寝屋に籠もっている内に死ぬ。暫くして五尋《いつひろ》の大毒蛇に転生、使用人の女たちは泣き悲しんだ。道成寺に逃げ込んで寺僧に助けを求めた老若二僧については、寺僧たちが相談の末に「鐘ヲ取下シテ、此ノ若キ僧ヲ鐘ノ中ニ籠メ居ヘテ、寺ノ内ヲ閉ツ。老タル僧ハ寺ノ僧ニ具シテ隠レヌ」と記しており、その後、毒蛇に鐘もろとも焼き殺された若い僧の「骸骨尚《なほ》シ不残《のこらず》。纔《わづか》ニ灰許《ばか》り有」ったのを、「老僧此レヲ見テ、泣キ悲ムデ返ヌ」と、連れの老僧をして、この事件の一部始終を見届ける人物に仕立てているのである。

三

次に、中世における道成寺説話の展開に眼を転じてみよう。

鎌倉末期に書かれた虎関師錬『元亨釈書』巻十九・霊恠六「安珍」に注目したい。

釈安珍。居㆓鞍馬寺㆒。与㆓一比丘ヲ㆒詣㆓熊野山㆒。至㆓牟婁郡㆒。宿㆓村舎㆒。舎主寡婦也。出㆓両三婢㆒犒《ネキラフ》㆓二比丘㆒。珍有㆓姿児㆒。中夜ニ。主婦潜至㆓珍カ所㆒通㆓心緒㆒。初二比丘。怪㆓慰労之密㆒。至㆑此始覚。珍曰。我是緇服。豈閨閤之徒乎。寡居余情。溢㆓于非類㆒。又可㆑恥也。婦人大恨。傍《ソフテ》㆑珍不㆑離。珍不㆑得㆑已。軟諭曰。我自㆓遠地㆒赴㆓熊野㆒。宿志畜来久。神甚嫌㆓淫穢㆒。者回《コノタビ》不可。帰途ニ必来ン。婦主姑《シハラク》待テ㆑之。女喜而帰。暁更。珍早前テ㆑路ニ。著㆓神祠㆒ニ。即便反。経㆓婦家㆒而不㆑入。急奔過。主婦数㆓帰程㆒。儲㆓供膳㆒。傍㆑門伺㆑路。過㆑期不㆑至。適一僧過。主婦問曰。二比丘某ノ物色。熊野及㆑途。有㆓相見㆒乎。対曰。如㆓婦言㆒。二比丘我親見。而其沙門去㆑此恐二日前也耳。婦聞大怒瞋。乃入㆑室不㆑出。経㆑宿為㆑蛇。長二丈余。出㆑宅赴㆑途。奔馳而過。路人噪亡《サワキニク》。相語曰。如㆑此大蛇。何為取㆑路。人人相伝至㆓珍所㆒。珍思㆓女化ルコトヲ㆒。急馳入㆓一寺㆒。寺名㆓道成㆒。告㆑衆乞㆑救。衆胥《アイ》議シテ。下《ヲロシテ》㆓大鐘㆒。置㆓一堂㆒。納《イル》㆓珍ヲ鐘ノ裏㆒ニ。堅閉㆓堂戸㆒。已而大蛇入㆑寺。血目焔口。甚可㆓怖畏㆒。衆僧走散。蛇赴㆑堂。戸不㆑闢。便以㆑尾撃㆑戸。声如㆓鉄石㆒。戸漸砕。蛇入㆑堂。応㆑時四戸皆開。蛇乃蟠㆓囲鐘㆒。挙㆑尾敲㆑鐘。火焔迸散。寺衆集看。無㆓争奈何㆒。移㆑時蛇去。寺衆倒㆑鐘見㆑中。不㆑見㆑珍。又無㆑骨。只灰塵而已。其鐘尚熱。不㆑可㆑触也。数夕《アテ》。一耆宿夢。二蛇来㆑前。一蛇曰。我是前日鐘中比丘也。一蛇ハ婦也。我為㆓淫婦㆒害。已為㆓其夫㆒。悪趣ノ苦報。不レ易二救脱一。而我先身持二妙法華一。未三久遭二此悪事一。微縁不レ虚。尚為二拯因一。願ハ為レ我写キ二寿量品ヲ一。我等二蛇。定テ出ン二苦道一。我等来レ寺。願垂二哀愍ヲ一。覚後大憐。乃書二寿量品一。又捨二衣資一。修二無遮会一。薦二二蛇一。其夜耆宿又夢。一僧一女合掌シテ告白。我等因二師慈恵一。僧生二兜率一。女生二忉利一。語已テ上レ天。

（傍点引用者。以下同じ）

これまた基本的には『本朝法華験記』所収話とほぼ同種の内容だと言ってよかろう。ただし、『元亨釈書』に至って初めて、若い僧は安珍と言って鞍馬寺の僧だという異説を記している。女は未《いま》だ「寡婦」とのみ記述されているだけで、「清姫」という具体的な名前は、前述の「道成寺現在蛇鱗」まで待たねばならないのである。

室町時代に至ると、能の「鐘巻」「道成寺」が作られる。今日「道成寺」は周知の如く、入門曲とされるとともに、奥儀の曲とも言われていて、毎年いずれかの流派が公演していることも、注目しておきたい。

一方「鐘巻」は、残念ながら五流とも今や廃曲となってしまい、僅かに黒川能下座に残っているだけである。

四

さて、成立年代は必ずしも判然としていないが、この頃「道成寺縁起絵巻」二巻も登場する。上巻末尾を見ると、『本朝法華験記』や『今昔物語集』『元亨釈書』といった先行文献で言及されていない表現、即ち女の情欲が怨念の形に変じて次第に大毒蛇に変わっていく姿が、詞章・画面双方から詳述されており、上巻のクライマックスを迎えるのである。

異本の絵巻「賢学草子」の存在も忘れてはならない。

前記『今昔物語集』を繙くと、女人と蛇とに纒わる説話が幾つも伝えられていて、夙い時期の熊野詣でを記した藤原宗忠の日記『中右記』天仁二年（一一〇九）十月二十四日条を見ると、二十年間という長い年月の宿願であった熊野参詣の途次、早暁の中辺路柚多和（現、湯多和）大坂で、「此暁坂中有二丈《(大カ)》樹形懸一伝昔女人化成云々」の如き光景に出くわしている。その大樹は昔、蛇に化した女の姿を形取ったものだというのである。熊野詣でに限らず、当時全国各地の山中・路辺には、ここに見るような、「女と蛇」に纒わる言い伝えが数多くあったであろうと思われる。こうした面から道成寺説話を考えてみるのも、強《あなが》ち意味のないことでもないように思われるのである。

問題の「道成寺縁起絵巻」は、多くの寺社縁起類とは異質のものである。一般に「寺社縁起」と称した場合、その寺社の縁起由来を説くのであるが、件の絵巻は、熊野参詣道の沿道の在地伝承を上手に取り込み、独自の物語にすべく巧みな工夫を凝らし、先行する物語をはじめ、絵画・芸能の手法を用いて、様々な要素を取り入れたのである。そして、人間の業《ごう》・性《さが》・凄惨と言うべき死を描いた上で、救済の手段に、当時既に巷間に浸透しつつあった熊野信仰と、さらには観音信仰（因みに、道成寺の本尊は千手観音である）とを取り交ぜた「道成寺縁起絵巻」なる一書を作り上げたのである。

「道成寺縁起絵巻」の概要は、次の通りである。

醍醐天皇の延長六年（九二八）八月、奥州から熊野参詣にやって来た老若二人の僧の一夜の宿を提供した牟婁郡真砂《まなご》（現、和歌山県田辺市中辺路町）の清次庄司の娵《よめ》は、若い見目よき僧を恋して言い寄った。そこで若い僧は、熊野詣での帰路必ず女の仰せに従うとその場を取り繕ったが、女を避けて下向する。この事実を知った女は、二人の僧を追いかけ、道成寺の近くを流れる日高川を渡る時、大蛇と変じた。（上巻）

二人の僧は道成寺に逃げ込んで助けを求めた。若い僧は鈎鐘の中に隠れるが、後を追って来た大蛇は、鐘に

図1

巻き付き、龍頭を銜《くわ》えて火炎を吐き、尾で叩くこと三時（六時間）余り、鐘もろともこの若い僧を焼き殺した。後日、寺僧の夢に二匹の蛇が現れ、若い僧は女と同様蛇と化して今は夫婦となったので、供養をして欲しいと頼む。やがて、『法華経』の供養でそれぞれ兜率と忉利の浄土に生まれ変わった。（下巻）

「道成寺縁起絵巻」制作を以てして、初めて老若二僧の出身地や人妻の出自が明記され、道成寺とその周辺を舞台とする物語の体裁が整ったのであった。ところで、この「道成寺縁起絵巻」と類似する先行資料として、既に江戸末期の学者・屋代弘賢が、十三世紀前半に成立した「華厳宗祖師絵巻（華厳縁起絵巻）」（国宝、京都・高山寺蔵）の中の「義湘絵」第三巻を指摘している。これについては後述することとする。また、「義湘絵」の該当する絵柄に関しては、後考に譲ることとしたい。

「道成寺縁起絵巻」上巻冒頭の一節には、

自奥州見目能《みめよき》僧之浄衣着《きたる》か熊野参詣するありけり。紀伊国室の郡真砂と云所に宿あり。

と、清次庄司の家に泊ったのは、若い僧ひとりだけのように書かれており、絵柄も若い僧のみであるが、庄司の妻が熊野街道に出て、往来する熊野詣での人々に、件の若い僧の行方を尋ねる場面（図1）では、

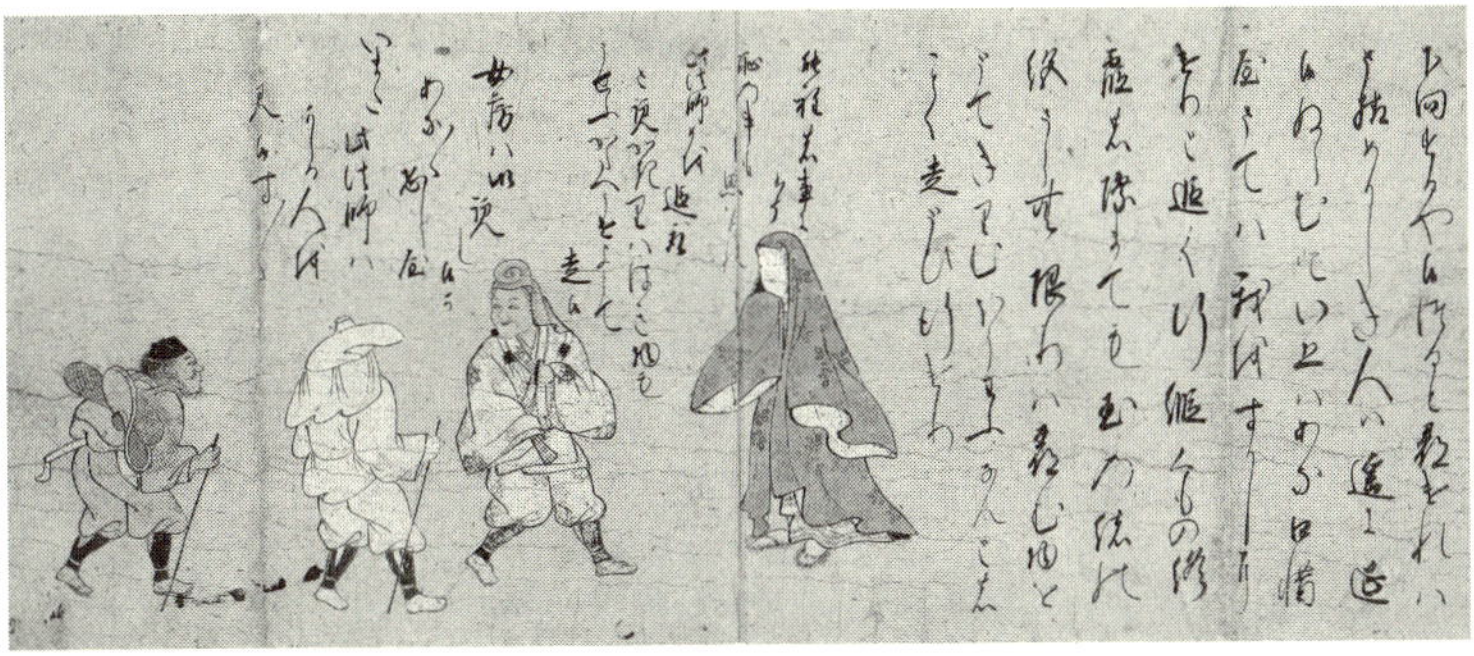

図2

「なふ、先達の御房に申し候ふ。我《わら》わが男にて候ふ法師、かけご手箱の候ふを取りて迯げて候。若き僧にて候ふが、老僧とつれて候。いか程のび候ひぬらむ」

と、会話形式の画中詞があり、前記『本朝法華験記』の記述と同様、同行者としての老僧の存在に触れていることが知られるのである。

この二人の僧は、人妻ではなく、信心の方を選んだために、人妻は、若い僧の宿願を遂げるまでに「今二三日計なり。難無く参詣を遂げ、宝幣を奉り、下向の時、いかにも仰せに随」いましょうというその場凌ぎの言葉をすっかり信じて、「日数を算へて種々の物を貯へて待」っていた。

下向の予定日も過ぎたので、人妻は熊野参詣道に出て行き交う男女に、前述の如く尋ねてみると、先達の「左様めかしき人は、遙かに延び候ひぬらん（その二人なら、疾うに下向しましたよ）」という言葉が終わるか終わらないかのうちに、

「偖《さて》は我を賺《すか》しにけり」と追ひて行く。「設《たと》へ雲の終はり、霞の際までも、玉の緒の絶えざらむ限りは、尋ねむ物を」とて、麒麟《きりん》、鳳凰等の如く、走り飛び行きけり。

と、凄まじい怒りを生じ、二人の僧を追いかけることとなった。人妻の身でありながら、仏門に仕える美男の若い僧への恋情あるいは情欲を抱くことは、当

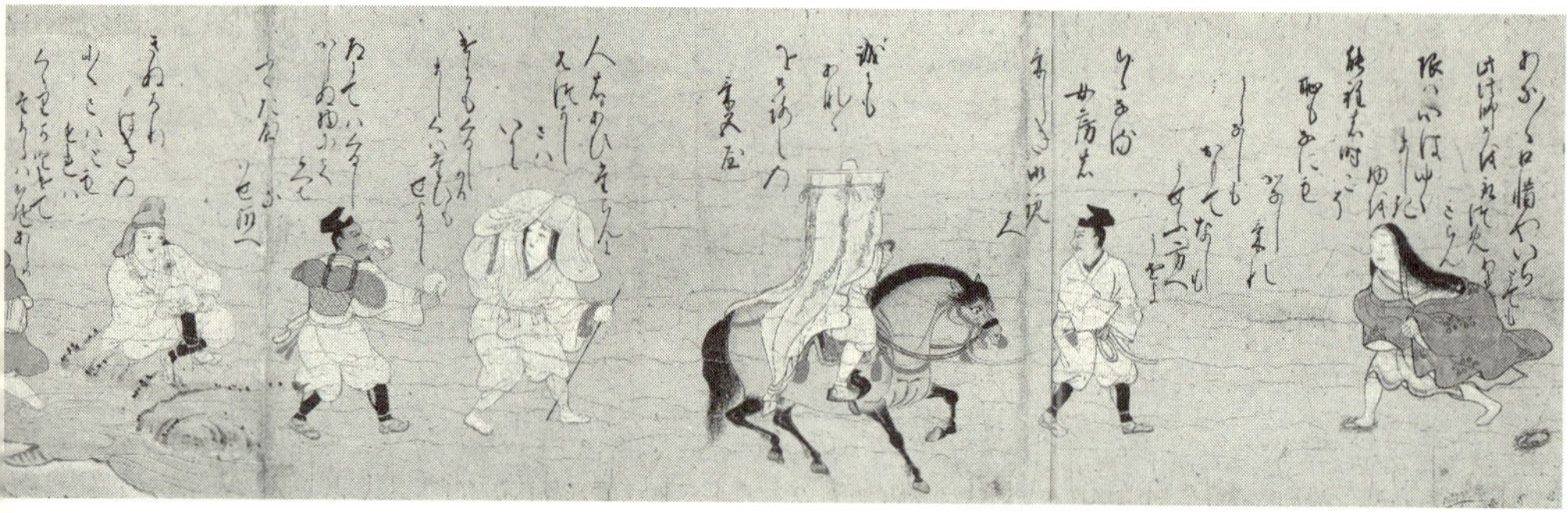

図3

時の社会では決して許される行為ではなかったであろうが、今やその恋情は激しい憎悪の炎と化したのであった。

　これに続く熊野参詣道の場面（図2〜3）にあっても、

「能き程の事にこそ、恥の事も思はるれ。此の法師めを追ひ取らざらん限りは、履き物も失せふ方へ失せよ」とて、走り候。「女房は御覧じ候か」「あな〳〵恐しや。未だ此の法師は、かゝる人を見候はず、〳〵」「あな〳〵口惜しや。一度でもわれ此の法師めを取り詰めざらん限りは、心は行くまじきものを。能き程の時こそ、恥も何も悲しけれ。裏なしも、表なしも、失せふ方へ失せよ」

の如く、人妻の賺《すか》されたという感情が見事に語られている。草履を脱いで追いかける人妻の姿は、道行く人々をして、

「こゝなる女房の気色、御覧候へ」「誠にも、あな〳〵恐ろしの気色や」「人の逢ひたらんに、恥づかしさは如何に」「実《げ》にも、苦しかるまじくば、旅もせよかし」「道にては苦しからぬ物にて候へば、福田養はせ給へ」「絹《きぬ》貼脛《ばりはぎ》の憎さは、ともすれば括《くく》りが解けて、たまらばこそあらめ」

と、恐怖の念を抱かせたのである。

　やがて切目五体王子付近で若い僧に追い付いた人妻は、「やゝ、あの御房に申すべき事あり。見参したる様に覚え候。如何に〳〵。止《とど》まれ〳〵」と叫ん

図4

だ。

場面は転じて、由良《ゆら》の港を見下ろす上野まで逃げて来た若い僧が「努々《ゆめゆめ》さる事覚え候はず。人違《たが》へにぞ。斯くは受け候はん」とあくまでも言い逃れをしようとすると、人妻は「己れはどこ〳〵までやるまじき物を」と叫んで、口から火炎を吐きかける。何もかも投げ捨てて一目散に逃げようとする若い僧に襲いかからんばかりの人妻の瞋恚《しんに》の形相が、図4である。

一方、若い僧は必死になって、

「南無金剛童子、助けさせ給へ。あな恐ろしの面礫《つらつぶて》や。本より悪縁と思ひしが、今かかる憂き目を見る事よ。笈《おい》も笠も此の身にあらそや、惜しからめ。失せふ方へ失せよ」

と祈る。さらに、

欲レ知二過去因一　見二其現在果一

欲レ知二未来果一　見二其現在因一

の語句を挟んで、僧の言葉は続く。「先生に如何なる悪業を作《な》して、今生にかかる縁に報ゆらん。南無観世音、此の世も後の世も、助け給へ」と。若い僧にとって、この人妻のかかる執心は悪縁以外の何物でもなかったと言えよう。この後《あと》、人妻は首から上が蛇となって、腿《もも》も露わな格好となり、件の僧を追いかけたのである。

図5

「絵巻」は続いて塩屋の場面となる。切目から塩屋への旅程は、熊野詣での復路で、塩屋から道成寺までは約三キロメートルの行程である。

ここまでの「絵巻」は、人妻と若い僧の二人に絞り込んで物語を進行させている。

そして、ここで場面は転じて、人妻は完全に大毒蛇の姿となり、日高川を泳ぎ渡る上巻のクライマックスシーンを迎えるのである（図5）。

これに続く上巻末尾の詞章に注目しておきたい。即ち、

これを見む人は、男も女もねたむ心を振り捨て、慈悲の思いを抱くならば、仏神の恵みあるべし。

と、この絵巻を実見する人々に向かって、嫉妬心を捨てて慈悲の思いを抱くならば、まごうことなく仏神の加護を受けることが出来るだろうと説くのであった。ここに、当時の唱導する側、道成寺とその周辺の意図が窺えるのではなかろうか。

※

下巻冒頭部詞章中の一節、

日高郡道成寺と云ふ寺は、文武天皇の勅願、紀大臣道成《みちなり》公奉行して建立せられ、吾が朝の始めて出現の千手千眼大聖観世音菩薩の霊場なり。

は、簡単ではあるが、道成寺創建に関わる〝宮子姫髪長譚〟に通ずるところ

の、〝本来の縁起由来〟の一端に触れた表現である。にもかかわらず、絵巻の次の場面では、再度若い僧と嫉妬に狂う人妻との悪因譚に戻っている。

因みに、下巻冒頭の詞章の終わりには、次のような文章が記されている。

> 此の事を倩《つらつら》私《ひそか》に案ずるに、女人の習ひ、高きも賤しきも、妬心を離れたるはなし。古今の例《ためし》、申し尽くすべきにあらず。されば、経の中にも「女人地獄使　能断㆓仏種子㆒　外面似㆓菩薩㆒　内心如㆓夜叉㆒」と説かるゝ心は、女は地獄の使ひなり。能く仏に成る事を留め、上には菩薩の如くして、内の心は鬼の様なるべし。然れ共、忽ちに蛇身を現ずる事は世に例なくこそ聞こえけれ。又、立ち返り思へば、彼女も只人にはあらず。念の深ければかゝるぞと云ふ事を、悪世乱末の人に思ひ知らせむために、権現と観音と方便の御志、深き物なり。且《か》つは、釈迦如来の出世し給ひしも、偏《ひとえ》に此の経の故なれば、万の人に信を取らせむ御方便貴ければ、憚りながら書き留むる物なり。開き御覧の人々は、必ず熊野権現の御恵みに与るべき物なり。又、念仏十返、観音名号三十三返、申さるべし。

上巻冒頭と同様に、下巻も冒頭に長い詞章が綴られ、結末に至るストーリーが記されている。右の「女人地獄使　能断仏種子　外面似菩薩　内心如夜叉」の偈文は、女の悪心が外に出た時は、鬼のような外見になるのだと強調し、女の瞋恚・嫉妬という悪業を再三描いてきたのは、その戒めを絵巻を通して解き語ることで、熊野街道を往来《ゆきき》する参詣者の足を道成寺に向けさせようという意図があったのかも知れない。

これに続く画面は、道成寺山門に至る景観が描かれているのだが、はたしてこの辺に錯簡があるのではと考える。先に引いた短文の縁起由来（本来の縁起）と悪因譚との間に、右の道成寺山門を含む景観の場面を挟み込んだ方が、ストーリーの流れに則しているように思われるのだが、如何なものであろう。

図6

とまれ、長文の詞章を受けて、その詞章と呼応する絵画部分が陸続と描かれ、そこに記述の画中詞はすべて会話の形を取っている。そして、何よりも下巻のクライマックスは、日高川を渡り切った大毒蛇が道成寺境内にまでやって来て、あの若い僧が隠れた釣鐘を見付け、鐘を三巻き半して龍頭を啣《くわ》え、鐘ごと若い僧を焼き殺してしまう一図である（図6）。その図の前後には、説明文や会話らしき画中詞も全くなく、絵画そのものにすべてを語らせているのである。

『本朝法華験記』以下、「道成寺縁起絵巻」に至るまで、ヒロインを寡婦または人妻と設定し、その女人が、あろうことか仏に仕える若い僧に懸想して情交を求めたが、僧に拒絶され、加えて賺《すか》されたと知るや、瞋恚・嫉妬に燃える鬼と化した。ヒロインの情欲に狂った想いを外的に表現したのが、大毒蛇の姿なのであった。

五

次に、江戸時代における「道成寺縁起絵巻」の享受と解釈とを考えてみたい。

寛文頃成立の赤木文庫蔵奈良絵本「いそざき」は、後妻《うわなり》打ち譚として知られ

ているが、下巻の一節に、

さて、かのいそざき殿の、にようばうは、一ねん、にくしとおもふ心が、おにとなりて、人をころしけるぞかし、かの女ばうにかぎらず、ものねたみ、にくみたまふならば、人をころさずとも、つゐには、そのおもひ、おにとも、じやとも、なり給ふべし
なにのうたがひ、あらんや、たゞ人の、おもひほど、おそろしきものはなし

図7

むかし、まなごのせうじがむすめ、くまのまうでの山ぶしを、思ひかけ、ねがはくは、みづからに、おもひを、とげさせてたまへと、申ければかの山ぶし、それ、そくしんの身なれば、しやくもんに入て、人にしゆつりののぞみ、なをこそおもはれ、大ぐわん《（なをこそかなふまじけれ大ぐわん）》を、くわだてん、くまの《（くはだて、くまの）》まふでの、みなれば、それおもひもよらぬとて、いそぎいでたまへば

〔挿絵　第十二図〕

あとをしたひて、おつてけり
山ぶしは、かねまきでらに、はしりいり、たすけてたべとのたまへば、りつし、とりあへず、かねのしたへ、いれける、かのむすめ、かねのもとへ、たつねきて、にはかに大じやとなつて、かねをまき、大かに《（大ぢに）》、にえ入けり（図7）
これも、女の一ねんによりて、山ぶしも、わがみをも、ならくにしづみけ《（め）》る、これや、山ぶしの、ぐちによりてともきこえけり

と、道成寺説話を紹介している。ヒロインは、真砂庄司の娘で、熊野詣での山伏を恋してしまったと設定しており、「かねまきでら」とは、言うまでもなく道成寺を指すと考えられる。

ところで、伊藤梅宇の『見聞談叢』巻二「紀伊道成寺鐘名」には、

世俗にいふ紀伊州牟婁《むろ》郡導《（ママ）》成寺の孀女僧安珍をしたひ来りてまとひし鐘、天正十六年五月中旬京師妙満寺へ寄附せる者ありて今妙満寺にあり。その鐘の銘に

聞鐘声智恵長菩提生、煩悩軽、離地獄、出火坑、願成仏、度衆生、天長地久、御願円満、聖明斉日月、叡筭等乾坤、八方歌有、道々君四海楽、無為之化

紀伊州日高郡矢田庄文武天皇勅願導《（ママ）》成寺鋳鐘

勧進比丘瑞光別当法眼定秀

檀那源万寿丸幷吉田源頼秀

合力檀那男女大工山田道願小工大夫守長

正平十四己亥三月十一日

と、再鋳の鐘名について言及、件の鐘が天正十六年（一五八八）五月、京都の妙満寺へ寄附された旨記していて、興趣をそそられる。因みに、東北大学狩野文庫には、宝暦九年（一七五九）印行され、寛政四年（一七九二）三月の浅草・慶印寺での出開帳時に再板された『道成寺鐘今在妙満寺和解略縁起』が蔵されている。

また、安永初年（一七七二）から天明末年（一七八九）にかけて百井塘雨が全国を遍歴した折の随筆集『笈埃随筆』「道成寺鐘」条にも、

予一とせ熊野三山の順礼し小松原といふに来り、かの道成寺に詣で、とある茶亭に憩ふ。諸国の道者集り昼の

儲などしてたがひに咄し合中に、一人予に向て、此道成寺の鐘の事、謡曲にも出てあまねく世に知れる事也。縁起の趣にて書史に見えたるはなきやと、予答へて、元亨釈書に出せり。始末世に伝ふる所の如し。（中略）京寺町通り妙満寺といふ日蓮宗の寺に、此鐘伝へて今にあり。天正十六年五月壱人来て厶様、当寺を見るに釣鐘なし。幸ひに一鐘あり。寄附すべきやと、寺僧甚よろこび許諾す。彼人云、その鐘紀州新宮の近村にあり。もとは小松村道成寺にありし也。兵乱の時国中の寺社過半廃滅せられ、此寺も同じく頽破し、鐘も所々に持行て、後今の地におけり。然るに此鐘、その所持の家に凶事あらん時はかならず鳴動す。ゆへに小児婦人の族恐れて忌嫌ふ。（中略）一座の者或は感慨し、或は奇異として、必ず順路京に出て見んなど罵りけるに、茶亭の老人大にふづくみていふ様、此人の詞決して信ずべからず。既に鐘は湯と成て山伏を取殺とあるにいかんぞ、其鐘の世に有るべきいはれなし。

とある。右の『見聞談叢』とは異なる、道成寺再鋳の鐘をめぐる伝承が掲載されているのである。このように、時代が下ると、世間に様々な風評の飛び交ったことが知られる。

天保十四年（一八四三）刊・山崎美成『世事百談』「道成寺」に、

日高川《ひだかがは》の絵詞《ゑことば》、あるひは道成寺《だうじやうじ》の絵詞《ゑことば》ともいひて、安珍《あんちん》がことを絵《ゑ》がけるもの三巻《さんぐわん》あり。又賢学物語《またけんがくものがたり》とて、賢学《けんがく》といふ僧《そう》のことゝして作《つく》れる画巻一巻《ゑまきいちくわん》あり。

と、異本の「賢学草子絵巻」について触れている。遡ること慶長十年（一六〇五）、『西洞院時慶卿記』三月四日条にも、「紀伊国鐘巻ノ物語」と記述されていることを指摘しておきたい。

絵解きを見聞した記述の見られるのは、『金谷上人御一代記』巻七、文化六年（一八〇九）八月十一日十二日条に、

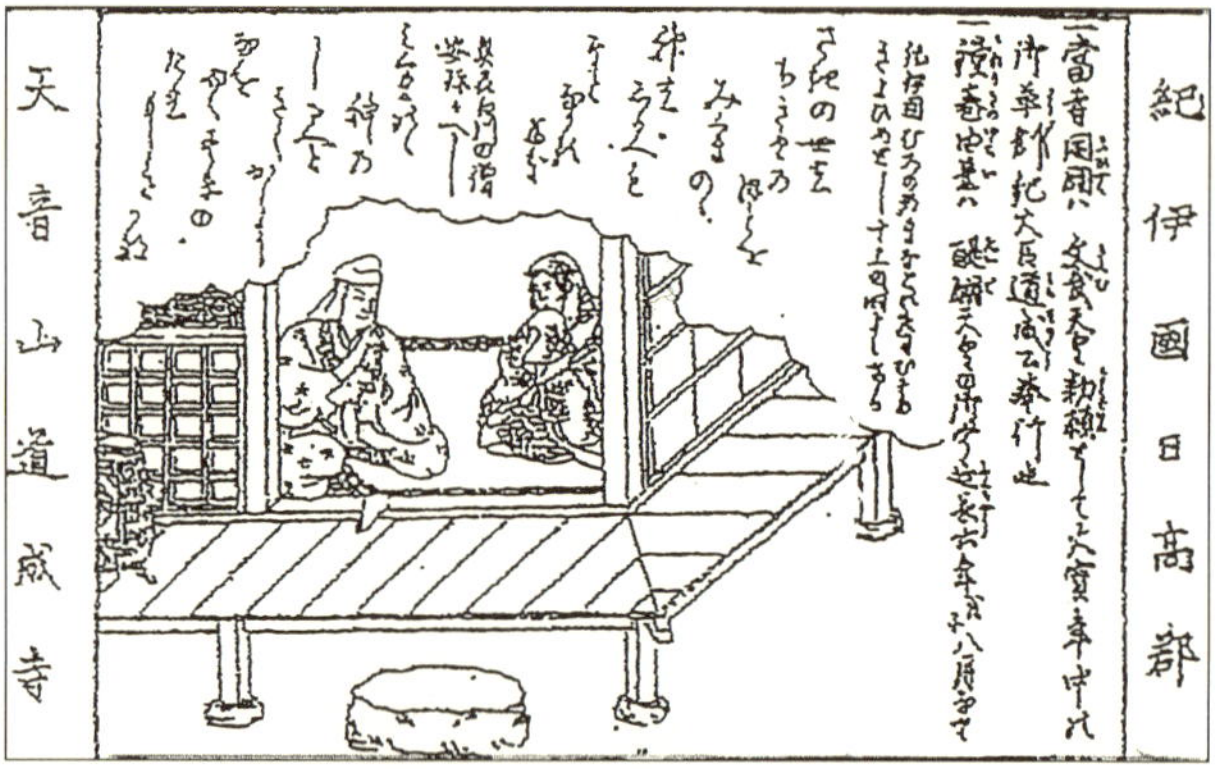

図８　江戸時代板行の一枚刷り

夜に入り、天田川船渡し。是古の日高川なり。牟婁の郡、日高の堺に神抱石といふ有。川の手前に真那古の庄司が娘の古墓あり。庄司は大べちと云在に、道成寺は御宿館より十一町有といふ。御本陣は九品寺。（道成寺と八幡山の間に蛇塚といふ有り。悪龍翻死の処といふ。寺内に鐘楼の跡有。又蛇堂と云よし。）

十二日、朝卯の上刻御発輿。道成寺御参詣。本尊は千手観音、丈六の尊像、脇士は日光月光。別堂に釈迦の大像。九尺四面の大塔、二王門、道成寺の額は黄檗高泉の筆、大士の像は文武帝大宝年中海中示現のよし。紀の道成奉勅草創、清姫鐘巻の絵巻物、醍醐天皇延長六年戊子の秋八月と云。凡今文化元まで八百六十年に及ぶ。御家司以下衆徒は皆本堂に集り、縁起聴聞、絵拝見。児女子の耳を驚すといへども論ずるにたらず。一里余を経て萩原村太郎太夫といふ村長が宅へ入御。道成寺より是迄の道筋、愛徳王子、櫃の王子、若一王子等、虎御前などの末社有。

の如く、道成寺に参詣し、「清姫鐘巻の絵巻物」、即ち「道成寺縁起絵巻」を本堂で見たとある。「縁起聴聞、絵拝見」なる記述は、絵解きを視聴したという意である。しかし、金谷上人にとっては、この絵解きは「児女子の耳を驚すといへども論ずるにたらず」と一笑しており、他愛ない、満足を与えられるような絵解きではなかったようである。

絵解き見聞の例は、暁鐘成の『西国三十三所名所図絵』（嘉永六年〈一八五三〉）にも、「安珍清姫由来の画巻を蔵す、望みに任せて披見せしむる也」とあり、江戸での文政元年（一八一八）、回向院における出開帳については、斎藤月岑『武江年表』巻八に、

八月より十月まで、回向院にて、紀州道成寺観世音開帳（霊宝に清姫が鬼女になりし時の角といふものをがませたり）。

筠庭云ふ、此時道成寺縁起絵巻物出、借り得て写したるものあり。世に伝ふ、よきうつしすくなし。

の如く記されている。

右のような絵紙（図8）は、おそらくこうした出開帳時に頒布されたグッズのひとつであったと思われる。注目すべきは、文久三年（一八六三）の屋代弘賢『道成寺考』である。再鋳の鐘名の全文が掲載されているが、これは元来の道成寺縁起・由来譚、つまり、前述の東北大学狩野文庫蔵『略縁起』を指すのではないかと推察し得る。

さらに、「安珍清姫略物語」項の末尾を見ると、

此物語は三歳の童子も能知る所なれば、略して具に記さず、殊に鐘楼の場に至りては謡曲に作り、今様に諷ひて、戯場の舞台に顕然たれば、見ん人是彼を通はして、その真偽を正し給へと云。

と記されていて、謡曲「鐘巻」に触れた貴重な記述だと言えよう。加えて、「道成寺考附録」には、

宋の高僧伝に見えたり、是は、善心を以、僧を慕ひ、龍に化したりといへども、道成寺の故事に似たる事なり、もし是を悪念に作りかへて、記しつたへしにはあらずや

と記述する。傍点を付した二箇所の「是」とは、新羅僧義湘と善妙との説話を指す語、即ち「華厳宗祖師絵巻」の「義湘絵」を指しており、これと「道成寺縁起絵巻」との比較を試みていて、興味深い。

川柳を繙くと、道成寺説話に関する句が少なくないことに気付く。柄井川柳『誹風柳多留』二篇から二十四篇にかけて、

あんちんハ手前でいのる気がつかず　（二篇）
あんちんハはした銭などおつことし　（三篇）
鐘くやうぜんたいわるい矢先也　（七篇）
鐘供養おどり子が来てらりにする　（九篇）
道成寺花見にへちをまくらせる　（十篇）
きよひめハ添おふせると釜はらい　（十一篇）
かねくやう六だん目にハぐわんといゝ　（十九篇）
とぶそと見へしがたちまち土手へ行　（二十一篇）
鐘供養ばんくるわせが壹人来《リル》　（二十三篇）
あんちんハ因果な所《コ》へかくされる　（二十四篇）

の十句があり、『誹風柳多留拾遺』にも、

安珍ハ死ぬまてとんとかくれた気　（四篇）
あんちんをぜげんハきついやぼと云　（四篇）
清姫がげぢ〳〵を見てヲ、こはア　（五篇）
清姫ハ推量の能ひをんななり　（五篇）
道成寺ゆくハん場へやる気がつかず　（五篇）

兜巾などでくくどいてゐ　　　　　　　　（五篇）
川はたへ来た時髪ハもふほどけ　　　　　（五篇）

という七句を見ることが出来るのである。

また、『浄土和讃図絵』（架蔵）の挿図のひとつには、日高川の渡しで若い僧を乗せた小舟が対岸に向かって漕ぎ進むのを、追いかけてきた女人が髪を振り乱して岸辺でその小舟を睨み付ける姿が描かれている。

六

近・現代文学中にも、道成寺説話が描かれている。その早い例が、島崎藤村『若菜集』（明治三十年〈一八九七〉）に収められた詩「おきく」の一節に、

かなしからずや
　　清姫は
蛇《へび》となれるも
　　こひゆゑに

と歌われている。そればかりか、小説『春』（明治四十一年〈一九〇八〉）「四十四」にも、
舟旅で酷《ひど》く揺《ゆす》られたものは、陸《おか》へ上った後でも未《ま》だ身体がフラフラする――丁度、青木の住居《すまい》で眼を覚ました岸本がそんな塩梅《あんばい》であった。
疲れた友達を慰める為に、青木はその日を費そうと思い立った。彼は岸本を国府津の町はずれへ誘って行っ

て、そこに住んでいる一人の知己を訪問した。この人は東京のある私立学校で政治科を修め、それから郷里に退いた男で、今では相応に大きな家屋敷の主人公である。進んで戦おうとする新しい時代の青年を羨《うらや》み眺めながら、自分は何事《なんに》もせずにいる、と言ったような人物で、太い、逞《たくま》しい、筋張った腕を胸《むな》の上に空しく組合せたところは、この先生に好く似合っていた。

その日、岸本は法衣《ころも》を脱いで、身姿《みなり》だけは平素《いつも》と同じ風をしていた。毛一本でも、有るべき筈《はず》のところに無いのは物足りないもので、何となく上下の釣合《つりあい》が取れていなかった。彼は、頭痛持か、幇間《ほうかん》かのように見えた。

「これは僕の友人です」と言って、青木は岸本をその家の主人公に紹介したが、同じ口唇《くちびる》で、「安珍清姫――あれを逆にしたような人なんです」こんなことを追加《つけた》した。この譃語《じょうだん》には岸本も閉口したと見え、苦笑いして、頭を撫《な》でていた。そうかと思うと、青木は人の居ない時に、岸本の顔を眺めながら、「正直言うと、君はすこし暴進の形だったネ――君のように熱して了《しま》ったんじゃ自由が利かない」と心配する。冷たいやつと熱いやつとが、青木の口唇からは替りばんこに出て来た。

の如く、道成寺説話享受の一端を窺い知ることが出来るのである。

大正二年（一九一三）の中里介山『大菩薩峠』「龍神の巻」には、次の一文が見られる。

夜深《ふ》けての温泉村の風景は、土地に住み慣れた人さえうっとりさせる。今は草木《くさき》も眠る丑満時《うしみつどき》、龍神八所に立てこめた水蒸気はうすものの精《せい》が迷うているようであります。

何の気もなく空を見れば、鉾尖《ほこさき》ヶ岳《たけ》と白馬《しらま》ヶ岳《たけ》との間に、やや赤味《あかみ》を帯びた雲が一流れ、切れてはつづきつづいては切れて、ほかの大空は一ぱいに金砂子《きんすなご》をまいた星の夜でありました。

東から西に流れる雲、或は西から東へ流れる雲。それが細長くつづきさえすれば、赤であっても、白であっても、他のどんな色でも、色合《いろあい》にはかまわず、土地の人は一体にそれを「清姫《きよひめ》の帯《おび》」と呼びます。今、お豊が見たのも、その「清姫の帯」であって、牟婁郡《むろごおり》から来て有田郡《ありたごおり》の方へ流れているのであります。お豊は、この土地へ来て、「清姫の帯」を見るのは、これがはじめてですから、ただ、まあ珍しく細長い雲と思ったばかりですけれども、もしこの土地に、永く住み慣れた人ならば、面《かお》の色をかえて、戸を立て切り、明朝《あす》とも言わずに龍神の社へ駈けつけて祈禱と護摩とを頼むに相違ないのであります。

殊に、東、鉾尖《ほこさき》ヶ岳《たけ》から、西、白馬ヶ岳までつづく「清姫の帯」は、土地の人に一ばん怖れられています。三年に一度あるか、五年に一度あるか、とにかく、清姫の帯が現われることはあっても、この二つの山までつづくということはめったになく、もし、それがあった日には、土地の人は総出で、龍神の社へ集まり、お祓《はら》いをし、物忌《い》みをし、重い謹慎をして畏《おそ》れる、最初にそれを見つけた人は、その歳のうちに生命にかかわる災難があるのだということであります。（中略）

「ようございますか、お内儀さん……お前さんは江州《ごうしゅう》生れとかおっしゃったな、江州女のことは存じませんが、この紀州の女というものは、なかなかその執念の強いものでございますよ」

「まあ、それは怖いことでございます」

六助が、あまり力を入れて話すので、お豊は少し笑いかけると、

「いや、笑いごとじゃござんせん、全く以て昔から今まで紀州の女は、執念深いで評判じゃ、一旦思い込むと、それ鬼になった、蛇になった」

六助は額《ひたい》のところへ指を出して蛇になった恰好《かっこう》をして見せますから、なお可笑《おか》しいので、お豊は、

「ホホ、それでは紀州の娘さんは、お女房《かみ》さんには持てませんね」（中略）

「清姫様などがそれだ、つまり清姫様が悪いのじゃない、男のほうが悪いのだ、女に実《じつ》があるほど、男に実がないのだから、捨てられた女の一念が鬼になったり、蛇になったり、薄情な男にとりついたり祟《たた》ったりする」

と、「清姫の帯」と称される長い帯状の雲を描いて、女の執念を問題にしているのである。

三島由紀夫『近代能楽集』（昭和三十二年〈一九五七〉）所収「道成寺」にも、〝清姫〟を捩《もじ》った〝清子〟と、同じく〝安珍〟の捩りである〝安さん〟が登場する。

山田風太郎の『魔界転生』にも触れておきたい。昭和三十九年（一九六四）十二月十七日から大阪新聞や名古屋タイムスなどに連載された『おぼろ忍法帖』を原作とする作品で、角川文庫に昭和五十三年（一九七八）収められる時点で改題されたという。「剣道成寺」の「三」を見ると、安珍の出所を、『本朝法華験記』の奥州説と、『元亨釈書』の言う鞍馬寺の山伏説とを併記しており、他の作品と同様、奇しくも山田風太郎の歴史小説執筆にあたっての資料収集が並々ならぬものであったことを垣間見ることが出来るのである。

和歌山県新宮市出身の芥川賞作家・中上健次『鳳仙花』（昭和五十五年〈一九八〇〉）「地の熱」を見ると、主人公秋幸の母について、

その次の日、闇市に顔を出すと猪首の男が「フサさんよ」と声をかけてき、行商の籠を負ったフサを闇市のはずれの松の方まで連れ、その繁蔵から言いつけられたと言い、フサに赤いベッチンの袋に入ったお白粉や紅を手渡した。どうして繁蔵が自分にくれるんだと訊くと、「一緒にどっさり仕入れとったんじゃよ」と言う。闇市や浮島で売ろうと思っていたつもりが、繁蔵は兄と一緒に土方をする事になり、フサの分ひとそろいとっ

ておいて、他に売ったと言った。（中略）

その日は空にある雲のすべてが桃色に輝き、そのうち黄金に変り、早い目にわかした風呂に秋幸を抱いて入れながら何度も引戸の窓から空を見て、フサは「綺麗《きれい》やねえ。楽土みたいやねえ」と、いつか古座の家で母が言った話を思い出して言った。千穂ガ峰の際にさしかかっている夕陽そのものは路地の山にさえぎられて見えなかったが、夕焼けの燃えさかる炎のような雲は空にあふれ、一人で眼にするのはもったいない。

湯上がりの肌に安物だがそれらしく香るお白粉をはたき薄く紅をひきながら、子供らに舟町の内儀に用事があるからと嘘までついて外に出ようと思うのは、その夕焼けにあおられてのことだとフサは思った。ゆかたを着て美恵と君子の間を走って一人で騒いでいる秋幸を呼び、抱きあげ、「兄《あいや》」と古座の女のように言った。秋幸の耳元に口をつけ、小声で「兄《あいや》、母やん、ベッピンかん？」

秋幸は化粧の匂いにむせてせき込み、「ベッピン」と言い、うん、うんと一人でうなずく。

秋幸を美恵に託し、外に出て繁蔵や猪首の男らが出入りする駅横の魚市場の脇の飯屋の方へ歩きながらフサは自分が誰よりも猛《たけ》った女だと思い、繁蔵がのぞむなら清姫にでもなって焼き殺しさえしてやると一人声を殺してわらった。

魚市場の魚のにおいのする小路を抜けて、飯屋ののれんを上げてのぞくと誰もいない。飯屋の女が「誰そさがしとるん？」と訊《き》くのに、フサは急に気抜けたふうに、「繁蔵にちょっと用事があったんやけど」と間のびした声で答え、のれんが髪に当らないように身をかがめ、おおきにと礼を言ってその小路を徐福の方に歩いた。

魚のにおいがしみついた小路を抜けるとすぐ蓬萊町の徐福の前に抜ける道に出て、火を落した家の多いその通りを行ってみようか、それとも家にもどろうかと思案した。いったんは路地の家の方へもどりかけたが、自分の下駄の音と安物ゆえに鼻につくお白粉の匂いにうながされたように、フサは浜の方へ歩いた。
佐倉の前を通り、夜目に大きく屋根がそびえ板塀《いた》が囲ったその佐倉が空襲にも地震にも無事だった事を知って、フサは安堵さえした。路地で噂《うわさ》される佐倉ではなく、そこに建っているのは、十五の歳で古座から奉公に来た佐倉だという妙になつかしい気持になり、潮鳴りのひびく浜を見たくて、貯木場へ降りる石段まで歩いた。石段を何の気なしに降りかかり、フサは声をあげた。

と、紀州の女は清姫のように強い性格の持ち主として設定されている。中上健次の作品に登場する女性は、多かれ少なかれ、秋幸の母と同様な性格になっているのである。

七

戦後の道成寺における絵解きの模様をリアルに描いたのは、昭和四十一年（一九六六）刊の有吉佐和子『日高川』であった。現在、いずれの文庫本にも入っておらず、容易に読むことが出来ないので、長文だが煩雑を顧みず、「入相桜　五」の必要な箇所を引いておくこととする。

小さな阿弥陀如来像を中央にして、安珍と清姫が並んでいる厨子の前に、木製の簡単な長椅子が何列も置いてあるのは、絵巻解説をきく人々の座席である。あい駒が最前列の手前に腰をおろしたので知世子もその隣に並んで坐った。（中略）
いつの間にか長椅子には参詣人たちがびっしりと目白押しになってしまっていた。空席はないかと伸び上ってみながら、ぞろぞろと後の方へ詰めかけている人々がいた。満員になるのを待っていたように黒の僧衣に輪袈裟を着た寺僧が奥から出てきて、正面の見台に巻物をとんと置くと、待っていた人々の顔を眺め渡した。

後小松院の書、土佐光重の絵と伝えられている「道成寺縁起」の絵巻は重要文化財に指定されているから、解説用に使われている絵巻はもちろん実物を模写したものである。もともと、この絵巻は多くの聴衆に観せながら語りきかせる目的で作られたので、人物の図柄も大きく表現も大層誇張されている。着色も文字通りの極彩色なのだ。

「ええ道成寺縁起とありますが、本当の縁起は御存知の髪長姫の物語でありまして、この絵巻は道成寺が創立されてから二百二十八年を経て、つまり今から一千二十余年の昔の物語であります。奥州白河の修験者安珍は、僧で阿難か安珍さまか、俗で業平《なりひら》、浦島太郎と謳《うた》われるほどの美僧であったということですが、心願あって熊野権現へ参詣の帰途、紀伊国西牟婁郡真砂《まさご》の庄司清次という庄屋の邸《やしき》に一宿したのが、そもそもこの物語の発端となります。

地元では和尚さんと呼ばれている住持が、抑揚の多い紀州なまりで、展げた絵巻を笞で、叩きながら、いろいろな地口《じぐち》を入れて面白おかしく解説していく。清姫と安珍のそもなれそめも、無声映画の弁士のように見てきたような演技力で人々の笑声を誘った。

知世子も絵巻の解説は何年ぶりかなので、一緒になって笑い、気楽に見ていたのだが、途中から顔つきが引締ってきた。「それでも清姫は別れがつらかったんでしょう、村はずれまで安珍を見送って尽きぬ名残りを惜しんだのです。思えばこの短かい時間こそ、清姫にとって生涯で最も楽しかったデイトの思い出になった。きっと戻って下さいよ、待っていますと幾度も繰返し念を押して辛い別れをしたのであります。絵巻には、こう書いてあります。其後女房は、僧の事より外は思わず、日数は算えて種々の物をととのえて、つまり再会の日を待ちに待っていたのです。

知世子は自分と三郎との事の始まりが、安珍清姫に酷似しているところから顔色を変えたのではない。それより知世子は思いがけず自分の心の中に十余年前の記憶が甦って息苦しくなっていたのであった。三郎からの便りを待ちに待って日を送っていた頃の、見悶えしながら待っていたときの、この上なく切なかった記憶が、鮮かに甦っている。（中略）

この寺の絵巻が、こんなにも世に名高くなっているのは、どの女の心にも似た経験が棲《す》みついているからだろうか、と知世子は思った。

そっと見まわしてみると、男と女の数は半々というところなのに、絵巻を見ている顔つきは男と女ではかなりの違いが現れているようであった。男は面白半分なのに、女の方は半分が生真面目で、寺僧の冗談まじりの解説に大声あげて笑うのは男の方だ。

「案の如く来たって、渡せと申しけれども、舟渡し申さず。その時きぬを脱ぎ捨て、大毒蛇と成て此の川をば渡りにけり。つまり日高川です。ざあんぶ、ざあんぶ。五彩の鱗をふりたて、紅蓮《ぐれん》の火炎《かえん》を吐きながら、遂に清姫が蛇になった。この一巻の終には、これを見た人々は男も女も、妬《ねた》む心を振り捨て慈悲の思をなさば仏神の恵あるべしと書かれてあります。まことに世におそろしきは嫉妬というものですな。ゆめゆめ焼餅やくなかれ」

上巻三十尺を巻き終って、にやりと笑いながら住持は休憩を宣して奥へ入って行ってしまった。

このように、有吉は、生き生きと当時の住職による絵解きの様子を描いており、加えて絵解きを視聴する男と女の受けとめ方の違いを確《しか》と捉えている。絵解き研究にとっても貴重な資料だと言えよう。

おわりに

道成寺説話は奥が深い、というのが、本稿を書きながら、絶えず心の片隅に抱いていた思いである。能の世界、近世芸能の世界、琉球舞踊、さらには近代および現代の画家にとっての道成寺説話……。残した課題は少なくない。それらを今後考えてみたいと思っている（そのための準備は少しく進めている）。

『天下の義人　茂左衛門一代記』の絵解きと絵紙

久野俊彦

一　「天下の義人　茂左衛門」

『上毛かるた』は、昭和二十二年（一九四七）に作られて以来、小学校で用いられ、群馬県内で広く知られている。その「て」で読まれるのは、「天下の義人　茂左衛門」である。「て」の読み札の裏面には、次のような解説が記されている。[1]

杉木茂左衛門

利根郡みなかみ町（旧月夜野町）にある千日堂は、茂左衛門を祭ったもので、今もなお参詣人が絶えない。寛文4年、領主真田伊賀守の悪政に泣く、77ヵ村の民衆を救おうと、茂左衛門は一身を犠牲にし、辛苦の末将軍に直訴した。領主は領地を取り上げられて処分され、茂左衛門も妻子と共に刑に処せられた。

この解説を執筆したのは、歴史学者・教育者の丸山清康である。磔茂左衛門一揆で直訴したと伝えられる茂左衛門（杉木茂左衛門）の一代記は、このような内容で広く知られている。明治時代以後から現在まで、茂左衛門は江戸時代前期の代表越訴型一揆の代表的存在とされている。茂左衛門を祀る茂左衛門地蔵尊千日堂（群馬県利根郡みなかみ町月夜野）には、義民茂左衛門の一代記を画いた二十五図の額絵が掲げられて、それを用いた絵解き口演が随時行われている。本稿では、『天下の義人　茂左衛門一代記』二十五図・付七図、計三十二図の絵解き口演を報告し、絵解きの成立に関与した詞書・絵紙《えがみ》・碑文などの資料を紹介したい。

二　茂左衛門の義民物語と茂左衛門地蔵尊千日堂の改築

上野国利根郡月夜野の茂左衛門は、「上野国沼田藩領天和元年（一六八一）一揆（茂左衛門一揆）」において、直訴して磔刑に処せられたとされるが、この一揆は伝承に依存する要素がきわめて多く、一揆の経過が判明する史料が存在せず、史料に基づいた歴史的事実として確定するのは困難である。[2]「茂左衛門の訴状」と伝えられる書状は、江戸時代に転写され、沼田市と利根郡に二十四通残っているが、差出人を茂左衛門とするのは月夜野の一通のみで、他は三郎左（右）衛門、三郎兵衛であり、転写の年号があるものでは、天保十二年（一八四一）、弘化五年（一八四八）、嘉永四年（一八五一）、安政七年（一八六〇）、万延元年（一八六〇）、慶応四年（一八六八）となっている。[3]このことから、幕末期には茂左衛門の直訴伝承が高揚していたと考えられる。[4]「茂左衛門の訴状」は、真田氏時代のものが発見されず、むしろ享保七年（一七二二）三月、「本多氏の酷政につき沼田領惣百姓幕府への訴状控」[5]に近似している。

天和元年に茂左衛門が処刑された後、貞享年間（一六八四～八八）に利根川の月夜野橋畔の刑場跡に茂左衛門地蔵尊を祀り、千日間の供養をして堂を建てたので、これを千日堂と称したと伝えられる。月夜野橋畔の千日堂は、大正十一年（一九二二）にそこから段丘上に移転し改築された。さらに昭和四十六年（一九七一）に再度改築されて現在に至っており、茂左衛門地蔵尊千日堂と呼ばれている。

各地の百姓一揆における義民の話は、百姓一揆の事実をその地の人々が伝承してきたものというよりは、伝承をもとに顕彰の意図をもって形成された義民物語である。[6] 義民物語の特徴として、①義民はすぐれた出自と資質を持つ、②過酷な支配下で重い年貢課役に苦しむ多数農民の窮状を見かねた代表者として出訴する、③願いは達成され人々は恩恵をこうむるが、当人は掟法によって犠牲者の形で処刑される、④処刑の直前、その筋から赦免の達しが出るが、使者が到着する直前に刑が執行されてしまい、その死を悼んで手厚く葬り奉祀をして徳を伝える（茂左衛門の例）、⑤あるいは赦免の達しもなく、無慈悲な処刑が行われた後、祟りが出たので祀って鎮魂する（佐倉宗吾の例）、という共通性がある。[7] 茂左衛門の義民物語も、この①から④にあてはまる。茂左衛門の義民物語は、佐倉宗吾との類似が顕著であり、十八世紀中期に成立した『地蔵堂通夜物語』『堀田騒動記』などの佐倉宗吾伝や、明治十七年（一八八四）の小室信介編『東洋民権家百伝』「高梨利右衛門伝」（米沢藩）などの義民物語に影響を受けて形成された。[8]

茂左衛門の義民物語が文献に現れるのは、明治二十六年（一八九三）の新聞「上州」の連載小説『磔刑茂左衛門』（蘆の屋主人作）であり、最初のまとまった茂左衛門の伝記は、明治二十八年（一八九五）の駒形荘吉『上毛義人茂左衛門伝』[9]（岡本活版、東京麹町）である。[10] 地元の群馬県利根郡桃野村月夜野では、明治四十三年（一九一〇）に小野善兵衛・後閑源助らが、『桃野村誌』[11]（桃野村役場）に「月夜野義民茂左衛門ノ伝」を記した。大正元年（一九一二）に講談師の藤沢紫紅が、群馬県の「やまと新聞」に連載した講談の茂左衛門伝をまとめて、『沼田義民伝』（やまと新聞前橋支局長・手塚鼎一郎発行）を刊行した。東京府荏原郡入新井村の講談師・野口復堂は、小野善兵衛から資料の提供を受け、大正四年（一九一五）に、教育的講談である教談として『教談礫茂左衛門』を私家版で刊行した。野口は、大正七年にも同書の改題本である『義民礫茂左衛門地蔵尊由来　全』を刊行した。大正八年（一九一九）に、石田伝吉が『義民か賊徒か』（丙午出版社）に「上州義民　桃野村茂左衛門」を記し、「横浜毎日新聞」の主筆だった島田三郎が「身を殺して仁を成す」を『日本及び日本人』秋期臨時増刊号に記した。こうして、茂左衛門の義民物語は、明治二十年代から大正時代に、東京の駒野荘吉・野口復堂らと地元桃野村の小野善兵衛・後閑源助らによって形成され、講談として広まった。大正期は、小野善兵衛らが、茂左衛門地蔵を祀る千日堂の改築を主唱して尽力していた時であり、同じころ、野口復堂が東京から桃野村に来て講演し、義民茂左衛門の事跡を説いた。(12)これが機縁となって、大正六年に、月夜野橋畔の刑場跡に建っていた千日堂の改築が計画され、そこから現在の段丘上に移転され、千日堂は大正十年十二月に竣工し、翌十一年十月に茂左衛門地蔵を移して法要を行った。大正十年に「義人杉木茂左衛門之碑」（正二位勲一等公爵・徳川家達揮毫）が建てられて顕彰された。

この直後に、茂左衛門の義民物語は演劇化された。大正十五年（一九二六）に藤森成吉が戯曲『礫茂左衛門』（新潮社）を著し、井上正夫一座によって、同年六月に東京浅草松竹座で初演され、十一月には京都南座で上演された。藤森の同書には、歴史学者の田村栄太郎による「沼田領階級闘争史略」も収録された。昭和二年（一九二七）には、広瀬清『修身読本　礫茂左衛門』（目黒書房）が出版された。昭和六年（一九三一）の大日本雄弁会講談社編『評判講談全集』第五巻には、昇竜斎貞丈が演じた「礫茂左衛門」の講談筆記録が収められている。茂左衛門の義民物語は浪花節にもなり、昭和六年に、浪速亭綾太郎の『浪花節　礫茂左衛門』（コロムビア）が出された。

昭和五年（一九三〇）の『利根郡誌』（群馬県利根教育会）の人物の部には、「杉木茂左衛門」として記された。千日堂からは、昭和八年（一九三三）に後閑源助『義人茂左衛門正伝』（千日堂事務所）、昭和十八年（一九四三）に後閑裕次『義人磔茂左衛門』（千日堂事務所）が刊行された。昭和戦後期には、茂左衛門は百姓一揆・農民運動の指導者として、その史実の実証[13]と顕彰[14]が行われてきた。

このように、茂左衛門の義民物語は、人々のために犠牲となった義人の物語として、講談・演劇・浪花節などに芸能化され、数種の出版物が刊行された。茂左衛門の義民物語は、茂左衛門を顕彰し、義人としての人の生き方を教え導く物語として広められ、人々に受容された。仏教を広めるのは唱導文学だが、芸能化された茂左衛門の義民物語は教導文学だといえよう。

三　茂左衛門一代伝の絵紙と額絵『天下の義人　茂左衛門一代記』・お駒・お伝の絵解き

千日堂から刊行された絵紙には、『義民茂左衛門一代記』（青柳重雄画、千日堂、刊年未詳、大正十一年十月八日法要記事あり、一代記三十図）、『沼田回顧義民茂左エ門一代記』（青柳重雄画、青柳虎之助発行、大正十四年再版、一代記二十九図・地図一図）があり、ほかに『茂左衛門地蔵尊由来　奥利根名称地案内』（茂左衛門地蔵尊事務所千日堂、一枚、刊年未詳、群馬県立図書館蔵）がある。これらは、千日堂の移転建立法要が行われた大正十一年以後に刊行されたものである。画作者の青柳重雄は利根郡桃野村月夜野の在住者である。早稲田大学演劇博物館蔵の『沼田回顧義民茂左エ門一代記』（ロ19―0019―017）には、「大正拾五年南座興業　第一ある日の兄弟三場　第二殉死一幕　第三恋地獄一幕　第四磔茂左ヱ門五幕　井上正夫一派の男女優に　山田隆弥　佐々木積　小堀誠　水谷八重子　等の加入出演　松竹合名社宣伝部発行」とある。これは青柳重雄画の『沼田回顧義民茂左エ門一代記』を下敷きとして改作した絵紙であり、京都南座での演劇「磔茂左衛門」の上演に際して配布されたものである。

『沼田回顧義民茂左エ門一代記』では、下男の源八郎が酒井雅楽頭への直訴に助力するなど四場面に登場するが、『義民茂左衛門一代記』と額絵『天下の義民　茂左衛門一代記』では、源八郎は一度も登場せず、酒井雅楽頭への直訴の場面もない。源八郎と酒井雅楽頭への直訴は、藤森成吉の戯曲『磔茂左衛門』に登場する。『沼田回顧義民茂左エ門一代記』は戯曲に沿った内容であり、演劇場で頒布するために作成されたものであろう。『沼田回顧義民茂左エ門一代記』の詞書は、『義民茂左衛門一代記』に比べて簡略である。このことから、『義民茂左衛門一代記』が先行し、後に『沼田回顧義民茂左エ門一代記』が作成されたと考えられる。講談や演劇となった茂左衛門の義民物語は、絵紙の成立によって、絵をともなった物語として受容された。千日堂では、絵紙を「絵草子《えぞうし》」と呼んでおり、現在でも頒布している。

社寺の縁起や高僧の伝記などを、連続する絵と詞書で示したものが絵伝であり、江戸時代までの絵伝は、絵巻や掛幅画の形態であるが、昭和初期には額絵の絵伝が現れた(15)。現在、千日堂に付属する寺《てら》務所に掲げられている額絵『天下の義人　茂左衛門一代記』には、「亀悦」の銘がある。画作者の伊藤亀悦は、月夜野の画家であり、沼田市中央公民館所蔵の『真田絵巻』という額絵も画いている。茂左衛門伝の額絵と絵紙の絵柄には共通するものがあり、絵紙を参照して額絵が考案されたものと考えられる。現在の千日堂と付属の寺務所は昭和四十六年に改築されたものであり、寺務所の四周の壁面に額絵が掲げられている。額絵は昭和三、四十年代に製作されたものであろう。絵紙と額絵の絵伝は、茂左衛門の義民物語を視覚化し、その物語の絵を指して口演で説く芸能、つまり絵解きの成立をうながした。

現在の千日堂休憩所の入口には、「天下の義人　茂左衛門　一代記ご覧ください」と掲示されている。茂左衛門の義民物語は、千日堂の四人の堂守の方々によって交代で語られている(16)。堂守の方は、掲げられた三十二の額絵を指し歩きながら語っている。その内容は、後閑源助『義人茂左衛門正伝』をはじめとする茂左衛門の伝記をもとにしている。

千日堂の額絵は、茂左衛門の義民物語（①〜㉕、以下番号は、「四　資料」の1絵解き口演及び2額絵詞書の絵番号）に続いて、㉖御首塚《みぐしづか》、㉗四ヶ《しか》用水と坂上の獅子舞、㉘ヤッサ祭り、㉙直渉《ただわたり》（万葉歌碑　多々和多理）、㉚白子屋お駒（お熊）、㉛高橋お伝と続く。㉖は茂左衛門の首塚、㉗は真田信政が開削した用水、㉘はみなかみ町下津小川島若宮八幡宮境内で九月二十九日に行われるヤッサ祭り、㉙は『万葉集』巻十四の三四一三番「利根川に川瀬もしらずただわたり……」に歌われて月夜野に歌碑がある徒渉《ただわたり》、㉚㉛は父が月夜野の出身だという白子屋お駒、㉛は月夜野出身の高橋お伝である。

享保十二年（一七二七）十二月七日に落着した白木屋の一件は、宝暦八年（一七五八）『近世江都《えど》著聞集』四「白子屋一件亡夫の弁」や『大岡政談』「白子屋阿熊《おくま》之記」に記され、芝居となって安永五年（一七七六）に歌舞伎『恋娘昔八丈』が上演された。お駒の父が月夜野の出身ということで、嶽林寺（みなかみ町月夜野、曹洞宗）の観音堂がお駒堂と呼ばれている。

高橋お伝は、嘉永四年（一八五一）に月夜野の下牧（みなかみ町下牧）に生まれ、明治四年に夫婦で横浜に行くが夫と死別し、その後内縁の夫と暮らすが、明治九年（一八七六）八月二十七日、東京浅草の旅人宿で同宿の後藤吉蔵の喉を切って殺し金銭を奪い、書き置きを残して宿を出た二日後に逮捕され、明治十二年（一八七九）一月三十日に市ヶ谷監獄で斬首に処された。死後のお伝について、その実像や供述とは全く異なった毒婦像が、仮名書魯文の『高橋阿伝《おでん》夜叉譚《やしゃばなし》』によってつくりあげられ、近代日本の文明的秩序を乱す野蛮な民衆世界における能動的（男性的）な女性の表象として描き出された。[17] お伝は、その犯した罪を越えて、毒婦という表象を不当に強いられてきたのである。千日堂の絵解きでは、お伝は夫の仇を討つ貞女として語られている。これはお伝の供述に沿っている。お伝の墓は、東京では谷中霊園（台東区谷中、「高橋お伝の墓」仮名書魯文建碑）と小塚原回向院（荒川区南千住、「俗名高橋お伝　栄伝信女」）にある。みなかみ町下牧の生家墓地には「聞外妙伝大姉　明治十二年」と記されたお伝の墓がある。(18)

お駒とお伝は、文学作品では悪女として語られるが、月夜野では、そのように生きざるをえなかった二人の女性の哀話として語られている。お駒は嶽林寺のお駒堂で供養されているが、お伝については、千日堂の絵解き口演で仇討ちの哀話として語られることが、お伝の供養となっている。

千日堂は嶽林寺の境外堂となっており、法要では嶽林寺の住職が読経するが、千日堂の運営は、月夜野の茂左衛門地蔵尊運営委員会が行っている。嶽林寺には茂左衛門の位牌と義民供養地蔵尊が祀られている。千日堂の茂左衛門地蔵尊は、茂左衛門さまと呼ばれ、民衆を救うために一身を犠牲にして妻子とともに刑に処せられたので、諸難を除ける身代わり地蔵の信仰が強く、病気平癒、厄除、安産、家族愛等の祈願の信仰がある。戦前には、身代わり弾よけの信仰があった。主な行事は、節分と茂左衛門祭りと呼ばれる春秋彼岸の縁日である。彼岸縁日には、大般若祈禱会が行われ、月夜野八木節会による八木節「磔茂左衛門」が奉納される。月夜野には、茂左衛門にゆかりの地として、茂左衛門の屋敷地・茂左衛門処刑場跡・茂左衛門の墓・茂左衛門の首塚・茂左衛門地蔵奥の院・市兵衛地蔵・状橋《じょうはし》地蔵（赦免使切腹の地）・昌月法印の石子詰め（大宝院塚）などがあり、絵解き口演の中で解説されている。

註

（1）『上毛かるた』昭和四十三年改訂版、群馬県、二〇一三。『上毛かるた』の研究には、原口美貴子・山口幸男「「上毛かるた」の札の分析―社会科郷土学習の基礎資料として―」（『群馬大学教育学部紀要　人文・社会科学編』四五、一九九六）がある。解説は横書きである。

（2）山田忠雄「上野国沼田藩領天和元年一揆」『国史大辞典』五巻、吉川弘文館、一九八五、四〇八頁。児玉幸多「礫茂左衛門」『国史大辞典』十一巻、吉川弘文館、一九九〇、七一六頁。斉藤純・保坂智編『百姓一揆事典』民衆社、二〇〇四、五六頁。保坂智編『近世義民年表』吉川弘文館、二〇〇四、一八二・一八三頁。

（3）丑木幸男『礫茂左衛門一揆の研究』文献出版、一九九二、四四九～四五四頁。『沼田市史　史料編2　近世』沼田市、一九九七、八二八・八二九頁。藤井茂樹「「礫茂左衛門」伝承の見直しについて―直訴状写の流布とその背景に視点を当てて―」『地方史研究』五四―四、二〇〇四、二七～三〇頁。

（4）註3藤井論文、二九頁。

（5）『沼田市史　史料編2　近世』八一七～八四四頁。

（6）保坂智『百姓一揆と義民の研究』吉川弘文館、二〇〇六、二六九～二八三、二九六頁。

（7）横山十四男『義民伝承の研究』三一書房、一九八五、四三頁。

（8）註3丑木著書、四四五・四八九頁。同、藤井論文、二九頁。

（9）滝本誠一・向井鹿松編『日本産業資料大系』第三巻、内外商業新報社、一九二六所収。日本図書センター復刻、一九七八。

（10）註3丑木著書、四四一～四四八、四七八～四九一頁。

（11）『明治四十三年刊　桃野村誌―復刻―』月夜野町教育委員会復刻、一九七二（原著は桃野村、一九一〇）。

（12）群馬県利根郡教育会編『利根郡誌』後編、群馬県利根郡教育会、一九三〇、八一二頁。

（13）萩原進『農民解放の聖者　礫茂左衛門』（上毛偉人叢書第二集）群馬文化協会、一九四九。石田文四郎「杉木茂左衛門の直訴事件」『沼田町史』沼田町役場、一九五二。児玉幸多「礫茂左衛門の背景」『歴史評論』五五、一九五四。萩原進『騒動　群馬県農民運動史ノート』群馬情報社、一九五七。松本幸輝久『義民礫茂左衛門』河出書房新社、一九五六。後閑祐次『礫茂左衛門　沼田藩騒動』新人物往来社、一九六六。横山十四男『義民　百姓一揆の指導者たち』三省堂、一九七三。徳江健・石原征明『事件と騒擾―群馬農民闘争史』上毛新聞社、一九八〇。松本幸輝久『磔茂左衛門』河出書房新社、一九八一。横山十四男『義民伝承の研究』三一書房、一九八五。原田芳雄『実説　磔茂左衛門　附市兵衛』月夜野町郷土文化研究会、一九八七、伊藤亀悦画。丑木幸男『磔茂左衛門一揆の研究』文献出版、一九九二。原田芳雄『実説茂左衛門』郷土文化協会、一九九四。原田芳雄『実説　茂左衛門　ある義民の実証的研究』新人物往来社、二〇〇一。

(14)「月夜野義民茂左衛門ノ伝」『桃野村誌』桃野村役場、一九一〇。「杉木茂左衛門」『利根郡誌』群馬県利根教育会、一九三〇。後閑源助『義人傑《ママ》茂左衛門』千日堂、一九三三。「杉木茂左衛門―義人―」『桃野村誌』月夜野町誌編纂委員会、一九六一。茂左衛門地蔵尊奥院建立、一九六〇年。「茂左衛門刑場址」碑建立、一九六六年。茂左衛門三百回忌法要、「高徳院義岳仁道居士」の法名追贈、一九八二年。第四回全国義民サミットの開催、二〇〇〇年。

(15)高野山苅萱堂の『苅萱上人石童丸御一代記絵伝』は、昭和四年に製作されて、それを一覧するために改築された苅萱堂に掲げられた。高野山苅萱堂の絵解き口演は、そのときに成立した。高野山苅萱堂では、絵解きが成立する以前に、明治時代に苅萱物語の絵紙が発行されていて、これが絵解きの成立の契機となった（久野俊彦『絵解きと縁起のフォークロア』二〇〇九、一二四～一三九頁）。千葉県成田市宗吾の宗吾霊堂（東勝寺）にある宗吾御一代記館では、十三場面を六十六体の人形で展示して説明をしている。これも絵解きの一つである。

(16)平成二十七年に、『天下の義人　茂左衛門一代記』の色紙絵（十八図、十八枚）が製作され、色紙絵を用いた絵解き口演が、千日堂で行われている。

(17)ひろたまさき「文明開化期のジェンダー―「高橋お伝」物語をめぐって―」『江戸の思想』六、ぺりかん社、一九九七、七九～九五頁。

(18)大橋義輝『毒婦伝説―高橋お伝とエリート軍医たち―』共栄書房、二〇一三、一五一～一五三頁。

［謝辞］

『天下の義人　茂左衛門一代記』を口演くださり、絵解きの記録にご協力くださった久野幸雄氏に感謝申し上げます。

四　資料

1　『天下の義人　茂左衛門一代記』絵解き口演——久野幸雄氏（平成二十五年十月二十四日収録、二十二分。〔　〕は筆者が補足した。①～㉜は絵番号である。）

茂左衛門の一代記は五番の絵からです。一番からは月夜野町のできごとです。

①一番の絵は、ここのところ、三国街道、ここから新潟のほうに行くのに街道があったんです。この月夜野宿は脇街道、脇街道のところで、なぜこういう戦いがあったかというと、上杉謙信がこちらに十四回来て、北条から武田という地侍と戦いをしたということです。

②その次の絵は名胡桃城《なぐるみじょう》という山城があったわけです。これは真田が治めたんです。真田の城代、鈴木主水《もんど》というのがいたわけです。そして、沼田も真田が治めていたんですけど、ときの権力者豊臣秀吉が、「沼田をくれるから、北条、おれの家来になれ」ということで、くれちゃったんですね。ですから沼田のお城は、北条方《がた》にくれちゃったんです。そして、名胡桃城だけは、真田が治めていていいよ、ということで、治めていたんです。当然、そこには鈴木主水がいて、沼田のほうの北条には猪俣《いのまた》というのがいたんですね。あまりにも〔距離が〕短く、目と鼻の先ですね。そこのところに、北条と真田がいるのに、戦いをしなかったというのは、豊臣秀吉のおかげなんですね。だけど、どうしても北条の猪俣というのが、名胡桃城をほしかったんです。それなんで、上田《うえだ》の真田昌幸、「お殿さまが呼んでいるよ」という偽《にせ》文書を、鈴木主水に渡して、鈴木主水はお殿さまに呼ばれて、当然出かけますね。出かけた留守を、北条の猪俣が、名胡桃城を取ってしまったんです。攻めてしまったということですね。〔鈴

木主水は〕途中まで岩櫃城《いわびつ》まで行ったら、「そういう書状が来てないよ」と、そこのお城の城代に言われたんですね。〔鈴木主水が〕あわてて戻ってきたら、取られちゃったんで、こんどは、それじゃ猪俣を殺そうとして、沼田まで行ったわけです。そしたら、殺そうという情報まで、もれてしまったと。それなんで、〔鈴木主水は猪俣を討つのが〕達成できなかったんですね。鈴木主水、くやし涙を流して、切腹してしまったということです。ですから、群馬県の中では、鈴木主水は八木節になっていますね。鈴木主水は武士らしい武士だったということで、こういう絵になったんです。

③当然、こういうことによって、上田のお殿さま昌幸が怒《おこ》ったわけですね。じゃ、豊臣秀吉にその話をしたら、そしたら当然、豊臣秀吉も、「わたしがせっかく決めた縄張りなのに、それを破った」ということで、「それじゃわかった」と、「北条方《がた》のいちばんの親元、小田原を攻めちゃえ」ということで、加藤清正・徳川家康をつれて小田原攻《ぜ》めをしたわけです。ですから、小さな山城を取ったがために、小田原〔攻め〕という歴史が変わるような大きな戦いになったということです。ここのところ（絵①②③）で、ずーっと真田が、かかわりあっているということですね。

④このあとに、豊臣秀吉が亡くなります。亡くなると、真田家からすると、信幸と幸村が、こんどは兄弟で東西に分かれて、関ヶ原の戦いが発生するわけです。で、幸村のほうは負けちゃうんです。大坂方負けちゃいました。そうするとお兄さんのほうは、徳川家康方《がた》についたんで、ご褒美として松代の十万石と沼田の三万石とをいただいたわけです。（壁の「真田氏系図」を指して）ですから、初代の沼田のお城の、初代というのは、信幸がなっているわけですね。二代、三代、四代、五代目が真田伊賀守《いがのかみ》信直という人です。ここまでくると、沼田のお城もだんだん、もう孫の時代ですから、変わってくるわけですね。生まれつきお殿さまですから、ただこの伊賀守、最初はこ

の月夜野地区に五千俵ぐらいもらって、小川城という山城にいたわけです。それが成人になったために、こんどは家督相続、沼田のお城か、松代のお城に、お殿さまになれるという話がでてきたわけです。そしたら、当然大きいほうがいいですよね、十万石がほしいわけです。

⑤十万石がほしいんだけど、伯父《おじ》さんから、「じゃ、おまえは沼田のお殿さまになれ」と、いうことを言われちゃったんです。さぁ、たいへんですよね。大きいほうじゃなくて、小さいほうになっちゃったんですから、へそまげちゃった。ただ、これに対しては、諸説あるんですが、伊賀守は側室の子だったということだったんです。ですから正室の子が、歳《とし》は小さくても、松代の大きいお城をもらったということです。

⑥当然、対抗意識でちゃいますね。「松代をなんとか抜け」と、「対抗しろ」と、家来に申しつけたら、「わかりました」ということで、利根・沼田・吾妻・勢多という百七十七か村の村々を、こんどはもう一度検地したということです。だけど、検地しても別に領土が広がるわけじゃないですよね。それなんで、「じゃ、どうやって、年貢をたくさん取ろう」ということになって、その申し出を、家来に相談したわけなんですよね。そしたら、三等地・四等地という等級の低い土地を、一等地・二等地に格上げするんですよね。そうすると、よい田畑だから、よい田んぼだから、いっぱい穀物がとれるだろうということで、ここで年貢をどんどんどんどん増やしたわけです。それ以外にも、たとえば山に薪《たきぎ》採りに行ったり、川にはいったり、それから、家に窓を作ったり、井戸を作ったりということをすると、どんどん年貢取っちゃうんです。もちろん結婚しても、赤ちゃんが生まれましても取りましたから、これはもう日常生活の中で、あらゆる税金を、年貢取っちゃったんですね。

⑦次の絵は、お百姓さんが俵に米をつめてますね。これが本来なら一斗枡《いっとます》なんです。一斗ですから四回入れれば、一俵がいっぱいになるわけです。だけど、お殿さまが作ってくれた枡（伊賀枡）がちょっと底が深いんです。

一斗一升入っちゃうんですね。それを四回入れますから、一割増し、四升多いわけなんです。それで年貢を納めなさいということですね。当然お百姓さんたちわかっていたんですが、お殿さまの指示ですから、納めないとたいへんですね。

⑧年貢を納められないと、これが十二月の二十日なんです。二十日以降に納められないと、水牢《みずろう》に入れたんですね。苛酷なことをやったわけなんです。この沼田の領土、百七十七か村のところに、五か所水牢があったということです。現時点では、いくつかの跡地がありますけど、不浄池《ふじょういけ》とかなんとかと呼ばれまして、その跡地は残っています。これも過酷ですね。十二月の二十日以降に入れちゃうんですから、入《はい》れば死んでしまいます。氷がはったり雪がふったりしたそうですから。

⑨お百姓さんたち、たいへんだということになり、こんどはよその土地に逃げようとします。当然、逃げる時には田畑持って行けませんよね。そうすると、田畑を売って、逃げてよそに行って、買えればいちばんいいんです。ここんところで日本全国に、田畑の永代売買禁止っていうお触れがあるわけです。だから、売って逃げるわけにもいがない、よそに行って買うわけにもいがないということで、たとえば逃げても、お百姓さんのその下で働く、通称水呑み百姓《びゃくしょう》ということで、その地位に落ちちゃうわけです。ですからお百姓さん、逃げても大変な思いだったということです。

⑩その次は、これは伊賀守、そういうお百姓さん苦しめているんですけど、江戸のほうにお屋敷を作って、参勤ということで、行列をつくって行ったわけですね。館林領内を通ったら、行列の前をおさな子《ご》がよぎったということで、無礼打ちしているんですね。これもたいへんですよね、伊賀守、自分でも子どもいますから。子どものいるお父さんが、そういうことをやってしまったということです。ですから、館林のお殿さま、すごく怒《おこ》ったというこ

とですね。人んちの領土を通って、おさな子を斬《き》っちゃうんですから。

⑪翌年《よくとし》には〔伊賀守は沼田に〕帰ってきて、迦葉山《かしょうざん》ていう霊山があるんです。天狗のお面が有名なんですね。そこんところは、殺生してはいけないんですけど、ふだん狩りをしていないんですから、獲物がたくさんいます。ですから、お百姓さんと家来を犬がわりに使って、ここんところで、巻狩りというのをしたわけですね。これもわがままですよね。いちばんの命取りは、その次の絵です。

⑫お百姓さんが木を切っています。これはなぜ木を切っているかというと、ちょうど時代的に、四代将軍家綱から五代将軍綱吉に替わるときですね。相撲で有名な両国、あすこの橋の架け替え工事を、将軍から、「やれ」ということを言われたわけです。大和屋《やまとや》という商人が請け負ったんですけども、大和屋と取り引きがあった伊賀守、「沼田の領土はぜんぶ山で、木がたくさんあるよ」と、「木の搬入をするから、手付け金ほしい」と、「二千両ほしい」と。ですから二千両、三千両という手付け金がほしいために、また請けしちゃったわけです。さぁ、また請けされたら、その木を切るのはだれだということになったら、お百姓さんなわけです。お百姓さん、この木を切り出しますよね。これが納期は六月から十一月が納期です。これが間に合えばよかったんですけど、この納期が間に合わなかったということです。こちら（絵⑩）みたいに、わがままで通ったものじゃなくて、これは政府のお仕事が間に合わなかったということですから、たいへんな罪になります。

⑬お百姓さんがたいへんな思いしているんで、こんどは松井市兵衛さんていう、ちょっとこれは〔月夜野の〕南側に、真庭《まにわ》地区というところがあるんですが、そこの庄屋をやっている松井市兵衛さん、目付のほうに、要望書っていうかんじですね。直訴の一歩手前ぐらいな書状持って行ったら、そのまんま捕まって、首を切られてしまったということです。ですから現時点では、首切り市兵衛さんということで、祀《まつ》られています。

⑭こんどは、市兵衛さんが捕まったという情報が、茂左衛門のほうにはいったわけですね。ですから茂左衛門は、奥さんと子どもと別れて、「こんどはもう直訴だ」と、「お上に直接文書を渡さなきゃいけない」ということで、直訴状というものを懐《ふところ》に入れて出かけたわけです。ただ、同《おな》しようなことをやったんでは、また松井市兵衛さんと、同しように捕まって首を切られてしまいます。

⑮それなんで、これは自分で考えたのか、第三者に言われたのか、わからないんですけど、直訴状を入れた文筥《ふばこ》に、この宮家の紋、菊の御紋ですね、（紋の額を指して）これを入れたんですね。そして、上野《うえの》の輪王寺宮《りんのうじのみや》という宮家の前のお茶屋さんに、わざと置き忘れるんです。

⑯そうすると、お茶屋さん、「なかなかその忘れ物を取りに来ない」と、「これはおかしい」ということで、こんどは宮家へ届けてくれるんです。そしたら、宮家のほうは、「なるほど、自分ちの紋があるから」ということで、中をあらためてみたら、綱吉あての直訴状がはいっていたと。

⑰当然これはもう、隠密《おんみつ》を送って沼田を調べなければならないということになり、綱吉は「どんどん隠密を送りなさい」という指示を出したんですね。なぜかというと、綱吉は館林のお殿さまをやっていたわけです。おさな子を斬ったり、なにかということで、伊賀守が乱暴狼藉するっていうことが、もうわかってますから、「沼田を、どんどん隠密を送って、調べろ」っていう。

⑱こんどは調べている間に、いちばんむこう（絵⑱を指して）に、男の人が石子詰《いしこづ》めになっていますね。あれは直訴状を書いた和尚さん、このちょっと先に、猿ヶ京のほうに、昌月法印《しょうげつ》っていう方《かた》なんですね、その方が直訴状を書いたということがばれて、捕まって、生きながら石子詰めになったわけです。

⑲隠密が調べたら、伊賀守、だんだん罪状がわかってきたと、こんどは評定所に呼ばれて、訊《き》かれているわけで

すね。「こういうことやったろう、ああいうことやったろう」というわけで、いろいろ言われたんですけれども、伊賀守、弁明しなかったということです。なぜかというと、家来に、「よきにはからえ」ということでやらせたのか、自分で罪を認めたのかわからないですけれども、それで、罪を認めてしまったということで〔領地は〕取られて、沼田のお城は改易《かいえき》になっちゃいます。

⑳改易になると、お殿さま、当然そこにいられませんよね。そうすると、山形のほうの奥平《おくだいら》家というところに預けられちゃいます。当然、お殿さまだけが悪いんじゃないよということで、奉行三名、塚田と浅田と宮下という三奉行が、ここで切腹させられてるわけですね。子どもたちもたくさんいましたから、散り散りばらばらによそに預けられて、長男は赤穂《あこう》に流されていますね。

㉑沼田のお城、そこが改易になる、殿さまが替ったよということで、茂左衛門が自首するために戻ってきたという説もあるんですけど、奥さんに聞いてみたら、まだ年貢が下がっていない、「じゃ、もう一度計画してみよう」ということで、計画をしていたわけですね。

㉒だけど、茂左衛門は留守のときに、自分ちの田畑《でんぱた》を耕さなきゃいけないわけです。奥さんができないということで、作男をやとっていたんですね。作男が通常の作男ならいいんですけども、実はそれが隠密だったと。ですから、茂左衛門が二回目出かけようと思ったら、「御用だ」ということで、捕まってしまったんです。

㉓捕まれば当然、磔獄門《はりつけごくもん》、刑が確定してますから、「そういうことになっちゃうよ」ということで、庄屋さんとかお百姓さんが、「またなんとか助けてください」ということで、宮家とか将軍にお願いしたら、将軍もまだ将軍なりたてですから、それに対して赦免してあげれば、人気取れますからね、それで赦免の使者を送ってくれたわけです。今の時代と違って、携帯とか新幹線、高速道路とかありません。江戸から馬で来るんですから、こりゃもう

たいへんな思いです。〔赦免の使者が〕やっと着くかなと思う、ちょうど一里手前、約四キロですか、そこまで来たら、ちょうど刑が行なわれちゃったんですね。

㉔ですから、〔赦免の使者〕加瀬と小川と二人が来たんですけど、その時点で、「もうこれは、お上のお仕事ができなかった」ということで、切腹しちゃった。切腹しちゃったということになると、今言ったように、使者も責任を感じていたということですね。ですから、状橋地蔵《じょうばし》ということで、〔二人の使者は〕お地蔵さまに祀られています。

㉕〔茂左衛門は〕獄門首になっちゃいました。親戚の者が見てあまりにもかわいそうだ、哀れだということで、首を盗んで、本堂の反対側の山の中腹に隠したんですね。

㉖ですから、首塚《くびづか》っていうのがあります。ちょうど、去年〔平成二十四年〕が三百三十年祭、今年が三百三十一年なんですけど、まだ首と胴体が別々に祀られているんですね。茂左衛門が処刑されてから、三、四年たってから、年貢が新たに改訂されて、最初に十四万四千石だったんですけど、ここんとこで、六万四千石に減らされたんです。それなんで、「茂左衛門さまが、我が身を犠牲にして、この村人を助けてくれたんだ」ということで、「じゃ、お堂を建ててまつろう」ということで、ここが千日堂ということで、現時点でこの地区で五十人ぐらいの方たちが出てきて、ボランティアで運営しているんですね。

㉗あとは、お殿さまも、悪いことだけじゃなくて、用水を引いているんですね。四ケ村《しかむら》用水と上牧《かみまき》用水ってのがあるんですね。用水を利根川から引いて、ずーっと川下《かわしも》まで、かなり長いところを、水路を引いて、田畑に水を引きなさいってこともやったわけです。これはもう伊賀守の代からじゃなくって、伯父さんの代からもやっています。もうすごい年数をかけてやっているんですね。

㉘次の絵はヤッサ祭り。ちょうどこの反対側のところに小川島《おがわじま》ってとこがあるんですけど、そこに若宮八幡宮の

御神体があるんです。いちばん先頭の武士が、この御神体を背負って、村人を連れて腰のとこの帯をつかんで、避難している絵なんですけれども。これが二つの説があるんです。一つは敵が攻めてきたために、若宮八幡宮の御神体を背負って、「みなさん避難しましょう」という説と、もう一つは、利根川と赤谷《あかや》川の合流点ですから、そこの洪水があったと、「洪水がありましたから、みなさん避難しましょう」という説が二つあるんですね。どちらの説が正しいかわからないんですけれども、いちばん先頭さんが、鉦を鳴らしながら、若宮八幡宮の御神体を背負って、それに数珠つなぎになって、みなさん避難したということなんです。現時点のお祭りは、女性がはいっていません。なぜかというと、一杯御神酒《おみき》をいただいた男性が、ふんどし一丁で、同じやり方をしているんです。そして最後になったら、御神体に見立てた鈴を奪いに行くという、そういうやり方をしています。

㉙次のこの絵は、万葉集で歌われた徒渡《ただわたり》。これは利根川のところに船戸《ふなと》というところがあるんですけれども、このちょっと下《しも》に浅瀬があるんですけれども、その浅瀬で、着物の裾をめくって渡るところが、ものすごく色気があるっていうところで、歌われたっていう説ですね。

㉚これは、白子屋お駒。このお父さんが月夜野の出なんです。なぜこの絵になっているんだろうということですが、お父さんが、〔江戸の〕町のほうに行って財をなして、家族をもったために、きれいなお嬢さんができたんです。年ごろになったと、「じゃ、婿さんもらってあげましょう」ということで、お父さんが決めたわけです。そしたら、持参金つきのぶ男が来ちゃったんです。これだけのきれいなお嬢さんですから、「持参金は欲しいけど、婿さんいらないよと」いうことになっちゃったんです。さぁたいへんですよね。なんとかして婿さん追い出しておきたい。このときに、女性から離縁ができないですから、女中が同情して、「じゃ。わかりました」ということで、「私と不倫をすれば、それに罪ができるから」ということで、行ったわけですね。そうしたら、こんなきれいな嫁

さんがいるんですから、当然それも失敗におわってしまうと。こんどはだんだんだんだん、お母さんまで同情して、「婿さん殺しちゃおう」という話になっちゃうんですね。そういう計画を作っちゃうんです。そしたら、その計画が、ばれちゃったんですね。裁きをしたのが大岡越前です。大岡越前の裁きをした実例が、ここに絵になっているわけです。今現在では、上毛高原駅の裏に嶽林寺《がくりんじ》っていうお寺さんがあるんですけれども、ここに、お父さんがお駒堂っていうのを作って祀ってます。ですから、これ（絵㉚）は、「白子屋お駒」ってありますけれども、北大路欣也なんかがドラマ作っていたときは、「白木屋お熊」っていうことでのってますね。

㉛こちらのほうは、高橋お伝。三大毒婦っていうんですか、高橋お伝も月夜野の出なんですね。ただ、毒婦かどうかというには、旦那さんがいたんです。旦那さんが、不治の病《やまい》で、お薬飲ませようということで、町のほうに出かけたんです。だけど、お薬代が、だんだんだんだん、なくなってしまったと。じゃ、どうするんだということで、お伝さんは、我が身を犠牲にして、夜の女になったわけです。そしてお薬飲ましていたわけですね。

㉜そしたらこんどは、あまりにもお伝さんがきれいなんで、義理のお兄さんが、ちょっかい出すわけです。だけど、旦那さんもいるし、お姉《ねえ》さん（義兄の妻）もいるわけだし、はねつけていたわけですね。そしたらこんどは義理のお兄さんが、親切に、「旦那さんにお薬飲ませなさいよ」ということで、〔薬を〕くれたわけです。そしたら、旦那さん死んじゃったと。そのうち、お姉さんも殺されたらしい。姿をくらました義理のお兄さんをさがしたわけです。そしたら、あんのじょう名前を変えていたと。自分に言い寄っていたんですから、床《とこ》をともにしたら、当然自白したと。ですからそれで、仇《あだ》を討ったということなんですけれども。仇討ちが江戸時代ならいいんですけれども、これが明治なんですね。明治の時代に、仇討ちは認められていないんです。ですから、仇討ちじゃなくって、これは毒婦だと。たとえば一つのことを除けば、旦那さんがいるのに、夜の女になって、金をかせいでいる。お姉

さんがいるのに、義理のお兄さんと関係をもったということだけ聞くと、ものすごい悪い女ですよね。そういうことを隠しちゃえば悪い女だと、毒婦だと。だけど、言い伝えになっているのは、自分は夫とかお姉さんの仇を討ったんですよと。時代が悪くって、明治の時代は仇を討ったことを認められてなくって、それで、亡き夫のために、辞世の句を歌いながら、亡くなったということですね。現時点で子孫がいるんですが、高橋お伝という方は、こういう方なんですよ、という伝えはしているわけです。

これが月夜野地区のお話です。

2　『天下の義人　茂左衛門一代記』額絵詞書（翻刻に際して、絵番号①～㉜を新たに付し、絵解き口演と対応させた。右傍の小字括弧内は翻刻者の注記である。絵①～㉜の詞書の漢字には振り仮名が付されているが、必要なものに付し、他は略した。漢字は新字体に改めた。）

今から三百数十年前のこと、上毛高原駅近くに小川城という城がありましたが、その小川村で、茂左衛門は武士の子として生まれました。そのころの地方を支配していたのは、真田氏《さなだし》でした。そしてこのお話に出て来るのが、五代目の沼田城主伊賀守信直《じょうしゅいがのかみのぶなお》です。信直は幼ないとき小川城で部屋住みをしながら、やがて城主になる夢を見ていましたが、二十二才のとき沼田城に入り三万石《ごく》の殿様となりました。しかし信直は祖父の信州松代《まつしろ》城十万石《ごく》の方がほしかったようで、それができないとなると、何かにつけて松代に負《ま》けまいと考えました。

信直《のぶなお》はわがままで、思いつくと後のことも考えないで、すぐやらないと気がすまないたちでした。おじ信政《のぶまさ》のころやり残した土木《どぼく》や水路《すいろ》の工事をして、善政《ぜんせい》もありましたが、工事好《ず》きのあまり、城《しろ》や江戸屋敷《やしき》の修理《しゅうり》から多くの神社や寺をつくり、やがては藩《はん》の財布《さいふ》を軽くしてしまいますが、こんなとき殿様をいさめる家来《けらい》もいましたが、気にくわない者は退《しりぞ》け新《あら》たに気入《きい》りの者を高ろくで召《め》しかかえています。そして信直は新たに検地《けんち》を行いますが、そのやり方は開墾地《かいこんち》もやせ地もみんな取り入れ、田畑の段階《だんかい》を格上《かくあ》げし、四倍半の十四万石以上にして、松代城を追い越しました。そのうえ年貢米《ねんぐまい》の取立てには水《みず》ましのますを使い納《おさ》められない者を水ろうに入れたりして百姓《ひゃくしょう》を苦しめました。しかし百姓たちの苦しみも知らない信直は、江戸屋敷で十四万石大名の野望《やぼう》を達すると、あとは用なしとなり、日々おごりにふけりました。

さてこうした時代、信直《のぶなお》に仕《つか》え同年ぱいだった茂左衛門は、幼《おさな》いころ寺の和尚《おしょう》から学問を受け、正義感の強い賢《かしこ》い若《わか》者に育《そだ》っていましたが、武士の子でも二三男坊でしたから、武士の身分も捨て、城主の言いつけで月夜野に出ると、新田開発《しんでんかいはつ》の百姓《ひゃくしょう》になりました。茂左衛門は毎日骨身《ほねみ》をおしまず、新田づくりや水路づくりに精出し、自分の土地も広げていきました。そんな折《お》りも折り、城主信直はおごりのあまり悪政《あくせい》を続けます。禁断《きんだん》の霊地《れいち》迦葉山《かしょうざん》で巻狩《まきが》りをしますが、そのとき犬代《いぬが》わりに大勢の百姓たちが狩《（駆）》り出されました。また参勤交代《さんきんこうたい》の道中《どうちゅう》、館林《たてばやし》で行列《ぎょうれつ》を横切《よこぎ》った幼女《ようじょ》を、無ざんに切ってしまいました。これを聞いた館林城主はたいへん怒《おこ》りました。この城主はほどなく五代将軍《しょうぐん》となる綱吉《つなよし》です。

そしてとうとう沼田藩《はん》真田《さなだ》氏《し》が没落《ぼつらく》する大事変《じへん》が起こるわけですが、それは民百姓たちにとっては生《い》き地獄《じごく》だったのです。二年続きの冷害《れいがい》で、作物《さくもつ》は少しもとれません。たくわえのない百姓たちですからたちまち飢《う》えて、死者は道端にあふれました。そんな折り、江戸両国橋《りょうごくばし》の橋材《きょうざい》を沼田藩が請け負《お》うことになりました。これは商人のまた請《う》けを大名がしたことですが、そのとき沼田領《りょう》の山にはもはや目ぼしい立木《たちき》はありませんでした。そこで奥山の木を求め百姓たちが延《の》べ十万人あまり狩《（駆）》り立てられたのです。不作続きで飢《う》えた百姓たちにとって二重の責《せ》め苦でした。このままでは百姓はみんな死んでしまう。この上は将軍に直訴《じきそ》するしか方法はない。しかし直訴《じきそ》の罪《つみ》は大罪《ざい》です。みんな尻《しり》ごみするばかり。そんなとき名乗《なの》り出たのが茂左衛門でした。「みんなのために、私の命をさし上げます」茂左衛門は悲《ひ》そうな決意《けつい》をすると、訴状をしたため江戸に立ちました。

直訴するとしても、並みたいていのことではありません。茂左衛門は秘策《ひさく》をねりました。それではこの後のようすは絵画《かいが》によってご覧くださいませ。

江戸時代一揆といわれるものが全国では三千件にのぼりました。その中で「はりつけ茂左衛門」は代表越訴型一揆として広く紹介されています。

（①）一番（①～㉜の原文は横書きである。）

真田《さなだ》家の本国は信州海野《うんの》の庄で、本氏は滋野《しげの》氏、海野小太郎幸氏《ゆきうじ》の末裔である。一徳斎幸隆《いっとくさいゆきたか》の時、同国真田の庄に移り、爾来《じらい》姓を真田氏と改めた。一徳斎の子、安房守昌幸《まさゆき》は甲陽の雄　武田信玄に重用されて家名を挙げ生国《しょうごく》上田を本領とする外、上州沼田領を預けられた。武田氏滅亡の後は、小田原の北条、浜松の徳川、越後の上杉、諸豪の間に挟まって苦しめられたが、大勢《たいせい》を見るに敏《さと》い昌幸は、豊臣秀吉に頼って、北条氏を牽制してもらった。

（②③）二番・三番

沼田城（北条方）が名胡桃《なぐるみ》城（真田方）に戦《いくさ》を仕掛け不法に攻略したため。この戦《いくさ》が、豊臣秀吉が豊氏《ほうし》小田原征伐の直接動機となった位で、北条氏滅亡後はじめて本領に安堵することが出来た。大坂城落城の後、東軍に属した信幸の功によって封録（俸禄）を加えられたので、松代10万石を本拠とした。

（④）四番

大坂城落城の跡（後）、東軍（徳川）に属した真田信幸は、功績により俸禄を加えられ松代10万石を本拠地にした。伊賀守（兵吉《へいきち》）が幼少なので月夜野町《つきよのまち》小川城にあずけ、沼田城3万石は、叔父の大内記信政《だいないきのぶまさ》に預けられた。

⑤　五番

沼田領のような山間《やまあい》の痩せ地、下田畑《げでんばた》の多い地方では、いくら無慈悲に誅救《ちゅうきゅう》しても、３公７民にも達し得なかった。それなのに普請道楽から酒池肉林へと云うのだから検地してあらゆる物に課税へと勧《(進)》めた。その上通例１表《(俵)》が４斗入りなのに、１表《(俵)》につき伊賀枡《いがます》（４斗８号６勺）に一杯づつ余分に納めた。

⑥　六番

沼田領真田家の財政は叔父・大内記信政の時代にすでに破綻に瀕していた。それを更に伊賀守の普請道楽から酒池肉林が禍《わざわい》した。叔父は破綻した財政を立て直すには、増税しかない為検地をさせ従前の３万石を４万２，３００石に打ち出した。伊賀守は松代に対抗するように10万石にしようと云うのだから乱暴とも鉄砲とも形容の詞《し》が無い。検地の対象は利根郡、吾妻郡、勢多郡１７７ヶ村である。

⑦　七番

検地して14万４，２１３石２斗２升４合（１石２．５俵）とした。３万石（７，５００俵）から14万４千２百拾３石（３６０，５３２俵）にした。その他１俵につき伊賀桝（４升８合６勺）一杯を余分に納めさせたから、実に五倍の増税である。余りの非道は、悪役人自身も末恐ろしく思われた。

⑧　八番

12月20日までに年貢を納めなければ、役人が家捜《やさが》しの上、蓄えておいた年来の種籾まで強奪し或は田畑家屋敷《でんばたいえやしき》家財道具を競売し尚不足があれば、人質を取って親類縁者を呼び出し、眼前に呵責《かしゃく》を加えて身代金を償わせる。期間ないに納められないと、直ぐに捕えて水牢《みずろう》に打ち込む、酷寒《こっかん》の水牢に投げ込まれては生命《いのち》のあるべき筈がない。八寒地獄にて命とられた者は数知れない。この水牢は吾妻郡名久田村に現存して地元では不浄池《ふじょういけ》と呼んでいる。

⑨ 九番

重税に苦しむ百姓に飢饉が追い討ちを掛け、餓死する者が相次《あいつ》ぎ、他の領地へ逃げ出す者が続出した。

⑩ 十番

延宝2年6月江戸鎌倉河岸《かし》に新邸が落成した。伊賀守は有頂天《うちょうてん》になって、行列美々《びび》しく参覲(勤)に乗り出した。道中館林領内では、供先《ともさき》を切ったとて頑是《がんぜ》ない幼女を切り捨てにした。当時の館林城主は宰相綱吉《さいしょうつなよし》で、その事を聞くや暴虐に頗《すこぶ》る眉をひそめた。

⑪ 十一番

延宝3年8月には、殺生禁断の朱印地、迦葉山に領内の百姓並びに家中《かちゅう》のもの共《とも》を狩り集(駆)め大仕掛《おおじか》けな巻狩《まきがり》を催して、霊域を冒瀆《けが》した。

⑫ 十二番

両国橋の架け替え、木橋《きばし》の寿命がつきて延宝8年架け替えの布令《ふれい》が出された。真田家出入りの大和屋が落札した。伊賀守は用材の有無も事の難易も百姓の迷惑等も考えず、横受《よこうけ》の相談せしめ手付金《てつけきん》2,000両を受け取った。二度の検地に種籾まで奪われ餓鬼道《がきどう》に喘《あえ》いでいる百姓に、この助郷《すけごう》はさらに焦熱《しょうねつ》の苦しみを添えるのであった。この年5月江戸では将軍・家綱公が他界し、世子《せいし》がないので館林宰相《さいしょう》綱吉が入《はい》った。

⑬ 十三番

延宝8年11月、真庭政所《まにわまんどころ》村の名主　松井市兵衛が虐政に堪えかねて願書を携へ(え)支配向きへ訴訟のため出府した。願書は、幕府の目付けに留《と》め置かれたがその身は故郷に送り還され牢舎《ろうしゃ》1年、越訴《おっそ》の廉《かど》で天和元年12月29日に斬首に処された。世に首斬《くびきり》市兵衛とよばれ、今尚　市兵衛地蔵尊として祀られている。

⑭　十四番

月夜野は伊賀守によって取り立てられた町だから町役人や肝煎《きもいり》は、久しい間の伝統で伊賀守に楯突《たてつ》くようなことは出来なかった。伊賀守の恩顧は充分に弁《わきま》へ(え)ていた。私恩《しおん》をもって公憤《こうふん》に代へ(え)ることは茂左衛門の良心が許さなかった。「直訴しかない」吾妻郡須川村、天台宗・大宝院住職・昌月法印の手で願書が書かれ浄書された。将軍に直訴を決意し伊勢参りと称して茂左衛門は妻子と別れ江戸に向かう。

⑮　十五番

江戸に着いた茂左衛門は、上訴《じょうそ》の方法についてあらゆる苦心を繞《めぐ》らした。殷鑑《いんかん》近く政所の市兵衛にある、前者の轍《てつ》をふむではならぬ。義人救済の秘策が生れ出した。訴状を金菊《きんきく》の紋章を付した。(句点不要)高蒔絵《たかまきえ》の文筥《ふばこ》に納め、上野輪《うえのりん》王寺宮《おうじみや》　御用函《はこ》の体《てい》に繕《つくろ》い中仙道板橋の茶屋に故意に置き忘れ、茶屋の主人から宮家《みやけ》へ返納させ、尊貴の御手許《おてもと》を経由して将軍家へ回附《かいふ》されるようにした。

（文筥説明）文筥　原型用写

文筥は色あせているが、菊の御紋は金色燦然と光々輝き三百年の古きを語っている。鵜沢家の家宝大切に保存されている。直訴後上野東叡山輪王寺の末寺にあたる千葉香取下総の真誠院に茂左衛門の匿いを依頼、同院では土地の名門である檀家総代鵜沢利右衛門に賢願した。東叡山輪王寺で匿ひ(い)方を願いするにあたり、護身の為に寺用人を装いて、他領である香取街(道)通行の為手形変り(代)金色菊の御紋入り文筥に匿い方の依頼状を収め持参させた。人目を忍び数日して早速鵜沢利右衛門屋敷別棟に隠した。天和二年十一月五日、処刑になったことを、真誠院はじめ鵜沢利右衛門家の人々努力の甲斐もなく、どんなに嘆き悲しみ日夜合掌冥福を祈ったことだろう。　種勝

⑯　十六番

板橋の茶屋のつるやの主人は、不審に思い風呂敷の中を改めたところ将軍宛の文筥《ふばこ》に驚き東叡山に持参した。

⑰ 十七番

東叡山　輪王寺宮《りんのうじみや》は五代将軍　綱吉公に訴状を手渡す。上野法親王宮《ほうしんのうみや》から、沼田領の秕政《ひせい》を聞き茂左衛門の願意を採り上げられたも、故なきにあらずである。伊賀守糾明の十ヶ条に、道中にて幼女の弁《わきま》えなき慮外を咎め切り捨てをなせしことを、数《かず》、「伊賀守も多くの子供がありながら乱暴者じゃ、憐憫《あわれみ》なき慳貪者《けんどんじゃ》じゃ」と伝へ(え)られて居《い》る。

⑱ 十八番

茂左衛門の訴状が、昌月《しょうげつ》法印の手によって書かれたことが露見した。不惜身命《ふしゃくしんみょう》、7万の生霊《せいれい》のために、その時が来たのを知った昌月は後顧《こうこ》の憂《う》いなきよう妻を離別し後事《こうじ》を弟に託した。崇高《けだか》い人格、測り知れぬ博識、聖者《せいじゃ》の一語々《いちごいちご》は鐵石《てつせき》をも貫く力強さをもつて、伊賀守に迫った。然《しか》るに、君側《くんそく》の奸《かん》　塚本舎人《とねり》は、昌月を送り還して、恩《おん》田《だ》の道端《みちばた》で生きながら石子詰《いしこづめ》の極刑《きょくけい》に処した。儀(義)僧昌月、彼は埋《うも》れ木の花咲く春を地下に待つであろう。

⑲ 十九番

龍の口評定所へ伊賀守父子を呼び出し十ヶ条の糾明が行われた。

1、両国橋用材請負《うけおい》証文《しょうもん》日限《にちげん》至《いたっ》て延着《えんちゃく》の事
2、百姓夫役《ふやく》心得ざる事
3、飢えに及びし百姓を救は(わ)ざる事
4、奢侈《しゃし》に長じ美酒美女を愛する事
5、旧臣《きゅうしん》の者共《ものども》に暇《いとま》を差出《さしだ》し新参者共《しんざんものども》に出頭役儀申附《しゅっとうやくぎもうしつく》る事
6、御朱印下馬《げば》を軽《かろ》んじ寺院殺生禁断《せっしょうきんだん》の場を狩り遊興の事

7、道中にて幼女のの弁《わきま》えなき慮外を咎《とが》め切り捨てをなせし事
8、先代の祖《そ》開発奉行《ぶぎょう》の地形に新検《しんけん》を入れ広大に貢《みつ》ぎを取る事
9、将軍御先祖より由緒ある忠臣譜代の家来に暇《いとま》を出し遣《(わ)》はせし事
10、百姓町人年来の訴訟取り上げ正糾《ただ》さざる事

⑳二十番

もともと家臣任せの伊賀守に、申し開きの立つべき筈《はず》もない。天和元年11月22日将軍家の台命より【真田伊賀守・行跡宜《ぎょうせきよろ》しからざる段・上聞《じょうもん》に達し吟味の箇条返答出来ざる条《すじ》、重科《じゅうか》たるによって、領地を召し上げ、奥平小次郎へお預け、又弾正小弼《だんせいしょうひつ》は、浅野匠守《(頭)》へお預け仰せ付けられる】伊賀守お気に入りの三人衆、悪虐の張本人共は其の夜の中《(うち)》に屋敷内に於いて、切腹を仰せ付けられた。天和元年12月19日城受《うけ》渡しを終って家臣は離散した。

㉑二十一番

板橋の茶屋に落書《らくしょ》の奇策を敢行して、そのまま行方不明となった茂左衛門は事の成否を気遣《きづか》い江戸に身を潜《ひそ》めて沼田領の様子を探《さぐ》った。真田家の没落を知った大誓願は窮民を救うにあるのだ。故郷の様子が知りたい、三郡の百姓の甦生《こうせい》に、賑《(わう)》はふ煙を見ない内は安《やす》んじて自《みずか》ら処するの途《みち》も取れない。ひそかに月夜野に現れ深更《しんこう》我が家の戸を叩いた。妻のぎん　から、詳細を聞き政道の改革　甚《はなは》だ意に満たぬのを感じた。「今一度やらねば」と深く心に決した。

㉒二十二番

177ヶ村のために、暫《しば》し身を潜めねばなるまい。再び江戸へ出ようと、子供達の寝顔に涙の別れを告げ、身を闇中《あんちゅう》にひるがえした。赤谷川《あかやがわ》の対岸、小袖坂《こそでざか》へさしかかった時、かねて作男となって留守中の我が家へ住み込んで

居た。(、)幕府の隠密のために不意を打たれて　無念や　終《つい》に捕らわれの身となった。

㉓ 二十三番

法親王《ほうしんのう》大悲の御涙《おんなみだ》は、終《つい》に将軍綱吉を動かし破格にも、赦免の上使《じょうし》が発せられた。時すでに遅し、処刑は、天和2年11月5日と決定した。月夜野橋の袂《たもと》、竹の下河原の刑場には、中央の磔刑柱《はりつけばしら》には永の牢舎《ろうしゃ》に、髭茫々《ひげぼうぼう》とやつれた義人が、高々《たかだか》と縛り付けられている。下には荒筵《あらむしろ》の上には、いたいけな妻子《さいし》の姿。磔刑柱《はりつけばしら》の上に瞑目《めいもく》していた茂左衛門は、「皆の衆ー」と呼びかけた。「茂左衛門は死んでも、沼田領の年貢は、3年たたぬうちに、屹度《きっと》引き戻して進ぜますぞ！！」と別れを告げた。

㉔ 二十四番

赦免の上使は、三国《みくに》街道を　頻《しき》りに馬を急がして居た。宮家の無辺《むへん》なる御《お》慈悲に対し、又将軍家の重き使命に対し申し訳なしと一散《いっさん》に駒を馳《は》せた。刑場の手前一里なる、井戸(土)の上村《うえむら》の土橋《どばし》へ差しかかった時、群衆に遭い刑場の模様を訊《たず》ねた。処刑の終りを知るや自責の念終《つい》に、その場に於いて切腹して果てた。状橋《じょうばし》地蔵尊として烈士の冥福を祈っている。

㉕ 二十五番

茂左衛門は磔《はりつけ》、獄門《ごくもん》にされ、その首がさらされてるのが哀れと、親族の者が大雪の夜、盗んで逃げる。1人が踏みとどまり番人と戦って打殺《うちころ》し、観音山の中腹に埋葬する。みくじ(ぐし)塚として残っている。翌　貞享《ていきょう》元年2月から再検地を始め、同3年9月を以って終了した。その結果は、6万5千石に軽減され、貞享のお助け縄と呼ばれた。刑場跡には地蔵尊が建立され、念仏堂を設けて千日にわたる供養が行われた。そして千日堂と呼ぶ様になった。

㉖ 二十四　御首塚（みぐしづか）

㉗　二十　四ヶ用水と坂上の獅子舞
㉘　十八　ヤッサ祭り
㉙　十九　直渉（万葉歌碑　多々和多理）
㉚　二十六　白子屋お駒（お熊）
㉛　三十　高橋お伝
㉜　三十一　高橋お伝

おこまとおでん
月夜野町生まれの美女二人・刑場に消える
唯一の大岡裁き「白子屋お駒」
「恋娘《こいむすめ》昔《むかし》八丈」「梅雨《つゆ》小袖《こそで》昔《むかし》八丈」河竹黙阿弥脚色　中村座上演　と
仮名書魯文「高橋阿伝《おでん》夜叉譚《やしゃばなし》」
「綴合《つづりあわ》せお伝仮名文」河竹黙阿弥脚色　新富座で菊五郎上演

㉚〔白子屋お駒〕

享保年間のこと、江戸新材木町に白子屋という材木問屋があった。そこの娘おつねと入りむこの庄三郎との間におくまは生まれた。白子屋の家業が不振になったとき、おくまに二百五十両の持参金つきの又四郎を迎えた。又四郎はぶ男、それに絶世の美人妻おくま。夫婦仲が平穏でないのに同情したのが女中で、好男子の手代をおくまにとりもった。情を知った母のつねも一しょになってむこの追い出しにかかる。

やがておくまはある商家の二男坊と密通、「又四郎と別れるなら二百両持参の上入夫してよい」と言われ、母も欲がからみ、何とかむこの落ち度を作ろうと、女中をそそのかしむこの寝床にしのばせたり、女中に無理心中をよそおった殺害を計ったが、何れも失敗、女中は「おかみさんから頼まれてた」と白状した。事件は奉行所へ。これが大岡裁きで実在する二件中の一件。おくまは市中引きまわしの上処刑された。美人なるが故の悲劇だった。

小川の出だった庄三郎は供養のために、岳《（嶽）》林寺に念仏堂を建てたが、いまおこま堂と呼ばれるものである。

（31）（32）〔高橋お伝〕

高橋お伝は弘化三年、下牧に生まれる。「お伝が通れば人垣ができる」ほどの典型美人。夫浪之助が不治の病といわれ、ふたりは名医を頼って江戸に出た。神田琴平宮へ祈願の参詣をしたとき、姉のおかねに会い「横浜にいる有名なヘボン博士に診てもらうのがよい」と教えられ横浜へ。名医の治療で浪之助は快方に向かうが、お伝は医療費をかせぐため夜の女になったと言う。

姉は内山仙之助という男の世話になっていたが、仙之助はお伝にまで言い寄ることがあった。あるとき仙之助の使いが来て、夫の病によくきくと言って薬を渡した。この薬を飲ませると、夫は苦しみながら死んでしまった。その上姉が仙之助に殺されたらしいと聞いたお伝は「たとえ夜叉となっても二人のうらみを払《（晴ら）》そう」そう決心すると仙之助の行く方を追った。そして三年後、日本橋に住む後藤吉蔵が仙之助らしいとの知らせ、首実検するとまぎれもない仙之助。その夜お伝は浅草の旅館に吉蔵こと仙之助を誘った。寝物語りの後仙之助は冷たくなっていた。

明治十二年、東京重罪裁判所は、お伝の仇討ちをみとめないまま斬罪に処した。

なき夫のために待ちえしときならば　手向けに咲きし花とこそ知れ　と

夫浪之助に尽くした心情をよんで、世評には毒婦とも貞婦とも呼ばれ、ついに刑場に消えたのである。

3　絵紙『義民茂左衛門一代記』（多色刷　翻刻に際し、新たに①～㉚の絵番号を付した。漢字は新字体に改め、読点を付した。）

①真田伊賀守信直ガ城主タリシ沼田城、所領高三万石、苛税石高、十四万四千二百十三石二斗四舛四合

②伊賀守ハ淫酒ニ耽リ労費スルコト多ク、手元不足セシヲ以テ百姓ヲ苦シム

③入上米ハ普通四斗ナリシモ、夫レ以外ニ伊賀桝（四舛八合六勺）ニ、一杯ヅヽ入レシメタリ

④役銭取立

一、山手役　秣刈、薪採
一、川役　魚捕、網打
一、鉄砲役　鳥獣ノ猟
一、窓役　家ニ窓ヲ明クレバ取立
一、婚礼役　祝儀アレバ双方ヨリ取立
一、産毛役　出産アレバ生レ子ヨリ
一、井土《（戸）》役　飲料水ニ課税
一、絹役　絹ノ着物ヲ着ル者
一、藍役　藍染ノ着物ヲ着ルモノ
一、地幅アル家　地幅ノナキ家（伊賀造リ）現存ス
　　以上銀何匁トシテ課ス

⑤年貢ノ納期ハ毎年十二月二十日ニテ、夫レニ納マラザルモノハ、吾妻郡名久田村ノ水牢ニ打込レタリ

⑥沼田領ハ山間地ナレバ饑饉一層酷シク、加フルニ苛税甚シケレバ百姓ハ餓死シ、或ハ他領へ逃ゲ出ス
⑦各村ノ名主等ハ領主ニ向ヒ度々強訴セシモ、取上ゲザレバ万策ツキテノ評議
⑧江戸両国橋架替ニ際シ、用材受負ノ事ヲ家臣ヲ集メタ評議ス
⑨茂左エ門ハ苛斂誅求見ルニ忍ビズ、近郷ノ名僧須川町大宝院昌月法印ニ縋リ直訴状ノ起案ヲ依頼ス
⑩両国橋材ハ江戸大和屋久右エ門ガ受負シヲ、伊賀守ガ横受ヲナシ手附金二千両ヲ受取リ、百姓ヲ無給夫役ス
⑪茂左衛門ハ百七十七ヶ村ノ為メニ将軍ニ直訴ヲ決心シ、伊セ参リニ行クト称シテ生家ヲ出デ江戸ニ向フ
⑫茂左衛門ハ侍ニ紛シテ、板橋ノ茶屋ニ風呂敷包（東叡山輪王寺宮一品親王殿下宛ノ文筥中ニ将軍宛ノ直訴状ヲ入レ）預ケ置キタリ
⑬板橋ノ茶屋鶴屋主人ハ、驚キテ文筥ヲ上野東叡山へ持参ス
⑭輪王寺宮殿下ニハ、五代将軍綱吉公ニ訴状ヲ手渡サル
⑮茂左エ門ハ僧侶ニ扮装シ、東叡山ノ様子ヲ窺ヘリ
⑯茂左エ門ハ故郷ノ様子ヲ窺ハント、竊ニ生家ニ帰ル
⑰茂左エ門ハ妻子ニ別レ、再ヒ江戸ニ赴カント生家ヲ出デ、途中小袖坂ニテ下僕（実ハ取方）ノ為ニ召捕ラル
⑱大宝院昌月法印ハ、茂左エ門ト結託シ、直訴状ヲ認メ呉レシコト露見シ、恩田河原ニテ、石詰極刑ニ処セラル
⑲伊賀守江戸参覲（勤）ノ途中、館林領内ニテ頑是ナキ幼女ノ行列ヲ横切リシヲ、用捨（容赦）ナク慮外打ニセリ
⑳伊賀守ハ殺生禁断ノ御朱印地迦葉山ノ霊場ヲ、領内総百姓ヲ駆集メ、大仕掛ニテ巻狩ヲ催セリ
㉑政所村名主市兵エハ、茂左門ト同志ノ犠牲者ニテ、百姓ノ為ニ江戸大目附へ訴願セシヲ以テ、斬罪ニ処セラ

レ、后ニ首斬市兵ヱトシテ祀ラル

㉒伊賀守天和元年十月二十九日、老中ノ差紙ニテ江戸龍ノ口評定所へ呼出サレ、下記十ヶ条ヲ糾明サル

㉓十ヶ条

一、両国橋用材受負証文日限至テ延着ノ事
一、百姓夫役心得サル事
一、飢ニ及ビシ百姓ヲ救ハサル事
一、奢侈ニ長シ美酒美女ヲ愛スル事
一、旧臣ノ者共ニ暇ヲ差出シ、新参ノ者共ニ出頭役儀申附ル事
一、御朱印下馬ヲ軽ンシ、寺院殺生禁断ノ場ヲ狩遊興ノ事
一、道中ニテ幼女ノ弁ナキ慮外ヲ咎メ、切リ捨テヲナセシ事
一、先代開発奉行ノ地形ニ新撿（検）ヲ入レ、広大ニ貢ヲ取ル事
一、将軍御祖先ヨリ由緒アル忠臣譜代ノ家来ニ暇ヲ出シ遣ハセシ事
一、百姓町人年来ノ訴訟取上不糺サル事

以上

㉔沼田城明渡ノ上使トシテ、安藤対馬守先達トナリ、六千五百五人ノ同勢ヲ引連、天和元年十二月十九日城明渡ヲ済ス

㉕茂左エ門ヲ利根川畔竹ノ下河原ニテ、天和元年十二月二十五日、磔ノ刑ニ処ス

㉖百七十七ヶ村ノ百姓ハ、其残酷サヲ見テ憤慨ニ堪ヘズ

(27)赦免上使井土上村迄来リ間ニ合ハズ、其場ニ切腹ス、后人ハ供養ノ為、地蔵尊ヲ建立シ、状橋地蔵トシテ香煙タエズ
(28)月夜野、戸鹿野、薗原、岩井村ニ御堂ヲ建立シ、千日ノ間念仏供養ヲナシ、千日堂ト称シテ今尚存ス
(29)茂左エ門ノ遺骨ヲ埋メタル墓地
(30)月夜野町有志相図リ、大正十一年十月十日、千日堂ヲ改築シテ茂左エ門ヲ祀レリ
　画作者　群馬県利根郡桃野村大字月夜野　青柳重雄　版権者　群馬県利根郡桃野村大字月夜野　後閑源助　発行者　群馬県利根郡桃野村大字月夜野　千日堂

4　絵紙『沼田回顧義民茂左エ門一代記』（多色刷　(一)～(二十九)の絵番号は原文に付されている。）

(一)真田伊賀守信純ノ城廓、所領三万石ナリ
(二)伊賀守ハ豪奢ヲ好ミ日夜酒食ニ耽リ領民ノ苦シミヲ顧ス
(三)沼田三万石ハ十四万四千余石ト改メ、領民饑饉ノ上苛税ニ堪ズ、餓死又ハ他領へ逃亡スル者多シ
(四)真田伊賀守ハ両国橋架掛ノ木材ヲ請負フ
(五)茂左エ門、百七十ヶ村ノ為ニ伊勢参宮ト称シテ直訴ニ出立
(六)高崎桔梗屋ニテ元下男源八郎ニ会イ、心中ヲ明ス、源八郎大ニ同情シ力ヲ添フ
(七)酒井雅楽頭様へ直訴ヲ企テ已ニ召取ラル所、源八郎狂人トイツワリ、其罪ヲ謝ス
(八)茂左エ門、侍ノ姿ヲ扮シ、文筥ヲ注文ス
(九)板橋ノ茶店鶴屋主人ニ文筥ヲ預ケ立去リ行衛ヲ晦ス

（十）鶴屋藤兵エ、心痛ニ不耐、伯父清助ト共ニ上野寛永寺へ届出ッ
（十一）諸太夫、怪シキ文筥ニ不審ヲ起シ上様へ上申ス
（十二）輪王寺ノ上様、将軍綱吉公ニ訴状ヲ渡ス、将軍伊賀守ノ行状調方ヲ命ス
（十三）真田伊賀守信純ハ失政ノ咎ニヨリ終ニ改易トナル
（十四）改易役元ノ三万石ニセント、各名主集リ評議ノ上、願書ヲ認ム
（十五）霜月八日ノ夜半、茂左エ門七年目ニテ我家ニ帰ル
（十六）留守中下僕タリシ喜助ニ礼ヲ述べ、翌日鶏鳴ト共ニ妻女ニ別レヲ告グ
（十七）小袖坂ニテ、下僕喜助実ハ取方新蔵、茂左エ門ヲ召取リ江戸ニ送ル
（十八）百七十ヶ村名主総代命乞ノ為メ江戸へ出立ス
（十九）名主総代ハ浅草観音前ニテ源八郎ニ会フ
（二十）源八郎ト共ニ輪王寺へ願書ヲ捧呈ス
（二十一）茂左エ門、越訴ノ罪人トシテ国元へ送ラル
（二十二）幕府ハ評議ノ結果赦免状使ヲ走ラス
（二十三）哀哉、茂左エ門磔、おきん斬首ノ刑申渡サル
（二十四）領民、惨刑ヲ見テ慟哭止マス
（二十五）赦免状使井土上テ（ニ）テ、所（処）刑済ト聞キ引返ス
（二十六）村民、千日堂ヲ建立シ、源八郎僧トナリ、終生供養ヲ勤ム
（二十七）刑場ニ石地蔵ヲ建テ、爾後二百数十年香花常ニ絶エス、大正ノ御代許可ヲ得、本堂ヲ建立ス

（二十八）沼田公園ハ真田伊賀守正純ノ城跡ナリ
（二十九）香畑ノ昇ルハ刑場、竹ノ下ニテ月夜野橋ノ袂、本堂建立前ノ光景
画作者　青柳重雄　群馬県利根郡月夜野　発行者　青柳定之助　印刷者　原沢孝次郎　大正十四年十一月　再版
発行

5 『義人茂左衛門訴状之写し』（千日堂内掲額）

乍恐以書附御訴訟申上候

一、真田伊賀守御領分、上野国利根郡九拾五箇村、吾妻郡七拾五ヶ村、勢多郡七箇村、百七拾七ヶ村ニ而、従古代三万石有来候処、天下制法史（更）肆事行、去寛文二年壬寅歳、御自分之御検地入、田畑高下之無差別、高侭、大木森林之際無之、御棹入被成、右沼田領利根郡・吾妻郡・勢多郡之儀者、四方高山構山合谷合ニ有之候村方御座候所、拾三万八千石余ニ被遊、従是日々邪帰（侈）増長シ、無謂運上物成高山御取箇高西ニ御取上、百姓相続可相成様茂無御座候、近年饑饉相続、葛蕨木之実等ニ而、一命ヲ槃（繋）、於于茲真田伊賀守殿両国橋御請負被遊、材木山出シ之儀ニ付、御領分百姓課役ニ被仰付、難黙止相勤メ候得共、百姓其日稼之夫食可貯様茂無之、父母妻子山ニ捨、野に逃、或他参いたし、行方不知者、其数難斗、老弱者共餓死ニ相成候得共、村里傍輩迚茂、同様之始末故、依之可致合力様茂無之、疲倦難卒之苦、難凌、百姓功止ニ迷ヲ不見忍、依之不顧一命ヲ、為民為人、強訴之不厭罪科、無是非御訴訟奉申上候、以御慈悲村々難儀之始末被聞召、惣百姓困窮相逼、一命御救被下置候へば、莫太之御仁恵、仰御恩宅ヲ、大悦至極、有難仕合奉存候、以上

天和元年辛酉年

真田伊賀守様御領分
　上野国利根郡　九拾五ヶ村
　同国　吾妻郡　七拾五ヶ村
　同国　勢多郡　七箇村
右三万石願惣代
　　同国利根郡月夜野町
　　　願人
　　　　　三郎左衛門

奉納　川端昌治

6　八木節『磔茂左衛門』月夜野八木節会唄（千日堂内掲示、春秋彼岸の茂左衛門地蔵尊縁日で歌われる。）

沼田城下の　月夜野まちに　語り継がれる　茂左衛門様は
村のためだと　命を捨てて　人の暮らしを　救った男
利根のしぐれは　涙か露か　哀れ涙を　涙をいまも
流しながらも　読み上げますする

菜たね油と　民百姓は　しぼりゃまだ出る　余裕があると
民の苦境も　見て見ぬ振りの　沼田城主の　悪政つづく

人は飢え死に　苛酷な年貢　見るに見かねた　茂左衛門様が
江戸へ直訴と　ひそかに向かう

村を出てから　幾とせ過ぎた　村を知りたく　こっそり戻り
直訴本望　見とどけました　それも束の間　小袖の岩場
ご用ご用の　縄かけられる　助けください　村人たちの
声も空しく　磔処刑

百と七十　七ヶの村の　助けられたる　その人々は
恩を忘れず　三百余年　祀るはりつけ　お地蔵様に
花や線香の　たむけも絶えず　功をたたえる　茂左衛門様は
のちの世までも　その名を残す

7　**『茂左衛門地蔵尊由来記』**（平成七年　屋外掲示板）

今から凡そ三百年余前のこと上州沼田領三万石の城主、真田伊賀守信直は華美放漫の政治をした為に藩の財政は窮乏したので、これが立直しの為領民の苦境をも考えず、寛文年間再度に亘り無理な検地をして三万石を約五倍にあたる十四万四千余石とし、その上、凶年続きで困苦の、どん底に、あえいでいる百姓から苛酷な取立を行い滞納者には残酷な刑罰に処した。

この惨状を見るにしのびず、利根、吾妻、勢多の三郡百七十七ヶ村の領民の為に一命捨てる覚悟で立上った月夜野の百姓茂左衛門である。茂左衛門は姓を杉木と言い、義気に富んだ中流の百姓であった。天和元年（一六八一）正月領主真田伊賀守の非行、領民の惨状をした、めた訴状を懐にひそかに江戸に上り、上野輪王寺宮から将軍家え《（へ）》巧妙な方法で直訴に成功した。

時の将軍（五代綱吉）は取調べの結果、罪状明確なので伊賀守は改易、沼田城破却の運命となった。

茂左衛門は本望をとげたのを見とどけたので、ひそかに郷里に帰り妻に別れを告げ自首を決意して江戸に向かうところを小袖坂で幕吏に捕えられ江戸送りとなり、取調べの上、所成敗となり天和二年十一月五日、月夜野の竹の下河原で磔刑（はりつけ）に処せられた。領民はその死をいたみ刑場あとに、地蔵尊を建て供養を続け、その遺徳をしのびきたが大正十一年旧領地をはじめ各地の特《（篤）》志家からの浄財によって、こゝに茂左衛門を祠《（祀）》る千日堂が建立されたのである。

茂左衛門地蔵大祭　春秋彼岸中日

平成七年六月吉日

茂左衛門地蔵尊千日堂運営委員会

8　［本堂改築記念碑］（大正十一年　境内建碑）

救民慈悲ノ権化杉木茂左衛門ノ供養ノ為メニ、時人其ノ刑場跡ニ一基ノ地蔵尊ヲ建テ、茂左衛門地蔵ト崇メシヲ、更ニ貞享年間旧沼田領タル利根勢多吾妻百七十七ヶ村ノ百姓ガ、同地蔵尊ノ為ニ当千日堂ヲ建立寄進シテ、拝礼ノ香花絶ユル無カリキ、然ルニ明治初年社寺廃合ノ制出デ、空シク廃堂ノ止ムナキニ至ル、サレド茂左衛門ヲ欽慕崇敬スルノ念ハ、日ヲ経ト共ニ益益熾ニシテ、遂ニ千日堂再建ノ議成リ、小野善兵衛、尾﨑善五郎、松井百六、其他世話人一同シテ、旧沼田領ハ勿論、広ク県下有志ノ醵金ヲ得テ、大正六年十一月改築ニ着手、同十年十二月月竣工、同十一年十月八日茂左衛門地蔵ノ御本尊ヲ本堂ニ納メ奉ル、依テ茲ニ寄進弐拾五金以上ノ芳名ヲ刻シテ其ノ紀念トナス

（寄付者・本堂改築世話人　略）

大正十年十月改築　金子竹雪書　石国刻

9　『本堂改築之碑』（昭和四十六年　境内建碑）

義人茂左衛門は、今を去る三百年前、利根、吾妻、勢多百七十七ヶ村の為に、義血侠骨身命を抛て、自ら犠牲となり、越訴の刑に問われ、無残にも磔刑に処せられたのであります、領民の悲しみは一方ならず、その遺徳を慕い、千日の供養を施し、刑場跡に地蔵尊を建立した、領民の信仰は厚く、日夜香煙の絶ゆることがなかった、大正十一年、偶々地元有志の発起により、旧沼田領は申すまでもなく広く県下に喜捨を募り、利根河畔の小丘に堂宇並に事務所を建立し、義人の霊を奉祀したるも、其の後四十有余年をけみし、その荒廃目に余るものがあり、尚三国街道開通に伴ない、各方面より観光客激増し、之等参拝者もその名声に比し、余りにもお堂の貧弱さに驚嘆している現状でありますので、昭和四十三年、地元有志相はかり、義人の霊をしのび、本堂改築並に事務所新築をいたすべく、広く信仰厚き皆様方に、特段の喜捨を賜りたく懇願しましたところ、多数寄進者の御協力により、荘厳なる堂宇と近代的な事務所の建設を見ることができました、この事務所完成に当り御喜捨下さいました皆様と共に、義人の徳を永遠に偲ぶため、茲に記念碑を建立する。

昭和四十六年九月吉日　山岸勝四郎撰文　増田穂積謹書
　寄付者芳名（略）
茂左衛門地蔵尊本堂改築事務所新築建設委員会　設計施工　高宮栄次郎　吉田十七三　石工　阿部精司謹刻

10　『義人顕影碑』（大正十年　境内建碑）

義人杉木茂左衛門之碑
　正二位勲一等公爵徳川家達

11　入口標柱石（境内建碑　四基）

茂左衛門地蔵尊入口　大正三年十一月元日
　栃木県那須郡親園村　清水文弥建之　世話人　月夜野村酉興会
茂左衛門地蔵尊入口　大正五年三月良辰
擲身而救民　大正十五年三月建之
遺尊伝万世（年号なし）

茂左衛門地蔵尊と妻子の地蔵尊

茂左衛門地蔵尊千日堂

寺務所の『茂左衛門一代記』の額絵

寺務所入口

『茂左衛門一代記』を語る久野幸雄氏（2013年10月24日）

①月夜野宿での戦い

②名胡桃城の落城

③豊臣秀吉の小田原攻め

④沼田城に入る真田伊賀守信直

⑥検地による増税

⑤豪奢な酒食の伊賀守

⑧酷寒の水牢

⑦伊賀桝による増税

⑨重税に苦しみ逃げ出す領民

⑩館林領内で幼女を切り捨てた

⑪殺生禁断の迦葉山での巻狩り

⑫両国橋の用材を切り出す百姓

⑬越訴した松井市兵衛の処刑

⑭直訴のため江戸に向かう茂左衛門

⑮直訴状の文筥を茶屋に置く

⑯文筥が輪王寺宮に届けられる

⑰直訴状が将軍綱吉に渡る

⑱昌月法印が石子詰めになる

⑲伊賀守への十箇条の糺明

⑳沼田城の明け渡し

㉒隠密のために捕われる茂左衛門

㉑月夜野の家に戻る茂左衛門

㉔駆せる赦免の使者

㉓磔となった茂左衛門

㉕獄門の首を盗む

㉖茂左衛門の首を埋葬する

㉗伊賀守が引いた四ケ用水

㉘ヤッサ祭り

㉙万葉集に歌われた徒渡り

㉚白子屋お駒

㉛夫を助ける高橋お伝

㉜仇を討つ高橋お伝

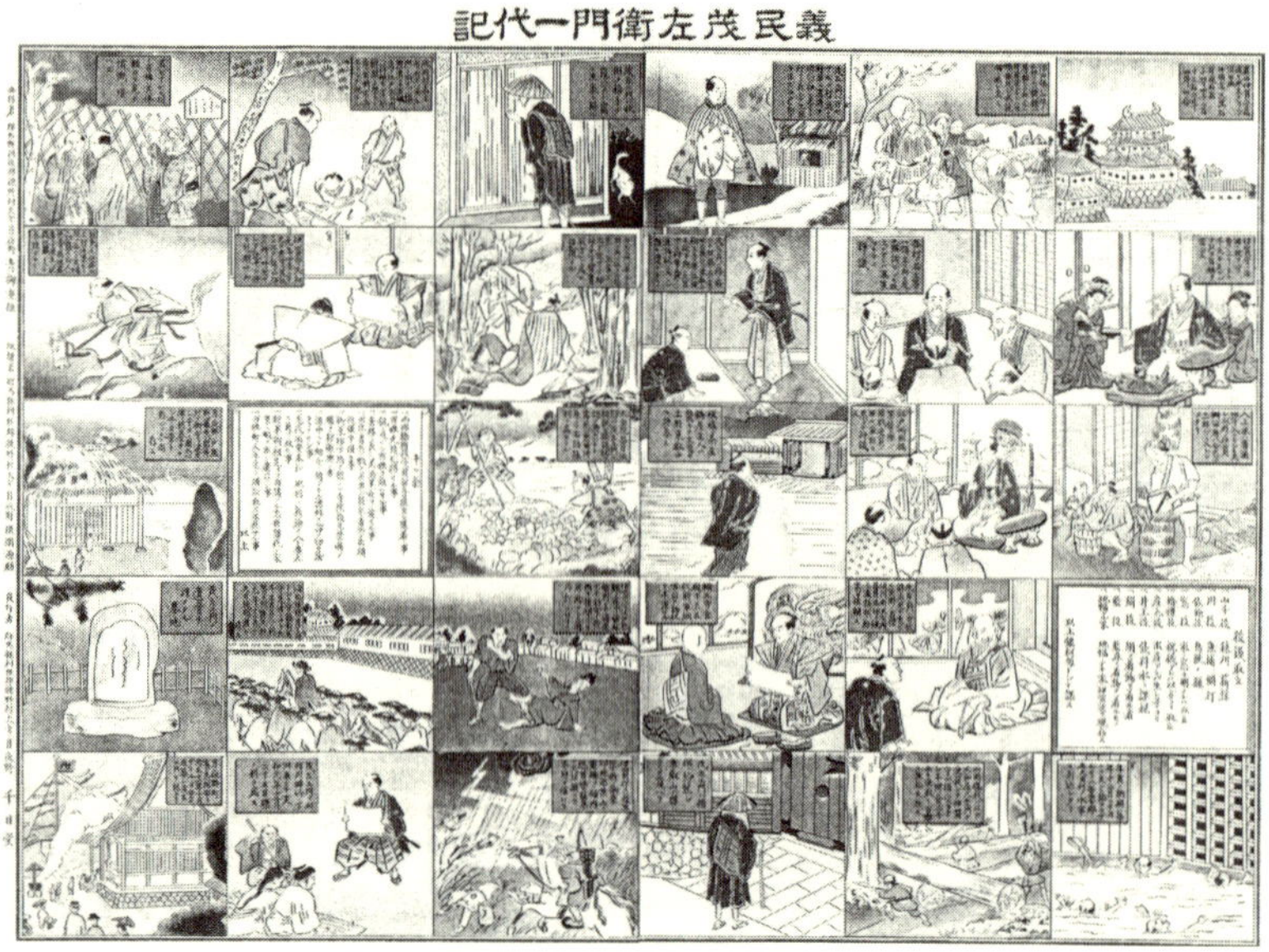

絵紙『義民茂左衛門一代記』（大正11年）

絵紙『沼田回顧義民茂左衛門一代記』（大正14年）

のぞきからくり研究略史とからくり歌「地獄極楽」の比較検討

上島敏昭

一　のぞきからくり研究略史

「のぞきからくり」とは

「のぞきからくり」とは、箱の側面に覗き穴を設けた装置を用いて内部を覗き見させる見世物のことである。江戸時代から明治・大正を経て昭和の戦前までは、縁日や祭礼の娯楽として人びとに親しまれていた。「からくり」と称するのは、箱の中に「からくり人形」を仕込んで動かし、覗き見させたことに由来する。のちに人形に変えて、絵画を仕込むように変わった。「のぞき眼鏡」と呼ばれることもある。

山本慶一『のぞきからくり』と板垣俊一『江戸期視覚文化の創造と歴史的展開』

のぞきからくりの研究としてまとまったものに、山本慶一『のぞきからくり』[1]と板垣俊一『江戸期視覚文化の創造と歴史的展開—覗き眼鏡とのぞきからくり』[2]がある。山本の『のぞきからくり』は文献を渉猟し、図版も多数掲載して、のぞきからくりについて俯瞰した最初の研究書で、構成は「第一部・のぞきからくりの歴史と風俗、第二部・のぞきからくり口上集、附録・のぞきからくり年表」となっている。長らく、のぞきからくり研究の基本文献であり、同時に唯一の、のぞきからくり研究書であった。

板垣の『江戸期視覚文化……』の構成は、「第一章・西洋製光学器具と〈のぞき眼鏡〉、第二章・覗き見の装置と遠近法絵画、第三章・江戸時代前期の〈のぞきからくり〉、第四章・江戸時代後期の〈のぞきからくり〉、第五章・近代の〈のぞきからくり〉、第六章・中国の〈のぞきからくり〉―拉洋片」である。山本の研究から約四十年、その基礎研究を踏まえた上で、さらに深く、そして広く、研究が進展している。その四十年の、のぞきからくり研究を概観してみたい。

山本に先行する研究

その前にまず、山本に先行する研究の主なものを上げておきたい。いくつかの芸能辞典（事典）が「のぞきからくり」の項を設けているが、前田勇編『上方演芸辞典』[3]のものがよくまとまっている。幕末の百科事典である『守貞謾稿』[4]に記された「のぞきからくり（覗機関）」の挿画と解説文の紹介、近世文芸に現れたのぞきからくりの記述、近代に入ってからの変遷、そして執筆当時の現状など、大衆芸能史を主眼としてまとめている。辞典の一項目とはいえ充実した内容で、歴史・風俗史の観点からまとめており、山本の先行研究といえるだろう。

のぞきからくりの興行では、箱の中の絵を説明する口上として歌を歌った。この口上歌をまとめたものとして、河本正義『覗き眼鏡の口上歌』[5]がある。これは雑誌『上方』第四四号（一九三四・八）に発表したものに加筆して、四十五演目を収録し一冊とした。山本は、この本には載っていない口上歌を収録している。なお、一九九五年に

「日本児童文化史叢書3」として、児童文学者の上笙一郎が解説を付して復刻された。

一方、のぞきからくりを美術史の観点から注目した研究もある。いずれも、のぞきからくりに使用される絵が、西欧伝来の透視図法で描かれていたことに触発された研究である。黒田源次『西洋の影響を受けたる日本画』(6)がまとまったものとしては早い。本書は「浮絵」と「円山応挙の眼鏡絵」と「長崎絵」について考察しているが、「浮絵」と「眼鏡絵」がのぞきからくり研究には関わりが深い。また、シュールレアリズムをいちはやく日本に紹介したことで知られる美術評論家・外山卯三郎は「透視画法と覗眼鏡と〈覗きからくり〉と」(7)で、浮絵と覗き眼鏡・覗きからくりという器具との関わりについて論じている。この論文は、のちに外山の『徳川時代の洋風美術』第一巻(8)に収録された。これらを受けて、浮世絵研究家の楢崎宗重は近藤市太郎との共著『日本風景版画史論』(9)で、風景版画史のなかに「浮絵」を位置づけ、浮絵が近世絵画史における写実の問題において重要な意味をもっていることを指摘した。また本書では、黒田論文以前に、雑誌『此花』第四枝(10)で、ジャーナリスト宮武外骨が「覗機関に入れてみる絵のことを浮絵と云った」と記した文章も紹介して、浮絵と、その絵をより効果的に見る器具であるのぞきからくりとの関連の重要性を指摘している。

これらの先行研究から、のぞきからくりが、およそ次の三つの研究分野において研究対象とされたことがわかる。ひとつは演者がお客に覗き見させる芸能という面に注目して見世物・大道芸研究の分野、ひとつは演目の語り(唄)に注目して伝承文芸研究の分野、そしてもうひとつは美術工芸品としてのからくり屋台、からくり絵に注目して日本美術研究の分野、である。

山本の『のぞきからくり』

これらの先行研究を受けて山本は、「のぞきからくり」と呼ばれるものには、見世物・大道芸などの興行ものと、絵画を鏡とレンズを通して見て個人で楽しむものとの二種類があることを指摘し、従来この二つが混同されてきたため「のぞきからくり」が正しく理解されなかったと、先行研究を批判したうえで、興行ものとしてののぞきからくりは、最初はからくり人形を覗かせたが、やがて浮絵の登場によって、その手法で描かれた絵画を見せるようになった、と推定している。

さて、山本は『のぞきからくり』発刊以降もいくつかの論考を発表している。よく知られているのが、「のぞきからくりと写し絵」[11]（『芸双書8　えとく―紙芝居／のぞきからくり／写し絵の世界』）である。本書は、寺社などで行われていた絵解きやのぞきからくり、写し絵、紙芝居といった絵画を伴った口承文芸を、日本の伝統的な唱導文化であった絵解きの系譜ととらえて編まれたものである。ここで山本は論文名の通り、のぞきからくりと写し絵について執筆している。このなかで、昭和五十五年（一九八〇）、東大阪市の野崎観音で行われた、大阪ののぞきからくり師・黒田種一氏の最後の公演をレポートし、こののぞきからくり屋台が、その後、九州・佐賀県の北園忠治氏に受け継がれたことを紹介している。山本はほかにも、雑誌『国文学　解釈と鑑賞』第五〇巻六号[12]、および同第五二巻三号[13]にも、のぞきからくりに関する論考を寄せている。これらの補足論文も含めて、山本の研究の視点は一貫して「芸能としてののぞきからくり」であった。

見世物研究におけるのぞきからくり

ところで、現役業者が引退するのとバトンタッチするように、昭和五十二年（一九七七）、長年民家の蔵に眠っていたのぞきからくり屋台が日の目を見て脚光を浴びた。それは新潟県巻町（現、新潟市西蒲区巻地区）ののぞきからくりで、町民有志によって保存運動が立ち上がり、次第に盛り上がって、やがて「のぞきからくり」の屋台・ナカネタ等一式が同町の有形文化財に指定される。それに伴ってさまざまな聞き書き、考証が行われた。そうした文化財保護の過程で、報告書『のぞきからくり—その構造と機能』[14]が作られている。本書には、「幽霊の継子いじめ」という演目の屋台の実測組み立て図、口上の歌詞、ナカネタの写真、そしてナカネタだけが保存されていた「八百屋お七」の写真と口上などを紹介、その現状を記している。

前記の『芸双書8　えとく』と同じく、のぞきからくりを絵解きの系譜として芸能の観点からとらえた研究書に『絵解き万華鏡』[15]がある。絵解き研究会と説話文学会の合同主催で平成五年（一九九三）、東京・深川江戸資料館ホールで行われた「絵解きの世界」公開公演に際して編集されたもので、その時点で全国に所在が確かめられていた「のぞきからくり」の実状を記している。同時に、のぞきからくりとその口上歌を元に創作されたと想像されるバナナの競り売り歌（通称「バナちゃん節」）についても触れている。また、のぞきからくりの隣接芸能であった「地獄極楽」（パノラマ地獄極楽、あるいは十界）の口上を、見世物小屋の芸人であった故・安田里美氏の口演より採録している。

絵解きの系譜としての研究では、ほかに根井浄による二つの論文「絵解きの遺産のぞきからくり」[16]と「のぞきからくり」[17]がある。どちらの論文も、長崎県南島原市（旧、深江町）教育委員会に保管されているのぞきからくりを中心に論じたもので「地獄極楽」という演目を取り上げているが、その語りとして、絵解き・祭文・のぞきからくりの三者の関連を想定している。

絵解きというより、のぞきからくりをもう少し広く視覚文化の見世物としてとらえると、「影からくり」と名付けられた細工の研究が注目される。江戸東京博物館で平成二十四年に行われた「日本橋」展に出品された絵巻物「隅田川風物図巻」についての考察である。この絵巻物は、日本橋川および隅田川の両岸の景色を描いたものだが、茶店の窓や障子、あるいは両国の花火などの部分が切り抜かれて、その裏から薄紙が貼ってあり、表から一見しただけではその細工がわからないようになっている。しかし暗い部屋の中で裏から強い光を当てると、その部分から光が滲んで、昼間の風景画はたちまち夜景に転ずる。この細工を「影からくり」と呼び、この絵巻物は見世物興行に使用されたのではないかと推測されている。のぞきからくりでも、江戸時代後期になると夜景を見せていたことが、見聞記や戯作などから知られ、現存するのぞきからくりのナカネタにも全く同じ細工が施されている。両者の具体的な関連性は不明だが、影からくりの絵巻物とのぞきからくりにはなんらかの関連はあったのではないかと考えられる。(18)

美術史研究におけるのぞきからくり

また、美術史サイドで行われてきた、戦前ののぞきからくり・覗き眼鏡研究を引き継ぎ、さらに深めたのが、昭和五十九年四月から五月にかけて神戸市立博物館で開催された『眼鏡絵と東海道五十三次―西洋の影響をうけた浮世絵』展であった。いうまでもなく、黒田源次、外山卯三郎、楢崎宗重の視点を受け継いだものである。(19) この展示を企画・担当した岡泰正はのちに、さらに考察を深めて『めがね絵新考―浮世絵師たちがのぞいた西洋』(20) を著した。また、岸文和『江戸の遠近法―浮絵の視覚』(21) も同じ視点からの著書である。岸は、「浮絵は、異国の眼差しと自国の眼差しが交錯することによって誕生した奇妙な果実」と言い、それがどのように制作され、どのように享受されてきたのかを、時代を追って記述し、幕末に至って、北斎、広重の風景画として結実するまでの道筋を明らかにしている。

実際ののぞきからくりに即した研究ではないが、のぞきからくりなど箱を使用して世界を覗き見る装置――すなわち写真機、写し絵、ピープショーなども含む光学器械の日本への伝来と民間の受容、江戸時代の日本と西欧の文化交流を探る試みも興味深い。タイモン・スクリーチ『大江戸異人往来』(22)、同じ著者の『大江戸視覚革命―十八世紀日本の西洋科学と民衆文化』(23)、国立科学博物館の『江戸大博覧会―モノつくり日本』展(24)など、いずれも刺激的な著作および展示であった。長崎のオランダ商館を通じて日本にもたらされた西欧文化は、いままで教えられてきた「江戸時代＝鎖国」というイメージを大きく覆すものであったことを教えてくれる。

板垣『江戸期視覚文化の創造と歴史的展開』

『江戸期視覚文化……』の第一章と第二章には、この美術史サイドからの最新研究が反映されている。この部分は、「のぞきからくり」の隣接文化であった「覗き眼鏡」についての考察でもある。ちなみに、板垣は山本の研究を受けて、まず、二種類の「のぞきからくり」を明確に区別している。すなわち、従来混同して用いられてきた用語としての「覗き眼鏡」と「のぞきからくり」を明確に区別し、眼鏡絵を覗く装置を「覗き眼鏡」と呼び、興行ものとしての装置を「のぞきからくり」と呼ぶ。こうして「覗き眼鏡」と「のぞきからくり」とを区別したうえで、両者の性格の大きな違いを指摘する。「覗き眼鏡」は現実を写実的に描いた絵（眼鏡絵）を見るための装置であり、覗き手が志向するのはよりリアルな現実である。それに対し、「のぞきからくり」は箱の中の劇場を覗き見る装置であり、覗き手が志向するのは現実とは別世界であるといい、両者は「異なる知の領域に属している」としている。

『江戸期視覚文化……』の第三章以降が「のぞきからくり」の研究で、山本の研究の再検討と継承である。山本と大きく異なるのは、実演者がいなくなり過去の文化となったことで、いうなれば山本の著書が風俗誌であったのに対して、本書は民俗誌・文化誌ということができるかもしれない。

本書では前記の研究を踏まえながら、江戸時代中期、江戸時代後期、近代と時代を区切り、さらに詳しく論じている。史料として主に用いられているのは、歌舞伎あるいは義太夫の評判記である。のぞきからくりは想像以上に歌舞伎や人形芝居の舞台にも取り入れられており、各時代ののぞきからくりの実態もわかる。

本書の最終章の第六章では、中国ののぞきからくり＝拉洋片を紹介する。中国では長いあいだ、文化大革命などの影響から伝承文化は顧みられなかったが、改革開放路線に転換以降、急速に伝統文化への関心が高まり、のぞきからくりもそうした機運のなかで復元がなされている。本書ではその演者の聞き書きと伝説を記している。日本ののぞきからくりが西欧から伝来した文化を日本化させたものだったのと同様、中国の拉洋片も西洋からの伝来文化を中国化したものと思われる。日本ののぞきからくりがどのような経路でやってきたものなのか考えるうえで、中国ののぞきからくりの研究は必須であり、さらなる発展が期待される。

なお、同じく新潟市巻地区のものに触発されてのぞきからくりの研究を続けているのが坂井美香である。坂井の論文には次のようなものがある。

「のぞきからくり口上歌—幽霊の継子いじめ」[25]、「のぞきからくり興行」[26]、「メディアとしてののぞきからくり興行—口上歌鈴弁殺しの成立」[27]、「ノゾキの商売—最後ののぞきからくり興行師聞き書き」[28]、「覗きからくりとは何だろう日本　西欧　中国」[29]、「見世物芸から郷土芸能へ—長崎県南島原市深江カラクリノゾキの再生事例から」[30]、「覗きからくりと peep show の接点」[31]、「飴売りと覗きからくり」[32]、「どうけ百人一首にみる覗きからくりの発展」[33]、「近世覗きからくりは何を見せたか」[34]。

芸能としてののぞきからくりは、先に述べたように一九八〇年を最後に、幕を閉じた。しかしそれ以後も、これだけの研究が行われてきた。これは管見に及んだ範囲であって、おそらくもっと多くの研究が積み重ねられている。見世物研究の分野ではこれは珍しい事例だと思う。

どうしてだろう。

思いつきを記しておく。芸能―とくに大衆芸能は、芸能が衰退して演者が亡くなり、お客もそれを忘れると、資料もまたたく間に失われる。しかし、のぞきからくりの場合、演者は亡くなっても、お客は忘れても、絵や屋台などの資料は残る。無形文化財のパフォーマンスは無くなっても、有形文化財の絵や屋台は残る。そこから、研究の糸口を確実につかまえられることが大きかったのではないか。

とくに、新潟市巻地区や南島原市深江地区に残る「のぞきからくり」は地域の文化財として、研究対象となっているだけでなく、地域起こしの資源としても利用されている。研究が、研究室内の、研究者だけのものとして完結せず、地域や共同体を巻き込んだ文化運動と結びついて広がっている。

また、いままで近世の日本は鎖国政策によって閉ざされていたと考えられてきたが、最近の研究では、じつはかなり外国との交流があり、西洋文化は日本古来の文化に影響を与え、庶民にも浸透していたと考えられている。のぞきからくりを含むガラスレンズを使用した視覚装置は、その典型的事例として取り上げられ、日本・アジア・西欧の文化交流研究の格好の素材となっている。

ほかにも、各地に「のぞきからくり」が保存されていることを考えると、また、日本の伝承芸能とは縁の深い中国が経済発展を遂げ、大衆芸能の復興が盛んになりつつある現在を思うとき、のぞきからくり研究はまだまだ、盛んになりそうな気配を感じる。

二　からくり歌「地獄極楽」の比較検討

のぞきからくりは、ひとつは見世物として、ひとつは美術史として、ひとつは口承文芸として、三つの側面から研究されてきた。しかし、口承文芸からの研究は、ほかの二つに比べてあまり進展していないように思う。ここでは代表的なのぞきからくりの演目であった「地獄極楽」を取り上げて、若干の考察を試みたい。この演目のナカネタは、大阪の黒田種一氏旧蔵のもの、長崎県南島原市教育委員会所蔵のものがあり、それぞれのからくり歌が採録されている。さらに、のぞきからくりの隣接芸能であった見世物「地獄極楽」も、最後の見世物芸人といわれた故・安田里美氏の口上が採録されている。それらを比較検討してみたい。

のぞきからくり「地獄極楽」

「のぞきからくり」の演目のうち、現在確認できるものでは「地獄極楽」が最も古い。「のぞきからくり」が資料に初めて登場するのは、貞享二年（一六八五）、園果亭義栗画『文字ゑつくし』[35]のなかの図で、ここには、からくり箱の横に立って紐で操作する人物の絵が描かれており、その人物の体に「乃ぞき」という仮名文字が隠されている。一種のだまし絵である。この図によって箱の外形（部分）と演者の姿がわかる。しかし、箱の中まではわからない。次にのぞきからくりが資料に登場するのは、それから八年後、元禄六年（一六九三）の近松門左衛門「ひら仮名太平記」である。[36]この浄瑠璃の世界は『太平記』で、大塔宮護良親王、村上義光、新田義貞、勾当内侍などが活躍する。その初段、笠置山の本堂の場面につづく奈良・般若寺の門前の場で、のぞきからくり師に身をやつした村上義光が一休みしていると、大塔宮が追っ手を逃れてやってくる。義光はたちまちその神々しさにうたれて臣下となり、「からくりの箱をそっとはずして、親王を中にしのばせ[37]」かくまう。まもなく追っ手が現れて義光に声をかける。[38]

それなる男、只今此所へ十七八なる児（ちご）は通らざるかと云ければ、義光とぼけた顔付して、イヤ私がからくりは地獄極楽の体相、目連記、曇鸞記、一銭づつで覗かせます。きせるの潰れ、刀の切っ尖、かぶと首の髪の落ち、かへませうかへませう、さあさあござれ

といって追っ手をやり過ごし、義光は、「箱うちかたげ帰」って行く。

この場面には当時ののぞきからくりの情報がいくつも含まれているが、ここでは演目として、「地獄極楽の体相」「目連記」「曇鸞記」があったことが注目される。

つづいて享保三年（一七一八）、芭蕉の門人であった俳諧師・蓮二房支考の撰んだ『本朝文鑑』第二巻に、やはり蕉門の渡吾仲が「涼ノ賦」と題し、京・四条河原の夏の夜の賑わいを記した文中にも「覗からくりの地獄極楽も都は一銭にて善悪を見れば、一刻千金の遊びの中に、巾着摺はいかに見るらん[39]」とある。元禄から享保のはじめ、「地獄極楽」はのぞきからくりのかなりポピュラーな出し物で、その代金は一銭が相場だったらしい。また、時代はくだるが文政十三年（一八三〇）自序、喜多村信節の『嬉遊笑覧』巻六、「楽曲」の「覗からくり」の項にも、「前句附『広海』に、「目をふさぎけりふさぎけり、びいどろの極楽すぎて飴」（からくりをみせて飴をうりしなり）[40]」とあって、江戸時代を通じて、「地獄極楽」はのぞきからくりの代表的なレパートリーであったことが推測さ

れる。

黒田種一氏ののぞきからくり「地獄極楽」

最後ののぞきからくり師であった黒田種一氏も、「地獄極楽」をレパートリーにしていた。黒田氏は前にも記したように、昭和五十五年（一九八〇）、野崎観音での実演を最後に引退し、それまで使用していたのぞきからくり屋台およびナカネタを手放した。「不如帰」「金色夜叉」「不貞の末路」は、佐賀県鹿島市の北園忠治氏に、そして「地獄極楽」は大阪府豊中市にあった原野農芸博物館に、それぞれ引き取られた。「地獄極楽」はしばらく、同博物館の入口に建てられた専用の小屋内に展示されていたが、昭和六十三年、同博物館が鹿児島県奄美大島に移転、それに伴って大阪の地を離れた。その後、平成四年、財団法人奄美文化財団が設立されて、奄美アイランド、植物園とともに原野農芸博物館もその運営となった。平成二十二年十二月、水害に見舞われて一時休館していたが、平成二十五年に再開し、現在に至っている。「地獄極楽」ののぞきからくりは、以前のように常設展示されているわけではないようだ。

一方、それ以前、千葉県佐倉市に作られた国立歴史民俗博物館が黒田氏所蔵ののぞきからくり「地獄極楽」のレプリカを作り、昭和五十八年（一九八三）の開館以来、展示されていた。スイッチを押せば、自動的にからくり歌が流れ、ナカネタが上下する仕組みとなっており、来館者が自由に視聴することができる。

さて、この黒田氏の演じていた地獄極楽のからくり歌だが、前記『覗き眼鏡の口上歌』に「勧善懲悪　今世の誡」と題されて収録されている。これを検討することで、ここに歌われている地獄について考察したい（歌詞は文末に掲げる）。

ナカネタは六枚。からくり歌の歌詞ではそれぞれの区切りの最初に場面の名称を述べ、その地獄について語る。この歌詞によって、順次、その地獄の名前とその説明を略記すると、次のようになる。

一枚目…閻魔大王の御殿（地獄に落ちてきた亡者は、まず閻魔大王によって審判を受ける。浄玻璃鏡で生前の所業が暴露され、火の車で該当する地獄に送られる）。

二枚目…六道の辻（地獄と極楽の分かれ道である六道の辻。亡者は三途の川や死出の山をさまよった末、柳の婆に経帷子や六文銭を剝ぎ取られる）。

三枚目…賽の河原（幼子の地獄。河原の小石を積み上げているが日暮れになると鬼が来て崩してしまう。そこに地蔵菩薩がやってきて救う）。

四枚目…血の池地獄（お産で死んだ女の地獄。ほかにうまずめの地獄、針や紙を粗末にした者が落ちる針山地獄と紙の橋、ご飯を粗末にした者が落ちる餓鬼道地獄、妾を持つ者が落ちるヘビ地獄についても触れる）。

五枚目…八萬地獄（目連尊者の救母譚。盆踊りとの関わりを解く）。

六枚目…信州善光寺（蓮華咲き誇る極楽世界。五色の雲に乗った二十五菩薩が現れ、笙・篳篥の楽のなか極楽参りする）。

人が死んでから閻魔御殿、六道の辻の柳の婆（奪衣婆）、賽の河原、血の池地獄、八萬地獄をめぐり、最後は極楽参りでめでたく終了する形式で、いわゆる地獄めぐりの視覚化である。絵解きの伝統を色濃く受け継いでいると思われる[41]。

ただし、地獄めぐりの順番については、閻魔御殿が六道の辻より前に登場すること、極楽世界として信州善光寺が登場することなど、絵解きでは一般的とはいえない表現もある。また、目連救母譚は本来、盂蘭盆の施餓鬼の由来とされるが、ここでは盆踊りとの関連を強調している。これは、各地に伝承されている盆踊り歌とも共通する目連伝承の民衆的な理解だろう(42)。

ところで、国立歴史民俗博物館ののぞきからくりは、さきに紹介したように大阪の黒田氏所蔵のもののレプリカで、歌の音声も、黒田種一氏（相方は義母のシマ氏と思われる）のものである。ここでは、からくり歌の前と後に一言ずつ、短い口上が述べられている。

前口上では、「これは『勧善懲悪この世の誡』は『地獄と極楽』。最初は閻魔大王さまのご帳面調べ、終わりは極楽浄土までみていただきます」とあって、おもむろにからくり歌が始まる。同様に、六枚目を歌い終わったあと、「ハイ。これが信州善光寺。あまたの亡者、極楽まいり」の後口上がつく。おそらく実演に際しては、このほかにも、人集めや人員整理、料金について、覗き方の説明などもあったと思われ、なかにはこのように定型化され口上風に昇華されたものもあったことが想像される。

南島原市深江ののぞきからくり「地獄極楽」

長崎県南島原市深江（旧、南高来郡深江町）の郷土資料館に、長いあいだのぞきからくりが保存されてきた。この地方（島原半島）ではのぞきからくりを「のぞき」と省略して呼び、「ポンポコリン」とか「コマセ」などとも称した。戦前は祭礼や各種の市に必ず登場したので、からくり歌を記憶している人も多く、宴会などでもよく歌われた。深江町内にはのぞきからくりを生業とする浜本住太郎・エン夫妻が居住しており、「島原お糸事件」「長崎ピストル事件」「天駕茶屋」「地獄極楽」「継子ごろし」などを得意としていた。そこで同町では、昭和四十年から四十一年、浜本夫妻に依頼してからくり歌を録音し、さらに夫妻所蔵ののぞきからくり屋台とナカネタ、台本などを譲り受けた(43)。

その後、雲仙普賢岳噴火の災害を経て、平成十八年（二〇〇六）、深江町が南高来郡内の七町と合併して南島原市となるなど、社会環境は激変したが、現在も同市教育委員会に所蔵されている。そして保存会が結成されてからは屋台を製作し、からくり節の復元、さらに「平成新山物語（雲仙普賢岳噴火）」を新作して、平成十六年十月には大阪・四天王寺で公演、また平成二十三年十月の九州地区民俗芸能大会にも出演するなど、積極的に活動している(44)。

さて、ここで復元された、からくり歌「地獄極楽」に歌われている地獄を列記すると、次のようになる。

一枚目…閻魔（業のはかりで罪量が測られ、落ち行く先を、地獄・極楽と閻魔に諭される）。

二枚目…三途の川（奪衣婆《ダイバ》さんが帷子をもぎ取り、川を渡れと責め立てる。渡ろうとするとたくさんのおろちが出て苦しめる）。

三枚目…死出の山路（真っ暗闇で果てのない山道を歩く。歩くたびに針が足を突き刺す）。

四枚目…血の池地獄（三途の川、針の山を越えて仏の慈悲にすがろうとするが、血の池地獄に落とされる）。

五枚目…ご飯から火が燃える（命日となり仏壇にお供えのご飯を食べようとするものの、ご飯から火が出る）。

六枚目…賽の河原（幼子の地獄。河原の石を積み上げるが日が暮れると鬼がやってきて崩す）。

七枚目…極楽（一面の花畑、きれいな船に乗り、蓮華に座り、極楽浄土の門に送られる）。

黒田氏のものよりもナカネタの数が一枚多い。しかし、閻魔の裁きを受けて、三途の川、死出の山路（針の山）、血の池地獄、ご飯から火が出る、賽の河原とさまざまな地獄を巡りめぐって、最後は極楽参りをして完結するという大枠は、黒田氏のものと変わりない。もっとも、めぐる地獄とその順序は黒田氏のものとは異なっている。ま

深江ののぞきからくり五枚目のナカネタ

た、善光寺が登場することもない。ただし、一般的な絵解きと異なり閻魔御殿から始まる点は、黒田氏のものと共通する。ところで、五枚目にはご飯から火が出る地獄が語られているが、ナカネタの図（図）を見ると、地獄の釜と鬼、鬼が持ち上げた刺股の先に人間がいて、祈る僧侶が描かれており、明らかに目連救母の図である。もとは黒田氏のものと同様に目連の語りだったものが、どこかの時点で脱落したと推測される。

見世物「地獄極楽」

のぞきからくり「地獄極楽」を立体化したような興行ものに、「十界」あるいは、そのまま「地獄極楽」と呼ばれるものがあった。『国劇要覧』には「覗き機関」「影絵及び写絵」のあとに、「地獄極楽」の項を設けて次のように記している。「地獄極楽の見世物とは僧侶が説法の方便としての仏話をテキ屋がカラクリ応用で具象化し、開帳日、祭礼を当込んで勧善懲悪を看板とする興行ものである。それ故看板には屡仏寺後援を意味する辞句が連ねてある。天明

（一七八一～八九）頃のビイドロ応用の地獄浄玻璃、及び木偶にゼンマイ仕掛けの機械人形等より発祥せるものか[45]」。

また、『芸能辞典』では、その興行物の様子をもう少しくわしく説明している。「地獄極楽の絵を描いた看板をかかげ、招き人形として生塚の婆さんが鉦を叩いている。入口の札売は袈裟衣を着し頭巾をいただき、僧形をして、客を呼び込む。中へ這入ると、三途の川、三悪道、無間地獄、八熱地獄、八寒地獄といったものが小さな人形で作られていて亡者がグルグル逃げ廻り、鬼が金棒を振り、水が流れ、火が燃えるといった程度に、カラクリが動く。（中略）太平洋戦争が始まってから、都会ではその姿を見ぬようになった[46]」。

この語りを人間ポンプの見世物で知られた安田里美氏が伝承していた[47]。平成五年六月、絵解き研究会と説話文学会の共催で、東京・深川江戸資料館ホールで「絵解きの世界」と題された公演が行われたが、ここで、長野市西光寺の「苅萱道心石童丸御親子御絵伝」および同寺伝来の「六道地獄絵」の絵解き（口演…竹沢繁子氏）、新潟県巻町ののぞきからくり「幽霊の継子いじめ」（口演…土田年代氏）、九州につたわるバナナの競り歌、通称「バナちゃん節」（口演…北園忠治氏）などとともに、「パノラマ地獄極楽」と題して口演された。

ここで語られている地獄の場面は次の通りである。

（1）川中島、アクチョウザンは善光寺（身体が朽ちたのちも望まれる極楽浄土）。
（2）六道の辻（葬頭河原の婆、三途の川、六文銭）。
（3）閻魔の庁（浄玻璃の鏡、見る目嗅ぐ鼻、マホウジンとホッショウジン）。
（4）焦熱地獄、ヘビ道地獄、餓鬼道地獄、血の池地獄、ショウゲツドウゲの荷物。
（5）賽の河原（幼児の地獄、小石を積む、鬼が踏み崩す、地蔵菩薩の救済）。
（6）八萬地獄（釜の中、餓鬼道、焦熱、因果の地獄）。

（7）八萬地獄、目連救母譚。

（8）極楽浄土（弘誓の船、笙・篳篥、五色の雲）。

（1）「川中島、アクチョウザンは善光寺」の件《くだり》は、人が死んで肉体が朽ちると、その実体（霊魂）は死後の世界、すなわち地獄・極楽の世界に入っていくという民間伝承を語っており、「地獄極楽」を語る前口上と考えるべきだろう。そうすると（2）以下の、六道の辻、閻魔の庁、焦熱地獄など、賽の河原、八萬地獄、目連救母譚などの地獄をめぐって、（8）極楽浄土で完結する。いくつもの地獄をめぐって極楽で完結するという構造は、のぞきからくりと同様である。違うのは、二つののぞきからくりが閻魔から始まったのに対し、こちらは一般的な絵解きと同様、六道の辻から始まることだろうか。

「地獄めぐり」の芸能

大阪・黒田氏ののぞきからくり「地獄極楽」、九州・島原半島ののぞきからくり「地獄極楽」、そして見世物「地獄極楽」、三種類の「地獄極楽」の口上（歌、あるいは語り）からその共通項を導けば、「地獄めぐりの芸能」といえるだろう。二つののぞきからくりでは、どちらも閻魔御殿で裁きを受けたのち、六道の辻を経て三途の川を渡り、さまざまな地獄をめぐって、最後は極楽浄土に至る。見世物「地獄極楽」では、順番が前後して、六道の辻から三途の川を越えたあと、閻魔の裁きを受けるが、そののちはさまざまな地獄を経て、最後は極楽浄土に至る。板垣が指摘していたように(48)、のぞきからくりで語られる世界は「あの世」なのであり、同様に、見世物の小屋の内部も、非日常の「あの世」なのである。

信州・善光寺には戒壇めぐりと称する有名な参拝作法がある。本堂内陣の、ご本尊の床下に真っ暗な回廊が設えてあり、入口から入った参拝者は手探りでその回廊を進む。その中ほどに「極楽の錠前」が掛かっていて、それに触れたものは錠前の真上にあるご本尊さまと結縁して極楽往生を果たすというものである。黒田氏ののぞきからくりや安田氏の語りのなかに信州・善光寺が登場したのは、そういったイメージの連鎖があったからに違いない。つまり、のぞきからくりの「地獄極楽」は視覚による戒壇めぐりであり、また見世物の「地獄極楽」では、その小屋自体がイメージとしては、善光寺本堂の床下であり、その小屋に入って出てくる行為が、すなわち戒壇めぐりなのである。

語られている地獄は、黒田氏のものでは、(1) 閻魔御殿、(2) 六道の辻、柳の婆(奪衣婆)、三途の川、(3) 賽の河原、(4) 血の池地獄、うまずめ地獄、餓鬼道地獄、(5) 目連救母譚、(6) 極楽、信州・善光寺であり、また、九州・南島原市深江のものでは、(1) 閻魔御殿、(2) 三途の川、奪衣婆(ダイバさん)、おろち、(3) 死出の山路(針の山)、(4) 血の池地獄、(5) ご飯から炎が燃える(餓鬼道地獄)、(6) 賽の河原、(7) 極楽となっている。また、見世物「地獄極楽」では、(1) 六道の辻、葬頭河原の婆、三途の川、(2) 閻魔の庁、(3) 焦熱地獄、ヘビ道地獄、餓鬼道地獄、血の池地獄、ショウゲツドウゲの荷物、(4) 賽の河原、(5) 八萬地獄(釜の中、餓鬼道地獄、焦熱、因果の地獄)、(6) 目連救母譚、(7) 極楽である。

すべての語りに取り入れられて丁寧に語られているのが、閻魔御殿、六道の辻、三途の川、柳の婆(ダイバ、葬頭河原の婆)、賽の河原、極楽で、本来は、それに目連救母譚も入っていたと推定される。また、それほど丁寧ではないが名前の出てくる地獄が、血の池地獄、うまずめ地獄、餓鬼道地獄、死出の山路、針山地獄、ヘビ道地獄、焦熱地獄などである。

黒田氏ののぞきからくり、九州・島原半島ののぞきからくり、見世物「地獄極楽」、これらの芸能は、演じられてきた地域も、興行形態も異なるものの、取り上げられている地獄はほとんど同じようなもので、上方落語『地獄八景亡者の戯れ』などにも登場する馴染みの深いものである。「八萬地獄」とか「百と三十六地獄」などと言ってはいるが、多くの人びとに最も知られていたのは、せいぜいこれらの地獄だったと想像される。要するに、勧善懲悪を謳い、生活の誡《いましめ》を教えるとはいうものの、小難しい理屈や仏教の深い思想に基づいた智識や教訓などではなく、ごく一般的な倫理・道徳観を述べているに過ぎない。だからこそ、長いあいだ人びとに親しまれてきたともいえるのだろう。

のぞきからくり、および見世物「地獄極楽」口上の歌詞（表記は原文のママ）

○『覗き眼鏡の口上歌』より「勧善懲悪　今世の誡」(49)

一、最初はゑんまの御殿なり、娑婆より落くる亡者奴が、ゑんまの前で手をつかえ、お通しくだされゑんまさん、頼めどゑんまは聞入れず、しゃ婆で悪事をした人は、両張鏡に写されて、地獄のむかいは火の車

二、六道の辻となるなれば、こちらに行けば極楽か、あちらに行けば地獄かと、迷いに迷ふた其の人は、三途の川や死出の山、正途河原にくるなれば、柳の婆々がまちうけて、きょかたぴらに銭六文、ぬげよ渡瀬とはぎ取られ、ぬぎ行く亡者の憐れさよ

三、さいの河原の物語り、一つや二つや三つや四つ、十にもたらぬ幼子が、さいの河原に集まりて、小石を拾うて塔に積む、一重積んでは母恋し、二重積んでは父恋し、恋し恋しと積む石を、日の暮まへとなるなれば、邪悪な鬼奴が踏み砕く、地蔵菩薩が現れて、泣くななげくな幼子よ、汝の父母まだしゃ婆に、未来の父母我なると、聞

いて幼子よろこんで、袖や衣に泣きすがる
四、血の池地獄となるなれば、白血長血で死ぬ女中や、産で死んだる其の人は、血の池地獄に逆落とし、子供産まずに死ぬ人は、とうしみで藪の根掘る地獄、針紙粗末にする人は、針の山地獄や紙の橋、御飯粗末にする人は、がき道地獄へ落とされる、めかけ本妻持つ人は、へびの地獄に落とされる、きりやきり、と責められる
五、八幡地獄となるなれば、木連尊者の母子でも、心がけんどん気邪険、釜の中にと逆落とし、夜毎昼毎に泣く声は、木連尊者の耳に入り、母を助けにゃならないと、月は七月十六夜、盆のおどりを幸ひに、母を助けて尊者さん、極楽浄土に参らせる
六、信州信濃の善光寺、屋根は八ツ棟作りにて、今は蓮華の花盛り、しゃ婆より落くる罪人は、はすのれんげの其上で、はるか向ふを見渡せば、五色の雲に打乗りて、二十五菩薩附きそいて、正七力や音楽で、極楽参りを致される

○南島原市深江(50)

一、ソリャー、聡明なるのは閻魔さん、右と左の両人を、業の秤に乗せまして、お前は極楽地獄だと、閻魔さまよりさとされて、右と左に別れゆく、チョイトチビチビ
二、ソリャー、三途の川に来てみれば、三途の川のダイバ（奪衣婆）さん、娑婆から落ち来る罪人を、この帷子でもぎとって、川を渡れ渡れと責め立てる、最早渡ろうとするならば、俄に一点かき曇り、あまたの蛇が出でてでる、チョイトチビチビ
三、ソリャー、死出の山路をゆくものは、真っ暗闇の其の中を、灯りも持たずにとぼとぼと、ゆけどもゆけども果

てしなく、チクチクと針で刺す、痛さ忍んで登りゆく、これぞ死の山、針の山、チョイトチビチビ
四、ソリャー、三途の川や針の山、通り過ごして来たものの、あまりの痛さに耐え兼ねて、今日は仏の慈悲にすがらんと来てみれば、血の池地獄に落とされる、チョイトチビチビ
五、ソリャー、今日は仏の命日と、跡に残りし妻や子が、お供えくれたる仏壇の、オマンマ食べよとするならば、中から炎が燃えて出る、チョイトチビチビ
六、ソリャー、賽の河原の子供たち、十歳にたりない幼子が、賽の河原に集まって、一つ積んでは母のため、二つ積んでは父のため、三つ四つと積むなれば、昼間は機嫌よく遊べども、日の入りあいの其の頃にゃ、赤鬼青鬼出でて来て、積んだカワラを打ち砕く、チョイトチビチビ
七、ソリャー、極楽がたりと行くものは、見渡す限りの花畑、きれいなお船に乗せられて、ハスの蓮華に座らして、極楽浄土の城門に、送り届けの有り難や、チョイトチビチビ

○見世物「地獄極楽(51)」

寒くとも、袂に入れよ西の風、弥陀の彼方より吹くと思えば耐えがたし。一夜ァ明ければ川中島、アクチョウザンは善光寺、身は伏して骨は磯辺に晒すとも、忘れちゃあならない弥陀の浄土の物語よ。ただ口先で南無阿弥陀仏、弥陀仏の声だけでは、極楽浄土はおぼつかない。インドのお釈迦さまが、末世衆生のために、書いて残されたシベキに残る十界は地獄と極楽、善導善悪はこの世の戒め。

人がぁ死んだら七日目に、落ち行く先は六道の辻。右にぃ行くなら極楽か、左に行くなら地獄かと、娑婆から落ち来る亡者めが、迷いに迷うておるならば、葬頭川原のお婆さん、柳の根方に腰下ろし、極楽に行く道はこちらな

るぞ、来いよぅ来いよと招き寄せ、娑婆でもろうた経帷子、胸に掛けたる六文の銭は、三文は三途の川の渡し代、残る三文は経帷子の洗濯代と剝ぎ取られ、裸足はだかのそのままで、死出の山路の高いのも、三途の川の深いのも、登れ渡れとせきたてられ、人が死んだら七日目に通らにゃならない六道の辻。

変われば閻魔の庁となる。一枚二枚三枚とこの世の善悪よしあしをお調べなさるは閻魔大王さまの御殿なり。娑婆におるときいかなる悪事を犯せしか、娑婆で犯した悪事をば、包めども隠せども映せばわかる浄玻璃の鏡。春の彼岸から秋の彼岸まで善しわる善悪を臭いよし目で見て鼻で嗅ぐ見る目嗅ぐ鼻。左におられるのがホッショウ神、右におられるのがマホウ神。この世におるとき亡者めが、娑婆で犯した罪をば、隠せども映せばわかる浄玻璃の鏡。浄玻璃鏡に照らされて、罪の重たい軽いかは、業の秤に掛けられる。数千貫の岩石よりも、己の体が重ければ罪が重いぞよ。罪の重たいその人は、地獄の鬼が付き添いで、百と三十六地獄、引き回されたその上は、落ち行く先は八萬地獄の悲しみなり。

これはこの世におるときに、人にはぁ薄情、神仏を怠り、イヤイカヤイをした人は、死んで未来は恐ろしや。焦熱地獄の苦しみなり。立派な本妻ありながら妾てかけを持つ人は、右からは妾、左からはてかけをと夫の体をギリリギリリと巻き締めるヘビ道地獄の苦しみなり。三度三度のお食事におかずがまずくて食べられない、ご飯が固くて食べられないと、栄耀栄華に暮らした人は死んで未来は恐ろしや。ご飯を食べようとすれば中から炎が燃え上がる。水を飲もうとすればおなかがタイマンに膨れあがる。餓鬼道地獄の苦しみなり。お産で死なれたその人は、アレ恐ろしや血の池地獄に放り込まれ、泳げ泳げとせきたてられる、お産で死んだその人の苦しみ。これはこの世におるときに、牛や馬、犬猫、生き物を粗末にする虐待なされしその人は、死んで未来は恐ろしや。顔が人間で体が牛馬。これショウゲツドウゲの荷物の苦しみなり。

これはこの世のことならず、死出の山路の裾野なる、賽の川原は子どもの地獄。一つや二つや三つや四つ。十にも足らない幼な子が、賽の川原に集まりて、あたりの小石を寄せ集め、一重積んでは父恋し、二重積んでは母恋し、三重四重と積む石は、親戚兄弟我が身のためと回向する。昼は川原で遊べども、暮れ六つヤイとなるころに、邪険な鬼めが現れて、積んだる石をば打ち砕く。またも積めよとせきたてる。山吹く嵐の音きけば、母が呼ぶかと馳せ登る、谷川の水の流れの音きけば、父が呼ぶかと馳せ下る。十に足らない幼な子が岩につまずき血はにじみ、血潮に染めて父母さまと泣く声は、この世の声とはこと変わり、哀れさ骨身を通すなり。もったいなくもお地蔵菩薩が現れて、泣くな嘆くな幼な子よ。汝の父母まだ娑婆なるぞ、娑婆と冥土はほど遠い、冥土の父母われなるぞと、錫杖の下や袖下に、幼い子どもをお救いたもう。雨の降る夜も風の夜も、賽の川原の子育てのお地蔵菩薩なり。

これはこの世におるときに、海山よりも恩深き、親の大恩うち忘れ、親に苦労、人をあやめたその人は、死んで未来は恐ろしや。火の車作る大工はなけれども、己が作りて己が乗る、地獄地獄を引き回されたその上は、落ち行く先は同じ八萬地獄は釜の中。お米や麦、穀類粗末にした人は、空臼のなかにと入れられて、地獄の鬼は付き添いで、こっぱ微塵に擦り砕かれる。餓鬼道、焦熱、因果地獄の苦しみなり。

こちらは八萬地獄の釜の中。子は仏でありながら、母びとの姿はなにごとぞ。心けんのん邪険であったそのために、八萬地獄は釜の中の苦しみ。夜ごと日ごとに泣く声は、目連尊者の耳に達し、師匠お釈迦さまより、七日七夜さのおいとまをいただきまして、地獄地獄は百と三十六地獄、尋ね尋ねてきたところは八萬地獄は釜のそば、私の母びとがおられますかとお尋ねになれば、汝の母はこの釜の中に苦しみおるぞよと、二つ股にて差し上げられたそのときに、目連尊者のお嘆きはいかばかりか、子は仏でありながら母びとの姿はなにごとぞ、師匠お釈迦さまよりいただいた、ホウ法華経の巻の八巻の一巻を、釜の中にと投げ込めば、いままで煮えておった釜の熱湯が水となり、釜は二つに割れ、割れた割れ口からは蓮や蓮華の花ざかり。親子ふたりが手に手を取り、蓮のうてなにうち乗って、向かう所は極楽浄土でございます。

これはこの世におるときに、人に情け、神仏を信仰なされ、皆さまがたから崇められたるその人は、死んで未来はうれしやな、弘誓の舟にとうち乗せられ、三途の川も波穏やかに、天より天人舞い下る。笙篳篥の音楽の音色に迎えられ、五色の雲のたなびく、弥陀の最終は極楽浄土でございます。

註

(1) 山本慶一『のぞきからくり』(私家版、一九七三・五)。
(2) 板垣俊一『江戸期視覚文化の創造と歴史的展開—覗き眼鏡とのぞきからくり』(三弥井書店、二〇一二・十二)。
(3) 前田勇編『上方演芸辞典』(東京堂出版、一九六六・七)。
(4) 喜多川守貞『守貞謾稿』(天保~嘉永。朝倉治彦・柏川修一校訂編集、東京堂出版、一九九二・九)。
(5) 河本正義『覗き眼鏡の口上歌』(趣味叢書第一三編、土俗趣味社、一九三五・一。上笙一郎解説、久山社、一九九五・六復刻)。
(6) 黒田源次『西洋の影響を受けたる日本画』(中外出版、一九二四・三)。
(7) 外山卯三郎「透視画法と覗眼鏡と〈覗きからくり〉と」(雑誌『人形人』一九三六・四および同・六)。
(8) 外山卯三郎『徳川時代の洋風美術』第一巻(造形美術協会出版局、一九七七・九)。
(9) 楢崎宗重・近藤市太郎『日本風景版画史論』(アトリエ社、一九四三・八)。
(10) 『此花』第四枝(一九一〇・四)。
(11) 南　博・永井啓夫・小沢昭一編『芸双書8　えとく—紙芝居/のぞきからくり/写し絵の世界』(白水社、一九八二・六)。

(12)『国文学　解釈と鑑賞』第五〇巻六号（一九八五・五）。
(13)『国文学　解釈と鑑賞』第五二巻三号（一九八七・三）。
(14)『のぞきからくり―その構造と機能』（『巻町立郷土資料館資料目録』第一〇号、巻町立郷土資料館、一九八八・一）。
(15) 林雅彦編著『絵解き万華鏡』（三一書房、一九九三・七）。
(16) 近畿大学日本文化研究所編『日本文化の諸相―その継承と創造』（近畿大学日本文化研究所叢書一、風媒社、二〇〇六・三）。
(17) 堤邦彦・徳田一夫編『遊楽と信仰の文化学』（森話社、二〇一〇・十）。
(18)『日本橋』展図録（東京都江戸東京博物館、二〇一二・五）、我妻直美「〈隅田川両岸一覧図〉の成立に関する考察―江戸東京博物館蔵「隅田川風物図巻」をめぐって―」（『東京都江戸東京博物館研究報告』第八号、二〇〇二・三）。
(19)『眼鏡絵と東海道五十三次―西洋の影響をうけた浮世絵』展図録（神戸市立博物館、一九八四・四）。
(20) 岡泰正『めがね絵新考―浮世絵師たちがのぞいた西洋』（筑摩書房、一九九二・四）。
(21) 岸文和『江戸の遠近法―浮絵の視覚』（勁草書房、一九九四・十一）。
(22) タイモン・スクリーチ『大江戸異人往来』（高山宏訳、丸善、一九九五・十一）。
(23) タイモン・スクリーチ『大江戸視覚革命―十八世紀日本の西洋科学と民衆文化』（田中優子・高山宏訳、作品社、一九八八・二）。
(24)『江戸大博覧会―モノつくり日本』展図録（国立科学博物館、二〇〇三・六）。
(25)『越佐研究』第六二号（二〇〇五・五）。
(26)『高志路』第三五六号（二〇〇五・七）。
(27)『新潟史学』第五四号（二〇〇五・十）。
(28)『歴史民俗資料学研究』第一二号（二〇〇七・三）。
(29)『歴史民俗資料学研究』第一四号（二〇〇九・三）。
(30)『九州人類学会報』第三六号（二〇〇九・七）。

(31)『年報非文字資料研究』第六号（二〇一〇・三）。
(32)『歴史民俗資料学研究』第一五号（二〇一〇・三）。
(33)『歴史民俗資料学研究』第一七号（二〇一二・三）。
(34)『年報非文字資料研究』第八号（二〇一二・三）。
(35)園果亭義栗画『文字ゑつくし』（東京都立中央図書館加賀文庫蔵）。
(36)この作品の竹本筑後掾正本の刊行は、『義太夫年表』によれば、元禄十四年（一七〇一）ごろとされる。
(37)『近松全集』第四巻（朝日新聞社、一九二六・二）。
(38)前掲註37。
(39)『近代日本文学大系』第二三巻（国民図書、一九二六・九）。
(40)『嬉遊笑覧』第三巻（岩波書店、二〇〇四・七）。
(41)「地獄極楽」ののぞきからくりと絵解きの関連については、根井浄「絵解きの遺産のぞきからくり」（前掲註16）、および「のぞきからくり」（前掲註17）など。
(42)髙達奈緒美「地獄を語り、地獄を唄う」（林雅彦・小池淳一編『唱導文化の比較研究』岩田書院、二〇一一・三）。
(43)深江町郷土誌編さん委員会『深江町郷土誌』（深江町、一九七一・十）。なお、同書には浜本夫妻と思われる演者が、のぞきからくり「地獄極楽」を演じているスナップ写真が掲載されている。
(44)根井浄（前掲註41）、およびＤＶＤディスク『第五三回九州地区民俗芸能大会　日本人の心のふるさと映像記録集』（二〇一一）。
(45)演劇博物館編『国劇要覧』（梓書房、一九三二・五）。
(46)演劇博物館編『芸能辞典』（東京堂、一九五三・三）。この項の執筆は宮尾しげを。
(47)安田里美（一九二三～九五）。最後の見世物芸人と呼ばれた。聞き書きに、鵜飼正樹『見世物稼業』（新宿書房、二〇〇〇・三）がある。
(48)板垣（前掲註2）。
(49)河本（前掲註5）。この本文には場面の変わり目と思われるところに△印が施されているが、ナカネタと対応していないのでここでは省略した。

(50) 根井（前掲註16）。

(51) 林（前掲註15）。意味不明な個所もそのまま記した。

民衆版画の中のキリスト教絵解き

原　聖

はじめに

十七世紀に誕生し、十八世紀に一般化し、十九世紀になって爆発的に広がる民衆版画、フランスではその制作の中心地、ロレーヌ地方東部の町エピナルからとって「エピナル版画」と呼ばれる版画は、民衆の好む題材を取り上げた。[1] このなかには、民衆に人気のある聖人たち、あるいはハート形図、天国地獄図といったキリスト教絵解きでもちいられた図像が含まれている。こうした民衆版画は、街中で行商人により「絵解き」されながら販売された。それは宣教師の活動とは異なり、民間人の販売活動の一環だが、絵解きであることに違いはない。こうした版画とその販売活動について、私の中心的研究地域であるフランスのブレイス（ブルターニュ）地方ばかりでなく、ほかの地方についても具体例を示しつつ述べていくことにする。とくにエピナルを中心としたロレーヌ地方での活動は興味深いものがある。

一　刷り物と語り

物語を節にのせて聞かせる、いわゆる「語り物」の類は人類文化に普遍的といってもいいものであり、西欧でも中世初期からの伝統として継承された。南仏の「トルバドール Troubadour」、北仏の「ジョングルール Jongleur」「トルヴェール Trouvère」、ケルト語圏の「バルド Bard」といった宮廷お抱えの芸能者たちは、その代表的存在である。十二世紀、「アンジュー帝国」という英仏にまたがる王国の存在していた時代、ワリア（カムリー／ウェールズ）やブリタニア（ブリテン島とブレイス）出身の吟遊詩人が活躍していた(2)。十五世紀半ばに活版印刷術が西洋社会で誕生し、それから数十年後には一枚刷りの「刷り物」が新旧の「語り物」を載せて、民衆の間に流通するようになる。ドイツの「フルークブラット Flugblatt」は、十五世紀にその事例があり、もっとも早く始まったが、十六〜十七世紀、フランスでは「フイユ・ヴォラント Feuille volante」、イギリスでは「ブロード・シート Broadsheet」などと呼ばれ、大道芸人や行商人によって、安価で売りさばかれた。

行商人の役割はたいへん大きい。穀物や鉱産物などの重量がかさむ物品は船で輸送されたが、皮革、羊毛、塩、絹、染料などといった小間物や貴重品は、行商人が山間を運んだのである。すでに十五世紀には、アルプス、ピレネー、アルバ（スコットランド・ハイランド）地方の山人たちが、西欧全域にわたって活躍していたという(3)。たとえばアルバ人は、ダンマーク（デンマーク）、スヴェリエ（スウェーデン）、ノルゲ（ノルウェー）、ポルスカ（ポーランド）など、北部ヨーロッパで十五世紀後半から活動をはじめ、十六世紀から十七世紀前半がその最盛期だったという。アルプス出身の行商人、とくにサヴォア出身の行商人はドイツで活躍し、その最盛期は十七世紀後

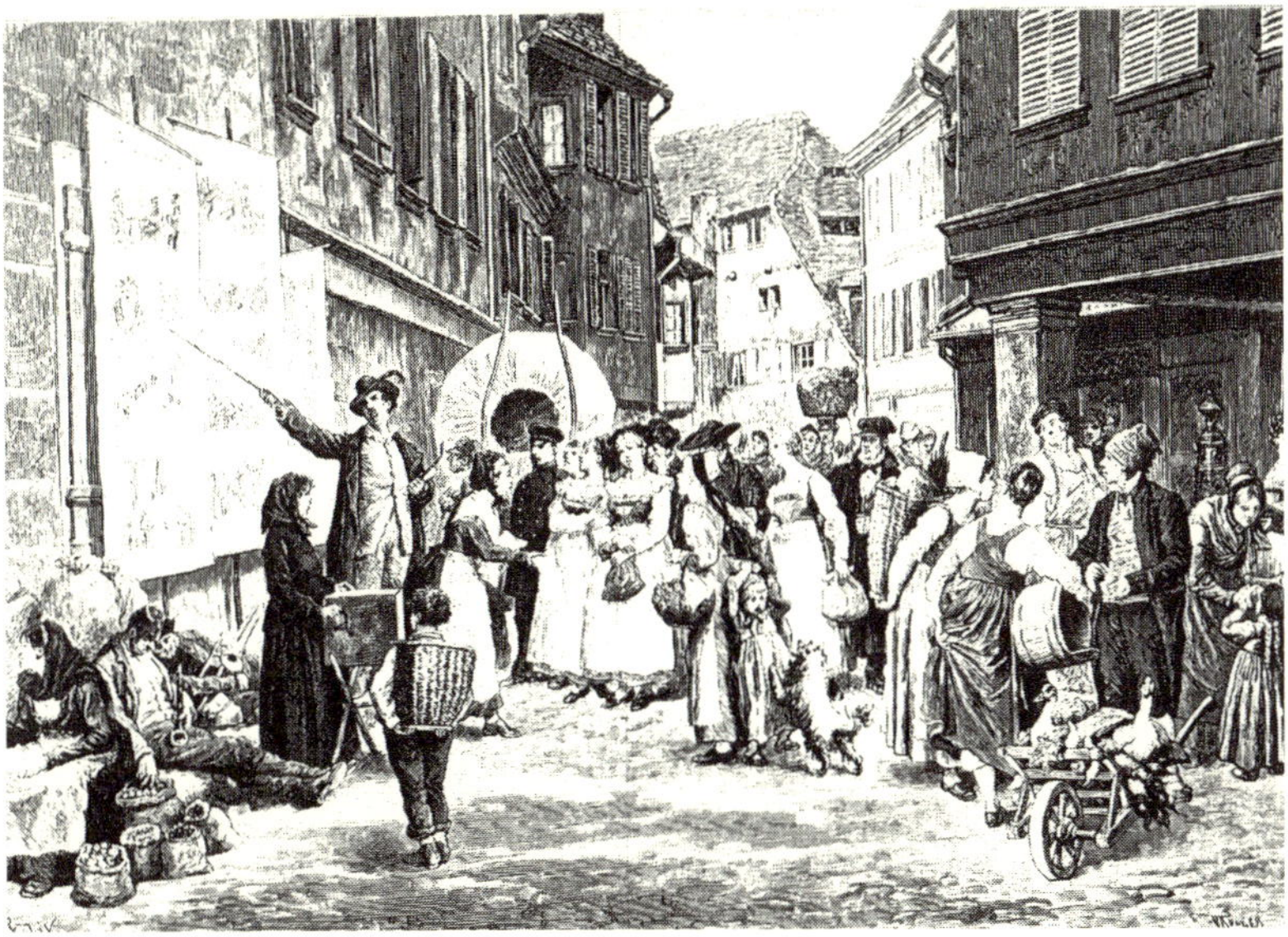

図1

半である。

だが、十八世紀にはこうした「国際的」行商人の役割が後退する。フランスでは、一六八五年にナントの勅令が廃止され、プロテスタント派に対する寛容政策が終止符を打ったのが大きかったようだ。国際的行商人の多くはプロテスタント派であり、以降、フランスでの自由な活動ができなくなったのである。バルト海周辺でのアルバ人行商人も同様に、十八世紀前半にはその活動が減少しつつあった。王国の国境が自由な通行を妨げ、国内市場経済が進展し始めたため、ということができる。これが十九世紀以降の国民国家、その内部での市場経済の発展に帰結するのである。

もちろん、その例外もあり、イタリアの研究者イエルマ・セガ（「図像の人々」一九九八年）[4]によれば、十七世紀末から十九世紀末に至るまで、北イタリアのアルプスの麓、カステッロ・テジーノ村 Castello Tesino（トレント県）は行商人の村で、その南にあるバッサーノ・デル・グラッパ町 Bassano del Grappa の印刷業者レモンディーニ Remondini と提携することで、「テジーノ」が「版画販売人」の異名を取るほどだったようだ。一七八一年には百七十人が、一八八一年には五百五十二人が「テジーノ」としてレモンディーニ社と契約していた。その販売地域は、エスパーニャ（スペイン）、フランデレン、ネーデルランド、ドイツ、フランス、さらにはオーストリア・ハンガリー帝国、ロシアにまで及んでいた。オーストリア・ハンガリー帝国では必要とされる健康証明書や販売許可書、パスポートなどを保持し、フランスでも「行商許可書」を取って販売していた。一九〇〇年にロシアの主要都市で大々的に活動していたテジーノ出身者は八十二人もいたという。なかには中近東、カナダ、インドまで出かけて販売を行った人々もあったようなので、こうした面での「国際商人」の元祖といえるかもしれない。

いずれにしても、中世以来の「語り物」の伝統は、その一部が「刷り物」に引き継がれ、行商人の中にはそれを伝統的な形で売りさばくことがあった。つまり、「刷り物」の内容を唄って、解説してから販売するのである（図1）。中世以来の「語り物」の伝統ということができる。この販売形態において、まさに絵解きの場面が出現したのであり、その多くは宗教的な教訓話、聖人の話が多かったのである。その点では、教会やその周辺での絵解きと類似する。場合によっては、その一類型とみなしてもいいだろう。

二　民衆版画と宗教説話

フランスの「エピナル版画」は、安価な、あまり上等ではない版画という意味もあったが、それゆえにこそ民衆階層のなかで流通することができた「民衆版画」の代表格だった。

フランス中東部、ヴォージュ山地の中腹にあるエピナルの町は、十七世紀以来、製紙業で有名であり、十八世紀にはこうした紙を利用した、装飾壁紙、遊戯用カード、時計用文字盤の印刷がさかんになった。十八世紀中ごろから、讃美歌、聖ニコラ像などの宗教版画が民衆の間で大いに受け、こうした民衆版画を専門とする印刷会社、ペルラン版画社が一七九六年に設立される。

ペルラン社では、一八三〇年代から四〇年代にかけて、ナポレオンを主題にした版画が大いにあたり、五〇年代からは『小話集』が評判になる。一八八〇年代には大量生産システムが完成し、時間当たり五百枚の印刷が可能になる。一九一四年には二千タイトルを誇り、おそらくこの頃がペルラン社の、そしてフランスにおける「民衆版画」の最盛期だっただろう。

エピナル版画の販売にたずさわったのは、ヴォージュ県北部の山村シャマーニュ Chamagne 出身者が多く、この住民がブレイスやピレネー山地まで版画の行商に出かけたのである。千人たらずの小村だが、こうした行商人は「シャマニオン」（Chamagnon シャマーニュ出身者）という別名もあった。[5]

その題材は雑多であり、古典的な英雄伝から、国王、聖人の肖像、おとぎ話、今で言えば新聞の三面記事に当たる殺人事件まで、いろいろと取り揃えられていた。聖書や聖人伝に基づく逸話にも、大衆的人気を獲得する題材があった。たとえば「さまよえるユダヤ人」は、キリストの受難の場面に登場するユダヤ人が、呪われて永遠に放浪するという話だが、ドイツやフランスでさまざまなヴァリエーションがあり、題材として人気を博した[6]（もちろんユダヤ人差別が底流あるが）。そのほか、やはり聖書の逸話に基づく、息子の改心話「放蕩息子」、ベルギー、ブラバントの伯爵夫人の放浪物語「ブラバントのジェノヴェファ」などが挙げられる。[7]いずれも宗教的題材、ないしは倫理的教訓話であり、教会での絵解きとそれほど異なるわけではない。

なぜブレイス語エピナル版画がエピナルで作成されたか。それはおそらく、その印刷の美しさであろう。同時代のブレイスの出版社で印刷された同様な題材のものと比べると、それが明確になる。こうした版画は、おそらくブレイスの出版業者や行商人からの注文と思われる。少なくとも、バイリンガルの「語り物」を販売するには、ブレイス語の知識が多少とも必要だからである。

ブレイスの外で、エピナル以外でもブレイス語の民衆版画が印刷された。パリでは、一八四五年から一八六〇年まで、ブレイス出身の印刷業者が、かなり大量に聖人像などの民衆版画を印刷している。また、エピナルと並んで民衆版画の印刷が盛んだったロレーヌ地方のメッスやナンシーでも可能性がある。

三　典型的題材としての『魂の鏡』

絵解きの可能性をもつ民衆版画の典型的題材として、おもにフランス語で作成された『魂の鏡』Miroir de l'âme がある。民衆版画の古典的研究書、デュシャルトルとソルニエによる『民衆版画』（パリ、一九二五年）[8]は、『魂の鏡』系統の「ハート形図」を持つ民衆版画を取り上げている。「ハート形図」を持つキリスト教絵解きの代表的題材だが、解説のなかでその起源を十五世紀の民衆本だと述べた。「ハート形図」の研究家ソヴィーは、この説を覆し、グウェネト（ヴァンヌ）心霊修業所のユビ師の「ハート形図」に由来すると指摘した。[9]
十八世紀の二十年代以降、トロワなど、いわゆる民衆本の出版社から『悪人の鏡』などと題する書物が出されており、それは「ハート形図」を持つものだった。
十五〜十六世紀には、ラテン語で「スペクトルム Spectrum」、すなわち「鏡」を題名に持つ書物が大いにはやった。中世史事典によれば、「悪人の鏡」（スペクトルム・ペッカトリス Spectrum peccatoris）と題する書物はすでに十世紀に書かれている。十三世紀には「良女の鏡」という書物がある。一四七六年頃出版の『悪人の魂の黄金の鏡』speculem aureum animae peccatricis と題する書物を、私はパリの国立図書館で実際に調べてみたが、[10] この本をはじめ、十五〜十六世紀に出されたこの種の書物は、ハート形図を持つ、ないしその考え方に類する書物ではなかった。ソヴィーの指摘は確認できたのである。

一六八六年頃出版になるブレイス語の『心の鏡』Melezour ar galounou という書物が、パリの国立図書館にあるが、[11] 残念ながら、これもそのたぐいの書物ではない。

1　『悪人の鏡』

「ハート形図」を持つ民衆本でもっとも早いのが、『悪人の鏡』Le miroir du pécheur と題される書物である。一七二〇年が最初で、十八世紀では、十二版、出版地はトロワである。パリの南東百五十キロのところに位置するトロワは民衆本の出版地として有名であり、ウドー家とガルニエ家というこれもまた有名な書店から出版されていた。十九世紀では四版、エピナル、トロワ、モンベリアール（フランス東部）、ドル（ブレイス地方）で出版されたものが確認できる。十六頁の小冊子で、図絵は六枚である。ほかにフランス東部ブザンソンで十八世紀のあいだに出版されたと思われる版がある。

一八〇六年にドルで出版されたものを例に取り上げてみよう。①「神に帰依する男の図」、②「大罪に再び陥る男の図」（図2—1）、③「大罪の状態で最期を迎える男」、④「呪われた魂の不幸な状態」（図2—2）、⑤「神の恵みのもとで最期を迎える男」、⑥「祝福された魂の状態」（図2—3）である。ユビ師の古典的続き絵[12]と比べると枚数が半分になり、善人と悪人を比べながら、その人生と死後を見る形になっている。①は善人の心の状態、②は悪

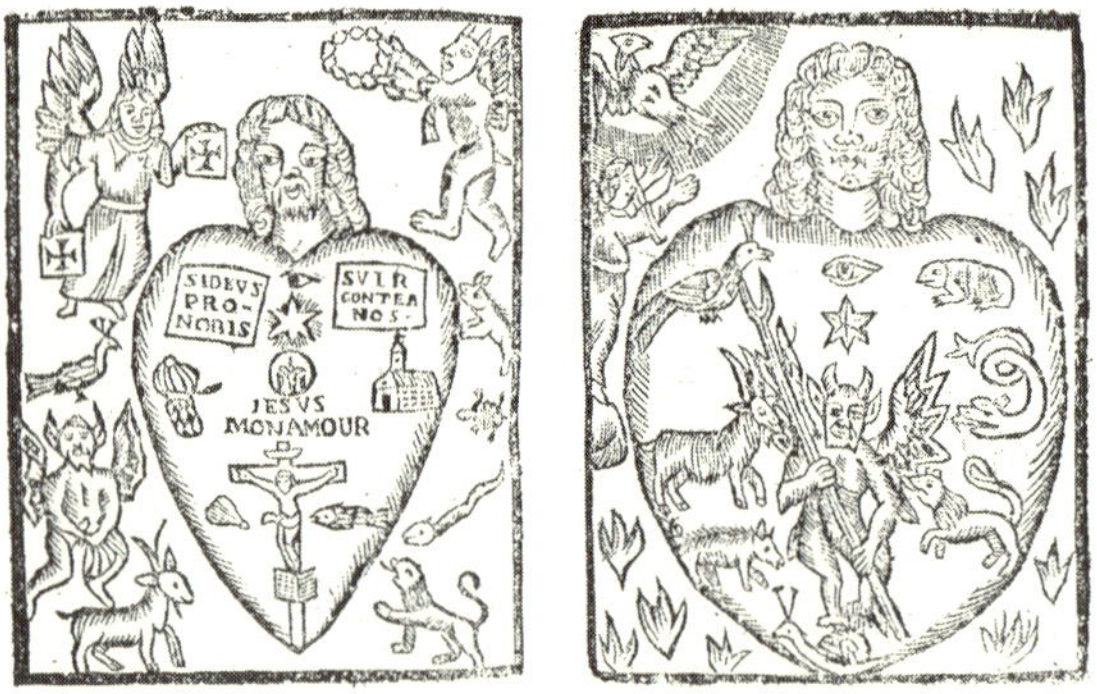

図2—1

図2—2

図2—3

人の心の状態、③と④で悪人の最期と地獄、⑤と⑥で善人の最期と煉獄と天国が提示されるのである。詳しい検討はここでは省略するが、これら六点はすべてユビ師の「古典的続き絵」のコピーといっていい。図絵の下部に八～九行にわたって書かれた解説は、簡単な教義説明であり、絵解きのためと考えられる。

小冊子は、このあと、八頁にわたって、「自由人の讃歌」「悪人について考える」「死者の歌についての讃歌」「悪人の哀れむべき一生」「煉獄の魂のための讃歌」「天国の輝きについて」と六つの教訓的讃歌が続き、最後に祈りの言葉で終わりとなる。したがって、この小冊子自体が、キリスト教の入門的知識をもとにした教訓的内容であり、司祭の代わりの役目を果たしているともいえる。

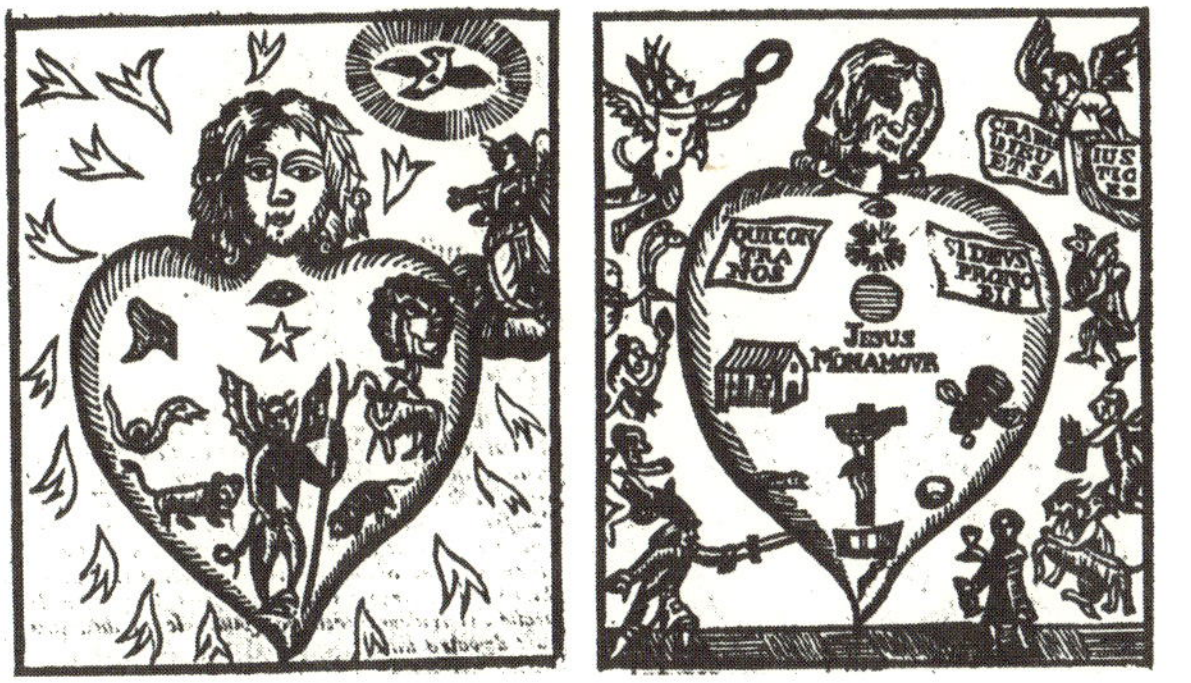
図3―1

図3―2

一八一七年にエピナルで出版された『悪人の鏡』の版は、二十四頁で図版は八枚ある。最初の図①が「大罪」の図となり、そのあと②「堅忍」が続き（図3―1）、③の「再転落」は、ユビ師の六番目の「再転落」となる。④「悪人の最期」（図3―2）、⑤「地獄」と同じ連続となり、⑥に「信心」の図が入り（図3―3）、⑦「善人の最期」、⑧「救済」と再び同じ形になる（図3―4）。図絵はさらに粗悪になるが、その内容、また解説部はほとんど変わっていない。

これとほぼ同じ内容の小冊子が『悪人と善人の魂の鏡』である。一七三七年にリヨンで出版された『新版』と記されたものがいままで確認

図3―3

図3―4

されているもので、もっとも古いものだが、初版は一七三〇年頃と推定されている。ほかに十九世紀前半、リヨンで出版された版、おそらく十八世紀のものと思われるアヴィニョン（南フランス）で刊行された版がある（フランス国立図書館）。四十六頁の小冊子で、図版は八枚、すべてユビ師に由来するものと考えられる（図4―1から4―8）。ただし順番は、①「大罪」、②「再転落」、③「悪人の最期」、④「地獄」、⑤「堅忍」、⑥「信心」、⑦「善人の最期」、⑧「救済」となり、悪人系列が前半、善人系列が後半と整備される。

2　『魂の鏡』

十九世紀になって、パリとリヨンで出版される『魂の鏡』と題された書物は、二百六十頁ほどの小型民衆本で、

図4—1

図4—2

図4—3

図4—4

十九世紀の間、たいへんな人気を博した。これに十二枚から十六枚の挿絵が挿入されていた（もっとも、挿絵入りと書きながら、それがついていないものもあった）。私は、フランス国立図書館の蔵書を調べただけだが、ここだけでも五十一版が確認できた。最盛期は、一八五〇年代で十五版、一八六〇年代で十一版である。これに続くのが一八二〇年代で十二版である。第二帝政期（一八五〇〜六〇年代）と王政復古期（一八二〇年代）は、ともにキリスト教

図4—5

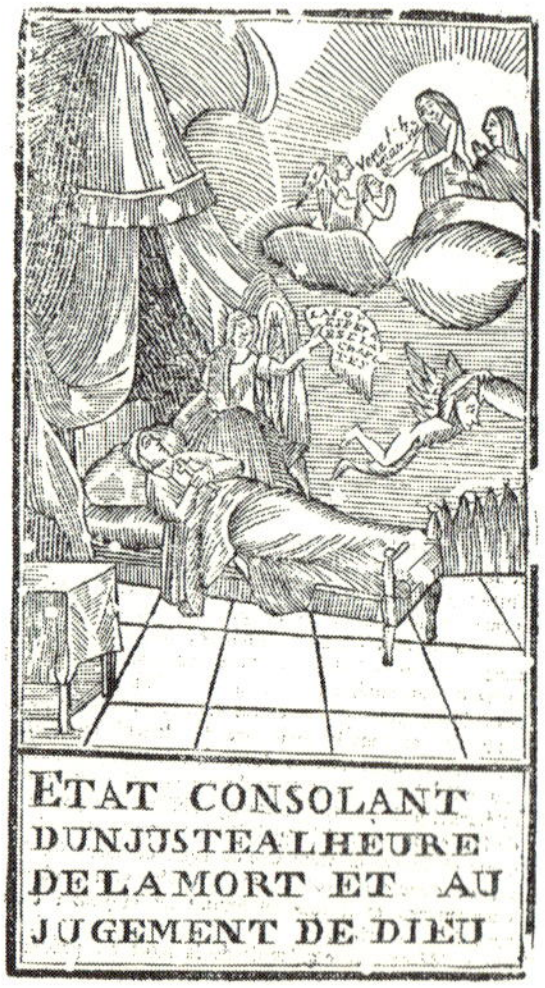

図4—7

図4—6

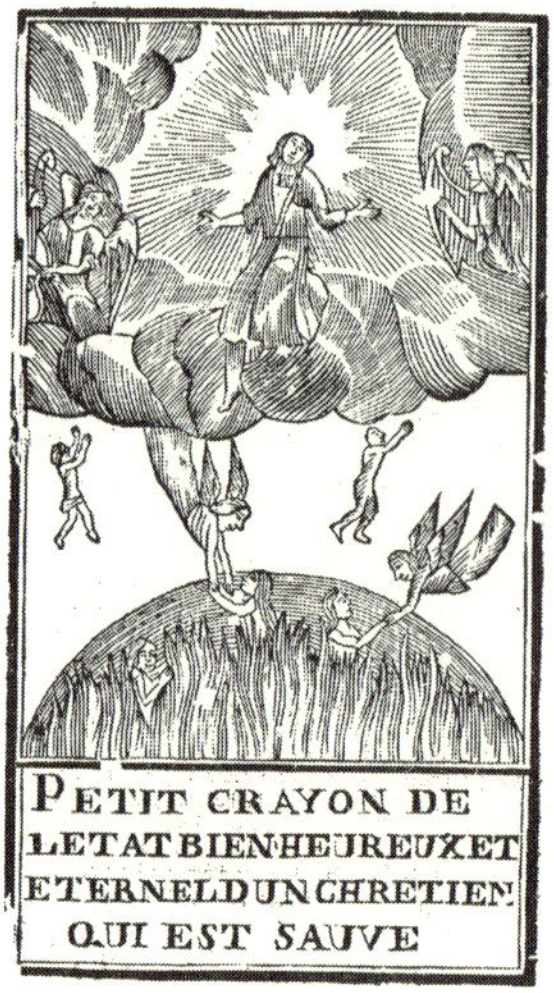

図4—8

が自由に布教を許された時代であり、それが反映しているとみられる。国立図書館で確認できる最後の刊行は一八八三年だが、ハート形図の研究者ソヴィーによれば、一九〇〇年にも出版されたようだ(13)。

挿絵のうち、十枚ほどが、『悪人の鏡』や『悪人と善人の魂の鏡』に掲載された「古典的続き絵」に類する図絵である。

この『魂の鏡』には、ブレイス語版がある。どの出版社の何年のものが元になったかは確認していないが、本の体裁その他、まったくの直訳本である。一八〇八年、ランデルネ（ランデルノー）で刊行されたレオン方言（標準語）のものがもっとも早いようで、このあと、一八四五年、一八五五年、一八八一年、一八九八年と出版された。サンブリエク（サンブリユー）では、トレゴール方言版が一八三一年に出されている。

ブレイスでは、教会での「ハート形図」のほかに、民間の民衆本レベルでの「ハート形図」が加わり、同様の図像が二重に用いられて絵解きが行われたということになる。

3　一枚刷りの『悪人の鏡』

一八二五年にエピナルのペルラン書店で出版された一枚刷りの『悪人の鏡』は、手彩色でその後何度となく再版された。図で見るように、六つの図が一枚にまとめられている（図5）。それぞれの絵に番号が振られ、短い解説がついているのである。

上段左の最初の図は「神に帰依する男の図」であり、他の五点もその題名は、十八世紀に出版された『悪人の鏡』と同一である。この図を小冊子の『悪人の鏡』、ユビ師の「堅忍」の図と比較すると、小冊子のほうによく似ている。ユビ師に登場する、剣を突き刺す男とワインを勧める男はいないし、悪魔も二人しか描かれていない。豚、山羊も省かれている。ただし、ライオンが人間の顔をもつスフィンクスのごとく立派になり、男の顔、守護天使もたいへんリアルになっている。守護天使は羽がないので、看護師の様相である（十字架が赤十字の箱のようになっている）。ハート形のなかも多少省略されているが、大きな変化としては、「信仰の星」が消えていることだろう。

図5

これは上段右の「再転落（実は「大罪」）」の図でも同じで、さらに、両方とも「心の眼」が開かれていて、その意味が失われている。もっとも、このことは小冊子版『悪人の鏡』ですでにそうである。「再転落」もユビ師のものより、小冊子のほうがモデルだろう。ただし、ハート形の中の悪魔は人間的にリアルになり、強調されて、他の動物たちが省略されている。したがって、こうした細部の意味が失われてしまっていることになる。失われてもいっこうにかまわなかった。つまり、細部の解説が行われるようなことはもはやなく、大雑把な解説だけで販売されていたということができるだろう。

中段左の「悪人の最期」も、構図は小冊子のものに近い。髑髏が立派になり、悪人が人間的にリアルになって、あまり悪人らしくない。守護天使ばかりかケルビムも人間らしい顔つきになっている。その右の「地獄」の図も、どちらかといえば、小冊子のほうに近い。

下段の二つ、左側の「善人の最期」、右側の「救済」も同様である。したがって、この一枚刷り『悪人の最期』は小冊子を元に作成されたといえるであろう。

一枚刷りの『悪人の鏡』はこのほか、モンベリアール、ナンシーなどでも発行されている。そのほか、『七つの大罪』と題する、題材は同じだが、絵柄の異なるもの、『最後の審判』と題する、この系統に含まれるべき一枚刷りの民衆版画はまだ未調査の部分があるが、多いと思われる。

4　フランス国外での『魂の鏡』

ソマーヴォーゲル『イエズス会文献録』（追加版再版、一九六〇年）には、フランデレン語の『魂の鏡』の部分訳が、一七二〇年にアントウェルペンで出版されたとある。(14) 民衆本のこの系統でもっとも古い『悪人の鏡』の出版が一七二〇年頃であり、その頃すでに外国にもたらされたことになる。

一七三二年にドイツのヴュルツブルクで出版された『人の心』は、一八一五年に第七版が、一八四六年にウィーンで第八版が出版された。(15) これは、アントウェルペンのものと同様の『悪人の鏡』か、一七三〇年頃リヨンで出版された『悪人と善人の魂の鏡』かは断定できないが、民衆本の系統であろう。

一八一二年に『魂の鏡』のドイツ語訳本が出版されるが、これはプロテスタントの布教用小冊子に利用され、また新たな子孫を獲得することになる。

このほか、スリランカのジャフナで二十世紀はじめに出版された、タミール語の『魂の鏡』が知られているが、こうした欧州以外での、民衆本系統の出版物はまだほとんど調査されていない[16]。

こうしてみてくると、一連の『魂の鏡』は、教会の絵解きではないが、それに類する、同等の役割を果たしたと言えるのではなかろうか。ハート形図を中心とする「古典的続き絵」が、ブレイス（ブルターニュ）以外のフランスの教会ないし教会の周辺で使用されたという事例を見出すことはできなかったが、こうした民衆本のレベルでそれに相当する活動があったといえるのである。

四　ブレイス十九世紀のブロードシート

「語り物」をブレイス語では「グウェルス」と言い、これについては、かなり以前から関心が高く、収集物が整備されて、研究も十分に行われている。とくに在野の学者オリヴィエによる第二次世界大戦中の研究は、出版史からのアプローチであり、たいへん貴重である[17]。

エピナルでは、フランス語以外の言語による語り物も少数ながら出版された。これについては、私がエピナルの図書館（ヴォージュ県立文書館）で実際に調査している。とくにこのヴォージュ県がドイツとの境界地域だったことから、ドイツ語とフランス語とのバイリンガル版は、一八一二年以降、百タイトル以上が出版された。そのほか、イスパニア（スペイン）語、イタリア語、英語、ネーデルランド（オランダ）語、エスペラント語がある。エ

図6

図7

スペラント語については、すべて一九〇五年、アメリカからの注文による出版だったことがわかっている。

　このなかに、ごくわずかだが、ブレイス語のエピナル版画がある。一九九二年の『エピナル版画』カタログと、一九九六年のケンペール（カンペール）博物館カタログから三タイトルを確認できる。(18) すべてフランス語とのバイリンガルの宗教的題材を扱ったものであり、一八五八年と一八七五年に注文されている。

　前者は、『一八五八年五月三十日、日曜日、三位一体の大パルドン祭の日、教皇ピウス九世から戴冠された、ブレイスの守護聖人、ルーメンゴルの聖母マリア』というタイトルがついている（図6）。フランス語とブレイス語の讃歌があり、それぞれ参照すべき曲が指定されている。ルーメンゴルは、ペンアルベット（フィニステール）県中部の小村だが、その聖母マリアのパルドン祭（聖母マリアに赦免を乞う祭り）は、ブレイス語圏で三大パルドン祭ともいわれ、多くの人たちが集まる祭りとして有名である。

一八六五年以降に発行されたと思われる『希望の聖母マリア』は、バイリンガルの讃美歌と祈禱文をもつが、これらの作者についての手がかりは残念ながらない（図7）。一八七五年に公式納本されたことがわかっている、もうひとつの『希望の聖母マリア』の讃美歌と祈禱文は、前者と同一である。聖母マリアとイエスの部分も同じ版木を用いている。

こうした一枚刷りのビラは、専門の売り手が売りさばいた。売る前に、その内容を唄って、まさにエンターテインメントとして販売したのである。有名な売り手も生まれ、本人が著作権を持つ唄もあった（もちろん、この当時、公的なものではなかったが、それを明記していた）。

五　ブレイス語の小冊子類

ブレイスでは『魂の鏡』系列の民衆本のほかに、教会での「続き絵（タオレンヌウ）」の伝統の延長上の民衆本があった。出版は一八八〇年代以降に限られ、しかもすべてブレイス語、ないしはフランス語とのバイリンガルである。すなわち、ブレイス語圏（ブレイス＝イーゼル／バス＝ブルターニュ／ブルターニュ西部地方）に限られるのである。おそらくこれは、タオレンヌウが基本的にブレイス語で、ブレイス語圏でしか広まらなかったためである。

これまで判明しているものは、次の六種の小冊子である。

（1）フランス語とのバイリンガルで、一八八六年出版になる『マネール（モノワール）師の十二枚の続き絵』。これはブレイスではなく、トゥールの出版社の刊行になるものだが、販売されたのはブレイス語圏だったはずである。おそらく版権の問題があったため、ブレイスでは出版できず、ブレイスからやや離れたトゥールで出版されることになったと思われる。十二枚は「古典的続き絵」の十二枚に相当し、それとほとんど変わらない[19]。

（2）一八九九年に出版された『宣教の続き絵』。出版地はケンペール（カンペール）、少なくとも五版が確認できる（図8、①「大罪」、②「痛悔」、③「真の痛悔」、④「悔悛」、⑤「悪への回帰」、⑥「再転落」、⑦「悪人の最期」、⑧「審判と地獄」、⑨「二つの道」、⑩「信心」、⑪「善人の最期」、⑫「煉獄からの救済」）。一枚ごとに一頁のブレイス語によ

図8—1

図8—4

図8—2

図8—5

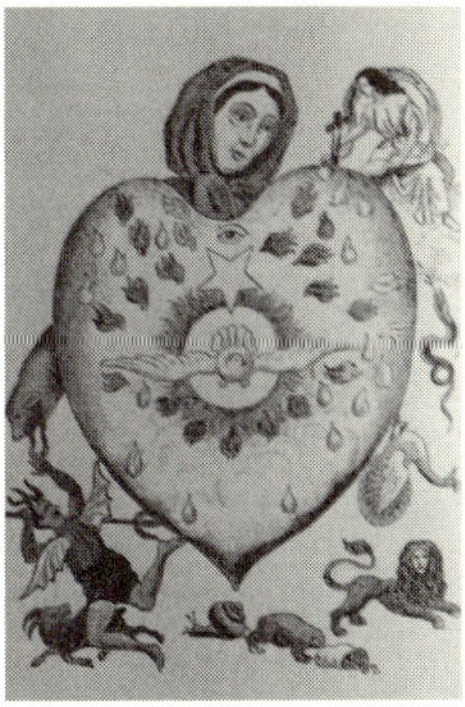
図8—3

図8—6

図８―７

図８―８

図８―９

図８―10

図８―11

図８―12

る解説がつく、すなわち二十四頁の小冊子である。古典的続き絵と同じ十二枚構成だが、「地獄」の代わりに「審判と地獄」という上下二段構成の図像が新しく挿入されている。また「二つの道」も新しい題材である。こうした図柄は十九世紀後半に用いられ、現在、メーヌ地方アンジェの史料館に所蔵される続き絵と同一である。

（3）一九〇九年にケンペールで出版された『宣教の続き絵、新版』。一九一一年の再版本がある。題名は前者の再版を予想されるが、内容はまったく異なり、ブレイス語のタイトルをもつ七枚の絵からなり、解説文はない。

図9―1

図9―2

図9―3

ハート形図は、「信徒の徳」（図9―3）と「大罪」（図9―1）の二枚だけである。ほかは、「悪人」（図9―2）と「善人」（図9―4）の二枚の最期の図、「煉獄」（図9―5）、「誘惑、天国、地獄」（図9―6）、「最後の審判」（図9―7）である。「誘惑、天国、地獄」は二十世紀になって登場する新たな構図の図絵であり、上部が天国、中部が現世、下部が地獄の三部構成になっていて、現世では、キリストと悪魔が人間の誘い合いを行っている。

図９—６

図９—４

図９—７

図９—５

出版者は、ケンペール司教区のイエズス会士ブルドゥールス神父であり、その布教活動に続き絵を再導入した人物とされている。したがって、十九世紀末から二十世紀はじめにかけて、こうした小冊子形式での出版にもみられるように、ブレイス語圏で「タオレンヌウ」の再使用が進んでいたと考えられる。これは、一九〇二年の公教育からのカトリックの追放、さらには一九〇五年の政教分離法によるカトリック系学校へのさまざまな圧力、それに対する教会の反発、教育への再度の取り組みなど、第三共和政期における政治的動向を反映している。

（4）一九二三年、モントルーレス（モルレー）での出版による『宣教の続き絵』。これもまた前二者とは内容が異なり、四枚のハート形図と八行詩の韻文によるブレイス語の解説からなる。ペンアルベット県中部クロゾン半島の町の司祭、グラール師が作成したものと同じである。ハート形はまったく小さく描かれ、図絵の真ん中に女性の胸像があるにすぎない形になっている。一枚目「大罪の状態でこの世にある魂の図」、ユビ師の「大罪」の図である（図10―1）。クジャク、カエル、蛇、ライオン、カタツムリ、ヤギ、豚という大罪を象徴する動物たちが、大罪の具体的場面とともにすべて登場している。二枚目「神に仕える許された魂の図」、「信心」に相当する（図10―2）。三枚目「怠惰で罪が強まった魂の図」、「再転落」である（図10―3）。下部には「悪人の最期」の図も置かれている。四枚目「天国への道を堅実に歩む魂の図」、「堅忍」である（図10―4）。煉獄からの救済（右下）、善人の最期（中央下部）なども合わせて描かれている。

（5）一九三四年、グウェンガン（ガンガン）で刊行された『魂の鏡、宣教の続き絵』。五枚からなり、一枚目「必要なのは一つのことだけ」は「二つの道」であり、上側の狭い道が天国への道、下側の広い道が地獄へ続く道である（図11―1）。ここではハート形がまったく消え去り、真ん中にはキリストがメダル状に挿入されているにすぎない。二枚目「大罪にある魂」はいわゆる「大罪の図」であり、ハート形、心の眼、心の中の悪魔が残され、

図10—1

図10—2

図10—3

図10—4

図11―1

図11―3

図11―2

それを取り囲んで、大罪の場面、象徴する動物たち、悪魔退治の守護天使などが描かれている（図11―2）。三枚目「神への回帰」、これは一九二三年モントルーレス版の「信心」によく似ている（図11―3）。四枚目「大罪への回帰」、これもモントルーレス版と比べると、「再転落」に相当し、ハート形の中に罪を象徴する動物たちが登場し、右下に地獄の炎が見える点は共通するが、ほかの場面は大部変更がある（図11―4）。五枚目「神に忠実」はモントルー

図11—5

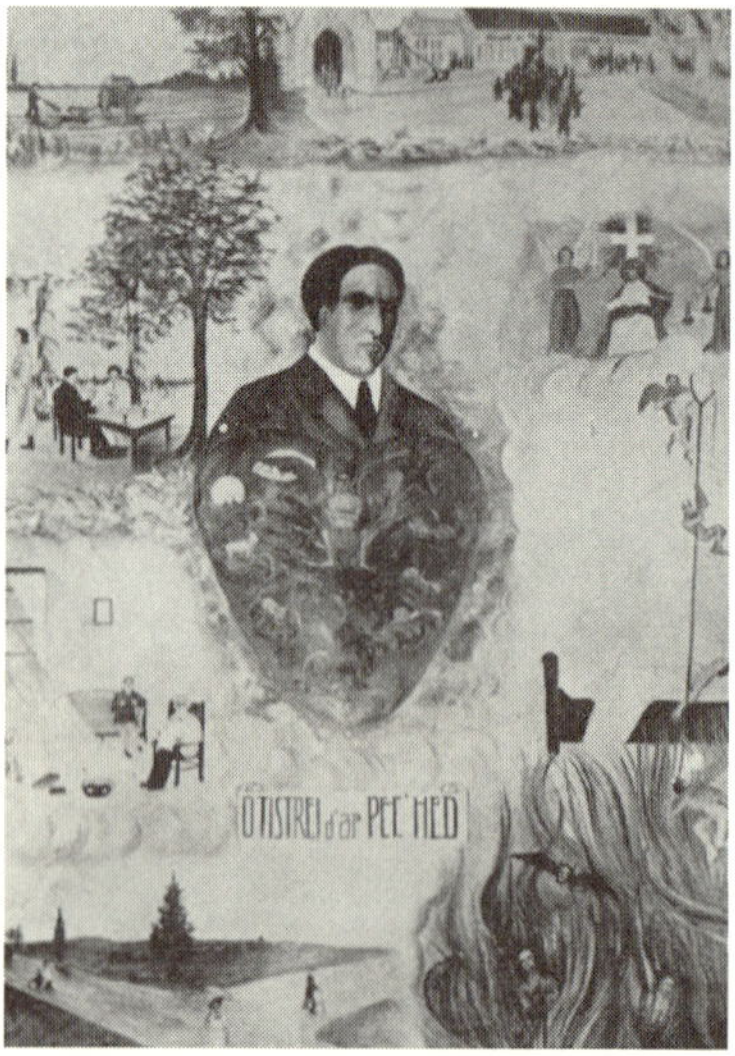

図11—4

図12—2

図12—1

図12―5

図12―3

レス版「堅忍」とほぼ同一の構図である（図11―5）。いずれもサンブリエク（サンブリユー）の聖母献身修道会の説教師たちが作った続き絵の写真版といわれている。

（6）一九三六年、グウェンガンで出版された『魂の鏡、宣教の続き絵』。タイトルと図絵の枚数は前者と同じだが、「最後の絵解き絵師」グザヴィエ・ド・ラングレによるもので、解説もバイリンガルで一枚につき二頁にわたり、まったく一新される。一枚目「二つの道」（図12―

図12―4

1)、二枚目「大罪の状態の魂」(図12—2)、三枚目「神の回帰する魂」(図12—3)、四枚目「再び大罪に陥る魂」(図12—4)、五枚目「善き道を堅持する魂」(図12—5)であり、その構成も前者と共通である。

結びにかえて

以上のように、ブレイス起源の「ハート形図」に属すフランスにおける民衆本系統の「絵解き」は、一七二〇年代以降確認され、十九世紀には一枚刷りのエピナル版画としてフランス全域に流通した。フランス以外でも一七二〇年代以降、フランデレン語版、ドイツ語版が確認されているので、欧州のさまざまな地域にこの系統の図版が出回ったといえる。ただ、これをもとに、「絵解き」が行われたという証言は得られていない。この種の一枚刷り版画をもとに、街頭で絵解きが行われたという図版があるので、そうした「大道芸人」が存在したことは確かである。とはいえ、十七世紀に西欧の広範な地域で活動したブロードシート販売人は、多くがプロテスタント派であり、カトリック教会のみで用いられたと思われるブレイス系統とは異なる。いずれにしてもブレイス系統は、民衆本が確認される一七二〇年代以降ということが言えるように思える。国境を越える行商人の活動が難しくなり、国内での市場・流通に限定される時代である。

また、ブレイス地方の絵解き、すなわち「タオレンヌウ」系統に属するブレイス語の民衆本、小冊子はさらに遅れ、十九世紀、一八二〇年代以降ということが言えるだろう。ブレイス語圏で、一枚刷りのブロードシート「グウェルジウ」が一般的になるのはこの時期以降であり、それはブレイス語圏における書きことばの民衆階層への普及がこの時期に始まるから、と考えていいと思う。こうした図像の流布は両大戦間期まで継続された。教会での絵解きが残存する、その時期と重なると言っていいだろう。

註

（1）エピナル版画については、René PERROUT, *Les Images d'Épinal*, Paris, Ollendorff, 160p. [s.d. v. 1920]; Henri GEORGE, *La belle histoire des images d'Épinal*, Paris, Le Cherche Midi, 1996, 127p.; Bernard HUIN, *L'Imagerie populaire française au Musée d'Épinal*, Lyon, Lescuyer, 1988, 107p. などが基本文献である。

（2）拙著『ケルトの水脈』講談社、二〇〇六、二五七〜二五八頁参照。

（3）Laurence FONTAINE, *Histoire du colportage en Europe, XVe – XIXe siècle*, Paris, Albin Michel, 1993, 334p.

（4）Sega, IERMA（ed.）, *Les hommes des images, L'epopea dei Tesini dal Trentino per la vie del mondo*, Ginevra, 1998.

（5）Philippe PICOCHE, *Le Monde des Chamagnons et des colporteurs*, Raon l'Étape, Kruch, 1992, 191p.; Gérard GUÉRY（ed.）, *Les Colporteurs de Chamagne*, Épinal – Paris, Fricotel, 1990, 48p.

（6）Laurence SIGAL-KLAGSBALD et al.（ed.）, *Le Juif errant, un témoin du temps*, Paris, Musée d'art et d'histoire du Judaïsme, 2001, 238p.

（7）Marie-Dominique LECLERC, <Les mères douloureuses et les innocences persécutées dans l'imagenaire populaire>, *Le Vieux Papier*, t. 32, fasc. 327（janv. 1993）: 183-191; fasc. 328: 223-234; fasc. 329: 260-272; fasc. 330: 306-319; fasc. 331: 347-358; fasc. 333: 458-471. 参照。

（8）Pierre Louis DUCHARTRE et René SAULNIER, *L'imagerie populaire*, Paris, Librairie de France, 1925, p. 21.

（9）Anne SAUVY, *Le miroir du cœur*, Paris, Cerf, 1989, p. 218. なお、ユビ師による心霊修業所における絵解きについては、ルドーほか（拙訳）『天国への道』日本エディタースクール出版部、一九九五、また拙稿「キリスト教絵解きの伝播」林雅彦・小池淳一（編）『唱導文化の比較研究』岩田書院、二〇一一、二〇五〜二〇六頁、「キリスト教の絵解き」『国文学解釈と鑑賞』第六八巻六号（二〇〇三・六）、一八二〜一八三頁など参照。

（10）現在ではネットでこうした書物を見ることができる。http://catalogue.bnf.fr/servlet/autorite?ID=16746554&idNoeud=1.1&host=catalogue

（11）現在ではネットで参照可能。http://gallica.bnf.fr/ark:/12148/btv1b86120770参照。

（12）「古典的続き絵」については、ルドーほか（拙訳）『天国への道』前掲書、カラー口絵、また図版一二四～一三四参照。

（13）A. SAUVY, *op.cit.*, p. 223.

（14）Carlos SOMMERVOGEL, *Bibliothèque de la Compagnie de Jésus, supplément*, Éditions de la Bibliothèque de S.J., 1960.

（15）A. SAUVY, *op.cit.* p. 237.

（16）Ibid., pp. 256-259.

（17）Joséphe OLLIVIER, *Catalogue bibliographique de la chanson populaire bretonne sur feuille volante*, Quimper, 1942.

（18）Nicole GARNIER-PELLE, *L'imagerie populaire française* II, Paris, Réunion des musées nationaux, 1996, pp. 58, 65. Nicole GARNIER et al., *L'imagerie populaire bretonne*, Quimper, Le musée départemental breton, 1992, p. 162.

（19）*Daouzek taolen ann tad Maner, tableaux symboliques composés par les missions bretonnes*, Tours, Cattier, 1887. http://bdq.proxience.net/opac_css/doc_num.php?explnum_id=2143で参照可能。

図像

（1）"Le marchand d'images populaires, gravure de Lix", in: Perrout, René, *Trésors des images d'Épinal*, Ed. Jean-Pierre Gyss, 1985. p. 255.

（2）*Le miroir du pécheur*, Dole, Joly, 1806.

（3）*Le miroir du pécheur*, Épinal, Pellerin, 1817.

（4）*Miroir de l'ame du pécheur et du juste*, Avignon, Chaillot, s.d.

（5）*Le miroir du pécheur*, Épinal, Pellerin, 1825.

（6）Notre-Dame de Roumengol, Nicole GARNIER-PELLE, *L'imagerie populaire française* II, Paris, Réunion des musées nationaux, 1996, p.65.

（7）Notre-Dame d'Espérance, Nicole GARNIER-PELLE, *L'imagerie populaire française* II, Paris, Réunion des musées nationaux, 1996, p.58.
（8）*Taolennou ar mission*, Kemper, De Kerangal, 1899.
（9）*Taolennou ar Mission, renket a nevez, Gant eur Missioner breizad*, Kemper, De Kerangal, 1911.
（10）*Taolennou ar Mision*, Montroulez, Lajat, 1923.
（11）*Mellezour an eneou. Taolennou ar Mision*, Guingamp, Arvor, 1934.
（12）*Mellezour an eneou*, *Le Miroir de l'âme*, Guingamp, Arvor, 1936.

街頭紙芝居の絵元大阪「あづまや会」の軌跡

榎本千賀

はじめに

かつて、街頭紙芝居は、どこでも見られた風景だった。写真家田沼武能《たけよし》は、昭和三十年（一九五五）に佃島で撮影した街頭紙芝居の風景を『田沼武能写真集―戦後の子供たち―』[1]や『キヤノンギャラリーS10周年記念展　時代に応えた写真家たち　田沼武能』[2]に掲載している。それらの写真には、自転車に街頭紙芝居を載せ、帽子を被り、長靴を履き、心持ち歯を見せた笑顔の紙芝居屋と、目を輝かせて街頭紙芝居を食い入るように見つめる子どもたちの姿が残されている。子どもたちの中には、紙芝居に引き込まれて、思わず、舞台（枠）に手をかけたり、お使いの帰りか、ネギを入れた買い物袋をぶら下げたまま見入っていたりしている者もいる。

これまで、街頭紙芝居というと、東京のものが取り上げられることが多かった。また、大阪の街頭紙芝居は、故塩崎源一郎が設立した「三邑会《さんゆうかい》」が現在でも活動しているため、大阪の街頭紙芝居＝三邑会という捉え方がなされてきた感があることは否めない。実際、「三邑会」は、昭和二十二年に設立され、会員は二万巻以上もの街頭紙芝居が散逸しないように徹底した管理をしながら活動してきた。しかし、大阪には多くの絵元が存在した。絵元とは、街頭紙芝居の絵を画家に描かせ、完成した紙芝居を紙芝居屋に貸し出した製作会社のことを指す。大阪の絵元の一つ、「あづまや会」では、月刊少女漫画誌『なかよし』に掲載された『ペスよおをふれ』をもとにした紙芝居、「現代哀話　ユリとペス」の製作をしている。本稿では、「あづまや会」とはどういう絵元であったのか、また、そこが製作した「現代哀話　ユリとペス」を中心として、街頭紙芝居の語りについて検証を行いたい。

一　「あづまや会」の活動

まず、「あづまや会」とは、誰がいつ創設し、どこに所在し、どういった街頭紙芝居を製作していたかを見ていく。

畑中圭一氏のご教示によると、昭和二十七年（一九五二）十二月五日発行の『紙芝居月報』（田中画劇社友愛会）三面に、「あづまやニュースを祝す」と題し、「あづまやニュースが十月より新発足されたことはこの業界にいちだんと光を輝すものです。わたし達友愛会会員は貴会あづまやニュースの発足を心からお祝いするものです」と記されている。このことから、「あづまや会」が昭和二十六年か昭和二十七年に活動を始めたことがわかるという。

畑中圭一氏のご教示によると、『紙芝居月報』は、田中画劇社が刊行するニュースであり、さだむ会、富士会、新日本画劇社など、さまざまな絵元が参加した、文字通り「友愛会」のニュースを取り上げている。しかしながら、「あづまや会」は先述した昭和二十七年十二月五日発行の『紙芝居月報』に一度だけしか取り上げられていないという。こうしたことから、「あづまや会」は、絵元の連合体にも参加せず、「わが道を行く」で営業をしていたように思われるという。

阪本一房『紙芝居屋の日記―大阪＝昭和二十年代―』[3]によれば、昭和四十六年六月に発行された「かるぐち」というミニ・コミ誌に、紙芝居業界の人々へのインタビュー記事が掲載されている。その中に、大阪市西成区天下茶屋にあった街頭紙芝居の絵元「富士会」の創業者、五島明の記事がある。

五島明さん

戦前から、東京で絵元をしていた人である。昭和六年頃に兄さんの金之輔さんが大阪へきて、湊《（ママ）》区福島で「大日本画劇株式会社大阪支店」を設立したが、昭和十六年三月に、当の明さんが金之輔さんと交替して来阪したということだ。昭和二十年三月十三日の大阪空襲に遭い、山形へ疎開したが、戦後また大阪へ来て紙芝居の絵元をやったという。「私は、立ち絵の頃から演ってますよ。それが絵ばなしになり、紙芝居になったんですが、始《（ママ）》めの頃は、絵の寸法で言うと二号大位ですか、小さいもんでした。その頃大阪へ、深沢宇象さんや国広了男さんが東京からやって来ましたな。深沢さんは『沢商会』と云う絵元をやりましたが、その頃大阪でも、中島さんて方が、天王寺区の生野《（ママ）》方面で『中公会』と云う絵元をやっていたよぅです。もぅ、古いことですなぁ。私はその頃東京でも『富士会』をやっていましたが、東京の方は『利根版』という名に変えて、『富士会』を大阪に持って来ました。大阪の方が、進駐軍の検閲がゆるかったですからなぁ。東京で受けていた辰巳恵洋、本名は実というんですが、ケイ＝タジミとも云ってました。その絵描きさんが描いた『墓場奇太郎』を持ってきたんですが、受けましたなぁ。この辰巳さんは、『河童小僧』だとか『早縄小僧』とかも描きましたが、皆評判が良かったです。作は、主に伊藤正美さんでした。この辺りには絵元が多かったですが、東野保雄さんも、私の『富士会』から分れて堺市で『あづまや会』を創りましたが、また西成へ戻ってきて絵元をやってました。砂岡徹夫さんも、うちから分れた人です。東京ではその頃、山川惣重さんがやってた『そうじ社』が出した、『少年王者』や『少年タイガー』がよかったです。もちろん、絵は弟の惣治さんが描いたんですがね」など、貴重な話を伺って、現在天下茶屋で「ひかり全国旅行社・大阪営業社」を営んでいる五島さん宅を辞した。

これによって、当初、五島明が創設した絵元「富士会」に在籍していた東野保雄が、独立して大阪府堺市で「あづまや会」を創業、その後、「富士会」のある大阪市西成区に戻り、絵元をしたことがわかる。

堀田穣氏のご教示によると、「富士会」は昭和十六年頃から活動を始めたそうである。

次に、畑中圭一「戦後の大阪街頭紙芝居」[4]では、昭和二十年代の大阪の紙芝居業界について次のように記している。

大阪画劇、さだむ会のほかに新たに絵を製作し始めた絵元としては、東野保雄の「あずま会《ママ》」、石川定雄の「Aちゃん会」、関沼善作の「関西画劇」、それに塩崎健市（源一郎）の「三邑会」があった。東野保雄のあずま《ママ》会は、戦前には東京・富士会の絵を配給していたが、戦後は製作も行うようになった。塩崎氏によれば、あずま《ママ》会は「たいへん派手に、また大規模に商売をやった」ということである。特に「タネ元」（子どもに売る菓子の卸屋）を兼ねていたので収入も多く、昭和三〇年代まで営業をつづけることができた。

「タネ」は「ネタ」とも言い、紙芝居屋が子どもたちに売る駄菓子のことである。

鈴木常勝『紙芝居は楽しいぞ！』[5]は、街頭紙芝居のサイクルを次のように述べている。

紙芝居業界のしくみは、

①絵元による「絵の製作」

②絵元から紙芝居屋（業者）への「絵の配給」

によって、成り立っている。絵元とは「紙芝居屋の親方」なのだ。

また、紙芝居屋の売る駄菓子は、

③絵元による製造

④工場からの仕入れ

があって、ともに絵元が紙芝居屋に卸売りし、紙芝居屋が子どもに小売りするという形をとる。

鈴木常勝が同書で指摘しているように、絵元の仕事として、これに紙芝居屋に貸し出した絵の補修が付け加わる。

街頭紙芝居「現代怪奇　ひる・おとこ」第三十巻（大阪府立中央図書館国際児童文学館蔵）(6)の絵の裏には、「あづまや会　大洋画劇社　製作　あづま製菓　大阪市西成区梅南通五―四　商売はイヤマルク　電話（66）五八〇九」の赤いゴム印が押されている。このことから、「あづまや会」と「大洋画劇社」とは同じ組織であり、当会の中に「あづま製菓」があったことがわかる。当会の街頭紙芝居を使う紙芝居屋は、その日使う紙芝居と一緒に、「あづま製菓」の駄菓子を入手していたと考えられる。こうして見てくると、当会は絵元である以外に、街頭紙芝居屋が子どもたちに売る駄菓子の製造・卸もしていたと捉えることができる。なお、「イヤマルク」は当会の電話番号であり、

イ　五「いつつ」

ヤ　八「やっつ」

マル　〇「まる」

ク　九「く」

と解読することができる。

また、街頭紙芝居「ジャングル大将」第二十四巻（個人蔵）の絵の裏には、左下に「あづまや会画劇製作　あづまや会総本部　代表者　東野保雄　大阪市西成区梅南通五丁目五番地　電話天下茶屋（66）五八〇九番」という赤いゴム印が押されている。これらのゴム印から、当会が大阪市西成区梅南通五丁目四番地と五番地に所在していたことがわかる。

この「あづまや会」の所在地を住宅地図で見ていこう。昭和三十五年以前の確認ができないが、大阪府立中之島図書館所蔵『大阪市精密住宅地図　西成区　昭和三五年六月』（吉田地図）によると、大阪市梅南通五丁目四番地に「東野」という苗字と「倉庫」という文字を見出すことができる。その後の『大阪市精密住宅地図　西成区　昭和四八年一二月』（吉田地図）には、旧梅南通五丁目五番地に、「倉庫」、「東野マサ子」、「東コート（株）」とある。『大阪市精密住宅地図　西成区　昭和六〇年八月』（吉田地図）では、梅南二丁目五番地に「倉庫」、「東フード（株）東野マサ子　東野圭祐」とある。ちなみに、街頭紙芝居の絵の裏側にある「あづま製菓」は、地図上では確認できない。

住宅地図上では、「東野」、「東コート」、「倉庫」は、個人住宅の広さと同じで、それほど、大きくはない。「倉庫」が東野保雄のものかどうかは現時点では確認できないが、「倉庫」が複数あること、「倉庫」と同じ場所が「東の工場」と記されることがあることから、東野の倉庫もしくは工場と考えてよかろう。この「工場」の規模はよくわからない。ただ、この「工場」も個人住宅の広さと変わらないため、家内工業的であった可能性が高い。もしくは、別の場所に駄菓子の工場があったのかもしれない。少なくとも、ソースや水飴、梅ジャムをはさんだり付けた

表　「あづまや会」が製作した街頭紙芝居

番号	ジャンル	タイトル	作	画	線	彩	巻数	所蔵先・掲載誌
1	クイズ	とんちクイズ　ちえの泉	文芸部				第1巻〜第1806巻	一部個人所蔵
2	漫画	ヤス坊	キートン	キートン			第1巻〜第3071巻	一部個人所蔵
3	漫画	一二の3ちゃん	とん平	とん平			第1巻〜第1115巻	一部個人所蔵
4	活劇系	正義の味方　月光仮面　大冒険活劇	東雄保	土居			第2巻、第26巻（完結）	第2巻、個人所蔵。第26巻『まんだらけ』第36号掲載
5	活劇系	冒険活劇　月光仮面　月世界征服	東雄保	土居			第6巻、第22巻	個人所蔵
6	活劇系	ジャングル大将	実波ひかる	実波ひかる			第24巻	個人所蔵
7	活劇系	活劇怪人X　不死身魔王の巻	東雄保	桃谷三郎			第21巻、第22巻、第24巻〜第26巻	個人所蔵
8	活劇系	科学冒険　鉄人28号	梅原はるか	桃谷三郎			第12巻	『まんだらけ』第36号掲載
9	活劇系	冒険活劇　マウントサタン	あづまけんじ	角猛			第6巻	個人所蔵
10	怪奇もの	牛娘	あづまけんじ		アサハラ	ひかる	第1巻、第5巻、第6巻	『まんだらけ』第36号掲載
11	怪奇もの	現代怪奇　ひる・おとこ	峠千里	桃谷三郎			第30巻（完結）	大阪府立中央図書館国際児童文学館所蔵
12	怪奇もの	現代奇譚　真珠パールちゃん	荒井岩根	桃谷三郎			第25巻	『まんだらけ』第36号掲載
13	少女悲劇もの	現代哀話　ユリとペス	荒井岩根	守阪二郎			第14巻〜第24巻	個人所蔵

図１　「現代哀話　ユリとペス」第18巻（表紙）

りする「花丸煎餅」を作るには機械が必要である。「倉庫」は、そうした駄菓子や街頭紙芝居を保管するためのものであったと判断できよう。

次に、絵元「あづまや会」が製作した街頭紙芝居について取り上げる。

街頭紙芝居は、大きく分けると、漫画、活劇もの（冒険、時代劇、探偵、SF、怪奇）、少女悲劇もの（新派）の三つに分類できる。街頭紙芝居の前後にクイズを行う場合もある。

「あづまや会」が製作した街頭紙芝居を、管見の限りで表に示す。[7]

これ以外に、鈴木常勝『紙芝居がやってきた！』[8]によると、「あづまや会」は、「地獄街道」（作画・伊豆井道雄）を製作しているとあるが、未見のため確認できない。

堀田穣氏のご教示によると、小森時次郎が『紙芝居人生』[9]で、街頭紙芝居画家の小森が、「富士会からわかれて独立した『あづまや会』の東野保雄さん方で活劇を描かせてもらった」と記しているが、作品名は不明である。

表に掲げた街頭紙芝居の中で、10「牛娘」以外のすべての表紙には、昭和三十年から始まった「大阪紙芝居倫理規定管理委員会」のゴム印が押されている。つまり、昭和三十年当時、「あづまや会」は、まだまだ精力的に活動していたことがわかる。

石山幸弘『紙芝居文化史―資料で読み解く紙芝居の歴史―』(10)にも、以下の記述がある。

　昭和三〇年（一九五五）「大阪紙芝居倫理規定管理委員会」発足、東京と同様審査を開始。このころ、大阪における制作会社は「さだむ会」「あづまや会」「三邑会」「富士会」の四社。神戸には「神港画劇」「大和クラブ」「岩木画劇社」「共同画劇」の四社があった。

図２　「正義の味方　月光仮面　大冒険活劇」第２巻（表紙）

　ところで、閲覧できた街頭紙芝居の内、表紙に「あづまや会」以外の名称を用いているものがある。例えば、表の6「ジャングル大将」、11「現代怪奇 ひる・おとこ」、13「現代哀話　ユリとペス」（図1）は「大洋画劇社」、3「一二の3ちゃん」は「東洋画劇社」である。1「とんちクイズ　ちえの泉」は、表紙に「あづまや会文芸部」と「大洋画劇社」とが混在して用いられている。また、同じく1「とんちクイズ　ちえの泉」と3「一二の3ちゃん」の表紙には、「大」を「太」に変えた「太洋画劇社」という紙が貼られている巻もある。しかしながら、これらの紙芝居の絵の裏の左下には、「あづまや会」や「あづま会総本部」のゴム印が押されている。

　表の2「ヤス坊」のタイトルは、代表者である「東野保雄《やすお》」の

「保《やす》」を取って「ヤス坊」と名付けられていることが指摘できる。

加えて、表の4「正義の味方　月光仮面　大冒険活劇」（図2）や5「冒険活劇　月光仮面　月世界征服」は、表紙に「作東雄保」とあり、「東野保雄」が自分の名前を入れ替えた「東雄保」というペンネームで脚本を考え、画家に描かせたことがわかる。昭和三十三年、テレビや漫画で『月光仮面』はブームになり、「あづまや会」は、それに便乗した数種類の「月光仮面」を製作したのである。前述した大阪の絵元「三邑会」も、「月から来た男月光仮面」を製作している。

また、表の13「現代哀話　ユリとペス」は、山田えいじが月刊少女漫画誌『なかよし』に、昭和三十二年八月号から昭和三十四年十二月号まで連載した『ペスよおをふれ』をもとにしていることが本稿によって判明した。詳細は、次章で述べる。

以上から、「あづまや会」の創設者は、東野保雄である。東野保雄は、絵元「富士会」に所属し、独立して「あづまや会」を創設した。当会は当初は、大阪府堺市に所在したが、西成区に移転した。「あづまや会」として活動を始めた時期は、昭和二十六年か昭和二十七年である。その組織は大きく、駄菓子担当の「あづま製菓」、街頭紙芝居のクイズを担当した「文芸部」、街頭紙芝居を製作した「あづまや会画劇」・「東洋画劇社」・「大洋画劇社」に分かれ、これらを「あづまや会総本部」と称した。製作した街頭紙芝居には、『月光仮面』や『ペスよおをふれ』など、昭和三十二年から昭和三十四年にかけて流行した漫画を街頭紙芝居に作り直したものがあり、このことから、当会は、昭和三十四年頃までは活動していたことが確認できる。

二　街頭紙芝居と漫画との関連性

本章では、「あづまや会」の街頭紙芝居「現代哀話　ユリとペス」と少女漫画『ペスよおをふれ』を事例とし、街頭紙芝居と漫画との関わりについて検証する。

前述したように、山田えいじ作『ペスよおをふれ』は、月刊少女漫画誌『なかよし』に、昭和三十二年（一九五七）八月号から昭和三十四年十二月号まで連載された。この『ペスよおをふれ』は、昭和三十二年十月号からは、『なかよし』の付録として発行された[11]。『なかよし』に連載された『ペスよおをふれ』の総頁数は三三〇〇頁を超えるが、昭和三十三年六月から昭和三十四年四月にかけて発行された単行本『講談社の特選漫画文庫　ペスよおをふれ』は、全八巻・九〇〇頁弱に過ぎない。単行本は、『なかよし』の昭和三十三年七月号の、退院した父が主人公のユリを迎えに行く「ユリのあとをおって」で終わっており、残りの二四〇〇頁以上が単行本になっていない。さらに、平成十九年（二〇〇七）三月には『完全復刻版　ペスよおをふれ』が小学館から発行された。この『完全復刻版　ペスよおをふれ』は、単行本『講談社の特選漫画文庫』第一巻から第三巻までの合本である。こちらはさらに短くなり、病気になったユリの祖父に泉医師が注射を打つ「アンゴラうさぎ」で終わっている。

また、漫画『ペスよおをふれ』は、『ペスよ尾をふれ』と題され、昭和三十三年八月から昭和三十四年九月まで、ラジオ東京（現在のＴＢＳラジオ）でラジオドラマ化されて放送された（主演・松島トモ子）。これは、ラジオ東京の他、朝日放送、山陽放送、北海道放送でも放送された。

この漫画『ペスよおをふれ』の概要は、以下の通りである。一匹のスピッツの仔犬が、東京に住む少女松本ユリに拾われる。ペスと名付けられたその白い犬は、ユリと強い絆で結ばれ、助け合う。ユリとペスには、次々と災難が襲いかかる。ユリは、母と姉を突然の事故で失い、父は入院してしまう。そのため、ユリは、ペスと山形県上田村に住む祖父のもとに向かう。しかし、祖父も他界。その時、偶然知り合った新庄町の山口加代子の家に引き取られることになる。しかし、加代子の母や、「ねえや」のおきみ、加代子の従姉妹カオリは、ユリとペスを快く思わない。ペスを「犬捕り」に捕まえさせようとしたり、ユリに盗みの罪をきせたりする。加代子の家を追い出されたユリとペスは、茨城県土浦に住む叔母を訪ねようとする。山形県から東京に戻ったユリとペスは、父が入院する病院に立ち寄るが、父の病状に鑑み、ユリは父と再会することをためらう。ユリとペスは、叔母に会うため、茨城県土浦に向かうが、叔母はすでに福岡県赤池町に転居してしまっていた。一方、回復した父は、山形県上田村に亡くなった祖父や、福岡県赤池町に引っ越した叔母のもとを訪れる。しかし、ユリに再会することは叶わない。父が叔母のもとに着いた時には、叔母は北海道に再び引っ越す寸前だった。父はユリに会えぬまま東京へ戻る。福岡県で叔母に会えなかったユリとペスは、山口県岩国、広島、兵庫県姫路市と旅を続ける。兵庫県西宮で、ユリとペスは、担任の正田先生の紹介により、北海道室蘭に住む先生の親友島原家に引き取られることになる。裕福な島原家で夢のような生活を送るユリとペス。しかし、島原家を訪れた父は、幸せそうなユリを垣間見、ユリに会わずに立ち去る。父が会いに来たと知ったユリは、島原家を飛び出し、父のあとを追う。だが、ユリは父に会えない。遭遇した北海道夕張にある吉田家に一時、身を寄せるが、コートや襟巻を酒代に取られてしまう。吉田家を出たユリは、東京に戻ろうと、函館を目指す。その頃、父は島原家でユリの身を案じていた。防寒着のないまま、ユリは、石川啄木の像の前に来る。意識の遠のく中、「そり引き」から逃げ出してきたペスがユリに寄り添う。目を開く力もないユリ。喘ぎながら、「ペス、よく来てくれたわね。会えてよかったわ。私が死んだら、室蘭の島原家を探して帰るのよ。あそこならペスも幸せになれてよ。そして、私が本当にありがとうって言っていたと伝えてね。ペス、わかった。わかったら尾を振って見せて」と声を振り絞る。ペスは悲しそうに泣きながら、尾を振って見せた。ユリとペスは、そのまま長い眠りに落ちていった。数日後、父と島原家は、ユリとペスの塚を建てた。人々の目に「お父さん、泣かないでよ。私もペスも、お母さんとお姉さんの所に行くんですもの」と呼びかけながら、笑いかけて空高く舞い上がっていくユリとペスの姿が見えた気がした。

この『ペスよおをふれ』は、『フランダースの犬』の結末と酷似しており、一見、ユリが父との再会を果たし、幸せに暮らすという設定にはなっていないように見受けられる。しかし、作者山田えいじは、ユリが最期にペスに「尾を振って」とのセリフを言わせたいがために、このタイトルにしたのではないだろうか。

このユリとペスが全国を転々とする姿は、読者に自分の町に来てくれるのではないかという親近感を覚えさせた。また、逆境にあっても健気に生き抜くユリとペスの姿は、読者の涙を誘った。

筆者の聞き取りによると、『ペスよおをふれ』を小学校三、四年の時に読んだある女性は、自分では『なかよし』を買ってもらえなかった。友人に『なかよし』を買ってもらえる子がおり、放課後や、「マクリ」という苦い蟯虫《ぎょうちゅう》予防の薬を飲まされる時に、女子生徒、皆で回し読みしたという。特に、蟯虫の薬の時には、「早く飲んでしまって、これを読めば」と言い合った。ペスと同じようなスピッツを飼う余裕もなく、犬を飼うことなど夢の世界だった。ユリよりも、石を投げられる犬のペスに愛着があり、感情移入をした。そして、障害を乗り越え、健気に生き抜く姿に涙を誘われたという。

『なかよし』昭和三十三年七月号には、一般公募で選ばれた「ペスの歌」の歌詞が掲載されている。入選作は、読者の河西さよ子の作詞で、キングレコードの加藤省吾が補作し、この歌詞に山口保治が曲を付け、レコード化された。

以下、その「ペスの歌」の歌詞を掲げる。

一　ペスよおをふれ　ワンワンほえろ　あらしがきたって　おそれずに
かなしいときも　げんきよく　ペスは　私の町にいる　ペスは　みんなのそばにいる
二　ペスよおをふれ　ワンワンほえろ　ゆうやけこやけの　おかの上
ユリちゃんまもって　かけていけ　ペスは　私の村にいる　ペスは　みんなのそばにいる
三　ペスよおをふれ　ワンワンほえろ　やさしいユリちゃんにしあわせの
あかるい朝が　くるように　ペスは　私のうちにいる　ペスは　みんなのそばにいる

『なかよし』の付録には、頻繁に「次はあなたの町にペスとユリちゃんが来るかもしれません」と書かれている。この歌にも、自分たちの町にユリとペスが来てほしいという読者の願いが込められている。

滑川道夫編『マンガと子ども』[12]には、昭和三十三年十一月の阪本一郎による「子どもマンガのベスト・テン」調査が掲載されている。その調査によると、昭和三十三年当時、男子の人気ベストテンの主人公は、次の通りである。

一位　月光仮面〔主人公・おとな（超人）〕
二位　鉄人28号（ロボット）
三位　赤胴鈴之介（子ども）
四位　ビリーパック（子ども）
五位　まぼろし探偵（子ども）

六位　ロボット三等兵（ロボット）
七位　鉄腕アトム（ロボット）
八位　よたろうくん（子ども）
九位　猿飛佐助（おとな〔忍術〕）
十位　ジャジャ馬くん（子ども）
一方、女子の人気ベストテンの主人公は、次の通りである。
一位　サザエさん（主人公・おとなと子ども〔おかあさん〕）
二位　少女三人（子ども）
三位　ペスよ尾をふれ（子どもと動物）
四位　山彦少女（子ども）
五位　かの子ちゃん（子ども）
六位　月光仮面（おとな）
七位　ママのバイオリン（おとな〔おかあさん〕）
八位　月のひとみ（子ども）
九位　白雪姫（子ども）
十位　赤胴鈴之介（子ども）
女子では、『ペスよ尾をふれ』が三位に入っており、人気を博していることがわかる。
さて、山田えいじの漫画『ペスよおをふれ』が、街頭紙芝居「現代哀話　ユリとペス」第十四巻から第二十四巻

図3　『なかよし』付録　昭和33年5月号（表紙）

に該当する箇所は、『なかよし』の昭和三十三年五月号の付録（図3）であり、「加代子とユリ」、「うたうユリ」、「小さな女中さん」、「きょうはおやすみ」、「少女カオリ」、「ねたみ心」、「ひねくれた心」、「ユリのおどろき」、「またれるてがみ」の九話である。

両者の相違点は、以下の通りである。まず、漫画『ペスよおをふれ』のこの八話の舞台は、「山形県の新庄町」であり、「ユリ」を引き取る「加代子」は、この「新庄町」に住んでいる。街頭紙芝居「現代哀話　ユリとペス」では、具体的な地名が出ず、「加代子」の入院先が「S市」となっている。

さらに、漫画『ペスよおをふれ』と街頭紙芝居「現代哀話　ユリとペス」では、登場人物に若干、異同がある。『ペスよおをふれ』では、主人公「ユリ」は「松本ユリ」、ユリを自宅に連れてくる「加代子」は「山口加代子」であり、苗字が明確になっている。「現代哀話　ユリとペス」では、「ユリ」、「加代子」となり、苗字はなく、名前だけである。これは、極力、苗字を省く街頭紙芝居の特徴の一つである。「現代哀話　ユリとペス」第十七巻の「前説」で初めて、加代子の家の苗字が「花村」であることがわかる。「現代哀話　ユリとペス」では、加代子の父は「保《たもつ》」、母は「久子」である。『ペスよおをふれ』では、加代子の両親の名前は付けられていない。加代子の家で働く「ねえや」は、『ペスよおをふれ』では「おきみ」、「現代哀話　ユリとペス」では「お杉」となっている。『ペスよおをふれ』では、加代子の従姉妹「カオリ」の登場があり、カオリが、加代子と仲のよいユリを妬み、さまざまな嫌がらせをする。街頭紙芝居の場合には、次の紙芝居屋に絵を回していくため、同じものを何度も演じることはない。そのため、人物を単純明確にしておかないと、見ている子どもたちにわかりにくい。それ故、一巻の街頭紙芝居に登場する人物はせいぜい五人くらいに留めている。『ペスよおをふれ』に登場する加代子の従姉妹「カオリ」は、「現代哀話　ユリとペス」では省かれたのであろう。

次に、漫画『ペスよおをふれ』と街頭紙芝居「現代哀話　ユリとペス」の内容面を詳しく比較していくこととする。「犬捕り」にペスの存在を知らせるのは、『ペスよおをふれ』では、加代子の従姉妹カオリ、「現代哀話　ユリとペス」では、「ねえや」のお杉である。ペスが「犬捕り」に捕まりそうになった時、ペスを救うのは、『ペスよおをふれ』では加代子の父、「現代哀話　ユリとペス」ではユリである。

街頭紙芝居「現代哀話　ユリとペス」では、「犬捕り」にペスを捕獲させるのに失敗した「ねえや」のお杉は、同じ町の腕白小僧の源一にお金を渡し、ペスの始末を依頼する。源一は、飼っている二頭の犬を使って、ペスを襲う。死闘を繰り広げ傷ついたペスは、川に落ち、ユリと離れ離れになる。加代子は熱を出し、S市に入院することになる。戻ってこないペスと病気になった加代子を心配するユリ。このユリに追い打ちをかけるように、加代子の母とお杉は、加代子のハンドバッグをユリが盗んだと疑い、ユリを家から追い出す。この時、以前、加代子を襲った強盗が押し入る。弱りながらも家に戻って来たペスが、加代子の母とお杉を助ける。そこで、加代子の母とお杉は良心にめざめるが、その時には、ユリもペスもいなかった。ユリとペスとは、再会を果たすことができない。

漫画『ペスよおをふれ』では、加代子の従姉妹カオリが、加代子を取られるのではないかとユリに嫉妬し、ユリとペスにさまざまな意地悪をする。しかし、流れの速い川の堤から足を踏み外して転げ落ちるカオリをペスが救うことによって、カオリは改心する。その後、加代子が東京の学校に進み、ユリに頻繁に手紙を出す。しかし、加代子の母と「ねえや」のおきみは手紙を隠し、ユリが加代子からの手紙を読むことはない。さらに、加代子の母は、加代子がユリに与えたお金を盗んだと疑い、ユリとペスを家から追い出してしまう。その後、強盗が押し入るが、ペスが、加代子の母とおきみを助ける。そして、加代子の母とおきみは心を入れ替えるが、その頃、ユリとペスは新庄町をあとにし、茨城県土浦に住む叔母に会うために隣村の田んぼ道を歩いていた。

以上、街頭紙芝居「現代哀話　ユリとペス」第十四巻から第二十四巻までの十一巻と、漫画『ペスよおをふれ』所収「加代子とユリ」、「うたうユリ」、「小さな女中さん」、「きょうはおやすみ」、「少女カオリ」、「ねたみ心」、「ひねくれた心」、「ユリのおどろき」、「またれるてがみ」の九話を見てきた。両者に共通することは、次の通りである。ユリとペスは、加代子を助ける。ユリと加代子との間に友情が芽生え、加代子は、自宅にユリとペスを引き取る。しかし、ユリとペスは、加代子の母や、「ねえや」の嫌がらせを受ける。加代子は、入院もしくは進学でユリとは会えない状況になる。家を追い出されたユリの後に、強盗が忍び込む。危機を察したペスによって、加代子の母と「ねえや」は助けられ、二人は、これまでユリとペスにしてきた仕打ちを悔やむ。しかし、この時には、ユリとペスの姿はなかった。

三　街頭紙芝居「現代哀話　ユリとペス」の語り

本章では、街頭紙芝居「現代哀話　ユリとペス」が、どのように語られたかを考えてみたい。その前に、街頭紙芝居では、漫画のように前回のあらすじが必ずしも書かれているわけではないことを確認しておきたい。紙芝居屋は、同じ紙芝居の次の巻を翌日、もしくは翌週持参して子どもたちの前で演じるため、前回の内容は必要ないからである。「現代哀話　ユリとペス」の中で唯一、別筆で「前説」の紙が貼付されている巻がある。それは、第十七巻である。この前の第十六巻では、ペスは、「ねえや」のお杉が雇った町の腕白小僧の源一が飼っている二頭の犬と戦い、傷ついて、ユリの名を呼びながら川の中に没していく。

第十七巻の一枚目の裏（ト書きの部分）には、赤鉛筆で「前おき」と書かれており、以下の文章が貼られている。

花村と云《い》ふ金持ちのお嬢様加代子が山の中で恐ろしい男におそわれて命の危いところを弓子《ゆり》とペスと云ふ犬が助けたのです。心のやさしい加代子は弓子《ゆり》とペスを父に頼んで家におく事《こと》にしたのです。弓子《ゆり》は親のない可愛《かわい》想《そう》な子でした。然《しか》し加代子の母久子と女中はこの弓子《ゆり》をいじめてばかりいたのです。ユミ子《ユリ》は今日も学校から帰つて来たがペスがいないので女中の杉にきいているのです。そのペス（犬）は弓子《ユリ》の留守《ルス》に女中が追ひ出してしまつたのですが

この貼付された「前おき」の下に、以下の第十七巻一枚目の文章が綴られている。

ユリが学校《がっこう》から帰《かえ》つて来《く》ると、ペスが居《い》ないので、お杉《すぎ》にきいた。

お杉《すぎ》は、

杉「あんな犬《いぬ》、私《わたし》は知《し》りませんよ、それよりも、お嬢《じょう》さまが病気《びょうき》におなりになつたので奥様《おくさま》も旦那様《だんなさま》も、御心《ごしん》配《ぱい》して、いらつしやるのよ」

ユリは驚《おどろ》いた。

このように、第十七巻一枚目は、ペスがいなくなった理由が語られないまま唐突に始まる。貼付された「前説」

があることにより、これまでの流れがわかり、紙芝居屋が演じやすくなっている。

残念ながら、「現代哀話　ユリとペス」は音源の資料がないため、どのような口調で語られたのかは明らかではない。そのため、街頭紙芝居の実演者である筆者が登場人物の性格を踏まえた上で、語りの再現をしてみたい。まず、登場人物について再確認しておく。この紙芝居では、主人公ユリ、加代子、加代子の父である保、加代子の母である久子、「ねえや」のお杉の五人が主な登場人物となる。この中で、ユリ、加代子、加代子の父が善人、加代子の母と、「ねえや」のお杉が憎まれ役となる。子どもを含めた女性四人が登場するので、声の使い分けをする必要がある。この四人の声の使い分けを極端にすると、以下の形になろう。

主人公ユリは、小学生の子どもであり、素直な話し方になる。しかし、ペスをかばう時には、なりふり構わず必死になる。

加代子は、お嬢様として育てられているので、おっとりとした優しい言い方をする。しかし、病気の時は弱々しくなる。だが、加代子の病気を心配するユリに対しては愛情を持った言い方にし、ユリを慰める。

短気な加代子の母、久子は、かん高く、早くまくしたて、きつい物言いをする。加代子を溺愛しているので、加代子が病気になった時には強烈な母性本能を見せる場面もある。かつ、裕福な家の妻であるため、威厳を持った言い方になることもある。

「ねえや」のお杉は、加代子の母に対しては丁寧に、ユリやペスに対しては命令口調になる。

加代子の父、保は、感情的になった妻をいさめ、ユリをなだめる側に立つ。しかし、保にはそれ以上の登場がなく、存在感は薄い。なお、漫画『ペスよおをふれ』では、加代子の父は、ペスを「犬捕り」から守るユリの味方である。

基本的な人物の話し方は以上であるが、ストーリーの展開によって人物の性格はがらりと変わる。加代子の母とお杉は、盗みの罪をきせたユリを追い出した後、強盗に囚われの身となる。それを救ったのがペスである。このことにより、加代子の母とお杉は、これまでユリとペスにしてきたことを悔い改める。この時の加代子の母とお杉の話し方は、変化を持たせる。

以上、述べたことは一例に過ぎない。演者それぞれの個性を生かした語り方があってよいであろう。いちばん大事なことは、その時々で登場人物に起こる出来事により、その人物の気持ちの襞に寄り添い、気持ちを込めた語り方をすることである。台詞と台詞との間の「間」の取り方によっても、感情は伝わってくる。街頭紙芝居を演じる際には、紙芝居の絵に合わせ、登場人物の心のあやを語るのが、いちばん必要ではないだろうか。街頭紙芝居は、絵と語りがあいまって、融合するところに最大の魅力がある。

公園などで定期的に演じられる街頭紙芝居では、毎日、毎週会う子どもたちと触れあう密度が濃い。子どもたちと場を共有する、一体感が生まれる。演じている街頭紙芝居を盛り上げるために、わざと間を取ったり、アドリブを入れられたりできる。例えば、「現代哀話　ユリとペス」第十四巻から第二十四巻では、舞台は「雪国」であり、第十八巻では、加代子が入院する場所が「S市」となっている。これを「雪国」ではなく、「雪が降った日」という想定で語ることも可能である。つまり、紙芝居屋は演じる場所に合わせて、子どもたちに馴染みのある地名に変え、「実はね、ユリとペスは、この公園の近くで本当に起きた話でね。ほら、あそこの白い壁の家、そこにユリとペスが住んでいてね」と語ることができるのである。

また、紙芝居の「抜き」によって変化をつけることもできる。筆者が所属するマツダ映画社内、「蛙の会」（話術研究会）で、かつて街頭紙芝居を演じておられた秋山呆榮《ほうえい》は、生前、紙芝居についての思いを会員に口伝えた。それを、同会員の周磨要が「秋山呆榮さんの紙芝居の極意の教え　七ケ条」[13]としてまとめている。

1. 紙芝居の命は「抜き」、静止画が動いているように「抜き」と「語り」で見せるものである。
2. 「抜き」には①普通に抜く②サッと早く抜く③気をひいてゆっくり抜く④揺《ママ》らしながら抜くなどのバリエーションがある。さらに、①最初に半分抜く②残りの半分を抜くとの一枚の絵を二重に活かすテクニックもある。この組み合わせだけでも八（四×二）通りになる。「抜き」のテクニックは奥が深い。
3. 演台への紙芝居挿入は、上部が手前に倒れるように挿入する。（お客さまの目線に合う）
4. 紙芝居をすべて演台から抜き、裏側を素通しにして見せてしまうことは厳禁である。夢を失わせてしまう。必ず何らかの絵を一枚残した状態で入れ替えを行う。
5. 「抜き」の寸前まで、必要以上に紙芝居に手を触れない。（絵がゆれ《ママ》て見苦しくなる）
6. 「抜き」の時は紙芝居の下に手をあて《ママ》る。（上に当《ママ》てると肩が上がり、「抜き」がぎこちなく見える）
7. 終わり方は、題名をもう一度きちんと述べ、「一巻の終わりでございます」と、はっきり言って盛り上げ、一礼する。だらだら終わらないこと。

この「抜き」のテクニックを、「現代哀話　ユリとペス」に当てはめてみよう。

第十八巻では、加代子の父と母は、「加代子の病状は芳しくない。入院をしなければ命も危ない。S市に電話をして病院の車に来てもらいましょう」と医師に告げられる。タンカから自動車に乗せられようとする加代子は、辺りを見回して、「ユリちゃん、ユリちゃん」とかぼそい声で呼ぶが、どうしたことかユリの姿は見えない。ユリは、一目、加代子に会いたかった。だが、加代子の母、久子と、「ねえや」のお杉は、ユリを納屋に押し込み、外から錠を下してしまっていた。

図４　「現代哀話　ユリとペス」第18巻（８枚目）

第十八巻の七枚目の裏（ト書き）には、次のように書かれている。

ユリはお杉《すぎ》の片側《かたわら》をすりぬけて門《もん》の外《そと》まで追《お》つて出《で》たが、追《お》つて来《き》たお杉《すぎ》につかまつてしまつた。

お杉「お前《まえ》、自動車《じどうしゃ》の後《あと》を追《お》つて行《ゆ》こうとするの、馬鹿《ばか》ツ、お嬢《じょう》さんのいらつした《（ママ）》病院《びょういん》は、此処《ここ》から山《やま》を越《こ》して七里《り》も先《さき》にあるんだよ。それよりも私《わたし》の云《い》うことを聞《き》いて用事《ようじ》をするんだよ」

ユリ「お嬢様《じょうさま》、お嬢様《じょうさま》」

ユリは声《こえ》を限《かぎ》りに叫《さけ》んだ。

図４は、この第十八巻の八枚目の絵の部分である。駆け出そうとするユリ、それを止める「ねえや」のお杉の姿が描かれており、躍動感が感じられる。雪道に、ユリの赤いリボン、緑の上着、赤のジャンバースカートが映える。この時の「抜き」は素早い。

第十八巻の八枚目の裏（ト書き）には、次のように書かれている。

ユリ「あゝ、お嬢《じょう》さまは、行《い》つてしまわれた。お嬢《じょう》さまは死《し》なれるかも知《し》れないのだわ。ペスも居《い》なくなつたし、あゝとう〳〵私《わたし》は独《ひと》りぼつちになつてしまつたわ……」

ユリは暗《くら》い冷《つめ》たい一室《しつ》で、ひとり泣《な》くばかりであつた。

図５　「現代哀話　ユリとペス」第18巻（９枚目）

図５は、この第十八巻の九枚目の絵の部分である。入院することになった加代子、行方不明になったペスを思うユリの内面心理が大きくクローズアップされている。この場面では、ユリの感情の揺れを表すために、絵をすぐ抜かず、ゆっくり抜く。

図５のように、街頭紙芝居では、随所にアップが効果的に使われている。このアップの使用により、街頭紙芝居に変化がもたらされる。そして、紙芝居屋の語りがなくても、絵が十分に物語っていることがわかる。

「現代哀話　ユリとペス」は、紙芝居屋の書き込みが比較的少ない紙芝居である。それは、この街頭紙芝居があまり使われなかったことを意味するのではない。ユリをはじめとする五人の登場人物の性格さえ把握しておけば、演じやすかったのではないだろうか。

おわりに

絵元は、時代が何を求めているかを読み、一歩先取りをしていく必要がある。絵元「あづまや会」では、「月光仮面」や「ユリとペス」など、その時代に流行した漫画をうまく取り込んだ。ただし、製作した街頭紙芝居の八〇

〜九〇%がヒットしないと、絵元は生き残れない。子どもたちは、紙芝居屋が同じ時間に数組来ると、絵がうまくて面白いのがあると、そちらに行ってしまうからである。子どもを取られた紙芝居屋は、駄菓子の売り上げが落ち、借りた街頭紙芝居の賃料と、仕入れた駄菓子のもとが取れなくなるので、面白いのを作ってほしいと絵元に頼むことになる。そうした時、仕事の速い画家を抱えていた絵元は有利である。子どもたちの間で人気が出ると踏んだ作品は、次々と巻数を増やせるからである。

現段階では、「あづまや会」がいつ絵元を止めたのかはわからない。そして、絵元を廃業した「あづまや会」が、「あづま製菓」の部門を残したのかどうかも不明である。ただ、「あづまや会」のすぐ近くに絵元「三邑会」（西成区松通一―十四）があり、「三邑会」の設立者塩崎健一郎は、「あづまや会」の街頭紙芝居「現代怪奇　ひる・おとこ」を引き取っている。言い換えれば、廃業した「あづまや会」の紙芝居を「三邑会」が買い取った可能性が高い。また、「あづまや会」が所在した西成区には、「富士会」（同区天下茶屋一―十九）、「さだむ会」（同区桜通三―四）があり、これら四つの絵元は五〇〇メートルから二キロ弱までの近距離にあった。「三邑会」が所蔵する街頭紙芝居の中には、こうした廃業した絵元の紙芝居があり、今後、「三邑会」が他の絵元や絵師と取り引きした時の資料発掘の解明が待たれる。塩崎健一郎は、大阪府立中央図書館国際児童文学館に四千三十巻、東京の早稲田大学演劇博物館に百三十巻、長野県須坂市立博物館に九十四巻もの街頭紙芝居を寄贈している。「三邑会」が所蔵する二万巻以上の街頭紙芝居や、寄贈された街頭紙芝居のリスト作りをすることにより、大阪の絵元の実態が明らかになると考えられる。

今回、管見に入った「あづまや会」の街頭紙芝居は、全体のごく一部のいわば氷山の一角に過ぎないものと推察される。その意味で大方のご教示を切に望むものである。

註

（1）田沼武能『田沼武能写真集―戦後の子供たち―』（新潮社、一九九五・一）。

（2）田沼武能『キヤノンギャラリーS10周年記念展　時代に応えた写真家たち 田沼武能』（キヤノンマーケティングジャパン株式会社、二〇一三・四）。

（3）阪本一房『紙芝居屋の日記―大阪＝昭和二十年代―』（関西児童文化史研究会、一九九〇・四）。

（4）畑中圭一「戦後の大阪街頭紙芝居」（『子どもの文化』第二三巻一〇号、子どもの文化研究所、一九九一・十）。また、石山幸弘『紙芝居文化史―資料で読み解く紙芝居の歴史―』（萌文書林、二〇〇八・一）にも、次のように記されている。

昭和二七年ころ（一九五二）〈関西の制作会社〉

制作会社	所在	経営者	備考
あずま《（ママ）》会	大阪	東野保雄	戦前は「富士会」（東京）を配給、戦後は制作、ネタ下しも。昭和三〇年代まで営業。

この年ころ、大阪における街頭紙芝居業者数はおよそ一五〇〇人とも。

（畑中圭一連載第一回「戦後の大阪街頭紙芝居」「紙芝居ひろば」一九九三年一〇月より一部追加）

（5）鈴木常勝『紙芝居は楽しいぞ！』（岩波書店、二〇〇七・四）。

（6）「現代怪奇 ひる・おとこ」は、「三邑会」の設立者塩崎健一郎が大阪府立中央図書館国際児童文学館に寄贈した街頭紙芝居のうちの一巻である。国際児童文学館に寄贈された「三邑会」の街頭紙芝居はすべてデジタル化され、平成二十六年（二〇一四）五月十五日から絵の部分が公開され、パソコン上で閲覧できるようになった。

（7）表の所蔵先・掲載誌の『まんだらけ』第36号は、『まんだらけ』第三六号（まんだらけ出版部、二〇〇七・九）を参照。

（8）鈴木常勝『紙芝居がやってきた！』（河出書房新社、二〇〇七・二）。

（9）小森時次郎『紙芝居人生』（せせらぎ出版、一九九八・七）。

（10）石山幸弘『紙芝居文化史―資料で読み解く紙芝居の歴史―』。

（11）少女漫画誌『なかよし』の付録になった『ペスよおをふれ』は、講談社の図書資料室で全冊閲覧することができる。

(12)　滑川道夫編『マンガと子ども』(牧書店、一九六一・一)。

(13)　周磨要「秋山呆榮さんの紙芝居の極意の教え　七ケ条」(『話芸あれこれ』第二一号、蛙の会、二〇〇六・十)。

[付記]
本稿をなすにあたり、畑中圭一氏、堀田穣氏、講談社、大阪府立中之島図書館、大阪府立中央図書館国際児童文学館には、多大なるご教示を賜りました。ここに記して厚く御礼申し上げます。

万福寺旧蔵「親鸞聖人絵伝」の制作意図について

村松加奈子

はじめに

浄土真宗の宗祖・親鸞（一一七三〜一二六二）の生涯を描いた伝記絵は、親鸞曾孫の本願寺第三世・覚如（一二七〇〜一三五一）が永仁三年（一二九五）に撰述した絵巻（現存せず）を嚆矢として、長きにわたって宗派内で描き継がれた。その作例数は一万点を超えるともいわれ、日本絵画史上、最も普及した高僧絵伝として知られている。

その中にあって、浄土真宗本願寺派本山・西本願寺が所蔵する「親鸞聖人絵伝」全六幅（図1）は、鮮明な賦彩に緻密な描写、ダイナミックな画面構成、そして独特な場面・図様を採用した稀有な逸品として高い評価を得ている。この絵伝は、かつて山梨県甲州市の等々力万福寺（本願寺派）の寺宝であったが、正徳四年（一七一四）に西本願寺へ移管され、現在に至っている。(1) 以下本稿では、この絵伝を旧所蔵先に因んで「万福寺本」と称することにする。

万福寺本が制作された十四世紀は、覚如や覚如長子の存覚（一二九〇〜一三七三）が親鸞の伝記絵(2)を旺盛に創作

図１「親鸞聖人絵伝」（万福寺本）第一幅

した時代であり、現存諸本の骨子は、概ねこの頃に形成されたといってよい。この時代において、万福寺本のような本流と異なる独創的な親鸞絵伝が生み出された事実は、一体どのような意味を持つのか。本論は万福寺本の制作意図について、他本との比較検討や周辺テクストから考察するものである。

一　万福寺本の基礎データ

1　万福寺について

分析に入る前に、まずは本図が伝来した万福寺の成り立ちについて概述しておきたい。万福寺は荒木門徒の祖である光信坊源海（生卒年不詳）の弟子、光寂坊源誓（一二六四～一三六〇）が元亨元年（一三二一）に開いた寺院で、甲斐地方の真宗発展の礎となった古刹である。貞和三年（一三四七）奥書をもつ光薗院本『親鸞聖人総御門徒等交名（親鸞聖人門侶交名牒）』[3]には、法然―親鸞―真仏―源海の法脈に続く弟子二十七名の中に、「光寂　オホハ」の名が見え、これが源誓その人に該当すると考えられている。

夙に有名であるが、万福寺にはかつて親鸞だけでなく、法然・聖徳太子・源誓の、四種類の掛幅絵伝が伝来していた。宝永八年（一七一一）に刊行された『遺徳法輪集』[4]の万福寺の項には、「又法然絵伝太子伝源誓伝オノ〳〵二幅ツヽアリ」とあり、往時は万福寺本六幅に加えて、「法然上人絵伝」「聖徳太子絵伝」「源誓上人絵伝」がそれぞれ二幅[5]、計十二幅もの掛幅絵伝を蔵していたことが知られる。さらに文化六年（一八〇九）の年紀をもつ万福寺所蔵『源誓上人歎徳法則』[6]では、親鸞・法然絵伝について、「覺如上人言成眞宗繁昌又遺弟念力者是也、仍賜兩祖繪圖」と、源誓の貢献に対する恩賞として、覚如から拝領したものとしている。また、井澤央理子氏の指摘によれば、かつて万福寺には「絵見堂」なる建造物が存在したといい[7]、寺内で掛幅絵伝を用いた絵解き布教が恒常的に行われていたと想像される。

その後紆余曲折を経て、現在、「親鸞聖人絵伝」は西本願寺、「法然上人絵伝」は山梨県立博物館、「源誓上人絵伝」は東京藝術大学とアメリカ・シアトル美術館の所蔵品となった。残る「聖徳太子絵伝」については、大阪・四天王寺伝来の二幅本（鎌倉時代）がそれに該当するとの指摘がある。(8)なお、万福寺の近隣にある三光寺には、江戸時代の作になる万福寺本の模本が伝来しているが、(9)これ以外は確認されていない。

2　万福寺本の現状

それでは、万福寺本の現状について以下で確認していこう。万福寺本は絹本着色、全六幅からなり、各幅とも二副一鋪である。法量は各幅でややバラつきがあるが、平均して縦一五七センチ・横八七センチ程度。ただし第六幅のみ横八二・七センチと短く切り詰められている。保存状態は良好で、一部剥落や欠損はあるものの、画趣を損ねるほどではない。全体的に顔料の発色が鮮明であり、特に山肌の緑青や黄土、海や湖の深い群青が印象的である。また、各場面には事蹟の内容や場所を記した札銘が付されており、前述の『遺徳法輪集』では「御銘ハ覚如上人ノ御筆ナリ」と紹介しているが、その信憑性は低いと言わざるを得ない（その理由は後述）。

3　制作年代と工房の問題

親鸞の伝記絵には、制作年代や発願者、絵師の名前や工房が明らかな作例が多いが、万福寺本は残念ながら、そういった情報を一切有していない。制作年代については、鎌倉末期から室町初頭までと幅広く推測され、平成二十五年（二〇一三）に国の重要文化財となった際には、南北朝時代の作と判定された。さらに具体的な指摘として、小山正文氏(10)は源誓没年の一三六〇年前後、泉万里氏(11)は大阪・叡福寺本「聖徳太子絵伝」など諸作例との類似点を挙げて、十四世紀末期の作と推測されている。源誓在世中の作か否かは万福寺本の根幹に関わる問題であるが、今のところこれ以上の絞り込みは困難である。筆者も遺憾ながら明確な回答を持ち得ず、十四世紀中〜末期の枠に収まるとしか判断できない。なおこれは、本願寺では第三世覚如の晩年から第五世綽如（一三五〇〜九三）の在任期に相当する。

万福寺本の制作年代の推定を困難たらしめる最大の要因は、その画風が極めて特徴的で、適切な比較作例が見当たらないということである。中世真宗では親鸞の伝記絵をはじめ、「方便法身尊像」や「光明本尊」など、数多くの絵画が「祇園社絵所」（粟田口周辺）[12]や、「康楽寺絵所」などの〝本願寺御用達絵所〟で制作されたが、万福寺本はいずれとも異なる画風を示している。すなわちこれは、万福寺本が本願寺の影響下で制作されなかったことの傍証ともなり得よう。

そうした状況で、初めて万福寺本と同寺旧蔵「法然上人絵伝」（鎌倉末期）との様式的な近似を明らかにされたのが、前述の泉論文である[13]。泉氏は両絵伝の細部を丹念に比較し、人物の頭部の形状や、建築内の杉戸絵や襖絵、樹木や土坡などに、極めてよく似たモチーフや筆致が見受けられることを指摘された。筆者も「法然絵伝」を実見したところ、尊像の表現や、鹿や狐・犬などの野生動物なども類似しており、確かに絵画様式を同じくした、同一工房の作と思われた。両絵伝の関係は極めて重要であるが、本稿の趣旨と外れるため、後稿に譲ることにしたい。

それにしても、これほど突出した個性を持つ工房の作が、中世絵画全体を見渡しても他に見当たらないというのは不思議でならない。今後も、より多くの作例との比較分析が求められよう。

4　画面構成の特徴

親鸞の伝記絵は、最初に絵巻（「伝絵」）として制作され、それから掛幅（「絵伝」）へと発展した。そのため、広島・光照寺本（建武五年〈一三三八〉）[14]のように、絵巻を層状に積み重ねたような、単調な構図の絵伝が大半を占めているが、万福寺本はその枠組みにとらわれず、掛幅のフォーマットを巧みに利用した、奥行きと重層感のある空間を画面上に構築している。加えて、画中に描かれる人物数が多く、第四幅の善光寺や第六幅の入滅・荼毘の場面など、一見、どこに親鸞がいるのかわかりにくい段も少なくない。ここからは、親鸞本人の行状よりも、親鸞がどこを巡り、どんな人々と結縁したかを示そうとする意識が窺える。その意味では、時宗の祖師・一遍（一二三九～八九）の生涯を描いた「一遍聖絵」（神奈川・清浄光寺蔵、正安元年〈一二九九〉）にも通ずる感覚が指摘できよう。

そして、桜花や青松、紅葉や雪景色など、四季絵表現が織り込まれていることも、しばしば言及される特徴である。もっともこれは万福寺本だけでなく、愛知・如意寺本（文和三年〈一三五四〉）や同・願照寺本（南北朝時代）といった、同時代の作例にも見受けられる。[15]この二本は、冒頭に親鸞と母の別離の図様を配している点でも共通し[16]、とりわけ如意寺は、万福寺と同じ荒木源海門徒の流れを汲んでいることも留意が要される。

5 場面選択

続いて、万福寺本に取り上げられる場面について確認しよう。各幅の内容については、万福寺に伝わる『當寺御繪伝六幅相異他之記』[17]（江戸時代）に大概が記されている。解説かたがた、以下に引用しよう。

初　軸

一、有範卿宿所並母公御見送之模様有之

一、御車、御馬、貳疋束帯公家行列有之

二　軸

一、六角堂通夜之體有之
一、選擇集御傳授之繪様異常繪也
一、信行兩座法力坊之様式異他也

三　軸

一、流形之所様子異他
一、越後國分寺之繪相有之

四　軸

一、信州善光寺被立寄通夜被成候様子異也
一、板敷山繪相異也
一、鎌倉に而藏經御校讎之繪有之

五　軸

一、箱根山並駒形屋繪相異他
一、熊野社頭十方救光如來顯現之繪相有之

六　軸

一、新宮本宮那知參詣之繪様異他
一、大谷山廟堂閉（ママ）帳之繪相也
一、延仁寺雪之景色有之

以上

万福寺本には右に列挙される場面以外に、「吉水入室」（第一幅）や「一切経校合」[18]（第四幅）の他、親鸞が妻の玉日姫を法然に紹介していると思しき場面[19]（第二幅）や、善光寺伽藍図（第四幅）、熊野新宮・那智の滝（第六幅）など、他本に類例のない図様もふんだんに含まれている。なお、泉論文には、全幅の精緻な描き起こし図と各事蹟の説明が付されており、今のところ最も詳細な解説となっている。

『當寺御繪伝六幅相異他之記』という題名が物語るように、本書では「異也」「異他」と、繰り返し万福寺本の特異性が強調されている。周知のように、現存する親鸞絵伝の大半は、室町中期以降に普及した、本願寺系の四幅本（「四幅御影」）である。「四幅御影」は当時の門主の花押を伴って本山から末寺に下付され、親鸞の忌日法要である報恩講で奉懸されたり、門徒向けの絵解き説法に供されたりして、庶民に至るまで汎く受容されていた。「四幅御影」に慣れ親しんだ江戸期の真宗門徒たちにとっても、万福寺本はまさに「異他」の一作だったのである。ちなみに松平定能の『甲斐国誌』（文化十一年〈一八一四〉刊行）においても同様に、「今本山ヨリ所出四幅ノ絵伝ト往々異ナル所アリ無類ノ絵伝也[20]」と評されている。

さて、「四幅御影」の祖形とされるのは、康永二年（一三四三）に七十四歳の覚如が撰述した「伝絵」（東本願寺所蔵、通称・康永本）である。覚如は永仁三年の初稿本完成後も、増補・改訂を繰り返し、生涯をかけて真宗の聖典たるに相応しい伝記絵を模索し続けた。その完成形が康永本であり、これにやや遅れて万福寺本が誕生したのである。

二　万福寺本と東国の関係

このように異例づくしの万福寺本であるが、従来の研究でたびたび指摘されてきたのは、その内容に〝東国的〟な要素が多く含まれている、ということである。確かに、第三～五幅にかけては、関東の景観・関東を舞台とした場面が大きく取り上げられ、作品全体の要となっている。それを最も象徴的に示すのが、第四幅に描かれた威風堂々たる善光寺の伽藍であろう。この善光寺伽藍図については、善光寺聖との関係や、東国における最大派閥の高田派との繋がりが想起されるが、決定的な理由は未だ示されていない。また近年、阿部美香氏は、第五幅の「箱根霊告」段の図様に着目され、箱根山が熊野に比肩する東国随一の霊地として表象されていること、さらには実際の地理的環境や、箱根周辺の伝承・言説をきちんと踏まえていることを指摘されている。[21]

1　真宗伝絵／絵伝と東国門徒

前述のように、初期の親鸞の伝記絵は、本願寺周辺で制作されているが、実はその多くは、東国門徒へもたらされ、彼らの間で受容されたものであった。[22] 例えば、初稿本系の高田本（専修寺所蔵、永仁三年〈一二九五〉）は、覚如が高田の顕智へ贈ったものであるし、千葉・照願寺本（康永三年〈一三四四〉）や弘願本（東本願寺所蔵、貞和二年〈一三四六〉）も、東国門徒のために制作されたことが知られる。他にも「聖徳太子絵伝」（茨城・上宮寺所蔵、元亨元年〈一三二一〉）や「拾遺古徳伝絵」（茨城・常福寺所蔵、元亨三年〈一三二三〉）といった、親鸞以外の伝記絵も同様である。[23] また、『常楽台老衲一期記（存覚一期記）』[24]の正安三年（一三〇一）条には、存覚が鹿島門徒の長井道

（導）信の要請により、「黒谷伝」（法然伝）九巻を著したとの記事があり、時には東国門徒の側から本願寺に伝記絵を所望することもあったようである。こうした関係性が構築されているにもかかわらず、東国門徒たちが本願寺から独立し、自らの手で新たな親鸞絵伝を創出しようと思い立った動機は、一体何だろうか。

宮崎圓遵氏は、覚如が親鸞の伝記絵を制作した意図について、次の三つの要素を指摘されている[25]。第一に、法然と親鸞の間の師資相承関係を明らかにすること、第二に、東国を中心とした神祇信仰・太子信仰との調和をはかること、そして第三に、大谷廟堂を親鸞の遺跡として顕彰し、真宗門徒の聖地と位置づけることであるという。東国門徒への配慮は、覚如にとっても重要な課題であったようだが、少なくとも万福寺本の発願者は、覚如が創り上げた伝記絵に強い反発を感じていたのではないか。そうでなければ、このあまりに独特な絵伝は誕生し得なかったはずである。

三　第五幅「熊野霊告」段の表現をめぐって

以下では、万福寺本の制作動機が何に起因するものなのかを、同時代のテクストや他本との比較から探っていく。まずは、第五幅と第六幅に跨って展開する「熊野霊告」段の表現に注目したい[26]。

1　万福寺本の「熊野霊告」段

「熊野霊告」段は、平太郎という門徒が熊野社に参詣した時の逸話で、『御伝鈔』（覚如作「伝絵」の詞書）の大概は、次の通りである。

常陸国の平太郎は、不本意ながら熊野参りを余儀なくされ、どのような態度や恰好で参詣すべきかを相談するため、五条西洞院の親鸞のもとへ向かった。平太郎は親鸞に説得され、特段精進潔斎せず普段着のままで熊野証誠殿へ向かった。その夜、平太郎の夢の中に熊野権現が顕れ、平太郎になぜそのような姿で参詣したのかと詰問した。すると二人の前に親鸞が顕れ、「彼は我が訓によりて念仏する者なり」と言って権現を咎めた。権現は親鸞に畏れをなし威儀を正して礼拝したのだった。

万福寺本では第五幅に、①五条西洞院で親鸞に相談する平太郎、②熊野証誠殿での平太郎の二場面、第六幅に、③那智の滝や新宮・熊野灘の景観が、秋の景色とともに色鮮やかに描かれている。①については他本と共通する部分が多く、先行作例に倣った表現といえようが、問題となるのは、独自の図様が用いられ、内容も『御伝鈔』と呼応しない②と③である。

まず②について見ていこう。他本の「熊野霊告」は基本的に、証誠殿で対面する束帯姿の権現と親鸞を中心に表し、その周囲の廻廊内に、参詣者とともに眠る平太郎を描いている。各本で若干の構図の違いはあれども、大同小異である。

対して万福寺本では、証誠殿での権現と親鸞に加え、権現の本地である阿弥陀が虚空に描かれている（図2）。簾檜霞から半身を顕す阿弥陀の姿は、いわゆる「熊野権現影向図」(27)を彷彿とさせ、圧倒的な存在感を放っている。阿弥陀の眉間からは、截金による光条が放射状に燦然と発せられ、画幅全体に奥行と広がりを与えている。阿弥陀の面貌は引き締まり理知的な表情を見せ、頭部にはやや大振りな群青色の螺髪、朱暈を施した肉髻珠が表される。身体部は皆金色で、着衣には繊細な截金が施されている。この極めて演出的な描写は万福寺本独自の表現であり、全六幅の中でも最も絵師の技量が発揮された部分といってよい。

図２　万福寺本「熊野霊告」段（第五幅）

さて、この阿弥陀像の意図するところについて示唆を与えてくれるのが、存覚が元亨四年（一三二四）に撰述した『諸神本懐集』[28]である。『諸神本懐集』は真宗における神祇思想のあり方を論じるもので、諸国の霊社の神々と本地の関係を示し、最終的に弥陀一仏への帰依を説いたテクストである。[29]その成立について塩谷菊美氏は、存覚が荒木門徒の要請によって撰述したものと推測されている。[30]

この中で熊野社および熊野権現は、次のように語られている。

> マツ証誠殿ハ阿弥陀如来ノ垂迹ナリ、超世ノ悲願ハ五濁ノ衆生ヲスクヒ、摂取ノ光明ハ専念ノ行者ヲテラス（中略）オホヨソコノ権現ハ極位ノ如来地上ノ菩薩ナリ、ナカンツクニ証誠殿ハタ、チニ弥陀ノ垂迹ニテマシマスカユヘニ、コトニ日本第一ノ霊社トアカメラレタマフ。

この「摂取ノ光明ハ専念ノ行者ヲテラス」という文言は、まさに大勢の念仏行者に大光明を放つ万福寺本の阿弥陀の姿に符合するものといえよう。万福寺本には箱根や室（無漏）八幡などの霊社も描かれているが、本地仏まで克明に表す熊野社の扱いは別格であり、ここにも東国の神祇思想との共通性が指摘できるのである。。

2　『親鸞聖人御因縁』と万福寺本

万福寺本「熊野霊告」段の問題点は、これだけではない。万福寺本では本来強調されるべき親鸞の印象が極めて希薄で、あくまで熊野権現（＝阿弥陀）に主眼をおいた構図になっているのである。そもそも「熊野霊告」は、熊野権現さえも屈服させてしまう親鸞の威厳を証明する一段であった。しかし万福寺本での親鸞は、平太郎と熊野権現の脇役のように、実にひかえめに描かれている。このギャップをどのように理解すべきだろうか。

これについてはすでに小山・泉両氏[31]から、談義本『親鸞聖人御因縁』[32]（以下、『御因縁』）との関係が指摘されている。『御因縁』は親鸞伝（「親鸞因縁」）に加え、親鸞の高弟・真仏（「真仏因縁」[33]）と、荒木門徒の祖である源海（「源海因縁」）の、三人の因縁譚を収録したテクストである。その趣意は、親鸞―真仏―源海という荒木門徒の法脈相伝を明示することにあり、その成立は『御伝鈔』を遡ると推測されている[34]。付言すると、第一・三・四幅に繰り返し登場する尼僧は、「親鸞因縁」で登場する妻・玉日の姿と考えられ[35]、やはり万福寺本との関連が濃厚なのである。

やや話が逸れるが、万福寺にほど近い慶専寺（本願寺派）には、源誓が元亨元年（一三二一）に書写した『御伝鈔』の江戸写本が伝来し、その巻末に次のような記述がある[36]。

親鸞聖人ノ真宗ノ御口決ヲウケタマワル御弟子アマタマシマスウチニ、下総国ノ真仏聖人トテマシマシキ、シカルニソノ御弟子ニ武蔵國アラキ源海聖人トテオハシマス、シカルヲ報恩謝徳ノ御タメニ、ココロサシヲイタシタテマツルニツキテ、カタカタノ御真影ヲ画図シ崇重シタテマツルコトコレアリ

源誓は、『御伝鈔』には登場しない真仏と源海の名を突如巻末に挙げて、親鸞―真仏―源海の繋がりを故意に強

調しているのである。ここからは『御因縁』と軌を同じくした、荒木門徒ならではの法脈意識が読み取れよう。

3　「真仏因縁」と万福寺本

それでは続いて、『御因縁』第二部の「真仏因縁」について、以下に大概を記す。

常陸国横曽根の田夫平太郎は、領主である佐竹殿の人夫として熊野へ参詣することになった。平太郎はかつて親鸞から「神は迷いの姿、仏は悟りの体である」と聞いていたので気が進まなかったが、上司の命令のため仕方なく随行した。道中、他の行者たちが「南無証誠大菩薩」と称えるところ、平太郎だけは「南無阿弥陀仏」と称え続けた。そして本宮に辿り着いたある夜、佐竹殿は熊野権現をはじめとする神々が一斉に示現し、平太郎を礼拝するという不思議な夢を見た。権現は「この者の念仏によって極楽浄土に戻ることができた」と佐竹殿に告げ、その本地を顕して「平太郎こそ、まことの仏である」と言い残して金帳の中に姿を消した。その場に居合わせた一七〇〇余りもの人々も同じ夢を見、皆一斉に平太郎を礼拝した。平太郎はこれを機に出家し、名を「真仏」と改めた。その後、真仏は親鸞に随行して常陸国に下ったという。

このように「真仏因縁」では、親鸞はほとんど登場せず、平太郎と熊野権現を中心に物語が展開している。「真仏因縁」の文脈においては、平太郎（真仏）は仏の垂迹として讃えられ、熊野詣での行者たちの崇敬を受けることになる。そしてさらに「真仏因縁」に続く『御因縁』第三部の「源海因縁」では、「イマコロヒタチノ真仏上人トマウシタテマツルハ、本地阿弥陀仏ニテマシマス」と説かれ、真仏（平太郎）はその名の通り「真の仏」、阿弥陀の垂迹としての地位をも獲得するのである。

以上を念頭に置き、あらためて万福寺本の図様を見てみよう。他本では証誠殿の廻廊内に描かれていたが、万福寺本の平太郎は、証誠殿の前庭で蹲るように眠っている。この場面で眠っているのは平太郎一人であり、鑑賞者の視線は自ずと彼の方へ向けられる。そして全体を眺めると、平太郎・熊野権現・阿弥陀の三者が縦一列に連なっていることに気付く。「真仏因縁」の文脈で読み解くならば、すなわちこの阿弥陀は熊野権現の本地であり、さらには平太郎の本地でもあることを体現していると解される。万福寺本は、先行作例の「熊野霊告」の図様を改変し、「真仏因縁」の文脈へと転化させたのである。それは荒木門徒の祖たる真仏（平太郎）の威光を示すための演出といえよう。

4　「知識帰命」と覚如の反応

こうした東国の動向に対し、本願寺はどのように対応したのだろうか。覚如は建武四年（一三三七）に著した『改邪鈔』(37)において、親鸞と異なる教えを説く異端者や教団の規律を乱す者を批判し、邪義となる二十箇条を列挙した。そのひとつに、「本願寺ノ聖人ノ御門徒ト号スル人々ノナカニ、知識ヲアカムルモテ弥陀如来ニ擬シ、知識所居ノ当体ヲモテ別願真実ノ報土トストイフ、イハレナキ事」の条目があり、リーダー格となる門徒を阿弥陀に準えて崇拝する、いわゆる「知識帰命」を強く否定している。この時の覚如の怒りの矛先は、当時隆盛を誇っていた仏光寺派へ向けられていたとされるが、東国門徒もその限りではなかったはずである。したがって「阿弥陀の垂迹」としての真仏（平太郎）像を前面に打ち出した万福寺本は、覚如の目の届かぬところ、すなわち東国の荒木門徒のもとで制作されたとみるのが妥当と考える。

なお、③については、直接的なテクストはないものの、『諸神本懐集』が熊野の神々とその本地の関係を説く―例えば「勧請十五所」は一代教主の釈迦如来、「米持金剛」が毘沙門天王とするように―この一帯が仏のまします霊地であり、つまるところ、それらはすべて弥陀一仏に帰結することを示すものと解される。そしてもうひとつ、③と図様の関連が注目されるのが、琳阿本（京都・西本願寺所蔵、永仁三年奥書）の同段である。琳阿本には五条西洞院と証誠殿の間に、那智の滝と薪を背負う二人の杣人が添景として描かれているが、実は第六幅の那智の滝のすぐ傍にも、同じような杣人二人の姿が認められる。例えば絵師が琳阿本（あるいはその模本）から着想を得て、新宮や熊野灘などの景観を増補した可能性も考えられなくはない。数少ない他本との共通点として指摘しておく。

四　第六幅「洛陽遷化」「廟堂創立」段の表現をめぐって

続いては、第六幅に描かれた「洛陽遷化」および「廟堂創立」段をめぐって、分析を加える。

『御伝鈔』によれば、親鸞は弘長二年（一二六二）十一月下旬頃より体調すぐれず、以後余言を呈せず、常に仏恩の深きことを述べ、称名を絶やさなかった。そして二十八日、ついに念仏の声が途絶え、息を引き取った。親鸞の遺骸は東山の西麓、鳥部野の南辺にある延仁寺で荼毘に付され、後に、同じく鳥部野北辺の大谷の墳墓に遺骨を納めたという。

そして文永九年（一二七二）、大谷の墳墓を改め、吉水の北辺に遺骨を分譲して堂閣を建立し、そこに影像を安置した。すなわち、後の本願寺の礎となる大谷廟堂の創建である。大谷廟堂には親鸞の遺徳を偲ぶ門徒が僧俗・老若男女を問わず参詣し、繁盛をみせたという。各種伝絵／絵伝は、この大谷廟堂の創建をもって、親鸞の一代記を締め括っている。

1　「洛陽遷化」段

万福寺本の「洛陽遷化」段は、入滅、納棺、出棺、荼毘、墳墓建立に分割され、反時計回りに物語が展開する。画面向かって左下には火葬の様子、その隣の画面右下には、親鸞の墳墓に集う人々が描かれている。仏光寺本の詞書によれば、親鸞の葬送には高田の顕智と専信も駆けつけ、集骨に加わったという[38]。門徒たちは、「而終焉にあふ門徒、勧化をうけし老若、をの〳〵在世のいにしへをおもひ、滅後のいまを悲テ、恋慕涕泣せすといふことなし」という詞の通り、見事なまでの「泣き」の表情を見せている。

図3　万福寺本　親鸞の墳墓（第六幅）

さて、ここで注目したいのは、画面右下の墳墓の存在である（図3）。この墳墓は、親鸞入滅から大谷廟堂創建（文永九年〈一二七二〉）までの約十年間存在したとされる。墳墓の図様は、琳阿本、高田本をはじめ初期の作例に確認できるが、いずれも添景以上の意味を持っていない。なお、覚如晩年の作である康永本と弘願本には、墳墓は描かれていない。これが何に起因するのかは判然としないが、気にかかる変化である。

これに対し、万福寺本では墳墓の周囲に大勢の門徒が押しかけ、異様な雰囲気を醸している。他本でも同段には多くの

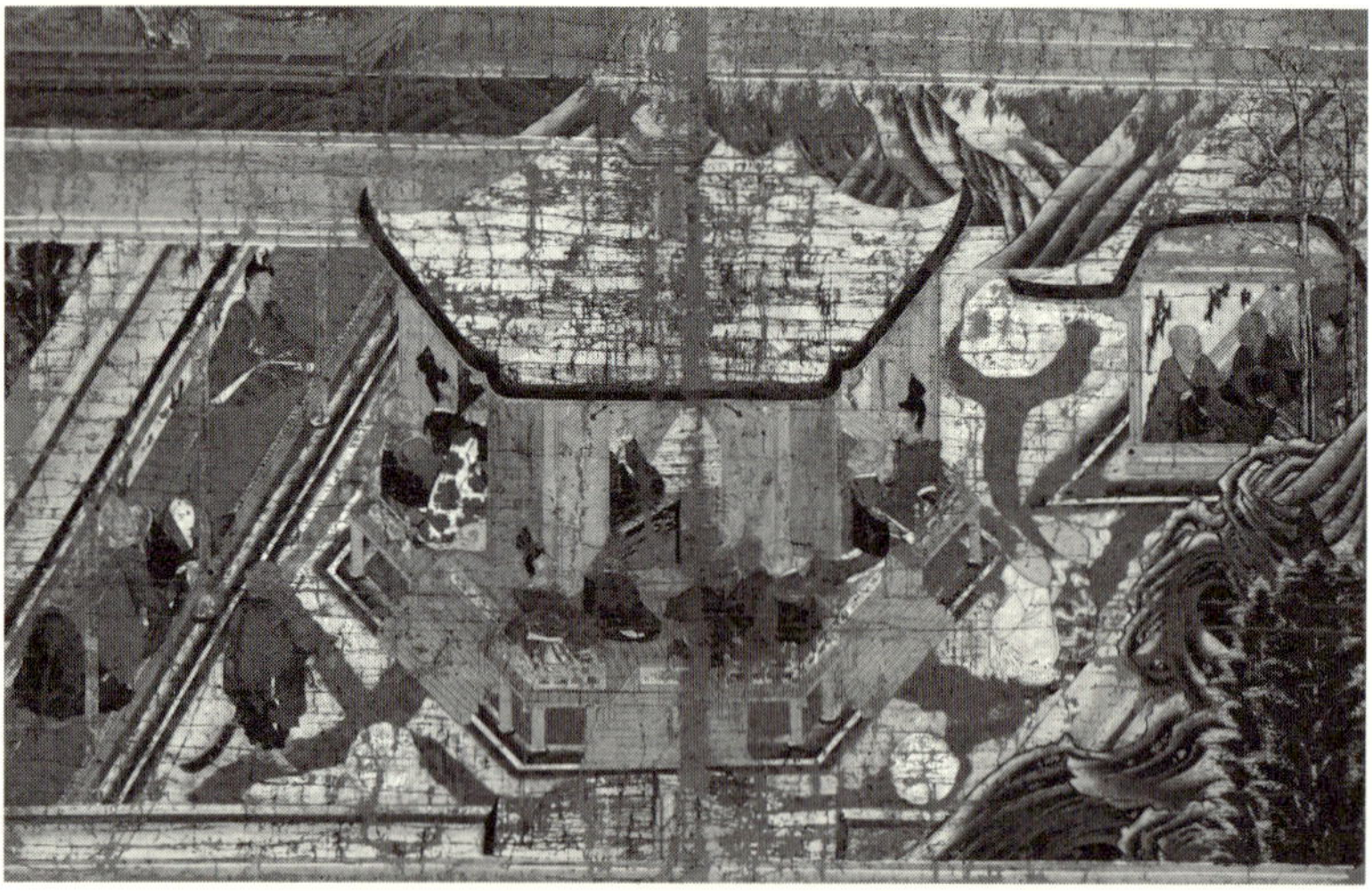

図4　万福寺本「廟堂創立」段（第六幅）

門徒が描かれるが、万福寺本の画面を埋め尽くすかのような描写は、群を抜いて過密である。また、門徒たちは漫然と参集しているのではなく、柵を取り囲んで右遶するように列をなしている。よく見ると、中には口を虚空に向けて大きく開け、何か声を発しているような者もいる。おそらく、念仏を称えているのだろう。初期真宗の葬送儀礼に関する確たる資料を見出せないため断言は避けたいが、この図様も単なる参詣というより、何らかの法要の一場面を表しているのかもしれない。いずれにせよ、ここで重要なのは、親鸞本人ではなく、門徒たちの行為に焦点を当てた図様を創出した、ということである。

2　「廟堂創立」段

同様の傾向は「廟堂創立」段にも指摘できる（図4）。第六幅の画面中央には、屋根に火焔宝珠を戴いた六角形の大谷廟堂が堂々と描かれている。あたりは一面雪景色で、参詣者の邪魔にならないよう丁寧に雪かきされ、傍らには大きな雪玉が置かれている。

『御伝鈔』には、「すへて門葉国郡に充満し、末流処々に偏布して、幾千万といふことをしらす、其稟教を重して彼報謝を抽る輩、緇素老少面々あゆみを運て、年々に廟堂に詣す」とあり、廟堂創建後も、門徒たちが足繁く参詣していた様子が想像される。

大谷廟堂は当初、親鸞末娘の覚信尼（一二二四〜八三）と東国門徒の共同管理のかたちで運営されていたが、覚信尼は廟堂の管理者（留守職）は親鸞の血縁者が代々相続するものと定め、弘安六年（一二八三）に覚信尼子息の覚恵（一二三九？〜一三〇七）、延慶二年（一三〇九）に孫の覚如がこれを継職した。覚如継職の同年には、覚如叔父の唯善（一二六六〜？）が廟堂を破壊し、親鸞像と遺骨の一部を略奪するという事件（後述の唯善事件）が起きたが、二年後の応長元年（一三一一）に高田の顕智の尽力によって廟堂を復興し、同時に新しい親鸞像を安置した。さらに建武三年（一三三六）、南北朝の兵火によって廟堂が焼失し、二年後に同じく高田の専空の経済的援助により再々興した。すなわち大谷廟堂の復興は、二度とも東国門徒の支援によって成されたのである。

3　廟堂周辺の門徒

話を絵伝に戻そう。従来の親鸞伝絵／絵伝研究において、大谷廟堂の描写はとりわけ注目を集めてきた部分であるが、議論の焦点は廟堂内陣の石塔と親鸞像に限られており、廟堂周辺の描写にはあまり関心が払われてこなかったように思う。そこで他本と比較し諸要素を一覧したのが、表「大谷廟堂の比較」である。以下では、この表に基づきながら万福寺本の特質を指摘したい。

まず、石塔と親鸞像の表現について確認しよう。万福寺本の内陣には、先に見た墳墓の後身と思しき石塔が中心に位置し、その傍らに黒塗の牀座に合掌端坐する親鸞像が安置されている。親鸞像と石塔が併置される例は万福寺本と高田本のみで[39]、配置の関係も近似している。永仁三年作の高田本に描かれる親鸞像は、廟堂創建当初の根本像

表　大谷廟堂の比較

	作品名・制作年代	親鸞像の形態	石塔	廟堂内の門徒	廟堂付近の門徒	廻廊内の門徒	留守職の持物
伝絵	高田本（永仁三年〈一二九五〉）	斜向・合掌	○	僧形一人	—	十八人（僧形十五人・俗形三人）	鍵・箒
	琳阿本（永仁三年〈一二九五〉奥書 延慶二年〈一三〇九〉以降か）	—	○	—	—	僧形六人	—
	康永本（康永二年〈一三四三〉）	正面向・持念珠	—	—	—	—	箒
	照願寺本（康永三年〈一三四四〉）	正面向・持念珠	—		—	—	箒
	弘願本（貞和二年〈一三四六〉）	斜向・合掌	—		—	十三人（僧形九人・俗形五人）	鍵・箒
	仏光寺本（南北朝時代か）	斜向・持念珠	—	—	—	十五人（僧形十四人・俗形二人）	鍵・箒
絵伝	愛知・妙源寺本（鎌倉末期）	廟堂の扉が閉まっているため不明		不明	—	僧形二人	—
	愛知・如意寺本（文和三年〈一三五四〉）				—	僧形三人	箒
	愛知・願照寺本（南北朝時代）				—	僧形二人	—
	広島・光照寺本（建武五年〈一三三八〉）	正面向・持念珠	？	僧形二人	十人（僧形五人・俗形五人）	三人（僧形二人・俗形一人）	鍵・箒
	万福寺本（南北朝時代）	斜向・合掌	○	十二人（僧形七人・俗形五人）	俗形二人	七人（僧形五人・俗形二人）	鍵・箒

※留守職は門徒の中に含まない。

図５　康永本「廟堂創立」段

で、近年の研究では[40]、このスタイルの親鸞像が東国において活発に造像されていたことが注目されている。

そして、さらに万福寺本の特質を表しているのが、廟堂に参詣する門徒の表現である[41]。表で示したように、他本では門徒（主に僧形）は廻廊内に座り込み、少し離れた位置から廟堂を眺めている場合が多い。光照寺本は例外的に、十人ほど廟堂付近に歩み寄っているが、堂内まで侵入するのは二人だけである。高田本も内陣に僧が一人描かれているが、その姿はごく小さい。そして康永本の段階になると廻廊も無人になり、廟堂の傍に箒を持った寺僧が一人だけの、閑散とした廟堂が描かれるようになる（図５）。

万福寺本にも廟堂の左下に、蓑を纏って左手に箒、右手に鍵を持った人物が描かれている。康永本のように箒だけの場合と、鍵・箒を持つ場合とがあるが、担う役割は同じであろう。鍵はすなわち、廟堂の管理人である留守職を象徴している。『存覚一期記』徳知元年（一三〇六）条には[42]、唯善が病床の二代目留守職・覚恵のもとに現れ、廟堂の鍵を強奪したという、いわゆる「唯善事件」の記事があり、鍵の管理が留守職の仕事のひとつであったことが知られる[43]。したがってこの寺僧は、覚如自身の投影と解してよいだろう。

以上を踏まえた上で、あらためて万福寺本の図様を見てみよう。万福寺本では大勢の門徒（僧形七人、俗形五人）が廟堂に参集して賑わう様子が描かれている。

門徒は各々手に念珠を掛け、親鸞像に向かって端坐合掌しており、彼らの宗祖に対する帰依心の篤さを窺わせている。廟堂の内陣付近まで門徒が詰め駆けるのは、万福寺本特有の表現であり、やはりここでも門徒の存在が重視されているといえる。また、留守職を象徴する寺僧は、周囲の景色と相俟って雪かき掃除をしているようにしか見えず、その存在感は他本に比して明らかに希薄である。

4　大谷廟堂・本願寺と東国門徒――「血脈」と「法脈」――

このように、万福寺本と他本―とりわけ「四幅御影」の根本となった康永本―の間には、廟堂周辺の表現において、逆の意識がはたらいていることがわかる。門徒の姿を排除し、廟堂を守護する留守職の存在に焦点を当てる康永本と、親鸞を慕い、廟堂に群集する門徒の姿を強調する万福寺本。そのスタンスの違いは、一体何に基づくものだろうか。

覚如と東国門徒の関係を繙いてみると、そもそも両者の間には、早い段階から確執があり、そのパワーバランスは極めてデリケートであった。前述のように、初代留守職の覚信尼は、遺言において留守職の継職を代々親鸞の血縁者と定め、同時に廟堂の土地の所有権は東国門徒のものとした。東国門徒の反対を押し切って留守職を継職した覚如は、留守職を頂点とした教団組織を構築すべく、大谷廟堂を本願寺と改称し、自らを第三世宗主と位置づけた。すなわち、親鸞の曾孫という「血脈」を主張して教団を統治しようとしたのである。留守職のみ描く康永本の「廟堂創立」段は、教団の代表であり、親鸞の正統な後継者としての覚如自身の姿を顕示しているかのように見える。これに対して万福寺本は、先行作例の図様を踏襲しつつ、そこに夥しいまでの門徒の姿を増補して、東国門徒と親鸞の深い繋がり、すなわち親鸞との「法脈」の強さを視覚的に示そうとしたのではないだろうか。それは、親鸞より直接教えを授かり、親鸞の最期を看取ったという東国門徒たちの自負心の発露であり、同時に覚如の「血脈主義」に対する鮮烈なアンチテーゼと理解されるのである。

おわりに

以上、万福寺本の特殊性とその本質、そして制作背景について分析を加えた。第五幅の「熊野霊告」段において、阿弥陀の垂迹として表象された真仏（平太郎）は、親鸞面授の弟子にして、荒木門徒の源流に位置づけられる人物であった。「真仏因縁」は荒木門徒の法脈の正統性を証明する伝承であり、虚空に示現した真仏の本地・阿弥陀は、荒木門徒のアイデンティティの象徴とみなされる。

そして第六幅の「洛陽遷化」「廟堂創立」段では、親鸞の入滅・荼毘に立会い、墳墓に群集する門徒の姿、そして大谷廟堂を護持し、熱心に親鸞像を礼拝する門徒の姿が付加された。これが絵伝の最後に示されることで、教団における東国門徒の存在意義は、一層強調されることとなる。

これらは、いずれも覚如作の伝絵において、徐々に改変・削除された要素である。本願寺および留守職への対抗や、「血脈主義」に対する「法脈主義」の主張。これこそが万福寺本の本質であり、制作の動機であろうと考える。また本稿では踏み込んだ言及ができなかったが、万福寺本と同じ工房で生まれた「法然上人絵伝」についても、荒木門徒の強いメッセージが込められているに相違ない。両絵伝の関係や制作環境を明らかにすることによって、万福寺本の新たな側面が見えてくることだろう。

註

（1）『甲斐国誌』万福寺の項に、「同絵伝六幅（覚如ノ銘、土佐光業ノ画）正徳四年五月二日本山ニ納メ右写ヲ渡サル下間刑部卿法眼ノ添状アリ」とある。『甲斐国誌』（天下堂書店、一九六六・七～一九六七・四、一八八頁）。

（2）真宗では慣習的に絵巻形式を「伝絵」、掛幅形式を「絵伝」と呼んでいる。本稿でも基本的にこれにしたがって表記を区別している。

（3）『真宗史料集成　第一巻　親鸞と初期教団』（同朋舎、一九七四・十、一〇一一～一一三頁）。

（4）『真宗史料集成　第八巻　寺誌・遺跡』（同朋舎、一九七四・十二、六二三頁）。

（5）鷹野佳世子氏は、源誓上人絵伝がもとは三幅本であった可能性を指摘されている。鷹野佳世子「『源誓上人絵伝』についての一考察」（『美術史研究』四四、二〇〇六・十二、四三～六二頁）、および「甲斐万福寺旧蔵『源誓上人絵伝』に関する一考察―構図の問題と主題解釈をめぐって―」（『美術史』一六八、二〇一〇・三、三九一～四〇六頁）。

（6）日下無倫「原始真宗に於ける甲斐門徒の成立」（『大谷学報』二一―三、一九四〇、二五四頁）。

（7）井澤英理子「万福寺旧蔵「法然上人絵伝」について」（『仏教美術研究上野記念財団助成研究会報告書第三十八研究発表と座談会　浄土宗の文化と美術』二〇一一・五、一九～三二頁）。

（8）小山正文「関東門侶の真宗絵伝」（『親鸞と真宗絵伝』法藏館、二〇〇〇・三、三七〇～九七頁）。

（9）三光寺本は、展覧会図録『ものがたり　善光寺如来絵伝』五六～六一頁（安城市歴史博物館、二〇〇二・十）に図版掲載されている。

（10）前掲註8論文。

（11）泉万里「万福寺旧蔵「親鸞聖人絵伝」（西本願寺蔵）試論」（佐野みどり・加須屋誠・藤原重雄編『中世絵画のマトリックスⅡ』青簡舎、二〇一四・二、一一五～五五頁）。

（12）粟田口絵所で制作された作品や絵所の実態については、相澤正彦「粟田口絵師考（上）・（下）」『古美術』八三・八四、三彩社、一九八七・七・十、六四～七七頁・五四～六八頁）、および松原茂『日本の美術三〇二　絵巻＝融通念仏縁起』（至文堂、一九九一・七）に詳しい。

（13）前掲註11論文でも言及されているように、法然絵伝は補筆と思しき箇所が多数あり、現状の彩色がいつの時代のものであるかは慎重な検討を要する。

(14) 光照寺本は存覚の裏書をもち、札銘の揮毫者も存覚自身と目されている。

(15) 石川知彦「親鸞絵伝の一作例—愛知・願照寺本を中心に—」(『説話・伝承学』二一、二〇一三・三、三一〜五二頁)。

(16) 小山正文「絵伝に画かれた幼少時代の親鸞」(『親鸞と真宗絵伝』法藏館、二〇〇〇・三、五〜二九頁)。

(17) 前掲註6論文、二五〇〜五一頁。

(18) 「一切経校合」段は、仏光寺本にも採用されているが、図様の上での関連性は感じられない。また、「伝絵」の「一切経校合」段については、津田徹英「親鸞聖人の鎌倉滞在と一切経校合をめぐって」(『真宗研究』五六、二〇一二・一、三〇五〜三二頁)に詳しい。

(19) 玉日と思しき尼僧は、第三・四幅にも登場する。この尼僧は角盥や水瓶を持ち、親鸞のそば近くに仕えていることを示している。

(20) 前掲註1。

(21) 阿部美香「二所三島の社頭図—中世霊地図様の展開」(佐野みどり・新川哲雄・藤原重雄編『中世絵画のマトリックス』青簡舎、二〇一〇・九、三三八〜四八頁)。

(22) 現存する「伝絵」諸本の概要は、『大系真宗史料　[特別巻]　絵巻と絵詞』(法藏館、二〇〇六・九)収録の小山正文氏による解題に詳しい。

(23) 上宮寺本「聖徳太子絵伝」と常福寺本「拾遺古徳伝絵」は、いずれも存覚が詞書の揮毫者と目されている。

(24) 『真宗史料集成　第一巻　親鸞と初期教団』(同朋舎、一九七四・十、八六五頁)。

(25) 宮崎圓遵「御伝鈔(親鸞伝絵)の撰述と意義」『宮崎圓遵著作集2　親鸞の研究(下)』(思文閣出版、一九八六・八、二九七〜三〇三頁)。

(26) 各段の呼称は、平松令三氏が『真宗重宝聚英　第五巻　親鸞聖人伝絵』(同朋舎、一九八九・二)で使用されたものを引用した。

(27) 中世の「熊野権現影向図」としては、京都・檀王法林寺本(嘉暦四年〈一三二九〉)、神奈川・正念寺本(室町時代)がよく知られている。残念ながら筆者は熟覧の機会を得ていないが、特に前者とは絵画様式の近似が見られる。万福寺本の制作状況を知る手掛かりとなり得るかもしれないが、いまは指摘に留めておきたい。

(28)『真宗史料集成　第一巻　親鸞と初期教団』(同朋舎、一九七四・十、六九七～七一二頁)。

(29)存覚の神祇思想については、吉田唯「『諸神本懐集』を中心に見る〈存覚〉の神祇観と祖師という表象について」(『佛教文学』三五、二〇一一・三、一～一三頁)、および同「覚如の伝記に見る和歌と神祇について—『沙石集』との影響関係を中心に—」(『國文学論叢』五八、二〇一三・二、一～一九頁)を参照した。

(30)塩谷菊美「「真仏因縁」の生成」(『同朋大学仏教文化研究所紀要』二五号、二〇〇五・三、四七～六五頁)、および同『語られた親鸞』(法藏館、二〇一一・五)を参照した。

(31)前掲註8小山論文、および前掲註11泉論文。

(32)『大系真宗史料　伝記編1』(法藏館、二〇一一・十)に現存諸本の翻刻(三～五七頁)と、塩谷菊美氏による解題がある(四五一～七〇頁)。また以降の「熊野霊告」段の分析は、この他に宮崎圓遵「『親鸞聖人御因縁』ならびに『秘伝抄』について」(『宮崎圓遵著作集7　仏教文化史の研究』思文閣出版、一九九〇・十、一八三～二〇八頁)を参照した。

(33)真仏の人物像については、早島有毅「中世社会における親鸞門流の存在形態—忠太郎真仏を祖とする集団を中心として—」(『真宗重宝聚英　第八巻　高僧連坐像』同朋舎、一九八八・六、二二五～四五頁)に詳しい。

(34)前掲註30・32参照。「親鸞因縁」「真仏因縁」は十三世紀末葉、「源海因縁」は南北朝の成立と推測されている。

(35)特に、第二幅の法然の前に座す尼僧の姿は、「親鸞ハ夫婦同車シテクロタニノ御禅房ニマリタマヒケリ。上人ヒメミヤヲ御覧シテ、子細ナキ坊守ナリトオホセラレソメシヨリコノカタ、一向専修ノ念仏ノアルシヲハ坊守トマウスナリ」(「親鸞因縁」)の記述に合致する。

(36)千葉乗隆『中部山村社会の真宗』(吉川弘文館、一九七一・五、二二六頁)。

(37)『真宗史料集成　第一巻　親鸞と初期教団』(同朋舎、一九七四・十、六六四頁)。

(38)仏光寺本「洛陽遷化」段には、「その葬歛のみきりに、真仏法師の門徒顕智・専信両人、さいわひにまいりあひて、遺骨をおさめたてまつる人数にくはゝりける、宿縁あさからさりけるにこそ」とある。

(39)光照寺本も親鸞像とともに位牌のような形状の石塔を描いているが、万福寺本・高田本に比べるとかなり小さく、同様の意味を持っているのかは判然としない。

(40) 津田徹英氏は、千葉・常敬寺の親鸞像こそが唯善によって強奪された根本像であると推され、この像を端緒に東国で合掌する親鸞像が造像されたと説く。津田徹英『日本の美術四八八　中世真宗の美術』（至文堂、二〇〇七・一）、同「中世真宗の祖師先徳影像の制作をめぐって」（『美術研究』四〇六、二〇一二・三、四一七〜三七頁）。

(41) 大谷廟堂の図様を有する真宗絵伝に、万福寺旧蔵「源誓上人絵伝」（南北朝〜室町時代）と石川・本誓寺本「聖徳太子絵伝」（室町時代）が挙げられる。両者とも廟堂の内陣まで多くの門徒が参集し、万福寺本と近い表現となっている。なお、ともに東国ゆかりの絵伝であることが指摘されている。

(42) 『存覚一期記』徳知元年条（『真宗史料集成　第一巻　親鸞と初期教団』同朋舎、一九七四・十、八六七頁）。
十七歳徳知元、今年唯善坊騒乱漸更発、霜月之比、大々上受重病御平臥之最中、奉乞御影堂鎰嗷々之最中、竊逃出令移住衣服寺給了

(43) 日野照正『真宗史試論—本願寺の鑰役』五一〜七七頁（自照社出版、二〇〇六）によると、廟堂・影堂の鍵管理が留守職・門主の任務でなくなるのは、第五世綽如（一三五〇〜九三）以降という。

〔図版出典〕
図1〜4は『真宗重宝聚英　第四巻　親鸞聖人像・絵伝・木像』（同朋舎、一九八八・六）より、図5は『大系真宗史料［特別巻］絵巻と絵詞』（法藏館、二〇〇六・九）より転載。

〔付記〕
本稿は、龍谷大学龍谷ミュージアム「平常展　仏教の思想—インドから日本へ」二〇一三年度第Ⅱ期後半（二〇一四・一〜二）において万福寺本が展観された際、筆者が記録したメモをもとに分析を加えました。また、万福寺旧蔵「法然上人絵伝」の閲覧には、山梨県立博物館の近藤暁子氏・松田美沙子氏、山梨県立美術館の井澤英理子氏からご高配を賜りました。あらためて御礼申し上げます。

岐阜・信浄寺の聖徳太子六侍者像と高僧連坐像

石川知彦

はじめに

岐阜市の南部、加納清水町の浄土真宗本願寺派寺院、寂照山信浄寺が所蔵する聖徳太子六侍者像は、石田茂作氏の大著『聖徳太子尊像聚成』に図版が掲載され[1]、その存在は古くから知られていた。ところが同寺を訪ねると、太子像は別のもう一幅とともに木箱に納められており、その蓋には「上宮皇太子／十六躰連座　御真影」と墨書されている。この共箱に納められたもう一幅については石田氏の言及はなく、加えて箱書に「裏書云」として墨書される聖徳太子六侍者像の裱背《ひょうはい》に貼付された裏書も、一切記されていない。そこで、この聖徳太子六侍者像と「十六躰連座御真影」の両者を詳しく観察したところ、両者の制作年代は同時と考えられ、本来は一幅の掛軸であったことが判明した。

本小論ではまず、この両者を合体させて復元を試みた当初の図様を分析するとともに、同時代の類似の作例との比較検討を試みてみたい。そして「十六躰連座御真影」に表された先徳と、聖徳太子像に貼付される裏書を分析することにより、両本の伝来について検討を加える。そして裏書について、両本の制作年代と筆者の妥当性について検討し、筆者とその工房について言及することとしたい。

一　両本の図様と表現

1　聖徳太子六侍者像の図様と表現

信浄寺本太子像（図1）は一副一鋪の画絹に描いた絹本着色の掛幅装で、現状で縦八九・三センチ、横五三・二センチを測る。画面中央に笏と柄香炉を執って真向きに立つ童形の聖徳太子を表し、太子の足元左右に小野妹子、蘇我馬子、日羅、学哿《がっか》、阿佐太子、恵慈《えじ》の六侍者を向かい合うように配す。諸尊には左または右上方に白地の短冊を置き、各々尊名を墨書する。(2) 画面上方には幅広の白地の讃銘帯を置き、「皇太子聖徳御縁起」からの抜書き二種、すなわち「阿佐太子礼曰」と「日羅礼曰」を十二行にわたって墨書し、(3) 太子の左右の色紙型には「聖徳太子御廟記文（瑪瑙石文）」の冒頭を、計五行にわたって墨書する。(4)

太子幅の主尊である太子は、朱色の袍衣に裾を朱とする袴を着け、左肩からは鐶《かん》架裟を、右肩からは横被を懸け、花先形の靴を履いて二重の礼盤上に直立する。髪は左右耳上で朱色のリボンで角髪に結い上げ、眉目をわずかに吊り上げて口はきりりと閉じる。肉身は肌色で輪郭は墨線で括るが、両手に比べて面部は濃く塗られ朱暈が施される。白地の内衣の上に着けた朱の袍衣は、金泥による花文を地模様とし、随所にやはり金泥による鳥丸文を散らし、丸文の輪郭や衣襞《いしゅう》線は墨線で表す。金具を金泥とする鐶架裟は裏地を白、条葉部は褐色とし、田相部は白点で刺子を表し衣襞線は朱で表す。朱の横被は金泥による花文を地模様とし、随所に金泥による花丸文を散らす。袴は

図1　聖徳太子六侍者像　岐阜・信浄寺蔵

裾を朱色とし、彩色で四弁花入り菱繋ぎ文を表し、黒の花先形の靴は底を朱色とする。太子が立つ二重の礼盤は、上部の側面に格狭間を二箇所備え、框座との間には反花が設けられる。背後の三面背障は、底部に朱で木目文を表し、左右上方の火焔宝珠を備えた端金具は金泥で塗られる。

太子の下方左右に配された六侍者は、いずれも太子の側を向いて坐す。太子の左手上方の妹子は衣冠束帯姿で、両手で檜扇を執り横顔が描かれる。黒の垂纓《すいえい》を備えた冠を被り朱の袍衣の上に黒の萎《なえ》装束を着け、衣褶線は彫り塗りで表される。口を結び目鼻は大振りに表され、壮年の相貌に表現される。妹子の下方には朱の束帯を着けた馬子がやはり横向きに描かれ、両手で檜扇を執ってやや俯き加減に坐す。佩刀し、口髭・顎鬚を蓄え、頭髪は淡墨で描かれ老相に表現される。その下方の日羅は左背面から描かれ、墨染めの法衣に彩色と金泥の袈裟を左肩に掛け、合掌して坐す。日羅も目鼻は大振りに表され、やや厳しい表情の老相とする。以上の三侍者の座具は、妹子と馬子が足付きの牀座、日羅が格狭間付きの礼盤とし、いずれも端金具に金泥を置く。

太子右側上方の学哿は黒の居士冠を被り、裏地を白色とする朱の袍衣を着け、右手に檜扇を執って坐す。顎鬚を長く伸ばして太子を見上げるが、目鼻の描写は稚拙で墨線による輪郭線は後補かと思われる。その下方の阿佐太子は右後方から描かれ、朱色の紐で角髪に結われ、笏を執って学哿と同様に牀座上に坐す。朱の内衣に緑青の袍衣を着け、黒褐色の石帯で締め、袍衣の衣褶は墨線で、内衣の衣褶線と石帯の輪郭線および文様は金泥で表される。その手前には法衣に彩色の袈裟を着け、礼盤上に坐す恵慈を右後方から描く。色暈で陰影をつけた法衣の襞の描写は巧みながら、目鼻立ちの輪郭線はたどたどしく、学哿の場合と同様に後補かと判断される。

次に太子を含む諸尊の着衣の彩色について確認しておきたい。これまでも指摘されているとおり、太子の六侍者は着衣の賦彩がほぼ統一されている。[5]すなわち妹子の袍衣は黒、馬子および学哿は朱、阿佐太子は緑青、日羅と恵慈は色衣色袈裟とするも、日羅の法衣は緑青、恵慈の法衣は朱が基調となっており、本図でもこれが踏襲されている。また太子についても朱地の袍衣に色袈裟と緑青地の横被を懸けるのが基本であるが、本図では袍衣・横被ともに地色を朱としている。また信浄寺本にも表される袍衣に散らされた金泥の鳥丸文であるが、これと同様の丸文が後述する奈良・順照寺本や岐阜・安福寺本、愛知・専福寺本の各高僧連坐像、滋賀・光福寺本光明本尊の太子のみに見られ、これらが同系統の画工の手になるものと推定されている。(6)一方で太子は、背障付きの礼盤上に真向きに立ちながら、柄香炉と笏の双方を持ち、垂髪を表さず角髪のみとし、影像のいわゆる「真俗二諦像」を除くと、真宗系の絵像の太子としては特異な像容に表現されている。こうした図像上の問題点や着衣の文様については、本図の筆者を考える際に重要かと思われるので、四章で改めて触れることにしたい。

諸尊の尊名を墨書した短冊および太子左右の色紙型は、白地として枠を切金で括る。一方、画面上方の讃銘帯は白地に墨書しており、左右および上方は緑青地に金泥や彩色で文様を施していたようだが、現状では緑青焼けによる剝落が著しく、その文様や輪郭線は確認できない。一方、讃銘の下方の白地に緑青を塗った帯の部分は、讃銘帯とは別絹で後補と判断される。この部分と同じ絹地が太子の頭部および短冊より上まで続き、この絹地自体が後補と見なされる。同様の補絹が画面下端にも認められるが、こうした後補部については3節にて考察する。

2　高僧連坐像の図様と表現

太子六侍者像と共箱に納められるこの連坐像（図2）は、恵心僧都源信以下十六名の高僧先徳を下から上に配した作例で、正確には和朝高僧先徳連坐像と称される遺品である。太子六侍者像と同様、一副一鋪の画絹に描いた絹本着色の掛幅装で、太子六侍者像より若干縦長で現状で縦九四・八センチ、横五三・三センチを測る。諸尊の上方には尊名を墨書する短冊が置かれ、地色は白で輪郭を切金で括る。画面上端には横長の讃銘帯を設け、「日本源空聖人真影」として建暦二年（一二一二）に権律師「隆寛」（劉官）が加えた讃文と、「親鸞聖人曰」として『入出二門偈頌』より抄録して墨書する。(7)また下端左右の色紙型には、源信の行実を二区画にわたって墨書する。(8)なおこれら讃銘、尊名の墨書は聖徳太子六侍者像とも同筆で、相当な能筆によると思われる。また両本に記される讃銘の内容は、他の真宗系の高僧連坐像や聖徳太子像等の多くの作例に記された内容と一致する。

図2　高僧連坐像　岐阜・信浄寺蔵

それでは高僧・先徳像を下方から順次見ていこう。下端中央には「恵心院源信和尚」を真正面から描く。源信は両手で念珠を執り、鈍色の法衣の上に褐色地の吊袈裟を着し、椅子状の背もたれの付いた三狭間の礼盤上に坐す。眉目の両端を下げた表情は他の源信像のそれと共通するが、ここでは比較的若い壮年に近い相貌に描かれる。次に源信の右側には「日本源空聖人」を描く。法然は両手で念珠を執り、茶色地に朱線で衣褶線を表した法衣に彩色の鐶袈裟を着し、鳥居形の背もたれの付いた椅子上に坐す。左斜め下方を向き、椅子の下の沓置きに花先形の靴を揃えて置く。頭頂を扁平に表した角張った頭部、ふくよかな面部に眦を下げた表情など、法然像に一般的な特徴を備える。源信の左側、法然と左右対称の位置に描かれるのが「釋親鸞聖人」で、両手で念珠を執り、首に帽子を巻き付け、鈍色の法衣に鈍色の吊袈裟を懸け、袈裟の下端を留める白い紐が左胸前で結ばれる。三狭間の礼盤上の繧繝縁の上畳に、右斜めを向いて坐す。眉をやや太めに表し、上瞼の輪郭を山形にして三角形に近い眼とする点は、他の親鸞像の特徴を引き継ぐが、親鸞も比較的若い相貌とする。

以下先徳像が上方に十三名、重なりつつ互いに向き合うように配されているが、諸先徳は微妙な段差をもって配されており、原則下から順次左右に蛇行しつつ上方へ連なる。諸尊はいずれも両手で赤褐色の念珠を執り、鈍色の法衣と吊袈裟を着し、礼盤あるいは高麗縁の上畳に坐す。各先徳は頭部の輪郭や表情を違えて個性を表現する一方、明光以下は法衣の襟元に異なる賦彩を施す点が注目される。まず源信の右後方には「釋眞佛聖人」を描く。量感豊かな両頬が特徴的で、礼盤上に坐す。源信の左後方が「釋源海聖人」で、眉目を下げた温厚な表情として礼盤に坐す。真佛の右後方が「釋了海聖人」で、壮年のやや厳しい表情として礼盤上に坐す。源海の左後方が「釋誓海聖人」で、頬のやや痩けた輪郭に鋭い眼光を表し礼盤上に坐す。真佛の左後方が「釋明光聖人」で、頬骨がやや張った輪郭とし、法衣の襟元は群青かと思われる彩色が施され、礼盤上に坐す。源海の真後ろ、誓海の右後方には「釋明覺聖人」が描かれ、頬骨が張って頬が痩けた輪郭とする。法衣の襟元は緑青で賦彩され礼盤に坐す。明光の右後方が「釋了尊聖人」で、面部は顔料が剝落するが、やや面長の老相に表されるようである。法衣の襟元は発色を抑えた朱（赤茶色）とするが、諸尊の重なりのため座具は確認できない。明覚の左後方は「釋空念」で、頰骨の張った壮年に描かれ上目遣いの表情が特徴的である。法衣の襟元は明るい朱色とし、座具は高麗縁の上畳のようである。了尊の左後方が「釋圓鸞」で、比較的若く温和な相貌に描かれるが、画絹の折れと顔料の剝落のため表情を窺いにくい状況にある。法衣の襟元は明るい朱色とし、座具は礼盤かと思われる。次に明覚の真後ろ、空念の右後方が「釋明空」で、幅広の面部に大ぶりな目鼻を配している。法衣の襟元は了尊と同じく赤茶色とするが、座具は確認できない。明光の後方「釋明真」は、眼光鋭い壮年相に表され、大ぶりな口唇が特徴的である。法衣の襟元は緑青かと思われ、座具は高麗縁の上畳とする。明空の左後方が「釋圓源」で、頰骨の張った丸顔に近い輪郭とするが、面部の顔料の剝落が著しい。法衣の襟元は群青もしくは緑青で、高麗縁の上畳に坐す。最後に明真の左後方が「釋源用」で、この連坐像制作の願主となった先徳である。源用の面部も剝落が目立つが、円源と同様に頰骨の張った丸顔に近い輪郭とし、両眼を見開いて左下方を凝視する。法衣の襟元は了尊や明空と同じく赤茶色かと思われ、高麗縁の上畳に坐す。

以上、諸尊の像容を下方から順次略述してきたが、この順序が法系の継承順を示していると見てよかろう。また明光以降の先徳の法衣の襟元に彩色が施されていることを指摘したが、これまで襟元の賦彩は朱色ばかりが注目されてきた感がある(9)。後述する岐阜・安福寺本連坐像や龍谷大学本連坐像および光明本尊でもこうした賦彩が施され、多数の先徳を区別するための一つの手法であったと考えられる。

諸尊の短冊や讃銘帯、色紙型は太子像と同様、白地を切金で括っており、いずれも達筆で墨書されている。画面上方の讃銘帯の左右の縁は、太子幅の例からも当初は文様が施されていたと推定されるが、現在では後補の絹が当てられている。

3　両本の当初の図様の復元

以上述べてきた画題を異にする二幅が、共箱に入って信浄寺に伝来してきたことは、決して偶然なこととは思えない。また太子像の裱背に貼付された裏書に、後述するように「皇太子聖徳幷血脈先徳真影」とあること、両本の横幅がほぼ一致することから、この両本は本来一具であり、当初は一幅に表装されていたという想定が成り立つ。

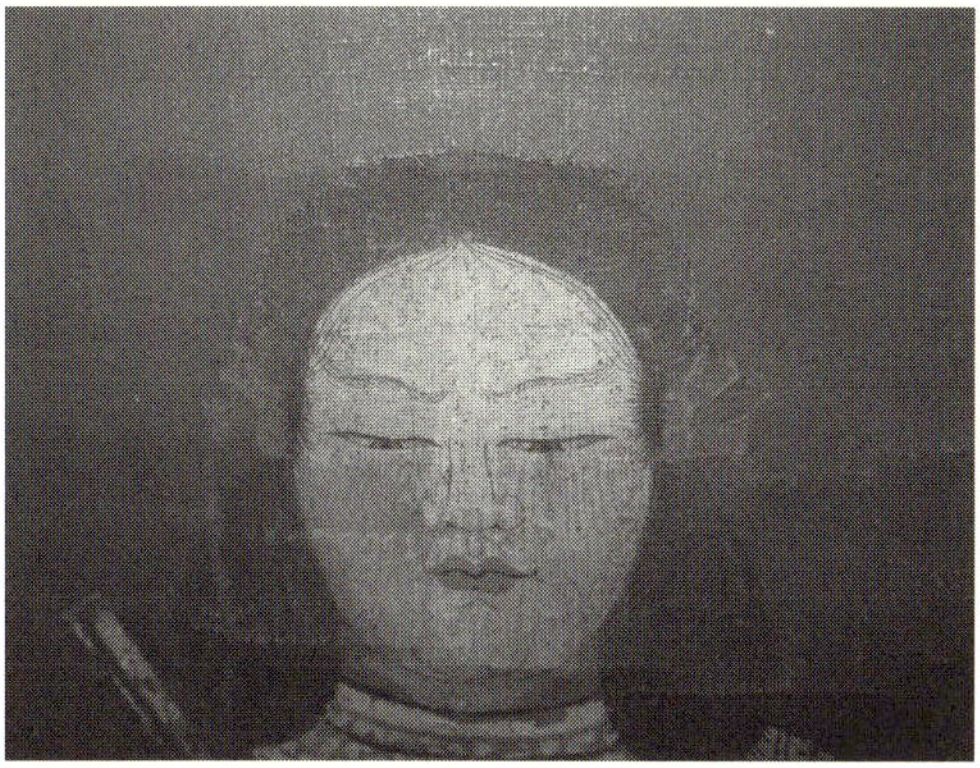

図3　聖徳太子六侍者像（部分）　信浄寺蔵

これまで見てきたとおり、両本に付された短冊や色紙型の技法は一致し、そこに書かれた墨書は一筆と認められる。また両本の背後に施された濃紺の画絹、縦横ともに細く均質な糸で織られた目の詰んだ良質な画絹が、両本で一致すると見て差し支えない。加えて太子の六侍者の稚拙な表情は後補かと思われるが、これを除くと太子や親鸞らの目鼻立ちの輪郭線は闊達で、同時代・同一筆者の手になると見て矛盾はない。両本とも技量を備えた優れた絵師の手になることは間違いあるまい。そこで、両本の描かれた当初の画面を復元してみよう。

まず聖徳太子六侍者像の画絹を改めて観察すると、画面下端の日羅および恵慈の短冊より下方の、長さ数センチの絹は後補である。この下端部の絹と同質の絹は太子の頭上にも認められ、太子左右の色紙型より上方で、太子の頭部の輪郭線の内側および太子の短冊を除いた部分から、

図4　聖徳太子・高僧連坐像　復元試案

画面上端の讃銘帯の下縁の文様帯の部分までが、同一の補絹であると認められる（図3）。すると本図の当初部分は上端の讃銘帯、および太子の短冊・頭部の輪郭線から日羅・恵慈の短冊下端までとなる。一方、高僧連坐像幅の後補部分は、下端の源信の色紙型下縁の輪郭線と源信・法然・親鸞の座具下端の輪郭線を繋いだ部分より下と判断され、加えて上端の讃銘帯の左右の縁および讃銘帯中央上方の画絹脱落部分も補絹と認められる。すなわち当初一幅に描かれていたであろう太子および高僧連坐像が、源信と太子の間で切断されて二幅に分けられ、当初の一幅の最下端にあった讃銘帯が太子の頭上に嵌め込まれたと考えることができる（復元試案＝図4）。このように想定すると、高僧連坐像幅の下端が色紙型と座具の輪郭線で凸凹に切断され、太子幅の太子の頭上が色紙型上端と太子の頭部・短冊の輪郭線でやはり凸凹に切られた理由が見えてくる。すなわち当初、太子の短冊の上半は源信左右の色紙型下端より上にあり、短冊の上端は源信の座具とほぼ接していたため、一直線では切断できなかったと考えられる。そこで試みに両幅の当初部分の画絹の縦を測ってみると、連坐像幅では画面上端から源信の座具の下端までが八六・七センチ、太子幅の讃銘帯が一六・九センチ、太子の短冊より日羅・恵慈の短冊下端までが六六・七センチ、これらを合計すると当初幅の縦寸は一七〇・三センチとなり、一七〇センチを優に越える大幅であったと想定される。

このように推定したのも、両本を合体したかのような高僧連坐像の遺品が他に複数現存しているからである。『真宗重宝聚英第八巻　高僧連坐像』に収録されている作例だけでも福島・康善寺本をはじめ三十四本が確認でき、そのうち諸尊の選択と配置が信浄寺両本に近く、上下に讃銘帯を有して縦寸が一三〇センチを越える大幅が、康善寺本のほか山梨・福源寺本、新潟・願生寺本、専福寺本、安福寺本、順照寺本、岡山・浄心寺本の七本数えることができる。そしてこのうち縦寸一七〇センチを越えるのは、安福寺本の一七四・一センチ、順照寺本の一七七・八センチのみで、真宗美術の中でも大画面を誇る光明本尊においてさえ、縦寸一七〇センチを越える作は滋賀・光台寺本（縦一八六センチ）など十指に満たない[10]。当初の信浄寺本がいかに大幅であったかが想像できよう。

以上述べてきたように、信浄寺両本は当初は一幅であり、高僧連坐像の範疇で捉えるべき作例であることが明らかになった。そこで次章では、連坐像幅に描かれた先徳を詳しく分析することにより、他の同様の遺品と比較しつつ、信浄寺本制作の背景と伝来について確認しておきたい。

二　高僧連坐像の遺品と信浄寺本の伝来

1　荒木門徒了尊門流の連坐像と光明本尊

前章で見たように、信浄寺本太子幅では太子の持物や髪型が通規とは異なるほかは、侍者の選択や配置、讃銘等は他の作例と共通していた。一方、高僧連坐像幅では源信の左右に聖覚と信空を表さず、明光以降の先徳としては明覚、了尊、空念、円鸞といった非佛光寺系の法系を表している。そうした了尊門下の先徳を表す新出作例が、最近いくつか報告されており、津田徹英・北島恒陽両氏によってその門流が明らかにされつつある。(11) 了尊・円鸞系、すなわち荒木源海門徒の流れをくむ明光の系統でありながら、非佛光寺系の遺品は表1掲載の諸本を含む十一点の存在が指摘されている。すなわち明光以下明覚、了尊、空念、円鸞と続く法系を表した作例は、信浄寺本のほか高僧連坐像では後述する安福寺本、天地の讃銘を欠失する滋賀・興敬寺本、愛知・運善寺本(12)が、光明本尊では三重・上宮寺本、同正泉寺本、滋賀・法光寺本、同深光寺本、同専光寺本、奈良・個人蔵本、そして絵系図としては茨城・西念寺旧蔵本の諸本が指摘されている。

表1　了尊門流の遺品

種別	所蔵者	時代・筆者	明光以下の先徳				
高僧連坐像	岐阜・信浄寺本	一四一五年 画工加賀守筆	釋明光聖人	釋明覺聖人	釋了尊聖人	釋空念	釋圓鸞
			釋明空	釋明真	釋圓源	釋源用	
	岐阜・安福寺本	室町前期	明光聖人	明覺聖人	了尊聖人	釋空念	釋圓鸞
			釋明尊	釋□□	釋明正	（不明）	
	滋賀・興敬寺本	室町前期	明光上人	明覺上人	釈了尊	釈空念	釈圓鸞
			釈明尊	釈明空	釈明實	釈明心	釈明正
			釈光圓	釈空寂			
	愛知・運善寺本	室町中期	明光聖人	明覺□□	了尊	空念	圓鸞
			明心				

	奈良・順照寺本（参考）	一三八四年 画工良円筆	釋明光	釋了源	釋了明	釋了義	
光明本尊	三重・上宮寺本	室町前期	明光聖人	明覺聖人	了尊聖人	釋空念	釋圓鸞
			釋明尊	（不明）	釋明正	釋正明	釋正尊
			釋圓空	（以下不明）			
	三重・正泉寺本	室町前期	釋明光	□□	釋了尊	釈空念	釈圓鸞
			釋明空	釋明性	釋明心	釋明實	釋明□
	滋賀・深光寺本（河内伝来）	室町中期	明光上人	明覺上人	釈了尊	釈空念	釈圓鸞
			釋明尊	**釋明空**	釈明心	釋明仚	釋明宴
			釋正□	釋明観			
	滋賀・法光寺本	室町中期	明光上人	明覺上人	了尊上人	空念上人	圓鸞上人
			釋明尊	釋圓海	釋明正	釋正明	釋正尊
			釋圓空	釋圓明	釋圓法		
	滋賀・専光寺本	室町中期	釋明光	釋明□	釋了尊	（不明）	釈圓鸞
			釋圓海	釋圓□	釋圓□	釋圓慶	釋圓生
			釋源圓	釋圓久			
絵系図	茨城・西念寺旧蔵本	室町中期			釋了尊	教真	釋圓鸞
			善空	釋圓海	覺賢	釋明尊	乗妙
			釋明正	（不明）			

まず明光の弟子・明覚の弟子であり、明光面授の弟子ともされる了尊は、弘長二年（一二六二）に親鸞の直弟西順が摂津国溝杭（現、茨木市目垣）に創建したと伝える仏照寺の、十四世紀半ば頃に住持を勤めていたと考えられている。建武三年（一三三六）には仏照寺へ存覚が下向したことが『存覚一期記』から知られ、十四世紀から十五世紀にかけては、了源が京都山科に創建した興正寺とともに、畿内における門徒集団の拠点の一つであった[13]。当初佛光寺派であった仏照寺は、蓮如の門弟教光の再興以降、現在に至るまで本願寺派に属している。そして室町初期、その仏照寺を上寺と仰いでいたのが近江国日野の興照（正）寺で、同寺は円鸞の開創と伝えられ、了尊の弟子である空念・円鸞の御影が同寺に祀られていたことが、応永二年（一三九五）の連判状に明記されている[14]。この後興照寺は、現大谷派の興敬寺と現本願寺派の正崇寺とに分流するが、その興敬寺が前に触れた高僧連坐像を伝えており、西念寺旧蔵の絵系図も、その原本が興敬寺に伝来していた可能性を津田氏が示唆されている。この興照寺も、室町前期における東近江の門徒集団の拠点となっていた。すなわち了尊・円鸞の法脈は、明光派の中でも京都を中心とした佛光寺系とは異なり、畿内近国へ教線を拡大していったと想定されている。

ここで信浄寺本に立ち返ってみると、明光以下明覚、了尊、空念、円鸞の四人が描かれ、その後に明空と次第している。前述した諸本のうち、明空を描くのは高僧連坐像では興敬寺本のみ、光明本尊では正泉寺本と深光寺本の二本である。ただし他の遺品を通覧すると、円鸞に次いで描かれるのは明尊が大半を占めている。加えて明空を描く興敬寺本と深光寺本では、円鸞と明空の間に明尊を描いているのは注意を要する。この「明尊」なる先徳は、明光が西日本布教の拠点とした広島県山南の光照寺に関連する法宝物、すなわち親鸞聖人絵伝一幅・法然上人絵伝三幅・絵系図一巻に名前を残す「明尊」とは、年代が若干異なり別人かと思われる。一方、佛光寺系の絵系図ではあるが、滋賀・光照寺本では了源・明心・源明に続いて、明尊と明空が連続して上段に描かれている[15]。この二人も別人である可能性はあるが、光照寺本絵系図と先徳の世代が近い信浄寺本と正泉寺本では、円鸞と明空の間の明尊を省略したことが考えられる。一方、安福寺本連坐像では、明尊と明正の間に位置する先徳の短冊が消されているが、この明正は興敬寺本連坐像のほか上宮寺本・法光寺本光明本尊、西念寺旧蔵本絵系図にも描かれており、当初は安福寺本の消された短冊に明空の名が記されていた可能性が考えられる。そして信浄寺本にのみ見られる「明真」は、興敬寺本をはじめ運善寺本高僧連坐像、正泉寺本・深光寺本光明本尊に描かれる「明心」と音通するが、「明心」は先述した光照寺本絵系図では明心が明尊より先に登場することから、明真と明心は別人とすべきであろう。そして信浄寺本にのみ現れる「圓源」は、前述した興照寺継職をめぐる連判状に登場する「円源」と同一人物かと思われる。[16]そこで次節では、これまで詳細に論じられることのなかった安福寺本連坐像について概観する。

2　岐阜・安福寺の高僧連坐像

前章では信浄寺本と同様の形態をとる大幅の高僧連坐像を七点確認したが、このうち了尊・円鸞系の先徳を描いた作例は、天地の讃銘を欠失する興敬寺本と、特殊な構図をとる運善寺本を除くと、この安福寺本のみであった。そして親鸞以下の先徳の数は、安福寺本が信浄寺本と同じく十六名であるのに対し、運善寺本では十四人、興敬寺本では十九名を数えることからも、ここでは安福寺本（図5）について詳しく見ていきたい。

岐阜市の西方、養老郡養老町室原に立つ光雲山安福寺は、行基が河内国安宿郡に建立した畿内四十九院の一寺であったが、文明八年（一四七六）に当地へ移転したと伝え、[17]現在は真宗大谷派に属する。実際、大阪府柏原市玉手町に、行基開基を伝える玉手山安福寺が立ち、現在同寺は浄土宗で本尊は阿弥陀如来。真宗大谷派の先啓が明和八年（一七七二）に著した『大谷遺跡録』によると、[18]行基開創の安福寺は建長六年（一二五四）、在地の領主多田光雲が親鸞の門弟慶西（一二〇三〜七七）を招いて再興したという。その後六代目の法西の時に堂舎を建立するが、文明八年に寺基を美濃国室原に移し、河内の安福寺は光西が継職、信長による焼討ち後の荒廃期を経て、寛文十年（一六七〇）に浄土宗寺院として復興されたという。美濃の安福寺伝来で中世に遡る遺品としては、これから述べる高僧連坐像のほか、室町前期の絹本着色聖徳太子略絵伝一幅[19]と室町末期の絹本着色阿弥陀三尊来迎図一幅がある。おそらく連坐像と略絵伝の二本は、河内時代に制作された遺品かと推定されよう。その高僧連坐像[20]は絹本着色、一副一鋪の掛幅装で、縦一七四・一センチ、横五三・二センチと、復元を想定した信浄寺本とほぼ同じ法量を有す。天地の讃銘の周縁部の剝落が目立つが、色紙型も含めてその内容は通規と異ならない。

　下方の太子は高僧連坐像や光明本尊に通有の姿で、両手で柄香炉を持つ垂髪童形像に表され、背障付きの礼盤上に真向きに立つ。本紙では天地の讃銘のほか太子の面部や体軀のみ剝落が目立ち、頭部の下書き線が一部露出して

図５　高僧連坐像　岐阜・安福寺蔵

いるが、わずかに残る描き起こし線は朱線を用いており、他の諸尊では輪郭線は墨線で描き起こす。太子は袍衣に袈裟と横被を懸けて袴を着けるが、朱地の袍衣には信浄寺本にも見られた金泥による鳥丸文が散らされ、興敬寺本の太子と同様に、これらは同一工房の制作との推定がなされている。太子の左右の六侍者も信浄寺本と同様の顔ぶれで、着衣の彩色も共通する(21)。

太子の頭上には背もたれ付きの礼盤上に正面を向いて坐す源信を描き、その上方左右には椅子上に坐す法然と礼盤に坐す親鸞を、向かい合わせに表す。以上三者の像容や座具などは信浄寺本と一致し、源信の左右に法然の弟子である信空と聖覚を描かない点も共通している。親鸞に続く先徳は、通例のように真佛・源海・了海・誓海・明光が描かれ、その後は信浄寺本と同じく明覚・了尊・空念・円鸞と次第する。前述したように円鸞の後に続くのは明尊で、短冊の墨書が消された「釋□□」を経て明正が描かれ、安福寺本制作の願主であったと思われる最後の先徳は、残念ながら短冊に墨書は見当たらない。この最後の二人の短冊の尊名が読めないのには、制作当初の事情があるようだ。すなわち現状で「了尊聖人」と墨書される短冊は、元来は最上段に小さく描かれた願主かと思われる先徳の位置にあった。また最上段中央に「釋明正」と短冊が付された先徳は、元来「釋□□」との短冊に左肩が懸かり、結果としてこの短冊は像主不明となってしまっている。するとこの短冊は、その真下に描かれる先徳に付属すべきで、現状この先徳の名前が不明となっている。以上の事情を勘案すると、最上段のこの二先徳は制作段階で急遽追加されたと見るべきで、発願段階の明光以後の先徳は、現状で「釋明尊」と短冊が付される左上端までの七名と考えるべきであろう。発願後、安福寺本が完成するまでの間に本来の願主が亡くなるかして、安福寺本の完成段階での願主が最上段左に小さく加えられた先徳ではないか、という推測が成り立つ。

このような火急の状態で完成した安福寺本は、現状で「了尊聖人」が「釋圓鸞」より上方に描かれるなど、短冊

図６　高僧連坐像（部分、明空）信浄寺蔵

図７　高僧連坐像（部分）　安福寺蔵

銘に混乱が生じているようである。すなわち明光以降の短冊銘が本来とは齟齬があるようで、法脈から本来記されるべき先徳名の一案を示してみたい。明光までは正しい短冊が付されていると考えられ、明光の左後方、短冊下方が消されている先徳が明覚、明光の右後方、現状で「釋圓鸞」と記されるのが了尊、了尊と左右対称の位置で上段から二段目の「明覚聖人」と記されるのが空念、明光の真後ろで現状「了尊聖人」と墨書されるのが円鸞、最上段右端で現状「釋空念」と記されるのが明尊、画面左上端の「釋明尊」と現状で記されるのが、尊名不詳で元来の願主かと想定できようか。そして最上段中央に追加された先徳が、短冊名どおり明正かと考えられ、最後に付加されて、余白に小さく描かれた先徳が、名称不詳の最終的な願主とは考えられまいか。このように考えた場合、前節にて尊名不詳の先徳が明空である可能性を指摘したが、安福寺本の尊名不詳の先徳は左上端の像となる。この像のやや頬骨の張った幅広の面部、鷲鼻に近い壮年の相貌（図６・７）は、信浄寺本の明空と相通ずるとは言えまいか。

もしこれが認められるのならば、安福寺本の本来の願主は、信浄寺本にも描かれる明空とすることが可能であろう。

次に諸尊の座具は、真佛から誓海までは確実に礼盤とすることがわかるが、これより上は諸尊の重なり合いにより確認できない先徳が多い。ただし短冊に記す円鸞と明尊の礼盤の一部が見えることから、これ以外の先徳も礼盤に坐していると推定される。また明光以降の先徳は、信浄寺本と同様に法衣の襟元に彩色が施されている。明光と明覚は群青、了尊と空念、円鸞は朱、明尊と明正、尊名不明の先徳は茶褐色、最後の願主は緑青に賦彩され、色彩に乏しい画面上方に色付けし、また諸尊を区別しようとする意図が明確に窺われる。また諸尊に付された短冊は、白地に墨書しており、輪郭は大半が欠失しているものの一部に切金が残っている。

以上概観してきたように安福寺本と信浄寺本は、ともに真佛以下十三名の先徳を表し、そのうち円鸞までの九名または明空までの十名が共通して描かれている。各先徳の尊称の付け方についても、了尊までは「聖人」号を付し、空念以下は「釋」号のみとする。全体の構成や讃銘もほぼ一致し、法量も近い大幅である。ただし明正以下の先徳は異なり、安福寺本の諸尊の賦彩はより鮮明に残っており、面部の輪郭線も闊達に描かれているように見受けられる。ただこうした印象は信浄寺本の薫染が進行しているのが要因かと思われ、安福寺本では剥落が進んでいる太子の面相は、信浄寺本では凛々しい目鼻の輪郭線が確認できる（図3）。また太子の袍衣に散らされた鳥丸文、明光以降の先徳の襟元に賦彩する手法、そして白地に切金で括った短冊の技法も信浄寺本と一致している。ただし安福寺本の先徳数は、発願当初は信浄寺本より二名少ないと想定されることから、制作は安福寺本の方が若干先行すると思われるが、具体的な制作年代の推定は四章にて述べることにしたい。

3　信浄寺本の制作と伝来

ここでは信浄寺本に立ち返って、太子幅の裱背に貼付された裏書の内容から、信浄寺本の願主と伝来について確認しておきたい。その裏書は絹本に墨書され、現状で縦四八・九センチ、横一九・〇センチを測る（図8）。

皇太子聖徳幷血脈先徳真影
　　應永廿二年五月乙未
　畫工加賀守
　願主釋源用
　攝州矢田部□
　谷上村本尊

また、二幅を納める木箱蓋の表裏には以下の箱書がある。

上宮皇太子　　應永廿二乙未年五月画工加賀□
　御真影　裏書云　摂州矢田辺郡谷上寂照寺
十六躰連座　　本尊　　願主　源用
（裏面）
　文政三庚辰年二月
御修補　　野田現主了道

これによると信浄寺本は、応永二十二年（一四一五）五月に「画工加賀守」が描き、願主は連坐像幅にも描かれる源用で、摂津国「矢田部郡（八部郡）谷上村」の寂照寺の本尊として祀られたことが知られる。裏書には「寂照

図8　聖徳太子六侍者像裏書　信浄寺蔵

寺」の名前は見えないが、文政三年（一八二〇）に箱書きを記した段階で後述の「旧記」を参照したのであろうか。信浄寺本の筆者と制作年代については、次章以降にて改めて述べることとして、ここでは願主と当初の伝来について考えてみたい。

摂津国で発願、安置された画幅が美濃国の信浄寺に伝来した事情については、『加納町史　下巻』[22]に引く信浄寺の「旧記」から明らかになる。それによると当寺の初代源用は、「摂津国谷田部郡（八部郡）谷上の太子堂」（寂照寺）に住んでいた。応永二十二年、本願寺の第三世覚如（一二七〇〜一三五一）が巡化した際、「十六躰連座御影」を画工「加賀守光重」[23]に描かしめ、自ら讃銘を書いて源用に与えたという。その後文明年間（一四六九〜八七）二代源誓の時、摂津巡化中の本願寺第八世蓮如（一四一五〜九九）が「六字尊号」を書いて源誓に授与した。現在信浄寺には、蓮如筆と伝える六字名号が二幅伝わるが、次に述べる方便法身尊像（阿弥陀如来像）と六字名号のうち一幅を納めていた木箱には、蓮如が名号を認めたのは文明九年(一四七七)九月としている。(24)そして第三代教順は、明応五年(一四九六)、蓮如による石山御坊建立に際し、谷上の道場を摂津国西成郡野田村に移したとする。その際に蓮如から源誓に下付された方便法身尊像が、六字名号一幅と共箱になる木箱とともに信浄寺に残されている。この方便法身尊像は裏書を伴い、現状では判読が困難ながら蓮如の署名が記され、明応五年、摂州西成郡野田村信浄寺の源誓に宛てられている。(25)降って第五世了念(一五七五~一六四一)は、本願寺第十二世准如(一五七七~一六三〇)が岐阜に建立した西野御坊(別院)を元和元年(一六一五)に託されていた。その後了念は寛永四年(一六二七)、加納町に草庵を建立して寂照山信浄寺と号して寺基を移したという。そして文化五年に六字名号と方便法身尊像を、文政三年に「連座御影」を修復したのが、当寺十一世了道であった。

以上「旧記」に記された当寺の第一世源用および第二世源誓については、当寺に伝来した連坐像および六字名号、方便法身尊像から得られた情報をもとに寺記としたと考えられる。したがって覚如が連坐像の讃銘を記して源用に与えたとの伝は、信浄寺本に描かれた先徳の門流から判断してあり得ないことで、当寺が信浄寺と改名して本願寺に帰入して以降に創作された伝承と言えよう。すなわち当寺の草創については、高僧連坐像自体とその裏書のみが基本史料となるので、裏書に記された摂津国谷上の「寂照寺」の痕跡からも探ってみたい。谷田部郡(八部郡)谷上村は、現在の神戸市北区山田町に含まれ、裏六甲を西に流れる志染川の谷間の有馬街道沿いの地域で、摂津国でも最西端に位置する。現在この地域に「寂照寺」を見出すことはできないが、神戸電鉄有馬線谷上駅の北東の山沿い、山田町上谷上畑開地に浄土真宗本願寺派に属する衆宝山浄光寺が立っている。当寺は寛永二十年(一六四三)に聖徳太子像・三朝高僧絵像を下付された「仏照寺門徒摂州矢田辺郡丹生山田上谷上村惣道場」(『御影様之留』)(26)に相当すると考えられている。もしこれが事実とすれば、信浄寺本に描かれた了尊が仏照寺所縁の先徳であり、その弟子筋に当たる空念・円鸞の御影を祀っていた興照寺は、本寺を仏照寺としていたこととも符合する。またかつてここに祀られていた聖徳太子像・高僧連坐像が、寛永四年（一六二七）以前に野田または美濃の信浄寺に移されたとすれば、寂照寺（浄光寺）が同二十年に太子像と高僧像の下付を受ける必要があったこととも矛盾しない。

東近江に興照寺を開いた円鸞の後、明空、明真、円源を経て、源用が摂津の西端に道場（寂照寺）を建てて連坐像の制作を発願したのだが、同じ円鸞の弟子筋に当たる明尊の弟子（明空か）は河内国安福寺にて、やはり連坐像の制作を発願していた。加えて明空の後嗣筋に当たる空寂は興照寺の後身たる興敬寺の連坐像制作を発願し、後述する光明本尊では、同じく明空の弟子筋の明□が伊勢国正泉寺本の、明観は河内国にて現深光寺本の制作を発願している。すなわち明尊の弟子筋は、近江・伊勢・河内・摂津といった畿内近国の各地の道場で、連坐像や光明本尊の制作を指揮していたことが窺える。

連坐像を制作せしめた源用の後嗣となった源誓は、本願寺蓮如の門下に入り、その後嗣の教順は同じ摂津国の南部に当たる野田の地（現、大阪市福島区）の道場（信浄寺）に、十五世紀末に移ったという。石山本願寺から数キロの距離にあったこの道場は、当地の本願寺門徒の拠点となったようで、天文二年（一五三三）、本願寺第十世証如（一五一六〜五四）が当地を訪れた際に佐々木定頼らの兵に襲われたが、証如を救って討ち死にした二十一人の門徒が、野田の門徒衆であったと推定される。その功績が後に顕彰されて野田の道場は野田御坊と称され、現在二十一人の墓がある福島区玉川四丁目の地に、極楽寺（大谷派）と円満寺（本願寺派）が立つ[27]。その野田の道場の了念が、江戸時代に入って岐阜に移り信浄寺を建立したと伝え、西摂谷上の地（寂照寺）で祀られた高僧連坐像が、大坂の野田の地を経て岐阜に伝えられたと推定されよう。

三　信浄寺本の裏書と制作年代

1　裏書に記された筆者と制作年

信浄寺本の裏書には、伝来を示す内容に加えて、応永二十二年（一四一五）の年紀と「畫工加賀守」の筆者名が記されていた。室町初期の制作年については、一章で概観した信浄寺本の技法と表現、そして二章で見た安福寺本との比較からも、概ね妥当ではないかと考えられる。ところが最近、中世後期の真宗絵画、とくに光明本尊の裏書について、一概に信用すべきではないとの意見が小山正文氏から出されている(28)。筆者も小山氏の指摘には同感で、こうした裏書については慎重に吟味する必要があろう。そこで小山氏が指摘した裏書を有する光明本尊を中心に、信浄寺本に通じる内容をもつ作例を拾い出しておきたい。すなわち十四世紀後半から十五世紀に制作された紀年銘と筆者銘を有する作例は、高僧連坐像も含めて表2のとおりである。

これを通覧すると、⑩の善性寺本を除く七本の光明本尊は、作風から判断してそれぞれの裏書に記された制作年を、文字通り受け入れることはできない。また小山氏が指摘されたとおり、ここには掲げなかった滋賀・光台寺本および同仏巌寺本光明本尊が、文正元年（一四六六）に「画工蔵人吉本」が描いたと認められるほかは、修復銘を有する光明本尊は、すべて裏書をそのまま信用できないことになる。するとこれらの裏書が記された近世において、十四世紀後半から十五世紀前半にかけての光明本尊の記録、例えば『存覚袖日記』のような史料が存在していたのであろうか。そうした状況の中、⑥の順照寺本および⑧の信浄寺本高僧連坐像の裏書を、いかに理解すべきかが問題となろう。両高僧連坐像の作風を詳細に分析すべきであるが、その前にこうした諸作例の裏書に多数記され

表2　筆者銘を有する光明本尊と高僧連坐像

番号	所蔵者	制作年銘	修復年銘
①	奈良・平楽寺本光明本尊	文和元年（一三五二）「画工法橋良円之筆」	永禄3年（一五六〇）修復「画工加賀守右京亮光定筆」
②	滋賀・西通寺本光明本尊	文和5年（一三五六）「画工法橋良円之筆」	明応5年（一四九六）修復「画工加賀守右京亮光定筆」
③	滋賀・光源寺本光明本尊	延文3年（一三五八）「画工隆円筆」	
④	愛知・法蔵寺本光明本尊	康安元年（一三六一）「画工参河守浄覚筆」	永正15年（一五一八）修復「画工加賀守家久筆」
⑤	滋賀・光福寺本光明本尊	貞治4年（一三六五）「画工法眼□□□」	文明9年（一四七七）修復
⑥	奈良・順照寺本高僧連坐像	至徳元年（一三八四）「画工法眼良円之筆」	文明5年（一四七三）「奉修複之」
⑦	滋賀・仏道寺本光明本尊	応永5年（一三九八）「画工加賀権守入道□□□」（理円筆カ）	永禄7年（一五六四）「奉修覆」
⑧	岐阜・信浄寺本高僧連坐像	応永22年（一四一五）「画工加賀守」	
⑨	京都・昌蔵院本光明本尊	応永27年（一四二〇）「画工　加賀権守入道理円筆」	永正18年（一五二一）修復「画工　沼津新左衛門尉　勝　筆」
⑩	滋賀・善性寺本光明本尊		文明5年（一四七三）修復か、「画工参河守入道浄覚筆」

た作者名については、若干検討を加える必要があろう。

前記した十本の光明本尊および高僧連坐像の裏書で目を引く作者が、祇園社絵所に属していたと想定される絵師たちである。まず③の光源寺本に記される「隆円」である。隆円は鎌倉末期から南北朝期にかけて、祇園社絵所に属していた絵師であることが知られ、(29)真宗系の遺品としては存覚の指導のもと、明光の法弟明尊が願主となって建武五年（一三三八）に描いた親鸞聖人絵伝一幅・法然上人絵伝三幅（広島・光照寺蔵）がある。また①平楽寺本および②西通寺本光明本尊の裏書、そして⑥順照寺本高僧連坐像の裏書に登場する「良円」である。良円も祇園社の大絵師であったことが確認でき、他に晩年の存覚の寿像を応安五年（一三七二）に描いた遺品が京都・常楽臺に伝わっている。加えて良円は貞治四年（一三六五）二月に法眼位であったことが知られることから、(30)⑤光福寺本光明本尊の裏書にも同年「画工法眼良円筆」とあった可能性が高い。また⑦仏道寺本および⑨昌蔵院本光明本尊の裏書に記される「加賀権守入道理円」についても、「円」字を隆円・良円と共有していることから、祇園社絵所の一派であった可能性が指摘されている。(31)そして理円の活躍期が十四世紀末から十五世紀前半になり、良円の後嗣と考えて矛盾はない。

作者名としてもう一点注目すべきは、修復銘も含めて通覧すると「加賀守」「三河守」といった特定の国守名を冠した作者名が、頻繁に登場することである。とくに「加賀守」は信浄寺本の筆者にも冠せられ、信浄寺本の絵師を特定するに際して重要である。次章でも述べるように、「加賀守」は「理円」という名の絵師に加え、十五世紀において非真宗系の遺品を残す絵師でもあり、室町期の絵画史の上でも重要な意義を有すると考えられる。そこで次節では、理円の先代絵師かとも想定される良円が描いたとされる、順照寺本高僧連坐像を確認しておきたい。

2　奈良・順照寺本連坐像とその比較

前節では光明本尊を中心に、制作年等を記した裏書を有する作例を概観したが、ここでは高僧連坐像に目を移したい。管見の限りこれから述べる順照寺本および信浄寺本以外では、裏書等を有する高僧連坐像の作例は数少なく、蓮如が下付した親鸞・蓮如（一例のみ存如）連坐像を除くと表3の五例にすぎない(32)。これらの裏書や画面上の墨書は、光明本尊の場合とは異なり作為は感じられず、ほぼ墨書とおりの内容と認められている。そうした中にあって、前節で指摘した⑥順照寺本の裏書は、制作年と筆者、そして修復年まで記しており、この内容を早島有毅氏は疑問視されている。

順照寺は近鉄南大阪線高田市駅の西方、大和高田市の市街地に程近い礒野町に立ち、現在は真宗興正派に属する。順照寺本（図9）は一副一鋪の画絹に描いた絹本着色本で、現在は改装されて額装に仕立てられている。縦一七七・八センチ、横五九・九センチを測る縦長の大幅で、天地の讃銘とその周縁部の文様帯も含め、鮮明な賦彩が

表3　制作年銘を有する高僧連坐像

番号	所蔵者	制作年銘
❶	奈良・圓光寺本和朝高僧先徳連坐像	応永□□（十八ヵ）年（一四一一ヵ）：修復裏書
❷	大阪・万福寺本和朝高僧先徳連坐像	寛正4年（一四六三）：蓮如裏書
❸	岩手・個人蔵本和朝太子先徳連坐像	明応3年（一四九四）：修復裏書
❹	香川・西善寺本和朝太子先徳連坐像	永正17年（一五二〇）：画面左下端墨書銘
❺	福島・善性寺本和朝高僧先徳連坐像	天文10年（一五四一）：画面左上墨書銘

図9　高僧連坐像　奈良・順照寺蔵

よく残る。天地の讃銘は信浄寺本や安福寺本と同様で、その周縁部は群青地に彩色と切金で蓮華唐草文が表される。太子および源信の左右に配された色紙型の讃銘も通有で、諸尊に付された短冊は切金で縁取られ、白地に尊名が墨書される(33)。

画面下方には両手で柄香炉を持つ垂髪童形の太子を大きく描き、背障付きの礼盤上に真向きに立つ。太子の足元左右には通例の六侍者を配し、妹子・馬子・日羅・学哿・阿佐・恵慈の配置や表現は安福寺本や信浄寺本と共通する。太子の頭上には源信および法然を配すが、法然の左右に聖覚と信空を表す点は安福寺本・信浄寺本とは異なる。法然と向かい合う親鸞と背後の真佛は、源信と同様に礼盤上に坐すが、源海以下の先徳は高麗縁の上畳に坐す。真佛・源海・了海・誓海・明光・了源・了明と佛光寺系の先徳を表し、画面左上の了義で終わる。明光以下の先徳は四名と少なく、真佛以降はすべて「釋」号のみとする。諸先徳は鈍色の法衣に吊袈裟を着し、朱の珠を白糸

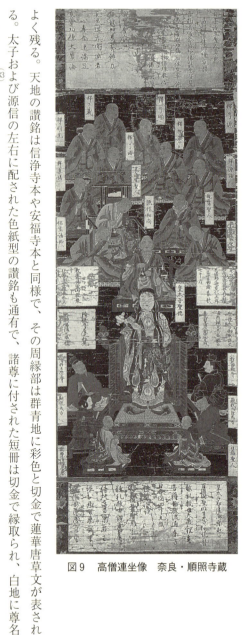

で連ねた念珠を両手で持つ。諸尊の表情はそれぞれ生彩に富み、肉身の輪郭線は朱線（現状で赤茶色）で描き起こす。

さて順照寺本の額裏には、現在次のような裏書が貼付されている（図10）[34]。

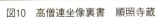

順照寺什物（別筆）
至徳元歳甲子三月一日
皇太子并和朝先徳等真影
畫工法眼良圓之筆也
願主釋法性
于時文明五年癸巳十二月二日奉修複（マヽ）之

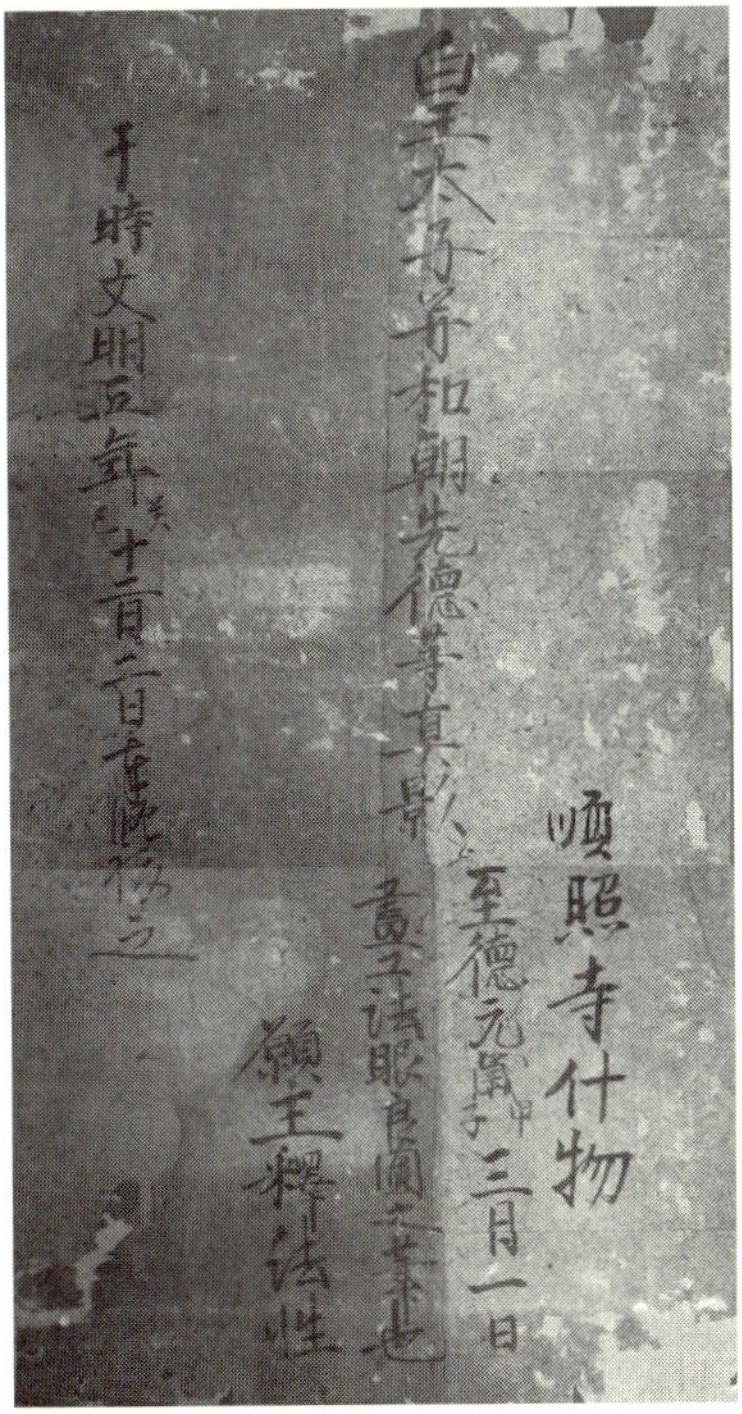
図10　高僧連坐像裏書　順照寺蔵

この裏書は、最終行の修理墨書も同筆と認められることから、文明五年（一四七三）の修復時以降に制作当初の裏書を写しとったと考えられる。それによるとこの順照寺本は、法性が願主となって至徳元年（一三八四）に法眼良円が描いたことになる。まずは至徳元年という制作年であるが、前節で見た光明本尊とは異なり、順照寺本を十四世紀後半の作とするのに問題はなかろう。これまで見てきた信浄寺本や安福寺本に比べても、諸先徳の顔貌を微妙に描き分けた筆致、発色のよい鮮明な賦彩、肉身や着衣の随所に施された色暈、讃銘周縁部に施された切金を併用した精彩な文様など、順照寺本を南北朝期の作と見て間違いあるまい。ことに恵慈と諸先徳の法衣に施された段暈風の色暈は、やや形式化しているとは言え、会津光照寺本や岩手・本誓寺本光明本尊といった、鎌倉末期から南北朝期の作例にも見受けられ[35]、体軀の立体感を表すのに有効な手法となっている。また肉身の輪郭線に色線を用い、太子の袍衣に施された鳥丸文はいまだ形骸化しておらず、細部の表現も南北朝期の作とするのを首肯させる。

このように考えた場合、順照寺本の裏書は画工や願主も含めて事実を伝えていると想定できよう。筆者とされる法眼良円については次章で述べることとし、ここでは願主とされる「法性」について触れておきたい。順照寺本では最上部の先徳として「了義」が描かれるが、「法性」の姿は見えない。「法性」は順照寺の開基かと想定されるが、ここに描かれた「了義」の弟子である可能性がある。また大阪・光用寺本絵系図[36]には、上段に右から了源・教真に続いて「法性」が描かれている。「法性」が佛光寺の了源の二代後に表されることからも、光用寺本に描かれた「法性」と順照寺本の「法性」が同一人物である可能性を想定できよう。

四　信浄寺本連坐像の筆者とその位置づけ

1　絵師「加賀守」をめぐって

これまで遺品が指摘されている「加賀守」は、十五世紀に非真宗系の二作例を残した画家として知られている。まずは大分・宇佐神宮の神輿障子絵全十二面のうち、宇佐神宮所蔵の二面と京都・細見美術館所蔵の二面の計四面を描いている。この四面は、徳治二年（一三〇七）に制作された残り八面のうちの四面をもとに、応永二十七・二十八年（一四二〇・二一）に復元した作例で、「応永御造営記」の記載から「絵所加賀守」の筆になることがわかる。この障子絵を紹介された関口正之氏[37]は、「加賀守は宮廷絵所に所属する大和絵の絵師であったと推定され」ている。

残る作例を描いた「加賀守」は、京都・海住山寺の本堂壁画二面を描いた「絵師加賀守」である。この壁画は本堂須弥壇の左右に嵌め込まれ、約二メートル四方の板壁に描かれた補陀落山浄土図と十一面観音来迎図である。「補陀落山」図の背面に記された墨書によると、文明五年（一四七三）に「絵師加賀守」が描いたとしている。以上の両者は描かれた年代に五十年余りの開きがある上、神輿障子絵が徳治の原画を模した遺品であり、応永という時代性や絵師の個性が発揮されにくいことから、両者の「加賀守」をにわかに同一人物と判断するわけにはいかないとされている[38]。とくに神輿障子絵は応永年間後半という、信浄寺本ときわめて近い時期の制作だけに、両者の作風の比較などが必要かと思われるが、障子絵が復古的なやまと絵であり信浄寺本が高僧像と、比較が困難であることは惜しまれる。

次に指摘すべき「加賀守」は、前章で触れた光明本尊の裏書に見られる「加賀権守＝理円」である。すなわち仏道寺本および昌蔵寺本光明本尊の裏書に記される「画工　加賀権守入道　理円」である。両本ともに、理円が実際に十四世紀末から十五世紀初頭に描いた作例とは考えられないことは前述したが、当時「加賀権守入道理円」と名乗る絵師が活躍していたことは事実であろう。この理円は、隆円―良円―理円と続く祇園社絵所の絵師と考えられ、十四世紀において祇園社絵所の絵師が真宗関係の作画を多数担っていたことを考慮すると、信浄寺本の「加賀守」が理円と同一人物である可能性は充分考えられよう。というのも、前節で述べた順照寺本が、裏書に記すとおり良円の作と考えられることから、これとほぼ同規模の高僧連坐像である信浄寺本が、良円の後継者かと思われる理円の作とみなすことは許されるのではあるまいか。ただし信浄寺本が描かれた五年後に、神輿障子絵を描いた絵師が「加賀守」を名乗っているのは不審であろう。そこで着目すべきは、観応二年（一三五一）に西本願寺本慕帰絵を描いた「因幡守藤原隆章」と「摂津守藤原隆昌」が、ともに宮廷絵所預に任ぜられていた当時一流の絵師であり、なおかつともに「祇園社大絵師職」に任ぜられていたことである。(39)「祇園社大絵師職」は貞治四年（一三六五）までには隆昌から良円に引き継がれており、(40)関口氏が指摘されたように障子絵を描いた「加賀守」が宮廷絵所の絵師であれば、両者の「加賀守」が同一人物である可能性が出てこよう。両者の遺品の作風からこの点を補強するのは困難ではあるが、少なくとも当時の宮廷絵師は、祇園社絵所と接触する機会は多かったと想定される。もし仮に両者が別人であったとすれば、信浄寺本を描いた「加賀守」が、応永二十七年までの間にその官職名を障子絵の筆者に譲ったのかもしれない。いずれにしても信浄寺本の筆者である「加賀守」は、祇園社絵所の有力な絵師であったと推定できよう。(41)

このように考えると、これまで指摘されてきた太子の袍衣の鳥丸文が祇園社絵所で継承されてきた特殊な文様であり、これを用いた諸作例と祇園社絵所との関連も考慮すべきであろう。というのも、この鳥丸文を用いた光明本尊としては唯一の作例が滋賀・光福寺本であるが、光福寺本は前記したとおり、貞治四年に良円と推測される絵師が描いたとの裏書を有することもその傍証となろう。すると太子にこの文様が表され、了尊・円鸞系の先徳を配した安福寺本や滋賀・興敬寺本は、祇園社絵所の関与を考える必要があろう。

また先徳の襟元に朱や群青といった賦彩がなされる作例が、高僧連坐像のみならず複数の光明本尊にも散見されることは前述した。こうした作例の比較的古い作例が安福寺本・信浄寺本であり、光明本尊では了尊・円鸞系もしくは明光門流の備後の作例[42]に見られるが、襟元に賦彩する手法についても、絵所や画派との関わりから究明することができるかもしれない。

一方、信浄寺本の太子が真宗系の遺品に通有の垂髪童形像の図像ではなく、四天王寺本太子四侍者像と同じく角髪を結い、笏と柄香炉を持物とする点は、祇園社の絵師なればこそ非真宗系の図像にも精通していたことが想定される。こうした真宗系としては特殊な太子の図像は、十五～十六世紀の複数の光明本尊の遺品にも見受けられ[43]、複数の画派が真宗の作画活動を担っていたであろうことが想像される。中でも昌蔵院本光明本尊の太子は、角髪を結って両手で柄香炉を執るが、「加賀権守入道理円」が応永二十七年（一四二〇）に描いたとする裏書を有する点は注目される。祇園社に属する絵師であったからこそ、型にはまらない太子の図像をも採用していたと考えられよう。

2　信浄寺本の有する意義

以上縷々述べてきたように、信浄寺本を真宗内で制作された高僧連坐像の早い作例として捉えてみた。その中でも当初の信浄寺本は、安福寺本・順照寺本と並ぶ本格的な大作であり、近年解明が進みつつある了尊・円鸞系の法脈を表した遺品の一つであり、その法脈に連なる源用が西摂谷上道場に祀るべく制作されたことが明らかとなった。一方、安福寺本は信浄寺本に先立って、南河内の地に祀られるべく制作されていた。この点は了尊・円鸞の法脈が、十四世紀末から十五世紀初頭には、確実に南河内・西摂の地域に及んでいたことを示している。

また信浄寺本は応永二十二年（一四一五）という制作年が明らかとなり、高僧連坐像の数少ない基準作例として位置づけられる。光明本尊の裏書に記された制作年の大半が信用すべきではないとされる中、信浄寺本が室町前期の確実な紀年銘作例として加えられたことは、光明本尊や高僧連坐像の制作年代を推定するに際して大きな意義を持つと考えられる。これに加えて順照寺本も、至徳元年（一三八四）という制作年が与えられたことで、南北朝～室町前期の初期真宗美術の解明の一助になることは間違いあるまい。例えば本小論で述べた安福寺本は、順照寺本と信浄寺本のほぼ中間、一四〇〇年前後の制作と推定できよう。

そして信浄寺本は「加賀守」という絵師が描いた作例であることが明らかとなった。「加賀守」が、宇佐神宮の神輿障子絵を描いた宮廷絵所周辺の「加賀守」と同一人物とは断言できないものの、祇園社絵所の絵師・隆円、良円の後裔である理円と同一人物と考えてみた。順照寺本の筆者である良円の作と併せ、祇園社に属する絵師の現存遺品二例が加わったことになり、祇園社絵所の実態究明の一助になることが期待されよう。中でも理円はこれまで、光明本尊の裏書に名前を残すのみで、実際の作例は確認されていなかった。今後は宮廷絵師と推定される「加賀守」と理円との関係を究明すると同時に、理円のみならず隆円・良円の名前を裏書に留める光明本尊について、これらの作例に何故に祇園社の絵師の名前が付与されたのか、作風や表現の面からも解明を試みる必要があろう。

そこで細部の特殊な表現について言及すると、まず信浄寺本の太子の特殊な図像、すなわち垂髪とせず角髪に表す作例として石川・林西寺、同個人蔵、京都・徳正寺、同昌蔵寺、大阪・慧光寺の光明本尊五本を指摘した。次に順照寺本の着衣に表された段暈風の色暈に関して、これに通じる後世の光明本尊として、新潟・長泉寺、林西寺、徳正寺、奈良・平楽寺、慧光寺の五本を指摘した。ここで注目すべきは、この双方の特徴の合致する作例が林西寺、徳正寺、慧光寺の三本であるが、この三本はいずれも他に例を見ない沙弥信海伝の讃銘を記していることが指摘されている(44)。こうした特殊な光明本尊の作例と、画派や絵所との関連性が考えられ、十五世紀以降の光明本尊の作例を究明する上で一つの指標となろう。

結びにかえて

信浄寺の大幅の連坐像が上下に分断されたのは、現在の木箱が調製された文政三年（一八二〇）のことと推定される。本来は一幅で、太子から源信、法然を経て親鸞に正統な仏法が受け継がれ、そこから日本各地へ真宗の教えが広がっていったことを図示していた絵が、何故に二幅に分断されてしまったのだろうか。

要因の一つとして考えられるのが、真宗寺院における掛軸の祀り方にあろう。近世以降、真宗の一般寺院の本堂では、本尊の阿弥陀如来を祀る厨子の左右の脇間に、宗祖親鸞の絵像や四幅御影（親鸞聖人絵伝）と、聖徳太子・七高僧像二軸を懸けている。信浄寺では文政の段階で、脇間に懸ける聖徳太子・七高僧像を新調する何らかの必要に迫られ、古くから伝わっていた高僧連坐像を二軸に切断してしまったのではなかろうか。現在信浄寺の本堂脇間には、戦後に新調された二幅が掛けられるが、それ以前の状況は不明であるという。

もう一つ考えられる要因は、現在信浄寺に残されている他の宝物から想像することができる。その宝物が像高二尺ほどの厨子入木造聖徳太子立像、そして太子真筆と伝承される太秦切の断簡（四行分）で、太子の木像は文政前後の江戸後期の作と推定される。この時期に「太子堂」の伝統を引く信浄寺で太子信仰が再び盛り上がり、それとともに古くからあった太子ほかを描いた掛軸を、分断して独立した太子の掛軸にしてしまったのであろうか。分断後に裏書を高僧連坐像ではなく、太子六侍者像に貼り付けたのも、太子をより重視していたことの現れかと思われる。こうした太子への思いは、太子六侍者像は向かって右列に、先徳連坐像を左列に配して一幅とした愛知・運善寺本高僧連坐像(45)と共通する意識が感じられる。すなわち本来ならば最下段に配されるべき太子が、結果として上段に表されることになる。

いずれにせよ信浄寺本の場合、制作当初に掛軸に込められた思い、すなわち真宗の教えの伝播が絵解きされた場合の本来の説話性はいつしか忘れ去られ、太子の礼拝画としてのみ生き残れたのであろう。信浄寺本が有する絵画作例としての意義を鑑みたとき、摂津から美濃への流転の歴史と相俟って、現在に伝えられたことに敬意を表さざるをえない。

註

（1）同書図版824。氏は本図の讃銘を読むとともに、制作年代を室町時代とされている。一九七六・二、講談社。

（2）聖徳太子ほかの短冊墨書は次のとおり。「皇太子聖徳」「小野大臣妹子」「蕪我大臣馬子」「日羅聖人」「百済國博士學哿」「聖明王太子阿佐」「恵慈法師」。

（3）「皇太子聖徳御縁起曰／百濟國聖明王太子／阿佐礼曰／敬礼救世大慈観音菩薩／妙教流通東方日本國／四十九歳傳燈演説」「新羅國聖人日羅／礼曰／敬礼救世観世音／傳燈東方粟散王／従於西方来誕生／皆演妙法度衆生」。

（4）「聖徳太子御廟記文／掘出一銅篋其蓋／銘曰吾為利生出彼衡山入此日域」「降伏守屋之邪見／終顕佛法之威徳」。

（5）早島有毅「総説　高僧連坐像」（信仰の造形的表現研究委員会編『真宗重宝聚英第八巻　高僧連坐像』所収）、一九八八・六。

（6）前掲註5掲載書の早島氏による個別解説。この「鶴丸文」は本来鳳凰丸文かと思われる。またここで指摘されていた作例以外では、後に触れる滋賀・興敬寺本連坐像（栗東歴史民俗博物館『企画展　近江の真宗文化―湖南・湖東を中心に』図版11参照。一九九七・十）の太子にも同様の文様が用いられている。

（7）「日本源空聖人真影／四明山権律師隆寛讃／普勧道俗念弥陀佛能／念皆見化佛菩薩明知／稱名往生要術□□源空／□□□□信珠在心□／□晴佛光因頂／□三月一日」「釋親鸞偈曰／観彼如来本願力／凡愚遇無空過者／一心専念速満足／真實功徳大寶海」。

（8）「恵心院前権少僧都／法眼和尚位源信俗／姓卜部大和國葛城／郡人也寛仁元年六月／十日御入滅春秋七十六」「臨終云／我是古佛霊山聴衆／化縁已盡令還本土」。
（9）こうした襟元の賦彩は、高僧連坐像では後述する安福寺本、龍谷大学本、光明本尊では二重・上宮寺本、滋賀・法光寺本、同深光寺本、龍谷大学本、広島・宝田院本、同福善寺本に見られる。これについて最初に言及されたのが『真宗重宝聚英第二巻　光明本尊』（一九八七・十二）の個別解説を執筆された平松令三先生である。
（10）前掲註9掲載の『真宗重宝聚英』に掲載される図版から拾い上げた。
（11）津田「絵系図をめぐる二、三の知見」（東京文化財研究所『モノ・宝物・美術品・文化財の移動に関する研究―価値観の変容と社会―』所収、二〇〇六・三）、および北島「正泉寺光明本尊と真慧上人寿像」（『高田学報』第九十七輯所収、二〇〇九・三）。
（12）名古屋教区教化センター研究報告第4集『蓮如上人と尾張』図版21、二〇〇〇・四。また一宮市博物館『阿弥陀信仰と木曽川流域』展図録、図版43、二〇一三・六。
（13）『新修茨木市史第九巻　史料編　美術工芸』二二九頁、二〇〇八・三。
（14）前掲註11掲載論文に引かれる熊本県八代市の『浄喜寺文書』所収の「門徒連判状写」。
（15）『真宗重宝聚英第十巻　慕帰絵　絵系図　源誓上人絵伝』図版9、一九八三・九。この光照寺は滋賀県長浜市湖北町にある真宗佛光寺派の寺院。
（16）前掲註14掲載の連判状写に教妙・明性・教光・明道各門徒とともに「円源御門徒」十七名が署名、押判している。
（17）平凡社『日本歴史地名大系21　岐阜県の地名』一四〇頁、一九八九・七。
（18）『大谷遺蹟録』（『真宗全書』第六十五巻所収）巻之四「光雲山安福寺記」に、河内の玉手山安福寺と美濃の光雲山安福寺の由来が記される。
（19）『真宗重宝聚英　第七巻　聖徳太子絵像・絵伝・木像』図版77、二〇〇六・四。
（20）前掲註5掲載書図版30参照。
（21）安福寺本諸尊の短冊の墨書は、判読不能の太子を除くと下方より以下のとおり。
「小野大臣妹子」「蘇我大臣馬子」「新羅國聖人日羅」「百済博士學哿」「聖明王太子阿佐」「高麗法師恵慈」「恵心

院源信和尚」「源空聖人」「親鸞聖人」「真佛聖人」「源海聖人」「了海聖人」「誓海聖人」「明光聖人」「明覺聖人」「了尊聖人」「釋圓鸞」「釋空念」「釋□□」「釋明尊」「釋明正」。

(22) 加納町史編纂所、一九五四・四、八八六～九〇頁。

(23) ここに記す「光重」とは、南北朝期に活躍した土佐派の画家・土佐光重を指すかと思われる。光重は明徳元年（一三九〇）に絵所預に任ぜられているが、官職は「越前守」で、四章で述べるとおり裏書に見える「加賀守」とは別人と判断すべきであろう。

(24) 二幅はともに紙本墨書、掛幅装で、法量は八九・二×三三・二センチ、九三・九×三〇・二センチ。裏書は伴わないが、文化五年（一八〇八）の修補時に「信浄現主了道」（第十一世、?～一八六九）が新調した木箱蓋裏に「号文明九丁酉九月賜」と墨書される。

(25) 方便法身尊像は絹本着色、掛幅装で、法量は八五・八×三四・三センチ。通形の来迎印を結ぶ皆金色像で、光明は四十八条を数える。木箱蓋表には「方便法身尊形／方便法身尊号／蓮如上人／御真筆」と墨書される。裏書は紙本墨書で法量は四五・一×二〇・八センチ、剥落が著しく判読は困難ながら、木箱蓋裏の墨書を参照して復元してみると以下のようになる。

　大谷本願寺釋蓮如
方便法身尊形
　明應五丙辰年五月
摂州西成郡野田村信浄寺
　願主源誓（花押）

(26) 平凡社『日本歴史地名大系29　兵庫県の地名Ⅰ』一二八頁、一九九九・十。現在、浄光寺の本堂脇間に掛かる聖徳太子・七高僧像は近世末頃の作で、当寺に寛永の段階で本山から下付を受けたとの記録は残っていない。山田郷土誌編纂委員会『山田郷土誌　第二篇』（一九七九・十一、二五二頁）によると、浄光寺はもと真言宗であったが、蓮如の頃に一村をあげて改宗したという。

(27) 平凡社『日本歴史地名大系28　大阪府の地名Ⅰ』七五五頁、一九八六・二。

(28) 小山正文「光明本尊の一考察—愛知・法蔵寺本をめぐりて—」（法藏館『佛光寺の歴史と文化』所収）、二〇〇一一・五。後に法藏館『続・親鸞と真宗絵伝』に改題して再録。
(29) 平松令三、光明本尊「総説」(前掲註9掲載書所収)。
(30) 『祇園執行日記』(『群書類従』第二十五輯所収)貞治四年(一三六五)二月二十三日条。
(31) 前掲註9掲載書一〇八頁図版29、仏道寺本解説による。
(32) 前掲註5掲載書の図版から拾い出した。なお順照寺本は図版38、解説は早島有毅氏。
(33) 順照寺本諸尊の短冊の墨書は、下方より以下のとおりである。
「皇太子聖徳」「小野大臣妹子」「蘇我大臣馬子」「日羅聖人」「百済博士學哥」「阿佐太子」「高麗法師恵慈」「源信和尚」「安居院法印聖覺」「信空法師」「日本源空聖人」「親鸞聖人」「釋真佛」「釋源海」「釋了海」「釋誓海」「釋明光」「釋了源」「釋了明」「釋了義」。
(34) 前掲註5掲載書の順照寺本の図版解説では、裏書を写した近世の記録があるとして「右通リ、光明本ノ御裏ニ有之、此法印卜申スガ当寺之開基也」と記している。ところが順照寺にはこうした近世の記録は見当たらないようで、実際、現状の額装の裏面にこの裏書が貼付されているのみである。
(35) このほか時代が降って室町期の作例としては新潟・長泉寺本、石川・林西寺本、京都・徳正寺本、奈良・平楽寺本、大阪・慧光寺本の各光明本尊にもこれに近い表現が見受けられる。
(36) 前掲註15掲載書図版11。東淀川区の光用寺は真宗佛光寺派の寺院。
(37) 「宇佐神宮の神輿障子絵について」『美術研究』第二八九号、一九七三・九。
(38) 『大和古寺大観』第七巻、「本堂壁画」解説。執筆は菊竹淳一・百橋明穂の両先生、一九七八・八。
(39) 『祇園執行日記』観応三年(一三五二)二月十四日条。
(40) 前掲註29掲載の平松総論参照。
(41) このほか祇園社絵所に関わる絵師として挙げるべきが「粟田口法印光円」であろう。そもそも清凉寺本融通念仏縁起絵に加え、応永二十六年(一四一九)に石川・願成寺の四幅本親鸞聖人絵伝を描いた粟田口隆光(「畫工民部法眼隆光」)は、粟田口派の初期の絵師として知られるが、粟田口派の前身が祇園社絵所の絵師であったことを示唆されたのが源豊宗氏(「粟田口絵師と大谷本願寺」『新修日本絵巻物集成20』所収、一九七八・五)であった。相澤正彦氏によると(「粟田口絵師考(上)(下)」、『古美術』83・84号所収、一九八七・七・十)、愛知・法海寺本両界曼荼羅を描いた光円は、隆光より若干活躍期が先行する年長者と見られ、粟田口派が隆光以前から画派として存在していたことを推測されている。その光円の出自を、「円」字を共有する祇園社絵所と推定することは許されることかと思われる。すると理円は、光円や隆光とほぼ同世代の粟田口界隈で活躍した絵師の一人と見なすことができよう。

(42) 前掲註9に同じ。
(43) 林西寺本や愛知・原田家本、徳正寺本、昌蔵院本、慧光寺本といった光明本尊の遺品に見られる。
(44) 前掲註9掲載書の林西寺本、徳正寺本、慧光寺本の解説による。
(45) 一宮市浅井町の運善寺は、真宗大谷派の古刹。運善寺本は一副一鋪のやや粗い画絹を用い、向かって右側に聖徳太子六侍者を描き、左側には源信以下十三人の高僧先徳を下から順次配す。他に類例のない構図に加え、明光以下の先徳を六名に限って描いた特殊な作例といえる。最後の先徳は興敬寺本や正泉寺本、深光寺本にも登場する明心とするが、実際の制作は十五世紀半ば頃になろう。

［付記］
本小論を成すにあたっての調査では、信浄寺御住職野田了雄師、安福寺御住職安福慶雅師、順照寺御住職藤井聞裕師、運善寺御住職酒井明師、浄光寺御住職谷本英威師の御高配を頂いた。また本願寺史料研究所の金龍静、東京文化財研究所の津田徹英、龍谷大学安藤章仁の各氏からは、多々御教示を頂いた。記して謝意を表する次第である。

鹽竈神社蔵『絵詞保元・平治』の意義

――「保元・平治物語絵巻」の制作実態をうかがう――

鈴木　彰

はじめに

宮城県塩竈市に所在する鹽竈神社に、『絵詞』の名で管理されている二冊からなる近世中期ごろの写本が所蔵されている（現在は同神社宝物館で管理）。京の呉服商で、のちに書肆に転じたという蔵書家、村井古巖（菱屋新兵衛。一七四一～八六。本名敬義《たかよし》）の旧蔵本である。天明六年（一七八六）五月二十九日、古巖が奥州探勝の旅の途次、同社祠官藤塚知明家で他界したことを受け、弟の村井忠著が兄の蔵書を同年冬に鹽竈神社へ奉納した。『絵詞』各冊の本文第一丁表には、そうした事情を印文として刻んだ朱正方印が押されており、これが古巖旧蔵本のうちの一点であることが知られる。[1] それぞれの外題は「絵詞保元　乾」「絵詞平治　坤」とあることから、『絵詞保元』『絵詞平治』の名で、すでに『保元物語』『平治物語』の研究史において分析対象とされたことがあり、相応に知られた資料である（以下、二冊を区別するときには『絵詞保元』『絵詞平治』の名を用いる）。

これらを最初に紹介した笠栄治氏は、『看聞日記』永享八年（一四三六）五月三十日条に「保元絵一合上五巻」と見える、上巻だけで五巻あるほどの大部な保元・平治物語絵巻と「同じような構成をもつ」、しかし詞書のない絵巻が存在したことを想定し、それを実見した者が、杉原本『保元物語』『平治物語』のごとき本文をもとにして、各画面に描かれている内容を解説した、「「絵解き」的性格のものである事」を指摘したのである。(2)

この笠氏の指摘は、『絵詞平治』に軸足を置いたものであったが、のちに原水民樹氏が、「笠氏の杉原本母体説」が『絵詞保元』にも当てはまることを指摘している。(3) 私自身も、記事構成・内容・表現等の比較検討を通して、『絵詞保元』『絵詞平治』の記事は、確実に杉原本のごとき本文に依拠していると判断している。

また、原水氏はこの『絵詞』の性格について、笠氏が「「絵解き」的性格のもの」とした点について、その可能性を残しつつも、「該絵詞は、絵を作成するための構想メモと考えられないだろうか。すなわち、杉原本をもとにしてこれを絵画化しようとするそのための製作ノートだったのではないかとも思う」と述べている。この発言はきわめて示唆的なものだが、その後とくに検証が重ねられてはいないようで、結果的にこの原水論文ののち、『絵詞』の存在自体、等閑視されてきたというのが実状である。したがって、現在の『絵詞』理解は、笠説と原水説が併存するなかで成り立っているといってよい。

原水氏は、『絵詞』を杉原本のごとき本文を絵巻化する際の「構想メモ」「制作ノート」ではないかと考えたわけだが、それが事実であるとすれば、この『絵詞』は、軍記物語を絵巻化する現場の様子を伝える、貴重な資料ということになる。物語本文を絵画化する過程で、どのように場面が選ばれたのか、いかなる指示が絵師に出されたのか、絵師はどの程度自らの裁量で絵を描いていたのかといった事情が具体的に明らかになることはほとんどない。ましてや、それが全巻にわたって記された文献となれば、それは軍記物語に限らず、多くの物語類が絵巻化される過程を解明するための、きわめて貴重な資料といえるだろう。

原水氏は右のように慎重な表現をしたのだが、あらかじめ私見を述べれば、「構想メモ」「制作ノート」なるものの内実を具体的につかむ必要はあるものの、こうした見通しは基本的に誤っていないと考えられる。すなわち、『絵詞』は、すでに存在している絵巻の各場面を解説したものではなく、杉原本のごとき本文をもとにした「保元・平治物語絵巻」の制作に際して、絵巻制作統括者とおぼしき人物が、絵画化する場面と内容を全巻にわたって絵師に指示した内容を伝える資料だと考えられるのである。しかも、その内容によれば、「保元」は全十九巻百四図、「平治」は全十五巻百一図からなるという、きわめて大部な絵巻が構想されていたことになる。これは、十七世紀の制作にかかる「保元・平治物語絵巻」としては唯一の現存作例である海の見える杜美術館蔵本が全十二軸計百一図（保元五十図、平治五十一図）であること、絵入り写本（いわゆる奈良絵本）『保元物語』『平治物語』として最も多くの絵を含む二松学舎大学附属図書館蔵本が全十二帖計百十七図（保元五十七図、平治六十図）であることと照らし合わせても、それらをはるかにしのぐ、きわめて大規模な豪華絵巻の制作企画であったことが知られよう[4]。ただし、残念ながら、これに該当する「保元・平治物語絵巻」の現存を確認することができず、そもそもこれが実際に制作され、完成したのかも今のところ定かではない。

『絵詞』のこうした性格について、私は、二〇一三年七月二十八日に行われた「源氏物語絵巻」に関するシンポジウムに討論者として参加した際に、その概要のみを報告した[5]。シンポジウムは、杉原出雲守盛安が深く制作に関与した「源氏物語絵巻」をめぐる内容であったため、杉原盛安が所持していた杉原本『保元物語』『平治物語』に関わる観点からの発言を求められ、杉原本に連なるこの『絵詞』の意義を、大規模な「源氏物語絵巻」の制作動向とも関連づけながら把握していくことの必要性を述べたつもりである。それはあくまでもシンポジウムの内容に対して、限られた時間で発言しただけであったが、その後、さらに踏み込んだかたちで右のような『絵詞』の性格と意義について論じる機会を得た(6)。そのため、『絵詞』の基本的性格については別稿に譲り、本稿では、かかる性格をもつ『絵詞』の記事内容から、「保元・平治物語絵巻」の制作に関わる事情のいくつかを具体的に照らし出し、近世初期の絵巻制作に関わる状況を展望する足がかりとしたい。

一 「絵巻」制作の構想――『絵詞平治』を例として――

まずは『絵詞』には、冊子体の絵入り写本ではなく、絵巻を制作するための指示が記されているという点について確認しておきたい。この点は別稿でも指摘するが、本書の根幹に関わる問題ゆえ、ここでも確認しておきたい。その際、本稿では『絵詞平治』の記事を例示することで、おもに『絵詞保元』を用いて論述する別稿との重複を避けるとともに、分析の妥当性を異なる側面から確認することとしたい。

A一《大》ゑ　内り、こと〳〵く新つくり、すまひのせちゑの事あり、大り、すまひハ、ぎやうしハおひかけのかふりにて、りやうわうのまひの時きることく成うちかけきる、すまひとりハはたかにて、かりきぬ、ハかまはかりを一へきる、かふりハ、けいはにきることくのおひかけあり、左右に大こ、かねをかけ、かちまけにらんしやう有、七月也、

二ゑ　八月十一日、二条院御そくゐありて後、しんせい三巻の長恨哥のゑを大りに奉り、御らんある所也。

三ゑ　のふより、馬上にて、はやわさ、くみ打なとのふげいをならはるゝ所也。さいしよに引こもり如此、

『絵詞』には、杉原本『保元物語』『平治物語』と同様の物語展開に合わせて、絵画化すべき各場面を指示する記事がつづられている。右には『絵詞平治』の冒頭部分を引用した。「一ゑ」「二ゑ」「三ゑ」とあるのが絵画化すべ

き場面についての指示内容である。『絵詞』では、両物語の全体が、①「保元上」、②「保元中」、③「保元下」（以上、『絵詞保元』）、④「平治物語上」、⑤「平治中」、⑥「平治下」（以上、『絵詞平治』）の六つの部分に分けられ、右と同様の様式で、順に、①全五巻計二十六図、②全八巻計四十一図、③全六巻計三十七図、④全五巻計二十七図、⑤全五巻計三十二図、⑥全五巻計四十二図について指示されている。

さて、右の「一ゑ」では、内裏での相撲節会における行事・相撲人・太鼓等が焦点化されている。これは、荒廃していた内裏を信西が再建し、諸儀式を復興したことを語る本文に添える絵を指示したものだが、絵画化に際してとくに相撲節会のみが切り取られたことになる。杉原本の本文では相撲節会について、「内宴・相撲の節、ひさしくたえたるあとをおこし……九重の儀式、むかしをはちす、万事の礼法ふるきかことし」とあるのみで、右の記事のごとき行事や相撲人などについての詳細な描写は存在しない（上「信頼内裏造営の事」）。これらは絵であるがゆえに必要となる情報である。また、「二ゑ」は二条院が即位したあと、信西が「大り」（後白河上皇）を諌めるために三巻の長恨歌絵巻を献上し、上皇がそれを見ている場面。杉原本本文に「……安禄山を絵にかきて、大なる三巻の書をつくりて……」（上「信頼信西不快の事」）とあったのを、「三巻の長恨哥のゑ」と置き換えている。「三ゑ」は信頼の武芸鍛錬の場面だが、杉原本に「……伏見の源中納言師仲卿をあひかたらひ、かの在所に籠居し、馳引、いちもつ、馬のうへに敵にをしならへ、引くんておつるやう、はやあし、力もち、武芸の道をそけいこせられける」（上「信頼卿むほんの事」）とあるのに対応する。本文に示された信頼が行った諸芸がすべて指示されているわけではなく、「一ゑ」と同様、ここでも絵画化の際にモチーフが選択されている。

さて、問題は、これが既存の絵の説明なのか、これから絵画化するための指示なのかだが、右の記事のみでは特定しがたい。他にも、「……かしらもたけたる所かく也」（『絵詞平治』上・五巻・廿六ゑ）、「……みかた中をへたて、かけさせぬていかく也」（同・中・二巻・八ゑ）、「……一人のこりたるてい也」（同・中・三巻・十三ゑ）のような表現も随所に見えるが、それらとて、そのように描かれているという説明なのか、そのように描けという指示なのかは、個々の記事を読むだけでは判断できないのである。そうしたなかで、次のような例を看過することはできまい。

B廿《大》二ゑ　六はらに、清もりそのほか一門あつまりて、帳を付、からめたる人々をあらためらる。源中納言師仲卿ハ、引すへられ、ちんし被申所也、そのほか、めしうとからめて、小門の庭にあるへし、

（『絵詞平治』中・四巻）

杉原本中巻「信頼誅罰の事」に該当場面が見える。ただし、その本文では師仲が「陳し申」すさまは描かれているが、破線部のような光景を語る具体的な描写はない。また、波線部も本文中には関連記事が見えない内容なのだが、それが「……あるへし」と記されていることが注目される。既存の絵を説明する場合、「……あるへし」と表現するだろうか。これは、そうした内容を描き込むようにという絵師への指示とみるのが妥当ではないか。

同様の事例として、次のような記事をあげることもできる。

C廿九ゑ　大炊長者かしゆくに入たまふ、義朝女、十さいになりたまふを、めのとつれていつる、よしとものものたまひふくめて、返したまふ也、ゆうくんともいて丶、もてなし奉る也、のこる二人の君達、しけなり、よしのぶ、正きよ、金王丸なと、へちにあるへし、

（同・中・五巻）

杉原本中巻「義朝東海道におち給ふ事」の末尾に、青墓に下った義朝が「大炊・延寿をはしめて遊君とも」に囲まれて、十歳になる娘、夜叉御前と対面する場面がある。しかし、そこには、波線部のような描写は存在しない。波線部は、義朝に従って京から下ってきた長男義平、次男朝長と佐渡重成、平賀義信、鎌田正清、金王丸の存在

を、同じ「廿九ゑ」のなかの、義朝が娘たちと対面した場所とは「へち」の空間に描き添えるように指示する内容とるのがやはり自然であろう。他に、「……しほやのけふりを見て、哥よむもの、ふともあるへし」（同・中・四巻・廿四ゑ）、「……雪あるへし」（同・下・一巻・五ゑ）、「……玄光もあるへし」（同・下・一巻・七ゑ）、「……母もいつへし」（同・下・一巻・八ゑ）なども、これと同質の表現とみられる。

　これらはいずれも、絵師に対して描くべき内容を指示する言説とみるのが妥当であろう。こうした記事の性格をふまえれば、ひるがえって、引用Aその他にみえる、「……有」「……所也」「……かく也」「……てい也」のような言説も、すでに描かれた画面の解説ではなく、同様に絵師への指示と解するべきものと考えられるのである。

　ここまでの検討によって、『絵詞』には物語本文を絵画化する際の絵師への指示が記されていることが明らかとなった。では、このとき制作されようとしていたのは絵巻なのか、冊子体の絵入り写本なのかという点はどうであうか。それについては、たとえば引用AやBで、通し番号の脇に「大」（大画面を意味しよう）という注記が施された例が散見することから示唆を得られる。冊子本とすると見開きの絵を想定することになるが、はたしてそれを「大」と表現するのみで事足りるであろうか。冊子体の絵入り写本の見開き絵であるならば、本文丁にはさみこむ形でどこに挿絵丁を入れるのかが問題となる。しかし、『絵詞』にはそのような指示が一切存在しない。また、後に取り上げるように、『絵詞』で「大」とされている画面には、かなりの情報量を備えた絵が描かれようとしていたらしい。これらを勘案すると、ここでは絵巻の制作が意図されていたと考えるのが妥当であろう。

　以上、まずは『絵詞』には、現存例を見ない大規模な「保元・平治物語絵巻」の制作にあたって、絵師へ届けられた指示の具体相が記されているという点について確認した。

二　絵巻の相貌——大画面図の構図をめぐって——

このとき制作されようとしていた絵巻の相貌をつかむために、「大」と付記された大画面図の記事に注目し、その構図の具体像についてもう少し掘り下げてみたい。

E十《大》ゑ　義朝かた、しほみの五郎、かぶとのはちつけの板を左より右へ、かせにいぬかれたり、手取のよ一、此くひを取なから、かたけて、ためとものまへゝ来る所也、
関次良、馬よりおりてにくる所、
根井大弥太、かけ入所を、為義かた須藤九良、むないたをゐる所、おちけり、
為朝方二三町つぶての紀平次大夫、ねつの神平によろひの引合をのぶかにいられ落、
桑原安藤次、あく七へつたうに、くつけいさせて落、そのほか、入かへ〳〵きりあふ所、

（『絵詞保元』中・三巻）

引用に際して、改行は原本のままに記した。義朝軍が白河殿を攻め、為朝らと交戦する場面である（杉原本・中「門々かせんの事」に相当）。右の記事では、塩見五郎、関次郎以下、義朝に従う者たちの姿をそれぞれに描きだすことが指示されている。末尾の、「そのほか、入かへ〳〵きりあふ所」という指示は、杉原本の「これらをはじめとして、義朝にあひしたかふ兵とも、我も〳〵といれかへ〳〵、時うつるまてたゝかひけり。やにはにうたるゝ者五十三人、疵をかうふるもの二百余人とそ聞えし」に基づく。複数の焦点人物たちの描写に、多くの武士たちが入り乱れる群像描写も添えられたようである。大画面ゆえの紙幅を活かし、複数のエピソードを散りばめた多焦点画

面が構想されたことがわかる。

崇徳院（新院）方が立て籠もった白河殿の各門とそれぞれを守護する武士たちの様子は、右の場面に先だって、やはり大画面図として次のように扱われている。

F廿《大》一ゑ　新院、南に二門有。
南之東門ハ平馬助忠正、多田蔵人頼兼カタム、
同西方八郎為朝一人カタム、
西おもてハ為義、子ともあひくしかたむ、
北ハ家弘、光弘カタム、
此方ハ小門とも、わき〳〵うけ給ル也、
為義、びんひけかすを也、長絹の直垂、くろいとのよろひ也、
為朝ハかちんのひたゝれに、丸つかの文ぬい、白あやの大あらめのよろひ、しゝの丸のすそかな物、白ふくりんのくら、くろたちに、くまのかハのしりさや、矢の羽、とひ・からす、上や大かりまた三つ、ゆみをよこたへ持たり、大男也、きさはしのきハにかしこまる、左大臣殿かりきぬ、そのほかすいかんはかま、はらまきなり、いくさのてたて、御尋あり、
新院、もやのみす二三間上らる、左大臣殿ひさし也、
ゑハ為義にゐかハる所也、院無文、
（『絵詞保元』上・五巻）

波線部の指示と傍線部により、この場面の中心をなすモチーフは、為朝が父為義にかわって崇徳院・頼長のもとに呼び出され、階下に畏まっている様子であったことがわかる。ここでは、大男の為朝と鬢鬚が白髪交じりの為義

の他、白河殿の母屋の御簾が二、三間上げられていてその奥に崇徳院の無紋の衣が見えており、その前の廂の間には狩衣を着た頼長がおり、他にも水干袴を着た者や腹巻を着した武者たちが並みいる様子が提示されている。原典では、このとき、まず為義が新院に召されて合戦の次第を問われたが、「老年の身」を顧みて息子為朝を推薦し、為朝は「父為義か立たりける跡にゐかはり、かしこまつてそ候ける」（杉原本・上「鎮西八郎為朝の事」）とあるのと対応する。

この画面の中心的モチーフは、崇徳院・頼長・為義・為朝という焦点人物を配した白河殿内部の様子であったと考えられるが、そこに「そのほか」の公家や武士たちの集団描写が添えられており（破線部）、かつ、記事前半の内容によれば、白河殿の複数の門を武士たちが固める様子も描き添えられていた可能性があろう。具体的な構図は特定しがたいが、たとえば母屋とそこから続く建物に公家衆を並ばせ、庭上や塀や門へ続く空間には武士たちを配し、門の周囲に守護の武士たちを置くといった横長の大画面を想定できようか。いずれにせよ、この場面についても、情報量の多い、多焦点の構図を想定することができる。

続いて、『絵詞平治』の事例にも目を転じてみよう。次の記事は、大画面図によって戦場の空間的広がりを描き出そうとしていたことをうかがわせる記事である。

G 二《大》ゑハ、のぶよりにけらるゝ所を、しげもりむくの木のもとまてせりつめらるゝを、あくけんだ見給て、十七きにてかけ合、うこんさこんの木のもとにておひまわし、うたんとしたまふ、しけもり、後ニ大みやまてひかるゝ也、大みやおもてニ北かわニさいもく有、

（『絵詞平治』中・一巻）

大内裏の待賢門を固めに向かった信頼は、押し寄せた平重盛の勢に押され、大庭の椋の木のもとまで退却する。それを重盛が追い、また悪源太義平が手勢とともに重盛を追ったとある。いわゆる待賢門の合戦における、重盛と

義平の一騎討ちの場面である。杉原本では、退く信頼を重盛が追ったさまが「……さゝめひて引けれは、重盛いと、力をえて、大庭の椋の木のもとまでせめよせたり」といったん示され、そののち、父義朝の命を受けた義平が重盛を追うという展開のもとで、以下のようにその様子が語られている。

悪源太をはじめて十七騎の兵とも、大将軍重盛はかりにめをかけて、くまん〳〵と大庭の椋の木を中にへたて、、左近のさくら、右近のたちはなを、五めくり六めくり、七めくり八めくり、すてに十度にをよふまて、くまん〳〵とかけられれは、十七騎にかけたてられて、五百余騎かなはしとやおもひけん、大宮おもてへさつとひく、　（中「待賢門の合戦の事」）

杉原本本文では、義平たち十七騎が重盛を追って、桜と橘の間を何度も馳せめぐり、ついには五百余騎が追い返されるという描写となっている。それを絵画化する際、『絵詞』は少しく趣向を変え、逃げる信頼、それを追う重盛たち、さらにそれを追う義平たちといった形でそれぞれに焦点を合わせたのである。また、この画面には、「むくの木」や「うこんの木」も、それとわかるように描かれることが期待されていたことだろう。そして、重盛が大宮大路（大内裏の東面）まで退き、「大みやおもてニ北かわニさいもく有」とわざわざ記していることが注目される。この記事は、当該画面に、東は材木が置かれた大宮大路とそれに面した待賢門あたりから、西は紫宸殿の階下にある「うこんの木」あたりまでの広い空間（もちろん、実景ととらえる必要はない）を描くことを指示していると考えられるのである。これもまた横長の大画面であることを活かした構図といってよい。

建物内の様子を大画面で表現する例も取り上げておこう（以下、割書部分は〈　〉で括って示す）。

H廿《大》七ゑ　大り之事也、ぢんのざにて、義朝帳を付させ見らるゝ也、

一信頼、あかちのにしきのひたゝれ〈むらさきすそこよろひ、きくのかな物、しらほしのかふと、金つくり

の大刀、くハかたうつ、馬ハくろ也、いつかけ地のくらに金ふくりんのくら也、左こんの桜下、東かしら〉、しゝゐでんのなけしによりゐるてい也、かくの間也、

一成ちかハ〈廿四さい〉、こんちにしきひたゝれ〈もへきにほひのよろひに、たつかしらのかふと〉、のぶよりと一所ゐる〈馬ハつきけ、白ふくりんのくら也、右こんの木下ニ、ひかしかしらにたつ〉、

一義ともハ〈卅七さい〉、ねりいろ、きよりやうのひたゝれ〈くろいとのよろひに、しゝのかな物、くハかたのかぶと、くろはの矢おひ、ふしまきのゆみ、くろつきけの馬、くろくらおく〉、

一悪源太義平〈十九さい〉、かちんひたゝれ〈むないたニ八りうをうちたるよろひ、色火おとしか、たかつのゝかふと、所とうのゆみ、かけの馬、からくら也、よしともの馬と一所也〉、

一朝長〈十六さい〉、くちはのひたゝれ〈おもたかおとしのよろひ、しらほしのかふと、白のにくゝゐのはにておとしたる矢、ふえどう《二所カ》のゆみ、よし平のむまと一所也〉、

一より朝〈十三〉、長けんのひたゝれに〈けんたといふよろひ、ぶぢ《ママ》の花のさきかゝりたることくおとす、そめはの矢、しけどうのゆみ、くりけ馬、かしは木にみゝつくすりたるくらおく〉（『絵詞平治』上・五巻）

「源氏のならひに、心かはり有へからす。こもる勢をしるせや」という義朝の下知を受けて、「内裏の勢」が「しるされ」たという場面である（杉原本・上「源氏勢汰の事」）。杉原本の名揃えでは、「悪衛門のかみ信頼、しそく新侍従信親」以下、信頼に同心した公家・源氏関係者の名が列挙され、「……をはしめとしてむねとの兵二百人、あひしたかふ軍兵二千よきとそしるされける」と結ばれている。右の記事は、そのなかから六名を選び出していることになる。まず、信頼は紫宸殿の額の間の長押に寄りかかり、成親がその隣にいるとある。彼らの馬が、左近の桜と右近の木のもとにそれぞれ東頭に立てられているとあることで、そこに描かれる空間の広がりが浮かび上がる。

義朝の馬は、杉原本本文では「日花門に引立さす」とされ、義平・朝長の馬については、順に「父義朝の馬とおなし頭に引立さす」、「兄よしひらの馬とおなし頭に引立さす」と記されているが、『絵詞』では日華門という指示はない。これら六名の馬を紫宸殿の南の庭上に並べて描くということが自明視されているのであろう。

この画面に描かれた人物は、信頼以下六名のみであったとは考えにくい。馬のそばには郎等がいるであろうし、「帳」（着到）をつける場としては、本文のように大勢の人々が揃っている様子こそがふさわしい。この画面もまた、やはり数名の焦点人物を、広がりある空間のなかに配置するという構図で描かれたことがうかがえよう。また、詳細に描き分けられた各人の年齢・装束・道具類の描写は、いずれも杉原本本文に依拠している。この絵巻では、かかる描き分けがていねいに試みられたものらしい。それを実践する絵師の技量も、相応のものが求められたにちがいない。こうして見てみると、物語本文の表現を忠実に絵として具現化した絵巻の制作が構想されていたことが見えてくるのである。

以上のように、『絵詞』から立ち現れる「保元・平治物語絵巻」の大画面図では、複数のモチーフや焦点人物をちりばめた、多くの見どころのある構図が採用されていたことを見通すことができる。ここで取り上げたのはわずか四場面の記事にすぎないが、こうした描き方は、基本的にすべての大画面についてあてはまると考えてよさそうである。この点を勘案すると、各画面の構図や描き込まれた諸要素、あるいは絵師に求められた技量という面からも、この絵巻の豪華さをあらためて感じずにはいられないのである。

三　絵画化の指示と関連情報――絵師の物語理解――

ところで、『絵詞』の記事には、単純に、絵画化する場面・内容の指示を記すだけのものもあるが、それに加えて、その場面に至る物語展開をふまえた状況説明が含まれている場合も少なからず存在する。『絵詞』を読み解く際には、それらを腑分けする必要がある。次に、そうした一例を示しておこう〈説明の都合上、記載内容を（a）〜（g）に分けて示す〉。

Ｉ九ゑ（a）かねこ十郎家忠、あしけ馬、くろかハおとし、くれなゐのほろ、とし十九、太刀をかたけ、ためとものちんにかけ入、きつてまハる、（b）為朝ハてきの方にむき、しらぬてい也、（c）高間、卅あまりの大おとこ、かけ出て、かねこくむ、（d）かねこ上になりて、たかまを下になし、両のそてをふまへ、くひとらんとする所を、ためまが《か》あにの三良、馬よりおり、かねこかかふとに、てを入て、うしろよりくひをとらんとする所、かねこ下なる四良かとゝめをさす、（e）さて、上なる三良かくさすりより上へ、さしはねのくる、（f）二人なからむなしくなり、さて二人かくひをとりたる所、（g）すどう九良かけ出んとする所、

（『絵詞保元』中・二巻）

ここには、（a）金子十郎家忠が源為朝の陣に駆け入り、斬りまわる様子〈装束指示あり〉、（b）為朝はそれを知らぬ体でもてなしたこと、（c）高間四郎が金子と組んだこと、（d）高間兄弟と組み討ちした金子が、高間三郎に背後から襲われながらも、組み敷いた高間四郎にとどめをさしたこと、（e）続いて金子は高間三郎の草摺をはねのける様子、（f）高間兄弟は二人とも討死し、金子がその首をとったこと、（g）須藤九郎が駆け出ようとしたこ

とが記されている。しかし、金子家忠と高間兄弟の組み討ちのさまがこのように段階的に、すべて一画面のなかに描かれていたとは考えがたい。いわゆる異時同図法を想定する必要もあろうが、この「九ゑ」には「大」という注記がなく、紙幅にさほどの余裕が与えられていなかったと考えられるため、それは現実的な想定ではない。すなわち、ここには絵画化に向けた指示と、その場面に至る状況説明とが記されているとみるべきなのである。

末尾の（g）「すとう九良かけ出んとする所」は、「……所」と結ばれた表現からみて、確実にこの画面に記すことが意図されていたと思われる。では、直前の（f）「二人なからむなしくなり、さて二人かくひをとりたる所」はどうか。これも「……所」とあるのだが、「所」は形式名詞として「……（する）と」「……（する）とき」といった意を表す場合もある。この記事の場合、《金子が高間兄弟の首を取ると、（それを見た）須藤九郎が（金子の相手をしようと）駆け出した》という場面を描くことが意図されていた可能性が高いだろう。なお、杉原本本文で、このとき須藤（為朝の乳母子）は為朝のそばにいたものとされているから、この画面のなかに為朝の姿が求められた可能性も高い。

したがって、（a）～（e）は、その状況の推移を精密に描き込むための指示ではなく、この画面の中心的モチーフである（f）（g）を描くために絵師に提供された関連情報だと考えられる。絵師は、（a）～（e）によって金子や高間の年齢、体格、装束、馬などの情報を得、また金子と高間兄弟の配置や為朝と須藤の配置をつかもうとし、これから描く（f）（g）の場面を構想したのだろう。ここでの例示はこの一例にとどめるが[8]、『絵詞』には、絵師がある場面を描くための指示と、その際に応用するための事件展開などの関連情報とが記載されている。『絵詞』は、絵師がその物語の内容をどの程度理解したうえで描いているのかという問題を掘り下げるためにも、きわめて貴重な実例なのである。

四　絵師の裁量ということ

依頼された物語絵を描こうとするとき、絵師自身の裁量はどの程度、またどのような部分に入り込む余地があったのだろうか。絵師への指示内容が記された『絵詞』から、その点に関する示唆を得ることもできる。

たとえば、『絵詞保元』の巻頭で、鳥羽院の出家を描く際、

J二ゑ　……御殿をとうちやうにかまゆ、はた柱二りうつゝかけ、御前ニ仏ぐ、しそくさす、かいの師御くし落ていせ也、御みすの内ニ、女はうたちなく所也、あはれけにかく、（『絵詞保元』上・一巻）

という記事がある。その場面の雰囲気・風情を抽象的に指示した傍線部に注目したい。こうした表現は他にも現れる。

K七ゑ　美福門院御くしおろさせ給、御かいのし、三瀧観空上人、さほう物あはれ也、女はう・公卿殿上人、なみたをなかす、六月十二日、（『絵詞保元』上・二巻）

L五《大》　波多野次郎、馬よりおり、公達の母八はた下向に参あひ、四人のかみを見せ申所、母こしよりころひおち出て、なけきたまふ所、上下あはれにかく、……（『絵詞保元』下・二巻）

M八ゑ　ゑんがく寺にて、母、めのとを火さうにする所也、はたのそのほかも右同、とも人あり、なみたをなかす、あはれにかくへし、（『絵詞保元』下・二巻）

引用Kは美福門院の出家の場面、Lは為義北の方のもとに、処刑された四人のわが子たちの遺髪が届けられた場面、Mは同じく為義北の方と乳母を火葬する場面である。これらの場面では、「あはれ」に描くという抽象的な条

件が示され、そのための具体的な方法は絵師に委ねられている。西行が讃岐の崇徳院墓所を訪ねる場面に見える、

N卅七ゑ　西行さぬきへまいり、松山御はか所へ参、松の木をけつりて、哥をかき、御まへにつとめ申、御はかハほうきやう、いらかくちて、つたはいかゝり、物かなしく見ゆるてい也、秋の比也、

（『絵詞保元』下・六巻）

という傍線部も、類似した一例に加えられよう。

こうした抽象的な指示の場合、どうしても絵師自身の判断が必要とされたであろう。群集・集団描写に関わる抽象的な指示の例として、次のような記事が見える。

O十八ゑ　大とりの明神にとひかけといふ馬に、しろふくりんのくらおき、神馬にしけもり引かるゝ也、みな庭にかしこまりて、きせい申所也、十二月、

（『絵詞平治』上・三巻）

都での叛乱勃発の知らせを受け、熊野詣での途中から引き返す清盛・重盛らは、和泉国大鳥神社に立ち寄り、重盛は愛馬を神馬として奉納した。杉原本本文によれば、それに加えて清盛が一首の和歌を奉納したとあるが、清盛の一件は『絵詞』では採用されていない。かわりに、傍線部のように、一行が「みな」畏まって祈誓する様子を描き添え、重盛の神馬奉納場面としてこの絵をまとめている。「みな」をどの程度の規模のものとして描くかは、絵師の裁量次第といえよう。

こうした抽象的な群集・集団描写を指示した表現としては、「……いろきたる人、いろ〳〵あるへし」（『絵詞保元』上・三巻・十三ゑ）、「……さま〳〵わふるてい也」（同中・五巻・廿三ゑ）、「……みな〳〵なく所也」（同中・五巻・廿六ゑ）、「……又からめたるもいろ〳〵あり」（同中・五巻・廿七ゑ）、「……ふしじうまんせり」（同下・二巻・十二ゑ）、「……けんふつあるへし」（同下・四巻・廿四ゑ）、「……けんふつちまたかきのことし」（同下・五巻・廿九

ゑ)、「……庭にハものゝふみち〳〵たり」(『絵詞平治』上・四巻・十九ゑ)、「六波羅殿へ……公家の車馬なとたて所もなく、人入こみ、ものゝふ方々より参つとひたるてい也」(同上・五巻・廿五ゑ)、「……見物ざう人、かきのごとし」(同下・二巻・十七ゑ)、「……けんぶつ人あり、ものゝふとも申へし」(同下・五巻・四十一ゑ)などが見いだせる。焦点化された人物以外の周縁を彩る人物たちについては、絵師の裁量に委ねられるところが大きかったことを、これらの記事から察することができる。

他方、たとえ具体的な指示がなされたとしても、群集・集団描写の場合、紙幅との関係で、おのずと描ける内容に限界がある場合がある。『絵詞保元』の次の記事を見てみよう。

P大五ゑ　かまた二良まさきよ、卅きハかりにてかはらをにけ行、為朝、廿きハかりにて、手とりにせんとおひたまふ、よしともかた、川のにしにひかへたり、為義も打て出、下知し給ふ也、同夜也、かゝり火有、

(『絵詞保元』中・二巻)

白河殿での夜討ち攻防戦で、鎌田正清が三十騎ばかりで鴨川の河原を逃げ行くのを、為朝が二十騎ほどで追いかける。いうまでもなく白河殿は鴨川の東に位置するが、この場面には、義朝方が鴨川の西に控えているさまや、為朝とは異なる門を守護していた為義も打って出るさまも描くことが指示されている。地理的条件や軍勢の人数に照らして、これらをすべて過不足なく描き込むとしたら、鳥瞰図的な描写が求められよう。おそらく、ここでは、人数を減らしたり、配置を工夫したりといった処置が、絵師の判断でなされたことだろう。かくして、複数の見どころを備えた大画面図としてまとめることが求められたと考えられる。

次に、乱後、姿を隠していた為朝が湯屋で襲われ、生け捕られた場面を見てみよう。

Q廿一ゑ　ためとも、あかかたひらに白すいかん、三人しめころし、しす二人ハかいつかんて、かしらと〳〵う

ち合する所、のこる五人はしりかゝる所、此所、ゆやなり、ゆやのうち、しんとうして、はたか又ハ見くるしきていにて、にけいつる、女・子とも、にけいつるなり、此ゆやのそとハ、三百人にてかこみたり。大将兵衛尉しけさた、ての者、所の百性まて、もよほしよせたり、ためともにくみあふものハ、丸こし也、八月、

（『絵詞保元』下・四巻）

ここには「大」の注記はない。しかし、かなりの情報量が詰め込まれたであろうことは、右の記事から明らかである。為朝が奮戦する湯屋を「三百人」が囲んだとある部分、紙幅との関係で、実際にはかなり縮小する方向で調整されたはずである。なお、杉原本の当該記事は「重貞か家の子、らうとうをはじめとして、所の住民等にいたるまて、もよをしあつめて三百よ人をしよせ、浴屋を四重五重にをしかこみてけり」（下「為朝伊豆の大嶋になかされし事」）とあるだけで、その姿について具体的な描写はない。湯屋を囲む「ての者、所の百性」の描き方もまた、絵師の裁量に委ねられた事柄であったと考えられる。

『絵詞平治』からも一例をあげよう。

R十《大》六ゑ　ちくごのかみ家定、長ひつニくそく五十領、矢ヲ五十こし、大この大竹の中に弓五十丁入たり、とり出て、きよもりにまいらする、一門の人々あつまりて、とり〳〵にきたまふ也、家さたはしげめゆひのひたゝれに、あらひかはのよろひ、太刀はく也、くまの、たんさう、兵二十き、ゆあさ権守、三十きまいらせける、十二月、

（『絵詞平治』上・三巻）

熊野参詣をとりやめて都へ引き返そうかと詮議する清盛たちの前に、家貞が内々に用意していた武具を披露する場面である。「ぐそく五十領」を「一門の人々」が「とり〳〵にき」たとあり、熊野別当湛増と湯浅宗光が二十騎と三十騎の勢を提供したとある。「大」扱いの画面であったとはいえ、はたしてすべてを描きされたかどうか、は

なはだ疑問が残る。

このほか、伊豆大島の為朝を討つべく、「工藤介茂光、大将くんとして、東国のつは者をあひくし、五十よそうの舟にとりのり、大しまニよせけれは……」（『絵詞保元』下・五巻・廿七ゑ）とある記事など、随所に大人数の指示がなされているが、これ以上の例示は控える。いずれの場合も、諸事情を勘案し、絵師の裁量で規模の調整が図られたことであろう。

指示された要素を絵師がそのままに描くだけでは、豊かな物語絵は完成しない。指示されていなくとも、必要な要素は絵師の知識をもって補い、指示されていたとしても、描けないものは絵師の判断で修正を施すという営みがなされていたことが、『絵詞』から具体的にうかがえる。『絵詞』には、各画面をどの程度の幅にするのか、霞の描き方（構図とも関わる）、山・川・樹木・草花などの具体的な自然景物の姿とその構図、建物の構造や調度品の具体像、焦点人物以外の人々の装束や持ち物、それらの人々の配置などについての指示は記されていない。こうした、絵師にことさらに伝えられていないものについての把握とその意義の分析も、絵師の裁量についての理解を深める糸口となるはずである。

五　場面の連続性への配慮――装束・時間・天候――

最後に、絵師の裁量とは別に、『絵詞』の指示には場面の連続性への配慮が読み取れることを指摘しておきたい。まずは装束への配慮が読み取れる記事を取り上げる。

『絵詞保元』では、鳥羽院が歿したことを「鳥羽の法王、御かくれあり、女院さけあま也、官女、殿上人、なけき給ふ所、七月二日、」（上・二巻・八ゑ）と語るが、「女院」（美福門院）が尼姿とされるのは、もちろん直前の「七ゑ」にその出家が語られているがゆえの、連続性を意識した注記である。また、鳥羽院他界場面のあと、『絵詞保元』では依拠本文たる杉原本の内容とは関わりなく、「崇徳院御とし卅七、……七月二日、いろをめすへし、みすのへりくろし、」（同九ゑ）、「……七月也、いろなるへし、みすのへりくろかるへし、」（同十ゑ）、「……七月、いろなるへし、」（同十一ゑ）、「……七月、いろ、みすのへりくろかるへし、」（同上・三巻・十五ゑ）のように、内裏・後白河天皇周辺や院の御所・崇徳院周辺の人々を「いろ」（喪服）を着た姿で描くよう指示する言説が続いている。鳥羽院の喪という状況を、依拠本文以上にていねいに描き込もうとする姿勢が読み取れる。

装束といえば、『絵詞平治』の引用H（上・五巻・廿七ゑ）に信頼らの詳しい装束描写がなされていた。その直後、巻がかわった巻頭の画面（中・一巻・一ゑ）にも信頼が登場するが、そこでも「信頼〈あかちにしきひたゝれ、むらさきすそこよろひ、きくのかな物、しらほしのかふと、くハかた、馬くろ、いつかけ地のくら、金ふくりんのくら〉……」と、その装束などが詳述されている。また、頼朝の装束も、このあと「……よりとも〈十三、てうけんのひたゝれ、げんたといふよろひ、藤の花さきかゝりたることくおとす、くりけ馬〉……」（中・二巻・四ゑ）と繰り返されている。いずれも、引用Hで示された内容に沿って再確認するための指示である。連続した状況でありながら、焦点人物の装束が異なるという不自然な事態が生じるのを避けようとする、ていねいな制作が志向されているといえよう。

時間の推移への配慮は、たとえば次の記事からうかがえる。

S《大》廿六ゑ　主上ハ御なをしにて、東三条殿へ行幸なる、御こしめす、関白殿、内大臣実能、公卿・蔵人以下、何もなをしぐそくにて、御ともあるへし、くろきこし、いろなるへし、夜也、十日、月有、たいまつあり、

（『絵詞保元』上・五巻）

後白河天皇が高松殿から東三条殿への行幸するさまが、月夜の出来事として描かれる。これが上巻の最終画面にあたるのだが、中巻に入ると、崇徳院が頼長・為義らと軍評定する様子を、「……夜なるへし、七月十日、」（中・一巻・一ゑ）とし、続く白河殿への夜討ちがなされた場面では、「か丶りたくへし、月入たり」（中・一巻・二ゑ）としている。以下、各段で続けて、「……か丶り火たく、月入たる夜也」（中・一巻・三ゑ）、「……同夜也」（中・一巻・四ゑ）、「……同夜也、か丶り火有」（中・二巻・五ゑ）、「……夜あけかた也」（中・二巻・六ゑ）、「……また夜のうち也」（中・二巻・七ゑ）、「……七月十一日朝也」（中・二巻・八ゑ）と、月の出入りと夜・夜明けがた・朝に関する指示がなされている。夜明けがたに続く時間の推移を画面に反映させようとする意志がかいまみえる。それがどこまで具体的に描き分けられたのかは定かではないが、少なくとも、絵画化に際して、時間の推移を自覚化した姿勢をここに読み取ることはできるだろう。

『絵詞平治』で、頼朝の逃避行から義朝最期に続く場面では、「……雪あり」（下・一巻・一ゑ）の指示が繰り返されている。具体的にあげれば、「……雪有」（同三ゑ）、「……雪あり」（同四ゑ）、「……雪あるべし」（同五ゑ）、「……雪あり」（同六ゑ、同七ゑ）、「……正月三日、雪あり」（同八ゑ）、「……雪少有」（同・二巻・九ゑ）、「……雪少あり、正月五日比也」（同十ゑ）とある。依拠本文たる杉原本では、雪の描写が繰り返されることはない。季節感を伴う場面の連続性をていねいに保とうという意志が読み取れよう。

以上に見たように、『絵詞』からは、杉原本の内容を下敷きとして、場面の連続性を意識したていねいな絵巻制作が実践された様相をうかがいみることができるのである。

六　『絵詞』からの展望──十七世紀における物語絵巻の制作状況へ──

本稿では、鹽竈神社に所蔵される『絵詞』に関する従来の評価を再検討し（この点は別稿も参照されたい）、現存例をみない大規模な「保元・平治物語絵巻」を制作するための絵師への指示を記した資料として位置づけなおした。そのうえで、大画面図の検討から、絵巻に描かれようとしていた絵の構図・表現面での特徴を探った。また、絵巻化に際する絵師の裁量や、絵師へ指示を出した者の制作意識などを、『絵詞』の記事から析出しようと試みた。その過程で、従来見落とされていた『絵詞』の意義を掘り起こしたのである。

記載内容から見て、『絵詞』の筆者はこの「保元・平治物語絵巻」の注文主ではないだろう。注文主が、全巻にわたってこれほどまでに細かな絵画化の指示を出すとは考えにくい。注文主と絵師との間をとりもち、物語の内容をふまえて絵画化の指示を出す立場の人物の存在を、ここに見通す必要がある。それは、絵巻制作統括者・演出家・プロデューサーなどと呼べる存在かもしれない。ともあれ、職名を与えることよりも、その実務内容と実体をさらに見きわめることが先決であろう。『絵詞』には、そうした立場の人物の発言が記しとどめられている。近世前期の物語絵巻はこうした人々が交錯する空間で形を与えられ、流通していったという事実を受け止めておきたい。『絵詞』はそれを具体的に示してくれる貴重な資料にほかならず、今後さらなる読み込みが求められる対象といえる。

このとき制作されようとしていた「保元・平治物語絵巻」では、杉原盛安が所持していた杉原本の系統の本文を持つ『保元物語』『平治物語』が利用されたことは明らかである。今日知られている十七世紀に制作された絵巻・

絵入り写本の『保元物語』『平治物語』が、ほぼ絵入り版本をもとに制作されていることと照らし合わせても、この絵巻制作事業は、それらとは異なる視野において検討すべき対象でもある。そのとき、やはり杉原盛安が深く制作に関与したといわれる大規模で豪華な「源氏物語絵巻」制作事業との関係が、ひとつの重要な検討課題となるであろう。この点については、さらなる検討を期したい。(9)

なお、本稿ではまだ十分にその事例を示し得ていないため、ひとつの予見として述べておけば、『絵詞』に示された各画面を構成する要素は、杉原本本文から得られる情報を大きく逸脱したり、いちじるしくその世界を改変したりするものではない。もちろん絵巻化に伴うさまざまな制約もあるため、本文と異なる内容や本文には存在しない情報を指示している記事もないわけではない（その一部は本稿でも取り上げた）。それを承知したうえで、このとき制作されていた「保元・平治物語絵巻」が、杉原本『保元物語』『平治物語』にもとづき、その本文を絵をもってていねいに具現化するような指向性をもって制作されていたと考えられることに、あらためて注目しておきたい。そうした絵と本文との関係性は、やはり杉原盛安が関与した「源氏物語絵巻」がもつ属性との親近性をうかがわせるのである。盛安とその周辺の営みについても、なお多角的に追究を続けることとしたい。

註

（1）村井古巌および鹽竈神社への古巌奉納本については、谷省吾・吉崎久編『林崎文庫・鹽竈神社　村井古巌奉納書目録下二』（皇學館大学神道研究所、二〇〇〇・三）、谷省吾「村井古巌伝」（同前目録収録）、朝倉治彦監修・小井川百合子編集・解説『蔵書目録にみる仙台藩の出版文化　第一巻』（ゆまに書房、二〇〇六・八）等参照。

（2）笠栄治「『絵詞平治』（塩釜神社蔵本）について」（九州大学文学部国語国文学研究室福田良輔教授退官記念事業会編『福田良輔教授退官記念論文集』非売品、一九六九・十）。

（3）原水民樹「杉原本『保元物語』雑考」（『言語文化研究』三、一九九六・二）。
（4）絵巻・絵入り写本の『保元物語』『平治物語』については、原水民樹「奈良絵本保元・平治物語について」（『汲古』四五、二〇〇四・六）、石川透・星瑞穂編『保元・平治物語を読む　清盛栄華の物語』（三弥井書店、二〇一二・七）、磯水絵・小井土守敏・小山聡子編『源平の時代を視る　二松学舎大学附属図書館所蔵奈良絵本『保元物語』『平治物語』を中心に』（思文閣出版、二〇一四・二）等参照。
（5）立教大学日本学研究所主催二〇一三年度国際シンポジウム「幻の「源氏物語絵巻」をもとめて・続」第三部討論の部配付資料（二〇一三・七・二八、於立教大学）。
（6）高橋亨・佐野みどり・小嶋菜温子編『幻の「源氏物語絵巻」をもとめて――一七世紀、絵巻の時代と古典復興』（仮題、思文閣出版）に、この問題について論じた拙稿が掲載される予定。本稿でいうところの「別稿」はすべてこれを指す。
（7）紫宸殿の南庭の東に面して日華門がたつ（左近の桜の南東に位置）。こうした描き方は、おのずと実際の空間配置におおよそ対応していることになる。
（8）こうした事例についての分析は機会を改めて進めたい。
（9）前掲註4参照。『平家物語』や幸若舞曲等の絵入り写本も同様とされる。ただし、多方面から検討する余地は残る。

［付記］
貴重な資料の調査をご許可くださった、鹽竈神社の関係各位、同宝物館学芸員茂木裕樹氏に心より御礼申し上げます。

頼瑜の夢
——詫磨為遠筆の文殊像をめぐって——

髙橋秀城

一　為遠筆の文殊像

仏を信じる者にとって、「仏」と、仏の教えを説いた「経典」と、その教えを弘める「僧侶」は、三つの宝物として「三宝」と呼ばれる。「仏」には、仏像や仏画、経巻の中に描かれた絵像はもちろんのこと、「夢に立ちあらわれた仏や絵像」も礼拝の対象として含まれていよう。

弘法大師空海（七七四〜八三五）から興教大師覚鑁（一〇九五〜一一四三）へと連なる真言密教を継承した鎌倉時代の学匠頼瑜僧正（一二二六〜一三〇四）は、日々の修行の中で見た夢を克明に書き記しており、その一つに次のような夢想を見ることができる(1)。

弘安五年壬午七月二十四日夜丑尅夢想云。京中ト覚シキ処ニ。西ツラニ東向土屋ト覚キ。二階ナル処ニ故若宮僧正御房ノ御家ト思テ入タレハ。入口ニ板敷一間許ナル処ニアレハ。戌亥ノ方南壁制テ西壁三尺許去テ。東向ニ古仏像ノ一鋪ナルヲ奉レル懸之。拝レスルニ之ヲ為遠カ筆ノ文殊像ト拝シ奉ル。能々奉レレハ見文殊脇士ノ側向ニ奉レ書文殊ノ御手ニ。五色ノ糸カケラルホソキ縄アリ。脇士ハ不レ知二何尊一トモ。御手ニ此糸ノ末ヲ取テヒカセ給ヒナハ。現ニハタラケルヲ見テ奇異ノ思ヲナシ。其ノ御衣絹ト縄トノ間ヘ指ヲサシ入テヒケハ。脇士御手ヲ放シテナハスクニサカス。

（頼瑜『真俗雑記問答鈔』第二十四「六十九　夢想事」）(2)

これは弘安五年（一二八二）七月二十四日夜（丑の刻）の夢であり、時に頼瑜五十七歳である。夢想に言うことには、京中の故若宮僧正御房の家と思しきところに、東向きに古い仏像の絵が懸けられており、それを拝すると為遠筆の文殊像であった。その像の手には縄のような五色の糸が結ばれており、文殊像の脇士は確認できないが、絵像はまるで生きているかのように身体を動かしたという。

ここに登場する故若宮僧正御房とは、頼瑜の師匠である醍醐報恩院憲深（一一九二〜一二六三）を指すのであろう(3)。二十年前に亡くなった師の気配が、頼瑜の脳裏に蘇っている。夢はさらに続く。

予只ノ御仏ニアラスト思テ不審奉レルニ尋。云ク為二後生一抄物等ヲ作様ト。為二学道一ノ作様ト何様ニカカハルヘク候ト申ス。文殊ノ像辰巳角ノ方ヘ行動給テ被レ仰様ハ。為二ノ後世一抄出ハ不レル委セ也。為二トハ学道一ノ汝カ可レ如二クナル臨終ノ記一ノ。重テ予申シテ云。臨終記トハ何ノ書ニテ候ヤラン。𑖀字秘釈ノ事ニ候歟ト。又悞ナント候歟。又其外ニ多ノ抄物作リ候。其中真偽示給之。文殊又云。臨終ノ至要ハ不レ可レ過二𑖀字秘釈一ニ。又余ノ抄物等ハ無二其悞一。自叶二仏意一矣云々　然シテ後住ニ戌亥南方ノ天井ニ昇レ空ニ隠レ給畢。

不審に思い絵像に語りかけると、文殊は「後生のために抄物等を作るように」と頼瑜に語った。さらに辰巳（東南）の方角に移動した文殊は、「臨終の記」とは『阿字秘釈』という書物であり、『阿字秘釈』は臨終において最も大事な書であることを説き示すと、戌亥（北西）から南方の天上に昇り、姿を消していったのであった。

この夢想には、文殊と頼瑜との問答が語られており、文殊の絵像があたかも肉体を持つかのように動き語る姿が

描かれている。「生身の絵像」を語るものとして貴重な夢想と言えよう。(4)

頼瑜の文殊信仰が窺えることや、為遠という絵師が見えることも興味深い。

二　為遠と大伝法院

頼瑜の夢想に登場する「為遠」とは、平安時代後期の絵仏師で、詫磨派（宅間・宅磨とも）の祖とされる詫磨為遠（生没年未詳）のことであろう。為遠以後の詫磨派は、主に寺院を中心に活動しており、「宋代絵画の筆法・彩色を学んで仏画の新様式を創出した」(5)画派と言われる。為遠の子勝賀（生没年未詳）は神護寺などで活躍し、東寺蔵「十二天屏風」（国宝）を描くなど、真言寺院との結びつきも強く、また為遠の三男為久（生没年未詳）は、源頼朝（一一四七～九九）に招かれて鎌倉に下り、詫磨派鎌倉系の祖ともなっている。

為遠の父については、『古今著聞集』巻第十一「画図第十六」「為成一日が中に宇治殿の扉絵を画く事」(6)に、

為成、一日が中に、宇治殿の扉の絵を書たりけるを、宇治どの被仰けるは、「弘高は絵様をかきて、一夜なをよく案じてこそかきたりしか。いかにかく卒爾にはかくぞ」となん仰られける。常則が書たる師子形をみては、犬ほへにらみて、おどろきけるとなん。

として、平等院鳳凰堂の扉絵を一日で描いた為成とも言われるが、詫磨派との関係は定かでない。

さて、為遠については、吉田経房（一一四二～一二〇〇）の『吉記』承安四年（一一七四）八月二十三日条に、「女院御逆修御仏経令奉始之、仏師為遠法師、経師法橋円厳(7)」と見える他、覚鑁の伝記史料の中に、その名を見出すことができる。

覚皇院本堂、東方、近衛院御願、兼海上人建立、浄法房、院主也八角二階、五間四面、玉檣九複花《カヘリハナ》皆銅也、内陣四本柱、一本各千石用途ニテ、都合四千石也、一本三面、月輪皆銅輪ノ三十七尊ナリ、其輪ノ内絵ハ絵師詫間為遠、法名勝智法師、

（『高野山大伝法院本願霊瑞並寺家縁起』）(8)

これによれば、覚鑁が高野山に造営した大伝法院の東方に、覚鑁の弟子兼海（一一〇七～五五）建立の覚皇院があり、その内陣の三十七尊の絵を描いた人物が詫磨為遠であるという。また、『伝法院本願覚鑁上人縁起』には、

東西壁ノ絵ハ師上座定智法眼カ筆也、両界ノ万茶羅ハ大詫摩ノ筆也、東西ノ壁ニ十六祖師之真影奉レ懸レ之、是モ万茶羅ト同筆(9)也、

と見え、「大詫摩」が「為遠」である可能性も指摘されている。為遠は、覚鑁系統の法脈と関わりの深い絵仏師であったことが推察される。(10)

覚鑁が建立した大伝法院は、やがて金剛峯寺方との争論から、頼瑜によって紀州の根来寺に移される。それは時に正応元年（一二八八）のことであり、冒頭に示した弘安五年（一二八二）の夢想から六年後であった。頼瑜の夢に「為遠筆の古仏像」とあるように、創建当時の面影は色あせかかっていても、為遠は覚鑁の堂塔を飾った絵師の一人として、頼瑜の中に鮮やかに生き続けていたのだろう。(11)

三　頼瑜の文殊信仰

『真俗雑記問答鈔』第二十四「六十九　夢想事」には、冒頭に示した夢想の前に、二つの夢が挙げられている。

一つ目は、

文永九年七月二十四日暁。於二南都中川発心院一夢ラク。高野歟ト覚シキ所ニ。僧ノ上臈来テ寄宿シテ。坊中ノ人々ヲ被二饗応一トキニ。愚身末座ト覚シキ所ニアルヲ被二御讚（マヽ）一シテ云ク。貴辺ハ阿弥陀如来也上ニ座スヘシト云々

というものであり、文永九年（一二七二）、頼瑜四十七歳の時の夢である。弘安五年（一二八二）の夢想から遡ること十年前であり、頼瑜にとっては忘れられない夢の一つであったのだろう。南都の中川発心院において見た夢に、高野山と思われるところに上臈の僧が寄宿して、坊中の人々が食事を振る舞っていたときのこと。末座に座っていた頼瑜に対して、「貴殿は阿弥陀如来であるから上座に座るべし」と言われたというのである。

二つ目の夢想には、次のようにある。

弘安五年七月二十一日卯ノ尅ノ夢想云。醍醐検校大僧正御房ノ御所ヘ参シテ灌頂ノ内道場ト覚シキ処ニテ奉レ尋之。内道場ニハ両界祖師許ヲ奉レ懸候ヘキ歟ト。仰ニ云。此外三十七尊ノ像ヲ奉レ懸也トテ。常ノ紙ヲ三枚立サマニツギテ。墨絵ニ書タル菩薩像ヲ一体ヒロケテ。頼瑜ニ令レ拝給テ。如レ此三十七尊像ヲ祖師ノ外ニ奉レ懸也云々
予夢心ニ我授二灌頂一ヲ時ニ。八祖師許ヲ奉レ懸悞也ト。三十七尊像龍猛等ヲ可レ奉レ懸也ト思

こちらは弘安五年七月二十一日（卯の刻）の夢であり、冒頭の一つ目の夢（弘安五年七月二十四日）の三日前に当たる。醍醐検校大僧正御房の御所の灌頂内道場と思われるところで、内道場には両界祖師の絵像のみを懸けるのかと尋ねたところ、他にも三十七尊の絵像を懸けるべきと言われ、墨絵に描いた菩薩像一体を広げて拝したことが語られている。さらに、夢心地の中で、自らの灌頂時は真言八祖の絵像のみを懸けたことを思い起こし、三十七尊も加えるべきであったと思い返している。

これら三つの夢想は、同じ条目（「六十九　夢想事」）の中に書き留められており、それぞれに関わり合いを有しているのだろう。右の一つ目の夢には、頼瑜の阿弥陀信仰が窺われ、二つ目には曼荼羅の絵像、特に金剛界曼荼羅

の三十七尊像や墨絵の菩薩像が登場している。そして、冒頭に示した三つ目の七月二十四日の夢には、「五色の糸」「臨終の記」という記述から阿弥陀信仰が窺え、浄土往生の修行法としての阿字観を説く『阿字秘釈』が語られることによって、頼瑜の浄土往生信仰の一端が示されている。また、ここに「為遠筆の文殊像」があらわれていることは、二つ目の夢の「墨絵の菩薩」からの連想によるものと考えられよう。

ところで、三つ目の夢想では、なぜ阿弥陀如来ではなく文殊菩薩なのであろうか。夢の中では、西壁から三尺ほど離れて東向きに文殊菩薩像が懸けられている。曼荼羅との関わりからすれば、胎蔵界曼荼羅中台八葉院の南西に文殊菩薩が配されるが、一つ目の夢想や「五色の糸」などの記述からすれば、阿弥陀如来とあるほうが穏当にも思える。

この点については、頼瑜の文殊信仰を改めて捉える必要があるだろう。彼の『即身成仏義顕得鈔』下巻には、次のような奥書がある。

正嘉元年十二月二十一日作二此鈔一。夜夢想云。或高僧具二一両伴一。而来二于弟子室一云。欲レ見二汝鈔一。爾時弟子放二進此書一矣。高僧披二覧此鈔一已。告二弟子一言。汝又可レ造二文殊疏一云々　私案云。文殊疏者。当二秘鍵疏一歟。彼文殊三摩地法門之故。文永四年冬清瀧談義之次。処々加二再治一。同五年七月中旬移点訖　金剛仏子頼瑜生年四[12]十七

ここには、正嘉元年（一二五七）夜の夢想が記されている。ある高僧が弟子の室で『即身成仏義顕得鈔』を披覧した後、弟子に対して「文殊疏」を著すべきことを告げる。頼瑜は夢覚めて後に、「文殊疏」は「秘鍵疏」であるとの夢合わせをする。この夢想を引いた智積院第七世運敞僧正（一六一四〜九三）の『結網集』「中性院始祖贈僧正頼瑜和尚伝[13]」では「覚後私自原曰《ユメアハセ》シテ言二文殊疏一者。必是般若心経秘鍵矣」と記しており、「秘鍵疏」は空海の『般

若心経秘鍵』を指し、この夢によって頼瑜は『秘鍵開蔵鈔』（弘長二年〈一二六二〉）を著したことを指摘している。

なお『結網集』には、

四年。阿字秘釈両巻緒就。先レ是依二公雅之悃請一。撰二斯秘釈一。而独授二上巻一未レ逮二下巻一。一夕夢。対二託摩為遠所レ図文殊画像一。像動如二生身一。因問曰。滅後之資糧底事二カ為レ勝。像答曰。可レ如二爾所レ作臨終秘訣一。又問。未審指二何書一耶。曰。臨終至要不レ過二阿字秘釈一。言訖凌レ空而去。和尚自レ少信二文殊一。毎修二文殊軌一。多感二霊応一。凡所レ往処。必携二画像一。一日文殊現二瑜伽壇上一。所レ謂海会現前者也。和尚以二幻焰等十喩一観レ之。而尚厳然。廼執二散杖一撃レ之。当二師子尾一。而後化去。和尚所携文殊図幀。今見在智積蔵中。

として、詫磨為遠の文殊像が生身のように動いたという三つ目の夢想（波線部）を引いた後、傍線部のように、頼瑜は幼き頃より文殊菩薩を信じ、文殊儀軌を修し、多くの霊験があったことを記している。

頼瑜の『真俗雑記問答鈔』の中においても、『文殊儀軌』が度々引用されるなど、その文殊信仰を窺うことができる[14]。幼い頃から文殊菩薩への強い思いがあったからこそ、夢に文殊菩薩が立ちあらわれたのであろう。それは頼瑜にとって、日ごろの礼拝恭敬が聞き届けられた喜びの瞬間であったことが想像される[15]。

運敞によれば、頼瑜は日ごろから文殊の絵像を携えており、その文殊像は智積院に所蔵されているという（破線部）。現在、智積院には一幅の「五字文殊像」（図1）が伝来しており、その裏書には、智積院第五世隆長僧正（一五八六～一六五六）によって頼瑜所持であることが明記され、獅子に乗った文殊菩薩が、四方を囲む眷属とともに描かれている。この絵像については、京都国立博物館の調査報告によって、十四世紀南北朝時代に入ってからの制作とされ、頼瑜の時代より新しいものであり、時代が合わない。しかし、頼瑜の文殊菩薩への深い思いは、「頼瑜所持の五字文殊像」という形をとって後世に受け継がれていったのである[16]。

図1　五字文殊像（智積院蔵〈京都国立博物館寄託〉）

四　『阿字秘釈』奥書

頼瑜は夢に立ちあらわれた文殊の絵像に、臨終において最も大事な書物は『阿字秘釈』であることを告げられた。その夢想は、頼瑜の『阿字秘釈』（弘安四年〈一二八一〉）巻下奥書（③。行論の都合上、番号を付した）にも同様に書き留められている。

御本記云

①先年之頃依公雅法印懇請雖鈔両巻僅以上巻奉授法印畢。其後他事無隙未及再治。仍弘安四年七月下旬開草庵本加治定畢。願以両巻鈔記之功必為三身證得之因耳。　金剛仏子頼瑜生年五十六

②弘安四年十二月二十日賜此鈔聊拝見之夜有夢想。其趣者或僧楚忽覧此鈔之時傍人云卒尓之披覧定無其詮歟云々。

又傍有耆宿僧告云縦雖不祥義理必有徳益況於思惟修習乎云々。忽聞此言結縁有馮信心銘肝之間夢覚了。誠是秘密之奥旨達冥慮甚深之鈔記感霊夢歟豈不可貴矣。　金剛資仙覚記

③弘安五年壬午七月二十四日夜丑刻感夢云於洛中入或亭見両方未申方雖四壁奉懸文殊像一鋪（為遠筆）。彼像御手握糸脇士（不知何号）引彼糸随引離像動。予成奇得之念取彼糸時脇士放御手信心弥深。即奉問曰為後世蛍雪何様可鈔案乎。尊像即往辰巳角教示云可如汝所作之臨終記云々。

重問曰臨終記者是何乎。阿字秘釈歟又自鈔篇積制草軸重真偽羨示之。答云臨終至要不遇阿字秘釈余鈔又無心謬恐通仏意乎。然後還戌亥角昇空隠而不現耳。予当遊雪窓淳才之日偏受文殊（為遠筆）之加被憖鈎学業之虚名。今

所感之霊夢雖恐後見之疑殆為勧末資之鑽仰染禿筆記短詞畢。　金剛仏子頼瑜生年五十七歳[17]

まず弘安四年（一二八一）七月下旬の頼瑜の奥書（①）があり、続けて弘安四年十二月二十日に披覧した仙覚が夢想を記し（②）、さらに再び頼瑜が弘安五年七月二十四日夜の霊夢（③）を書き付けている。聖教の霊妙な力を、夢想を書き連ねることによってさらに強めていると言えよう。

この『阿字秘釈』の夢想（③）には、先に見た『真俗雑記問答鈔』の三つ目の夢の「故若宮僧正御房ノ御家」が「或亭」となっているなど若干の相異も見られるが、詫磨為遠が描いた文殊像と対面し、臨終秘訣についての問答を行うという内容は、ほぼ一致している。おそらく『真俗雑記問答鈔』は備忘録として、『阿字秘釈』の夢は文殊菩薩の霊威を聖教に込める意味合いで書き留めたのではなかろうか。幼い頃より信仰していた文殊菩薩が、為遠筆の文殊像として夢にあらわれ、さらに生身の姿となって教え導いてくれたのである。これは、頼瑜の修学にさらなる力を与えたであろう。『阿字秘釈』の奥書は、その具体的な姿を物語っているのである。

むすび

仏が立ちあらわれる夢想は、日々の修行を見つめ直す契機ともなり、修学の正統性を保証するものでもあった。聖教の生成など、さらなる深奥へと誘う源ともなっていたのである。夢と現実は表裏の関係として相互に連関し、それは為遠の文殊絵像に見られるような芸術の世界とも結びついている。

ところで、頼瑜が夢に見た為遠の文殊像とは如何なるものであったのだろうか。残念ながらそれを知る手立てはないが、例えば高野山に伝来した図像『金胎仏画帖』（図2）は、為遠の手によるものと言われている。田中一松によれば、本来は、「金剛界の諸尊九十五尊を画き列ねたもの」[18]とされるが、現在は分蔵されている。『金胎仏画帖』の書き付けには次のように見える（改行は／で示した）。

覚／一金胎仏画帖　一巻／応永二十七庚子年正月十五日高野／山光台院北寮ニ於テ重尊／大阿遮梨ヨリ弘真ヘ賜ハル勝知／法印ノ筆ナリ勝知俗名ヲ豊後／守宅磨為遠ト云フ／天文元年壬辰七月／真尊[19]

図２　金剛索菩薩（大和文華館蔵『金胎仏画帖』のうち）

『金胎仏画帖』は、応永二十七年（一四二〇）、道助入道親王（一一九六～一二四九）によって開かれた高野山光台院の北寮において、大阿闍梨重尊から弘真に授けられたものという。それはその後、天文元年（一五三二）、熊本県人吉市願成寺の真尊へと伝えられた。田中一松は、「金胎仏画帖の奥書等に名を連ねた僧侶達はおそらく根来を中心とした覚鑁上人の大伝法院流の法脈に関係の深い人々と思われ」ることを指摘している。[20] 願成寺には根来寺の聖教も伝来していることからも、さらに両寺の交流について考察する必要があるだろう。『金胎仏画帖』に描かれた諸尊は、頼瑜の夢に立ちあらわれた為遠筆の文殊像を想像する縁となる気高いお姿である。

註

（1）拙稿「頼瑜の夢想」（『智山学報』第五七輯〈通巻七一号〉、二〇〇八・三）において、頼瑜の著作に示された夢について概観した。

（2）引用は、『真言宗全書』第三十七巻（真言宗全書刊行会、一九三六・六）所収のものに拠る。なお、文意不明の箇所については諸本により改めた。

（3）憲深は、藤原通成（通憲の孫で成範の子）の子。「若宮別当僧正」については、『野沢血脈集』第二（『真言宗全書』第三十九巻所収）に、「第二十五。憲深号㆓蓮蔵院僧正㆒。号㆓若宮別当僧正㆒。醍醐座主。三ノ長者。俗姓入道大相国公経ノ猶子。河原大納言公国ノ息也。」と見える。

（4）生身については、説話文学会におけるシンポジウム「「生身」をめぐる思想・造型と説話」（二〇〇七年九月例会）があり、『説話文学研究』四三（二〇〇八・七）に論考が収載されている。また近年では、内田啓一「仏画における生身性について―五色糸と髪繡」（『早稲田大学大学院文学研究科紀要』〈第三分冊〉、五七、二〇一二・二）において、絵画に付加された装置から絵画における生身性を読み説く試みがなされている。なお苫米地誠一は、この夢想において『阿字秘釈』が臨終の至要としている点について、台密の皇慶（九七七～四九）や真言の小野僧都成尊（一〇一一～七四）、覚鑁などの阿字観の伝統を引いたものであり、「頼瑜が順次往生を願っていたからである」と述べる（苫米地誠一『平安期の真言密教と密教浄土教』〈ノンブル社、二〇〇八・三〉所収「第八章　頼瑜の極楽往生信仰」）。

（5）引用は、『仏教美術事典』（東京書籍、二〇〇二・七）「詫磨派」の項（浅湫毅解説）に拠る。なお、詫磨派などの絵仏師については、主に以下の論を参照した。三山進「東国の宅磨派―14・15世紀を中心に―」（『金沢文庫研究』一七〈四〉、一九七一・四）、大山修平「明恵と宅磨派―『保元絵』の成立をめぐって―」（『〈金沢大学〉国語国文』川口久夫博士退官記念特輯、一九七五）、平田寛『絵仏師の時代』研究篇・史料篇（中央公論美術出版、一九九三・一九九四）、横田忠司「『東寺百合文書』にみえる法橋長賀について―詫磨派の良賀・長賀に関連して―」（『美術史研究』一五、一九七八・九）、三浦俊介「絵仏師「宅間法眼」の画業と説話―『貴船の本地』に登場する意味―」（大取一馬編『典籍と史料』思文閣出版、二〇一一・十一）、藤元裕二『詫磨派研究』（藝華書院、二〇一二・二）、林温「海住山寺五重塔扉絵と宅間派」（『仏教芸術』三二二、二〇一二・五）。

（6）引用は、「日本古典文学大系」所収のものに拠る。

（7）『増補史料大成』（臨川書店、一九六五・九）所収のものに拠る。

（8）引用は、三浦章夫編『興教大師伝記史料全集　伝記』ピタカ、一九四二・七）所収のものに拠る。

（9）前掲註8書、所収のものに拠る。

（10）その他、為遠については、狩野永納（一六三一～九七）『本朝画史』（延宝六年〈一六七八〉序）に、「託摩為遠、姓藤原、任豊後守、仕近衛院、于時有御願、造高野山覚皇院、而令為遠画其堂壁、曽根来寺開山覚鑁上人、筆法師為遠、画仏像、為遠晩年号勝知、剃髪叙法印、見于覚鑁上人行状」と見える（引用は、国立国会図書館「近代デジタルライブラリー」に拠る）。

（11）『高野山大伝法院本願霊瑞並寺家縁起』（前掲註8書所収）には、次のような記述も見られる。「東西後壁ノ絵師ハ輔上座定智ノ筆也、今度ノ後壁絵ハ最下品、誰人ノ筆ソヤ、記スルニモ不レ及之作法也、返々見苦シキ絵師也、寺家衰微之随一歟」。絵の良し悪しは、寺家の盛衰とも関わるものであった。

（12）引用は、『真言宗全書』第十三巻所収のものに拠る。なお、奥書の四十七歳という年齢について、佐藤隆賢は「四十三歳の誤記」と指摘する（「頼瑜僧正をめぐる問題」智山勧学会編『中世の仏教―頼瑜僧正を中心として―』青史出版、二〇〇五・五）。

(13) 引用は、『大日本仏教全書』所収のものに拠る。
(14) 中には次のような卑俗な歌も見られる(『真俗雑記問答鈔』第四巻「五十六　大乗院浄名殿事」)。
　或付云。チゴ文殊シリヲアヒスルホトナラハ
　或付云。方丈ノムロノウチニモフタリイテ
(15) 頼瑜『薄草子口決』(弘長二年〈一二六二〉)には、義範(一〇二三~八八)の逸話として、以下のような記事を載せる(『大正新脩大蔵経』七十九巻所収)。
　義範僧都成尊之弟子勝覺之師範。堀川烏（マヽ）羽之明匠。既是末代也。而其靈徳敢不レ恥二上古一。繋二記録一剰二人口一。或時於二道場一言談喧喧。承仕法師成レ奇伺レ見レ之処敢無レ人。只與二大師御影一絵像也相共言談之。承仕成二奇特思一竊却隠云云
ある時、道場が騒がしいことを不審に思った承仕法師(雑役に従事する僧)が、堂内を覗いてみると人影はなく、ただ義範と弘法大師の絵像とが語らっていたという。これなども「生身の仏の絵像」を語る話と言えよう。
(16) 智積院蔵「五字文殊像」については、京都国立博物館編『京都社寺調査報告』9(京都国立博物館、一九八九・三)に、以下の調査報告がある。
　五字文殊像　一幅
　品質構造　絹本着色
　法量　縦　七〇・二　横　四五・五
　時代　南北朝時代
　備考　裏書
　「此大聖文殊像者曩祖頼瑜僧正親持念之於瑜伽中感海會
　現前也年暦悠久幓軸故弊方今命工褙補焉
　明暦乙未歳臘月十二日中性院第十八世僧正隆長」
(17) 引用は、成田山仏教図書館所蔵『阿字秘釈』〔046-0022〕刊本に拠る。
(18) 田中一松「金胎仏画帖と宅磨為遠」(『大和文華』一二、一九五三)に拠る。
(19) 前掲註18書、所収の影印写真に拠る。

（20）重尊については、「高野山文書」「宝簡集　三十七」応永二十年（一四一三）五月二十六日条に「大法師重尊（花押）」と見える僧侶であろうか。

［付記］
貴重な史料の掲載を御許可くださいました総本山智積院、並びに大和文華館の関係者各位に衷心より御礼申し上げます。

Ⅱ

事とく

楊柳観音と月蓋長者
――中国・日本における『請観音経』受容の諸相――

吉原浩人

一　普陀山の開創伝承と観音三尊像

二〇〇九年七月十八日から八月三十日にかけて、奈良国立博物館において、特別展「聖地寧波【ニンポー】―日本仏教1300年の源流～すべてはここからやって来た～」が開催された。[1]その中で、「第四章　普陀山―観音の住む島」として、中国浙江省の普陀山に関して特に一章を設けていたが、中心にひときわ目を引く形で展示されていたのが、長野県定勝寺所蔵『補陀落山聖境図』（図1）であった。これは、中国元代、十四世紀に描かれた現存最古の普陀山図で、これより古い彩色図は中国においても現存しないであろう。この図の中には、八十箇所にわたる短冊形に、峰・岩・樹木・洞窟や寺院などの名が記されており、実景に基づいた普陀山の全景図として、当時の状況を具体的に知ることができる。[2]中央には普済寺が大きく描かれ、下部の「潮音洞」には巨大な蓮舟観音菩薩立像が描かれ、その脇の「善財洞」には観音菩薩に合掌する善財童子像が配される（図2）。

普陀山は、周知の通り、日本僧恵萼が開いたとされる。[3]『仏祖統記』巻四十二・法運通塞志第十七之九・宣宗大

図１　補陀落山聖境図（定勝寺蔵）

中十二年（八五八）条には、以下のようにある（傍線筆者、以下同じ）。

日本国沙門慧鍔、礼二五臺山一得二観音像一。道二四明一将レ帰レ国、舟過二補陀山一附二著石上一不レ得レ進。衆疑懼禱レ之曰、若尊像於二海東一機縁未レ熟、請留二此山一。舟即浮動、鍔哀慕不レ能レ去。乃結二廬海上一以奉レ之［今山側有二新羅礁一］。鄞人聞レ之、請二其像一、帰安二開元寺一［今人或称二五臺寺一、又称二不肯去観音一］。其後有二異僧一、持二嘉木二至レ寺、倣二其製一刻レ之。扃戸施レ功、弥レ月成レ像、忽失二僧所在一。乃迎至二補陀山一。山在二大海中一、去二鄞城一東南水道六百里。即華厳所謂、南海岸孤絶処、有レ山名二補怛落迦一。観音菩薩住二其中一也。即大悲経所謂、補陀落迦山観世音宮殿、是為下対二釈迦仏一説二大悲心印一之所上。其山有二潮音洞一、海潮呑吐昼夜砰訇。洞前石橋、瞻礼者至レ此懇禱、或見二大士宴坐一、或見二善財俯仰将迎一、或但見二碧玉浄瓶一、或唯見二頻伽飛舞一。去レ洞六七里、有二大蘭若一、是為二海東諸国朝覲一。商賈往来、致敬投誠莫レ不レ獲レ済〔草菴録〕。

図2　潮音洞・善財洞（定勝寺蔵）

日本国の沙門慧鍔（恵萼）は、五臺山を巡礼して観音像を得た。四明山から日本に帰ろうとして、舟が補陀（普陀）山を過ぎると、石上に漂着してそれ以上進むことができなくなった。みなは疑い懼れ、「もしかして尊像は、海東においては機縁がまだ熟しておられていないようなのですね、どうかこの山にお留まりください」と祈った。するとすぐさま舟は浮かんで動いた。恵萼は観音像を哀しみ慕って去ることができず、いおりを海上のこの島に結んで、これを奉じた。鄞城（寧波）の人がこれを聞いて、この像を請い開元寺に安置したが、異僧が嘉木を持ち閉じこもって新たな像を刻んだので、これを補陀山に迎え不肯去観音と称したという。ここそが、『華厳経』や『大悲経』にいう観音菩薩が住する補怛落迦（補陀落迦）山の霊場で、潮音洞では観音菩薩が宴会をしたり、善財童子が拝んだり、観音菩薩の碧玉の浄

図3　普陀山三尊（定勝寺蔵）

瓶を見たり、迦陵頻伽が舞うのを見ることができるという。

普陀山では、生身《しょうじん》の観音菩薩に出会えることを強調しており、参詣者もそのような霊験を期待して巡礼したのである。これは山西省の五臺山で、生身の文殊菩薩を拝することができるという信仰と同一線上にある。[4]

『仏祖統記』は、志磐が南宋・咸淳五年（一二六九）に、寧波近郊の東銭湖畔の慈悲普済寺で撰述したもので、特に浙江地方の仏教に詳しい。[5] しかし、これは唐代の伝承を南宋に記録したものであり、この開創伝承にはさらなる検証が必要である。現に韓国では、普陀山を開創したのは、恵蕚ではなく新羅僧であると主張している。[6]

『補陀落山聖境図』の上部（図3）には、中央の雲上の一大円相内に観音菩薩坐像が大きく描かれ、天上から普陀山全体を守護しているようにみえる。向かって右には善財童子、左には月蓋《がっかい》長者が配され、観音を拝んでいる。ここに描かれる三尊像は、観音菩薩・善財童子・月蓋長者という、経典や儀軌に根拠のない、何とも不思議な組み合わせになっている。これと同様の三尊像の遺例は、日本にもある。京都の泉涌寺に所蔵される「楊貴妃観音」と通称される観音菩薩坐像（図4）には、かつて脇侍として善財童子像と月蓋長者像が祀られていた。善財童子像は、江戸時代に盗難により失われてしまったが、月蓋長者立像（図5）は、舎利殿に安置されるものの現存しており、当初の形態が想像できる。この有名な像は、泉涌寺開山俊芿の弟子の湛海が、二度目の入宋の時に浙江から請来したものである(7)。

つまり、日本の鎌倉初期から室町期、すなわち中国の宋代から元代にかけて、普陀山観音三尊像ともいうべき、特殊な三尊形式が成立しており、それが日本に齎されたことが遺例によって確認できるのである。泉涌寺の善財童子像は失われてしまったが、同時代に制作されたと思われる韋駄天立像（図6）は現存しており、南宋浙江仏教の貴重な遺品となっている。なお、岐阜県長瀧寺には、南宋の善財童子立像が蔵されており、逸失した泉涌寺像容を想像する手がかりとなっている（図7）。

図4　観音菩薩坐像（泉涌寺蔵）

図5　月蓋長者立像（泉涌寺蔵）

この三尊像のうち善財童子は、『華厳経』に登場する五十三人の善知識を歴訪して教えを乞う求道者である。『華厳経』（八十華厳）巻六十八・入法界品第三十九之九には、善財童子が補怛洛迦山に観自在菩薩（観音菩薩）を訪ねる場面がある。

爾時善財童子、漸次遊行、至二善度城一、詣二居士宅一、頂二礼其足一、合掌而立白言、聖者、我已先発二阿耨多羅三藐三菩提心一、而未レ知下菩薩云何学二菩薩行一、云何修中菩薩道上。我聞、聖者善能誘誨。願為レ我説。居士告言、（中略）善男子、於二此南方一有レ山、名二補怛洛迦一。彼有二菩薩一、名二観自在一。汝詣レ彼問、菩薩云何、学二菩薩行一、修二菩薩道一。

図６　韋駄天立像（泉涌寺蔵）

図７　善財童子立像（長瀧寺蔵）

善財童子が遊行の途次に、善度城の居士宅で菩薩道の修行方法について教えを乞うたところ、南方に補怛洛迦という山があり、観自在菩薩がいるので、そこで菩薩行を学び、菩薩道を修せよと告げられた。そこで善財童子は、補怛洛迦山に行き、観自在菩薩のもとで教えを受けたという。この部分は先の『仏祖統記』にも要約して引かれており、中国の普陀山が、『華厳経』にいう補怛洛迦山に比定されていたことがわかる。

観音菩薩のもう一人の脇侍となっている月蓋長者は、呉・支謙訳『維摩経』巻下・観人物品第七、姚秦・鳩摩羅什訳『維摩詰所説経』巻下・香積仏品第十、唐・玄奘訳『説無垢称経』巻五・香台仏品第十、劉宋・畺良耶舎訳『観薬王薬上二菩薩経』などに登場する、釈尊在世時の実在の裕福な人物である。前三者は同本異訳で、多くの人々を従えて維摩詰の居室を訪ねる長者として登場している。『観薬王薬上二菩薩経』では、毘耶離国獼猴林青蓮池精舎に集会する大衆の一人として名がみえる。

これらいずれの経典も、観音菩薩を拝む月蓋長者の説明とはなっていない。

小稿は、中国においてこの普陀山観音三尊像の脇侍として、なぜ月蓋長者像が配されるようになったのか、また日本ではこの月蓋長者がどのように受容されたのか、所依の経典受容を中心に、信仰の背景を探ることを目的とする。

二　『請観音経』の月蓋長者と楊枝

観音菩薩と月蓋長者との関係を説く経典は、東晋・竺難提訳『請観世音菩薩消伏毒害陀羅尼呪経』（以下『請観音経』）一巻（8）である。本経は、『大正新脩大蔵経』で四頁ほどの、短い経典であるが、雑密系の独立した観音経典としては最古のものとされている。この冒頭部分に、次のようにいう。

如レ是我聞、一時仏住二毘舎離国菴羅樹園大林精舎重閣講堂一。（中略）時毘舎離国一切人民遇二大悪病一。一者眼赤如レ血、二者両耳出レ膿、三者鼻中流レ血、四者舌噤無レ声、五者所レ食之物化為二麁渋一、六識閉塞猶如二酔人一。有二五夜叉一、名二訖拏迦羅一。面黒如レ墨而有二五眼一。狗牙上出吸二人精気一。時毘舎離大城之中、有二一長者一、名曰二月蓋一。与二其同類五百長者一倶詣二仏所一。到二仏所一已頭面作礼、却住二一面一、白言、世尊此国人民遇二大悪病一。良医耆婆尽二其道術一、所レ不レ能救。唯願天尊、慈二愍一切一、救二済病苦一、令レ得二無患一。爾レ時世尊告二長者一言、去レ此不レ遠、正主二西方一、有二仏世尊一、名二無量寿一。彼有二菩薩一、名二観世音及大勢至一。恒以二大悲一、憐二愍一切一、救二済苦厄一。汝今応当三五体投地、向レ彼作レ礼、焼香散華、繫念数息、令二心不一レ散。経二十念頃一、為二衆生一故、当レ請二彼仏及二菩薩一。説二是語一時、於二仏光中一、得レ見二西方無量寿仏并二菩薩一。如来神力仏及菩薩倶到二此国一。往二毘舎離一住二城門閫一。仏二菩薩与二諸大衆一放二大光明一。照二毘舎離一皆作二金色一。爾レ時毘舎離人、即具二楊枝浄水一。授二与観世音菩薩一。大悲観世音、憐二愍救三護一切衆生一故、而説レ呪曰、普教二一切衆生一而作二是言一、汝等今者応当二一心称一、南無仏、南無法、南無僧、南無観世音菩薩摩訶薩、大悲大名称救護苦厄者。

世尊が毘舎離国菴羅樹園大林精舎の重閣講堂に住していた時、あらゆる人民が大悪病に遇った。月蓋長者は、他の五百の長者とともに世尊のもとに病苦救済を求めた。世尊は、西方の無量寿仏（阿弥陀仏）と観音・勢至の二菩薩を五体投地で迎えるように求めた。月蓋たちは焼香散華、繋念数息したところ、十念のうちに無量寿三尊が出現し、城門の閾《しきみ》から大光明を放ち毘舎離城内を照らしたところ、みな金色となった。その時住人たちは、楊枝と浄水を具して観音に捧げたところ、観音は「南無仏、南無法、南無僧、南無観世音菩薩摩訶薩、大悲大名称救護苦厄」と唱えるべきことを教えた。

この引用部分に続いて、世尊は、観音の消伏毒害陀羅尼呪・大吉祥六字章句神呪・灌頂吉祥陀羅尼などの神呪を誦持する者は、一切の業障が消滅し苦を免れることができると告げ、人民は病から回復したと述べる。『請観音経』は、中国の天台宗において特に重視されていた[9]。それは、この経典に、毒害疾病からの本復ばかりでなく、飢饉・王権・悪獣・盗賊・迷路・牢獄・難破・夜叉・羅刹・毒薬・刀剣などの難から済われ、婦人は安産することができ、死後の悪道の苦難から免れ、無量の功徳を得ることができ、あらゆる毒害を消伏することができると説くからである。またここで説く、呼吸を数え心の乱れを整える観法である数息観も重視された。

隋代の天台智顗は、この注釈『請観音経疏』一巻を講述し、門人の灌頂がこれを編纂した。智顗は、『摩訶止観』巻二上においても、四種三昧のうちの非行非坐三昧の行法を、『請観音経』などによって説明する。『摩訶止観』では他に数箇所で引用し、『法華文句』においても二箇所に本経を引用している。灌頂が編纂した『国清百録』巻一には、智顗作の「請観世音懺法」を収める。

悉応六斎建レ首。当下厳二飾道場一、香泥塗レ地、懸二諸幡蓋一、安二仏像一南向、観世音像別東向、日別二楊枝浄水一、焼香散華上。

この懺法では、六斎日をもって始め、道場を荘厳し、香泥を地に塗り、多くの旛蓋を懸け、仏像を南向きに安置し、観音菩薩像を別に東に向け、日ごとに楊枝と浄水を替え、焼香し散華せよとする。以下の行法は引用を省略したが、行者は五体投地して礼拝し、焼香散華し、結跏趺坐して繫念数息し十念を成じ、十方仏・七仏世尊の色身は虚空の如くと念じ、経の偈文と三神呪を誦し、発願して懺悔を終えよとする。

『請観音経』は、天台山国清寺教団の懺法《せんぼう》という懺悔行法の中で、一箇月に六日間ある斎日ごとに受容されていたことがわかる。また、天台の中興の祖である湛然は、『止観輔行伝弘決』巻二之二において、非行非坐三昧の解説で、『請観音経』を詳しく引用しながら説明している。ここでは楊枝浄水の意味についても、次のように記す。

設二楊枝等一者、以二観世音左手一把二楊枝、右手一持二澡瓶一。是故請者、須レ備二一物一。若作所レ表者、楊枝払動、以表レ慧、浄水澄渟、以表レ定。

楊枝を設けるというのは、観音菩薩の左手に楊枝を握り、右手に澡瓶を持っているからである。その意味するところは、楊枝を払い動かすのは慧、浄水が澄みとどまっているのは定をあらわすからだという。

ところで、楊柳観音という名称であるが、その典拠は、唐・三昧蘇嚩羅訳『千光眼観自在菩薩祕密法経』の偈文にある。同経では、またの名を薬王観自在として、以下のようにいう。

若欲レ消二除身上衆病一者、当レ修二楊柳枝薬法一。其薬王観自在像、相好荘厳如二前所レ説。唯右手執二楊柳枝一、左手当二左乳上一顕レ掌。

身体のあらゆる病気を消除するには楊柳枝薬法を修すべきで、その薬王観自在像は、右手に楊柳の枝を執り、左手を左乳の上に当て掌を顕すとしている。

実は楊柳観音の名は、これ以外の経典には見出すことができない。辞書類では、正観音の変化身である三十三観音の一つなどと説明されるが、経論にその典拠を求めることができない。この『千光眼観自在菩薩祕密法経』の記述と、『請観音経』の楊枝浄水法などを重ね合わせ、中国唐代以降に彫刻や絵画によって広まったものである(10)。

銭塘（杭州）の道誠は、天禧三年（一〇一九）に、仏教初学者のために『釈氏要覧』三巻を著した。その巻下・雑記・柳枝浄水には、端午節等の毒節には、盆に水を盛り、内に柳の枝を挿して、門前に置いて悪を避けるという風習があることを記している。ここには、東晋・帛尸梨蜜多羅訳『灌頂経』巻九を引いて、維耶離国（毘舎離国）で悪疫が流行した際、神呪を持し、泉の水を酌み、楊枝で洒水すると、病者が癒えて、毒気が消亡したことを根拠としている。これは、『請観音経』に説く大疫癘流行と同じ事件を指していると思われ、歴史的事実を反映している可能性があるという(11)。

趙宋天台山家派の慈雲遵式は、『請観世音菩薩消伏毒害陀羅尼三昧儀』一巻を著し、山外派の孤山智円は、大中祥符二年（一〇〇九）に『請観音経疏』の注釈『請観音経疏闡義鈔』四巻を撰述した。孤山は、杭州西湖の中の小島である。本書に対し、山家派の四明知礼は、天禧元年（一〇一七）、「釈請観音疏中消伏三用」（宗暁編『四明尊者教行録』巻二）で反論すると、さらに山外派の咸潤が破し、それに対しまた山家派の浄覚が論駁した。小稿ではその煩瑣な議論の内容は省略するが、いずれにせよ両派で『請観音経』が重視されていたことは明らかである。

以上、『請観音経』は、隋唐の天台宗において、非行非坐三昧あるいは懺法の所依経典として非常に重視されており、かつ宋代の浙江では山家山外両派の争点の一つに、『請観音経』への解釈の違いが大きな問題となっていたことを確認した。

なお、仏堂に入り供養する時や人と接する際などには、楊柳の枝の先をつぶして歯刷子として使用せよと、さまざまな経論に説かれている。西晋・竺法護訳『賢劫経』巻八・千仏発意品に「以二楊柳枝一、貢二上其仏一、洗二口及歯二」とあり、唐・阿地瞿多訳『陀羅尼集経』巻三・結虚空界法印真言に「毎日旦起、洗二手面一已、嚼二楊柳枝一更漱レ口訖」とあるごとくである。

唐・迦才の『浄土論』巻下には、藍田県悟真寺では、貞観九年（六三五）に方啓法師が、夏に阿弥陀仏を念じて一本の楊枝を観音菩薩像の手中に取らせ、もしこの楊枝が七日間萎えなかったら往生を得ると誓願したところ、果たして七日間萎えず、往生の素懐を遂げたという話を伝える。この話なども、楊柳の枝に呪力があると考えられていたことを背景としていよう。

三　普陀山三尊像の成立

観音菩薩・善財童子・月蓋長者という組み合わせの三尊像は、中国でも日本でも類例は少ないが、文献上にはいくつか見ることができる。

普陀山の功徳・祥瑞・沿革などを記した、元・盛熙明編『補陀洛迦山伝』応感祥瑞品第三には、次のようにいう。

紹定庚寅十月、慶元昌国監胡煒、登二大士橋一、礼二潮音洞一、倏現二光明一。左則月蓋長者、与二童子一並立。一僧居レ右、師子盤旋、両目如レ電。及至二善財一、巌童子再現、黛眉粉面、宝蓋珠鬘。森列二於前一、傍現二一塔一、晶彩煥発。衆僧曰、我等雲集、歴年未レ覩。今承二恩力一、共観二色相一。遂刻二山図於石一、以示二悠久一。

紹定三年（一二三〇）、普陀山潮音洞に突然光明が出現し、中に月蓋長者と善財童子が観音菩薩を礼拝する姿や宝塔が出現したので、普陀山図を石に刻んで後世のために遺したという奇瑞があったという。この経緯から、小稿冒頭に示した『補陀落山聖境図』成立の背景にも、同様なきっかけがあったと想像される。このような数多くの霊験によって、普陀山観音信仰が発展していったのであろう。

明・永楽十五年（一四一七）に編纂された『神僧伝』巻九には、北宋代に杭州で活躍した霊芝元照についての、以下のような神異譚を収載する。

霊芝律師、重造二明州五臺戒壇一成。有二一老人一、神気超邁、眉鬚皓白。進而啓曰、弟子有二三珠一、奉二献以為壇成之賀一。言訖忽然不レ見。因置二其珠于壇心一。屡現二光相一。其後有二壇主一、会二十師大開戒法一。越二一日夜分一、有二一僧登壇一。忽覩二珠光外徹一、内現二善財童子一。僧乃驚呼。衆起視レ之、悉皆環礼。自レ是毎夜、僧衆益伸二虔懇一。而珠之所レ現、或金色仏、或六臂観音、或紫竹碧柳、或奇木怪石、或迦陵頻伽飛二舞左右一、或月蓋［長者名］、或龍神献レ珠、神変非レ一。見者聞者、皆謂二希有一。

元照が、明州（寧波）に五臺戒壇を造ったところ、一老人が現れ、戒壇完成の祝賀に三つの珠を奉呈しようといって、忽然と消え去った。その珠を戒壇の中心に置いたところ、しばしば光明を現じた。その後、十師大開戒法の二日目の夜、ある僧が登壇すると、たちまち珠が透き通り、内に善財童子が出現した。その後毎夜、金色仏・六臂観音・紫竹碧柳・奇木怪石・迦陵頻伽・月蓋長者・龍神などが次々と現れ、人々を驚かせたとある。ここで、善財童子・観音菩薩・月蓋長者が登場するのは、普陀山三尊像を踏まえているからなのであろう。

なお、図5で紹介した泉涌寺蔵月蓋長者立像は、宋代士大夫の姿である。月蓋長者は毘舎離国の人であるから、インド風でエキゾチックな容姿で表現されるべきところだが、このように表現したのは、南宋初期の宰相であった史浩・史弥遠父子をはじめとする、史一族の普陀山信仰をダブルイメージとしているとの指摘がある(12)。史浩は、紹興十八年（一一四八）三月十五日、普陀山潮音洞において観音を頂礼しようとしたが、椀に花が浮かんでいるだけで、何も見ることはできなかった。ところが、寺に戻り『華厳経』入法界品について長老僧と語り合ったのち、再び潮音洞前に行くと、一比丘が現れ巖上の穴を指した。攀じ上り振り返ると、たちまちに金色に耀き眉目瞭然たる観音菩薩の瑞相が現れた。そこで、史浩はこの顛末を、宝陀寺（普済寺）の壁に「越王留題」と題し刻したという。[13] 史浩とその一族は、この霊験譚に代表されるような普陀山観音の熱烈な信者であった。泉涌寺月蓋長者像が巖上で合掌するのは、普陀山潮音洞の観音菩薩を礼拝する姿だからであるが、この霊瑞を踏まえての造像による可能性が高い。

図4に示した、宋代に杭州で造像された泉涌寺の観音像も、楊柳観音と呼ばれている。この観音像は、日本への舶載当初から観音菩薩・善財童子・月蓋長者の三尊であったことから、これまで述べたような『請観音経』に対する信仰に基づいて造像されたことは明らかである。楊枝浄水加持法の本尊観音菩薩を、善財童子と月蓋長者が拝し守護する姿は、鎌倉初期の日本人にも特別な感情を催させたであろう。この美しい観音像は、「楊柳」の名の連想から「楊貴妃観音」とされ、江戸時代以来、玄宗皇帝が亡き楊貴妃をしのんで、その姿を観音像として彫刻させたという伝承が生まれることになったのである。[14]

四　日本における『請観音経』受容

日本において『請観音経』は、はやく天平九年（七三七）に書写供養され、奈良朝には繰り返し書写されていた。[15] 最澄は、唐からの将来目録である『台州録』に、「請観音経疏一巻　智者大師出　一十四紙」と記しており、『請観音経疏』を将来していた。[16]

平安初期成立の、景戒『日本霊異記』巻上・第二十六縁に、持統天皇の代に百済の多羅常禅師が、高市郡法器山寺に住し浄行を修していたが、常に病者を呪して不思議な霊験を施していたという話がある。多羅常は楊枝を取りに枝に上る時、錫杖を二本互いに重ねて立てても倒れなかったという霊験を示した。この楊枝を取るという行為と、呪による看病は、楊枝浄水の信仰に基づくものであるとの、速水侑の重要な指摘がある。[17]

それ以降、平安中期までの受容史には乏しいが、『類聚符宣抄』巻三・長元三年（一〇三〇）五月二十三日太政官符[18]に、次のような内容の記事がみえる。

右去春以来、疾疫滋蔓、病死僑多。仍寄二託内外一、雖レ致二祈禱一、空経二旬月一、未レ期二休除一。夫観世音菩薩者、衆生依怙、能施無畏。患二病厄一者、必抜二苦源一、遭二急難一者、乍得二解脱一。就レ中十一面観音有下頂上仏面除二疾病一之願上、請観世音経有下毘舎離国救二苦厄一之経上、旁仰二弘誓一、盍レ無二冥感一乎。

前年以来、疫癘が蔓延していたが祈禱の功能なく、死者が続出している。観音菩薩は、病厄を救い、苦源を抜いてくださるので、衆生がよく頼むところである。十一面観音頭頂の仏面には疫病を除く願があり、『請観音経』は毘舎離国の苦厄を救った経典であることから、国分寺において、丈六の十一面観音像一体と、『請観音経』百巻を図写供養させよとの命が、五畿七道諸国に発せられた。ここに、『請観音経』が疫病済度の経典として全国的に知られ、かつ広く認められていたことが確認できる。

『四十帖決』巻七には、「請観音経法　長久五　九月十一日説」として、長久五年（一〇四四）、天台宗の谷阿闍梨皇慶が弟子の長宴の台密事相に関する質問に答え、請観音経法について伝授したことが記されている。

請観音経法ハ、以二阿弥陀ノ三尊一ヲ、懸テ安二置ス之一ヲ。而以二聖観音一ヲ、為二本尊一ト、修二ス護摩一ヲ。其供養法、多分依テ二蘇悉地一ニ修レスル之ヲ耳。番僧読経、又誦二スル経ノ中六字章句陀羅尼ト消伏毒害陀羅尼二ノ呪一ヲ［件二呪随レ筆随レ時随一用レ之」。（中略）又毎レニ時設二浄楊枝二枝一ヲ［如二世人所用楊枝一］、安二脇机一ニ。其楊枝前後献二ル閼伽一ヲ之時、各取二一枝一ヲ、打二渡閼伽器之上一ニ献レス之。護摩本尊壇ノ時ニハ、請二供セヨ聖観音一ヲ［此法口授法也］。師曰、献二スル楊枝一ヲ呪　賀娑賀娑云云。用二ルニ此呪一ヲ無レ妨歟。謂ク三戒之時、歯木ノ呪也。請観音ノ経ノ中陀羅尼ハ、是ハ是レ鬼名陀羅尼也云云。

請観音経法を修する際、阿弥陀三尊の絵像を懸け安置し、聖観音を本尊として護摩を修すべしとする。その供養法は蘇悉地によって修し、『請観音経』の「六字章句陀羅尼」と「消伏毒害陀羅尼」の二呪を誦し、時ごとに楊枝二枝を脇机に置き、閼伽を献ずる時、各々一枝を取って閼伽器の上に打ち渡し献ぜよ、などという具体的方法も明かされている。この時期すでに、日本において請観音法が完成され、天台宗内で秘事口伝として伝授されていたことを看取できる貴重な文献である。

院政期になると、除病抜苦のための『請観音経』読経が、記録上にしばしば見えるようになる。嘉保元年（一〇九四）十一月二十三日から十二月十五日まで、大江匡房を上卿として、昼御座で三七日間の『孔雀経』『請観音経』御読経が修された。また、長治二年（一一〇五）三月十二日から四月二十三日までと八月六日、嘉承元年（一一〇六）二月十七日より三日間に、『請観音経』御読経が清涼殿などで修されていることが、『中右記』『殿暦』などの該当日条で確認できる。いずれも昼御座・清涼殿における読経であることから、病弱の堀河天皇本復祈願であることは明白である。『請観音経』は、『孔雀経』とともに病魔退散の強力な功能を期待されていた。

鎌倉期、承澄編の『阿娑縛抄』巻八四「請観音」・同『諸法要略抄』「請観音法」には、「亦名二楊枝浄水法一」としており、請観音法は楊枝浄水法の名でも一般化している。現在、日本で最も有名な「楊枝浄水供」法会は、京都の妙法院門跡が三十三間堂において修するもので、上記の流れを汲むものである。両書によれば、保元元年（一一五六）夏、疫癘流行のため人民が多数死亡したため修したのを先蹤とするという。

これは、一般には「楊枝《やなぎ》のお加持《かじ》」と呼ばれる正月行事として知られている。千体の観音菩薩を祀る三十三間堂では、成人の日の前後の日曜日に、通し矢、すなわち「大的全国大会《おおまと》」が行われる。これは成人式の風物詩として、テレビのニュースで毎年放映されるため、通し矢が行事そのものと思われているようであるが、あくまでも「楊枝浄水供」法会の一環として開催されるものである。三十三間堂本尊千手観音坐像の前で、祈願された浄らかな水を柳の枝で参詣者に灌ぎ、無病息災を祈る法要は、歴代の門跡によって現代まで脈々と伝えられている。

五　『請観音経』と善光寺縁起

月蓋長者の名は、前近代の日本においては、最もよく知られたインド人の一人であった。それは信濃善光寺の本尊阿弥陀三尊像を、娑婆世界に請来した人物と伝えられていたからである。

信濃善光寺の縁起は、『日本書紀』欽明天皇十三年（五五二）に、百済から金銅釈迦如来像と経論などが伝えられたという記事を換骨奪胎して、阿弥陀三尊像が日本最初の仏像として伝来したとする内容である。現存最古の『善光寺縁起』は、『扶桑略記』欽明天皇十三年十月十三日条と、院政期の真言僧・心覚撰『鵝珠鈔』巻下に引かれるものである。この佚文縁起の、インドに関係する部分を口語訳する。

くだんの仏像は、もとは釈尊の在世時に、天竺毘舎離国の月蓋長者が、釈尊の教えに従い、西方を向いて礼拝し、一心に阿弥陀如来と観音・勢至の二菩薩を持念したところ、三尊は身を一搩手半《いっちゃくしゅはん》に縮めて、月蓋長者の門の上にとどまった。長者は、一仏二菩薩を目のあたりにして、金銅で鋳写《いうつ》したのがこの像である。月蓋長者の遷化後、仏像は空に飛び上がり、百済国に至った。その後一千余年を経て、本朝に浮かんでやって来たのが、今の善光寺本尊なのである。

善光寺の縁起は、インド・朝鮮半島・日本と、生身《しょうじん》の霊像が伝来する経緯を語るもので、規模の雄大さとストーリー展開の複雑さが相俟って、本朝を代表する寺社縁起の雄編として、前近代においては広く人口に膾炙していた[19]が、この部分は『請観音経』を利用したものである。

月蓋長者は、日本最初の仏像を造像する機縁を作った人物として、縁起の語りの中では必ず触れられてきた[20]。そのことを証明するのは、絵画表現である。善光寺本尊は、一光三尊像あるいは一光三尊如来像とも呼ばれる。これは、一つの舟形光背の前に、中尊の阿弥陀如来と脇侍の観世音菩薩・大勢至菩薩が並ぶからである。ただし、その印相は、中尊が刀剣・施無為印、脇侍は梵篋印であり、通例の阿弥陀三尊像とは全く異なるものとなっている。掲載の図（図8）は江戸時代中期のものであるが、鎌倉時代からこのような形式で描かれている。そのことを証明するのは、根津美術館本『善光寺如来絵伝[21]』である。本絵伝第三幅の中央には、大きく一光三尊善光寺如来像、下部に善光寺伽藍図を描いた大胆な画面構成をとっており、視る者に強い印象を与えている。根津美術館本は鎌倉時代の制作とされ、

図8　一光三尊像（甲府市善光寺蔵）

図９　月蓋長者坐像（甲府市善光寺蔵）

現存最古の『善光寺如来絵伝』である。なお絵画では必ずといっていいほど描かれる月蓋長者夫妻像は、彫像ではほとんど表現されることはない[22]。月蓋長者像として例外的な等身像は、甲府市善光寺本尊厨子脇に、夫人像とともに左右に祀られている（図９）。寛政六年（一七九四）七月吉日の墨書銘があり、江戸中期の優れた彩色彫像である[23]。

おわりに

『請観音経』において強調されるのは、観音神呪の、病気や災害を取り除く強力な霊威である。中国浙江地方を中心に発展し、東アジア全体に広がった天台教学の中心は『法華経』であるが、その観世音菩薩普門品に説かれる観音菩薩の霊力により、あらゆる厄難を消除するとされたことから、仏教徒に広く信仰された。これに加え、密教経典『請観音経』に示す神呪の功能は、天台智顗とその門下によって喧伝され、さらに大きく広まっていった。

さらに、月蓋長者が西方極楽浄土から請来したのは、阿弥陀・観音・勢至の三尊であった。『請観音経』にみえる「十念」の語は、仏を十回念ずることであるが、唐代以降の念仏信仰の隆盛にともない、十遍「南無阿弥陀仏」と称えることと解された。浄土信仰をさらに鼓吹する経典としても、『請観音経』は大きな地位を占めていたのである。

かつての普陀山観音信仰も、日本最初の仏像と伝える善光寺信仰も、浙江地方の天台宗で重んじられた『請観音経』を媒介として、広まったものであった。観音菩薩への信仰形態が、東アジア各地で、それぞれの土地の事情に合わせ、さまざまに変化していくさまは、観音菩薩の三十三応身の変化のようで、現在に至るまで我々を導いてやまないのである。

［附記］

小稿は、二〇〇九年十一月十五日、中国浙江省舟山市普陀区普陀山祥生大酒店において開催された、舟山市普陀山風景名勝区管理委員会・浙江工商大学日本文化研究所・早稲田大学日本宗教文化研究所・香港鳳凰衛視有限公司主催「東アジアの観音信仰」国際学術シンポジウムにおいて、「楊柳観音と月蓋長者―日中『請観音経』受容の諸相―」と題して行った記念講演を、その後の知見を踏まえつつまとめたものである。本シンポジウムは、香港鳳凰衛視（フェニックステレビ）によって世界の中華圏で衛星放送され、一部は現在でもインターネットで視聴できる。中国の僧俗を主たる対象とした講演のため、既知の研究を整理して提示したものにすぎないが、私なりの問題意識に基づいて再構成したものである。当日は、『善光寺縁起』における『請観音経』受容についても多く語ったが、すでに公表した論文の繰り返しであるため、ここでは要点のみにとどめた。

註

（1）本展観は、平成一七年度～二一年度文部科学省特定領域研究「東アジアの海域交流と日本伝統文化の形成―寧波を中心とする学際的創生―」（通称「寧波研究プロジェクトグループ」「にんぷろ」）の掉尾を飾ったもので、大規模かつ優れた展示内容であった。三五二頁からなる図録（奈良国立博物館、二〇〇九・七）が刊行されており、画期的な価値を持つ。小稿は本展観に触発され成ったもので、すべての関係者の学恩に感謝したい。

（2）本図については前掲図録および、井出誠之輔「長野・定勝寺所蔵　補陀落山聖境図」（『美術研究』第三六五号、一九九六・十）参照。

（3）恵蕚の伝記については、橋本進吉「慧蕚和尚年譜」（『大日本仏教全書』遊方伝叢書第四、仏書刊行会、一九二二・六）、鎌田茂雄「慧蕚伝考―南宗禅の日本初伝―」（『財団法人松ヶ丘文庫研究年報』第一号、一九八七・二）、田中史生編『入唐僧恵蕚と東アジア　附恵蕚関連史料集』（勉誠出版、二〇一四・九）参照。恵蕚が齎した『白氏文集』については、陳翀「慧蕚東伝《白氏文集》及普陀洛迦開山考」（『浙江大学学報（人文社会科学版）』第四〇巻第五期、二〇一〇・九）、同『白居易の文学と白氏文集の成立―廬山から東アジアへ―』（勉誠出版、二〇一一・四）参照。なお以下の経論の引用は、特にことわらない限り『大正新脩大蔵経』に拠る。

（4）四川省峨眉山の普賢菩薩、安徽省九華山の地蔵菩薩も同様で、以上の菩薩霊場を四大名山と呼ぶ。秦孟瀟主編『中国仏教四大名山図鑑』（柏書房、一九九一・十）など参照。

（5）『仏祖統記』とその諸問題については、佐藤成順『宋代仏教の研究』（山喜房佛書林、二〇〇一・四）、同『宋代仏教史の研究』（山喜房佛書林、二〇一二・三）参照。

（6）中国・韓国の普陀山観音信仰については、佐伯富「近世中国における観音信仰」（『塚本博士頌寿記念仏教史学論集』、一九六一・二）、金井徳幸「唐宋五代五台山仏教の神異的展開―海難救済信仰への推移と新羅の役割―」（『社会文化史学』一一号、一九七四・八）、李美子「〝不肯去観音〟伝説新探」（郭万平・張捷主編『舟山普陀与東亜海域文化交流』浙江大学出版社、二〇〇九・十一）など参照。韓国の普陀山信仰研究の現状については、松本真輔氏より韓国語論文を多数提供していただいたがここでは省略する。

（7）西谷功「泉涌寺僧と普陀山信仰―観音菩薩坐像の請来意図」（『特別展図録』『聖地寧波』奈良国立博物館、二〇〇九・七）、同「泉涌寺創建と仏牙舎利」（『戒律文化』第七号、二〇〇九・三）、同「楊貴妃観音像の〈誕生〉」

（『アジア遊学』一三二「東アジアを結ぶモノ・場」、二〇一〇・五）に多くの学恩を受けた。他に、奥健夫「日本に伝わる宋彫刻」（『日本の美術』第五一三号「清凉寺釈迦如来像」至文堂、二〇〇九・二）、石野一晴「楊貴妃観音の源流―近世中国における観音菩薩の女性化をめぐって―」（佐藤文子・原田正俊・堀裕編『仏教がつなぐアジア―王権・信仰・美術―』勉誠出版、二〇一四・六）など参照。

（8）大塚伸夫「『請観世音菩薩消伏毒害陀羅尼呪経』における初期密教の特徴―ウパセーナ比丘説話を中心として―」（『高野山大学密教文化研究所紀要』第二一号、二〇〇八・二）、同「『十一面観世音神呪経』の形成と展開について」（『高野山大学密教文化研究所紀要』第二五号、二〇一二・二）など参照。以下の論述の一部は、吉原浩人「『善光寺縁起』の生成―『請観音経』との関係を中心に―」（『国文学　解釈と鑑賞』第六三巻一二号、一九九八・十二）と重なる箇所があるが、小稿ではより詳しく論じている。

（9）佐藤哲英『天台大師の研究』（百華苑、一九六一・三）、三﨑良周『台密の研究』（創文社、一九八八・六）、小林正美『六朝仏教思想の研究』（創文社、一九九三・十二）、池田魯参『国清百録の研究』（大蔵出版、一九八二・二）、同『詳解摩訶止観』全三巻（大蔵出版、一九九五・十二～一九九七・六）など参照。

（10）観音信仰については、速水侑『観音信仰』（塙書房、一九七〇・八）、彌永信美『観音変容譚　仏教神話学Ⅱ』（法藏館、二〇〇二・七）など参照。中国における楊柳観音伝承については、張哲俊『楊柳的形象：物質的交流与中日古代文学』（人民文学出版社、二〇一一・三）参照。

（11）坂内龍雄『真言陀羅尼』（平河出版社、一九八一・三）。ここに『請観音経』神呪の解説がある。

（12）前掲註5佐藤成順『宋代仏教史の研究』、前掲註6西谷功論文など参照。

（13）『延祐四明志』巻十六・宝陀寺の項。同前佐藤著書に原文を引用し考察されている。

（14）前掲註7各論文参照。

（15）木本好信『奈良朝典籍所載仏書解説索引』（国書刊行会、一九八九・一）など参照。

（16）奈良・平安期における『請観音経』の受容については、速水侑「平安時代における観音信仰の変質―六観音信仰の成立と展開―」（『史学雑誌』第七五編第七号、一九六六・七→民衆宗教史叢書第七巻『観音信仰』雄山閣、一九八二・十二再収）、同「三十三間堂の楊枝浄水供」（『古代史論叢』下巻、吉川弘文館、一九七八・九→同前再収）参照。

(17) 前註「三十三間堂の楊枝浄水供」。新日本古典文学大系本文は、この「楊枝」の語を「錫杖」としているが、「私意によって改めたもの」(凡例)で根拠はない。ここでは、新編日本古典文学全集の本文に拠った。
(18)「応四図三写供二養丈六観世音菩薩像一体請観音経佰巻一事」(『新訂増補国史大系』二七)。
(19) 善光寺縁起の形成過程については、前掲註8拙稿のほか、吉原浩人「現光寺(比蘇寺)縁起から善光寺縁起へ—霊像海彼伝来譚の受容と展開—」(福田晃・廣田徹通編『唱導文学研究』第五集、三弥井書店、二〇〇七・三)、同「霊像の生身表現の淵源とその展開—優塡王思慕像の東遷伝承と善光寺縁起・絵伝—」(徳田和夫編『中世の寺社縁起と参詣』〈中世文学と隣接諸学8〉竹林舎、二〇一三・五)など、著書・論文で繰り返し論じている。
(20)『善光寺縁起』の月蓋長者については拙稿以外に、倉田治夫・倉田邦雄「〈善光寺縁起研究(一)〉「善光寺縁起」の諸本と月蓋説話」(『説話』第九号、一九九一・三)、倉田治夫「善光寺創建説話と請観音経　ヴァイシャーリー治病説話を中心に」(『信州大学人文社会科学研究』第五号、二〇一一・三)、同「月蓋長者説話の展開—『信濃国善光寺生身如来事』を中心に—」(『信州大学人文社会科学研究』第七号、二〇一三・三)がある。
(21) 山本泰一「善光寺縁起絵と善光寺如来画像—根津美術館蔵善光寺縁起絵に描かれた如来画像をめぐって—」(『金鯱叢書』第3輯、一九七六・三)、内田啓一「根津美術館蔵善光寺如来縁起絵」(『佛教藝術』三〇七号、二〇〇九・十一)等参照。鎌倉時代の、『覚禅抄』巻七・阿弥陀下・善光寺像に、一光三尊像が描かれるが、月蓋長者夫妻像は描かれない。
(22) 台座部分に月蓋長者夫妻像が一体となって彫刻される一光三尊像は、早稲田大学図書館ゴルドン文庫に所蔵される。江戸時代の、わずか三・六センチの小像である。吉原浩人「早稲田大学図書館蔵　善光寺信仰資料考・附解題」(『早稲田大学図書館紀要』第三九号、一九九四・三)に紹介した。
(23) 月蓋長者夫妻像については、山田泰弘・吉原浩人『甲斐善光寺』(定額山善光寺、一九八二・四)参照。なお女性像を、月蓋長者夫人とするか、月蓋長者の娘の如是姫とするかで、異なる解釈がある。

図版出典
図1　〔特別展図録〕『聖地寧波』、奈良国立博物館、二〇〇九・七、九六頁
図2　〔特別展図録〕『聖地寧波』、奈良国立博物館、二〇〇九・七、九七頁

図3　〔特別展図録〕『聖地寧波』、奈良国立博物館、二〇〇九・七、九六頁
図4　〔特別展図録〕『聖地寧波』、奈良国立博物館、二〇〇九・七、九八頁
図5　〔特別展図録〕『聖地寧波』、奈良国立博物館、二〇〇九・七、一〇〇頁
図6　〔特別展図録〕『聖地寧波』、奈良国立博物館、二〇〇九・七、一〇一頁
図7　〔特別展図録〕『聖地寧波』、奈良国立博物館、二〇〇九・七、二五頁
図8　甲府市善光寺蔵、筆者撮影
図9　甲府市善光寺蔵、筆者撮影

明恵における光明真言土砂加持の信仰

金　任仲

はじめに

光明真言とは大日如来の真言であって、一切諸仏の総呪としてこれを唱えれば無量無辺の功徳があるという。また、この呪によって加持された土砂を亡者の屍体や墓の上に散布すれば、生前に十悪五逆の罪を犯した者も、その罪障が消滅して極楽往生を遂げるという密教の修法である。光明真言法の起源は古く、土砂加持の信仰は平安時代末期から盛んに行われていたが、それが一大流行を示したのは鎌倉時代初期であった。とくに高山寺の明恵は、その深奥に最も強く心を動かされた人であって、土砂加持の功徳に対する熱烈な信仰を持っていたことは、周知の通りである。

明恵上人高弁（一一七三～一二三二）は、鎌倉時代初期における華厳宗の復興者として知られているが、その思想は文献的・理論的であるよりは極めて実践的であり、特徴的な実践法を展開したといわれる。また、光明真言土砂加持の思想そのものが真言密教の秘奥とされるが、華厳円融の思想とよく照応する点から見て、明恵にとって大変魅力あるものであったと思われる。さらに、梅津次郎氏(1)は明恵の光明真言土砂加持の信仰を鼓舞したのは、元暁の著『遊心安楽道』であったと指摘する。確かに明恵の『光明真言土沙勧進記』は、元暁の『遊心安楽道』の解説書ともいうべき著述であり、その内容のほとんどは光明真言土砂加持に対する信仰を鼓舞した書物である。明恵は土砂加持の万人救済の功能を信じて、石水院の住房で土砂加持法を自ら実践し、民間にも光明真言土砂加持の信仰を広めたということで、思想や信仰における元暁への傾倒が窺える。『明恵上人行状』(2)によると、光明真言による土砂加持を始めたのは、安貞二年(一二二八)とされるが、実際にはその記載より早く始めていたらしい。しかし、これに関する述作はその晩年に集中している。

本稿では、光明真言土砂加持の信仰の伝来と歴史的な展開を検討した上で、明恵における光明真言土砂加持の信仰がどのように受容されていたのかについて、『遊心安楽道』と『光明真言土沙勧進記』などを中心に考察してみたいと思う。

一　光明真言土砂加持の日本伝来

さて、光明真言信仰はよく知られているように、その典拠として菩提流志訳『不空羂索神変真言経』(以下『不空羂索経』と略する)巻二十八「灌頂真言成就品」、不空訳『不空羂索毘盧遮那仏大灌頂光真言』一巻(以下『不空軌』と略する)、『毘盧遮那仏説金剛頂経光明真言儀軌』(偽作儀軌、以下『光明真言儀軌』と略する)の一経二軌といった三つが挙げられる。これらのうち、『光明真言儀軌』は唐の不空訳に帰せられているが、十一世紀初頭から中葉の間にすでに日本で偽撰されたものと推定されている(3)。それは、仁和寺の恵什(一〇六〇〜一一四四?)『図像

抄』「光明真言」[4]の項に、

私に曰く、本儀軌に付きて二種有り。一本は不空羂索経第二十八巻文、これ不空三蔵の別訳出なり。一本は請来の人知らず。真言の功能甚だ多し。但し文字は三蔵の筆に似ず。尤も疑い有り。信用すべからざるものなり。この軌に付きて弥陀を以て本尊と為すは、尤も愚なり。

と記されていることからもわかる。これによると、恵什は当時、光明真言の儀軌として『不空羂索経』巻二十八の別行である『不空軌』とは別に、不空訳と伝える一本があり、甚だ疑わしいと述べた上で、それを請来した人が不明であることと、筆跡が不空三蔵のものと似ていないことを挙げて、『光明真言儀軌』は偽作であると断じている。さらに、鎌倉初期の覚禅（一一四三～一二一三）の『覚禅鈔』にも、「不空訳、世に流布す、但し請来を知らず[5]」とあり、当初から儀軌の疑いがもたれていたのである。

また『不空羂索経』と『不空軌』の関係については、唐の不空が玄宗皇帝の詔を奉じ、前者から大灌頂光真言関係の部分を抄出したものが後者で、梵呪の音写などに小異はあるが、前者の別行とみなしてもよいといわれている。日本では主として『不空軌』がよく用いられていたから、ここでは、同軌の巻頭に見える光明真言の呪を挙げてみる[6]。

唵《オン》　阿謨伽《アボキャ》　尾嚧左曩《ベイロシャノウ》　摩賀母捺囉《マカボダラ》　麼抳鉢納麼《マニハンドマ》　入嚩攞《ジンバラ》　鉢囉韈哆野《ハラバリタヤ》　吽《ウン》

(oṃ amogha vairocana mahāmudrā maṇi padma jvala pravarttaya hūṃ)

これは、「効験空しからざる遍照の大印あるものよ、宝珠と蓮花と光明との徳あるものよ、転せしめよ[7]」という意であり、中国での撰述『不空羂索経』『不空軌』は、いずれも「大灌頂光真言」と訳している。しかし、日本では現在に至るまで「光明真言」と呼ばれているが、それを整理してみると、次の通りである。

①『遊心安楽道』の最初の引用書である源隆国の『安養集』[8]巻十では、「大灌頂光真言」となっている。
②『遊心安楽道』の「来迎院所蔵本」[9]では、「光明真言」となっている。
③源信の『二十五三昧起請』[10]では、「光明真言」となっている。
④珍海の『決定往生集』[11]では、「光明真言」となっている。
⑤明恵の『光明真言土沙勧進記』[12]では、「光明真言」となっている。

このように、『遊心安楽道』を引用した『安養集』を除き、「光明真言」と記している書物は『光明真言儀軌』をはじめ、ほとんど日本で撰述されたものである。したがって、本来は「大灌頂光真言」という名称が日本に伝来された後に「光明真言」と呼ばれるようになったと考えたほうが自然であろう。なぜ日本においては「光明真言」と称するようになったのか、その理由はよくわからないが、「大灌頂光真言」にしろ「光明真言」にしろ、その利益には広く罪障滅罪・現世利益も含まれており、かかる亡者往生を可能とする真言功徳に対する信仰を指す。いずれにせよ、「大灌頂光真言」は日本に伝来され、「光明真言」と呼ばれるようになり、早くから広く信仰されていたと思われる。

菩提流志訳の『不空羂索経』は、古く新羅の元暁（六一七〜八六）の著述と伝えられる『遊心安楽道』の「七作疑復除疑」[13]第九問答に引用され、十悪五逆の罪を犯した者が地獄・餓鬼・畜生の三悪道に堕ちても、光明真言で加持した土砂を百八遍唱えて屍骸や墓の上に散ずれば、亡者の極楽往生を可能とするという土砂加持の功徳が提示されている。高山寺の明恵は、『遊心安楽道』の解説ともいうべき『光明真言土沙勧進記』などを著述し、民間に光明真言土砂加持の信仰を広めたとされるが、これに関する内容は後に論ずることにする。

元暁の『遊心安楽道』は、高麗の義天撰『新編諸宗教蔵総録』に収録されていないことなどで、その真撰が疑われているが、ここでは安啓賢氏(14)の元暁の真撰説と明恵の換置説に従いたい。この書は、鎌倉時代の目録である長西の『長西録』に見えるが、それ以前に源隆国（一〇〇四～七七）の『安養集』に引用され、これが初出ではないかと思われる。とくに『選択本願念仏集(15)』の冒頭に、日本浄土宗の開祖である法然は、浄土宗という宗名の語源の根拠を『遊心安楽道』に求めている。その後、東大寺の学僧凝然の『華厳経論章疏目録』に、『遊心安楽道科文』一巻と記され、浄土宗のみならず、諸宗にわたって広く引用され重視されたものである。速水侑氏はこの書に基づき、光明真言は「韓国においても、広範に尊崇を得ていた(16)」と推定されているが、新羅時代における光明真言に関する資料は見当たらない。

しかし、新羅時代における光明真言信仰は、智昇撰『開元釈教録』巻九によれば、「唐梵二言洞暁無滞。三蔵阿儞真那菩提流志等。翻訳衆経並無諂度語。於天后代聖歴三年庚子三月。有新羅国僧明暁。遠観唐化将欲旋途(17)」と見え、則天武后聖歴三年（七〇〇）三月に新羅の留学僧明暁は李無諂に『不空羂索陀羅尼経』一巻の翻訳を勧め、その年に完訳されたことを考慮すれば、明暁が帰国する孝昭王九年（七〇〇）の時に李無諂訳の『不空羂索陀羅尼経』が将来された可能性は大であろう。したがって、新羅時代における光明真言関係の資料は残っていないものの、光明真言は広く信奉されていたと考えられる。韓普光氏(18)によると、新羅では『不空羂索呪経』『不空羂索陀羅尼経』『不空羂索経』など、これらの経典と光明真言について関心が深かったことと、『遊心安楽道』は亡者の追善供養のための密教的な解釈があるということから、光明真言と土砂加持法は八世紀ごろ新羅より日本に伝来され、広く信奉されるようになったと推定されているが、明確な根拠は示されていない。

とくに注目したいのは、高麗時代に菩提流志訳『不空羂索経』の写経『紺紙銀泥不空羂索神變眞言經』巻十三（韓国国宝）が発見されたことである。黄寿永氏(19)の紹介によれば、これは高麗時代の忠烈王元年（一二七五）時に、王室の発願による『不空羂索経』全三十巻本のうち、巻十三の紺紙銀泥写経のことで、当時は全三十巻本すべて書写されたと考えられ、高麗時代において光明真言信仰が広く流布されていたことを窺わせる非常に貴重な資料である。この写経は日本に一時流出されたが、現在は韓国・湖巌美術館に大切に保管されている。さらに『高麗史』「世家篇」[20]を調べてみると、高麗時代までは消災道場（一五〇回）・仁王百高座道場（一二〇回）・仏頂尊勝道場（四〇回）・金光明経道場（二六回）・帝釈天道場（二三回）・般若道場（二一回）・功徳天道場（一三回）・灌頂道場（七回）・無能勝道場（七回）・文豆婁道場（五回）・大日王道場（一回）など、純粋な密教儀式が盛んに行われていたが、朝鮮時代に入ると崇儒排仏政策により密教儀式の儀軌がほとんど衰退し、光明真言土砂加持の信仰[21]は現在、曹渓宗の円覚寺など一部の仏教寺院と民間信仰として行われているのみである。

二　光明真言土砂加持の信仰の展開

日本における平安時代から鎌倉時代にかけての光明真言信仰をめぐっては、すでに先学の豊富な研究[22]がなされている。これらの研究によると、空海の『御請来目録』の中に「不空羂索毘盧遮那仏大灌頂光真言一巻」[23]とあり、空海が『不空軌』を請来したことはまちがいないが、空海自身による光明真言信仰を示す確かな史料は確かめられない。歴史上の確実な初出は、『三代実録』元慶四年（八八〇）十二月十一日の条[24]に、清和太上天皇の初七日の際に、

円覚寺に於て、僧五十口を延べ、今日より始めて、昼は法華経を読み、夜は光明真言を誦す。弁官事を行う。用度のもちうる所は、大蔵省物を用う。太上天皇崩御四十九日、薫修の終焉と為す。

という記載が見える。恐らく、清和天皇の四十九日の仏事を迎え、円覚寺の僧五十余人により昼は法華経を読み、

夜は光明真言を誦したという。清和天皇の治世下の九世紀後半に至って、光明真言が亡者の追善供養のために読誦されたという記事としては初出といわれる。また、天台座主良源（九一二～八五）が、天禄三年（九七二）没後の雑事を定めた「一、葬送の事[25]」の記事の中に、

卒都婆の中に随求・大仏頂・尊勝・光明・五字・阿弥陀などの真言を安置す。生前に書き儲けんと欲し、若し未だ書かずに入滅せば、良昭・道朝・慶有ら同法これを書くべし。

とあり、光明真言信仰は天台宗内部においても葬送・仏事の際に盛んに行われていたことを示す好例と言えよう。

ところが、このように九世紀後半から十世紀後半にかけて、主として寺院での僧侶による光明真言の読誦や葬送・仏事が広がっていたと見られるが、その信仰の貴族社会への浸透を示すものは、源信を中心とする僧侶・貴族の念仏結社二十五三昧会である。この「二十五三昧会」とは、寛和二年（九八六）五月に比叡山横川の首楞厳院において、源信や慶滋保胤らが中心となって組織した結衆（二十五三昧会会員）による「極楽往生」を目的とした念仏結社である。注目に値するのは、光明真言と土砂加持信仰との結びつきを初めて見いだせるのは、寛和二年九月に慶滋保胤が著したと伝えられる『二十五三昧起請八箇条』のうち、「一、念仏結願の次に光明真言を誦し加持土砂すべき事[26]」である。それによると、

右、如来説きて曰く。若し衆生有りて、具に十悪五逆四重の諸罪を造り、諸悪道に堕ちれば、此の真言を以て土砂を加持すること一百八遍、亡者の尸骸に散じ、或は墓上に散ぜよ。彼の亡者は、若しくは地獄、若しくは餓鬼、若しくは修羅、若しくは傍生の中、一切如来大灌頂真言加持土砂の力を以て、則ち光明身を得、諸の罪報を除き、極楽に往生し、蓮花化生するを得ると云々。我等罪障多く積み、生処なお疑う。仍て一匣の土砂を以て永く仏前の壇場に置き、念仏結願の次に、導師は別に五大願を発し、諸賢は三密観に住し真言を誦し、此

れ如説に加持す。結衆の中、若し逝く者有り、若し此の砂を以て必ず其の屍に置けば、彼の諸罪を具するは既に苦を脱す。いわんや五逆を造らざるをや。尸骸に散ずれば、なお功を得る。いわんや常に百遍を誦するや。恩を為すの人有らば、また分ちてこれを用うるを許すべし。（傍線付筆者）

と定め、葬送儀礼においてはまず不断念仏を行い、その後、導師は光明真言を百八遍唱えて土砂を加持し、その土砂をそばに置き、さらにそれを遺骸に散じて亡者が極楽浄土に往生できるよう祈念するのである。『二十五三昧起請八箇条』は、結衆の往生のためのいわば実践マニュアルとして用いられていたようである。

また、これを改定したといわれる永延二年（九八八）源信撰の『二十五三昧起請』においても、「一、光明真言を以て土砂を加持し亡者の骸に置くべき事[27]」とあり、前半は『不空羂索経』の光明真言の功徳を引用し、後半は念仏結願の後に光明真言を誦して土砂を加持すべきことを説いている。この『二十五三昧起請』における土砂加持の意義について、山折哲雄氏は「光明真言の土砂加持によって、死者の霊魂は安養廟の遺骸から飛び立ち、六道の輪廻を免れて仏国土に往生できる[28]」とされ、念仏に土砂加持を加えることにより、死者を浄化し、霊魂が確実に極楽へ往生できるものと信じていたと述べている。

すなわち、二十五三昧会の葬送儀礼は光明真言土砂加持をもって、死者の極楽往生が完成されるのである。源信は自ら光明真言土砂加持の功徳を高く評価して勧めていることから、十世紀末ごろの貴族社会に光明真言土砂加持が広く信仰されるようになった可能性が考えられる。『遊心安楽道』は『往生要集』の中には、具体的な引用文として挙げられていないが、『二十五三昧起請』に光明真言土砂加持が示されていたことを考えれば、源信の光明真言信仰に少なからず影響を与えたと推定される。さらに、三論宗の珍海（一〇九一〜一一五二）の『決定往生集』の中にも、「元暁云、以光明真言、呪彼土砂、置墳墓上、令亡者解脱、雖無自他受之理、而有縁起難思之力[29]」と見え、元暁の『遊心安楽道』の「光明真言」を引用し、亡者の極楽往生を可能とする最適の方法として土砂加持の功徳が説かれている。

この光明真言土砂加持の信仰は、二十五三昧会の結社に限らず、当時、広く天皇家や貴族社会の信奉を得ていたと考えられる。例えば、長保元年（九九九）の太皇太后昌子の葬送にあたり、「阿闍梨慶祚及び御前の僧都、光明真言を読み、加持の砂を御棺の上に灑ぎ奉り、了りて魂殿を固め奉」[30]ったとあり、僧侶が光明真言を読誦し、加持した土砂を棺の上に散じた後、魂殿を固めたという。また、長元九年（一〇三六）四月十九日の条に後一条天皇の葬式[31]では、

藤大納言。権大納言。新大納言臨竈所被行事。及辰剋奉荼毘。事畢先破却貴所板敷壁等。以酒滅火。慶命。尋光。延寿。良円。済祇等咒土沙散御葬所上。

と記され、まず導師・御前僧・法事などの僧を定め、土砂加持と荼毘が終わると、土砂を呪して葬所の上に散らしたという。さらに、天養元年（一一四四）六月二十九日の日付がある「播磨極楽寺跡出土の瓦経」[32]に記されている禅慧の願文の中に、「以光明真言・尊勝陀羅尼加持之土砂。令散於当寺并国中之戸蹤墓所。不知幾千万処」と見える。「尊勝陀羅尼」とは仏頂尊勝陀羅尼の略で、読誦すると罪障消滅・延命・厄除の功験があるとされ、逆修・追善・入棺の儀などに光明真言と共に頻繁に誦されている。極楽寺の別当禅慧が国中の墓所を廻りながら、光明真言・尊勝陀羅尼で加持した土砂を散布したということから、遅くとも十二世紀末ごろまでには、中央の貴族社会は勿論、地方の民衆にも葬送儀礼としての土砂加持信仰は、社会の上下に広く浸透していたと推定される。

ここで、鎌倉時代の文学作品に語られる光明真言土砂加持の信仰について少し言及しておきたい。光明真言土砂加持の信仰は軍記物語の中から見られる。まず、『源平盛衰記』巻三十八「平家君達最後」[33]の段に、「此経正ハ仁和

寺守覚法親王ノ年比ノ御弟子ニテ。（中略）獄門ノ木ニ懸ラレテ後、御室ヨリ申サレテ、骨ヲハ高野ニ送ラレテ。様々御追善有ケル也。土砂加治（ママ）ノ功徳。ナヲ無間ノ苦ヲ免トイヘリ」と見え、経盛の嫡男で歌人であり琵琶の名手として知られている平経正は、一の谷の合戦で戦死し、その遺骨は高野山に送られたが、その後仁和寺の守覚法親王の命によって、様々な追善供養と土砂加持が行われたという。また『徒然草』第二百二十二段[34]に、亡者の追善には「光明真言・宝篋印陀羅尼」に勝るものはないと語られている。「宝篋印《ほうきょういん》陀羅尼《だらに》」とは、『宝篋印陀羅尼経』で説かれている呪文で、これを唱えれば、地獄に堕ちた者も極楽に往生できるという。

そして、最も興味深いものとして、鎌倉時代中期の仏教説話集である無住（一二二六～一三一二）の『沙石集』巻第二「弥勒行者事[35]」の中に、次のような記事がある。

醍醐ノ竹谷ノ乗願坊ノ上人ハ、浄土宗ノ明匠ト聞ヘキ。亡魂ノ菩提ヲ弔ニハ何レノ法カ勝レタルト勅宣ノ下ケルニ、宝篋印陀羅尼・光明真言スグレタル由奏シ申サル。（中略）光明真言ハ、儀軌ノ説ニ、地獄ニヲチテ、苦患ニ沈衆生ニ、此真言ヲ一反ミテ、廻向スレバ、無量寿、此魂ニ手ヲ授テ、極楽世界へ引導シ給フトモ説リ。況ヤ十反廿反誦セシ功徳、ハカルベカラズト説レタリ。又、亡魂ノ墓所ニテ、此真言ヲ四十九反誦シテ廻向スレバ、無量寿如来、此聖霊ヲ荷負シテ、極楽世界へ引導シ給フト説。又、不空絹索廿七（ママ）巻経ノ中ニハ、此陀羅尼ヲ満テ、土沙ヲ加持スル事一百八反シテ、此土沙ヲ墓所ニ散シ、死骸ニ散バ、土沙ヨリ光ヲ放チ、霊魂ヲ救テ、極楽ニ送ト説レタリ。

醍醐竹谷の乗願上人という人は、浄土宗の明匠であるが、ある時朝廷から「亡者を助けるには、どの法が勝れているか」と尋ねられ、光明真言が勝れていると答えたという。さらに門弟たちは、師匠の乗願上人は浄土宗の師であるから、当然念仏こそ勝れていると答えるべきであるのに、なぜ他宗の真言などが勝れていると申したのか批判したというのである。つまり、ここで無住は、乗願上人と同じく、亡者の極楽往生と追善供養において、称名念仏より光明真言土砂加持の優越性・易行性を強調しているわけである。覚鑁（一〇九五～一一四四）の『孝養集』には、「さて亡者の後世を資るには、殊に光明真言是れ勝れたり。安くして然も一定人の後世助かる法なり」[36]と見え、先祖供養においては、諸行の中で光明真言が勝れていると語る。また、高野山の道範（一一八四～一二五二）は『光明真言四重釈』の中に、「そもそもこの光明真言は、功徳は余法に勝れ、得益は諸行を越ゆ。且は一、二を出して勝劣を計るべし」[37]とあり、光明真言が称名念仏など余行より勝れた功徳を説いている。

鎌倉仏教の易行性の問題について、松野純孝氏は「鎌倉仏教をになっていった高弁・叡尊・道元・日蓮・一遍などは、それぞれ光明真言土砂加持、只管打坐、題目、南無阿弥陀仏などと、ひとしくこの易行の線をすすめていった」[38]とされ、易行をその軸として共通の基盤を持っていたと指摘する。このうち、明恵・叡尊の光明真言土砂加持は真言の立場にあったことは言うまでもない。

院政期から鎌倉初期にかけて、浄土教の隆盛とともに光明真言は広く普及したと思われるが、それに加えて、光明真言土砂加持の信仰が死者供養に大きな役割を果たしたことは看過できない。そして、光明真言の展開からみると、光明真言の理論的な教理化は道範の『光明真言四重釈』などへ受け継がれ、また実践的な面では、明恵の在家信者を含めた積極的な教化活動や叡尊による光明真言土砂加持会へと発展していくのである。

三　光明真言土砂加持と『遊心安楽道』

明恵は光明真言土砂加持の典拠として、『不空羂索経』『不空軌』などを引用しているが、最も注目したのは元暁の『遊心安楽道』であった。先述した通り、明恵の『光明真言土沙勧進記』は、ほとんど『遊心安楽道』の解説書ともいうべき内容であって、明恵の土砂加持信仰に大きな影響を及ぼした。明恵が光明真言の土砂加持法を修したのは、『明恵上人行状』に安貞二年（一二二八）九月ごろからであると記されているが、柴崎照和氏[39]によると、明恵が『遊心安楽道』に関心を持って光明真言信仰に注目しはじめたのは、石水院にて仏光観の実践法に関する『仏光観略次第』を著した、承久二年（一二二〇）七月までさかのぼると推定されている。仏光観とは、唐代の李通玄（六三五〜七三〇）によってまとめられた、毘盧遮那仏の光明を観想するという華厳の観法である。仏光観と光明真言との直接的な関係を示すのは、承久三年（一二二一）十一月に『華厳仏光三昧観秘法蔵』（『秘法蔵』）二巻を著し、さらに同時期の著作といわれる『華厳仏光三昧観冥感伝』（『冥感伝』）である。この『冥感伝』[40]の中に、

予承久二年夏比、百余日、此の三昧を修す。同七月二十九日初夜、禅中に好相を得たり。所謂、我が前において白き円光有り。其の形、白玉の如く、径一尺許りなり。左方一尺二尺三尺許りの白色の光明有りて充満す。右方に火聚の如き光明有り。音有りて告げて曰く、此は是れ光明真言なり。出観の時思惟するに、甚だ深意有り。火聚の如く光明は悪趣を照曜する光明なり。別本儀軌に云く、火曜の光明有りて悪趣を滅するとは、即ち此の義なり。

とあり、承久二年夏ごろ四十八歳の時に、明恵自身が仏光三昧の実践において光明真言が体得されたと述べている。仏光観は華厳教学の難解な実践法であり、その最初の段階から光明真言と深く関わっていたことが知られる。また、明恵の光明真言に関する述作はその晩年に極めて顕著である。明恵の光明真言関係の述作は、次の通りである。

貞応元年（一二二二）四月十九日、『光明真言句義釈』を著す。

元仁元年（一二二四）五月、『光明真言功能』[41]を著す。

安貞元年（一二二七）五月十六日、『光明真言加持土沙義』を著す。

安貞二年（一二二八）十一月九日、『光明真言土沙勧進記』と、同年十二月二十六日、『同別記』を著す。

そして、『光明真言句義釈』（以下『句義釈』と略する）と『光明真言加持土沙義』（以下『加持土沙義』と略する）は漢文体で、その後に著した『光明真言土沙勧進記』（以下『勧進記』と略する）と『別記』は仮名書きである。これらの四書のうち、『句義釈』『加持土沙義』は漢文で理論的な性格が強いのに対し、『勧進記』と『別記』は、喩え話と問答を多く取り上げている点から、一般の在家信者向けに信仰を広げる目的として著したものである。後者の二書ともに問答の形で、初心者の疑問に懇切・丁寧に答えている。ちなみに、『光明真言功能』は仮名書きである。

一方、明恵の『句義釈』では、「唵、阿謨伽、吠嚧左曩、摩賀母捺羅、摩抳鉢納麼、入縛羅、鉢羅韈多野、吽[42]」となっているが、これは『不空軌』によって光明真言を掲げていることがわかる。明恵は『句義釈』の中で、如来の密語には可釈と不可釈の二義があり、そのうち、不可釈は思義の境界を超越し、ただ仰信によって持念するものであるから説くことができないと述べ、今は持者の信心を勧めるために可釈すると説いている。以下、真言の密語を『不空軌』『句義釈』などに依りながら、まとめてみる。

・オン（唵）…一切真言の本母で、「ア（a）」字と、「ウ（u）」字と、「マ（ma）」の四字からなる。

・アボキャ・ベイロシャノウ・マカボダラ（阿謨伽・吠嚧左曩・摩賀母捺羅）…不空毘盧遮那大印、即ち毘盧遮那如来の不空大印。

・マニ（摩抳）…摩抳玉。一切如来の福徳聚門で大智大悲所生の功徳。

・ハンドマ（鉢納麼）…蓮華。一切如来の法身。大悲。
・ジンバラ（入縛羅）…光明。一切如来の大智慧。
さらに『句義釈』『勧進記』では、これらの句を五智に配して解釈する。
①アボキャ・ベイロシャノウ（阿謨伽・吠嚧左曩）…法界体性智。
②マカボダラ（摩賀母捺羅）…大円鏡智。
③マニ（摩抳）…平等性智。
④ハンドマ（鉢納麼）…妙観察智。
⑤ジンバラ（入縛羅）…成所作智。
五智に関しては以上である。
・ハラバリタ（鉢囉韈哆）…易、転。前の諸功徳はこの真言の功力によって易く成就する。
・ヤ（野）…第四転、即ち声と為る。毘盧遮那如来の大智大悲の不空に印ぜられるが為の故に、この三不善根淤泥の中において、如来の無量の功徳を印現す。即ち、如来の加持力を以て衆生を加持し、蓮華を成ぜしめるのである。
・ウン（吽）…真言の種子。大悲、大智を以て印と為し、毘盧遮那如来の不空大印なる心真言。
明恵は光明真言に五智を配当し、「離釈」と「合釈」二つを立てている。離釈は真言の文字を一語ずつ説明するものであり、合釈は全体としての解釈である。例えば、マニ・ハンドマ・ジンバラ（摩抳・鉢納麼・入縛羅）の三句を合わせて、「宝蓮華光明」と解し、前掲の経軌中にみられない全く新しいもので、明恵の独自の解釈を施していることが窺える。それはともかく、明恵における光明真言の字相的意味[43]は、摩抳・蓮華・光明という三宝を体性

（実体）とする毘盧遮那如来の不空なる大印を広げさせ、字義的意味は五智を含める深秘の解釈により提示しているると思われる。つまり、明恵は光明真言を五智に結びつけることで、毘盧遮那如来の功力を前面に引き出しているわけである。五智の働きは衆生を救済する力であることは言うまでもない。さらに『別記』の中には、この五智のうち、「摩尼・鉢納摩・入縛羅」(44)の三句の意味について、次のように記されている。

真言の中の摩尼鉢頭摩入嚩囉の三句。次のごとく此意を含めり。然れば此土砂即ち貧人のためには摩尼のごとし。貧業を除て当饒を得。醜人のためには蓮花のごとし。衆人の愛敬を受べし。賤種のためには光明のごとし。

この土砂は、貧人にとっては、摩尼（宝珠）のようなもの、醜い人にとっては、蓮華のようなもの、賤民にとっては、光明のようなものであると譬え、この土砂はそのまま毘盧遮那如来の不空大印（本誓）となって量り知れない功徳を現すと、在家信者のためにわかりやすく説明がなされている。

ところで、明恵が数多くの元暁の著述の中で最も着目していたのは、『遊心安楽道』の問答の中に提示されている光明真言土砂加持についての根拠である。元暁は明恵が華厳宗の祖師として仰ぐ新羅時代の高僧で、経論の研究に専念し、『金剛三昧経論』『大乗起信論疏』『十門和諍論』など、多くの著述があり、その一部は現在にも伝わっている。梅津次郎氏は、明恵が『勧進記』において元暁の略伝を述べた後に続けられる一文、「経文ウタガフベカラザルニアハセテ、カカル行徳不思議ノ大智ノ呪砂ニアフヲモチテ有縁トストヲホセラレタル、タノモシキコトニアラズヤ」に注目し、この短い言葉は「光明真言土砂加持の功能の信ずべき根拠を、それを鼓吹せる元暁その人の偉大なる行徳のうちに求めたもの」(45)であるという見解は、明恵の元暁絵制作の動機として最も妥当であろう。この『遊心安楽道』は全体的に七門として構成され、最後の「七作疑復除疑門」は問答体で進んでいく形となっている。その中で第九問答には、地獄・餓鬼・畜生の三悪道に堕ちた亡者の極楽往生を可能とする最適の方法として、『不空羂索経』第二十八巻を典拠とする光明真言土砂加持が提示されている。これは、早く天台宗の僧たちによって注目されただけでなく、三論宗の珍海、華厳宗の明恵、真言律宗の叡尊など広く各宗派にわたって大きな影響を与えた。

とくに明恵は、この書の解説書ともいうべき『勧進記』を撰述し、独自の光明真言土砂加持の信仰を構築したのである。まず、明恵は『勧進記』の中に、土砂加持の作法に関する意義を述べた後に、[46]

土砂此真言ノ加持ヲエテ、土トシテ真言ノ功徳ヲソナフ。衆生此土砂ニチカヅケバ、又土砂ノ功徳ヲウツスナリ。シカレバ青丘大師ノ土砂ニアフヲ有縁トスト判ジタマヘルコト、イミジクヲボユ。マコトニ仏法ニ縁ナキコトニゾカナシムベキニ、此土砂ノ方便ニヨリテ、衆生ヲシテ仏法ノ有縁ヲ成ゼシメムコト、ヤスキ事也。大師ノ縁起難思ノチカラアリト仰セラレタルハ、大小顕密三世ノ仏教ノナラヒハ、ミナ縁起ノ義ヲ宗トス。

と説き、元暁の『遊心安楽道』を引用し、衆生は真言の功徳である土砂の力によって、罪障を除いて救済される光明真言土砂加持の功能の信ずべきことを勧めているのである。これは、加持された土砂にめぐり逢うことを「有縁」とし、この土砂に逢う縁のある人は極楽浄土に往生し、蓮華から化生するという。死んだ人がなぜ救済されるのかというと、それは「縁起難思」の力によるものであり、それを説いている元暁の行徳を讃えている。すなわち、有縁という形で縁起をとらえ、能所を超越した真実の働きである難思の力による衆生の救済のあり方を示しているわけである。したがって、光明真言が持つ救済力が土砂に加持されると、たちまちに真言の功徳をそなえ、土砂は全く同じ救済の働きをするという意味である。いわば、同体の大悲として救済する側（加）も救済される側（持）も不二であることが根底になっている。

この「加」と「持」の意味について、『加持土沙義』には「仏智の用、土沙の中に遍ずるを加と曰い、土砂、仏智の用を持するを持と名づく」[47]とあり、仏が大悲・大智によって衆生に対する働きかけを「加」と言い、衆生が仏からの働きかけを受け止めることを「持」とする。すなわち、その仏の智慧を凡夫の土砂に加えるとき、仏の智慧の働きを保持することによって、光明となって照らすのが「加持」[48]の意味であると明恵は語っているのである。

そうすると、どうして加持された土砂がそのまま光明真言となるのであろうか。これについて、明恵は『勧進記』の中で、「六塵ヲ真言ノ文字トス。諸法実相ヲ所詮ノ一理トス。土砂スナワチ色塵也色塵ニ又実相アリ」[49]と説き、土砂の本性は諸法の実相であると言い切っている。そして、この土砂は光明真言の力を保持し、その力を衆生に与えるものであると、次のように詳しく説明している[50]。

> ココニ儀軌本経ニ相応物ト申シテ、草木土砂等ヲ加持シテ、悉地ヲ成就スル事ヲトケリ。ソノ中ニ今此土砂ヲ加持シテ、与楽抜苦ノ悉地ヲ成ズル事ハ、真言ノ体性ハ甚深ナリ。土砂ハモトヨリ衆生ノ業増上力ニヨリテ、変現スル体性ナレバ、衆生妄情ノ所縁也。如来ノ大智ノ力、光明真言ノ法力ヲ是ニクハフレバ、土砂是ヲタモチテ一切如来ノ色塵ノ法門身トナル。則衆生身ニ合シテ一体トナルガ故ニ、其ノ得益スミヤカナリ。シカモカノ真言ノ体ト無二無別也。タトヘバ海湖ハ水ニシテ、物ニアハザレバ、是ヲスナゴニクミカケテ、煎ジカタメテ、コレヲモチキル。シヲヲヤクトイフハスナハチ此事也。是又カクノゴトシ。真言ノ体ハ海水ノゴトシ。土砂ヲ加持スルハスナゴニシメテ煎ジカタメタルガゴトシ。

「如来の大智の力光明真言」の加持によって、土砂はその力を持続させて、一切如来の色塵（煩悩）がそのまま法門身となり、衆生の身体に和合して滅罪生善し、その得益は速やかに成就するのである。これは、衆生が絶対的な仏の救済力（光明）を感じる時、土砂を媒介として一切如来の加持が加われば、その功徳は量り知れないということである。続けて、引用文中の「シヲヲヤク」という喩えは、衆生が光明を受け止めるあり方であり、あたかもスナゴが海水をしてシヲとなしているように、直接衆生に働きかけている。すなわち、真言の本質は海水のようなもので、土砂を加持するということは、スナゴを煮出して固めたようなものであると喩えている。このように、土砂加持の易行性を勧める明恵は、衆生の立場にウェイトを置いて、極楽往生を可能とする最適な方法として土砂加持法を勧めているのである。

しかし、命終わる臨終の時には心が乱れて、土砂の利益に頼みをかけるということは難しいことではないかと尋ねられると、明恵は『勧進記』の中で土砂加持の功能について次のように答える。[51]

マサシキ臨終ノトキハ不知不覚ナリトモ、其ノサキニ土砂ノ利益ヲヲモハヘタリシ功徳利益カナラズアルベキナリ。是則重罪無福ノ極重悪人、タダ他人散砂ノ力ニヨリテ、浄土ノ宝華ニカタチヲウクレバ、イハムヤ生前ニワヅカニモ信仰ヲイタシ、発願セラレム人ハ、タトヒ罪人ナリトモ速疾ノ勝利ウタガフベカラザル事也。

光明真言によって加持された土砂の功徳を信ずるならば、土砂の功徳は必ずあるとともに、生前にわずかでも仏の教えを信じて発願した人は、たとえ罪人でも勝れた利益を得られると説いている。ただし、いくら光明真言土砂加持の功能が勝れていても、心から深く信ずべきことを主張する。『加持土沙義』には、青丘大師、すなわち元暁の釈文を引くところに、「弟子高弁、深く神変経の妙文と安楽道の秘釈とを信ず」[52]と語って、明恵自ら「深信」を根底に置き、かつ他人にも信ずべきことを勧めているのである。この「信」について、末木文美士氏は「後の土砂関係の著作にしばしば現われ、晩年の明恵にとって重要な意味を持つ」[53]と指摘する。それは、後に著述した『別記』においても、「在生の信を加へば、疑ひなく没後の益あるべき事決定せり」[54]と、存命中の信心を加えれば、疑いなく没後の利益が約束されることは間違いないと説き、土砂加持への「信」を強調しているように、この「信」

は明恵の教学上において重要なポイントになると思われる。

そして、明恵は『別記』の中で、土砂加持を受ける信者だけでなく、与える側の真言師は作法[55]をもって行うべきであると語っている。

土砂の秘密法を了るは是真言師なり。了らる、土砂は是秘密法なり。此人法相助けて顕はる。真言師の加持するに依て秘密の土砂を顕はす。所加持の秘密の土砂あるに依て能加持の秘密人あり。

まず、土砂の秘密の法を明らかにするのは真言師であり、明らかにされた土砂を加持することによって、はじめてその功能が顕れるのだと明確に説いている点は注目される。ここでは、土砂加持を与える側である真言師の資質の問題が新たに生じてくる。同じく『別記』の中では「此土砂も能加持の真言師の乗戒の緩急、行業の勝劣に依て、亡者の得益も浅深の不同あるべきや」という問いに対し、明恵は「是は悉地の成不紀すまでの事にはあらざれども、行者の行業の勝劣に依て得脱の遅速あるべし[56]」と答え、真言師の勝劣にしたがって、解脱の遅速の差があると認めている。さらに『別記』の巻末には、「秘密人の上に顕了の凡相なきが故に、土砂の秘密法を顕はす秘密人とす。土砂は自らの深き功力なし[57]」と厳しく戒め、勝れた真言師の加持を受けることによって、秘密の土砂になり得ると説いているわけである。

四　明恵の土砂加持信仰

今まで、明恵の光明真言土砂加持について、彼の光明真言関係の述作を中心に考察してきたが、とくに『勧進記』では『遊心安楽道』の引用文や元暁自身に依拠している箇所が十ヶ所ほど確認され、その影響は多大であることがわかる。明恵における土砂加持の信仰は、『遊心安楽道』の第九問答に「幸いに真言に逢えり、凡そ有心の君子誰か奉行せざらん。咒砂を墓上に散ずるになお彼界に遊べり。況ん乎衣を咒して身に著し、音を聴き字を誦する者をや」[58]と見え、現世と来世を繋げるという元暁の意図するところを認識した見解が『別記』の中に、次のように具体的に示されている[59]。

然れば青丘大師信仰を勧めたまへる事は、其心自利利他を兼ねたり。必ずしも他人の墓に限らず。若し自利を兼ねば、没後には我れは心識なし。（中略）此大意を得をはりて、深く信徳あらん人の、若し在生より随身せば、命も縮まり悪くやあるべきと云ふ。問をなさんに対して、現世の勝利を出すなり。此問答もうるさし。詮ずる所は現世に真言を持念し、後生に土砂の勝利を仰がれば、是勧進の本意なり。

元暁が土砂加持信仰を勧めた本心は、自利と利他を兼ねているからだと説き、明恵は元暁の意を汲んで現世では真言を持念し、死後には土砂の勝れた利益にゆだねると述べ、「現世に真言」・「後世に土砂」という点に比重が置かれている。また『勧進記』にも、「仏法ノ中ニ一ノ事相ノ行ニツキテ、現世ヨリ後生ニイタルマデ、アヒツヅキテ速疾ノ利益ヲタノマムト思ニ、秘密蔵ノ中ニ、此土砂ノ甚深ノ功能アリ」[60]と見え、現世から後生に至るまで利益があり、秘密蔵（密教の法門）の中に土砂の功能があるとされ、「現世利益・後生善所」をキーワードとして光明真言土砂加持の信仰を鼓舞していたと考えられる。

ここで、明恵が光明真言で加持した土砂を現世においては、自身の「お守り」にすべきと説いている点は、注目すべきであろう。すなわち『勧進記』[61]に、

シカレバタダ此土砂ヲ信ジテ、病席ニフサムトキヨリ、首ニモカケ、手ニモニギリ、モシハカタハラニモヲキテ、一切如来大光明ノ、照触ニアヅカルトヲモフベシ。

とあり、生前から土砂を身につけるように勧めている。もともと土砂加持信仰は葬送儀礼において用いられていたが、明恵は生前にこの土砂の功徳を信じて、首に懸けたり、手に握ったり、あるいは身体の周囲に置くと、一切如来の光明のめぐみを与えられると説いている。これについて、『別記』には「土砂の本文には骸の上、墓の上に散らすべしと云へり。然るに此記の文には、在世に身に帯すべきよし見へたり。然らば在家の人、忌はしく憚り思ふ事やあるべき[62]」という問いに、

信仰の心深き人、在生の時其の身に帯せば、現世には其身のまぼりと成り。後生には出離の大益を成ずべし。若し然らずして墓に散らすと云ふ文を守らば、五逆罪人の墓に散らすべしと見へたればとて、五逆を造らざらん人の墓には散らすべからずと意得すべしや。若し罪人をすら救ふ、況や善人をやと意を得ば、墓に散らすに尚ほ大利あり。況やその身に持たんをや。没後猶利益あり。況や在生より信ぜんをや。

と答えている。信仰の厚い人は、生前にその身体に土砂をつけていたら、現世においてはその身体のお守りとなり、来世にあっては、迷いの世界から離れるための勝れた利益となるという。つまり、この土砂には現世と来世を繋げる利益が秘められていることを暗示している。そして、初夜・後夜・日中の三時において、この加持の修法をつとめると[63]、

呪砂連連ニツモル。是ヲ大キナル、ヒツニウツシヲキテ、親疎コフコトアレバ、要ニシタガヒテ是ヲアタフ。ネガフ所ハ十方ニ分散シ、三世ニ周遍シテ、真言ノ利益ツクル事ナカラムカタメナリ。

と説いているように、この土砂のお守りは常時人々に授与され、三世十方に広まりゆきわたって、真言の利益を与えるという求道者としての明恵の面目が窺える。

ところで、当時、死骸の上に土砂を散布する際に、その遺骸を穢れの対象として忌避する観念を持っていたよう

である。前掲の『別記』の中に「骸の上、墓の上に散らす」土砂を日常に身につけることを在家の人は「忌はしく憚り思ふ事やある」という問いは、当時の浄・不浄の観念を示しているものであろう。末木氏は当時の浄・不浄の観念について、「遺骸を穢れとして忌む心情は土砂の普及に当って、もっとも問題になったこと[64]」と考えている。すなわち『勧進記』にも、「但シカクノゴトク如法ニ加持スル咒砂ヲ、糞穢等充満セルトコロ尸骸アリ。此上ニチラサムハハバカリヤアルベキ」という問いに、明恵は次のように答えている[65]。

> 真言加持ノ薬物ヲ人ノ身分ノ不浄処ニツクルコトアリ。是ニナゾラフルニ、イマダチラサザラムサキニハ、咒砂ヲ尊重スルコト仏舎利ノゴトクスベシ。モシ尸体ノ在所ニノゾミテハ、不浄所ニモ是ヲチラスベシ。是則文証也。又理証ヲイダサバ、不浄ヲミルマナコハタダ土砂ノ色塵ヲミル。真言加持ノ功力ハ不浄ニケガレザルガユヱニ、是ヲチラスニハバカリアルベカラズ。又此土砂加持ノ方便ハ、一切如来ノ大慈悲本願力ヨリイデタルガユヘニ、浄不浄所キラハズ。

土砂加持の方法は浄・不浄をえらばず、散らすべきことを述べているが、但し、土砂を撒かない前は「咒砂ヲ尊重スルコト仏舎利ノゴトクスベシ」と説いて、土砂を「仏舎利」のように丁寧に取り扱うべきことを強調している。土砂加持法は、浄・不浄をえらばず、散らすべきかというと、必ずしもそうではないらしい。真言加持の行法は、「諸事キハメテ清浄ニシテ成就スル事也。モシケガルル事アレバ大力ノ毘那夜迦等タヨリヲエテ、ソノ悉地ヲ障碍ス[66]」と説き、清らかな場所にある土砂でないと、毘那夜迦《びなやか》等の仏法の守護神が行法の完成を妨げると厳しく戒めている。とすると、明恵はどのような土砂を用いていたのかについて、『加持土沙義[67]』には、

> 此の高山寺石水院草庵の西に盤石あり。東に清水流る。常に此の水中の土砂を漉し取りて、金銅の器の中に盛って、之を仏前に置いて、常に之を加持し、敬重すること、仏舎利の如し。有縁に付して之を流布す。

と記され、この土砂を有縁の人々に配布している。明恵自身は、あえて清滝川の土砂を用いず、石水院の所の清らかな水に洗われた土砂を用いていることから、浄・不浄の観念を強く持っていたのであろう。また、土砂を仏舎利のごとく、その取り扱いにきわめて厳重な注意を払っていたことがわかる。まさしく、明恵にとって真言で加持した土砂は、「仏舎利（釈迦如来）」そのものを意味すると言っても過言ではないだろう。

そして、『勧進記』の中には明恵の弟子である定龍という僧の蘇生譚[68]が記されている。定龍は貞応三年（一二二四）八月に重い病気にかかって悶絶し、死後の閻魔庁に連れて行かれたが、一心に光明真言を唱え、その功徳によって丁重に扱われて送り返されたという実話を載せている。この奇蹟譚は、明恵の光明真言土砂加持の信仰を一層強固なものにしたと考えてもよいであろう。すなわち、明恵の光明真言土砂加持の信仰を推し進められる大きな要因になったことを示していると思われる。

おわりに

以上、光明真言土砂加持の日本伝来と歴史的な展開を検討した上で、明恵における光明真言土砂加持の信仰の受容について、主に『遊心安楽道』と『勧進記』を中心に考察してみた。先述したように、明恵が最も注目したのは『遊心安楽道』「七作疑復除疑門」の第九問答に、地獄・餓鬼・畜生の三悪道に堕ちた亡者の極楽往生を可能とする最適の方法として提示されている光明真言土砂加持の信仰である。明恵は『遊心安楽道』の解説書ともいうべき『勧進記』を著すなど、この書によって自らの光明真言土砂加持の信仰を構築したと言っても過言ではない。

また、明恵の光明真言観の特徴として取り上げられるのは、土砂加持が釈迦信仰を基盤とした「舎利信仰[69]」と結びつく点である。『加持土沙記』『勧進記』には、真言で加持した土砂とは、まさに「仏舎利」そのものであると明確に説かれている。明恵は釈迦に対する思慕の念を非常に強く持っており、彼が一度ならず二度までもインドに渡ることを計画していたことからも知られる。[70] さらに、明恵が釈迦在世の時に生まれなかったことを悔いて、釈迦を父として一生恋慕しつづけていたことは『明恵上人行状』をはじめ、『舎利講式』などの資料に窺い知ることができる。この舎利信仰は、釈迦の「骨」に対する一種の聖遺物信仰であり、末法の時を正法の時に還元する縁を与えるものとして位置づけられている。

『春日権現験記絵』[71] 巻十八によると、明恵は建仁三年（一二〇三）二月に春日明神を参詣した後、当時笠置山にいた解脱房貞慶から鑑真将来の二粒の舎利を付与されたという。これを契機として、明恵は釈迦追慕のための『舎利講式』を撰述し（『十無尽院舎利講式』高山寺蔵）、さらに建保三年（一二一五）、『四座講式』を著している。『四座講式』は「涅槃講式」「十六羅漢講式」「如来遺跡講式」「舎利講式」の四つの講式からなる。このうち、最初に完成したのが『舎利講式』で、「建保三年正月二十一日夜丑剋草之」とされている。この舎利信仰は釈迦信仰とワンセットになっており、土砂加持信仰は舎利信仰を媒介として明恵に受容され、発展していったのである。

明恵はその晩年、仏光三昧観の実践において体得した光明真言信仰を積極的に取り入れたが、土砂加持信仰の在家信者への普及には、「密教による浄土宗への対抗[72]」という意識があったと指摘されている。明恵の没後、弟子長円の『却廃忘記』には、「光明真言バシヨクミテカケサセ給ハン人ゾ、高弁ガ弟子[73]」と見え、光明真言を唱えながら、きちんと土砂をかけられるような人こそ、明恵の弟子であると語ったように、明恵がどれほど土砂加持信仰の普及に力を注いだのか、想像するに難くない。

註

（1）梅津次郎「華厳縁起―二人の新羅僧の恋と修行の物語」（『明恵上人と高山寺』所収、同朋舎出版、一九八一・五）、三三九～三四三頁。
（2）『明恵上人行状』（高山寺資料叢書『明恵上人伝資料第一』所収、一九九四・八）、六〇～六一頁。
（3）速水侑氏は、十世紀末の二十五三昧会の光明真言信仰では、『不空羂索経』の文を引用するだけで、『光明真言儀軌』には触れていないことから、『光明真言儀軌』の成立を「十一世紀初頭から中葉の間に偽撰された」と推定する（『平安貴族社会と仏教』吉川弘文館、一九七五・十二、一八二頁）。
（4）恵什『図像抄』（大正蔵図像三巻）、九頁。
（5）覚禅『覚禅鈔』（大正蔵巻四）、四九八頁。
（6）『不空羂索毘盧遮那仏大灌頂光真言』（大正蔵巻一九）、六〇六頁。
（7）光明真言の句義解釈は、田中海應『光明真言集成』所収を参照した（東方出版、一九七八・八、六九頁）。
（8）源隆国『安養集』巻一〇（百華苑、一九九三・四）、四八四頁。
（9）『遊心安楽道』「来迎院所蔵本」（韓普光『新羅浄土思想の研究』所収、東方出版、一九九一・六）、七四二頁。
（10）源信『二十五三昧起請』（恵心僧都全集第一巻、一九二四・七）、三四一頁。
（11）珍海『決定往生集』巻下（浄土宗全書第一五巻、一九七四・十二）、四九九頁。
（12）明恵『光明真言土沙勧進記』（日本大蔵経『華厳宗章疏』下）、二一七頁。
（13）元暁『遊心安楽道』（大正蔵巻四七）、一一九頁。
（14）安啓賢（『韓国佛教思想史研究』東国大学校出版部、一九八三、一五一頁）。その他に、『遊心安楽道』の成立をめぐっては、恵谷隆戒氏の偽作説（「新羅元暁の遊心安楽道は偽作か」『印度学仏教学研究』二三・一、一九七四・十二、一六～二三頁）、高翊晋氏の八世紀初頭から九世紀初頭の新羅僧撰述説（「『遊心安楽道』の成立とその背景」『佛教学報』一三、東国大学校佛教文化研究所、一九七六・十一、一六九頁）、落合俊典氏の十世紀半ば叡山僧撰述説（「『遊心安楽道』の著者」『華頂大学研究紀要』二五、一九八〇、二〇八頁）、章輝玉氏の八世紀初頭唐弘法寺系新羅僧撰述説（「『遊心安楽道』考」『南都仏教』五五、一九八五・七、四二頁）、韓普光氏の八世紀半ば新羅僧撰述説（前掲註9、三一一～三二一頁）など。近年は、愛宕邦康氏によって、『遊心安楽道』の撰者として、八世紀の東大寺華厳僧智憬であると推定し、再検討が行われている（『遊心安楽道と日本仏教』法藏館、二〇〇六・六、四七〜五九頁参照）。

(15) 法然『選択本願念仏集』（日本思想大系、岩波書店、一九七一・一）、九〇頁。

(16) 前掲註3、一六七頁。

(17) 智昇『開元釈教録』巻九（大正蔵巻五五）、五六六頁。

(18) 韓普光氏は、新羅時代では光明真言と土砂加持法に関する資料はみられないが、亡者の追善供養のために様々なことが行われたとされ、その用例として「皇福寺石塔金銅舎利函銘」の中に、亡者の追福のために阿弥陀仏像一軀の造成と『無垢浄光大陀羅尼経』一巻を安置したという記録が現存していることから、すでに新羅では『遊心安楽道』の撰述以前より亡者の追善供養行事に密教との関連性が深かったことを指摘する。前掲註9、三一六〜三一八頁。

(19) 黄寿永「写経の歴史」（『佛教美術』七、東国大学校博物館、一九八三）、六九頁。

(20) 高麗時代の密教儀式については、金暁呑訳註『高麗史仏教関係史料集』（民族社、二〇〇一・十二）を参照し、韓国仏教の密教文化に関しては、主に鄭泰爀「韓国佛教の密教的性格に対する考察」（『佛教学報』一八輯、東国大学校佛教文化研究所、一九八一・十一、二三〜四九頁）、徐閏吉「高麗密教信仰の展開とその特性」（『佛教学報』一九輯、東国大学校佛教文化研究所、一九八二・十一、二一九〜二三九頁）を参照した。

(21) 『韓国民俗大百科事典』（韓国学中央研究院刊行）によると、韓国では昔から民間信仰として、黄土を撒いて道場を浄化する信仰が伝わったが、こうした信仰形態と土砂加持法が習合し、寺院では密教儀式として行われたのが「道場誦」であるという。「道場誦」は道場を浄化するという意味の儀式で、道場釈・四方讃・道場讃の三つに分け、道場釈は道場を治める、四方讃は東西南北を讃嘆する、道場讃は道場を讃嘆し、神々に祈りを捧げるという。また「道場誦」の構成は、①道場釈は、浄口業真言・五方内外慰諸神真言・開経偈および開法蔵真言・真言あるいは陀羅尼であり、②四方讃、③道場讃となっている。

(22) 光明真言に関する主な論文としては、櫛田良洪『真言密教成立過程の研究』第二篇第一章（山喜房佛書林、一九六四・八、一五三〜一八〇頁）、速水侑『平安貴族社会と仏教』第二章第二節（吉川弘文館、一九七五・十二、一六五〜二〇二頁）、小泉春明「明恵上人の仏光三昧観における光明真言導入に関して」（『高山寺典籍文書の研究』

所収、東京大学出版会、一九八〇・十二、一九九〜二一九頁）、平雅行『日本中世の社会と仏教』（塙書房、一九九二・十一、三九一〜四二六頁）、末木文美士「明恵と光明真言」（『華厳学論集』所収、大蔵出版、一九九七・十一、八五七〜八七四頁）など。

(23)『御請来目録』（弘法大師空海全集第二巻、一九八三・十一）、七八頁。

(24)『三代実録』（国史大系巻四、一九六六・七）、四八八頁。

(25)『平安遺文』古文書編三〇五号（東京堂、一九六七・十二）、四四七頁。

(26)『二十五三昧起請』（恵心僧都全集一巻、一九二七・七）、三五〇〜三五一頁。

(27)同右、三四一〜三四二頁。

(28)山折哲雄『日本人の霊魂観—鎮魂と禁欲精神史』（河出書房新社、一九六八・八）、二五八〜二五九頁。

(29)珍海『決定往生集』（浄土宗全書一五巻、一九七四・十二）、四九九頁。

(30)『小右記』（岩波書店、二〇〇一・二）、七七頁。

(31)『類聚雑例』（群書類従・第二十九輯）、二九二〜二九三頁参照。

(32)『平安遺文』金石文編二九九号（東京堂、一九六〇・三）、二七三頁

(33)『源平盛衰記』巻三八（臨川書店、一九八二・七）、一二三一〜一二三三頁。

(34)『徒然草』（新潮日本古典集成、一九八〇・二）、二三四頁。

(35)『沙石集』（日本古典文学大系、一九七二・九）、一二二一〜一二二二頁。

(36)覚鑁『孝養集』（興教大師全集下巻、一九三五）、一五〇一頁。

(37)道範『光明真言四重釈』（『真言宗安心全書』下、一九一四・五）、七四・七九頁。これに対し、松野純孝氏は「他力易行の称名も、真言と同じく浄不浄・時所を選ばず、というが、これは人師の釈にすぎなく、仏説には見えておらぬもの」であり、道範は真言の易行性を主張していると解釈する（「鎌倉仏教の諸問題—易行」『日本仏教』一〇、一九八七・一、四頁）。

(38)鎌倉仏教の易行性に関しては、松野前掲論文、註37、一〜二二頁参照。

(39)柴崎照和「明恵上人の実践法と「仏光観法門」」（『仏教学』二一、一九八七・三）、五五〜七七頁。この論文は後に、同『明恵上人思想の研究』（大蔵出版、二〇〇三・四）に収載される。

(40)『華厳仏光三昧観冥感伝』(高山寺資料叢書『明恵上人資料第四』所収、一九九八・二)、二〇二頁。なお、小泉春明氏によると、この仏光観を修する具体的典拠としては、李通玄の三論書といわれる『新華厳経論』『略釈新華厳経修行次第疑論』『解迷顕智成悲十明論』に依っているとされる。小泉前掲論文、註22、一九九頁参照。

(41)『光明真言功能』については、現存しないといわれたが、平雅行氏によって東大寺所蔵本が発見され、紹介された。平前掲論文、註22、四一八〜四二二頁。

(42)『光明真言句義釈』(大正蔵巻六一)八〇九頁。『真言宗安心全書』巻下、一頁。

(43)字相的・字義的の意味については、眞柴弘宗「吽字の字相について」(『人文学会紀要』二四、一九九一・十、一九〜二五頁)に詳しい。

(44)『真言宗安心全書』巻下、五八頁。

(45)前掲註1、三三七〜三三八頁。

(46)前掲註12、二三〇頁。

(47)『真言宗安心全書』巻下、八頁。

(48)『光明真言土沙勧進記』下に、「土砂仏智ノ用ヲタモツニヨリテ、光明トナリテテラス也。是則加持ノ義也」とある。前掲註12、二三七頁。

(49)前掲註12、二三一頁。

(50)前掲註12、二二六〜二二七頁。

(51)前掲註12、二二五頁。

(52)『真言宗安心全書』巻下、一三頁。

(53)末木前掲論文、註22、八六四頁。なお、明恵における「信」の重要性は、木村清孝「明恵における「信」の思想の一特質—金沢文庫本『華厳信種義聞集記』を援用して」(『金沢文庫研究』二〇・一〇、一九七四・十、六〜一四頁)に詳しい。

(54)『真言宗安心全書』巻下、六二頁。

(55)『真言宗安心全書』巻下、七一頁。

(56)『真言宗安心全書』巻下、五九頁。

(57)『真言宗安心全書』巻下、七一頁。
(58)『遊心安楽道』（大正蔵巻四七）一一九頁。
(59)『真言宗安心全書』巻下、六二一～六二三頁。
(60)前掲註12、二三二～二三三頁。
(61)前掲註12、二二三頁。
(62)『真言宗安心全書』巻下、五五～五六頁。
(63)前掲註12、二三三頁。
(64)末木前掲論文、註22、八七一頁。
(65)前掲註12、二四〇～二四一頁。
(66)前掲註12、二四一頁。
(67)『真言宗安心全書』巻下、一三頁。
(68)前掲註12、二四二頁。なお、「毘那夜迦《びなやか》（歓喜天尊）」とは、大自在天の軍の大将で人々に障難（災い）をなす魔王であったが、十一面観音のお力により仏教に入り、福徳の神・仏法守護の神となったのである。
(69)野村卓美氏によると、明恵の「舎利信仰」には、『悲華経』重視の姿勢が見られると指摘する（「明恵作『随意別願文』試論―『悲華経』と弥勒信仰をめぐって」（『北九州大学国語国文学』六、一九九二・十二、一～一六頁）。この論文は後に、同『明恵上人の研究』（和泉書院、二〇〇二・二）に所載される。
(70)建仁二年（一二〇二）ごろより、明恵は弟子の喜海らと共にインドに渡ることについて話し合っていたが、建仁三年に春日明神の託宣によって、やむを得ず断念することになる。また元久二年（一二〇五）にも、明恵は再びインド渡航を実行に移すために、自ら記した「印度行程記」（高山寺蔵）を作成し、相当に綿密な計画を立て始めたが不可解な病気に悩まされ、中止せざるを得なくなる。この時は、唐の長安から仏跡のある摩訶陀国王舎城までの距離と、一日に八里・七里・五里を歩いた場合とに分けて、どのくらい年月を要するかが、またその歩行距離が細かく計算されているのみならず、王舎城への到着日と到着時間まで予測されているなど、いかにも明恵らしい。
(71)小松茂美編『春日権現験記絵』下（続日本の絵巻一四、中央公論社、一九九一・六）、七五～七七頁参照。
(72)櫛田前掲註22、一六一頁。

（73）『却廃忘記』（『鎌倉旧仏教』日本思想大系、岩波書店、一九七一・十一）、一一六頁。

［付記］

本研究は、平成二十六年度科学研究費・基盤研究（C）の助成金による研究成果の一部である。

源為朝渡琉伝承の始発
——『保元物語』から『幻雲文集』へ——

小番　達

一　『幻雲文集』「鶴翁字銘并序」における為朝渡琉伝承記事

羽地朝秀による琉球王国最初の正史『中山世鑑』（一六五〇年）には、源為朝に関する次のような記述がある。保元の乱に敗れた為朝は、配流先の伊豆大島を征伐した後、琉球へと漂流する。この地の女性との間に男子をもうけ、その男子が琉球の人王初代の舜天（尊敦）となったというものである。つまり、為朝が琉球の始祖神話に組み込まれている。

五山僧・月舟寿桂の『幻雲文集』に収められた「鶴翁字銘并序」にも為朝が琉球に渡ったという伝承に関わる記事がある。この資料の存在を初めて紹介したとされる小葉田淳[1]によれば、月舟は、永正七年（一五一〇）に建仁寺住持となり、晩年は寺内の一華庵に住し、天文二年（一五三三）十二月に入寂した人物である。また、『幻雲文集』冒頭の、十二代将軍・足利義晴の命によって月舟が起草した明への「表」（皇帝への外交文書）には、「嘉靖六年」の年号（＝大永七年〈一五二七〉）があることから「鶴翁字銘并序」は「之を距る事近き頃の成文」とする。つまり、当該資料は月舟最晩年にあたる一五三〇年頃のものと判断でき、『中山世鑑』の成立から遡ること、およそ一二〇年、現在確認できる中で最も古い為朝渡琉伝承記事になる。以下に関連部分を掲出する。

鶴翁字銘幷序

A吾、近観二大明一統志一、琉球古未レ詳二何国一。漢魏以来、不レ通二中華一。隋大業中、令三羽騎尉朱寛訪二求異俗一。始至二其国一、語言不レ通、掠二一人一以返。後遣二武賁良将陳稜一、率レ兵至二其都一、虜二男女五千人一還レ唐。宋時、未二嘗朝貢一。元遣レ使招二諭之一、不レ従。本朝洪武中、其国分為レ三。曰中山王、曰山南王、曰北山王。皆遣レ使朝貢。永楽初、其国王嗣立、皆受二朝廷冊封一。自後惟中山王来朝、至レ今不レ絶。其山南山北二王、蓋為レ所レ併。余疑、琉球乃夷一也耶、不レ可二得而知一焉。

B吾国有二一小説一、相伝曰、（一）源義朝舎弟鎮西八郎為朝、膂力絶レ人、挽レ弓則挽強。其箭長而大、森々如レ矛。見レ之勇気払レ膺、儒夫亦立。（二）嘗与二平清盛一有レ隙。雖レ有二保元功勲一、一旦党二信頼（ママ）一、其名入二叛臣伝一。人皆惜焉。（三）然而竄二謫海外一、走二赴琉球一、駆二役鬼神一、為二創業主一。厥孫世々出二于源氏一、為二吾附庸一也。与二一統志一所レ載不レ同。将信耶、将不レ信耶。

C此者有二僧智仙字鶴翁者一。自二琉球一来。隷二名東福一、頗遊二於芸一。就レ予覔レ述二鶴翁義一。話次及二其国風俗一。仙曰、無二郡県一而唯一国也。海上有二二十九島一、皆属二琉球一。国人不レ識レ字。以二商賈一為レ利。有二一聚落一。曰二久米村一。昔大唐人百余輩、来二居此地一而成レ村。頗有二文字一。子孫相継而学。令三彼有レ文者製二隣国往還之書一。近来無二為レ学者一、或赴二大唐一而入二小学（ママ）一。但浅陋不レ足レ取焉。彼王毎二即位一、必建二一寺一。故多二僧侶一。然儒亦不レ学、禅亦不レ参。不レ知三祖宗所二由而興一矣。仙是司二僧省一、而近二侍其王一、紅楼供奉臣僧也[2]（後略）

引用部を三つのブロックに分けた。まず、Aは、月舟が繙いたという明の地理書『大明一統志』第八十九巻「外夷」・琉球国【沿革】からの引用記事で[3]、明代以前における琉球との関係、そして洪武年間（一三六八～九八）の三山鼎立、永楽年間（一四〇三～二四）初めに明からの冊封、それ以降の中山による三山統一という歴史が記述される。この記述を受け、琉球は「夷」として位置づけられるのかと月舟は疑念を抱く。

続くBが為朝渡琉伝承記事である。大まかにその内容を示すと、為朝の強弓と保元の乱の経緯、流罪、そして琉球へ渡った為朝は当地の創業主となり、その子孫は源氏に出自し、琉球は日本の属国であるという。この内容はAに示した『大明一統志』の記述と全く異なっているため、月舟は信ずべきか否か判断しかねている。

Cでは、京都五山の一つ、東福寺に遊学中の琉球僧・鶴翁が語る琉球の「風俗」について記述される。鶴翁は首里・天界寺住持で、尚真王代（在位一四七七～一五二七）の僧とされ[4]、Cの末文にあるように寺院を統轄し、国王に近侍する「臣僧」である。鶴翁の談話は、領土、住人の様子、そして「久米村」（現在の那覇市中央西部にあった中国移民の居住地区）の成り立ちや状況、仏教界の現状に及ぶ。琉球の風俗に関わる談話は波線部で括られることとなる。

ここで引用部の流れを確認しておく。『大明一統志』が記す琉球国の歴史（A）と二重実線部「吾国有二一小説一」に伝えられる内容が異なっている故、その内容の真偽の程が定かでない（B）。そこで月舟は琉球出身の鶴翁と接する機会に確認したのだろう、話題が琉球の風俗に及ぶものの、鶴翁の見解は波線部「不レ知三祖宗所二由而興一矣」というものだった（C）。ここでの「祖宗」は、前文からのつながりから琉球の仏教に関わると読めそうだが、全体の流れを踏まえるならば、琉球王国の起源や歴史に関わると読むべきではないだろうか。すなわち、Bの内容をめぐって月舟に尋ねられた鶴翁は、琉球国王の始祖とその継承については不明だと答えたと解釈できるだろう。

先行研究では、Bの二重実線部「吾国」を琉球国と解釈し、為朝渡琉伝承が琉球に存在したと捉える論考[5]もあるが、当該資料の存在を紹介した小葉田論をはじめ、多くが指摘するように日本に存在する「一小説」であり、その内容が国王近侍の「臣僧」だった鶴翁の耳にも入っていないということは、琉球側には伝えられていないと判断してよい。

日本に存在するこの「小説」が「民間に伝わる話や市中の話題を記述した、散文体の文章」（『日本国語大辞典〈第二版〉』小学館）とすれば、それはどのような話材をもとに記述されたのだろうか。現在でも八丈島や九州・沖縄地方を中心として多く為朝伝承が存在する。為朝が活躍した平安末から月舟が『幻雲文集』を著した中世末までの三五〇年の間にも、さまざまな伝承が生成されていたに違いない。けれども、現時点でその当時の伝承のありようを辿ることはできない。ただし、それらの伝承の淵源となるのが『保元物語』であることは間違いない。そこで、月舟が書き留めた「一小説」と『保元物語』の関係を確認する必要がある。

この「一小説」の為朝渡琉伝承記事と『保元物語』の関係について触れた村井章介は[6]、この説〈小番注…「一小説」の記事〉は琉球で生まれたものでも、また当時の琉球で受け入れられていたものでもなかったらしい。おそらくは、琉球と往来がしげく、豊富な琉球情報をもっており、また一方で『古活字本保元物語』にみえる〈為朝鬼が島渡り説話〉なども教養として知っていたにちがいない、当時の五山禅林で生まれた説ではあるまいか。

と当該伝承の成立圏に言及するが、「一小説」と古活字本『保元物語』との関係性に対する具体的な考察はなされない。また、高橋公明[7]は、「リュウキュウ」[8]＝食人国という観念の受容に関わる論述（その内容は後述する）の中で、半井本『保元物語』の為朝の鬼島渡りの内容を取り上げ、「一小説」との関係を指摘するものの、論証は行われていない。

そして、「為朝征琉伝説を『保元物語』為朝像から派生した一類型ととらえることができる」という黒嶋敏[9]は、

その（小番注…「一小説」の記事）前半は保元・平治（ママ）の乱における為朝の行動と合致し、後半も為朝の配流後に鬼ヶ島を征伐したという『保元物語』半井本系統と重なる。為朝が琉球に渡り「創業主」となったとする部分は『保元物語』半井本系統に見えず、「一小説」のオリジナルといえるが、管見の限り「一小説」に該当する書誌は不明である。

と上の二論に比べ、為朝渡琉伝承記事と『保元物語』の関係に一歩踏み込んだ見解を示す。黒嶋が特に『保元物語』の存在を重視するのは、田口寛[10]が提起する次の見解に依る。

この作品（小番注…『保元物語』）において大きな存在感を有する為朝説話は、なぜか説話集の中には見出すことができない。また、英雄を好んで取り上げるはずの謡曲・狂言・幸若・室町物語類にも、為朝を主役として描かれたものが見られない。仮に一、二点の存在が確認されたとしても、その著名度から比すれば不在に等しいであろう。中世の文芸における為朝の存在の不可思議な「希薄化」は、室町後期の『保元』の享受作品・享受資料の場合も等しい。

これを踏まえて、黒嶋は「他の為朝説話が存在しないということは、後世の人間にとって為朝の情報源はもっぱら『保元物語』に限られてきたといってよい」とする。

既述のように中世において多種多様な為朝伝承が存在しただろうことは否定できないと思われるが、田口のいう為朝の「希薄化」現象を踏まえるならば、「一小説」の形成を考えるにあたって、『保元物語』をどのように受容したかという点に注目する必要がある。その意味で、「一小説」として存在した為朝渡琉伝承と『保元物語』の関係に対する考察は不十分だと言わざるを得ない。

このことからこの小論では『保元物語』本文と月舟が記述した為朝渡琉伝承を具体的に比較、検討し、「一小説」の形成に関わる問題について考える。対象とする『保元物語』は、上掲の村井・高橋・黒嶋論が指摘する為朝の伊豆大島配流と鬼島渡島記事を巻末に置く諸本の中から、「『壒嚢鈔』および『太平記』との関係から文安三年（一四四六）以後、室町時代[11]」の成立とされる流布本系統（古活字本を用いる）[12]、これに現存諸本中の古態本とされる半井本等を適宜示しながら考察を進める。

二 『保元物語』と為朝渡琉伝承記事

先に引用した「鶴翁字銘并序」のBの為朝渡琉伝承記事を三つの要素に分けた（実線部一～三）。以下、それぞれの要素ごとに『保元物語』本文との関係についてみてゆく。

1 為朝の「強弓」

> 源義朝舎弟鎮西八郎為朝、膂力絶レ人、挽レ弓則挽強。其箭長而大、森々如レ矛。見レ之勇気払レ膺、懦夫亦立。

「一小説」が伝える為朝渡琉伝承は、まず、為朝の超人性、特に強弓として名を馳せた彼の特徴に言及する。物語外部でも、例えば、『吾妻鏡』建久二年（一一九一）八月一日条には、保元の乱に関する大庭景能の発話の中に「鎮西八郎者吾朝無双弓矢達者也[13]」とあり、また『尊卑分脈』「為朝」項には「日本第一健弓大矢猛将也[14]」と脇書が付されるように為朝と言えば、弓の名手として広く認知されていたことは言うまでもない。

身長は「七尺計《ばかり》」（三五六頁・下）、「器量人にこえ、心飽《く》まで剛にして、大力の強弓、矢続早《やつぎばや》の手聞《てきき》なり。弓手《ゆんで》のかひな、馬手《めて》に四寸のびて、矢づかを引《く》事世に越《え》たり」（三五六頁・上）、そして、軍議の場には「五人張《り》の弓、長さ八尺五寸にて、つく打（つ）たるに、卅六さしたる黒羽の矢負《ひ》」（三五六頁・上）現れる。こうした身体的特徴や用いる弓の大きさなどは『保元物語』諸本にほぼ共通する。

引用文の後半は為朝の矢に焦点が当てられる。「其箭長而大、森々如レ矛」の文言に関わって、古活字本にはみえないが、半井本の次の一節は注目してよい。

山鳥、鵠ノ霜降ハギ合タルニ、生朴ノ鶉ノ長八寸ノ目九サシタルニ、手六寸、ナヒバ八寸ノ大雁股ヲネヂスゲ、峰ニモ刃ヲ付タリケレバ、手鉾ヲ打チガエタルガ如シ。（巻上「新院御所各門々固メノ事付軍評定ノ事」[15]）

これは為朝の用いる鏑矢の素材・形状に関する記述である。鏃の雁股は内刃だけでなく、外側の「峰」にも刃を付けたため、その大きさもあってのことだろう、手鉾を交差させたようだ（実線部）とある。また、金刀比羅本『保元物語』にも関連すると思われる文言がみえる。

廿四さしたるえびらの上に、此大かぶらを四すぢさしそへたるは、森の中に高き梢の一むらさしあらはれたるがごとし。（巻上「新院御所各門々固めの事付けたり軍評定の事」[16]）

為朝の箙にさした矢の状態を「森」に喩える（実線部）例は、『太平記』（古活字本）にも見え、「三十六差シタルヲ、森ノ如ニ負成シ」（巻第十五「正月二十七日合戦事」）、「三十六差タル山鳥ノ引尾ノ征矢、森ノ如ニトキミダシ」（巻第十七「隆資卿自二八幡一被レ寄事」[17]）と定型的表現となっている。

「森々如レ矛」だけでは文意が取り難い。しかし、上述の例を踏まえると、箙に収められた長大な矢を樹木が並び聳え立つ様に、そして両刃をもつ大型の雁股を付けた鏑矢を矛になぞらえた一文であると解釈することができる。「森々如レ矛」という比喩表現自体は、『太平記』にも類似するものがあることから『保元物語』に依ったとは言えない。だが、半井本、金刀比羅本も為朝の矢に関わる描写である点、両本のような本文を前提として略述した表現と捉えてよいのではないだろうか。

続く「見レ之勇気払レ膺、懦夫亦立」の一文も解釈しにくいところではあるが、長大な矢、あるいはその矢による攻撃から一方では敵の戦意を喪失させ、他方では味方の士気が鼓舞される（「懦夫」は臆病者、意気地のない男の意）の意と捉えられるだろう。「為朝の一人舞台といった感が強い[18]」物語の合戦記事にあっては、後者すなわち為朝方の軍勢の内面を読み取ることは難しいが、前者は次のような記述が関連するだろう。

為朝の放った矢が、平家方の伊藤景綱の息・伊藤六が着る鎧の胸板を射抜き、さらに兄・伊藤五の鎧の左袖をも貫通して突き立った。これに「安芸守（清盛）を始《め》て、此《の》矢を見る兵ども皆舌を振（つ）てぞおそれける」（三六二頁・上）、また景綱も「『眼前にかゝる弓勢も侍るにや。あなおそろし。』とぞおぢあへる」（同前）とある。為朝の放った一矢に恐れおののいた清盛勢は、この後、為朝が守る「西川原面の門」から撤退し、そこから隔たった北の「春日面の門」へと逃げるように移動する。

この場面、半井本もほぼ同趣の内容だが、景綱の発話はない。古活字本は「おそれける」、「あなおそろし」、「おぢあへる」と語を重ねて用いることで敵方の恐怖心を強調する。「勇気払レ膺」は、このような場面に基づき、その内容を的確に集約化した表現といえるだろう。

2　保元の乱の経緯と為朝像の捉え方

> 嘗与二平清盛一有レ隙。雖レ有二保元功勲一、一旦党二信頼（ママ）一、其名入二叛臣伝一。人皆惜焉。

「一小説」のこの一節は、保元の乱の経緯を大幅に刈り込んだかたちとなっている。したがって、先に行ったような『保元物語』本文と詞章上の比較はできないのだが、乱で功績のあった為朝が「叛臣」とされたことを「人皆惜焉」という点に注意しておきたい。

半井本の末尾には、「昔」の源頼光・義家が「朝ノ御守」であったことに対比するかたちで、次に引く一節が置かれる。

> 今ノ為朝ハ、十三ニテ筑紫へ下タルニ、三ケ年ニ鎮西ヲ随ヘテ、我ト惣追捕使ニ成テ、六年治テ、十八歳ニテ都へ上リ、官軍ヲ射テカヰナヲ抜レ、伊豆ノ大島へ被レ流テ、カ、ルイカメシキ事共シタリ。廿八ニテ、終ニ人手ニ懸ジトテ、自害シケル。為朝ガ上コス源氏ゾナカリケル。（巻下「為朝鬼島ニ渡ル事幷最後ノ事」）

砂川博[19]は、ここでは「為朝が必ずしも称賛の対象として評価されているわけではない」とし、鎮西や都での行動は「朝敵」の所業であったと物語は捉え、実線部は「伊豆の島々で犯した乱行と院宣に対する武装蜂起を指す」という。「乱行」とは舅である三郎大夫の右指をすべて切り落としたり、住人の腕や肘を折ったりしたこと。そして、引用部の最終文は、「（過去には、朝敵となって）為朝以上に悪行・乱行を成した源氏は外にいなかった」と解すべきだとする。

一方、古活字本は、乱に関わる為朝の物語を概括して「いにしへよりいまにいたるまで、此《の》為朝ほどの血気の勇者なしとぞ諸人申しける。」（三九九頁・下）の一文で全巻を結ぶ。松尾葦江や小此木敏明(20)に指摘があるように、半井本同様、この一文も為朝に対する称賛では必ずしもなく、実線部は、徳義や思慮を欠き、自身の力にまかせた一時の勇気を示す者との意である。

両本における為朝評価への解釈に基づくと、「人皆惜」の文言は物語内容との距離が感じられ、半井本とは対照的な捉え方である。もっとも、「一小説」では、この後、為朝が琉球創世の主となるという展開であり、「叛臣」であることをそのまま受け入れるわけにはいかないというプロットの問題もある。

また、乱の経緯の叙述では、源氏の名は記されず（「一小説」冒頭に兄義朝が示されるのみ）、敵方の清盛と味方の頼長（「信頼」は誤りだろう）一人ずつが挙げられる。これも後文との関係から為朝が唯一の源氏継承者として設定しようという意図があったのだろうか。もっとも、月舟が書き留めたわずか一〇〇文字程度の為朝渡琉伝承記事は「一小説」の一部かもしれず、様々な話柄が書き込まれていたのかもしれない。

3　為朝渡琉

> 竄‐謫二海外一、走赴二琉球一、駆‐役二鬼神一、為二創業主一。

この一節が「一小説」の眼目である。古活字本『保元物語』では、伊豆大島へ流罪となった後、為朝は「鬼が嶋」へ渡る（半井本も同様）。「一小説」の「海外」とは「竄謫」すなわち遠流の地である伊豆大島を意味しているとしてよい。となれば、「鬼が嶋」が「琉球」へと変換されたと考えるのが穏当だろう。

黒嶋敏は、『玉葉』承安二年（一一七二）七月九日条の伊豆に漂着した「鬼」をめぐる記事、そして『日本書紀』推古二十八年（六二〇）の伊豆に「掖玖人」が漂着した記事等を踏まえ、伊豆半島は古代・中世の人びとから「南島とも接する場所として認識されていた可能性がある」とし、「伊豆国が南島の入り口と認識されていたとすれば、『保元物語』半井本系統において、源為朝が伊豆大島から渡った「鬼ヶ島」とは、琉球と解釈することも不自然ではない」とする。示唆に富む見解であるが、ここでは「鬼が嶋」から「琉球」への変換の回路を『保元物語』本文から考えてみたい。

そこで看過できない記述が古活字本にある。「鬼が嶋」の住人が鬼の子孫だというと、為朝は有名な鬼の宝を出して見せよという。これに島の住人は、

> 昔まさしく鬼神なりし時は、かくれみの・かくれがさ・うかびぐつ・しづみぐつ・剣などいふ宝ありけり。其《の》比は船なけれ共《ども》、他国へもわたりて、日食人[21]の生贄をもとりけり。今は果報つきて、たからもうせ、かたちも人になりて、他国に行《く》事もかなはず。（三九七頁・下）

と答える。半井本は「昔ハ鬼也シカ、今ハ末ニ成テ、鬼持ナル隠蓑、隠笠、ウチデノ履、シヅム履ト云物共モ、今ハ無ケレバ、他国へ渡ル事モセズ。其ニ随テ武キ心モ無」と古活字本の実線部を欠く。鬼が人を食う話は『今昔物語集』巻十七第四十三「籠鞍馬寺遁羅刹鬼難僧語」や巻二十七第八「於内裏松原、鬼、成人形噉女語」等が著名なところであるが、その昔、鬼だった頃、この島の住人は呪宝を使って食人のための生け贄を捕りに島外へ出かけていたという文言は半井本以降に付加されたことになる。

先に取り上げた高橋公明が、「断定はできないが、リュウキュウ＝食人国という連想を考えるよりも、『鬼神』という言葉を尊重するならば、半井本『保元物語』のなかの元鬼の島がそのまま琉球になったと想定したほうが理解

しやすいのではないだろうか」との指摘に留まったのは、古活字本を対象にしていなかったためだろう。配流先の伊豆大島から為朝が渡った島には鬼＝食人種がかつて住んでいたことが記述される意味は大きい。

この点に関わって、高橋も取り上げる『漂到流球国記』(22)の記事に留目したい。本書は、寛元元年（一二四三）九月に肥前国松浦を出帆した渡宋者一行が、翌年六月一日に帰朝するまでの出来事を記した紀行記で、その体験談を帰朝した一行から慶政が聞書したものと考えられている。内容は漂流の様子と、漂着した「流球国」での見聞が中心となる。

九月十七日、漂着した一行はこの地が「貴賀《クヰカイ》国」、「南蕃《ハン》国」、「流球国」の何れの国か話し合うが、最終的には「流球国」であると見解が一致、「命在㆓朝暮㆒、奈何《イカ、セム》々々」と「運悪く流球国に漂着し、生きては帰れないと悲嘆(23)」する。十九日、一行のうちの幾人かが漂着地内の探索に出かけ、一軒の「仮屋」を発見する。そして、「其内有㆓炭爐㆒、其中有㆓人骨㆒。諸人失㆑魂。従㆑此長知既来㆓流球国㆒」と炭炉の中に人骨があることで、ここが「流球国」であると確信する。漂着当日の十七日、一行がここは「流球国」と判断した際、それでは生還不可能と歎いたのは、「流球国」＝食人国という認識が既にあったためである。

ところで、〈琉球〉(24)＝食人国という関係は、『隋書』「流求国」を源とし、『性霊集』巻五「為大使与福州観察使書」、『今昔物語集』巻十一第十二「智証大師、亘宋伝顕蜜法帰来語」、七巻本『宝物集』巻四「三宝」、『元亨釈書』巻三「釈円珍」等に関連記事がみえる。高橋は、〈琉球〉＝食人国という観念は中国から日本にもたらされ、顕密仏教界で継承、伝播したものの、中世社会において広範に受け入れられたとは考えにくいとする。

〈琉球〉の所在については、現在の沖縄あるいは台湾、または漠然と中国の東南海に浮かぶ島を指すといった説がこれまで提起されているが、『漂到流球国記』の「流球国」について、大田由紀夫(25)は、鎌倉期成立の金沢文庫蔵

「日本図」や妙本寺蔵「日本図」の南方に位置する〈琉球〉に書き込まれた「身は人、頭は鳥」の文言から、「『琉球（＝沖縄）』に関する認識はかなり荒唐無稽な要素を含んでいるものの、中世日本では奄美以南の『南島』を『琉球』と観念していたことはほぼ確かだろう。従って、その内容が事実かフィクションかは別として、『漂到流球国記』の『流球』も、南島（沖縄方面）を指す呼称として使われていると理解するのが妥当である」と述べる。

また、山里純一(26)は「流球が南島の中の沖縄本島であるかは断定できないものの、その可能性は高いと思われる」として、いくつか根拠を示している。その中で「流球」人の服飾に注目しておきたい。以下は九月二十二日の記事の一節である。

其ノ人ノ長《タケ》高シ於二本朝人一。面色甚黒。耳《ミヽ》長クシテ有レ鉤。眼円クシテ皆黒。髪乱テ垂レタリ肩ニ。不二レ用頭巾《エホウシヲ》一、以二赤巾一罥レ頭。腰ニ用ル二銀帯一、頸ニ懸タリ二金ノ丸《カン》一。（中略）所ノ着衣服、或赤或黒。言語異二両国一、又無レ知二文字一。

波線部の赤い布を頭に巻いているという点は、慶長八年（一六〇三）から三年間、琉球の那覇に滞在した浄土僧の袋中が著した『琉球神道記』の記述に通じると山里は述べる。それは、同書巻五の「鉢巻《ハチマキ》トテ、本ハ一丈三尺ノ布ヲ以、頭ヲ纏《マトウ》。爾ヲ分薙国《ワキナグニ》ト云人、今ノ冠ニ転ズ。賢コト也。時ハ尚寧王(27)」の記事を指すのだろう。琉球王国の冠服制度の一つに「帕《はちまき》の制(28)」があり、位階によって帕の色を規定した。「帕は一六世紀末までは頭を布で巻くターバン式のもので」、「ターバン式から帽子のようにかぶる冠になったのは尚寧王代（一五八九〜一六二〇）」であることが右の『琉球神道記』の一節からわかる。ただし、「当時（小番注…十五世紀後半から十六世紀初頭）は必ずしも色によって階級を明確にするものではなかった」ようである。

このことから琉球王国で制度化される以前の古い習俗が『漂到流球国記』に書き留められたとみられる。したがって、「流球」＝琉球（沖縄）としてよいのではないだろうか。

以上のことから「鬼が嶋」から「琉球」へと変換するキーは「食人」の語であると考える。「鬼が嶋」は食人種＝鬼の子孫が住む島であり、『漂到流球国記』の「流球」（＝琉球）も食人国として観念されていた。こうしたイメージが「鬼が嶋」と「琉球」を媒介したと捉えられる。

ところで、〈琉球〉＝食人国という観念は、顕密仏教界というある程度限られた範囲で受け入れられたとする高橋の見解を先に取り上げた。「一小説」が琉球＝食人国というイメージを持っているならば、為朝渡琉伝承の成立圏も絞られてくることになるだろうか。この問題に関しては改めて考えてみたい。

「鬼が嶋」＝食人（国）＝琉球という連関以外に留意したい点がある。上に引いた『漂到流球国記』の記事で実線を付した部分は、古活字本『保元物語』の「鬼が嶋」の住人の姿と類似する。半井本では「長ケ一丈余ナルガ、皆大童也。刀ヲバ右ノ脇ニゾ指タリケル。云事、互ニ聞知ズ」（巻下「為朝鬼島ニ渡ル事并最後ノ事」）とあるが、これを古活字本は詳述する。

たけ一丈あまりある大童の、かみはそらざまにとりあげたるが、身には毛ひしとおひて、色くろく牛のごとくなるが、刀を右にさしておほく出でたり。おそろしなどもいふばかりなし。申《す》言ばもきゝしらざれば、大かた推してあひしらふ。（中略）さて嶋をめぐりてみ給ふに、田もなし、畠もなし。菓子もなく、絹綿もなし。

（三九六頁・下～三九七頁・上）

このような島の住人の姿に関わる文言は、『平家物語』にも同様に記される。鹿谷事件の関係者として藤原成経、平康頼、俊寛の三名が配流された鬼界が島の住人の姿を覚一本『平家物語』は次のように叙述する（『漂到流球国記』と古活字本『保元物語』に共通する部分には実線、どちらか一方に共通する部分には破線を付した）。

色黒うして牛の如し。身には頻に毛おひつゝ、云詞も聞しらず。男は烏帽子もせず、女は髪もさげざりけり。

> 衣裳なければ人にも似ず。食する物もなければ、只殺生をのみ先とす。しづが山田を返さねば、米穀のるいもなく、園の桑をとらざれば、絹帛のたぐひもなかりけり。（巻二「大納言死去」）[29]

傍線を付した部分は、大石直正[30]が指摘する境界地域の住人に共通する多毛・異言語・異風俗・非農耕の要素に重なり、様式化された表現となっている。村井章介[31]は、中世の領域観念を〈浄―穢の同心円〉構造として捉え、「境界の住人は人ではあるが人らしくない」存在、その外側に位置する異域は、「国家の支配がまったくおよばない『穢』にみちみちた空間であり、そこの住人は『鬼』として表象された」とする。

古活字本の「鬼が嶋」の住人は今は鬼ではないものの、「人ではあるが人らしくない」姿である。『漂到流球国記』の「流球」国の住人も長身・異言語・異風俗の要素から言えば、「鬼が嶋」の住人と同様ということになるだろう。つまり、「鬼が嶋」から「琉球」への変換には「境界」というイメージもまた機能していると捉えられるのではないか。

続いて、為朝は鬼神を配下として用い、琉球創世の主となったという部分について取り上げる。

物語の「鬼が嶋」を琉球に比定することが可能であれば、琉球の「創業主」となるということは、為朝が「鬼が嶋」を初めて統治したということと対応するだろう。

その「鬼が嶋」は「あら磯にて波たかく、いはほさかしくて」（三九六頁・上）舟の着岸も容易ではない場所である。住人も「むかしより悪風にあふて、此《の》嶋に来《た》る者いきてかへる事なし。あら磯なればをのづからきたる舟は浪にうちくだかる（中略）食物なければたちまちに命つきぬ」（三九七頁・上）と、舟のあるうちに早々に立ち去るよう為朝らに告げる。外部の者が島内に侵入し、長く留まることを嫌っている口振りである。

そして、魚と鳥を捕えて食糧にするという住人に対し、為朝は「件の大鏑」（三九七頁・上）で鳥を射落としてみせると「しまの者ども、したを振《う》ておぢおそる。『汝らもわれにしたがはずは、かくのごとく射ころすべし。』とのたまへば、みな平伏して随が」（同前）う。得意の弓で「鬼が嶋」の住人を簡単に服従させてしまうのである。

住人から昔は鬼の子孫であるが、今では鬼の宝を失い、人の姿となったという話を聞き、為朝は「鬼が嶋」という島名を改め、太い蘆が多く自生しているゆえ「蘆嶋」とし、八丈島の脇の島として加え、都合七島（いわゆる伊豆七島のこと）を統治する。そこで年貢を納めよと命じる。この島には運搬する舟がないという住人に「毎年一度舟をつかはすべき由約束」（三九七頁・下）する。

このように外部から容易に人を寄せ付けない島の住人を服従させ、島名を新たに命名し、私に課税を開始する為朝は、「鬼が嶋」（＝「蘆島」）の「創業主」と呼ぶに相応しいと言えるだろう。以上の内容は半井本もほぼ同様である。

ただし、「鬼神を駆役する」という表現に拘るならば、鬼の子孫を弓で威嚇し、年貢上納を命じたの意ではいま一つ釈然としない。そこで、古活字本に繰り返し用いられる表現に着目する。

嘉応二年（一一七〇）の春頃、伊豆の鹿野介茂光が上洛し、次のように訴え出る。

茂光が領地をこと〴〵く押領し、剰《あまつさへ》鬼がしまへわたり、鬼神をやつことしてめしつかひ、人民をしへたぐる

（三九八頁・上）

これによって後白河院は伊豆大島へ追討軍を派遣、為朝は自害に追い込まれることとなる。茂光が訴えに及んだ状況は以下の通りである。為朝は、「鬼が嶋」から「たけ一丈あまりある大童」（三九六頁・下）一人を連れて大島へ戻る。そして、その大童を「つねに伊豆の国府へ其事《の》となくつかわし」（三九七頁・下）ため、国人は「鬼神の嶋へわたり、おにをとらへて郎等として、人をくいころさせらるべし。」（同前）と恐怖し、為朝に謀叛のおそれあ

りと話をしたため、茂光が訴えに出たという次第である。さらに巻末に置かれた為朝の物語の総括的記事にも「廿九歳にて鬼が嶋へわたり、鬼神をと（っ）てやつことし、一国の者おぢおそるといへども」（三九九頁・下）と繰り返し同様の文言が現れる。この「鬼神をやつことして」云々は半井本では一切用いられない。

「一小説」では鬼神が琉球を統治するために使われるのに対して、古活字本では伊豆国の仕人を恐怖させるというようにその目的、対象が異なる。しかし、文脈を離れ、右の三つの引用文に付した傍線部の表記に着目し、先述の「鬼が嶋」＝「琉球」の関係を当て嵌めてみると、そのまま「一小説」の「走赴琉球、駆㆓役鬼神㆒」の文構造に対応することがわかる。したがって、「駆㆓役鬼神㆒」の表現は、「一小説」と古活字本との関連性を示すものではないかと考えられる。

むすびにかえて

ここまで月舟が書き留めた「一小説」、すなわち現在確認できる最も古い為朝渡琉伝承記事と『保元物語』本文との関係について確認してきた。その結果、両者は比較的近接した距離に位置すると考えられる。

為朝の用いる矢に関わる記述には、諸本の特定はできないものの、物語本文や物語内容を踏まえて略述あるいは集約した表現がみられる。為朝渡琉に関わる記述では、古活字本「為朝鬼が島に渡る事并びに最後の事」の本文と強い連関が指摘できる。「鬼が嶋」から「琉球」の変換は「食人」と「境界」のイメージが媒介している。そして「鬼がしまへわたり、鬼神をやつことしてめしつかひ」、「走赴琉球、駆㆓役鬼神㆒」という共通する文構造がみられ、この点からは書承関係があったとの推測も可能ではないか。今後、流布本系統諸本も視野に入れて詞章の比較を行っていきたい。

中世文芸における為朝の「希薄化」が指摘されているが、古活字本文と近い、この「一小説」がもう少しボリュームのある内容をもっていたとするならば、室町時代後期における『保元物語』の数少ない享受資料となり得たのかもしれない。

ところで、「一小説」の形成されたのはどのような〈場〉だろうか。この問題を明らかにするには「一小説」末尾（引用部B破線部）の「厥孫世々出㆓于源氏㆒、為㆓吾附庸㆒也」の意味するところを考える必要がある。『保元物語』本文を対象とした小論では、この部分については扱うことができなかった。今後、この問題も考察してゆきたい。

註

（1）『中世南島通交貿易史の研究』第一篇「日本本土・琉球間の経済的及び政治的関係に就いて」第七章「琉球国との政治」（刀江書院、一九六八。初出一九三九）。小葉田論の存在は、島村幸一「琉球の「為朝伝承」」（『立正大学国語国文』五一、二〇一二）の指摘による。

（2）引用は、『続群書類従』第十三輯上による。私に返り点等を付した。

（3）『和刻本大明一統志』汲古書院、一九七八を参照した。

（4）「鶴翁」項（執筆・島尻勝太郎）『沖縄大百科事典　上巻』沖縄タイムス社、一九八三を参照した。

（5）例えば、比嘉実「沖縄における為朝伝説—独立論挫折の深層にあるもの」（『文学』季刊三巻一号、一九九二）では、「『幻雲文集』のなかに琉球僧、鶴翁から聞いた話として、為朝の琉球渡来と琉球国王が為朝の子孫であるという言い伝えが沖縄にあることを記録している」、渡辺匡一「為朝渡琉譚のゆくえ—齟齬する歴史認識と国家、地域、そして人—」（『日本文学』五〇巻一号、二〇〇一）では、「月舟寿桂は琉球出身の五山僧、鶴翁智仙から、今までに聞いたこともない琉球の歴史を聞くことになる」としてBの記事を引用する。これらの論考については、伊藤幸司「中世西国諸氏の系譜意識」（『九州史学』創刊五〇周年記念論文集『境界のアイデンティティ　上』岩田書院、二〇〇八）、前掲註1島村論文に指摘がある。

（6）「15～17世紀の日琉関係と五山僧」（『東アジア往還　漢詩と外交』朝日新聞社、一九九五）。

（7）「文学空間のなかの鬼界ヶ島と琉球」（『立教大学日本研究所年報』一号、二〇〇二）。以下、高橋の論考はすべてこの論文による。

（8）高橋によるこの表記は、琉球王国が成立する以前の地域名を指し、琉球王国との混同を避けるために用いるとする。また、「リュウキュウ」＝食人国の関係については後述する。

（9）「琉球王家由緒と源為朝」（歴史学研究会編『由緒の比較史』青木書店、二〇一〇）。以下、黒嶋の論考はすべてこの論文による。

（10）「『保元物語』諸本と人物描出の成立・享受」（『軍記と語り物』四二号、二〇〇六）。

（11）「保元物語」項（執筆・栃木孝惟）（『源平合戦事典』吉川弘文館、二〇〇六）。

（12）古活字本の引用は、日本古典文学大系『保元物語　平治物語』岩波書店、一九六一による。引用本文には大系本の頁・段を付す。

（13）引用は、新訂増補国史大系『吾妻鏡』吉川弘文館、一九八六による。

（14）引用は、新訂増補国史大系『尊卑分脈』吉川弘文館、一九七四による。

（15）引用は、新日本古典文学大系『保元物語　平治物語　承久記』岩波書店、一九九二による。

（16）引用は、日本古典文学大系『保元物語　平治物語』岩波書店、一九六一による。

（17）引用は、日本古典文学大系『太平記　二』岩波書店、一九六一による。

（18）日下力「『保元物語』の世界」（『平治物語の成立と展開』汲古書院、一九九七。初出一九七八）。

（19）「半井本『保元物語』における西行・為朝・忠実・頼長・忠通―『保元物語』成立圏追尋の試み―」（軍記文学叢書『保元物語の形成』汲古書院、一九九七）。

（20）松尾「流布本保元物語の世界」（軍記文学叢書『保元物語の形成』汲古書院、一九九七）、小此木「『中山世鑑』における『保元物語』の再構成―舜天紀を中心として―」（『立正大学国語国文』四六号、二〇〇七）。両論が指摘する『太平記』には、「夫兵ハ仁義ノ勇者、血気ノ勇者トテ二ツアリ。血気ノ勇者ト申ハ、合戦ニ臨毎ニ勇進ンデ臂ヲ張リ強キヲ破リ堅キヲ砕ク事、如レ鬼忿神ノ如ク速カナリ。然共此人若敵ノ為ニ以レ利含メ、御方ノ勢ヲ失フ日ハ、浦ルニ便アレバ、或ハ降人ニ成テ恥ヲ忘レ、或ハ心モ発ラヌ世ヲ背ク。如レ此ナルハ則是血気ノ勇者也」（巻二十九「師直以下被レ誅事付仁義血気勇者事」）とある。

(21) 日本古典文学大系「古活字本略注」には、「「日《ひゞ》食《ヒ》レ人《ヲ》」とあるべきを誤り読んで、「日食人」の下に「の」を加えたものか（玉井幸助「講本保元物語」）」とある。

(22) 以下の本文引用は、図書寮叢刊『伏見宮家九条家旧蔵　諸寺縁起集』宮内庁書陵部、一九七〇による。山里純一『古代日本と南島の交流』吉川弘文館、一九九九所収の翻刻を参照し、私に返り点を付した。また、上記『諸寺縁起集』「解題」も参照した。

(23) 前掲註22山里著書の注解による。

(24) 資料によってリュウキュウの表記は種々あるため、この〈琉球〉の表記で統一した。

(25) 「ふたつの「琉球」―13・14世紀の東アジアにおける「琉球」認識―」（研究成果報告書『13～14世紀海上貿易からみた琉球国成立要因の実証的研究―中国福建省を中心に―』熊本大学、二〇〇九）。

(26) 前掲註22山里著書による。

(27) 引用は、『琉球神道記　弁蓮社袋中集』角川書店、一九七〇による。

(28) 以下、「帕の制」（当該項執筆・富島壮英）に関しての引用は、『沖縄大百科事典　下巻』沖縄タイムス社、一九八三による。

(29) 引用は、日本古典文学大系『平家物語　上』岩波書店、一九五九による。

(30) 「外が浜・夷千島考」（関晃先生還暦記念『日本古代史研究』吉川弘文館、一九八〇）。

(31) 「外浜と鬼界島―中世国家の境界」（『日本中世境界史論』岩波書店、二〇一三）。

[付記]
本稿は、住友信託銀行株式会社公益信託宇流麻学術研究助成基金「「沖縄」地域に関する学際的研究―〈ウチ／ソト〉〈中央／周辺〉を基軸として―」の研究成果の一部による。

聖母説話『ふたりの女』

——中世フランス語圏の宗教説話——

田桐正彦

はじめに

十二世紀から十三世紀にかけて、西欧文明に大きな変化が訪れる。聖母マリア信仰が広まるのである。「父と子と聖霊」の聖三位一体は女性を排除している。この父権的な宗教が、西欧——厳密に言えばアルプス以北の西欧[1]——ではこの時期に、マリア崇拝を通じて性格を変え始めるのである。

マリア信仰は聖典を根拠として教会が上から信者に与えたものではない。逆に民衆のあいだから燃え広がった信仰である。いわゆるフォーク・カトリシズムの源流、中世の民間信仰的キリスト教は、教会の正統的な宗教とはズレた位置に成長したもうひとつのキリスト教であったと言ってもいいだろう。そこでは厳しく恐ろしい審判者である神に対して、無限の慈悲をもって万人を庇護するマリアが事実上女神として信仰を集めた（図1参照）。

マリア信仰の形成をうながしたもののひとつが聖母説話である。ラテン語によるものが二〇〇〇篇以上、古フランス語によるものが一一〇〇篇ほど（韻文六〇〇篇、散文五〇〇篇弱）残っている。各篇に共通の骨子をなすのは、

図1　ピエロ・デッラ・フランチェスカ『慈悲の聖母』、祭壇画中央部分、1454年頃。
大きく広げられたマントは、万難からひとびとを守る庇護者マリアの慈悲の象徴である。

重病人や罪びとが、日頃のマリア崇拝ゆえに、最後には庇護者として出現するマリアの奇蹟に救われるというストーリーである。

ジャンル全体を通して各篇に登場し、奇蹟を起こすのは庇護者マリアであるが、説話の主人公は各篇ごとに異なる、弱い人間である。一篇ごとにさまざまの人間のドラマが繰り広げられる。しかし通常のフランス文学史では、ファブリオーという世俗説話のリアリズムが高く評価されるのと裏腹に、奇蹟を語る聖母説話はほとんど顧みられることがない。荒唐無稽なだけでなく、お決まりのパターンを踏む千篇一律のプロパガンダにすぎない、というのが一般的な文学史の見方なのである。

ここでは、三角関係のふたりの女をめぐる一話を取り上げ、文学史的見方からこぼれ落ちる個々の作品の読みどころを浮かび上がらせてみたい。扱うのは韻文俗語説話五篇（そのうち作者の判明しているものは二篇）である。紙幅の都合で各篇のラテン語原典は掲げられないので、説話の原型を知るのに適した、同じ話に属する短いラテン語説話一篇を最初に示しておく。

一　ラテン語説話の一例

写本 ms. Oxford, Balliol 240 所収のこの話は、「二人ノ女ノ事」と題されている。成立時期・作者は確定しない。なお、以下の文中、［　］は訳者による補足を、*は後に説明があることを示す。

【訳】或ル男ノ妻在リ。［夫ノ愛人ヘノ］憎シミ極ミニ達シテ、不幸ノ降リ掛カラン事ヲ念ジ、聖マリア御自身ニヨル復讐ヲ祈念スレバ、［マリアハ］夢枕ニ立ツ。諫メ給イテ、曰ク。「我ハ望マズ、女ノ破滅スルヲ。然リ、女ノ道ヲ踏外シ、善ト淑徳ニ背クハ確カナリト雖モ、連日、跪キテ我ニ*祝詞百遍ヲ唱エ奉ズル事ヲ欠カサズ。罪ノ内ニ更生在リ、死ノ内ニ贖イ無シ」、ト。夢枕［ニ御登場］ノ恩恵ノ弥増スニ、翌朝、人知レズ、［マリアハ］怒リヲ鎮メヨトノ御諭シヲ以ッテ、不倶戴天ノ二人ヲ其々宥メ給ウ。而シテ一人ハ非難ヲ止《ヤ》メ、他方ハ誘惑ヲ止《ヤ》ム。終ニハ双方共ニ世ヲ捨テ、修道院ヲ建立セリ。即チ、**基督ノ婢《ハシタメ》多数ヲ集メ、挙《コゾ》リテ世界ノ統治者タル神ヲ称エタル也。アーメン。(2)

*祝詞：天使祝詞、「アヴェ・マリア……」の文句。
**基督の婢：修道女の意。

御覧のように短いので、この一篇のみ梗概ではなく全訳を掲げた。しかし訳出した原文そのものが、このとおり簡素なもので、「梗概」的な性格を持っている。

内容には結末に注目すべき点があり、この説話の性格についてふた通りの解釈ができる。

まず、「修道院ヲ建立セリ」という末尾の記述から、女子修道院の縁起として起草された可能性が考えられる。仮にそうだとすれば、修道院縁起説話が別にあって、これはそのラテン語「要録」のたぐいということになろう。けれども、これから順次見ていくように、「ふたりの女」の説話群に修道院建立の縁起にあたるものはない。現実的に考えれば、ふたりの女が協力してもそれだけでは修道院建立はとうてい不可能である。これが仮に縁起説話だとしたら、資金面など当然盛り込まれてしかるべき重要な要素が脱落していることになる。つまりこれが別に存在した縁起説話の要旨だとしたら、あまりにも不手際な要約と言うほかはない。実際には考えにくいことである。

そうだとすれば、別の見方として、本篇は教会などでの俗語による一般的な説教に盛り込む、話の種を聖職者に提供したものと考えられる。中世の修道院文学にはこういうジャンルがあって(3)「エクセムプルム」exemplum と呼ばれている(4)。「事例」という意味である。集成として見れば日々の説教の種本であり、各篇はそれぞれある説話の覚書である。説教師が説教の中に採り入れて語り聞かせる際に、ある程度自由に話をふくらませたものと考えられる。

本篇は簡潔な説話が多数並ぶ写本から見て、エクセムプルムと考えてよさそうである。では、修道院建立という結末の飛躍はどういう意図で生じたのだろうか。

おそらくふたつの動機が結びついた結果、こういう結末になったものと推測される。

ひとつはマリアの「奇蹟」の価値を高めようとする狙いである。考えてみれば、女たちの諍いをめぐるストーリーはふたりの和解で完結している。けれども話をそこで終わらせてしまうと、マリアの登場する奇蹟談としてはいささか物足りず、尻すぼみの印象をぬぐえない。この話の伝えるマリアの奇蹟とは、ひと知れず女たちを順次訪れて諭した、というだけのことなのである。そのくらいのことならば、なにもマリアによらずとも、長老とか賢者といったタイプの登場人物によってでも十分片づくだろう。ようするにこれだけでは聖母説話にひとびとの期待するもの、庇護者マリアの活躍の華々しさや、「奇蹟」の摩訶不思議さが足りないのである。

その根本的な解決にはなっていないが、ふたりの諍いの話が決着したあと、修道院を建立し云々という後日談が付け加わるのは、ようするにひとつには、聖母説話らしい華々しさを添えるという狙いがあったのではなかろうか。それが本当の解決にはなっていないというのは、この後日談にマリアの奇蹟との関連がないにひとしいからである。

この話の結末は修道院建立のさらに先にある。修道女が神を称えた、という一節である。じつはここにも、一篇の説話を超えた、ジャンル全体に関わるもうひとつの別の動機が働いている。

なかには例外もあるが、聖母説話の作者である修道士たちは、マリアに崇拝の念を抱きながらも、教会の教えに忠実に、奇蹟による救済の主体はマリアではなく神であるという認識を持っていた。教義では、奇蹟を起こす「力」は聖三位一体の一点にしか存在しえない。煎じつめて言えば、マリアは神の使いにすぎないのである。このラテン語版説話がマリアの奇蹟で幕を閉じるのではなく、「世界の統治者たる神」に対する集団の礼讃で締めくくられるのはこのことによる。

ラテン語でしたためられている以上、当然と言えばそれまでであるが、ここには、このエクセムプルムのいかにも修道院文学らしい性格が現われている。ようするに、作者が世俗の聴衆・信者のがわに寄り添うのではなくて、語り手・聖職者のがわに立っているということである。

この性格は、愛人に溺れる夫の「悪」にまったく関心が払われていない点にも現われている。この点を作者はどう見ているのかといえば、作中に「他方ハ誘惑ヲ止ム」とある。つまりこの愛欲の泥沼はひとえに「誘惑した女」

のもたらしたもの、ということで済まされているのである。これだけではあまりに簡単すぎるようだが、「誘惑する女」とは、女性を「人間に原罪を招いた誘惑者イヴの末裔」と見る、古いキリスト教の伝統的女性観そのものであり、修道院文学のトポス（紋切型）であって、修道院文学としてはこれで問題は片づいていると見なければならない。

以上のように、説教の材料――説教にまじえる話の種――として提供されたラテン語による説話の形態には、いくつか難点がある。教会の教えに忠実であり、修道院設立で終わるこの話は、直接の読者として想定された聖職者にとっては、とくに難があるわけではなかったのかもしれない。けれども、いざ説教師が世俗の信者に説いて聞かせようという段になると、このままではいくつか問題がある。

修道院建立の後日談は疑問だらけで説教には使えない。しかしそれを削ってしまうと、マリアの奇蹟が地味すぎて、聖母説話の提供すべきカタルシスなしで終わってしまう。

また、夫の罪を不問に付すのも、既婚女性信者には喜ばれないだろう。

じつは、敷衍拡大された話を聞いていく聴衆の心情を考慮すると、この話にはさらに大きな問題がひそんでいる。それは順に登場するふたりの女の、どちらが主人公なのか、聴衆が混乱に陥るという問題である。

話をふくらませつつ、このストーリーを俗語で語り直した作者たちは、それぞれ独自のやり方でこうした問題に取り組んでいる。以下、一篇ずつ見ていくことにしたい。

二　俗語説話群

1　アドガル作『ル・グラシアル』第四十三話

まず、最古の俗語聖母説話集、アドガル作『ル・グラシアル』*Le Gracial*（十二世紀中頃）第四十三話を見てみよう（無題）。ちなみに本篇のラテン語原典はマームズベリのウィリアム作である。

【梗概】ふたりの女が憎み合っていた。片方の夫が他方と懇ろになり、面倒を見ていたのである。女房はマリアに祈る。この恨みをお晴らし下さい、あの女が急死*しますように、と。夢でマリアは応じる。「女の過ちは承知しているが、制裁は望まぬ。なぜなら女は毎日跪いて百遍もアヴェ・マリアを唱えてくれるのだから。このお告げを伝え、互いの過ちを改めよ」、と。マリアの取り計らいで、翌日ふたりの女は人目のない場所で遭遇し、話し合って和解するに至る。

このように、マリア様に忠実な者は皆救っていただける。片方の女は復讐を願い、他方は改心を願った。自分は正しいと思っていた女房は仕返しを願うという過ちを犯した。だがマリア様は双方を御救い下さった。どちらも破滅をまぬがれ、妄念を捨て去ることができたのだ。マリア様を通じて神は御心のままに、我々に改心を与えて下さるのである。(5)

*急死：昇天するには臨終に際して司祭に生前の罪を告白し赦しを得る必要がある。中世のひとびとはその機会を逸する急死を恐れた。相手の急死を願うのは、相手の地獄堕ちを念じるということにほかならない。

簡潔な小品であるが、エクセムプルムが話の種だとすると、俗語説話は話そのものであり、かならずしも説教とは関係なく独立した話として、そっくりそのまま朗読・朗誦されることもあった。

本篇の特徴は呑み込みやすさへの配慮にある。まず後日談はすっぱり切り捨てられている。修道院建立と言われると、何という修道院なのか、資金はどうしたのか、いつ、どこに建てたのか、いまでもあるのか、どの修道会に属したのか、あるいは修道会を創立したのか、など、疑問はいくらでも湧いてくる。そうした疑問に答えられない以上、聴衆相手にこんな話はできない。

もうひとつすぐに目につく改変として、マリアの奇蹟の内容の変化と、救済の合理的説明がある。先に掲げたラテン語説話では、ひそかにふたりの前に順に現われて諭し、ふたりを和解させたというのがマリアの役どころであった。「奇蹟」と呼ぶにはあまりに地道なやり方である。

アドガルの作ではこれに替えて、マリアがふたりの女を人気のない場所でばったり出会わせるという奇蹟を行なったことになっている。「説得」と「運命の操作」では雲泥の差がある。アドガルの説話では、マリアがあまりにも人間的な立ち位置から、超自然の世界へ移ったとも言える。

もうひとつ大きな改変として、不倫の罪を犯した女がじつは「改心」を願っていたという説明の後付けが挙げられる。これにより、この女に関しては説話が「マリアへの祈願の成就」というかたちをとることになった。さかのぼって、先に見たラテン語説話では「祈願」と「救済」が対応していなかった。夫を奪われた女房の祈願は復讐である。むろんマリアはこれには応じない。他方、夫を奪った女は天使祝詞を唱えるだけで、何かを祈願したというような具体的な言及はなかった。ということは、当時のキリスト教徒がほとんど皆そうであったように、彼女も死後の地獄堕ちを恐れ、つね日頃からマリアに罪の赦しと死後の昇天を願っていたと解することができる。彼女にとっても、「和解」に乗り出してくるマリアの働きは「祈願の成就」と言うにはあたらないのである。

こうしてみると、本篇は女が「改心」を望んでいたというひとことを付け加えることで、マリア崇拝者が奇蹟によって望みを叶えられるという、聖母説話に共通の定型を実現したことになる。

女房についてはどうかといえば、彼女もマリアに祈願することはしたが、その内容が復讐祈願という「罪」であったので、マリアは彼女を「改心」へと導かれた、という展開になった。「祈願」がただはねつけられて終わるのではなく、「祈願」にふさわしい「対応」がとられたと、明快な筋道が通ったわけである。

アドガルの説話は正統な教義に沿いながら、先に参照したラテン語版の抱えていた大きな問題点を解消していると言えるだろう。(6)

2　写本 ms. BN fr. 818 所収の聖母説話集第十六話

写本ではこの説話は、「処女を奪いて女房を追い出しける町人の事」と題されている。これは写本書写時に付け加えられたものであろう。町人は主人公ではないので、作者による原題とは考えられない。なお、本編に対応する直接のラテン語原典はクリュニーのゴーティエによるものである。

【梗概】ある町人が妻を追い出して若い娘をそばに置いていた。女房はマリアに祈った。魔術で主人を誑かして私を追い出した、あの性悪を罰して下さい、と。じつは娘は修道院のマリア像に跪いて天使祝詞を唱えるのが日課だった。一年が過ぎ、マリアが女房の夢に現われて告げる。「恨みを晴らしたいのなら別を当たるがよい、私にはできぬ」、と。女房は食い下がる。「マリア様は悪魔も退散させるのに、小娘ひとり罰せられぬというのですか。ひとの夫を奪うとは、あなたと御子息に背いたということですのに」。マリアは言う。「もっともだが、娘は毎日アヴェ・マリアを唱えて私を和ませてくれる。そんな娘を苦しめられようか」。女房は呑み込めず、絶望して教会を訪れマリア像に跪いたが、マリア様さえ魔術にかかったのかという思いだった。帰りぎわに娘に出くわし、女房は叫ぶ。「ひとの夫を奪っておいて、こんな所に何の用だい」。娘は恥じて人混みに紛れ込もうとする。女房は摑みかかって周りに止められる。司祭らが女房に事の次第を問い質し、娘には、「どんな言葉を唱えたのか」と尋問した。娘は天使祝詞を諳んじてみせる。と同時に、マリア様がこれを聞いていて下さったのだと思うと、感極まってその場に跪き、マリアに誓う。今後は身を慎み、表は出歩きません、と。実際、教会の横に住まいを作って引きこもった。

主と聖母に祈ろう、我らにもかかる改心の機会をお与え下さい、最後の審判の際に安らかでいられますように、と。(7)

この説話はふたりの女を明快に描いている。生き生きと描かれているということもあるが、根本的に、ふたりが「主人公」と「脇役」に描き分けられている、ということである。

娘については、彼女がじつはマリア信仰の篤い人間であることを、地の語りではやばやと明かしている。あらかじめ聴衆に、この娘がマリアの庇護を受ける本篇の主人公であることを明示しているのである。これは話の呑み込みやすさという点で、明快なやり方である。けれども物語内の登場人物である女房にとっては、娘の信心ぶりは、マリアのお告げがあるまでは知る由もない。したがって、マリアの口から事情を知らされたとき、女房はマリアの態度に打ちのめされる。彼女はマリアまでもが、小娘の魔術に誑かされているのではないかという疑念さえ抱くのである。

この女房は錯乱状態にまで追いつめられた女として描かれており、聴衆の同情は引くが、その言動に聴衆の信頼を得られるような人物ではなくなっている。心理的に、彼女に完全に同調することはむずかしい。そして女房は結末に至る前に舞台から姿を消す。和解が語られることもない。ここにこの一篇の最大の特色がある。娘の方はどうだろうか。この説話では、娘は女房に魔女の疑いを持たれている。女房が、マリアまで娘の操り人形かと疑うため、娘の善良な一面をマリアが証言するだけでは女房の疑念を払拭することはできない。

本篇の目につく特徴として、聖職者らの登場ということがあるが、彼らが必要になったのは、おもに娘にかけられた嫌疑を晴らすためであろう。彼らが中立な立場の登場人物として導入されたのは間違いないが、彼らが果たすのは、単に摑み合いを防ぐ「仲裁者」の役割ではない。この話に「和解」は訪れず、本当の意味での「仲裁」は行なわれていないのである。聖職者に割り振られた役割として大きいのは、むしろ「異端審問官」的な役である。彼らが天使祝詞を唱えさせるからこそ、娘は魔女ではないという身の証しを立てられるのである。疑念の晴れた娘は世間から身を隠し、罪を悔いて生きる信仰生活に入る。

さて、先に見たアドガルの説話では、ふたりを同格の主人公として扱っている印象があった。本篇は明らかにそれとは異なる。とりわけ末尾での扱いの差から見て、本篇では娘の方が主人公である。魔女の疑いというモチーフも、ここから生じたものであろう。

罪を犯し、魔女の嫌疑をかけられ、やがてその疑いが晴れたあと、独居修道者となる決意を固め、罪を悔いる生涯を送る。ようするにここで主人公の演じるのは、「運命の転変」のドラマである。それをなるべく劇的なものにするために、主人公が魔女と疑われるという設定が案出されたものと考えられる。この改変のおおもとには、地味な話を華々しいものに作り変えようとする狙いがあったものと見てよいだろう。

完成した説話は、女房を途中で放り出している点で不完全である。そもそも娘を主人公とした扱いそのものが、偏った判断であるようにも見える。けれども聖母説話というジャンル全体を視野に入れれば、娘の方を主人公とするのはなにも独創的なアイディアではない。

つね日頃マリアに祈りを欠かさぬ者が、それだけを理由に、たとえ罪を犯してもなお、マリアの庇護を受け、奇蹟によって救済の願いを叶えられる。これがこのジャンルに共通の定型なのである。この枠組みに沿う主人公の資格を備えているのは、このストーリーの場合、娘の方である。そしていったん娘を主人公にすえて説話を構想した以上は、脇役にとどまる女房の閑却は自然な成り行きにすぎないとも言えるのである。

聴衆の大きな反発を恐れたのであろう、さすがに脇役の女房が露骨な「悪役」ぶりを演じるところまではいかない。が、本篇は主人公と対立する女房を「救済」の構図の中に取り込むような混乱は避け、女房の役どころを主人公に訪れる「救済」の引き立て役と割り切っている。女房が娘の罪を指弾すればするほど、そんな娘を庇い抜くマリアの庇護者ぶりが浮かび上がる。女房が引き立てているのは、主人公の娘というよりもマリアなのである。

いずれにせよ作者――この俗語説話の作者というよりもラテン語原典の作者――の立場に立ってみれば、娘を主人公とする見方にさほど大きな問題はなかったのかもしれない。けれども、やはりこの説話の女房の置き去りには後味の悪さがつきまとう。大きな「正義」の観点から見て、いや、むしろごくあたりまえの人間の感覚で見て、この女房はこのままでは哀れすぎはしないか。マリア様までが娘の言うがままか、という思いにとりつかれたというのでは、もはやこの世に信じられるものなど何もない。これではすがりついたマリアに見捨てられたことになるのではないか。

近代的文学観に立つ批評意識で作品に問題を感じるというのではない。中世の宗教説話として眺めて、マリア信仰の言説としてとらえて、ここには問題が残るように思われる。

次に、ある方向でこの問題と向かい合った、もう一篇の説話を見てみよう。

3　写本 ms. BN fr. 2094 所収の聖母説話集第十話

この説話（無題）は、基本的にはいまの説話と同系統の話である。

【梗概】己が善行を誇るのは愚かである。高徳の隠者も、徳の高さを誇れば墜落する。神の思し召しがなければ一日たりとも高徳の上に安住することはできない。善人は驕るべからず、悪人は絶望するべからず。善人もすぐに躓き、悪人も立ち直るものだから。

トゥルネー*の騎士が、小間使いの娘を愛人にした。娘は増長し、妻は正気を失う。この娘はマリアへの祈りは欠かさなかった。騎士が娘を罪に落としたのである。妻は苦しみ、仲間を頼んで娘を殺そうと覚悟する。すると夢でマリアが告げる。「娘には手を出すな、あれは悪女だが、自分のしもべなのだ。お前のやり方で娘を後悔させるのは好まぬ。娘に自ら後悔させよう」、と。妻は驚き、思案したあげく、娘に事実を伝える。「復讐も考えたが、マリア様に免じて赦そう、お前はマリア様のしもべなのだそうだから」、と。娘は言う、「もったいない、あの方は罪びとでもお見捨てにならないの。奥様、いまのお話は御冗談ですか」。本当だと聞いて、娘は涙ながらに赦しを乞い、もう殿方には近づかぬと誓う。妻はすべてを水に流し、娘はトゥルネー近郊の「明るき希望」という大修道院に入った。明るい希望が彼女を支え、貞淑な暮らしと安らかな最期が彼女に永遠の喜びをもたらした。(8)

＊トゥルネー：今日のベルギー南部の町。

先に見たラテン語版にあった「修道院」のモチーフが、現実味のあるかたちで結末に活かされている。それはともかく、ここでは脇役の妻について聴衆が納得するように、改変がなされている。

まず目につくのは、娘が倫理的に擁護されている点である。「この娘はマリアへの祈りは欠かさなかった。騎士が娘を罪に落としたのである」。これは一面では「夫の悪」の追及であり、聴衆の既婚婦人への配慮であるともみなせるが、作品の意図としては、それよりも主人公たる娘への反感を取り除いておくという配慮だったものと見てよさそうである。本作も、先の作と同様、娘の方を主人公にすえているのである。

これと同方向の大きな改変が見られる。それは、娘の「善玉」ぶりと対をなす、妻の「悪玉」ぶりである。本篇の大きな独創は、妻がマリアにいっさい祈願をしない点にある。乱暴な言い方をすれば、彼女はマリアの手を借りようとはせず、仲間を引きずり込んで自分の手で始末をつけようとするのだ。ジャンルとしての聖母説話の定型から言えば、ここで重要なのは彼女が殺人を図るということよりも、「マリアに祈願をしない」ということなのである。この一点において、彼女は主人公の座とは無縁の位置に追いやられている。

先の説話について、哀れな女房が錯乱の一歩手前のところで放り出されるのが話の難点であると述べた。本篇では、聴衆の心理的同調ははじめから娘のがわに引き寄せられており、仲間を頼む謀殺計画のモチーフも効いて、妻への共感はほぼ封じられている。

この点で非常に巧みなのは、和解に至る場面で、妻にマリアのお告げは真実だと言わせたり、すべてを水に流す鷹揚な態度をとらせたりしている点である。つまり、妻は娘の改心を助け、導き、諍いを収める役割を演じている。単純に見ると、これは妻を「善玉」に見せているように見えるが、聴衆心理の内面に一歩踏み込んでみると、こうした妻の行動は人間関係の主導権を握る者、「強者」の振舞いと感じられる。聴衆は妻の娘に対する優位性を印象づけられるのである。逆に言えば、娘は無知で純で庇護されるべき無力な存在という翳りを帯びる。

結果として、本篇には哀れな女房が打ち捨てられるという無残な印象はない。これが本篇の案出した解決なのである。聴衆の女房への同情に応えるという行き方ではなく、反対に、同情の芽を刈り取ってしまうという道を、本篇は選んだのである。注目すべきは、それを実現するのに、いま述べたような微妙な人物造形をしてみせている点である。ここには判官びいきの聴衆心理を知り尽くした作者――原典の作者と俗語説話の作者双方――の、老練な技量をうかがうことができる。

この話は前置きの説教から始まる。それもいかにも説教臭い講釈のようだが、この前置きにも、主人公の設定をめぐる聴衆のもやもやとした心理的抵抗を、前もって牽制しておくという意図が認められる。

正義が大義を誇ればたやすく堕落する。悪の烙印を押された者も、立ち直り、正義の高みへと上りゆく機縁はある。

つまり夫を奪われた妻が必ずしも正義の立場を守るとはかぎらず、道を誤った娘が悪徳の泥沼を脱け出すこともありうる。のみならず、悪に堕ちた妻が凛とした態度を取り戻すことも起こりうる。

これは話の二転三転する成り行きを、なるほどと思わせようという意図で加えられた前置きということである。ちなみにここで説かれる「正邪反転」は、「墜落」と「上昇」のイメージを持ち出すことで聴衆の呑み込みやすいものになっている。この観念は、中世を通じて流布していた「運の女神」フォルトゥーナFortunaの車輪のイメージと重なるからである。(9)

目隠しをされた姿で表わされることの多いフォルトゥーナの回す車輪（図2参照）。ひとびとは人生に浮き沈みがあるのは、人間を乗せて回るその車輪の、気まぐれな回転のせいであると考えていた。本篇はあくまでもマリアを中心とする聖母説話なので、早い時期からキリスト教化されていたとはいえ、もともとは古代ローマの女神、つまり異教の女神であったフォルトゥーナの名を持ち出すことを本篇は避けている。とにかく、話中の「正邪反転」

図２　運の女神フォルトゥーナとその車輪
ボエティウス『哲学の慰め』写本挿画
栄枯盛衰はフォルトゥーナの回す車輪次第で決する。目隠しは女神の、いかなる事情にもお構いなく好きなように車輪を操作する、恐るべき気まぐれぶりを表わす。

についてここまで手を打っておく必要を感じたということは、夫を奪われた女を哀れと思い、こちらを主役として話を聞こうとする聴衆が現われるおそれを作者――両作者――が感じ取っていた、ということの証しとも言えそうである。作者の苦労もよく分かる。聴衆のなかには、どうしても娘のがわに感情移入しえない者も出てくるだろう。このむずかしい問題に、別の方向で取り組んだ説話がある。次にそれを見てみたい。

4　『アングロ・ノルマン語第二説話集』第五十三話

アングロ・ノルマン語とは、グレート・ブリテンとフランス北部で用いられたフランス語の古方言で、多くの文学作品に使われている。本篇の原典はマームズベリのウィリアム系であろう。

【梗概】昔或る男が愛人を作った。女房は表面をつくろいながら内心憎悪を募らせ、マリアに懲罰を祈る。恨みをお晴らしくださるなら、マリア様へのお勤めを欠かしません、と。マリアが夢枕に立って告げる。「女が過ちを犯しても破滅させる気はない。なぜなら女は跪いて日に百遍もアヴェ・マリアを唱えてくれる。女に悪さをするのはこの私に刃向かうことだ」、と。女房は思案し、怨念を捨てる。女に会うと伏して慈悲を乞い、すべてを打ち明ける。「マリア様に復讐の願をかけたが、逆に手を出すなと叱られた。マリア様へのお勤めを欠かさず、マリア様に愛されているあなたは、きっと清らかな方なのでしょう、私をお赦しください」。女房を助け起こした女は、自分の罪にもかかわらず祝詞暗唱の勤めを認めてくださるマリアの心に打たれ、穏やかな気持ちになって和解する。その後は清らかな生を送りマリアに仕えた。

我らが過ちゆえにマリア様への御奉仕を台無しにしないように、その愛に値するよう、我らを導き給え。アーメン。(10)

この話は先の説話と百八十度逆向きである。ここでは女房の方が主人公なのである。呑み込みにくい話を呑み込みやすくする本篇の工夫は、その揺るぎない主人公像の造形にある。

夫の愛人への憎悪に凝り固まって復讐を祈願していた女房は、相手がマリアのしもべであることをマリアの口から知らされると、とくと思案し、自分の了見違いに思い至ったのであろう、積もる恨みをきれいに水に流す。そして、あろうことか、怨敵たる相手の女の足もとにひれ伏して自分の醜い内面を洗いざらい告白し、相手の赦しを乞うことまでする。

これは「汝の敵を愛せよ」というキリスト教倫理の説話化である。聴衆はおそらく胸の内であの御言葉を思い浮かべたことだろう。「右の頬を打たれたら、左の頬を差し出しなさい」。女房はこの実際には従うことの困難な信仰実践の手本と化している。この話には壮大な奇蹟はない。けれども、この予想外の運びは、聴衆の心を打つ。女房は説話の主人公として、聴衆の清らかなものに対する憧れにも似た共感を集める存在となっている。

女房は「善玉」から「悪玉」に堕ちかかって踏みとどまり、究極の「善玉」になったと言えばいいだろうか。主人公は一貫してぶれることなく女房である。予想外の反転を、さらに予想外の展開によって呑み込めるものとする。ここで本作がとったのはこういう解決の道筋であった。それは先に見たラテン語版などでは望むべくもない宗教的感動のカタルシスを与える。

三　ゴーティエ・ド・コワンシの作品

最後に俗語聖母説話の巨匠ゴーティエ・ド・コワンシ Gautier de Coinci[11]（一一七七頃〜一二三六）の作を紹介しよう。『聖母奇蹟集』第一巻第二十四話「聖母の教えによりて改心せるふたりの女の事」という作品である。原典は一応ノジャンのギベルトゥスであるが、創作の割合が高く、原典離れが著しい。

【梗概】ふたりの女がいる。亭主を寝取られた女房と、不倫の女と。女房は殺したいほど女を憎んでいるが、夫が怖くて罵ることもできずにいる。女房は、女を辱めてほしいとマリアに願をかける。マリアが現われて告げる。「もうひとりの女の方こそ、私への祈りを欠かさず、私を唯一の救いと頼んでいるので、そんな哀れな女を呪って復讐を祈願するとはもってのほかである」、と。マリアに見捨てられ追いつめられた女房は、出くわした女に堰を切ったように怨み言を吐き出す。

「前はあんなに愛してくれたひとが、お前のせいで今では私を小突き、殴る。あんなにお願いしたマリア様さえ、お前の味方。頭が変になりそう。神様もあてにはならない」。相手の女は足もとにひれ伏し、「そのお話は本当ですか」と涙にくれる。「本当だ」との返事に、女は赦しを乞い、「二度と、どちらの旦那様にもけっして近づきません」と約束する。マリアに誓いを立てて、煩悩を断つのである。女房もマリア崇敬の念を新たにし、女と和解する。

マリア様を崇めぬ者は悪魔に捕えられる。マリア様にお仕えすればどんなに愚かな女でも正気になる。どんな愚か者でも、知らぬ間に、死ぬ前にはまっとうになる。一生お仕えしよう、アヴェ・マリアを唱えよう。唱えさえすれば救われる。神よ、御母を称える者を救い給え(12)。

聖母説話ではマリアに祈願する者が主人公である。実際前の一篇では、最初に復讐を祈願した女房が終始一貫して主人公であった。

この点、本篇は特殊である。これまでこの問題を注視し続けてきた私たちは、初めて本篇に接する聴衆の立場に立つことがむずかしい。しかし本篇をあやまたず読み解くには、白紙の状態で語りの流れを追わなければならない。

話を聞き始めた聴衆は、とうぜん、被害者であり、マリアに祈願する女房を主人公として受け取る。彼女に感情移入して話に聞き入ることだろう。ところが、現われたマリアは驚くべき真相を明かす。相手の女はじつはマリアへのお勤めを欠かさず、マリアの庇護下にある。そんな女を呪う女房の方を、マリアは諫めるのである。ようするに、ここで「悪玉」と「善玉」がどんでん返しで入れ替わる。

この正邪反転は、女房に感情移入して話の行方をおぼろげに読んでいた聴衆にとって、まったく予想外の驚きであっただろう。この瞬間、聴衆は、敵役のはずだったもうひとりの女こそ、この話の真のヒロインであると悟る。慣れ親しんだ聖母説話の約束事として、マリアへのお勤めを欠かさぬ者が最後には報われる。それがこの種の話のつねなのである。

しかし、すると、女房はいったいどうなるのか。マリアの庇護下にある者を呪い、思いがけずマリアから厳しい言葉を言い渡されてしまった女房。彼女は敵役として、ひとを呪った代償を払うことになるのか。相手の女が光明に照らされて高く浮かび上がるのと入れ替わりに、女房は闇に沈み暗黒に堕ちていくのか……。

聴衆は、しかし、そう簡単には割り切れないものを感じたものと推測される。先に、別の説話で、女房を切り捨ててしまう話の運びを見たが、そのときにむずかしい問題として論じたように、この話の女房には聴衆の同情を引かずにはおかない哀れさがある。ゴーティエの本篇の場合にも、おおかたの聴衆はおそらくこう思ったのではないだろうか。女房も、最後には救われてほしい、と。

図式的に言えば、本篇では、相手の女は聖母説話の定型、説話の論理に合致する「論理的主人公」の位置を占め、女房の方はこの一篇に固有の「心理的主人公」の性格を帯びている。

聖母説話の定型、説話の論理に従って、聴衆は普遍的な「主人公像」に合致する罪深い女については、次のように結末を予想したのではないか。女は日頃のお勤めへの報いとして、最後にはマリア様の救済にあずかることになるだろう、と。

では女房に関しては、聴衆は論理的にどういう展開を予測し、心理的にはどう感じただろうか。

彼女は呪いの罰という報いを受けることになるだろう。そうなってもしかたはない。が、しかし、それではあまりに酷《むご》い。なんとかならないものだろうか……。推測するに、聴衆の大半の胸に去来したのは、おおよそこんな思いではなかったろうか。論理的な理解とは別に、こみ上げるもどかしい思い。それは理屈ではない。相手の女の方がマリアの寵児であると知らされた瞬間、むしろ抑えがたく高まる女房への同情からくる、心理的な願望である。女房が主人公ではなかったと頭では理解しながら、なかにはむしろ女房への感情移入をつよめた者もいたかもしれない。

相手の女の方が説話の真の主人公であることは、聴衆にとって、もはや一点の曇りもない明快な事実である。誰も皆、この女が主人公であることを受け入れざるをえない。そこには一篇の説話を超えたジャンルの力、定型性がものを言っている。

本篇の大きな独創は、聴衆の論理的な予測と心理的願望の、双方に応える解決を用意した点にある。

相手の女は説話の定型どおりに、結末で魂の平穏へと導かれる。別の言い方をすれば、お勤めが報いられるのである。ただ、ここで聴衆の心理に深い印象を刻むのは、女が女房の足もとにひれ伏して赦しを乞う場面であろう。これは先に見た一篇のクライマックス、女房が女の赦しを乞う感動的な場面の、ふたりの位置関係をちょうど逆にした情景になっている。ゴーティエの場面では、マリアにえこひいきされている感のある女が女房の足もとにひれ伏すことで、聴衆の溜飲が下がり、それと同時に、この女が一挙に聴衆の心の中に入ってくる。彼女は最後に論理的・機械的主人公の座から降りて、心理的な主人公のそばに歩み寄ると言えばいいだろうか。

一方、女房は、「前はあんなに愛してくれたひとが……」という言葉でますます聴衆の心をつかみ、「神様もあてにはならない」と禁忌に触れる言葉を吐いて聴衆をはらはらさせる。そして最後には自分を取り戻し、女を赦して手を取り合うのである。

この結末には、聴衆がほっと胸をなでおろす安堵感がある。万事解決の大団円が安っぽく見えないのは、話の途中で女房の行く末を案じ、彼女に救いが訪れることを願わずにはいられない聴衆の心理的な素地がしっかりと作られているからである。

しかしそれだけではない。ゴーティエは舞台裏で神学的に考え抜いた形跡がある。注目したいのは末尾である。

マリア様を崇めぬ者は悪魔に捕えられる。マリア様にお仕えすればどんなに愚かな女でも正気になる。どんな愚か者でも、知らぬ間に、死ぬ前にはまっとうになる。

悪魔に捕えられたのは、この説話でいえば邪淫にとらわれた夫ということになるだろうか。重要なのは、「マリア様にお仕えすれば……どんな愚か者でも、知らぬ間に、死ぬ前にはまっとうになる」という文言である。

ふりかえってみると、この説話でも、女房の祈願とマリアのもたらす救いは対応していない。そういう作例はほかにもあったが、ゴーティエの場合には、「祈願に対応しない救い」の成就こそが、この一篇の主題として考えられているのである。マリアに祈る者を、愚かな本人の意思を超えて救済してしまうマリア。

これは本篇の原典中に認められる主題ではない。いや、どの原典の作者も、これほど超越的な庇護者・救済者としてのマリアを想定してはいないのである。実際、他の俗語説話群を見渡してみても、「本人の意思を超えてもたらされる救済」という明確な思想を見出すことはできない。

なかではアドガルの説話がこれに近いといえば近いが、アドガルの作中のマリアはふたりの女をともに罪びととみなし、女房に「互いの過ちを改めよ」と告げている。つまり女房はこうして「改心」の契機を与えられ、その後は罪を自覚して「改心」を心がけていたことになる。この点で、罪も改心も意識することなく結末に至って魂の平穏を得るゴーティエの女房はまったく別ものである。

アドガルの意図は、女房の身に起こった出来事を、「祈願」の「不成就」ではなく、「罪」(復讐祈願)と「改心への導き」の「対応」として聴衆に呑み込ませる、ということであった。アドガルがなした仕事は話を明快に、分かりやすいものにするということであって、アドガルは「説話作者」の立場に徹していると言える。それに対してゴーティエが、「愚か者が意思を超えて救われる」という独自の救済思想を主題として話の中に持ち込み、原典にはない末尾説教中でそれを明確に説いたとき、彼は説話作者の立場を大きく踏み越えて、「宗教家」の相貌を見せているとも言える。

原典、というよりも説話の原型が抱えていた問題の解決を模索し熟考を重ねる中で、いつのまにかゴーティエは次元の異なる地平にたどりついた。けれども、新たな救済思想も、実際に説話の中で呑み込みやすいかたちで説かれねば意味がない。宗教家ゴーティエには、説話作者ゴーティエとしての仕事が残っている。

考えてみると、これは取り扱いのむずかしい主題である。この主題を説話化するには、愚かな者はどこまでも愚かしく描くことが前提となる。しかしそれだけでは、たとえそういう人間が救われたところで、聴衆に感銘を与えることはできそうもない。逆に救いの超越性が、納得しえぬものとして宙に浮く恐れもある。

いや、それどころか、「意思を超えて訪れる救済」という思想は、じつは「庇護」の教えの根幹を揺るがしかねないものである。それは突きつめて言えば、マリアの庇護のマントを地平線まで、全世界を覆い尽くすところまで広げる一方で、それとひきかえに、誰でもどうせ救われるという安直な誤解を生む危うさを孕んでいる。罪を悔いる者、聖母のしもべたる者は救われるという定型を超え出るとき、説話は教化文学としての本質を失う危機に直面するのである。ゴーティエが末尾で、

一生お仕えしよう、アヴェ・マリアを唱えよう。唱えさえすれば救われる。神よ、御母を称える者を救い給え。

と説いているのは、この危険を彼が十分察知していたことを示している。誰でも待っていれば無条件で救済にあずかれるというようなことはない。つね日頃、聖母を称える者だけが「神」の御心にかなって、救われるのである。

この一篇だけでゴーティエの思想の全体像を提示することはもとより不可能であるが、じつはゴーティエは、創作活動の中で教会の教えとは一線を画す尖鋭なマリア信仰を築き上げていた。

教会の教えでは、奇蹟を起こせるのは神のみであって、マリアは救いを求める者の祈願を神に伝える仲介者の役割を果たすにとどまる。これに対してゴーティエのたどりついた根本思想は、マリア御自ら奇蹟を行なって罪びとをお救いくださる、というものであった。ただし、さすがにこの思想をあからさまに表明することはゴーティエといえども避けている。へたをすれば異端審問にも発展しかねない。それだけ大きなものを、この思想は持っている。

こうした事情を背景として眺めると、本編の特殊性が明瞭になる。それは「ふたりの女」の説話群のなかで独創的なものであるだけでなく、じつはゴーティエの説話集の中でも、重い意味を持つ作品のひとつなのである。

おそらくゴーティエはマリア信仰の飽和と自己崩壊にも通じかねない本篇の危うさを、他の誰よりも明確に自覚していた。熱烈なマリア崇拝者ゴーティエが、「神による救済」という、万人の呑み込みやすい通念をもって本篇の締めくくりとしたのは、この場合、自分の本心を隠す自衛策というよりも、マリア信仰を守るという動機による積極的な行為であったように思われる。ゴーティエはおそらく自分の個人的マリア信仰を枉げてでも、一般的なマリア信仰を守ることを重んじたのである。

しかしゴーティエの思想を承知したうえで読みなおすと、彼がひそかに、自分では納得できるかたちでこの一篇を書き上げているようにも見えてくる。

作中で女房はこういうセリフを洩らしていた。「神様もあてにはならない」。

神様も救ってはくださらない。そういう思いにとらわれた人間が、最後には、マリアの「本人の意思を超えた救済」によって魂の平穏へと導かれ、救われていることになる。おそらくこれがゴーティエの思い描くマリアによる万人の救済であり、それを錯乱した女のセリフというかたちを借りて、作中に紛れ込ませているのではないか。そういう見方もできるように思われる。

むすび

原典群に共通するこの説話の原型には問題が潜在した。それは説話がラテン語から俗語へ書き替えられるとき、顕在化する。教会の是とするマリア像が、聴衆のもとめるマリア像としては物足りない。

俗語説話の作者たちはそれぞれ原典、というよりもむしろ原型説話の孕んでいた問題、末尾部分の非現実性や奇蹟そのものの小粒さ、そして正邪反転の呑み込みにくさといった難点の克服に意を用いている。

彼らは各自のラテン語原典だけを出典に仰いだのではない。先行俗語説話にも目を配り、その内容を自作に反映させたように見える。重要な場面の意味を正反対に作り変えたとおぼしき例もある。

注目したいのは、「愚か者の意思を超える救済」という思想が、もとをたどれば説話原型の祈願と結末の非対応を呑み込みやすいものにしようとする、「説話作者」ゴーティエの執筆過程から生じたということである。このことを考えただけでも、マリア信仰の成熟と流行に果たした俗語聖母説話の役割の大きさがおぼろげに見えてくるように思う。

修道院文学といっても、ラテン語でしたためられた狭義のそれとは違い、俗語宗教説話は閉鎖的な修道院の内部で完結するものではない。聴衆の期待の地平に立とうとした作者たちは、いわば聴衆と接する場で説話を作り上げていったとも言える。それが、この文学を意外に堅牢なものに鍛え上げたと言ってもよいかもしれない。

註

(1) ビザンティンの影響下にあるイタリアではもっと早くから聖母信仰が盛んで、マリアの美術が花開いた。しかし、ピレネー山脈がイスラムの影響をイベリア半島にとどめたように、アルプスはビザンティンの影響をイタリア半島にとどめた。早熟なイタリアとは異なり、アルプス以北では長らく聖母崇拝は地味で穏やかなものにとどまった。それが十二世紀以降、フランスで熱狂的な信仰へと一変する。

(2) *La Deuxième collection anglo-normande des Miracles de la Sainte Vierge et son original latin : Avec les miracles correspondants des mss. fr. 375 et 818 da la Bibliothèque nationale*, éd. Kjellman, H. Slatkine Reprints, 1977 (1922), p. 226-227.

(3) エクセムプルム以外の修道院文学のジャンルについては、ルクレール、ジャン『修道院文化入門』神崎忠昭・矢内義顕訳（知泉書院、二〇〇四・十）、第八章「文学ジャンル」。

(4) 近年翻刻が進み、個々の刊本は挙げきれないので、このジャンル総体を概観するのに適当な参考文献を一点だけ挙げておく。Bremond, Cl., Le Goff, J. et Schmitt, J.-Cl., *L' "Exemplum"*, Brepols, coll. "Typologie des sources du Moyen Age occidental", fasc. 40, 1982.

(5) Adgar, *Le Gracial*, éd. Kunstmann, P., Éd. de l'Univ. d'Ottawa, 1982, p. 289-290.

(6) この作者と作品については次を参照。Benoit, J.-L., Le Gracial *d'Adgar : Miracles de la Vierge*, Brepols, 2012.

(7) *La Deuxième collection ..., op. cit.*, p. 272-273.

(8) *Treize miracles de Notre-Dame tirés du Ms. B.N. fr. 2094*. éd. Kunstmann, P., Éd. de l'Univ. d'Ottawa, 1981, p. 87-90.

(9) フォルトゥーナについては、パッチ、ハワード・ロリン『中世文学における運命の女神』黒瀬保監訳（三省堂、一九九三・一）。

(10) *La Deuxième collection ..., op. cit.*, p. 227-229.

（11）ゴーティエについては、Ducrot-Granderye, A. P., *Etudes sur les Miracles Nostre Dame de Gautier de Coinci*, Slatkine Reprints, 1980（1932）.／Cazelles, B., *La Faiblesse chez Gautier de Coinci*, Anma Libri, 1978.／*Gautier de Coinci : miracles, music, and manuscripts*, ed. Krause, K. M. and Stones, A., Brepols, c. 2006.

（12）Gautier de Coinci, *Les Miracles de Nostre Dame*, éd. Koenig, F., Droz, coll. "TLF", t. III, 1966, p. 35-41.

図版出典

図１　Lightbown, R., *Piero della Francesca*, Abbeville Press, 1992.

図２　轟義昭『中世ヨーロッパ写本における運命の女神図像集　補遺』（成美堂、二〇〇〇・二）。

〈笠の辻の地蔵〉の縁起伝承をめぐって

——「矢田地蔵縁起」武者所康成蘇生譚と『笠辻地蔵尊縁記』および在地伝承——

渡　浩一

一

奈良県五條市今井の旧伊勢街道沿いの辻に「笠之辻地蔵堂」という地蔵堂がある。ここに祀られる〈笠の辻の地蔵〉の縁起物語は近世の地誌類に散見し、民間伝承としても伝わっている。その内容は、大和郡山市の矢田丘陵に所在する矢田寺こと矢田山金剛山寺（真言宗）の本尊矢田地蔵の霊験譚の一つで、各種「矢田地蔵縁起」に見える武者所康成《むしゃどころやすなり》蘇生譚の在地化された異伝とも言うべきものであり、信仰説話伝承の一つの在り方を示すものとして注目される。小稿では、在地の未翻刻資料の紹介を中心に、本伝承の諸相を整理し、伝承の在り方を探ってみたい。

二

まず、武者所康成蘇生譚について説明しておく。本話は中近世のいろいろな「矢田地蔵縁起」に収載されている

(1)が、南北朝時代頃の作とされる元々は別院であったと考えられる京都市矢田寺の所蔵になる、重文絵巻『矢田地蔵縁起絵(2)』によってその梗概を示す。

大和国宇智郡桜井郷に武者所康成という者がいた。彼は幼くして父を失い継父を得た。しかし、その継父は下司職を奪い取るなど、康成に非情であった。そのため、康成は継父を恨み、天慶五年（九四二）九月二十二日に殺害しようと夜討ちをかけたが、誤って母を殺してしまう。彼は、図らずも五逆罪を犯してしまったのは、普段から狩りや漁をして殺生をしてきた報いかと懺悔・後悔し、矢田寺の地蔵が霊験優れているのを聞き、月詣を企て、母の菩提を弔った。六、七年が過ぎ、天暦年中（九四七〜九五七）に彼は死んで無間地獄に堕ちたが、矢田寺の地蔵に救われて蘇生した。

さて、寛政三年（一七九一）刊の秋里籬島著・竹原春朝斎画『大和名所図会(3)』巻五「矢田畠笠辻《やたばたけかさのつじ》」の項に、次のような記述が見える。

五条村より八町ひがし、今井村にあり。むかし、桜井武者所康成《むしゃどころやすなり》といふもの、矢田寺《やたじ》の地蔵尊を信敬他念なし。ある暁、矢田寺に詣でんとて出でたちけるに、桜井のほとりに地蔵尊来臨ましまして、けふより後は遠く来る事なかれ。我ここに来りて礼拝をうけん。そのしるしぞとて、御笠をおかれしより笠の辻の名ありとぞいふ。

即ち、「矢田地蔵縁起」の武者所康成蘇生譚を踏まえつつ、遠路の参詣を続ける康成を憐れんだ矢田地蔵が「桜井のほとり」に来臨し祀られたのが〈笠の辻の地蔵〉であり、尊名も目印の笠に由来するというのである。ちなみに、矢田寺は「笠之辻地蔵堂」の約三二キロメートル北に位置し、寺に行くには山を越えなくてはならない。また、「桜井」とは、延宝九年（一六八一）刊『大和名所記（大和旧跡幽考）(4)』巻十に、「笠辻《かさつじ》より西八町ばかり、須恵《すゑ》村の中程《ほど》にあり。井の横《よこ》九尺、竪《たて》五間ほど、当世に残れり」と見える井戸のことである。

『大和名所記』巻十の「矢田畠笠辻《やたばたけかさつじ》」の項には「五條村より八町東今井村に笠辻堂《どう》ありしか（ママ）、十年《ととせ》ばかりさきにをのづからやぶれてなくなりけり」とあって、康成蘇生譚を載せたあとに、『大和名所図会』と同様の、蘇生後も参詣を続ける康成を憐れんで矢田地蔵が来臨するという〈笠の辻の地蔵〉の縁起譚を記し、「其後《そののち》、康成《やすなり》かみおろして、終《つゐ》にたうとき往生《わうじやう》をしたりけり矢田寺縁起。天慶五年より延宝七年迄凡七百三十八年か」と締めくくる。また、宝永（一七〇四〜一一）頃成立『大和名勝志（庁中漫録）』[5]十三「矢《ヤ》田《タ》畠《バタケ》笠辻《カサツジ》」の項は、「五條村《ノ》東今井村《ニ》笠辻堂有《アリ》十二三年前没《ス》」と注記があって、『大和名所記』と同じように、「矢田寺縁起」に基づいて康成蘇生譚と〈笠の辻の地蔵〉の縁起譚を記述し、最後に、康成の往生を述べる。ただし、康成は母を誤殺した後に出家し、「数月」矢田地蔵に詣でた後に病死したことになっている。

『大和名所記』と『大和名勝志』が基づいている「矢田寺縁起」が何を指すのかは、残念ながら、管見の限り不明である。梗概で示したように、京都矢田寺蔵、重文『矢田地蔵縁起絵』の康成蘇生譚は、〈笠の辻の地蔵〉のことや康成の出家・往生のことには一切触れていない。また、宝永三年（一七〇六）成立の矢田寺蔵『和州矢田寺縁起』[6]（絵巻三巻）所載のこの話も、この点は同じである。重文『矢田地蔵縁起絵』のものに比べると、月詣が矢田地蔵の夢告によって始められ、月毎の具体的な参詣日も矢田地蔵によって示される、康成は蘇生するのではなく「善道」に生まれ変わるなど、物語はかなり変容・発展しており、さらに、康成は「五條邑」の「桜井氏安成」となり、安成は父母殺害（実父も殺したことになっている）の地に安成寺という精舎を建立したことになっているものの、やはり、〈笠の辻の地蔵〉のことや康成の出家・往生のことには一切触れていないのである。

五條市須恵（旧、須恵村）には康成の創建と伝えられる桜井寺（浄土宗）が所在し、住職は代々「康成」姓を名乗る。なぜ名称が異なっているかは未詳だが、「笠之辻地蔵堂」から南西へ一キロメートル強の位置にある、当寺が右の「安成寺」に相当するのかもしれない。大正十三年刊『奈良県　宇智郡誌』(7)第三篇「名勝史蹟」第三章「寺院」桜井寺の項に所引の「慶長九乙巳年《ママ》（一六〇四）二月　潤生山康成院桜井寺　従中興三世住持果誉誌」との奥書のある同寺の縁起も、変容した康成蘇生譚と〈笠の辻の地蔵〉の縁起譚からなっている。当縁起中の康成蘇生譚の主な変容点は以下の通りである。

先祖は藤原鎌足の家臣であり、実父の名は「平康則」といい、康成は集会《すえ》（須恵）の城主であり、武者所の官を賜って仙洞御所の勤仕中に所領を継父に奪われる。夜討ちで継父を殺害するが、誤って実母も殺害する。矢田地蔵に詣で、懺悔し滅罪を祈ると地蔵尊が感受し、康成を「頼心法師」と名付ける。康成は出家して官舎を寺とし、領地を寄進する。その後も矢田寺への日参を続ける。

康成の日頃の殺生についての記述がないこと、継父も殺害していること、病死・蘇生が語られないこと、月詣ではなく日参となっていることなどが、特に大きな変容点である。そのほかにも、実父は花を愛していたので「桜井殿」と呼ばれ、その辺りを「桜井の郷」と言うようになったとか、康成は三十八歳で亡くなり、その後、子孫が崇めて「桜井院殿」と称し、堂宇を建て並べ桜を植えて栄えたので「潤生山」という、といったことが述べられている。桜井寺創建説話となった康成説話の変容・発展は著しい。

〈笠の辻の地蔵〉の縁起譚の部分は、「……矢田寺へ日参を業とせり。然るに地蔵尊告給ふは『頼む心の真実なれば、われ汝をあはれむ。今よりは遠く来ること勿れ。われ汝が方に行くべし。必ず笠を印に置くべし。其所にて礼拝すべし』と。さて笠の辻の名も之より始る」とある。いずれも康成に因縁深いとはいえ、桜井寺の縁起に〈笠の辻の地蔵〉の縁起伝承が記載されていること、しかも、その伝承が近世初頭まで遡れそうなことがわかり興味深い。

なお、「桜井」の名は、井の名・氏の名・人の名・寺の名・郷の名として登場するが、その先後関係はよくわからない。また、「矢田畠」という地名は、その起源についてどの資料にも記載がないが、やはり〈笠の辻の地蔵〉の縁起物語に基づくと考えるのが妥当であろうか。

三

以上を踏まえ、次に、以前に若干の紹介を行ったことがある(8)、全容未紹介の在地資料をやや詳しく紹介したい。「笠之辻地蔵堂」の真向かいにある関谷家に伝わる『笠辻地蔵尊縁記《ママ》』が、その資料である(9)。木箱に収められた全長二一二六・五センチメートル（表紙二四センチメートルを含む）、天地三〇センチメートルの紙本着色の絵巻一巻で、外題は「和州宇智郡小山笠辻堂　記」とあり、箱書（上蓋表）には「和州宇智郡今井邑　高野山小田原来迎院／笠辻地蔵尊縁記箱　応諄寄附」とある（□内の字は判読不能につき推定）。内容は、三部構成となっており、用紙も筆跡もそれぞれ異なるように見え、絵は第一部のみにある。三部はそれぞれ成立時を異にする可能性が高い。全体の約八六パーセント（一八〇八・五センチメートル）を占める第一部は「矢田地蔵縁起」の満米上人巡獄譚（本尊矢田地蔵の縁起由来譚）と武者所康成蘇生譚、全体の約九パーセント（一九六センチメートル）を占める第二部は〈笠の辻の地蔵〉の縁起譚（冒頭に「笠辻地蔵尊略縁記」とある）、全体の約五パーセント（九八センチメートル）を占める第三部は文政六年（一八二三）応諄記述の絵巻と地蔵堂の由来記となっている。第一部は、細部に異同があるものの、基本的には詞書・絵画部分ともに重文絵巻系「矢田地蔵縁起」の模写であるが、画中詞の多くが省略されており、康成蘇生譚の絵画部分の末尾に第二部の〈笠の辻の地蔵〉の縁起物語に対応するような場面が付加されている。

以下に、詞書・画中詞の全文の翻刻を掲げる。(10) 絵画部分については、〈笠の辻の地蔵〉の縁起物語に対応する場面の一部のみを紹介する（図1～4）が、なぜか、肝心の「笠」や「石地蔵」がどこにも描かれないばかりか、逆に、詞書（第二部）に対応する記述が見出せない場面がある。〈笠の辻の地蔵〉の縁起物語を描いた絵画部分は未知の伝承に基づいているようである。

〈第一部〉

大和国添下郡金剛山寺者、／天武天皇御持僧智通僧正奉為／御願円満所建立精舎也。自延暦／十五年、有住持僧諱曰満米、浮嚢／是全油鉢無傾、住山門而廿餘廻、久帰／地蔵尊、唱十方施主修菩薩悔過。／爰有朝元凱号小野篁、帰依聖人／師檀契久、野相公者身雖在本朝／魂仕琰魔庁。右翰而記綍啓詞而／曰奏而「王宮悪増各苦三熱」、王臣／議定云「可受菩薩戒」、爰篁白云／「臣有師匠。戒行清潔。早有御請／可為戒師」。即遣冥官召請満米、／登師《ママ》子床受菩薩戒、王宮悪息／公臣共悦。大王云「受戒布施宜依丁《ママ》／乞」、聖人白云「為獣《ママ》生死之苦果欲／見地獄之器界」。琰王相具聖人／行幸阿鼻大城。遙立岳上、令／開鉄門。鉄網四廻那羅延之強力不／可摧。猛火挿天壌劫尽之水際不可／消。聳天猛火之中受苦衆生同／揚。其中在僧、随炎上下。聖人問／云「炎中僧誰哉」。大王答云「近可来／臨」。于時昇炎僧来。王云「是地蔵菩／薩也」。菩薩上人云「阿師参王宮授菩／薩戒品、故此地獄衆生多以離苦随／喜」云々。「我得釈尊之付属、救悪業之衆／生。此故交炎大悲代苦。無一毛縁不及／済度。汝帰人間可告諸人。恐苦果人／我結縁」云々。琰王還宮送遣聖人。／相具冥官授塗小箱去畢。開見之／入白米、雖取用亦満箱。仍時人云「満米／之称令然名言」云々。爰聖人招奇／好巧仏師、奉造等身之地蔵、拝見／相重加刻彫、奉安置当寺。今此／地蔵是也。其後、施種々霊験垂／様々利生済々焉。

（以下、絵。翻字は画中詞）

満米聖人住坊

満米云「いかにしてかまいらむする」と。／冥官云「目をふさきて我におはれ／させ給へ」と申て、おうて時をかはさす、／夢のさむる程に閻魔宮へ／まいりつきぬ。

冥官、満米をおうて行。

すてに琰魔王宮／にいたる。

「我、釈尊の／付属《（ママ）》をうけて悪業の衆生を／すくふ。このゆへに、炎にましはりて、大悲、苦に／かはる。たたし、一毛の縁なければは、我、済度す／るにおよはす。汝、早人間にかへりて、諸人に／つくへし。苦果をそれん人は我に縁を／むすぶへし」。

満米、生身／の地蔵に具せ／られまいらせて／かへり給ふ所。

（※この画中詞は、該当場面ではなく、なぜか、白米の箱を開ける場面にある。）

大和国宇智郡桜井郷住人武者所康成／申者有き。幼少の時、父世をはやうす。其後、継親／出来て母に相具す。然るに、武者所可知行所帯／の下司職を継父うはひとりて、武者所に／あてつけす。折節には無情、時々としては遺恨／深而間可堪忍の様なくして、天慶五年壬寅九月／廿二日、夜打に入てままちちを殺害せんと企程／に、あやまちて母を害了。はからさる外の五逆罪／悔餘あり。武者所本より狩すなとりを業とし、／物の命をたつ。この果報によりて母を害す。／昔の阿闍世王のことし。依之懺悔後悔秘計／をいたすうちに、矢田寺

図1　来臨した矢田地蔵を拝む康成

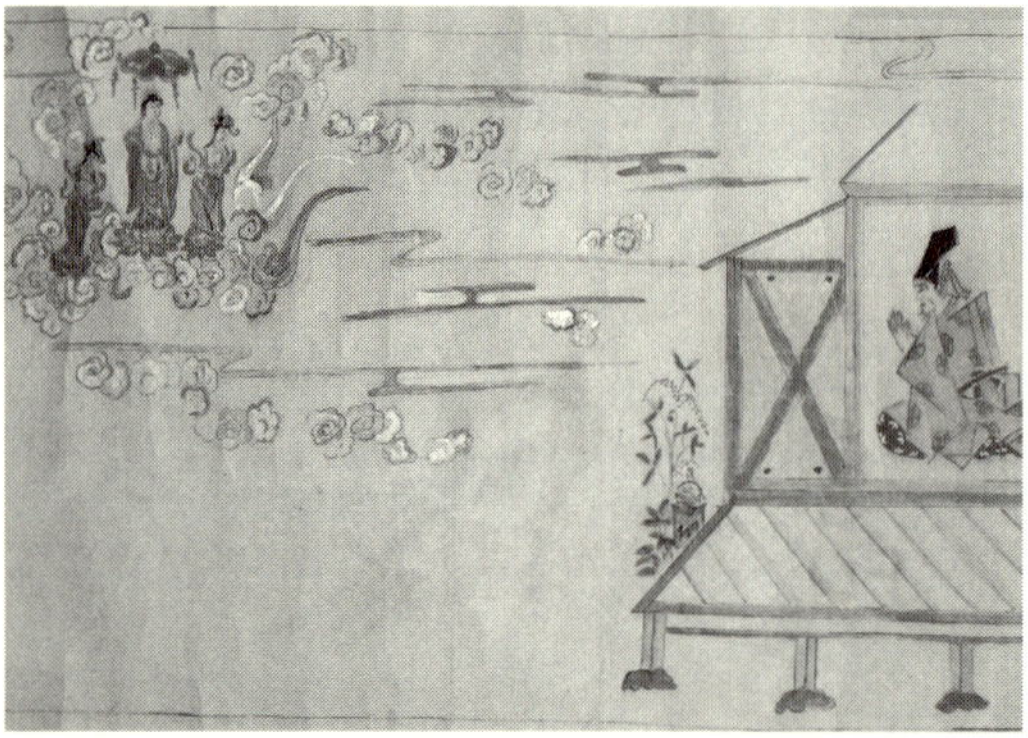

図2　来臨した弥陀三尊を拝む康成（対応する記述なし）

地蔵菩薩済度利生／他に異なる御事を聞及て、忽に月詣を企／て、自の懺悔にそなへ、母の後生をとふらふ。かく／する程に、六、七年を経て、天暦年中に武者所／死去す。罪生（ママ）悪業によりて無間地獄に／堕。爰に矢田寺の地蔵菩薩地獄趣て、月／詣の志を哀み御して、武者所かために／煙に交り（ママ）炎に咽て、扶御の間、御衣の／もすそこかれぬと見奉りて、三日を／経てよみかへる。其後、このよしを／披露す。

（以下、絵。図1～図4はその一部）

図3　冥途を行く康成（対応する記述なし）

図4　往生を遂げる康成（髪を落としていない）

〈第二部〉

笠辻地蔵尊略縁記

和州宇智郡今井里小山村有／笠地蔵トは、往昔天慶年中より／八百餘年移行、笠も堂も失壊シ／石刻の地蔵尊而已残リ、依て延／享の比、和州小嶋村之産豊山(?)より／移転せし武州汁谷(?)弘光寺／一代英賢法印隠居帰村打栖、／志願して中興有て、小堂幷／草庵建立し、今ニ現在せり。右／由来を尋るニ、往昔、宇智郡桜井の／郷ニ武者所康成といふ人有リ。幼少ニ／して父ニ送(ママ)れ、継父ニそ養れけるが／知行すへき世帯の下司職をも／継父に奪れ、いとうらめしく／思ひ、ねたみ深かりければ、終ニ天／慶五年九月廿二日の夜、忍ひやるに／宿戸ニよりきて継父を討んと思ひしが、／いかにしたりけん、たがへて母をぞ／討たりける。「是いか成悪業やらん」と／いとかなしくて、悲母の菩提に身の／懺悔ともなりぬへきとて、矢田寺の／地蔵尊に毎々詣ふてなげく事／限りなし。然処、天慶(ママ)年中、康成／不図重病ニて速途(ママ)ニ向けり。常々／生る物を殺して業とし、其上／殺母の罪重く侍りけれハ、地獄まで／落ちけるが、不思議成るかな、其《ソノ》炎煙／の内ニ矢田寺の地蔵尊いましたまひて／獄卒ニ康成を乞請玉いしより、／亦此世ニ蘇生せり。「是地蔵尊の／お影(?)」と、いとうれしくて、猶矢田寺ニ／詣ふする事他念なし。或暁ニ／矢田寺に詣ふてなんと出立けるに、／此笠堂のほとりに地蔵尊来臨／ましましてのたまはく、「汝今後より／遠く来ル事なかれ。我爰ニ来りて／礼拝を請ん。其印ゾ。斯」とて御笠を／掛ケ置れしより、笠辻ト申侍り候。／信仰して、其後、康成石地蔵を／彫刻安置して髪を落して／終ニとふとき往生をしたりけり。／其石仏は此堂尊也。委細ハ矢田寺／縁記ニ有し候。天慶五年より安永五／丙申年迄凡八百参拾六年ニ成ル。

桜井とは
笠辻より西八町斗、五条須恵村に／あり。井ノ横九尺、竪五間程、今ニ／現在せり。
　桜井村須恵村の中程ニあり。
今五条ニ有桜井寺ハ天暦年中／武者所康成か建立なり。天文廿二年／鋳造の鐘の銘ニ委見へたり。

〈第三部〉
此巻者和州宇智郡今井村／笠辻地蔵尊縁記也。書画之／拙劣姑舎焉。蓋地蔵寺一世／法印寿円師者、安永四乙未／初冬二十二日示寂矣。其病／中洵知不起而一宇別属田／園器財等悉附与于吾野山／西院谷三蔵院東雄焉。東雄／後将住同谷正覚院而寂矣。／住院兼帯寺悉譲与于正／覚院金雄焉。金雄性慳悋而、／廼随笠辻一宇其別属田園／及世出世之諸器皆粥諸市、／以取其直入于正覚院矣。此／冬、金雄忽蒙地蔵尊之冥罰／罹不仁之病痾明歳卒矣。予／為童真(ママ)日蒙寿円阿遮梨／之養育者百余日、故為報／其恩隆欲再造地蔵寺、不将／此縁記。金雄没後、経随雄・興／堂二代而及為快雄住職、贈未／見示隆然。予齢過耳順而亦／多病也。故不果素志也。依而／再贈于笠辻、以待継絶興廃／之志人者也。
　高野山小田原来迎院主
文政六癸未二月日　応諄拝

図5　〈笠の辻の地蔵〉

安永五年（一七七六）に成立したと思しき第二部「笠辻地蔵尊略縁記」には、延享（一七四四～四八）の頃に、隠居して武州より小嶋村（現、五條市小島町）に帰村した英賢が中興して小堂と草庵を建てたことが記述され、第三部には、おおよそ次のようなことが記述されているようである。

この絵巻は和州宇智郡今井村の〈笠の辻の地蔵〉（「笠辻地蔵尊」）の縁起である。絵や字が拙劣なのは今は問題としない。たしかに地蔵堂（「地蔵寺」）一世法印寿円師は安永四年（一七七五）十月二十二日に病死する前に、我が高野山（?）の西院谷三蔵院の東雄に御堂・田畑・器財のすべてを譲った。東雄は後に同じ谷の正覚院に住し、亡くなるときに住院や兼帯寺は正覚院の金雄にすべて譲った。金雄は慳吝な性格で、引き継いだ地蔵堂の御堂・田畑・器財のすべてを売り払ってその代金を正覚院に入れていた。その冬に金雄はたちまちに地蔵尊の罰を蒙り、翌年病を得て亡くなった。自分（応諄）は子どものころ寿円に百余日養われた御恩があるので、地蔵堂（「地蔵寺」）を再興しようと思い、（この縁起だけは誰にも）贈らなかった（?）。金雄が亡くなってから随雄・興堂と二代を経て、快雄が（正覚院の）住職となるに及んで、縁起を贈ったが、まだ（地蔵堂が再興され）栄えているのを見ない。自分は既に六十を超えて高齢のうえ病気がちで、再興の志を遂げられない。だから、この縁起を再び「笠之辻地蔵堂」に贈って(?)、再興の志を持った人が現れるのを待つことにしたい。

寿円が亡くなった翌年に書かれたと思われる第二部「笠辻地蔵尊略縁記」が、おそらくは第一部の「矢田地蔵縁起」(英賢が作らせたものかもしれない)とともに、寿円ゆかりの人物とは言え、どういう経緯で高野山の応諄の手元に渡ったのかは不明である。あるいは、「笠辻地蔵尊略縁記」は、まだ十代の少年であった応諄自身が書いたものか、誰かに書いてもらったものかもしれないが、ともかく、この絵巻は衰退していた「笠之辻地蔵堂」に、再興の手掛かりとするために、文政六年(一八二三)に応諄より奉納されたものらしいのである。

第二部「笠辻地蔵尊略縁記」の記述で注目されるのは、康成によって彫刻された石地蔵が〈笠の辻の地蔵〉(「此堂尊」)であるとしていることと、末尾に「矢田寺縁記」に依拠していることを明記していることである。前者は他資料には見えない記述であると同時に、現存する〈笠の辻の地蔵〉の尊像が石像である事実(図5)と一致し、後者は内容からして『大和名所記』や『大和名勝志』に見える「矢田寺縁起」と同じものである可能性が高いように思われる。また、康成が落髪して往生を遂げたとあるが、第一部の対応する絵画部分では俗人の姿に描かれている点も、いささか注意を要する。このことは、第一部と第二部とが成立時期を異にし、前述の通り、第一部の〈笠の辻の地蔵〉の縁起物語を描いた絵画部分は未知の異伝に基づいていることに起因すると考えられる。

『大和名所記』や『大和名勝志』によれば、「笠之辻地蔵堂」は、一六七〇年頃や一七六〇年代にも衰退していた可能性があり、江戸時代に衰退と再興を何度も繰り返していたようである。再興が企てられるたびに、その勧進活動の中で縁起譚が様々な形で取り上げられ喧伝されたであろうことは、想像に難くない。『笠辻地蔵尊縁記』はそうした歴史の中で成立・発展し、三部構成の絵巻になったと思われる。

四

〈笠の辻の地蔵〉の縁起物語は、口頭伝承としても伝わっている。「一部創作的記述をもちいて脚色化しております」との追記のある、五條市社会科副読本研究会編集・五條市青少年地域活動実行委員会発行『五條のむかし話』(一九七八刊か)に、「笠之辻のお地蔵様」と題して、以下のような話が収載されている(11)(振り仮名は省略した)。

五條駅から、東の方へ五分位歩くと、むかしの伊勢街道のそばに、小さなお堂があります。それが笠之辻のお地蔵様です。笠之辻のお地蔵様が、どうしてここにおられるのか、ということを、お話しましょう。

今から千年くらい前のこと、今の五條の町に、武者所康成という武士が住んでいました。武者所康成なんて、とても強そうな名前ですが、その名前のように、とても強くて武勇にすぐれた人だったのです。それに狩に行くことが大好きで、毎日、野山へ行って腕をみがいていました。今のように鉄砲がなかったので、弓矢を持って、狩に行ったのです。

「きょうは、うさぎときじを取ったし、きのうは、鹿を取ったぞ。」というふうに、毎日、けものたちをうち取っては、みんなにじまんしていました。

それを見て、この人のお母さんは、

「かわいそうに、そんなに　むやみに　けものたちを殺してはいけませんよ。もう、狩に行くのは、おやめなさい。」

と、いつも注意をしましたが、母の言葉を、少しも聞き入れようとはしませんでした。それだけでなく、もっと、もっと大きな獲物を取ろうと、それればかり考えていました。

ある日のことです。いつものように山へ行くと、岩かげのところに、大きないのししが寝ています。

「しめた、これは大きいぞ。こんな大きないのししに、出会ったことがない。」

と喜んで、弓をひきしぼり、矢をパシッとうちました。

康成のうった矢は、大いのししに、命中しました。

さぞかし康成は、大喜びしたと思うでしょう。でも　それとは反対に、大いのししに取りすがって、大声で泣き出したのです。

それもそのはず、大きないのししと思って、自分が矢を射かけたのは、いのししの皮をかぶって、自分を反省させようとしていた、お母さんだったからです。

「お母さん、お母さん、私が悪うございました。もうこれからは、決してけもの達を殺したり、致しません。きょうまで、私に母親を殺された、けもの達も、今の私のように悲しかったに違いありません。お母さん、ごめんなさい。」

と、死んだお母さんにあやまりました。

そして、おわびに頭をそって、おぼうさんになり、今の大和郡山市にある矢田のお地蔵様に、毎日お参りすることにしました。

大昔で、今のように便利な乗り物がなかったので、朝早く起きて、てくてく歩いて行ったのです。それを、雨が降っても、風が吹いても、物ともせず何日も、何日もつづけていました。

するとある日のことです。武者所康成が寝ている時、夢の中で矢田のお地蔵様が現れて、

「お前は、毎日熱心にお参りしてくれるので、もう遠い矢田の地まで、来なくてもいいようにしてやろう。お前の家の近くの道ばたに、わしの笠をおいておくから、そこへお堂を作って、お地蔵様をまつればよい。」と、いってパッと消えました。その笠のおいてあった所が今のお地蔵様のある所で、それから笠の辻と呼ぶようになったのです。

この伝説では、母親の役割が重く、母子の絆の物語になっている。継父が登場しない点、病死も蘇生も語られない点、月詣ではなく日参である点、往生が語られない点なども注目されるが、何といっても、文献資料には見えない、息子の殺生を戒めるために猪の皮を被った母を殺してしまう点が最も注目される。この伝承は現在にも継承されており、毎年八月二十四日に行われている地蔵盆に「笠之辻地蔵堂」に集まる近所の人たちも、同様の話を聞き伝えている。(12) この伝承の起源については不明とせざるを得ないが、獣皮を被った人間とそれを射ようとする武士らしき人の図様が「矢田地蔵縁起」絵と合体した「矢田地蔵毎月日記絵」に見られることは、とりわけ刮目すべき事実と言える。(13) この点の詳細は別稿に譲るが、(14)「矢田地蔵毎月日記絵」は「欲参り」とも言われたらしい月詣のご利益を絵画化したもので、毎月の特定の日に参詣すると、とてつもなく大きな利益のあることを表している。「毎月日記絵」は矢田寺などで絵解き唱導に用いられていたと考えられる民衆宗教絵画であり、その画中に、在地の口頭伝承との関わりを窺わせる図様が描かれているという事実は、絵解き唱導と在地の口頭伝承の関係を考えるうえで、貴重な示唆を与えるものである。

なお、『奈良県　宇智郡誌』第四篇「歴史伝記」の「笠の辻の地蔵さん」の項には次のような言い伝えも載っている。参考までに紹介しておく（一部に不自然な句読点の使い方が見られるが、そのまま引用する）。

宇智村大字今井旧伊勢街道に沿ひし所に笠の辻といふ所あり、此所に地蔵尊を安置せる堂宇あるが。伝へ曰ふ昔、五條阪口《(ママ)》に桜井某なる武士ありけり。生来殺生を好みて常に山野に狩す。一日山より帰るや直ちに落馬して死す。然るに暫くして蘇り云へるやう「吾、生前殺生を好みし故死して冥途に赴くを得ず今より三年間、矢田地蔵に日参し以て前業を償はん」とて毎日参詣怠らざりしに、或夜の夢に仏身現れ「我は矢田地蔵なり、今後遠方に参るに及ばず明日は汝の家より程近き場所に笠を置きて目標とせん、依て此処に参詣すべし」とて醒けり。翌日常の如く参拝せんと立ち出でしに路傍に笠ありければ、之れ正しく夢に告げ給ひし所と其の後は此所に参拝せしとなん。

康成の名が見えず、継父ばかりでなく母親も登場しない、発心のきっかけを落馬死・蘇生とする、別の口頭伝承もあったようである。

五

以上、『笠辻地蔵尊縁記』の翻刻・紹介を中心に、文献資料や口頭伝承に残る、〈笠の辻の地蔵〉の様々な縁起伝承を見渡してきたわけだが、この伝承の核となる部分は、矢田地蔵が遠路はるばる頻繁に参詣する主人公を哀れんで来臨し、その目印として笠を置いたという、〈笠の辻の地蔵〉の起源伝承であるばかりでなく、地名起源伝承でもある点であるといえよう。このことは康成の出身地とされる土地に伝わった在地伝承であるから当然といえば当然とも言えるが、その他の点では同じ在地の伝承でも様々なバリエーションが見られるのである。

また、矢田地蔵との関わりでいえば、伝存資料の年代から見ても、『笠辻地蔵尊縁記』の構成から見ても、在地の康成伝承を「矢田地蔵縁起」が取り込んだとは考えにくい。逆に、「矢田地蔵縁起」の康成蘇生譚が、康成の出身地とされた桜井郷に該当する地域に、「笠の辻」の「地蔵」を核として近世において異伝化され在地化されて定着し、様々に伝承されてきたと考えた方が、より蓋然性が高いように思われる。

前述のように、「笠之辻地蔵堂」は衰退と再興を何度か繰り返したらしく、その再興勧進活動の中で、縁起譚も盛んに喧伝されたと推測される。そうしたことを背景に、〈笠の辻の地蔵〉が高名な矢田地蔵の分身のようなものであると説く縁起譚は、様々な異伝も生みながら、しっかりと地域に定着し、ときに矢田寺の唱導活動とも交渉を持ちながら、口頭伝承としても伝わっていったものと考えられる。

註

（1）拙稿「地蔵信仰と霊験記―矢田地蔵霊験記の諸相」（『岩波講座　日本文学と仏教　第七巻　霊地』岩波書店、一九九五）を参照されたい。
（2）新修絵巻物全集29『地蔵菩薩霊験記絵・矢田地蔵縁起絵・星光寺縁起絵』所収（角川書店、一九八〇）。
（3）『日本名所風俗図会9　奈良の巻』所収、角川書店、一九八四。
（4）臨川書店、一九九〇刊の影印版による。字体は現行字体に改め、適宜、句読点を補った。原文の引用に関しては以下同じ。
（5）『五條市史』（五條市役所、一九八七）。
（6）『寺社縁起絵』（奈良国立博物館編・発行、一九八五）に全体のモノクロ写真が掲載されている。
（7）臨川書店、一九九四復刻。
（8）前掲註1の拙稿。
（9）地蔵堂への奉納物などからも、関谷家が地蔵堂の管理に中心的に携わってきた様子が窺える。地蔵堂の土地は元々同家のものだったという伝承も伝わっているようである。
（10）行変えは／で示した。字体は現行字体に改め、適宜、句読点やかぎ括弧等を補った。
（11）この伝説は絵本にもなっている。堀河浩美文・河崎眞左彌絵『笠之辻地蔵』（奈良新聞社、二〇〇七）。

(12) 一九八四年に関谷家の君子氏にうかがった話では、猪ではなく鹿であり、地蔵は笠だけでなく杖も置いていったとのことだった。ちなみに、「笠之辻地蔵堂」には「大和新四国八拾八ヶ所番外　笠杖山地蔵寺」の札も掛かっている。また、地元の人たちは、『笠辻地蔵尊縁記』の存在をご存知でなく、関谷家の方も含め、同絵巻所載の「矢田地蔵縁起」康成蘇生譚系の縁起物語もご存知ではなかった。

(13) 拙稿「矢田寺の「欲参り」信仰の成立とその唱導—逆修信仰との関係および「矢田地蔵毎月日記絵」をめぐって—」(林雅彦・小池淳一編『唱導文化の比較研究』岩田書院、二〇一一)で紹介した矢田寺蔵の掛幅三幅の第一幅第四段にあるもので、「その意味は不明」としたものが、この伝承と関係があると考えられる。

(14) 拙稿「矢田寺の「欲参り」信仰をめぐって——「欲参り」と「矢田地蔵毎月日記絵」と「笠之辻地蔵」伝説——」(『明治大学人文科学研究所紀要』七六、二〇一五・三)。

［付記］

関谷家には一九八四年と二〇一三年に伺った。ご所蔵の『笠辻地蔵尊縁記』の調査・写真撮影および公表について、格別のご高配を賜った関谷家の方々に厚く御礼申し上げる。また、調査に伺った桜井寺の住職康成達文師にはいろいろご教示・ご高配を賜った。記して御礼申し上げる。

『笠辻地蔵尊縁記』の翻刻は、二十年以上前に東洋大学大学院の後輩にあたる藤原（長谷川）拓人氏に依頼してほぼ完成していた。諸般の事情によりその紹介が甚だ遅くなったことを同氏に深くお詫び申し上げるとともに、改めて厚く御礼申し上げる次第である。

『三世相』の受容と民俗化――唱導文化の展開として――

小池淳一

はじめに

『三世相《さんぜそう》』とは近世に盛んに出版された書物の呼称である。三世とはもともと仏教語で、過去世・現在世・未来世を指す。『三世相』とはそうした仏教的な観念に基づいて人間の前世や後世、さらに現世での運命を記述した一種の占い本である。十数丁の薄いものから『大雑書』の類と結びついて厚冊化したものまで数多くの種類が出版された。その内容については本稿で具体的に検討するが、庶民が手軽に参照できる占いの知識集成として人気があったものと思われる。

本稿ではこの『三世相』がどのように受け入れられたか、またどういったイメージが付与されてきたのかについて考えてみたい。占い本という一種の実用書であることから、思想書や歴史書、あるいは文学書などとはかなり違った扱いがなされてきたであろうことが想像される。そのことを意識しながら、特に民俗事象との関連を念頭に検討を進めていきたい。

ここでは最初に近世の占いと占い本に関する研究史をふりかえったのち、『三世相』がどういった内容と記述のスタイルを持っていたのか、具体的に確認する。次いで近世において『三世相』がどのように受容されたのかを文芸作品を中心に検討してみたい。さらに『三世相』は近代になっても盛んに読まれ、利用されてきた。その様相についても文芸作品を中心に検討してみたい。そうした受容の様相をふまえた上で、近現代における民俗事象として『三世相』がどういった位置を占めるのかについて考察する。全体として、書誌、出版文化における『三世相』というよりも社会的に受容されていく側面に注目し、その意義を探ることになろう。

まず最初に、近世の占い本とその周辺に関する研究の蓄積を確認しておきたい。

近世における占いについては、近年、易占書を中心にさまざまな立場からの検討がおこなわれている。益子勝が新井白蛾、平澤隨貞、松宮観山といった易学者の著述活動の解明を進めているほか、[1]中国の易や八卦の影響、受容関係についても検討をおこなっている。[2]ハイエク・マティアスは、馬場信武の著述活動の分析や中世から近世にかけての算置の位置づけを詳細におこないつつある。[3][4]

井上智勝も易占書の受容とその影響について論じており、[5]さらに大野出は御籤本を思想史の立場から読み解く試みを提出している。[6]井上が指摘するように膨大な易占書の残存は、その歴史的な意義を多角的に検討していく必要があることを示している。

ここでは、多種多様な近世の占い本のうち「三世相」に着目するが、その理由として、数多くの出版といわゆる大雑書類と結びつき、厚冊化していくということを指摘しておきたい。近世以降の占いの書物化の様相をよく示すものとして、「三世相」を取り上げてみたいのである。さらに、本論文の後半でふれるように民俗事象との関わりが生じていく点も重要である。

「三世相」については既に陰陽道系知識の近世における展開や、いわゆる大雑書類との関係を視座として分析をおこなった(7)。ここでは改めて『三世相』の内容を確認した上で、その受容の様相、イメージの確認をおこなっていきたい。

一　書物『三世相』の内容

「三世相」は具体的にはどのような内容を持つ書物だったのだろうか。『三世相』は唐の袁大綱が書いたものとされ、明の嘉靖十九年（一五四〇）に出版された(8)。日本では京都大学附属図書館本によって、慶長三年（一五九八）版とされるものが確認できる(9)。中国で出版されて僅か五十年ほどで、日本でも受容されるようになったのである。この書物が近世の日本人にとって有用なものとして受け入れられていたことを示すものであろう。

その具体的な構成と内容を確認してみよう。ただし『三世相』は多種多様なものが近世期を通じて出版され続けており、大雑書類と融合したものを加えるとその基本的な様態も定かではない。ここでは数多い『三世相』のなかでも薄冊の『三世相小鏡』（錦森堂森屋治兵衛版、近世後期刊）を例として確認してみたい。この判型で同内容の『三世相』は複数種類が刊行されており、『三世相』であるための必要最小限の内容を備えていると考えることができる。

森屋治兵衛版の『三世相小鏡』の内容は、「三世相十二支生年善悪之事」「生れ月ぜんあく（善悪）の事」「うまれ日よしあしの事」「うまれどきぜんあくの事」「十干しやうねん吉凶の事」「四季皇帝之占」「十二うん吉凶の事」の七項目の占い記事からなる。順番に記述の様式を確認していこう。

まず、「三世相十二支生年善悪之事」の冒頭、子年生まれについては以下のように記されている。

▲子のとしに生る、人はぜんせ（前世）にてはこくてい（黒帝）の御子也。ほくと（北斗）のとんらうしやう（城）より白米一石二斗と銀子五貫目をうけゐて今生へ生る、。此人ぜん生（前世）にて人のしざい（死罪）におこなはる、をたすけたるゆへ今生にてはしよく（食）のゐん（縁）有。つねにしづかなるところをすく（好く）生れ也。又子のとしはそんちうとて人よりにくみ（憎み）をうくる事有、つ、しむべし。ふう婦（夫婦）のゐんはじめのゐんかはりてのちにさだまるべし。子は四人有て二人のちからをゐべし。三十五よりまへは身上さまたげ有てくらう（苦労）おほし。とし（年）よる程、身上ゆたかにてゐいぐわ（栄華）有べし。七十三にて命おはるべし。めうけん（妙見）ぼさつはじゆめう（寿命）を守り、みろく（弥勒）ぼさつはちゐ（智恵）をさづけ、くはんぜをん（観世音）はふくとく（福徳）をあたへ給ふ。一代の内しん〴〵（信心）ありてよし。

原文はひらがなが多く、意味がとりにくいかと思われるので、読解の便を考えて句読点を加え、（　）のなかに該当すると思われる漢字をあててみた。以下、『三世相小鏡』の引用に関しては同様の試みをしていきたい。

ここでの内容は十二支の生まれ年によって、前世とこの世での運命を述べ、仏菩薩への信仰をすすめるという形式であるが、夫婦の縁や子どもの数、さらに臨終の年齢までもがはっきりと述べられており、現代的な感覚からすれば受け入れがたい点もある。しかし、その一方で他人から憎みを受けることがあるので慎むべきであるとか、若い時には苦労が多いが、年寄りとなれば栄華があるといった筆致は人生訓めいた性格をうかがうことができ、占いとして一定の役割を果たしたであろうと推測できる。

十二支にわたってこうした筆致が続いており、生まれ年によって現世での運命は前世との関わりがあり、来世もほぼ定まっているということになっているのである。続く「生れ月ぜんあく（善悪）の事」は次のような記述となっている。やはり冒頭の「正月に生る、人」の記事を示してみる。

▲正月に生る、人は前生にてかう花（香花）を仏にくやう（供養）し、又人のくびくくりしする（死する）をたすけてぜんごん（善根）をなしたる故に今生にて天たう（天道）よりふくとく（福徳）をくだし身上をすくい上給ふ也。かならず名をあらはす事有べし。しかしはじめのゑんかはり後のゑんよし。そうりやう（総領）の子そだちがたし。

とされており、ここでは生まれ月によって前世がわかり、それによってこの世での運命が決定されている。このことは「うまれ日よしあしの事」でもほぼ同様であるが、朔日七日十三日十九日廿五日を「大陽日」、二日八日十四日廿日廿六日を「大陰日」、三日九日十五日廿一日廿九日を「天父日」、四日十日十六日廿二日廿八日を「天母日」、五日十一日十七日廿三日廿九日を「天帝日」、六日十二日十八日廿四日晦日を「天皇日」と、生まれ日は六通りに分けて記述がおこなわれている。冒頭の「大陽日」は、

▲大よう（陽）日に生まる人は身上はんじやう（繁盛）してちぎやう（知行）ざいほう（財宝）にゑんあり。又もののかしらと成て人をおほくひきまはし、いせい（威盛）することあり。またしよげい（諸芸）あまたならふといへども、じやうじゆ（成就）することとまれなるべし。じやくねん（若年）の内父母にはなれてみなし子となる事あるべし。

と記載されている。さらに、生まれた時刻によっても、「上旬とは上み十日、一二九十ね、う、むま、とり、六とら、三、四、五うし、たつ、ひつじ、いぬ」、「中旬とは中十日、一二九十うし、たつ、ひつじ、いぬ、三四五、とら、み、さる、い、六七八、ね、う、うま、とり」、「下旬とは下十日、一二九十、とら、み、さる、い、三四五、ね、う、むま、とり、六七八、うし、たつ、ひつじ、いぬ」と分けて、それぞれの運命を説いている。冒頭の「子

の時に生る丶人」の項は、

▲子の時に生る丶人は命ながし。しかれども父にはやくおくること有。又兄弟あいむつまし（相睦まじ）からずしておや兄弟の力をゑることなし。じしん（自身）かせぎ（稼ぎ）はげみて身上をたもつ（保つ）べし。又しよげい（諸芸）をならふことおほくして、すへ（末）とげ、じやうじゆ（成就）しがたし。さびしきところをすく（好く）生れ性なるべし。

とされている。以下、生まれた時刻の十二支によって運命が述べられている。

次が「十干しやうねん（生年）吉凶の事」で十干によって運命を述べる。ただし、「きくはうのえだ」とは「きのへ（甲）のとし」であり、「きんさいのえだ」とは「きのと（乙）のとし」、「せんさいのえだ」とは「ひのへ（丙）のとし」、「きんほうのえだ」は「ひのと（丁）のとし」、「さんほうのえだ」は「つちのへ（戊）のとし」、「てんりうのえだ」は「つちのと（己）のとし」、「こりうのえだ」は「かのへ（庚）のとし」、「きとふのえだ」は「かのと（辛）のとし」、「ふやうのえだ」は「みつのへ（壬）のとし」、「りうふくのえだ」は「みつのと（癸）のとし」と呼び換えられる。「きのときんさいのえだ」の項は、

▲きのときんさいのえだに生る人は上をたつしや（達者）にして下の心ふかし（深し）。ふく（福）人にて命ながし。但たんき（短気）なり。わかくて（若くて）はひん（貧）なり。心かしこし。人にあいゑん（合縁）有。但ほうし（法師）になつてよし。春夏のうまれは、大ふく有。父母のとくぶん（得分）ゑず。おやの心にかはらず。仏神につかへてよし。秋冬の生れは、ひん也。日の食米耳有。前世はゑちこくびき（越後頸城）のこほりの牛也びつちう（備中）の国きび（吉備）の宮へほけ（法華）経を付て行し故に人に生る。来世はからす（烏）と生るべし。よくごせ（後世）をねがふべし。六七才にて、病有。八九にて、大病。十三にて、親のふけ

図２　「十二うん吉凶の事」冒頭

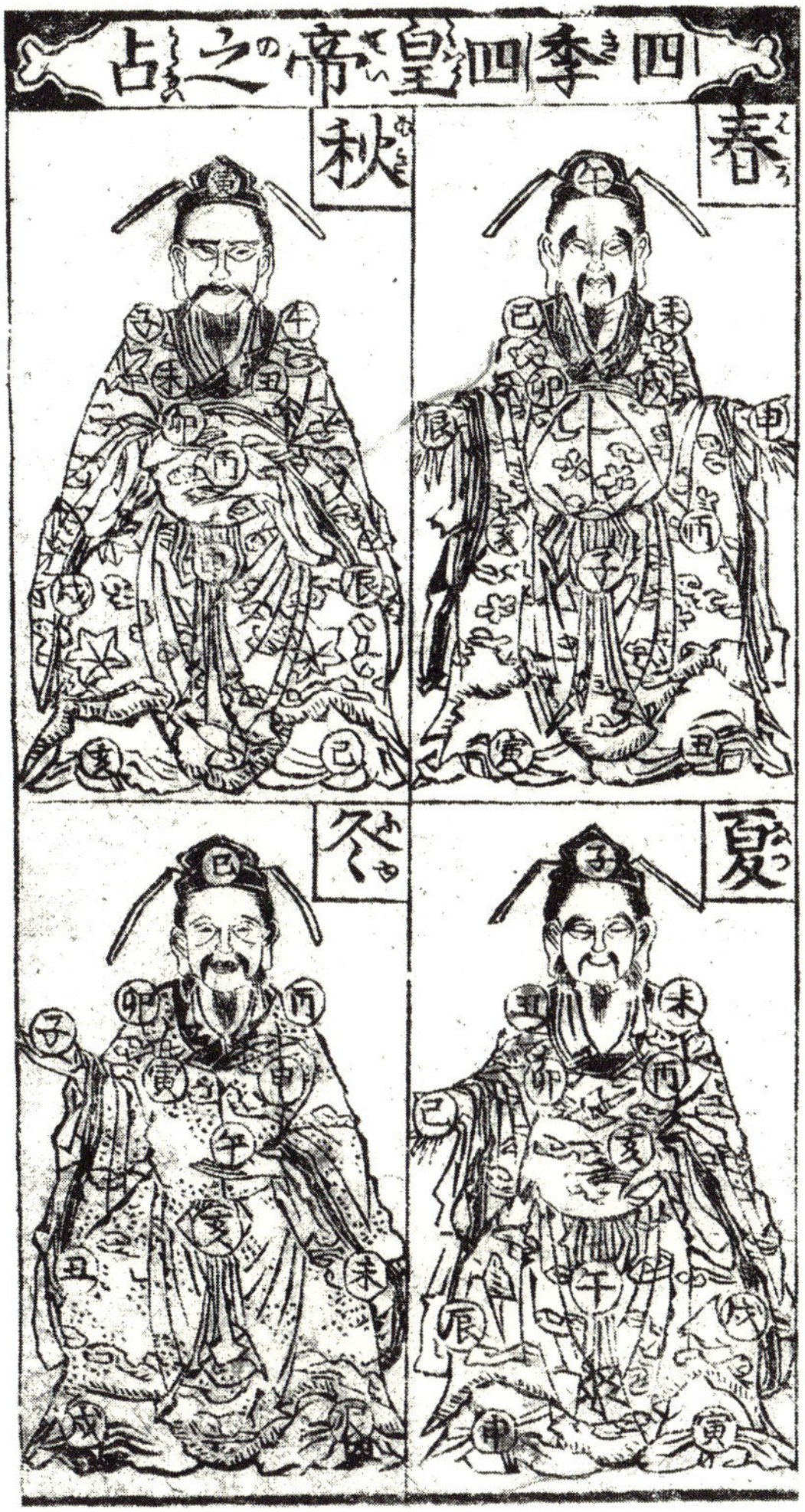

図１　「四季皇帝之占」

う（不興）をゑるか、おやにはなる、（離るる）こと有。十四五にて、弓矢をつゝしむべし。十八にて、男女のくぜつ（口舌）有。廿二にて、火事。廿四にて、男女に付又人の上にて、きうぜん（弓箭）つゝしむべし。廿七にて、くせつ（口舌）有。遠行は、かへりてたからをゑる。三十二、病有。三十三四にて、ふさい（夫妻）に付てくぜつ有。又うみ川つゝしむべし。四十二、三にて、少ふく（福）来る。五十三にて、くはんゐ（官位）ます。又大ふく（福）来る。命八七十三又八十一。十一月きのへきのと（甲乙）の日死すべし。やくしによらい（薬師如来）をしんじん（信心）してよし。

となっている。「四季皇帝之占」は図1のような図があり、春夏秋冬ごとに皇帝とおぼしき人物の身体に配置された十二支の位置によって占いがおこなわれるらしい。ここでも冒頭の部分だけをみておこう。

▲くはうてい（皇帝）のかしらにあたる生れはふつき（富貴）也。きねんにちか付、くはんゐ（官位）にすゝむ。ひとにうやまはれて（敬われて）、人のかしらをすべし。きる（着る）物くはぶんまんそく（過分満足）也又ぢびやう（持病）といふ事なく命ながし。女人はたつときおつと（貴き夫）にゑん（縁）有べし。

最後の「十二うん（運）吉凶の事」は図2のような対応表が掲げられ、それに続いて運勢が示される。

▲たい（胎）のうん（運）にあたる生れはふさい（夫妻）にゑんなし。ふうふ（夫婦）の中わろし。もしよければところにすまひがたし。たびたみくをしてたがいに思ひ事有てくらすべし。しからずはゑん（縁）二三とかはりてのち、わがう（和合）のつま（妻）有べし。兄弟すくなし。あれ共た（他）人におとるべし。たがいに力を得ることなし。

と、特に夫婦、家族の縁についての記述が中心をなしている。

以上、『三世相』の概要を知るために、各項目の記事を確認してみた。全体として「三世相」とは生まれた年や月、日、時刻によってその人の運命をあらかじめ知ることができるという、暦と占いとが結合した書物ということができよう。こうした内容からは、易や他の暦占書と比べて単純で、特殊な道具などを必要とせずに、前世・現世・来世を知り、運命を占う（知る）ことができるものであることが理解できる。このことが人気の理由であったと推測される。暦日の知識との親和性は、大雑書類のなかに『三世相』の記事が取り込まれていったことからもうかがうことができよう。

さらに注意しておきたいのは、『三世相』には各項目に豊富な挿絵が添えられていることである。初期の大雑書類は挿絵が皆無であったのに対して、「四季皇帝之占」などをはじめとして『三世相』には絵が最初から内容と不可分のものとして存在していた。図3のように本文の記事を絵で示そうとしたものであると同時に、読者にとっては挿絵からイメージが膨らんでいく場合もあったであろう。近世の文学書における挿絵や図版の重要性はいうまでもないが、『三世相』もそうした要素を持っていたことには注意しておきたい。挿絵を備えているために、手に取った側の識字能力が限られていても、記述されている内容をうかがうことが可能であり、そうした点からの読書も可能だったのではないか、と思われるのである。

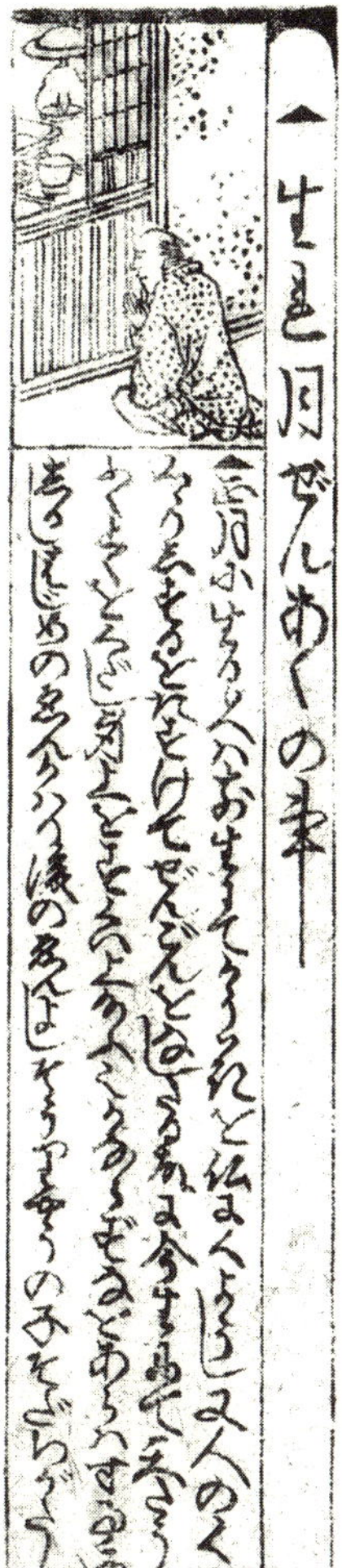

図3　「生れ月ぜんあくの事」冒頭

二　近世における『三世相』の受容

こうした『三世相』はどのように生活の中に受け入れられていったのであろうか。文学作品におけるその様態に着目して、日本近世における『三世相』観を探っていきたい。

寛政八年（一七九六）刊の洒落本『見通三世相』には、地獄の閻魔王（閻王）が、主人公の前世・現世・来世の三世相を『大ざつ書』を開いて見る、という描写がある。

……苦界の中に生れて、夫婦のゑんあしかるべし、とて、閻王てづから、大ざつ書をひらきて、かしくが三世相を見給へば、寝ずに猫のとしの生れ、川竹の竹性。男は蠣からの砂性、竹性砂と相性はよきやうにて、竹にすゞめほどは品よく行かず。とかく前世の逆縁によりて夫婦合苦労性なるべし。一代の守ﾘ本尊坤皆断八幡をしんぐ〳〵すべし、とて、かしくに御いとまをたまはり[10]……

大ざつ（雑）書を開いて「三世相」を見るというのは、一読すると奇妙な感じもしないではないが、『三世相』が大雑書類と結合して厚冊化し、『大雑書三世相』などと呼び習わされていくのが、この種の書物の近世における展開過程のひとつであったことから理解できるように思われる。大雑書のなかに『三世相』の記述があるということなのだろう。しかし、猫年などあるはずもないから、これは洒落本らしいパロディの文章でもある。

あの世の閻魔王でさえも『三世相』を利用し、参照しているといった描写自体もユーモラスなものであるが、それを完全に創作としないで夫婦の相性などにもっともらしく言及しているところに、『三世相』らしさをにじませることに成功しているのではないだろうか。

同じように、十返舎一九が文化八年（一八一一）に刊行した『三世相婦女手鑑《さんぜそうおんなてかがみ》』でも、その発端部で『三世相』の筆法を模している。それが如実にうかがえる箇所に傍線を施して引用してみよう。

中古の頃とかよ、摂州浪花に、お初徳兵衛が心中を、竹本の一つ節に語り、又八文字屋自笑の、作意にも見えて、能く人の知る所なり、或る人の曰く、此徳兵衛といふ者は、泉州堺のほとりに、平野屋徳兵衛といへる大商人にて、田畑も数多持ち、何一つ不足なきものなりけるが、ある道心徳兵衛の、前生を判断せしに、越後の國頸城郡の牛にてありしが、備中の吉備津の宮へ、法華経を負ふて、行きたる功徳によりて、人間と生れ、平野屋徳兵衛と、なりたるなりといふ、是れに依りて三世相に、鑑を以て考ふるに、蓮菜の枝に生れしものにて、心ろざまは優しけれども、兎角男女の道に耽り、一と度は親々に不幸にして、身の上落魄るゝ事あり、夫妻の縁につきて、口舌いと絶へず、初めの縁薄く後の縁よし、老いての後仕合よく、繁昌すべしといふ、委くは後の段に、書き著すが如し(12)。

最初の傍線部はいかにも道心の占いに基づくもののようであるが、実は『三世相』の筆法に拠っている。そのことは前節で引用した森屋治兵衛版の『三世相小鏡』の「十干しやうねん（生年）吉凶の事」の「きのときんさいのえだ」の項に、ほぼ同文の「前世はゑちこくびきのこほりの牛也びつちうの国きびの宮へほり経を付て行し故に人に生る」とあることを想起すれば、容易に理解できるであろう。前世が法華経を背負った牛であるといった占いはずいぶんと具体的なもののように思われるが、実は『三世相』の常套句といってもよい表現なのであった。

後半の「三世相に……」で始まる箇所は、同文関係というよりも、『見通三世相』と同様に『三世相』にいかにもありそうな文章である。具体的にはやはり、「十干しやうねん吉凶の事」にありそうな文章である。あるいは数多い『三世相』のなかには、ほぼ同文があるのかもしれない。少なくともこのくだりを読んだ際に、タイトルと合わせて『三世相』という本を思い起こす読者は少なくなかったであろうと思われる。

さらに歌舞伎の『三世相錦繡文章《さんぜそうにしきぶんしょう》』（通称「三世相」）は安政四年（一八五七）江戸中村座初演の作品であるが、男女の道行きと地獄の描写が特徴的ななかで、次のように占いの本に寄せる期待の情が描かれている。

……今さらいうも愚痴なれど、誓いは二世と三世相、あけて数えて相性に、金と水とは上もない、よい子儲けていつまでも、仲睦まじゅう栄えると、書いてあるのは真実の、本と思うた甲斐ものう。(13)……

ここでも「誓いは二世」という男女の愛情表現に続けて「三世相」という語を引き出し、さらに、いかにも『三世相』にありそうな男女の相性に関する文言が綴られている。

このように文芸作品や演劇のなかで、『三世相』を彷彿とさせる文章や表現はいくつも見出すことができる。タイトルに三世相と冠せられていることから、読者や観客にとっては、周知の日用書としての文言が文学表現として機能していったのではないかと推測される。近世後期の段階で『三世相』という書物とその内容がよく知られており、それを下敷きに作品が作られ、受け止められていたことが確認できるのである。いわば『三世相』をめぐる共通理解が作者と作品、さらに読者や観客といった享受者層までをおおっていたと言えるだろう。

そうした共通理解は近代に入るとどうなっていくのであろうか。次節では近代の文芸作品から『三世相』に関する感覚を探っていきたい。

三　近代における『三世相』の受容

夏目漱石の『吾輩は猫である』の二は、苦沙弥先生のところに届いた年賀状の描写から始まる。

吾輩は新年来多少有名になつたので、猫ながら一寸鼻が高く感ぜらるゝのは難有い。

元朝早々主人の許へ一枚の絵端書が来た。是は彼の交友某画家からの年始状であるが、上部を赤、下部を深緑で塗つて、其真中に一の動物が蹲踞つて居る所を「パステル」で書いてある。主人は例の書斎で此絵を、横から見たり、竪から見たりして居る。からだを拗ぢ向けたり、手を延ばして年寄が三世相を見る様にしたり、又は窓の方へむいて鼻の先迄持つて来たりして見て居る。(14)

明治三十八年（一九〇五）一月に発表されたこの箇所で年賀状に描かれている動物が、主人公の猫であることがわからない苦沙弥先生は、ためつすがめつ葉書をながめている。その様子を「年寄りが三世相を見る」ようだと描いている。しげしげと『三世相』をながめるというかたちで、この書物の享受の姿が描き込まれているのである。

近世に盛んに刊行された『三世相』が、明治以降もけっしてすたれてはいなかったことは、この箇所からもわかるし、明治二十六年の齋藤緑雨の『油地獄』でも主人公が恋に煩悶し、古本屋で『色男の秘訣』なる本を買おうとして、体裁を気にして買えず、その下のたまたまあった『三世相』を買ってしまうという場面からもうかがうことができる。(15)生活のなかでよく見られる書物であり、その内容は知識人からみれば、旧弊でうさんくさいものとしてとらえられていた。その一方で、日常の悩みや迷いに際して参考とするために手を伸ばすものでもあったという位置づけであろうか。

漱石の『吾輩は猫である』とそう隔たらない明治四十年に『やまと新聞』紙上で連載された泉鏡花の『婦系図』でも、『三世相』が登場する。その二十九である。

○男金女土大に吉、子五人か九人あり衣食満ち富貴にして――

男金女土こそ大吉よ

衣食みち〳〵……

と歌の方も衣食みち〳〵のあとは、虫蝕と、雨染みと、摺剝けたので分らぬが、上に、業平と小町のやうなのが対向かひで、前に土器を控へると、萬歳烏帽子が五人ばかり、づらりと拝伏した處が描いてある。如何様にも大吉に相違ない。

主税は、お妙の背後姿を見送つて、風が染みるやうな懐手で、俯向き勝ちに薬師堂の方へ歩行いて来て、爰に露天の中に、三世相がひつくりかへつて、是見よ、と言はないばかりなのに目が留まつて、漫に手に取つて、相性の處を開けたのであつた。(16)

恋に悩む主人公が露店の古本屋で『三世相』をめくるという趣向は、感情が理性を超克し、藁をもすがる心情にあることを巧みに示している。作品のなかに描かれている『三世相』は、本文に加えて歌と挿絵で主人公の心に迫ってくるのである。やがて主人公はこの書物を手に入れたくなってくる。

「旦那如何でございます。えへゝ」と、かんてらの灯の蔭から、気味の悪い唐突の笑声は、当露店の亭主で、目を細うして、額で睨んで、

「大分御意に召しましたやうで、えへゝ。」

「幾干だい。」

とぎよつとした主税は、空で値を聞いて見た。

「然うでげすな。」

と古帽子の庇から透かして、撓めつつ、

「二十銭にいたして置きます。」と天窓《あたま》から十倍に吹懸ける。

爾時かんてらが煽る。

主税は思はず三世相を落して、

「高価い！」

「お品が少うげして、へ、、、当節の九星早合点、陶宮手引草などと云ふ活版本とは違ひますで、」

「何だか知らんが、散々汚れて引断ぎれて居るぢやないか。」

「でげすがな、絵が整然として居りますでな、挿絵は秀蘭斎貞秀で、是や三世相かきの名人でげす。」

と出放題な事を云ふ。相性さへ悪かつたら、主税は二十銭の其の二倍でも敢て惜くはなかつたらう。

夜店の古本屋の主人のことばからは、作品内の表現ではあるが、『三世相』をめぐる感覚や位置づけをうかがうことは充分できるであろう。客の様子を抜け目なく観察しながらふっかける店主、本の状態から値切ろうとする客、それに対して流通量や内容の良さを強調して価値を主張する店主、といったやり取りが描かれている。

占い本ということに限定してみると、近代になってから流行しだした九星や陶宮術と比べて古いということ、絵が名人の筆になるものであるということなどが古本屋の主張である。主人公が気になっている相性の箇所よりも、本そのものの価値が述べられる。作者である鏡花の創意というよりも、いかにも実際にありそうな夜店での情景ということになるだろう。

近世期にさまざまな文芸に描かれ、実際の生活のなかでも身近であったであろう『三世相』は、近代に入ってもやや古めかしいという感覚を伴いながらも、ほぼ同様に生活のなかに位置していたといえるのではないだろうか。いささか軽侮されるかのような感覚とともに、近代的な理性とはまた別の次元で『三世相』は必要とされていたのである。

さらに島崎藤村が明治四十五年（一九一二）に発表した『千曲川のスケッチ』（その十二）「小作人の家」では、この人の老後の楽しみは、三世相に基づいて、隣近所の農夫らが吉凶をうらなうことであった。六三のまじないと言って、からだの痛みをなおす祈禱なぞもする。近所での物知りと言われている老農夫である。わたしはこの人から『言海』のことを聞かれてちょっと驚かされた(17)。という観察を記している。信州小諸の老農がさまざまな書物の知を貪欲に吸収し、また実践もしていたというのである。この点については次節の民俗事象としての「三世相」を考える場合に興味深い。次に、長くこうした生活のなかにあった実用書が民俗文化のなかでどのような位置を占めているかについて検討してみよう。

四　民俗としての「三世相」

民俗レベルで興味深いのは、沖縄各地において、サンジンソー（三世相）、シュムチ（書物）と呼ばれる存在が占いをはじめとする活動をおこなっていたことである。サンジンソーについては冨倉光雄の先駆的な報告(18)があるが、ユタやカンカカリヤーといった巫者に比して、注目を浴びることは少なかった。書物の知識を駆使するだけの存在と見なされてきたからであろう。しかし、近年、媒介者という概念を用いて、こうしたサンジンソーこそが東アジアの文化を考える際に重要な存在であるとされて、その蔵書や活動の記録に注目が集まっている。

サンジンソーはごく単純に言えば、易者ということになるが、筮竹や擲銭などによる占いのほか、墓や家の建築に関する判断、すなわち風水を観たり、病気や結婚、位牌祭祀などへのアドバイスもおこなっていたという。北谷町の有力なサンジンソーであった金良宗邦氏（一八九八～一九八八）の蔵書は、易占書、暦書・通書、風水地理書、儒教経典の四つに大別されるという。易占だけではなく、アジア規模の広い教養を身につけていたことがうかがえる。そうした点から中国文化と沖縄文化、民俗知と文字知、知識と実践の結節点にいた人物であることがうかがえ、媒介者の名にふさわしい[19]。

書物の知を体現する存在がサンジンソー（三世相）と呼ばれていたことは、書物の『三世相』の存在もしくはその内容が、書物そのものを離れて沖縄の民俗文化のなかに受け入れられていたことの証左といえるだろう。一方、実際のサンジンソーが単に書物の『三世相』に依拠するだけの存在ではなかったことは重要である。『三世相』に関する知識や感覚を基盤としながらもより広い知識を担い、さらに実践にも携わっていたといえる。

その点からすれば、沖縄のサンジンソーは『三世相』を社会のなかで立体的に浮き上がらせ、必要に応じてさまざまな書載の知識を融合させ、それぞれの場面で適合させる役割を果たしていた。そこで問われるべきなのは書物の内容だけではなく、生活のなかのどういった文脈において、こうした知識が必要とされ、具体的に利用されてきたのか、という点であろう。沖縄という大陸に地理的にも精神的にも近い地域の文化であることを勘案すると、そうした状況は東アジアという枠組みで考えるべき必要もあるだろう。

しかし、ここではそうした沖縄の特殊性を意識しつつも、日本の民俗文化として考える方向を選んでおきたい。そこで前節末尾に掲げた島崎藤村の『千曲川のスケッチ』における信州小諸の老農の読書範囲を思い出しておこう。そこで描かれていた老農は、当時の斬新な辞書である『言海』に興味を示す一方で、まじないや祈禱、さらには『三世相』を用いた占いをおこなっていた。沖縄のサンジンソーのように職業として確立しているわけではないが、書物を通じた実践的な知性を持つ存在であった。つまり『三世相』の利用、読書という面では沖縄のサンジンソーとよく似ている一方で、そうした一連の行為を『三世相』だけをクローズアップするかたちでは意識していなかったということになる。

それならば、『三世相』は民俗次元ではどのように受け止められていたのだろうか。その様相を青森県津軽地方の事例からうかがってみたい[20]。まず最初に取り上げるのは、青森県北津軽郡小泊村の鍋田キヌ媼（明治三十九年生まれ）の述懐である。

［事例一］

オレの爺さま、物覚えてる人であったよ。昔にサンゼンソウってほれ、厚い本、今の人だば、あの字、読めないでしょ。みんな読んで知らせてしい、何の生まれの人と何の生まれの人と一緒になれば病気して駄目だとか、何の人と何の人と一緒になれば出世するとか、アレ、みんなヨソの人、聞きに来たもんだよ。いつ、いつかに祝言せばいい、とかの。せば、その本見て、今だぼ、二十八宿あるべし、あれだあ。そしたア本持って教えただからのー。……オラァ小さい時だば、爺さまア飽きてくればそういう本、出してきて読んだりしてたんだども、北海道さ持ってったけども、北海道さ行ってからどうしたかの。……変体仮名だかなんだかの……オレの爺さまでねば読めねえってしたもの。

鍋田媼の祖父は変体仮名で記されているサンゼンソウを読み解き、さまざまな占いをおこなっていたというのである。このサンゼンソウが『三世相』であることはいうまでもない。

民俗的な日常の生活文化と鍋田媼の祖父の知識との間には変体仮名を読むことができるかどうか、という差が存在していた。このことを大きな差異と考えるか、ささやかな違いと考えるかは難しい。ただし鍋田媼の祖父の存在を通して、民俗と『三世相』とがつながっていたということは確認できるであろう。

そしてこのような状況は特殊な極めて珍しいものではなかったことが、次の同じく青森県西津軽郡における伝承から確認できる。深浦町の奈良まめ媼（明治四十年生まれ）の述懐である。

［事例二］

それ、サンゼンソウってもの、あったんだと。サンゼンソウってへば、それ、その人の生まれた時期、その人、先の世で何であったから、その人、今何だからって、そのアレ、この人いつ生まれて、いつ死ぬっちゅうこと書いてある、まあ、そのハッケオキの帳面だ。

……それ昔で、ある人、こう教えたんだ。そのサンゼンソウって昔のアレだどこで変体仮名だから何だから、しっかと見ねば分からないだと。そのNって家だばサンゼンソウあるんだっての。我アの夫だ人の来た家の本家にあったんだと。そうしたとこで、ある人そのサンゼンソウ借りて見たんだっての。見たきゃ、我アそら五月田植えに行ったっきゃ、「我アそら先の世にイタチであったとや。」って……人間なんねえ前にその我ア、イタチであったとやって、こうして知らせたもの、こうしてオラに。はあイタチで、その殿様の仕え者であったどって。ニワトリ一羽盗んで食ったとこで捨てられたんだと。書かってらんだと、皆。その本に。サンゼンソウに。……その証拠にどこにシルシあるってたきゃ、まなぐの、目の中に赤いアザあるって書いてあったと。そしたらなるほど、その人は赤いんだと。

……サンゼンソウってものは、それ見て、皆、昔の人はホレ、アレしたんだ。……〔その本は〕めったにねえんだべよん。……そうして今度、あの、オレ、母親でいだ家にもあったってばて、それア新しく出来たんで、本当の古いものでねえってったんだ。したばて、そのNにあるんだぼ、本当に古しいもんだっての。そうして先の世に何やって何であったから、それ、みんな書からってるんだってよ。そうしてその証拠にどこだらどこにシルシあるって、みんな書いてある。……なかなか見られねえんだって。見んにゆるくねえんだ。昔のアレだとこで、変体仮名だから何だからって、なかなか見るにゆるぐねえんだね。……それ見て、ほれ、それ、それ程にして見て、それ、その、昔の人、チシゴ（知死期）っつもの分かったんだ。

ここでは「サンゼンソウ」は「ハッケオキの帳面」と認識されている。前世がイタチであったという判断なども、該当する『三世相』の記事を確認できていないが、おそらく数多い『三世相』そして『三世相大雑書』といった表題の類書のなかに見いだせるものであろう。そして、奈良嫗の述懐でも変体仮名が壁となって誰でも参照できるものではなかったことが示されている。さらに、古いものが新しいものよりも重視されていたらしいこともうかがえる。泉鏡花の『婦系図』で描かれた夜店の古本屋が、古めかしい『三世相』こそ価値があると主張していたことが思い起こされる。こうした占いの知識は、古めかしい装いをまとっていることが求められたのである。

このように見てくると、沖縄に限らず、民俗文化のなかには広く『三世相』という書物とそこに記載されているであろう内容について一定の関心が持たれており、また識字の壁を越え、媒介者的な役割を果たす存在はよく見られたであろうことが理解できる。近世以降の長い歳月のなかで、直接『三世相』を読むことができない人びとの間にも『三世相』の意義やその内容は伝わり、意識されるようになっていったということができるのである。

おわりに

近世初期から刊行され続けた『三世相』は、その書名はもちろん、書きぶりもかなり広く浸透していったものと思われる。また沖縄においては中国文化の影響も考えられるが、「三世相」が職業の名として用いられるほど広がっていた。その背景には、書物の知、文字文化への希求があり、それを生活次元でとらえようとする共通した感覚があったといえよう。沖縄以外では職業名とまではならなかったのは、文学や演劇などに見られたように書物としての浸透が普遍的であったことを示すものなのかもしれない。

本稿では、『三世相』の記事内容を具体的に確認し、その筆法が広く知られ、文芸作品などのなかでも利用されていたことを見てきた。その傾向は、近世近代を通じて占いという行為が広く希求され、とりわけ『三世相』が簡便な占い本として広く受容されて、一定のイメージを形成していたことを示している。

『三世相』は人間の運勢が、暦の知識と結びつく一方で、仏教の三世という考え方、前世と現世、現世と来世とが密接に関わっているということをさまざまに表現している。こうした内容を持つ書物が民俗文化との近接した位相を呈していたことは、仏教的な唱導文化が展開を遂げ、民俗事象と化していくひとつの過程ということができるであろう。今後は本稿で明らかにできた点を意識しつつ、さらに『三世相』の内容の検討を継続するとともに、民俗文化における『三世相』の位相についても調査を進めていきたいと考えている。

註

（1）益子勝「新井白蛾の易」（『二松』一三、一九九九年）、同「平澤隨貞と松宮観山の易」（『二松』一四、二〇〇〇年）、同「宝暦三年の易学書の出版について―平澤隨貞『卜筮盲筇』出版の周辺から―」（『星美学園短期大学研究論集』三三、二〇〇〇年）。

（2）益子勝「江戸時代に於ける明代占卜書の受容について」（『二松』一六、二〇〇二年）、同「江戸時代の八卦の占法と版本について」（『東方宗教』一〇七、二〇〇六年）。

（3）ハイエク・マティアス「江戸時代の占い本―馬場信武を中心に―」（小松和彦還暦記念論集刊行会編『日本文化の人類学／異文化の民俗学』法藏館、二〇〇八年）。

（4）ハイエク・マティアス「算置考―中世から近世初期までの占い師の実態を探って―」（『京都民俗』二七、二〇一〇年）。

（5）井上智勝「近世の易占書—士君子の易・市民の易と疾病・祟り・米相場—」（笹原亮二編『口頭伝承と文字文化—文字の民俗学 声の歴史学—』思文閣出版、二〇〇九年）。

（6）大野出『元三大師御籤本の研究—おみくじを読み解く—』思文閣出版、二〇〇九年）。

（7）拙稿「陰陽道から大雑書へ—近世近代における陰陽道の伏流化—」（林淳・小池淳一編『陰陽道の講義』嵯峨野書院、二〇〇二年）、同「三世相小考—近世陰陽道書分析の一環—」（拙編『呪術・呪法の系譜と実践に関する総合的調査研究』国立歴史民俗博物館、二〇〇七年）。

（8）大藤時彦「三世相」（『国史大辞典（第六巻）』吉川弘文館、一九八五年）。

（9）http://edb.kulib.kyoto-u.ac.jp/exhibit/i041/image/01/i041s0001.html、二〇一四年十一月十五日閲覧。

（10）引用は洒落本大成編集委員会編『洒落本大成（第一六巻）』（中央公論社、一九八二年）、三四八頁に拠った。ただし、読みやすくするために、私に句読点を施した。

（11）前掲註7「陰陽道から大雑書へ」、一八三～一八四頁。

（12）引用は博文館編輯局編『帝國文庫・続一九全集』（博文館、一九〇一年）、九三二頁に拠った。

（13）引用は戸板康二ほか監修『名作歌舞伎全集一五・江戸世話狂言集一』（東京創元新社、一九六九年）、三二二頁に拠った。

（14）引用は『漱石全集（第一巻）』（岩波書店、一九九三年）、一二二頁に拠った。

（15）この描写については、前掲註7「陰陽道から大雑書へ」の一八〇～一八三頁で指摘したことがある。

（16）引用は『日本現代文学全集12・泉鏡花集』（講談社、一九八〇年）、一八八～一八九頁に拠った。ただし仮名遣いは元のままとし、漢字は通用のものに改めた。

（17）引用は島崎藤村『千曲川のスケッチ』（岩波文庫、一九四三年）、一八二頁に拠った。

（18）冨倉光雄「陰陽道の現状」（窪徳忠編『沖縄の外来宗教』弘文堂、一九七八年、七七～一〇五頁）。

（19）三浦國雄「サンジンソー金良宗邦とその蔵書」（『風水・暦・陰陽師—中国文化の辺縁としての沖縄—』榕樹書林、二〇〇五年、二四二～二四七頁）。

（20）いずれの事例も、拙著『陰陽道の歴史民俗学的研究』（角川学芸出版、二〇一一年）、一五四～一五七頁より引用。

日本各地の血の池地獄

高達奈緒美

一

日本の火山地帯にはしばしば、熱湯が湧き立ちガスが噴出し、動植物が棲息できない荒涼とした風景が広がる「地獄」と呼ばれる場所が存在する。そうした地獄の中に、あるいはその近辺に、赤い水を湛えた池があって、「血の池地獄」と呼ばれていることがある。血の池地獄は、中国成立の偽経『血盆経』の「血盆池地獄」に由来する。『血盆経』は、女性が出産（および月経）の時に血を流し、穢れを周りに及ぼしてしまう罪によって、死後、血盆池に堕すことを説き、併せて、遺族が血盆斎を催すという救済方法を示し、経の書写・受持を勧める。[1]日本には室町時代中期までには伝来して広く流布し、写本や版本、活字本などの形で伝わっている（筆者が現時点で把握している範囲では、七十本以上に及ぶ[2]）。中には、経文全文ではなく、陀羅尼や願文だけを抜き出した護符や、それを刻んだ石造物もある。一例として、架蔵の木版刷り『血盆経』（陀羅尼と願文を含む）を示しておく（図1）。

さて、各地に所在する血の池地獄は、まさに真っ赤な池水を湛えているもの、赤くはないもの、池ではないも

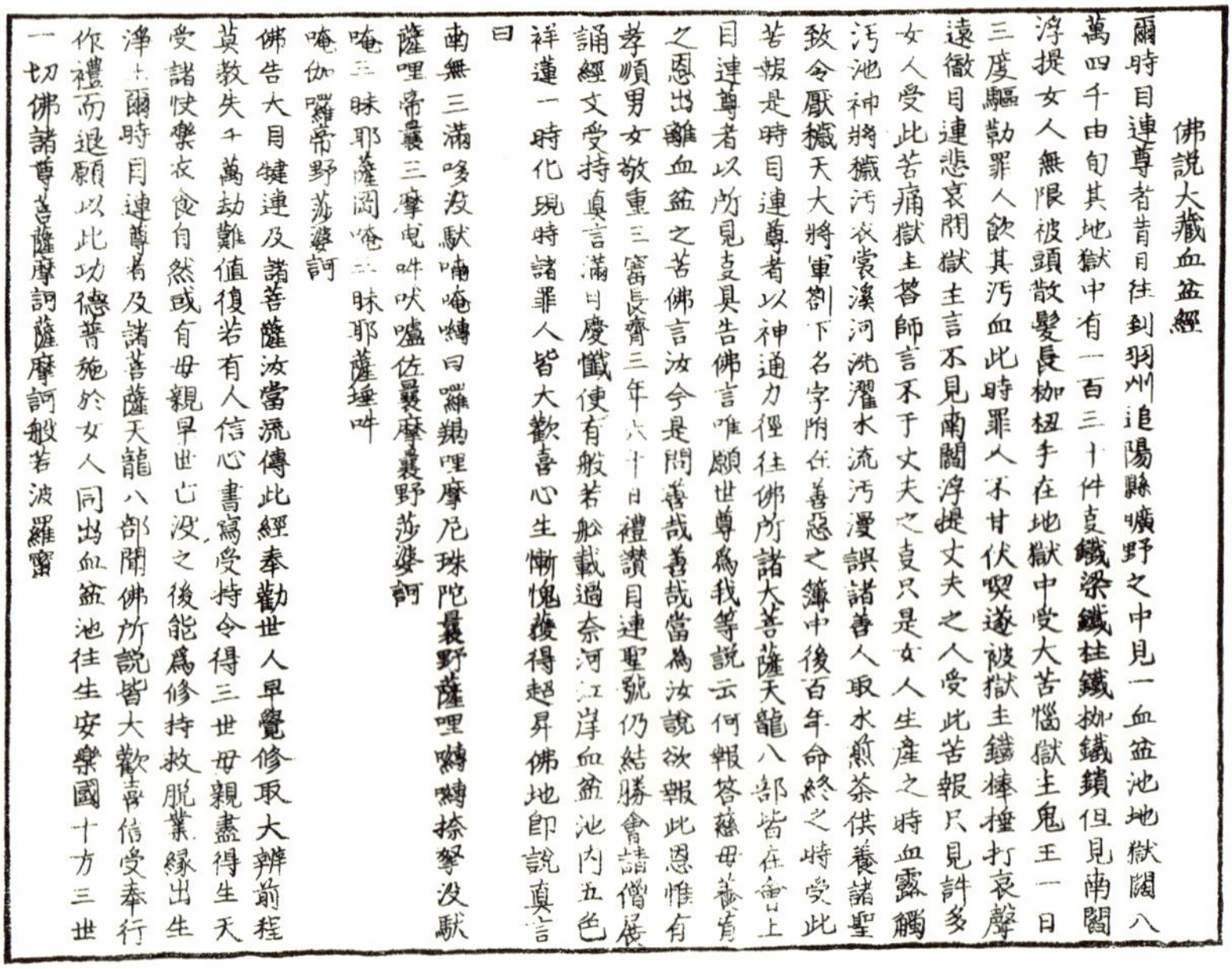
佛說大藏血盆經
爾時目連尊者昔日往到羽州追陽縣曠野之中見一血盆池地獄闊八
萬四千由旬其地獄中有一百三十件事鐵梁鐵柱鐵枷鐵鎖但見南閻
浮提女人無限被頭散髮長枷杻手在地獄中受大苦惱獄主鬼王一日
三度驅勒罪人飲其汚血此時罪人不甘伏喫遂被獄主鐵棒搥打哀聲
遠徹目連悲哀問獄主言不見南閻浮提丈夫之人受此苦報只見許多
女人受此苦痛獄主答師言不干丈夫之事只是女人生產之時血露觸
汚池神將穢汚衣裳溪河洗濯水流汚漫誤諸善人取水煎茶供養諸聖
致令厭穢天大將軍劄下名字附在善惡之簿中後百年命終之時受此
苦報是時目連尊者以神通力徑往佛所諸大菩薩天龍八部皆在會上
目連尊者以所見事具告佛言唯願世尊爲我等說云何報答慈母養育
之恩出離血盆之苦佛言汝今是問善哉善哉當爲汝說欲報此恩惟有
孝順男女敬重三寳長齋三年六十日禮讃目連聖號仍結勝會請僧展
誦經文受持眞言滿日慶懺使有般若船載過奈河江岸血盆池内五色
祥蓮一時化現時諸罪人皆大歡喜心生慚愧獲得超昇佛地即說眞言
曰
南無三滿哆沒馱喃唵縛日囉鵝哩摩尼珠陀曩野薩哩嚩嚩捺拏沒馱
薩哩帝曩三摩曳吽吠嚧佐曩摩曩野莎婆訶
唵三昧耶薩闍唵三昧耶薩埵吽
唵伽囉帝野莎婆訶
佛告大目犍連及諸菩薩汝當流傳此經奉勸世人早覺修取大辨前程
莫教失千萬劫難値復若有人信心書寫受持令得三世母親盡得生天
受諸快樂衣食自然或有母親早世亡沒之後能爲修持救脱業縁出生
淨土爾時目連尊者及諸菩薩天龍八部聞佛所說皆大歡喜信受奉行
作禮而退願以此功德普施於女人同出血盆池往生安樂國十方三世
一切佛諸尊菩薩摩訶薩摩訶般若波羅蜜

図1　架蔵『血盆経』（江戸時代）

の、また、火山地帯にあるもの、そうではないものと、その実態はさまざまである。そこでは、亡くなった女性（特に産死者とする事例もある）の地獄からの救済と冥福を祈って、『血盆経』が池に投じられたり、池の畔の堂に納められたりすることがあった。

本稿で紹介する血の池地獄は筆者が実見していないものがほとんどで、一箇所ごとの現地調査も資料調査も極めて不十分である。言うまでもなく、一つひとつ原資料を示すべきところだが、件数が多く、紙幅の都合もあるため、説明が事典等による略述に留まることをお断りしておく。どこに血の池地獄が存在しているのか、あるいはかつて存在していたのかを簡単に紹介するのが、本稿の目的である。

なお、『血盆経』は女性差別経典であり、各宗派における差別根絶の方針により、現在、その唱導は行われてはいない。したがって『血盆経』は、忘れ去られつつある経典だと言える。以下に示していく所でも、いま現在、『血盆経』が濃密に信仰されているわけではなく、血の池地獄という言葉が伝承されていたり、記録に残ったりしているだけである。しかし、かつてどのような実態があったのかを知ることは、血盆経信仰についての理解を深めるうえで、不可欠なことだと考える。ただし、忘れ去られつつあるとは言っても、民間におけるこの信仰は、いまだ完全に消え失せてはいない。さらに、本稿で触れる所のことではないが、かつて『血盆経』を版行し唱導を行っていた寺院が、過去のことではあっても、それを知られるのを嫌がる場合があるとも仄聞する。血盆経信仰は、いまだデリケートな問題であり続けていると言わざるをえないのだ。本稿をお読みくださる方々には、その点へのご留意をお願い致したい。

二

1　北海道登別市登別温泉　地獄谷

地獄谷は、登別温泉の笠山にある爆裂火口跡で、源泉の湯壺や噴気孔が点在しており、大砲地獄、奥地獄、虎地獄、竜巻地獄、血の池地獄等と名付けられている。(3)

2　青森県むつ市田名部　恐山菩提寺

下北半島中央部に位置する火山で、山頂には宇曾利山湖を有する直径約四キロの円形カルデラがある。湖北岸には多数の硫気孔があり、ガスが噴出し、温泉が湧く。慈覚大師円仁（七九四〜八六四、天台宗）が地蔵の夢告を得てこの地に至り、自ら地蔵像を彫って菩提寺を建立したのが始まりだと伝える。享禄三年（一五三〇）、田名部円通寺（曹洞宗）開山の聚覚が荒廃していた恐山を再興し、以後、円通寺が別当寺となったという。(4)

図2　恐山の血の池地獄（平成6年8月10日撮影）

境内の各所には、重罪地獄、塩屋地獄、賭博地獄、賽の河原、極楽ヶ浜などの名称がつけられている。宮崎ふみ子は「霊場　恐山の地蔵と温泉」で、地獄等への見立ては十七世紀末の資料にはまだ見られず、十八世紀後半以降見られるようになることから、十八世紀初頭から中期までの間に見立てが行われるようになったと述べている[5]。

血の池地獄は、水の色が赤いほぼ正方形の池で、中央に石仏（地蔵か）を祀る。台座には、「血盆経／（略、陀羅尼）／安政四丁巳年七月五日／法室貞輪大姉／俗名菊池喜多／行年三十五歳卒／一切女人成共佛果者也」と刻されている（図2）。森勇男（文）・田畑俊次郎（写真）『恐山鎮魂歌』に載る血の池地獄の写真（七月二十日から二十四日の大祭のときに撮影されたものか）を見ると、かつては正方形ではなくもう少し広かったようで、石仏は池の縁辺に祀られている。また、池中にはお札などが投じられている[6]。高松敬吉は、「この池は、もとは真っ赤な色で、あたかも血が流れ出て溜まった池のようであった。しかし、近年では血の色というより、むしろ濁って見える。家族の中に死んだ妊婦《サント》がある場合、参詣者は、恐山のお寺から守札を頂いてくる。女人成仏の血盆経のお札をうける人もいる。これらのお札を血の池地獄に投げてやり、お札が水の中に沈むと妊婦の霊は成仏したものと信じられた。しかし、お札が浮いたままだと、死者が成仏できないでいるから、供養をしなければならないとされている」と記している。(7) なお、現在の恐山では、『血盆経』関係のお札の頒布や唱導を一切行っていない。松岡秀明の調査によれば、菩提寺では陀羅尼と願文を刻した「女人成仏血盆経」の版木を所蔵しており、この陀羅尼は血の池の石像のものと同じである。(8)

3　宮城県大崎市鳴子温泉　片山地獄

宮城県北西部の火山、荒雄岳を囲む鬼首《おにこうべ》盆地には温泉が湧く所が多く、片山地獄はその一つである。片山地獄にはかつて、無数の噴気孔や泥火山、熱泉などがあり、鳥地獄、血の池、奥の院などと呼ばれていたが、この地に地熱発電所が建設されてからは、数が少なくなっていったという。現在、片山地獄の大部分は、鬼首地熱発電所の敷地として立ち入り禁止になっている。(9)

『鳴子町史』上巻「鬼首地区の伝説」の「鬼亡山洞雲寺」には、次のように記されている。(10)「片山地獄には泥釜がいくつもあって広大な沢の草木を枯らし、大量の蒸気は山姿を覆い、まさにこの世の地獄を思わせるものがある。往古慈覚大師の開山と伝える片山寺がこの地獄の東峰に建立され、荒雄岳修験者の宿坊が軒を並べていたという。その後約四四〇年前の天文年間、通庵玄達和尚が片山寺を鬼亡山洞雲寺と改めて中興した」。なお、洞雲寺は曹洞宗である。

4　秋田県湯沢市高松　川原毛地獄

湯沢市を流れる高松川上流、三途川渓谷の南東部に位置する硫黄鉱山・温泉。元和八年（一六二二）から長年にわたって、硫黄が採掘されていた。現在でも草木の生えない灰色の山肌のあちこちから硫黄などが噴出し、谷には熱湯が流れる。血の池地獄、剣地獄、針山地獄、盗人地獄、賽の川原、八幡地獄、浄土長嶺、染屋地獄などがあり、地蔵が祀られている。(11)

文化十一年（一八一四）九月五日、菅江真澄がこの地を訪れ、その時の様子を『高松日記』に書き留めている。(12)

やがて焼山になりぬ、此山を人みな通融県と呼て句にも作れり。いかなるよしありて、しかいふ名ありと人にとへば、目蓮《ママ》尊者の母この山なる地獄におちおはしたる也、もともゆゑよしある地なれは、さはいふといへり。こは血盆経の由来記したるふみに、目蓮尊者昔日往二到烏州追陽県一といふ事について、その烏州は羽州に通フをもて此国のこと、して云ク、（中略）本朝東北に羽州あり、湯殿山、羽黒山といふ霊地に血盆経六十六部を納る事は、天竺の羽州の追陽県に准してなり。」《ママ》といへり。その湯殿山、羽黒山になすらへたりし追陽県を、また此川原毛山にたぐへもて通融県など書なし、（中略）むかし霊通山善導寺（筆者注…前湯寺）といふ真言宗ありしを三津河村に移し、また稲庭にうつして、今領通山広沢寺といふ禅林これなり。此寺の跡に奪衣婆堂を建たりしか野火にやけてのち、三津川村に優婆堂をうつし建たり。そを今十王堂とせしなどいへり。（中略）血の池と名におふ処谷陰に在り。（中略）高さ十七八丈斗りとおほしくて湯の滝おちたり（筆者注…現在でも入浴可能な天然温泉、大湯滝のこと）。（中略）滝の上ヘにまた小滝あり、小滝の下タに滝淵あり、その深さはかりもしらず、そを目蓮尊者ノ母の地獄といへり。

要するに、当時の川原毛地獄においては、この地が『血盆経』に由来する所と考えられていたのである。右の文中では、「烏州」が「羽州」と解されたと書かれているが、もともと『血盆経』には両様の表記がある（ただし、中国の伝本はすべて「羽州」とする）。

こうした川原毛地獄と『血盆経』とを結ぶ伝承の詳細については、錦仁が紹介している「羽州雄勝郡賀波羅偈通融嶮之由来」（昭和二十六年〈一九五一〉二月十五日、富谷安信写、富谷松之助所蔵）から知ることができる[13]。〈目連の母が地獄に堕した。そのことを知った目連は母を探して日本に到り、「賀婆羅偈の地獄」にやってきて、「餓鬼地獄血盆地獄」の中にいる母を見出す。その日は七月十五日で、目連は法会を催し、血盆解脱の経を読誦し、餓鬼の飢渇を満たした。それによって母の業苦は消滅し、母子は再会を果たす。その喜びのあまり踊ると、餓鬼たちも共に踊りだし、この時から「餓鬼踊り」が始まった。（中略）承和の頃（八三四〜八四八）、慈覚大師が霊山巡拝の折に当地を訪れ、「法羅陀地蔵」を造立し（筆者注…「佉羅陀地蔵」の誤りか）、嶺通山前湯寺と号した〉。「三途川十王堂之謂言」（前掲資料と同）によると、〈前湯寺が賀波羅偈にあったとき、人が住むことが難しかったため、梅檀（梅檀）上人が三途川に移転、再建した。長禄の頃（一四五七〜六〇）、仙台から来た僧がこの寺を稲庭の小沢村に移転し、嶺通山広沢寺と改めた。その跡地が十王堂である〉という。この資料の書写年は新しいが、伝承としては少なくとも江戸期に遡ることは、『高松日記』から明らかである。目連が催した法会の功徳で救われた餓鬼たちによって「餓鬼踊り」、つまり盆踊りが始まったという由来譚は、盆踊り唄『目連尊者地獄巡り』と共通する[14]。

錦によれば、前湯寺・広沢寺に関する諸資料の記述を検討すると、矛盾点があるという[15]。まず、川原毛を管理していたのが修験者であったことは間違いないものの、前湯寺が天台宗であったのか真言宗であったのかはっきりしない（右掲の菅江真澄の文中には真言宗とあるが、『雪の出羽路』では天台宗としている）。また、前湯寺の開山について、広沢寺（曹洞宗）の資料では、大同二年（八〇七）に月窓和尚が庵を結んだのが始まりとも、慈覚大師が地蔵像を造って庵に安置したのが始まりで、その後、月窓和尚が来て住んだともする。前湯寺が移転した年代についても、諸説ある。

資料的には確認できないが、前湯寺があったとき、当寺で『血盆経』を頒布していた可能性は高いと思われる。

5　山形県遊佐町　永泉寺

慈覚大師が鳥海山中腹に創建した興聖寺を、永徳二年（一三八二）に源翁が現在地に移し、曹洞宗としたと伝える。[16]

「寛政五年七月　湯殿山・月山・羽黒山・鳥海山・金峰山・山寺参行者道中記」（羽州河辺郡船岡村五十嵐孫之丞記、戸川安章所蔵）によれば、当寺には「さいの川、ざぜん石・自念石仏・慈覚大師のごま石、血ノ池内ニ地蔵」があって、「是ニ而血ボん経」を納めたという。[17]

6　山形県鶴岡市羽黒町　羽黒山（出羽神社・出羽三山神社）

山形県中央部の火山、月山の北方に位置する。古来よりの修験道の聖地、出羽三山の一。社伝によれば、崇峻天皇（在位五八七～五九二）の第三皇子蜂子皇子（能除仙）が当山と月山・湯殿山を開き、彼の死後五十年後に役行者が羽黒山に来てその法を継いだという。公の記録に出羽神社が現れるのは、『延喜式』（九二二年撰）が初めである。この地に仏教が入ってからは寂光寺が建立され、八宗兼学の道場として多くの僧や修験者を抱え、大いに栄えた。江戸時代初期から明治時代の神仏分離までは、天台宗に属した。[18]

血の池は、五重の塔のそばと阿久谷との二箇所にあった。前者については、「天保十四年八月　最上庄内越後道中記」（鈴木清三郎義満記、山形大学附属図書館所蔵泉八島家文書）に「仁王門より石壇、ムミヨノハシ、タヨメノ不動、五重塔、血ノ池」と、[19]「信濃・越後・出羽・陸奥・下総・上総・安房道中日記帳」（弘化三年〈一八四六〉、武蔵国高麗郡柏原村久保田太三郎記、埼玉県狭山市立博物館所蔵）に「血ノ池中ニ地蔵尊ここ《（ニカ）》ミテ血ぼん経ヲうる六文つゝ」とある。[20]後者は、一般人が入っていく所ではなく、修験者の修行の秘所であり、以前は阿久谷入り口の霊祭殿のそばに血の池があったという[21]。菅江真澄が『高松日記』で記していた血盆経納経所としての「羽黒山」は、前者を指すのであろう。なお、月山・湯殿山はかつて女人禁制であったが、羽黒山はそうではなかった。

7　山形県鶴岡市田麦俣　湯殿山（湯殿山神社）

月山西南部に位置する。羽黒山側では蜂子皇子が開いたと伝えるが、湯殿山別当を称した大井沢大日寺（真言宗）などでは、弘法大師が開いたとしていた。室町時代末期までは羽黒山・月山・葉山を出羽三山と称し、湯殿山は総奥院とされていたが、戦国時代末期から湯殿山を三山の一とするようになった[22]。

湯殿山の地獄の位置はいま一つはっきりしないが、『三山雅集』（荒沢寺経堂院東水撰、宝永七年〈一七一〇〉刊）の「湯殿山霊場」の前に「地獄巓上」の項目があり、「若干の地獄あり血ノ池とてその水朱《あけ》にして弥陀の名号を唱て池辺に臨ミ侍れば底より涌返る水玉高声に応じて夥し則女人成仏の血盆経を池中へ納む」と記されている[23]。

湯殿山神社参道の途中に「血の池権現／丹生水上神社」という石碑があって、その周辺に赤い水が流れており、すぐ横に「姥権現」が祀られているので、この辺りに相当するのであろうか。ただし、その様子は右の文とは全く異なっている。

8　山形県鶴岡市清水　三森山（森山、清水の森）

鶴岡市西南部に位置する小丘陵。北西麓に下清水・中清水・上清水の三集落がある。庄内地方では、里近くに所在するあまり高くない山や樹木が茂った森のことを「モリの山」と呼び、死者の霊が一定期間そこに留まるとされ、八月二十日頃から死者供養が営まれる。当山もそうした「モリの山」の一つである[24]。

春日儀夫『目で見る　モリ〈亡霊〉の山』所収、下清水天翁寺「三森山縁起」によれば、当山は行基が開き、その後、慈覚大師が亡くなった母を尋ねてここに到り、山頂の中の堂で母および諸霊のために施餓鬼を催した。天翁寺は初め真言宗で、臨済宗に転じ、さらに曹洞宗に改めたと伝える。(25)　慈覚大師の伝承は、川原毛の目連救母譚に似ている。

当山には、中の堂、優婆《うば》堂、三途の川、血の池、閻魔堂、大日堂、地蔵堂、弥陀堂等がある。死者供養の儀礼は、三地区の人々の役割分担・参列のもと、天翁寺のほか、中清水の桑願院〈曹洞宗〉と隆安寺〈真宗大谷派〉、上清水の善住寺〈曹洞宗〉の四寺が執行し、さらに、真言宗僧も参加するという。(26)　血の池については、武田恵子が「モリの山信仰の考察」において、「中清水口途中に、血の池というのがあり、〈中略〉無理死の霊、その中でも出産で死んだ人や赤ん坊の霊をまつるのである」〈中清水の話者による〉と報告している。(27)

9　山形県山形市山寺　立石寺

宝珠山の中腹に位置する。慈覚大師円仁の弟子が承和末年〈〜八四八〉頃に常願寺として一山を整備し、貞観二年〈八六〇〉、清和天皇の勅許により円仁を開基として寺号を立石寺と改めた。円仁は貞観六年に没し、その遺骨は当山入定窟に納められたという。当山は古くからの天台寺院として栄えたのみならず、中世以来、死者の魂の行く山として、信仰を集めてきた。(28)

「羽州山寺立石寺縁起」〈文化五年〈一八〇八〉刊〉は、「中谷東の岩根に、焦熱池と称するあり。俗に血の池と号けて、女人五障三従の罪深きうへに月水産穢の汚れたる血をそゝき、地神水神を汚し奉る。重き罪を遁れ除くにハ血盆経を信し、此経を受持し奉る時ハ其罪消滅すと経文明なれハ、女人一度頂戴してなりとも、此焦熱池に納めハ、信心の力空しからす。罪障消滅疑ふへからす」（ルビ等略）と記している。(29) この血の池について岡千仭『山寺攬勝志』には、「岩窟一宇曰二準提堂一。祀二観音一。窟潭曰二血池一。婦女投二血盆経一。拝二観音一。曰可レ除二穢汚一」とある。(30)

平成十一年（一九九九）十一月一日に訪れた際、準提堂に到る道は通行止めになっており（実際には通行可能だった）、堂はあったが池は小さく、水は赤くはなかった。

10　福島県喜多方市・山形県小国町・新潟県阿賀町　飯豊《いいで》山

三県にまたがる連山の総称および、その主峰の名。古くからの信仰の地で、開基については諸説あり、行基、空海、徳一、役行者と唐青龍寺の知道などと伝える。かつては女人禁制だった。(31)

田中英雄「姥神の座所――修験の山からの一考察――」によれば、会津の山都（喜多方市）から始まる登山道の地蔵岳に血の池があり、そばには姥神が祀られ、その辺りが飯豊山の地獄にたとえられた場所であるという。(32)

11　茨城県日立市入四間町　御岩山（御岩神社）

御岩山は御岩神社の御神体で、『常陸国風土記』久慈郡の「賀毗礼高峰《かびれのたかみね》」は当山に比定される。中世からは修験の山として栄え、江戸時代には「水戸藩の出羽三山」として信仰された。(33)

田中英雄「姥神の座所――修験の山からの一考察――」によれば、神社境内から御岩山への裏参道をたどっていくと沢沿いの道になり、「地蔵の前を通って血の池に出る」。そこは「赤みがかった岩から清水が湧き出ているところ」で、岩の上には麓の「細谷」の女人講が建立した如意輪観音像が祀られているという。(34)

12　栃木県岩舟町　岩船山（高勝寺、岩船地蔵）

岩船山は足尾山地の南端にあたり、その名は、山の形が船に似ていることからつけられたとされる。山頂に天台宗高勝寺があり、宝亀八年（七七七）、伯耆国大山の麓に住んでいた弘誓坊明願が地蔵の夢告によって当地に到り、生身の地蔵の姿を拝し、開創したと伝える。病気平癒、子育て地蔵として信仰を集め、江戸時代には「関東の高野山」と呼ばれたという。(35)

当山はまた、死者の霊の集まる山とされ、数多くの卒塔婆が立てられており、血の池、賽の河原がある。血の池の水は赤くはなく、池中には地蔵立像があり、その台座には「一字一石／血盆経塔」などと刻まれている。

13　群馬県片品村・栃木県日光市　日光白根山（奥白根山）

日光白根山は、群馬県と栃木県との県境にある日光火山群の主峰。男体山の奥の院とも言われ、日光修験の補陀洛夏峰の修行地であった。(36)

血の池地獄は、群馬県側の日光白根山ロープウェイ山頂駅の近くに所在する。(37)「血の池地獄（中略）この池に手をひたすと、赤く染まってなかなかとれないとされたり、血の池は女の人の一生の間に流す血が寄り集まって出来た池だとされています」などと書いた説明板が立っている。(38)

14　群馬県沼田市・渋川市・前橋市・桐生市ほか　赤城山

赤城山は関東平野北端に位置する山地の総称で、複式火山である。古く、小沼（寄生火山、小沼火山の爆裂火口底に形成された火口湖）から流れ出る粕川の水源神と、黒檜山（山地の最高峰）を中心とする雷信仰などから、「赤城神」信仰が形成されたと考えられている。資料上の初出は『続日本後紀』承和六年（八三九）六月甲申条。(39)修験の山としては、天応二年（七八二）に日光二荒《ふたら》山を開いた勝道上人が、その後に開いたと伝えられる。(40)

血の池は、小沼のそばに所在する。赤城山は死者の霊が行く山とされ、小沼付近にはガキポッタ（サイノカワラとも）や三途の川という地名もある。井田安雄「赤城南麓の民俗信仰―卯月八日の赤城登拝を中心として―」によれば、赤城山中の地獄巡りをすると亡き親や子が夢枕に立つとか、子どもが亡くなるとガキポッタに会いに行くなどの伝承があった。(41)

原生生物情報サーバ「採集の記録　関東ふれあいの道〜血の池」には、平成二十五年（二〇一三）七月二十八日の調査時、血の池は「見渡すかぎり草原」になっていて、「季節によって水があったり無かったりと変動するらしい」と記されている。(42)

15　神奈川県箱根町　箱根山

神奈川県南西部に位置する複式火山で、箱根山は諸峰の総称である。古くから、駒ヶ岳を中心とする山岳信仰の聖域であり、天平宝字元年（七五七）、山中で修行した万巻（満願）上人が箱根三所神社を建立したと伝える。鎌倉期には、地獄のある山、死者の宿る山とされ、精進池周辺に地蔵などの磨崖仏が造立された。(43)

柘植信行「中世箱根における温泉と地蔵信仰」によると、江戸時代の資料から、「精進池畔の死出山北麓に血の池があった」ことがわかるという。(44)『新編相模国風土記稿』（天保十二年〈一八四一〉成立）巻一十九「駒ヶ嶽」の項には、「死出山（中略）駒ヶ嶽の北にあり、此山の北麓に血の池と称する池あり、方十間許、平常水なく、雨後水あれば、其色赤しとなり、盖《ママ》四山赭土の水落合るが故なるべし」との記載がある。(45)柘植論文によれば、姥子温泉にも血の池があったらしい。

16　山梨県笛吹市春日居町　長谷寺

中尾山の中腹に位置する真言宗智山派の寺。養老六年（七二二）に行基が開創したと伝え、平安時代には、甲斐国の中心的な修験道場の一つとして栄えた。また、中尾山の形が母胎に似ていることから女性の信仰を集め、「女人高野山」と言われた[46]。

『裏見寒話』（宝暦年中〈一七五一～六四〉野田成方著、吉川正芳重訂追補）「菩提山長谷寺」の条には、「此寺は山の半腹にあり、（中略）又塞の河原と云流れあり、爰に地蔵あり関の地蔵と云、（中略）山上に血の池と云あり、婦人抔は水色赤しとて驚き嘆す盆中参詣多し、通夜すれは亡親抔に逢るゝとて楽み籠る者あり」と書かれている[47]。

矢崎圭男「水と文化財―長谷寺の石造遺構について―」によると、血の池の畔には、正面に「（大日三尊梵字）（光明真言梵文）／弘法大師／願以此功徳　普施諸女人／同出血盆池　往生安楽国／加持智水　願主円海」と、右側面に「南無行基大菩薩」と、左側面に「南無遍照金剛」と刻された碑が立っている[48]。「願以此功徳……」というのは、『血盆経』の願文である。「加持智水」という言葉によるのであろう、現在この池は「智の池」と称されている[49]。

17　新潟県阿賀野市出湯温泉　華報寺

新潟県北部、五頭《ごず》連峰の中央にある五頭山の西麓に位置する。大同年間（八〇六～八一〇）、弘法大師空海が山頂に五頭権現を勧請し、山麓に堂宇を建立したのが始まりと伝える。鎌倉時代には山岳信仰の拠点として栄えたが

（当時は海満寺と称した。真言宗）、その後衰退し、文明九年（一四七七）に耕雲寺（現、村上市）大安梵守が曹洞宗寺院として再興、改名した(50)。

松崎憲三「曹洞宗寺院と優婆尊信仰―阿賀野市・華報寺を中心に―」によると、当寺は行基作という優婆尊像を祀り、かつては「地獄の釜の蓋」と称される大石や「血の池」があり、現在でも、出湯の北はずれには賽の河原と地蔵があるという。また、華報寺近くの羽黒にも優婆尊を祀る堂があり、華報寺末の高徳寺（阿賀野市次郎丸）が管理している。高徳寺では、中央に優婆尊の姿を描いた「明和八辛卯正月吉日　高徳沙門全瑞謹書」の『血盆経』版木を所蔵しており、かつては刷り物を信徒に配布していたらしい。「この種のものは華報寺にもあって、近年まで は優婆尊の御影とともに販符していた」ようである(51)。

18　新潟県妙高市　妙高山

新潟県南西部に位置する二重式火山。円形カルデラの中に、中央火口丘の妙高山がある。和銅年間（七〇八〜七一五）、裸行上人が開いたと伝える。山頂に阿弥陀三尊が祀られ、山麓には関山三所大権現と別当雲上寺宝蔵院（もと真言宗、江戸時代初期に天台宗に転じた）があった。修験の山としては、熊野系・白山系修験の影響を受けた(52)。

血の池は、関山口から燕を経て山頂へ向かう登山道に所在する(53)。山頂の阿弥陀堂は今はないが、かつてその開帳時には、参詣者のためにお札等を準備して、山内の要所に山別当が派遣された。江戸末期の「年中大方規矩追々書入行事可仕事」（関山宝海寺文書）によると、血の池には「御影赤飯／血盆経／蠟等」を持った「俗弐人」が配置された(54)。

19　新潟県佐渡市両津　血ノ池洞穴

佐渡の北端部、願の賽の河原洞穴そばの段丘崖部に所在する。[55] 磯部欣三『佐渡―伝承と風土―』に、賽の河原の「右ばたの奥のほうに、また大きい穴が一つありました。岩に赤い水ゴケがはえて、赤うなっとりました。お産で死んだもんが、行くんぢゃありませんかのう。（中略）セメンで塗って、穴をふさいで、見込みはねェようになりました」という、明治二十年生まれの女性の話が収載されている。[56]

20　富山県立山町　立山

富山県南東部に位置する。立山本峰（雄山・大汝山・富士ノ折立）・浄土山・別山を立山三山と呼び、さらに剣岳などの周辺の山を含んで立山連峰と総称する。狭義の立山は、雄山を指す。大宝元年（七〇一）、慈興上人（佐伯有若、またはその子有頼）が開き、山麓に芦峅寺・岩峅寺などの山岳信仰の基地を築いたなどと伝える。また、『師資相承』の天台宗園城寺座主康済（昌泰二年〈八九九〉七十二歳で没）の記事中に「越中立山建立」とあることから、九世紀後半には天台宗との関わりを有するようになっていたことが窺える。麓の芦峅寺と岩峅寺は宿坊集落で、江戸時代、衆徒たちは盛んに檀那場巡りや出開帳をして、立山信仰の唱導を行い、配札をした。なお、立山は女人禁制で、媼尊《うば》を祀る芦峅寺では、秋の彼岸中日に、女人救済を謳う布橋灌頂会が催された。[57]

雄山山頂下の室堂平（溶岩台地）に所在する地獄谷や血の池は、立山火山の水蒸気爆発によって形成された爆裂火口である。地獄谷は、死者の行く所として古くから説話中に現れており、現在でも盛んに水蒸気や亜硫酸ガスを噴出し、熱湯が湧き立っている。血の池は地獄谷ではなく室堂近くに位置しており、水酸化鉄によって水の色が赤い（図3）。現在はいくつもの小さな池になっているが、かつてはもっと大きな池だったようである。[58]

図3　立山の血の池（平成5年8月7日撮影）

元和七年（一六二一）十一月の年紀を持つ『末社因縁書上帳』（岩峅寺文書）には、「一、ちの池と申而、一間四方也、是は女の血ふんきやう《盆経》納堂ニ而御座候」とあり[59]、この時までには血の池の畔に堂が設けられ、『血盆経』納経が行われるようになっていたことがわかる。岩峅寺・芦峅寺の各宿坊では『血盆経』の刷り物を頒布しており、禅定者（登拝者）に血の池への投入を勧めたことが（母や妻などのためとして、であろう）、各種の紀行文に記されている。檀那場巡りや出開帳の折には、直接女性に向けて、『血盆経』を納めれば、血の池への堕地獄を免れると説いた。立山信仰の唱導の資具であった『立山曼荼羅』諸本には、血の池の情景が描かれている。また、芦峅寺側では、血の池地獄に堕した母のために、慈興上人が血の池の畔で『血盆経』供養儀礼を執行し、その功徳によって、母は如意輪観音になったという救母譚を伝えていた[60]。

21　石川県白山市・福井県大野市・岐阜県白川村など　白山

御前峰・大汝峰・剣ヶ峰から成る主峰部（白山三峰）と、その周囲の山峰を併せた総称だが、通常は白山三峰を指す。火山。養老元年（七一七）、越前出身の泰澄が開いたと伝える。九世紀には修験の行場として広く知られるようになり、天長九年（八三二）に加賀馬場（白山本宮白山寺〈現、白山市三宮白山比咩神社〉を中心とする）・越前馬場（白山中宮平泉寺〈現、勝山市平泉寺町白山神社〉を中心とする）・美濃馬場（白山中宮長滝寺〈現、郡上市白鳥町長滝白山神社〉を中心とする）を起点とする三つの禅定道が開かれたという。三馬場はいずれも白山修験の拠点として栄え、平安時代末期には天台宗延暦寺末となった[61]。

血の池は火口湖である。小林一蓁「白山禅定道と白山権現室堂」によれば、「現在山上には五つの池があり、その辺が地獄であった。鍛冶屋地獄、血之池地獄、不考《ママ》因地獄、紺屋地獄、油屋地獄」で[62]、『白山参詣曼荼羅』などの絵画資料には、それらが描かれている[63]。白山の血盆経信仰の実態がわかる資料は少ないが、沼賢亮は「白山修験と庶民信仰」において、美濃馬場に「産死者は白山の血の池に往く」という伝承があり、さらに木版刷りの『血盆経』が伝存していることから、立山同様、「白山においても、山中で産死者の供養が行われ、血盆経が用いられたであろう事は想像に難くない」と述べている[64]。なお、白山は女人禁制だった。

22　長崎県島原市・南島原市・雲仙市　雲仙岳

島原半島の中央部に位置する。狭義には普賢岳・国見岳・妙見岳のことで、広義にはその周辺の山々を含めた雲仙山系（複式火山）全体を指す[65]。なお、平成二年（一九九〇）から七年の噴火で、普賢岳東端から東斜面にかけて平成新山が形成された[66]。大宝元年（七〇一）、行基が開き、満明寺を建立したと伝える[67]。根井浄「温泉山信仰と島原修験」によれば、当寺は雲仙岳を拠点とする修験者が奉祀する雲仙（温泉）四面宮の別当だったが、中世末期、キリシタン衆徒のために荒廃し、寛永十四年（一六三七）に島原の乱で焼失、その後、島原城下にあった一乗院を移し、満明寺一乗院として再興された（真言宗御室派）。なお、一時解禁されていた時期もあったが、基本的には雲仙岳は女人禁制だったという[68]。

血の池は、絹笠山と矢岳の間の小盆地、ガスが噴出し熱湯が湧く雲仙地獄に所在する。この地獄で、キリシタンに対する拷問が行われた(69)。

百井塘雨『笈埃随筆』（享保十八年〈一七三三〉初刊）巻七「地獄」は、この地について、「藍屋の地獄は池水藍よりも青く、酒屋の地獄は美酒の色あり。血の池は朱の鏡の如し」等と書いている(70)。

23　大分県別府市野田　血の池地獄

別府の温泉は、市の西方に位置する火山塊、鶴見山（主峰は鶴見岳）の山麓に湧出する。播磨国書写山の性空上人（九一七〜一〇〇七）が、由布岳・鶴見岳に観音霊場を開いたと伝えられる。江戸時代には、鶴見岳から山頂を巡る峰入りが行われた(71)。

血の池地獄は、柴崎温泉の東の谷間に位置する。主に酸化鉄による赤色の熱湯である。『豊後国風土記』に出る「赤湯の泉」は、当地獄のこととされる(72)。「赤湯の泉。（中略）その周は十五丈ばかりなり。湯の色は赤くして涅あり。用ゐて屋の柱を塗るに足る。涅流れて外に出づれば、変りて清水と為り、東を指して下り流る。因りて赤湯の泉と曰ふ」（速見の郡）(73)。

下って、寺島良安『和漢三才図会』（正徳三年〈一七一三〉刊）巻五十六「地獄」には、「豊後速見郡野田村有下名二赤江地獄一者上方十余丈正赤湯如レ血流至二谷川一未二冷定一処有レ魚常躍游」（送り仮名略）とある(74)。天明三年（一七八三）に当地を訪れた古河古松軒は、『西遊雑記』に「血の地獄といふは湯のいろ赤し」と書いている(75)。これには「血の地獄」とあるわけだが、当池は「赤湯」「赤温泉」等と呼ばれることが多かったようで、血の池地獄としての信仰の実態があったのかどうかは、知ることができていない。なお、この池の泥からは、皮膚病治療薬「血ノ池軟膏」

が作られている。[76]

三

以上、各地の血の池地獄を見てきたが、現時点でその情報を把握しえたものにすぎず、これですべてではないだろう。自然現象なので、かつては赤かったが今は赤くない、池水が少なくなったなど、変化を来したものもある。また、「地獄」ではない血の池も各地に所在する（たとえば、愛知県美浜町野間大坊大御堂寺の「血池」は、源義朝の首を洗った池と伝える）。右掲の血の池も、「地獄」の称がついていないことがあるが、その近くに賽の河原や〇〇地獄という名称がある場合、血の池地獄と判断してよかろう。

血の池地獄の所在地の傾向や信仰の実態について、可能な範囲で簡単に整理しておく。

①火山地帯や温泉地に所在…1・2・3・4・7・13・14・15・17・18・20・21・22・23
②山岳修験霊場に所在…4・6・7・9・10・11・13・14・15・16・17・18・20・21・22
③山岳修験霊場だった可能性がある所に所在…2・3・5・8
④『血盆経』納経が行われていた…2・5・6・7・9・20
⑤『血盆経』もしくは護符を版行していた…2・6・17・18・20・21（美濃馬場）

①の数が多いのは、火山活動に関連して池水が赤くなることが多いのだから、当然である。[77]そうした山は修験者の行場となることが多かったので、②もまた、当然と言える。③には、当該地・寺院の前身を伝える話の中で、もと山岳修験霊場であった可能性を窺わせる所を挙げた。これらのほとんどは、現在は曹洞宗である[78]（17も曹洞宗）。

④の納経が行われていた所では版行もしていたはずであるが、資料的に確認できない事例もあるため、④と⑤とを分けた。

ほとんどの場合、いつから赤い池の血の池地獄への見立てが行われるようになったのか―すなわち、血盆経信仰がいつ当該地に及んだのか―は、はっきりしない。そもそも、血盆経信仰が広く流布するようになったのは、中世末期以降、この信仰が熊野比丘尼などの遊行宗教者の手に渡ってからのことであると推察され、立山で近世初期に血の池の称が現れているのは、比較的早い事例と言える。

時枝務は、「中世東国における血盆経信仰の様相―草津白根山を中心として―」[79]および、「山岳宗教と血盆経信仰」[80]において、「曹洞宗や浄土宗の僧侶も血盆経流布の重要な担い手であったことは疑い」ないものの、「山岳信仰と直結するようなかたちで展開している血盆経信仰は、そのほとんどが血盆経投入儀礼をともなうものであり、立山（天台宗）・立石寺（天台宗）・恐山（天台宗・真言宗・浄土宗・曹洞宗など）・白山（天台系修験）・大山（本山派修験）・日光（天台宗）・羽黒山（修験）・太平山（修験・曹洞宗）というように、圧倒的に天台宗や修験と関わるところが多く、血盆経投入儀礼の担い手として天台系修験を想定することは妥当であろう」と述べている[81]（引用は註80論文による）。

血盆経信仰は、むろん、山岳修験霊場だけに展開したものではないが、投入儀礼の有無はさておき、時枝が指摘するように、山岳信仰と結びついた事例においては天台系修験の影響が強かったらしきことは、右に掲げた各地の血の池地獄の信仰的背景からも了解できる。また、その後身が曹洞宗寺院になっている事例があることは、曹洞宗の動向および、血盆経信仰への関与という側面から、興味深いものと言える。

註

（1）血盆経信仰の詳細については、以下の拙稿を参照されたい。「血の池地獄の絵相をめぐる覚書—救済者としての如意輪観音の問題を中心に—」（『絵解き研究』6、一九八八・六。坂本要編『地獄の世界』渓水社、一九九〇・十二、に改訂稿収録）、「疑経『血盆経』をめぐる信仰の諸相」（『国文学解釈と鑑賞』55—8、一九九〇・八）、牧野和夫・高達「血盆経の受容と展開」（岡野治子編『女と男の時空—日本女性史再考』Ⅲ 女と男の乱—中世、藤原書店、一九九六・三）、「血盆経信仰の諸相」（『CASニューズレター』117、二〇〇三・三。慶應義塾大学アジア基層文化研究会「2001年度活動日誌」http://www.flet.keio.ac.jp/~shnomura/repo2001/koudate/youshi0122.htm）、「血の池地獄」（吉原浩人編『東洋における死の思想』春秋社、二〇〇六・七）、「血の池如意輪観音 再考—六角堂・花山院・西国三十三所の伝承から—」（『宗教民俗研究』16、二〇〇六・十二）、「地獄を語り、地獄を唄う—女性に関する唱導を中心として—」（林雅彦・小池淳一編『唱導文化の比較研究』人間文化叢書 ユーラシアと日本—交流と表象—、岩田書院、二〇一一・三）ほか。

（2）『血盆経』諸本には異同があり、大きくは以下の六種類に分けられる。
A「爾時目連尊者」で始まり、女性の堕獄理由を出産時の血とし、獄主が救済方法を示すもの。

B「如是我聞一時仏在鹿野園中」で始まり、女性の堕獄理由を出産時の血とし、獄主が救済方法を示すもの。

C「爾時目連尊者」で始まり、女性の堕獄理由を月経と出産時の血とし、獄主が救済方法を示すもの。

D「爾時目連尊者」で始まり、女性の堕獄理由を出産時の血とし、仏が救済方法を示すもの。

E「如是我聞一時仏在鹿野園中」で始まり、女性の堕獄理由を出産時の血とし、仏が救済方法を示すもの。

F「爾時目連尊者」で始まり、女性の堕獄理由を月経と出産時の血とし、仏が救済方法を示すもの。

以上のほか、陀羅尼や願文の有無や細かな語句の違いもある。管見の範囲では、中国の伝本と日本中世の伝本は、すべてAに属す。また、曹洞宗寺院で版行されたものは、Eが多いようである。

（3）「地獄谷」（『角川日本地名大辞典』1北海道上、角川書店、一九八七・十）、「北海道ってどうですか？ ★登別観光」http://www.hk-01.net/noboribetsu.html（二〇一四・八・十一アクセス）。

（4）「恐山」「恐山火山」「恐山信仰」「恐山菩提寺」（『青森県百科事典』東奥日報社、一九八一・三）。

（5）日本温泉文化研究会編『温泉の文化誌』（論集【温泉学Ⅰ】、岩田書院、二〇〇七・六）所収。なお、稲田道彦

「地獄の風景の構図」（中村和郎・岩田修二編『地誌学を考える』古今書院、一九八六・九）は、江戸時代には名称のつけられた場所がかなりあったが、明治以降大規模に行われた硫黄採掘によって地獄地帯の活動が弱まり、その数が減っていったことを指摘している。

（6）北の街社、一九八六・七。

（7）「山内巡り」（宮本袈裟雄・高松敬吉『山と信仰　恐山』佼成出版社、一九九五・六）。

（8）松岡秀明「我が国における血盆経信仰についての一考察」（『東京大学宗教学年報』Ⅵ、一九八九・三。総合女性史研究会編『女性と宗教』日本女性史論集5、吉川弘文館、一九九八・二、に再録）。

（9）「鬼首盆地」「地獄」（河北新報社宮城県百科事典編集本部編『宮城県百科事典』河北新報社、一九八二・四）、宮城の旅「片山地獄」http://miyagitabi.com/oosaki/katayamajigoku/（二〇一四・八・十一アクセス）。

（10）鳴子町史編纂委員会編、宮城県玉造郡鳴子町役場、一九七四・五。

（11）「高松」「高松川」（『角川日本地名大辞典』5秋田県、一九八〇・三）、「川原毛」（『日本歴史地名大系』5秋田県の地名、平凡社、一九八〇・六）、「三途川渓谷」「川原毛地獄」（『ふるさとの文化遺産　郷土資料事典』5秋田県、人文社、一九九八・二）、ＭＳＮ産経フォト「ＣＡＰＰＵＣＣＩＮＯ vol.27 地獄の中の極楽〝川原毛地獄〟」http://photo.sankei.jp.msn.com/girls/data/cappuccino/27zigoku/（二〇一四・八・十四アクセス）。

（12）内田武志・宮本常一編『菅江真澄全集』5（未来社、一九七五・十一）。

（13）錦仁「秋田県南部の伝承新資料〈翻刻と考察〉―目連・慈覚・小町に関するもの八種―」（『秋田大学教育学部研究紀要　人文科学・社会科学』41、一九九〇・二）、『浮遊する小野小町　人はなぜモノガタリを生み出すのか』（笠間書院、二〇〇一・五）。

（14）詳細は前掲拙稿「地獄を語り、地獄を唄う―女性に関する唱導を中心として―」ならびに、吾川良和「チョンガレ系目蓮盆踊唄初攷」（『言語文化』41、二〇〇四・十二、一橋大学機関リポジトリＨＥＲＭＥＳ―ＩＲ　http://hdl.handle.net/10086/15499）を参照されたい。

（15）錦前掲書。

（16）『〈改訂版〉全国寺院名鑑』（全国寺院名鑑刊行会、一九七五・二）。

（17）山形県編・発行『山形県史』資料篇17近世史料2（一九八〇・二）。

（18）「出羽三山」「出羽三山信仰」（山形放送〈株〉・山形県大百科事典事務局編『山形県大百科事典』山形放送株式会社、一九八三・六）、「出羽三山」（『日本歴史地名大系』6山形県の地名、一九九〇・二）。
（19）岩鼻通明「出羽三山の参詣路―史料にみる山中の地獄と浄土の世界―」（『研究資料集』15、山形郷土史研究協議会、一九九三・三）、『出羽三山の文化と民俗』（岩田書院、一九九六・八）。
（20）岩鼻通明「旅日記にみる羽黒山の女人救済儀礼」（『村山民俗』13、一九九九・六）。
（21）稲田道彦前掲註5論文。信仰の実態については未詳。
（22）前掲註18と同。
（23）戸川安章解説『羽黒 月山 湯殿 三山雅集』（東北出版企画、一九七四・八）。
（24）「森山」（『日本歴史地名大系』6山形県の地名）、文化庁国指定文化財等データベース「記録作成等の措置を講ずべき無形の民俗文化財：庄内のモリ供養の習俗　詳細解説」http://kunishitei.bunka.go.jp//bsys/explanation.asp（二〇一四・八・十八アクセス）。
（25）エビスヤ書店、一九八六・九。本書については、錦仁氏よりご教示を賜った。
（26）同前書。
（27）岩崎敏夫編『東北民俗資料集』8（萬葉堂書店、一九七九・十一）。
（28）「立石寺」（『角川日本地名大辞典』6山形県、一九八一・二）、「立石寺」（『日本歴史地名大系』6山形県の地名）。
（29）稲垣泰一編『寺社略縁起類聚』Ⅰ（勉誠社、一九九八・一）。
（30）保砿会、一九〇一・十一。
（31）「飯豊山」（大島建彦ほか編『日本の神仏の辞典』大修館書店、二〇〇一・七）、会津喜多方地域資源活用プロジェクト「飯豊山の愛（めぐみ）」「飯豊山の歴史」http://www.kitakata-kanko.jp/iidesannomegumi/outline/history.php（二〇一四・八・十九アクセス）。
（32）『日本の石仏』58（一九九一・六）。
（33）「賀毗礼高峰」（『角川日本地名大辞典』8茨城県、一九八三・十二）、御岩神社「御岩神社神社紹介」http://www.oiwajinja.jp/jinjasyoukai.html（二〇一四・八・十八アクセス）。
（34）前掲註32と同。

（35）「岩船山」「高勝寺」（『角川日本地名大辞典』9栃木県、一九八四・十二初版、一九九六・九3版）、「高勝寺」（『ふるさとの文化遺産　郷土資料事典』9栃木県、一九九七・三）。
（36）「白根山」（『日本歴史地名大系』9栃木県の地名、一九八八・八）。
（37）丸沼高原総合案内「日光白根山登山・史跡・自然散策」http://www.marunuma.jp/nature/（二〇一四・八・十八アクセス）。
（38）「たかたかのトレッキング　丸沼高原ロックガーデン」二〇一四・七・二十五　http://blog.goo.ne.jp/mamanjiyun326you/e/16f605a1022d6fd6379748a847115475（二〇一四・八・十八アクセス）掲載の写真による。
（39）「赤城山」（『日本歴史地名大系』10群馬県の地名、一九八七・二）、「赤城小沼」「赤城山」「赤城神社〈宮城村〉」（『角川日本地名大辞典』10群馬県、一九八八・七初版、一九九一・二2版）。
（40）丸山知良「赤城山信仰」（『日光山と関東の修験道』山岳宗教史研究叢書8、名著出版、一九七九・七）。
（41）『群馬文化』265（二〇〇一・一）。本論文は、山田厳子氏よりご教示いただいた。田中英雄「姥神の座所―修験の山からの一考察―」（前掲註32）には、赤城山は「山頂を形成する外輪山の一つ地蔵岳を中心に、全山地獄としてとらえられていたようで、血の池、六道の辻、姥子峠などの地名が残」るとある。
（42）http://protist.i.hosei.ac.jp/pdb/sampling/2013/0728/index-6.html（二〇一三・八・十四アクセス）。
（43）「箱根山」（『日本歴史地名大系』14神奈川県の地名、一九八四・二）。
（44）日本温泉文化研究会編『湯治の文化誌』（論集【温泉学Ⅱ】、岩田書院、二〇一〇・六）。
（45）雄山閣編輯局編『大日本地誌大系　新編相模国風土記稿』2（雄山閣、一九三二・十一）。
（46）「長谷寺」（『日本歴史地名大系』19山梨県の地名、一九九五・十一）。
（47）甲斐叢書刊行会編『甲斐叢書』6（第一書房、一九七四・十一）。
（48）『甲斐路』100（二〇〇二・二）。
（49）「笛吹市探訪　シリーズ第46回　笛吹市の史跡⑤菩提山長谷寺（春日居町鎮目）」（『広報ふえふき』52、二〇〇九・一　http://www.city.fuefuki.yamanashi.jp/file/4/4a48745a2142a.pdf〈二〇一四・八・十八アクセス〉）。
（50）「五頭山」「五頭連峰」（『角川日本地名大辞典』15新潟県、一九八九・十）、新潟県WEB観光案内所「華報寺（五頭温泉郷・出湯温泉）」http://niitabi.ehoh.net/agano/kahou.html（二〇一三・九・十四アクセス）。

(51) 松崎『地蔵と閻魔・奪衣婆―現世・来世を見守る仏―』(民衆宗教を探る、慶友社、二〇一二・九)。
(52) 「妙高信仰」(野島出版編集部編『新潟県県民百科事典』野島出版、一九七七・十)、「妙高山」(『日本歴史地名大系』15新潟県の地名、一九八六・七)。
(53) 大場厚順「妙高山信仰の変遷と修験行事」(鈴木昭英編『富士・御嶽と中部霊山』山岳宗教史研究叢書9、名著出版、一九七八・四)。
(54) 安達恩「妙高山信仰と年中行事―関山権現火祭と梵天祭―」(同前)。
(55) 「血ノ池洞穴」(『新潟県県民百科事典』)。
(56) 創元社、一九七七・八。
(57) 富山県［立山博物館］編・発行『富山県［立山博物館］常設展示総合解説』一九九一・十一)、「立山」「雄山」(『日本歴史地名大系』16富山県の地名、一九九四・七)。
(58) 「血の池」(富山新聞社大百科事典編集部編『富山県大百科事典』富山新聞社、一九七六・八)、『富山県［立山博物館］常設展示総合解説』(同前)、「室堂平」「地獄谷」(『ふるさとの文化遺産　郷土資料事典』16富山県、一九九七・七)。
(59) 高瀬重雄『立山信仰の歴史と文化』(高瀬重雄文化史論集1、名著出版、一九八一・三)。江戸時代後期の資料によると、この堂には、血の池地獄の救済者たる如意輪観音が祀られていた。
(60) 弘中(高達)奈緒美『越中立山における血盆経信仰』Ⅰ・Ⅱ(富山県立山博物館調査研究報告書、富山県［立山博物館］、一九九二・三、一九九三・三)、高達「血盆経信仰霊場としての立山」(『山岳修験』20、一九九七・十一)。
(61) 「白山」(『角川日本地名大辞典』17石川県、一九八一・七初版、一九八八・五再版)、「白山」(『日本歴史地名大系』17石川県の地名、一九九一・九)、「白山神社」(『角川日本地名大辞典』18福井県、一九八九・十二初版、一九九一・九3版)、「白山長滝神社」(『角川日本地名大辞典』21岐阜県、一九八〇・九)。
(62) 『びぞん通信』35(一九七五・十一)。
(63) 小阪大「白山曼荼羅図からみた加賀禅定道」(『山岳修験』48、二〇一一・八)。
(64) 『印度学仏教学研究』36、一九七〇・三　https://www.jstage.jst.go.jp/article/ibk1952/18/2/18_2_623/pdf (二〇

一四・十・七アクセス)。
(65)「雲仙山系」(『角川日本地名大辞典』42長崎県、一九八七・六)。
(66)「雲仙岳」(『百科辞典　マイペディア　電子辞書版』日立システムアンドサービス、二〇〇六)。
(67)「雲仙岳」(長崎新聞社長崎県大百科事典出版局編『長崎県大百科事典』長崎新聞社、一九八四・八)。
(68)『英彦山と九州の修験道』(山岳宗教史研究叢書13、一九七七・十二)。
(69)「雲仙地獄」「雲仙の殉教」(『長崎県大百科事典』)。
(70)日本随筆大成編輯部編、日本随筆大成第二期第六回、日本随筆大成刊行会、一九五五・十一。
(71)「鶴見山」(『日本歴史地名大系』45大分県の地名、一九九五・二)。
(72)「血の池地獄」(同前)。
(73)植垣節也校注・訳『風土記』(新編日本古典文学全集5、小学館、一九九七・十)。
(74)和漢三才図会刊行委員会編『和漢三才図会』上(東京美術、一九七〇・三初版、一九七九・十一8版)。
(75)本庄栄治郎編纂代表『近世社会経済叢書』9(改造社、一九二七・二)。
(76)別府血の池地獄公式サイト　http://www.chinoike.com/　(二〇一四・八・十一アクセス)。
(77)ちなみに、赤い池ではないものを血の池地獄に見立てて、『血盆経』が投入された例もある。たとえば、群馬県草津市草津町白根山湯釜から柿経『血盆経』が発見されており(時枝務「中世東国における血盆経信仰の様相―草津白根山を中心として―」〈『信濃』36―8、一九八四・八〉ほか参照)、曹洞宗における血盆経信仰の中心寺院であった千葉県我孫子市正泉寺では、かつて、お産で死んだ女性などのために近くの川辺で川施餓鬼を催し、『血盆経』を流したという(武見李子「『血盆経』の系譜とその信仰」〈『仏教民俗研究』3、一九七六・九〉)。
(78)曹洞宗寺院の中には、荒廃した寺院を再興し、その際、前身寺院の信仰・伝承を取り込んだ例が多くある。このことについては、松崎前掲註51論文や、堤邦彦「竜女成仏譚の近世的展開」(『近世説話と禅僧』和泉書院、一九九九・二)等で指摘されている。
(79)前掲註77に既出。
(80)時枝『修験道の考古学的研究』(雄山閣、二〇〇五・四)。
(81)引用文中の「大山」は神奈川県伊勢原市・秦野市・厚木市にまたがる大山のことで、その南麓の蓑毛に「萬霊為血盆」と刻した地蔵石像があるが（時枝「石仏と血盆経信仰―大山山麓蓑毛の地蔵尊をめぐって―」〈『日本の石仏』32、一九八四・十二〉）、血の池は存在しない。また、「日光」は輪王寺で『血盆経談義抄』（正しくは『血盆経談義私』）を所蔵していること、「太平山」は同山を管理していた秋田市太平の源正寺が『血盆経』を版行していたことに基づくかと思われるが（前掲註77・80論文掲載の「血盆経分布」表による）、これら三箇所で投入儀礼が行われていたと判断するには、根拠が乏しかろう。

［付記］
写真掲載のご許可を下さった恐山菩提寺、ご教示を賜った諸氏に、心より御礼申し上げる。

吉野の夏祭り

――蓮華会の意義考察――

玉本太平

はじめに

年間の自然の変化や推移が毎年、定期的にわかるように、春夏秋冬をさらに細かく分けた二十四節気という自然に従った素晴らしい感覚を持ちあわせ、日本人は心の豊かな生活を送ってきたといえる。四季をそれぞれ六等分しており、夏の季節は立夏、小満、芒種、夏至、小暑、そして大暑となる六候でできている。小暑とは、暑さが厳しくなりますよ、本格的な暑さが始まりますよ、という七月七日ころのことである。毎年、丁度この七月七日に合わせたように、吉野山金峯山寺蔵王堂で催されるのが、蓮華会の中心的行事といえる蛙飛び（図1）である。蔵王堂の護符（図2）には蓮華と蛙がシンボルとして描かれていることからしても、蓮華会の存在は大きなものといえよう。昭和三十三年一月から六月の間に、百六十七回にわたって大和タイムズ紙上に連載された大和の民俗の記事、『大和の民俗』の第百十八番に、この行事の概容が取り上げられている。これをそのまま紹介することで、どのような催しであるかを把握していただけよう。この記事は、紙面の都合もあったのではあろうが、かなり荒っぽい表

図１　蓮華会で行われる蛙飛び（2009年７月７日、筆者撮影）

◀図２　金峯山寺の護符（おふだ）
蛙飛び終了後に配符される。

現の中に冷静な考察をしている、と評価できよう。掲載された記事は以下の通りである。（全文掲載のまま）

吉野山の修験道本山の蔵王堂で、七月七日に蓮華会が催される。この日、高田市奥田（旧、天満村）のハス池に咲いたハスの花が奉納される。以前は数十人の村人や山伏たちが行列を整え、はるばる吉野山へ登ったが、今では電車で来て、ロープウエイの終点で列を作り、蔵王堂に練り込むことになった。一方、竹林院からミコシに乗ったカエル（青年が青いカエルの衣装を着たもの）が山をおりてきて本堂の中に入り、法力によって人間に立ち返らせる法要をする。寺伝によると、白河天皇の御代に、不心得な男が山伏を侮辱したので、ワシの岩屋にさらわれた。この男はこりて後悔したので、ある山伏がかりにカエルの姿に変えて岩屋から救い出し、蔵王権現の宝前で祈願したところ、その法力によって再び人間に立返ったという。この行事はその実演である。

古代人は土地の精霊の存在を信じ、それをいろいろな動物の形で想像していた。別の言葉でいえば、諸動物を地霊として考え、それが人間界に姿を現すときに、動物の形を取るのだと考えていた。古代語ではこの精霊をモノという。こういう精霊が人間界に出現するに当たっては、きわめて大きい形、醜悪な形、ときにはあり得べからざる形を取ったりする。ニジや龍巻きなどの気象現象もその出現の一つの形式であった。ところが、人間は神の力によって常に守られ、完全に生命を終ったときに神に昇華するから、彼等はこれをうらやみ、人間生活を妨げようと常にねらっている―こういうふうに思っていた。地震や暴風を起したり、病虫害で農作物を台なしにするのも、彼らのしわざとみていた。多くの人間は死んで神になるのに反して、完全に神となることができないで、地上にとどまっている霊物が、いろいろな伝説のつきまとっている巨石巨岩であり、大木である。大きなヘビもカエルも、いずれも霊物である。それが神になることができないで人間界をさまよい歩き、人の生活のジャマをする。蔵王堂のヒキガエルもおそらくこの種の神になり得なかった霊物だと思われる。それが仏教ふうに、成仏できないものとして蔵王権現の法力によって救われるという形式を取っているのである。だからこのヒキガエルを、醜い巨大な地霊だと考えると、この行事の原意を知ることができると思う。

この『カエル飛び』は、数多い諸国の年中行事の内でも、そのグロテスクな点で、類まれな興味深いものである。おそらく、今後はますます有名になって、日本的な行事となるに違いない。東北地方で行われるナマハゲ系統の小正月行事と好一対をなすもので、もっと世間にも、学会にも、知られてよいものと考える。古代人の考えた精霊及びそれと人間との関係、こういうきわめて古い時代の霊魂観念を研究する上に、唯一といっても過言でない行事だろう。もちろんこれは太古からそのまま伝わったものではなく、近代化した点や、仏教教理との習合があるにしても、十分にその原意をたどることができる。しかし学問のうえからは別として、ただ見ているだけでもおもしろい。節分の鬼などよりもその姿や動作に愛敬があり、人間味があって、思わず笑い出さずにはおられない。（金鐘高校教諭・笹谷良造）

このように、新聞紙上でも、昭和三十年代当時の蛙飛びという行事の様子を読者の関心を大いに引けるような説明をしており、この記事から五十六年を経過した今年も、同じ蛙飛び行事が行われていることに、この行事の魅力を認めざるを得ないのである。

図3　大和高田市奥田の蓮取り行事　捨篠池で採取された蓮は、弁天神社で護摩供養された後に吉野山へ向かう。（2010年7月7日、筆者撮影）

吉野山の金峯山寺では、二月三日の節分会・鬼火の祭典、四月十日に始まる花供懺法会・花供会式に続き、七月七日に行われるのが蓮華会である。唱導・伝承を伴った蛙がクローズアップされ登場するのが蓮華会であり、吉野山からは少し離れた大和高田市奥田において、同日の午前中に催される蓮取り行事（図3）は、今では蓮華会の前座ともいえる祭典となっている。この蓮取り行事とのつながりも含め、金峯山寺の蓮華会の歴史的な流れを繙いておきたい。金峯山寺が、金峯山修験本宗、その本尊が金剛蔵王大権現であることからも、当然、蓮華会は修験道に関わる行事であり、修験道の開祖といわれる役行者に関わるものであるため、役行者についての言及を避けるわけにはいかない。

一　修験道と役行者

わが国には、祖先神や自然神を尊崇する古来の民間信仰があり、山を神が宿るところ、祖先の霊が住むところ、として山を神聖視する考えがある。これが日本人としての生活の基本となっているという考え方もできよう。日本古来の山岳信仰が、山岳における修行を重視する仏教や道教の影響を受けて、独自の宗教として、平安時代末ころに成立したのが修験道であるということは周知の通りである。[1] すでに、奈良時代以前に、神霊と交渉したり、人の能力を超越した能力を獲得・発揮することを山岳において身につけること、つまりは験力を得る者が修験者であり、修験を試みた僧尼が呪術を使って病人を治療したり、人の吉凶を占ったりしていたことを窺い知ることができる。超越した呪術を使った代表的な修験者が役小角であり、後に彼は修験道の祖として神格化された存在となる役君小角、つまり役行者であり、「役行者神変大菩薩御一代絵伝」（図4）なるものもある。『続日本紀』[2] 巻第一文武天皇三年（六九九）の条に、

　丁丑《二十四日》、役君小角《えんのきみをづの》、伊豆嶋《いづのしま》に流さる。初《はじ》め小角、葛木山《かづらぎのやま》に住みて、呪術《じゆじゆつ》を以《もち》て称《ほ》められる。外従五位下韓国《からくに》連広足《ひろたり》が師《し》なりき。後《のち》にその能《のう》を害《そこな》ひて、讒《しこ》づるに妖惑《えうわく》を以てせり。故《かれ》、遠き処《ところ》に配《なが》さる。世《よ》相伝《あひつた》へて伝はく、「小角能《よ》く鬼神《くゐじん》を役使《やくし》して、水を汲《く》み薪《たきぎ》を採《と》らしむ。若《も》し命《めい》を用ゐずは、即《すなは》ち呪《じゆ》を以て縛《しば》る」といふ。

と記されており、私度の禁止や呪術を用いた民衆布教の禁止、僧尼の破壊行為の禁止などを規定した当時の「僧尼令」の刑罰規定に違反した者として、小角は流罪になっていることからも、彼は世にかなりの影響力のあった人物であるといえるのである。

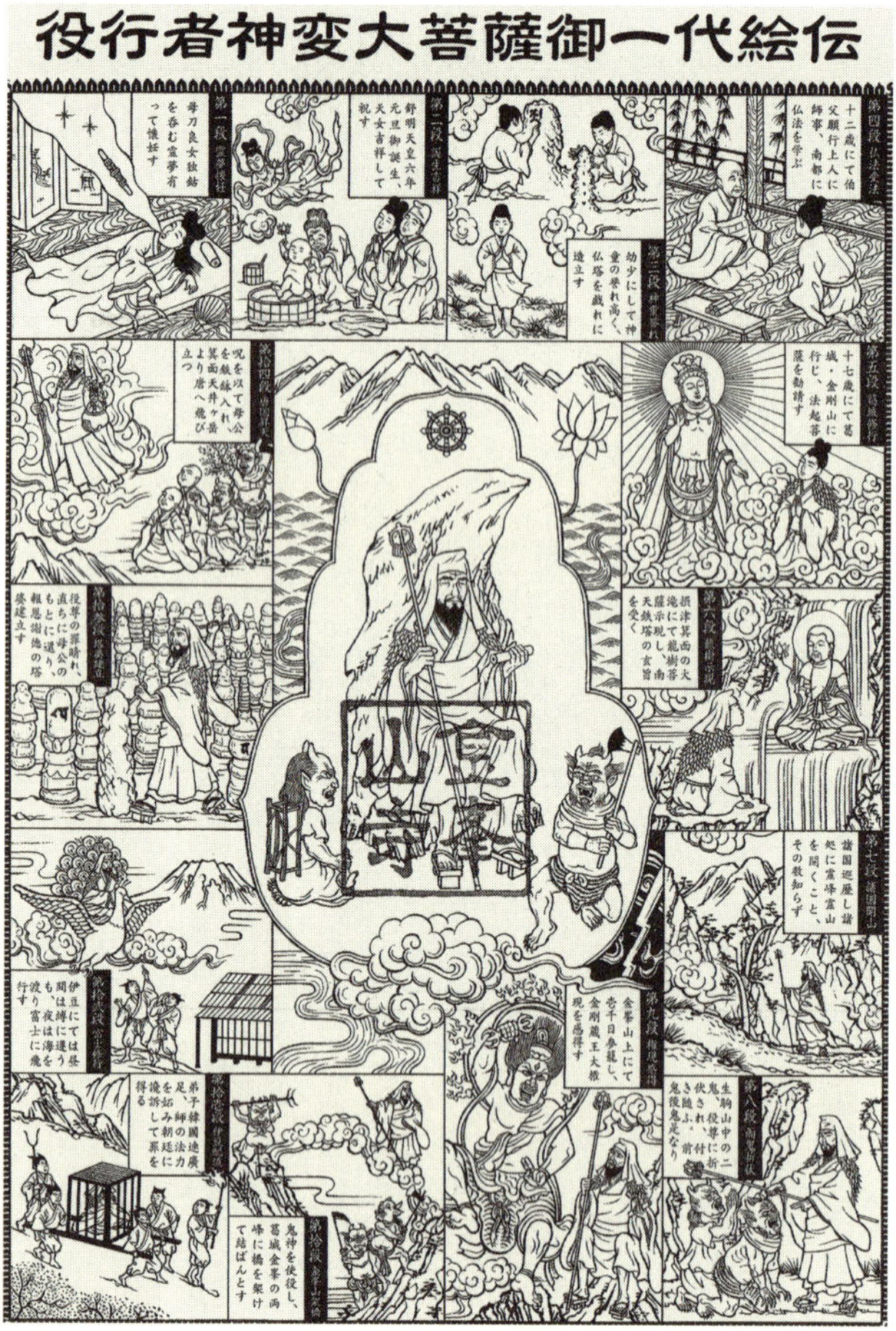

図４　役行者絵伝　2010年７月７日の蓮取り行事会場で筆者が入手した金峯山寺制作のもの。役行者の生涯を曼荼羅として描いている。

この小角に関する記述は、史書とされる『続日本紀』に取り上げられている事件ではあるが、すでに右記の引用の中に、「世相伝へて伝はく」とあり、役君小角に関しては、この時すでに、史実とは離れた記述も含まれているとも判断できるのである。さらには、以降の様々なできごととつながり、人間像が膨らまされ、九世紀の前半に表された『日本霊異記』[3]の上巻第二十八話として、小角は次のごとく役の優婆塞として登場することになるのである。

役《え》の優婆塞《うばそく》は、賀武《かも》の役《え》の公《きみ》、今の高賀武《たかかも》の朝臣《あそみ》といふ者《ひと》なりき。大和国葛木上郡茅原《やまとのくにかづらきのかみのこほりちはら》の村の人なりき。生《うま》れながらに知り、博学なること一を得たり。仰ぎて三宝を信じ、之を以て業《わざ》と為《せ》り。毎《つね》に庶《ネガ》ハクハ五色の雲に挂《カカ》リテ、仲虚《なかぞら》の外に飛び、仙宮の賓《まらうど》と携《タヅサハ》リ、億載の庭に遊び、蘂蓋《ずいがい》の苑《その》に臥伏《ふ》し、養生の気を吸《ス》ヒ噉《くら》はむとねがひき。所以《そゑ》に晩《ク》レニシ年四十余歳を以て、更に巌窟《イハヤ》に居り。葛《かづら》を被《かがふ》り、松を餌《の》み、清水の泉を沐《あ》み、欲界の垢を濯《スス》ギ、孔雀の咒法を修習して、奇異の験術を証《あか》し得たり。鬼神を駈《お》ひ使い、得ること自在なり。諸《もろもろ》の鬼神を唱《いざな》ひ催《モヨホ》シテ曰はく、「大倭国《やまとのくに》の金《かね》の峯《タケ》と葛木《かづらき》の峯《たけ》とに椅《はし》を度《わた》して通はせ。」といふ。是《ここ》に神等《かみたち》、皆、愁へて、藤原の宮に宇御《あめのしたをさ》めたまひし天皇《すめらみこと》のみ世に、葛木の峯《たけ》の一語主《ひとことぬし》の大神、託《くる》ひ讒《しこ》ぢて口《まう》さく、「役《え》の優婆塞、謀《はかりごと》して天皇を傾《かたぶ》けむとす」とまうす。天皇勅《みことのり》して、使《つかひ》を遣はして捉《とら》ふるに、猶《なほ》し験力に因りて輙《タヤス》ク捕《とら》へられぬが故に、其の母を捉へき。優婆塞母を免れしめむが故に、出《い》で来て捕《とら》へられぬ。即《すなは》ち之を伊図《いづ》の嶋《しま》に流しき。時に、身は海上に浮びて、走ること陸《をか》を履《ふ》むが如し。体《からだ》は万丈に踞《うずくま》り、飛ぶこと翥《はふ》る鳳《おほとり》の如し。昼は皇《おほきみ》に随《したが》ひて嶋に居て行ふ。夜は駿河《するが》の富岻《ふじ》の嶺《タケ》ニ往きて修す。然《しか》れども斧鉞《ヲノマサカリ》の誅《つみ》を宥《カク》レテ朝《みかど》の辺《あたり》に近づかむことを庶《ねが》ふが故に、殺剣の刃《は》に伏して、富岻《ふじ》に上る。斯《こ》の嶼《しま》に放たれて、憂ひ吟《によ》ふ間に、三年に至れり。是《ここ》に慈《いつくしび》の音《こゑ》に乗り、太宝の元年の歳の辛丑《かのとうし》に次《やど》る正月《むつき》に、天朝《みかど》の辺に近づき、遂《つひ》に仙と作《な》りて天に飛びき。吾が聖朝《みかど》の人、道照法師、勅《みことのり》を奉《うけたまは》りて、法を求めむとして太唐に往きき。法師、五百の虎の請を受けて、新羅《しらぎ》に至り、其《そ》の山中に有りて法花経を講じき。時に虎衆《とらども》の中に人有り。倭語《わご》を以て問を挙げたり。法師、「誰そ」と問ふに、役《え》の優婆塞《うばそく》なりき。法師、「我が国の聖人なり」と思ひて、高座より下りて求むるに无《な》し。彼《か》の一語《ひとこと》主《ぬし》の大神は、役の行者に咒縛《じゆばく》せられて、今に至るまで解脱《げだつ》せず。其の奇《くす》しき表《しるし》を示ししこと多数《あまた》にして繁きが故に略すらくのみ。誠に知る、仏法の験術広大なることを。帰依《きえ》する者《ひと》は必ず証得せむ。

修験道の祖と崇められる役行者は、『続日本紀』おいて、小角として最初に登場し、後には仏教説話集である『三宝絵詞』『本朝神仙伝』『今昔物語集』『古今著聞集』、文学書の『本朝文粋』、史書の『扶桑略記』『水鏡』『帝王編年記』、歌学書の『俊秘鈔』『奥義抄』など、様々な文献に人の力を超えた人物として記されることになるが、これらの記述の元となっているのは、先にあげた『続日本紀』巻第一文武天皇三年（六九九）の条と、役の優婆塞として登場する『日本霊異記』上巻第二十八話である。

修験道の祖とされる役小角、役優婆塞、つまり役行者に深く関わる蓮華会の中で、民衆化した催しが蓮取り行事と蛙飛び、といえよう。これらが行われるようになった時代はいつごろからであったのか、その歴史を繙き、その上で、特に最近の蛙飛びの様子を考察することで、蓮華会の今日的意義を探っていきたい。

二　蓮華会の縁起

蓮華会は、鎌倉時代に成立の『金峯山草創記』[4]によると、

蓮華会六月十日於㆓蔵王堂㆒堂衆修㆑之。

とあり、六月十日に行われていたことがわかる。では、どのようなことが行われていたか、との問いにはこの記録からだけでは推測にとどまるしかない。しかし、蓮華会が鎌倉時代に催されていたことだけは知ることができる。ではどのようなことが行われていたのかを窺えるのは、室町時代初期に成立した『当山年中行事条々』[5]の六月の条

にある、

同九日。禅衆之役ニテ蓮華ノ迎ニ下向。往古ハ奥田ニテ延年在之。近年者丈六堂マテ下向シ、蓮華ヲ蔵王堂奉入。其夜験競アリ。番張等堂家方役。

という記録である。室町時代には六月九日に奥田で延年が行われており、その奥田で取った蓮の花が、吉野山の入り口である丈六堂に運ばれ、吉野山の僧がこれを丈六堂まで受け取りに向かい、金峯山寺に奉納して、夜には験競を含む蓮華会が行われていたということである。蓮の花が採取される奥田には善教寺という真宗の寺院があり、この寺の前身であった古寺に行者堂が祀られていたとのことで、この行者堂は現在は福田寺行者堂となっている（図5・6）。行者堂が大峯山の開祖、役行者の母である刀良売《トラメ》の住んだ所と伝えられ、これらの寺と共存する弁天神社の弁天池の水を役行者が産湯として使ったという伝承および、この後の役行者が、金峯山上にて金剛蔵王大権現を感得した、という伝承から、この池の蓮華を大峰山に献じることになったのである。また、母刀良売は弁天池の蛙を傷つけてしまったことがあり、蛙供養が蓮取り行事に結びつき、さらには蛙飛びの行事にもつながって、一連の祭事として発展した面もあるのではなかろうか。

延年や験競に関しては後述するが、このように、金峰山寺で今年も行われた形式の蓮華会の起源は、なんと、遅くても室町前期に始まったことを窺い知ることができるのである。そして、蔵王堂で行われる験競とは蛙飛びであると言及されている。

続いて江戸時代の正徳三年（一七一三）に成立した『滑稽雑談』(6)の巻之十一目録六月部上の中で、

吉野蛙飛九日　当山の蓮華会也吉野郡の内蓮池と云所より毎年蓮華を蔵王へ奉る也此花を箱に植て轅をかけ九日の早旦に神輿を舁ぐごとくにして山中を持ちありく続いて在家の者の子供に母衣を負たる練り物を渡す夜に

図５　**福田寺行者堂入口**　（2013年７月７日、筆者撮影）

図６　**福田寺行者堂内**　蓮は弁天神社での護摩供養の前にしばらく行者堂内に置かれる。（2013年７月７日、筆者撮影）

入りて当山の僧徒蔵王堂前にて行法あり其刻下つかひの者に蛙の形を作らせ堂後に入その形真に蝦蟇のごとし行法終りてかの僧四人檀四《（ママ）》のあたりを檜扇にて招き蛙をまねくに後堂より飛出四口の僧の膝下をめくり飛ふりむを強く祈り責る次第に責られて堂内を逃あるくを難なく祈り殺す其後戸板に舁て堂外に出し湯水をかけて蘇生すると也譬へハ洛北鞍馬の蓮華会もおなし

と記されており、蛙飛びの存在とその祭りの様子を窺い知ることができる。また時代によっては、行事が六月九日であったり、十日であったりと一日の違いが見受けられるものの、遅くても、一七〇〇年代初頭には、現代にも行われている蓮取り行事と蛙飛びを含めた蓮華会が全国的に知られた祭事となっており、今年に引き継がれていると理解できるのである。当時は、蛙飛びは夜に行われ、四人の僧が蛙を祈り殺し、殺した蛙を室外に出して湯水を掛けて蘇生させる、という再生を演出する荒業であった。修験僧の験競であり、修験者の験力を公開することが、蓮華会の大きな目的の一つとして恒例化していたといえよう。

ここで、延年と験競に関して述べておこう。五来重編『講座日本の民俗宗教6　宗教民俗芸能』を参考にすると、おおよそ次のようなことである。

延年とは仏者によっておこなわれる仏教芸能であるが、その内容は極めて雑多で仏教以前の神楽・田楽などの神事芸能や舞楽、散楽も含み、開口、白拍子、風流などだけでは規定できないものである。山伏の験競をともなうことが多く、験競を含めて延年とする場合もある。後には験競が芸競の観を呈するようにもなった。延年は山伏の必須の修行に数えられることになったもので、十界修行の中の天道の修行は延年であったと言われる。十界修行は大峯修験によって完成され、全国の修験の山、また修験的身分の僧侶の住む一山寺院につたえられたものであろう。延年と称して芸能を習得することは、山伏の必須の修行であった。その結果、芸能者としての呪師、遊僧、児が出ることになる。また、山伏は修行中の過失には罰として延年を課せられることになっており、このことは彦山の阿吸坊即伝の『三峯相承法則密記』巻下の「過延年事」に記されている。延年を辞退または欠席したために、過失に問われた「過失書」が残されていることも多数確認できる。つまり、延年が修験身分と密接な関係にあったことがわかるのである。修験道では原則として春、夏、秋、冬の四季入峰があるが、それぞれの出峰にあたって、修行中に身につけた験力を競い、さらに慰労のための酒宴と芸能があって延年とよばれた。

金峯山寺の蓮華会は小暑に行われ、正に夏の峰入の時季である。夏の峰入が終わってどれだけの験力がついたかというよりも、時季的には、夏の峰入前にどれだけの験力のある者が峰入する修験者なのかを示す行事と考えた方が相応しいのかもしれない。また、身近な存在、地霊として蛙を登場させることは、多くの雨が必要となる時季でもあり、極めて自然で、民衆に受け入れやすい動物であったといえよう。古代から蛙の登場は多く、『古事記』(7)上巻の大国主神の条に、

爾、多邇且久白言

とあり、タニグク、つまりは蛙が、大国主神に従う諸々の神の一神として登場している地霊である。また、『日本書紀』巻第十応神天皇十九年の条に、

毎取山菓食、亦煮蝦蟆上味。名曰毛瀰

とあり、吉野山からほんの五、六キロ離れた国樔では、蛙を煮て食べ、この蛙をモミと呼んでいたことが記されている。これらのことからも、蛙は神聖なものでありながら人の生活に根付いた、不可避で親しみのある存在であったのである。また一方、初期の験競に見えるのと同じように、『鳥獣戯画』の丙巻や丁巻に描かれている通り、祈り殺す、祈り生かす、の競技・競争にも駆り出される悲哀の動物でもあった。後の験競では、燧石で火を打ち出す遅速を争い、柱松の点火を競い、跳躍の高さを競うような余興の対象にもなっている。

『滑稽雑談』に引き続き、江戸時代後期の文化三年(一八〇六)に発刊の『諸国図会年中行事大成』(8)六月の行事紹介は、

蛙飛神事　大和国吉野蔵王堂前に於て、これを行ふ。先蛙役人二人堂の傍に蹲踞す。法花方懺法方の両院立

会て行法あり。深更に至て、蛙役の者忽然として蛙の這ふが如く、又飛揚る事五尺六尺余にして、神前の油等を嘗る事なり。同夜、行法畢て其者酔の醒るがごとし。此事翌日に至て一ツも覚ず。僅に三尺も飛揚る事能ずとなり。

とあり、蛙の役をするのは二人で、その蛙にはかなり激しい動きが求められていたようである。体力的にも当時は、修験者が蛙役を担っていたのではないだろうか。昭和四十七年発行の『吉野町史下巻』の冒頭にある蛙飛びの神輿に乗っている蛙の写真（図7）を見ると、扮しているのは、現在の一人とは違い、二人である。このことから、昭和四十年代までの蛙に扮する役は、『滑稽雑談』に記されている意味の蛙役、つまり、単に滑稽に見える蛙ではなく、修験者に近い強い力を持ち合わせている蛙であったのではないかともとらえられるのである。

　さらには、成立したのが文政元年（一八一八）ころであろうと思われる『大和国高取領風俗問状答』(9)に、

　俗説には、年中鍬すきのさきにかかりし虫の供養と申傳候。

と、庶民生活における虫供養の意味合いがこの時代に加えられており、興味を引かれる。当然のことであると思えるが、蓮の花を本堂蔵王権

図7　昭和40年代の蛙飛び神輿
（『吉野町史下巻』の冒頭より）

図8　験競としての蛙飛び
（『西国三十三所名所図会』六より）

現に捧げ法事を勤める、というこの行事の本来の中心的な意味を持つ花供であることが、はっきりと記されていることを付け加えておきたい。

最後に紹介する文献として、嘉永元年（一八四八）の『西国三十三所名所図会』（図8）に触れてみると、

花会式　例年六月七日　俗に蛙飛の神事といふ

とあり、これ以降の蓮華会に関する記録などには、ほぼ現代のものと変わらない内容で、蓮華会とは蛙飛びに代表される行事であることを伝えている。

いくつもの文献、史資料を見てきたが、このように、蓮華会の縁起は鎌倉時代に初見でき、当時の暦では六月十日に行われ、室町時代になって六月九日に、奥田で採取した蓮を吉野山蔵王堂に奉納し、同日夜には蔵王堂で験競を行っていた、ということなのである。江戸時代には験競としての蛙飛びが定着し、当初はかなり真に迫る神事であったが、時代の流れとともに、神事であることを守りつつ、滑稽さを含めることで、民衆に見せる芸能化した行事となっていったのであろう。蛙に扮する者にも時代により、求められるものが異なったものとなったのであろう。江戸時代後期には、現代の蓮華会の形式が確立していたが、明治時代の神仏分離政策により、蓮華会は明治七年に絶えてしまった。しかし、大正五年に蔵王堂修理が始まり、昭和五年に、江戸時代まで続いていた蓮華会が復活・再開することになって今に至っているのである。蛙飛びは、芸能化した行事であるが、蓮華会の根本は、役行

者が体得したといわれる蔵王権現に蓮の花を供えることに、今も変わりはないのである。仏教と蓮は縁の深いものであるため、次に、蓮華の意味にも少し触れておきたい。

三　蓮華とは

『原始浄土思想の研究』(10)などを著する藤田宏達の説明の中に、蓮華つまり蓮の花は仏典によると、ウトパラ（優鉢羅華、青蓮華）、パドマ（鉢頭摩華、赤蓮華）、クムダ（拘物頭華、黄蓮華）、プンダリーカ（分陀利華、白蓮華）の四種があると説く。

蓮華として普通用いられるのは、パドマとプンダリーカの赤蓮華と白蓮華であり、蓮華は、インドにおいて古来珍重されていた花で、それを受けて仏教でも蓮華を尊ぶようになったのである。仏や菩薩の座するところとして多く蓮華が用いられ、それは蓮華座あるいは蓮華台とよばれる。また、蓮華とくに白蓮華は、泥水の中に生き、美しく清らかな花を開くので、仏典では、これを煩悩に汚されない清浄無垢の仏身や法性の喩えとしてあげている。また、プンダリーカのようなすぐれた教えを説く経典の意で法華経と略称される妙法蓮華経のように、蓮華を経題とすることもある。あるいは華厳経では、毘盧遮那仏の世界を蓮華の中に含蔵された世界という意味で蓮華蔵世界とよび、大阿弥陀経では、阿弥陀仏の極楽浄土に往生することを浄土の蓮華の中に忽然として生まれることとして蓮華化生と名付け、密教では、胎蔵界曼荼羅の中心を八枚の花弁を持つ蓮華で表象・図画される仏・菩薩の世界として中台八葉院とよぶなど、仏教では蓮華を象徴的に用いることが多いのである。

というのがおおよその内容である。

修験道においても、蓮は象徴的な意味を持っているといえよう。季節的にも蓮は夏の花であり、特に夏の峰入の行事には象徴的な存在として相応しいものであろう。どこにでもあるというのではなく、人里離れた池や沼に見ることができ、趣を感じるものである。時に白い蓮は、けがれた境遇にあってもこれに染まらず、清らかさを保つという意を含み、仏教の教えに相応しいものであることはすでに述べた通りである。さらには、修験道の荒々しさと蓮の花の趣は、絶好の組み合わせといえるのではないだろうか。古来、奈良盆地は水不足で、特に水が切望され、小暑のころからの水不足を補うために、溜池が多く造られている。池には蓮の花が咲き、そこに生息する蛙が描かれるという美しい自然・情景が成り立つのである。その自然美に、人間と関わる伝承や武勇伝が生まれるのは極めて受け入れやすい論理である。また、水が豊富で仙境視されてきた吉野が、奥田に代表される奈良盆地とのつながりを蓮の花と蛙に求めたのは日本的なセンスであり、日本人の生き方にも結びついているような気がするのである。この状況・情景を喜び感謝するものとして表現しているのが吉野山金峯山寺で行われる蓮華会、蛙飛びであるとの見方もできるのである。

四　芸能としての蓮華会の様子

『大和の民俗』第百十八番の引用と重なるものがあるが、平成二十二年以降の最近五年間に、筆者が現地で観察した、大和高田市奥田で行われている、奈良県無形民俗文化財指定の蓮取り行事および吉野町吉野山の金峯山寺蔵王堂で行われている蛙飛びを今一度解説してみよう。

江戸時代までは、夏の峰入である六月に行われていた蓮華会ではあるが、明治五年の新暦採用により、一か月遅い七月の小暑に催行するようになったのである。金峯山寺が位置する吉野山から二三キロほど離れた大和高田市の奥田にある弁天池、別名捨篠池から百八本の蓮の花が取られ、いくつもの入峰行所に供えられるが、今も山上蔵王堂には厳かに奉献されている。奥田での行事は、蓮取り行事として七月七日の午前中に行われ、弁天池で取られた蓮は、福田寺行者堂に置かれ、役行者の母刀良売の墓を巡り、弁天神社で護摩供養が行われる。蓮の花は、七日および八日に金峯山寺、大峯奥駈道の道沿いの拝所や大峯山寺に供えられる行事として続けられているのである。大峯奥駈道の道沿いの拝所に蓮を供える行為には、山の神に花を供えるという古風な、山への信仰形態が認められ、貴重な民俗文化として残されていることに、今も日本人の心を窺うことができよう。七日午後には、吉野山・金峯山寺蔵王堂境内で蓮華会の中心的行事ともいえる、蛙飛びが行われる。吉野山一山の僧侶がこの弁天池の蓮を迎え、金峯山寺蔵王堂にその蓮を供え、蓮華会を営むことになるのである。午後一時前に、大峯山寺護持院である竹林院を出発した大蛙を乗せた吉野山青年団による太鼓台は、吉野山の街を練り歩き、蒸し暑く体力を消耗しやすい時季でもあるため、芳雲館、鏡の辻、東南院、蔵王堂前、仁王門前、銅の鳥居など、所々でゆっくりと休憩を兼ね、街の人や観光客に応えながら、坂下のロープウエイ吉野山山上駅まで向かうのである。そして、役行者と母親に深く関わる大和高田市奥田から、はるばると蓮華を携えてやってきた修験者一行を、蔵王堂の僧や信徒、太鼓台に乗った大蛙が午後三時ころにロープウエイ吉野山山上駅の広場で出迎えるのである。全員が合流し、行列となって、練り歩いてきた街を坂上方向に戻り、吉野山の坂の街を再度練り歩き、蓮華講の幟を持った隣組仲間たちも列に加わる。大蛙を乗せた太鼓台が先導役をつとめ、仁王門から階段を一気に駆け上り、蔵王堂境内に到着する午後四時に、蓮華会の法要が営まれるのである。

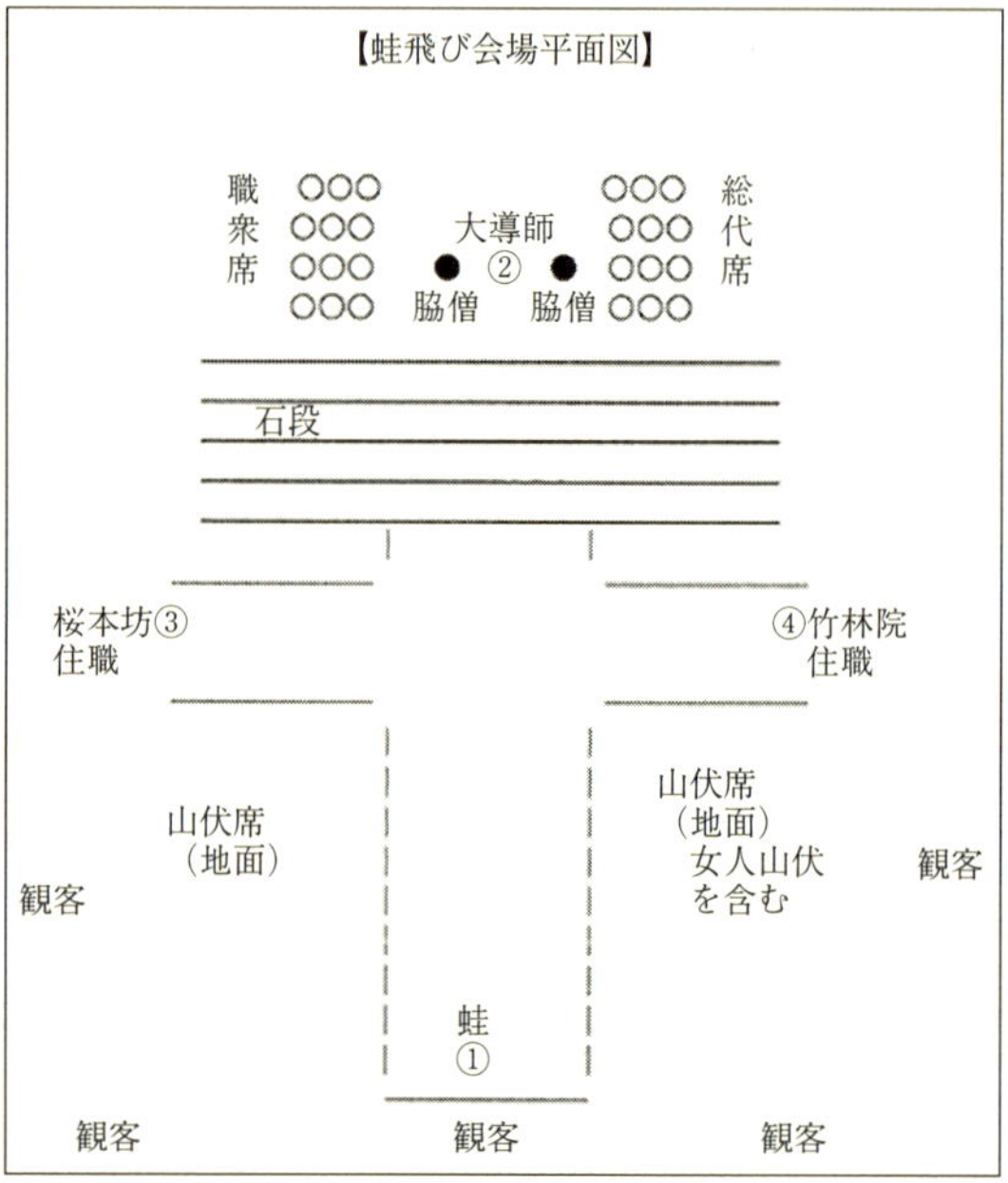

図９　蛙飛び会場平面図

大導師を務める管長はじめ、寺僧や行者たちが、蓮華を先頭に、蔵王堂本堂まで順番に詣でる。堂内で献花の法要が行われ、一段落すると、大蛙が外陣に設置された舞台に登場し、人間に立ち返る行事が始まる。先ず、大蛙は正面に控えている授戒の大導師（管長）の前に出てきてかしこまる。堂内に設けられた机の左右には二人の脇師、つまり、大峯山寺の僧も加わる。堂外となる石段の下側に設けられた舞台には、本堂に向かって右に大峯山寺護持院の竹林院住職、左に同じく桜本坊住職が控えており、大蛙は最初の銅鑼と法螺の音で、正面の大導師のところに進む。大導師が懺悔文、三条錫杖経、般若心経を唱え授けて、蛙は元の位置に戻り、次の銅鑼の音で桜本坊住職のところに進む。住職は五大王大力偈分、不動明王の慈救呪を唱える。蛙はまた元の位置に這い戻り、三番目の銅鑼で竹林院住職のところに進む。住職は五大尊の呪を唱え、力強く、還我頂礼・頓成証仏と念珠で加持をする。加持を受けた蛙は元の位置に戻り、そして最後に、再度大導師のところに進むのである。蛙は大導師から発菩提心の真言、三昧邪戒の真言、本覚讃を授けられ、ここで蛙は、ようやく元の人間の姿に戻ることになる。つまり、蛙に扮していた着ぐるみの頭部分がはずされ、めでたしめでたしとなるのである。これら一連の様子は、「蛙飛び会場平面図」（図9）として示した通りである。①蛙、②大導師、③桜本坊住職、④竹林院住職である。蛙飛び終了後に境内で採燈護摩が行われ、七日の催しは終了となる。蛙飛びの翌日の八日には、大峯奥駈道の道沿いの拝所に蓮を供えながら、山上ヶ岳・大峯山寺まで蓮を持ち運び供える。このような行事をもって、蓮を供える一連の蓮華会が終了となり、吉野の小暑を迎え祝うのである。

五　まとめ・蓮華会の意義

この行事で観光客など一般の人の注目は、修験道に関わる神事としての意義よりも、ユーモラスな演劇的要素がともなう蛙飛びの儀礼と伝承を楽しむことであると思えるが、山伏たちの読経の功徳と導師の受戒を授かって、めでたく元の人間の姿にかえる儀礼は、修験者の護法の能力を競う験競と解され、大峰山の信仰を背景に成立した修験道の延年の一つとして、さらには重要な文化遺産として今に継承されている。また、蛙の登場に焦点を合わせると、蛙は吉野山の地霊を示す動物と信じられており、この点も重要である。蛙飛びの芸能とその意図する意識の変化・変遷は既述の通りであり、共通しているのは、吉野山の背景が吉野水分神社の存在に代表されるように、水の信仰をもつ山であり、この祭りにも雨乞いの要素をも求めるようになったものと考えられることではないだろうか。法要の筋書きは、山伏の修法の威力を示すものであるが、年間を通じて雨量も多い大峰山系であるが故に、厳しい山岳であり、修験に相応しい自然が形成される根本には、豊富な水との関わりがあるといえよう。このことは、古来、水分信仰を生み、水分信仰から発した吉野修験が、水の乏しい夏の時季に蛙を登場させるシナリオを生み、極めて自然な民衆教化につながったのではないだろうか。また、五穀豊穣を祝うためには大和の国に水をもたらす儀式を必要とし、この時季に行うに相応しい永続的な祭りを求めていたのであろう。吉野水分神社のように雨乞いの祈りをする神社もあり、吉野山一帯は雨の神様の化身を蛙に求めるという一面があったのではないだろうか。さらには、吉野川を一五キロほど東北に遡れば、式内社の一つとされた丹生川上神社が七世紀から鎮座しており、水の神を祀っているということからも、広く吉野一帯は水を崇める風習があり、水に関わる儀式・行事が数多くあることから、蛙飛びも水を求める要素を伴ったものとなったのであろうと十分説明できよう。

修験道がこのような場所で熟成し、そして自然と蛙に対する愛着が信仰と結びつき、蓮華会としていつまでも継承されている価値を生み出したのである。特に、水の重要性が叫ばれる二十一世紀であり、鎌倉時代から水と民衆のつながりの重要性を示す蓮華会の訴える意義は決して小さなものではない、と言えるのである。世界的にも蛙に纏わる信仰はたくさん存在するが、吉野山金峯山寺蔵王堂の蓮華会は、その基層に、水の存在に感謝する、価値ある霊が潜む行事として、悠久の夏の祭りなのである。

註

(1) 前園実知雄・松田真一共編『吉野仙境の歴史』文英堂、二〇〇四・六、一九五〜一九八頁。
(2)『続日本紀』新日本古典文学大系12、岩波書店、一九八九・三。
(3)『日本霊異記』新編日本古典文学全集、小学館、二〇〇四・十二。
(4)『日本大蔵経』第四十八巻「修験道章疏三」所収。
(5) 五来重『吉野・熊野信仰の研究』山岳宗教史研究叢書4、名著出版、一九七五・十一。
(6) 四時堂其諺『滑稽雑談』早稲田大学古典籍総合データベース、書写年不明。
(7)『古事記』新編日本古典文学全集1、小学館、二〇〇九・七。
(8) 儀礼文化研究所『諸国図会年中行事大成』桜楓社、一九七八・十一。

（9）『日本庶民生活史料集成　第九巻　風俗』三一書房、一九六九・九、六三八頁。
（10）藤田宏達『原始浄土思想の研究』岩波書店、一九七〇・二。
（11）谷川健一編『日本の神々　神社と聖地　第四巻　大和』白水社、二〇〇〇・七。

Ⅲ

文字とく

和歌による絵と語りの世界
——『聞書集』「地獄ゑを見て」について——

田村正彦

はじめに

西行の『聞書集』には、「地獄ゑを見て」で始まる二十七首の歌群がある。地獄の世界を「連作」という形で取り上げたのは和歌史上西行ただ一人であり、当時の絵や語りと和歌との交渉の跡を伝える資料としてたいへん興味深い。詠作の意図(1)や時期(2)、各歌の解釈、全体の主題など、多くの問題を孕んでおり、現在でもその議論は続けられている。

そもそも、地獄というおぞましい世界をあえて和歌に詠む、ということの意味は、いったい何であろうか。そのような行為自体は、平安時代の女性たちが切り開いたものであり、例えば、

地獄のかたかきたるを見て
みつせ河渡るみさをもなかりけりなにに衣をぬぎてかくらん(3)　（『拾遺和歌集』巻九・五四三・菅原道雅女）

というような形で、勅撰集にも入集している。当時、諸寺院や仏名会など、地獄絵を見る機会は比較的多くあっ

た。その際、地獄の世界に触れた穢れをそのままにしておくことはできず、何らかの形で浄化する必要があったのだろう。特に、堕地獄必定といわれた女性たちにとっては切実な問題であったはずである。そこで、内に籠もる穢れを思念し、三十一文字の和歌として具体化（外部化）することによって、彼女たちはその穢れを祓おうとしたのではないだろうか。詳述は避けるが、これこそが地獄絵を見て歌を詠む行為の本質であり、これらは「悔過の文芸」として位置づけられるべきものであるだろう。

したがって、当然、西行の歌も彼女たちの心性を受け継ぐものであるはずだが、わざわざ「連作」という形をとっていることには、また別の意図があったものと思われる。本稿では、それらを明らかにすべく、先学の研究成果に導かれながら、連作の各歌を辿ってみたい。

一　連作の全体像

まず始めに、この連作の全体像を、私見を踏まえて明らかにしておこう。

［前半］Ａ　一九八～二〇一　地獄絵の衝撃
　　　　Ｂ　二〇二～二一二　地獄絵の世界（死出の山から八大地獄へ）
　　　　Ｃ　二一三～二一四　救済（阿弥陀如来）
［後半］Ｄ　二一五～二一六　三河入道の教え
　　　　Ｅ　二一七～二一九　仲胤僧都の説法（閻魔王庁から地獄へ）
　　　　Ｆ　二二〇～二二四　救済（地蔵菩薩）

前半十七首、後半十首の二部構成で、(4)それぞれをさらに三つのパートに区分することができる。前半のAと後半のDは「序」に相当する歌群で、いずれも「心」への問いかけから始まり、罪の意識と堕地獄への予感が高まってゆく。次に、前半のBと後半のEは、この連作の「本編」に相当するもので、絵と語りによる壮大な地獄の世界が展開している。歌の配列は意図的で、地獄の手前から始まり、最後は炎の中へと消えてゆく、という流れである。そして、最後のCとFは、阿弥陀と地蔵による救済を詠じた歌で締め括られており、阿弥陀は慈悲の「光」を放ち、地蔵は錫杖の「音」とともにやって来る。これは、地獄の「光景」を中心とした視覚的要素の強い前半と、地獄の「音」や「声」に焦点を当てた聴覚的要素の強い後半の内容そのものを象徴しているといえるだろう。

いずれにしても、この連作は内容的にも構成の上でもかなり周到に作られている。この世からあの世へ渡り、地獄の世界を巡歴した後に、仏菩薩に救われる。これは、単に西行自身の巡歴の旅というだけでなく、この作品の読者をも地獄へと誘う、(5)その意味では他者へ向けた「教化の物語」でもあったという可能性を秘めていよう。連作でなければならなかった理由は、おそらくこのあたりにあるものと思われる。個人的立場を越えた、救済の物語の企画者としての西行、というものを想定してみたい。

地獄めぐりから救済へという過程は、民俗学でいう「擬死再生」に近く、それはこの作品自体に「悔過」の機能が備わっていることを意味していよう。平安時代の女性たちの歌が自己の悔過を希求するものであったのに対し、西行のそれは他者の救済を目指すものであったといえる。「地獄絵」（前半）と「地獄語り」（後半）を「和歌」として再構成することによって、悔過のための地獄曼荼羅を作り上げることが、この連作の制作動機だったのではないだろうか。(6)

さて、以上のような全体像を踏まえた上で、以下では、それぞれの歌の検討を行ってみたい。

二　前半の歌Ⅰ

まずは、前半の「序」に相当する、冒頭の四首から見てみよう。

地獄ゑを見て

01　みるもうしいかにかすべき我心かゝるむくひのつみやありける（一九八）[7]

見るだけでもつらい。どうしたらよいというのか、我が心よ。このような報いを受ける罪障が私にもあるだろうか。

02　あはれ〳〵かゝるうきめをみる〳〵はなにとてたれもよにまぎるらん（一九九）

ああ、なんということか。来世ではこんなにもつらい目にあうとは。それなのに、どうしてみな俗世間に紛れているのだろうか。

03　うかるべきつゐのおもひをゝきながらかりそめのよにまどふはかなさ（二〇〇）

つらく後悔するに決まっている臨終の際の気持ちからは目を背けて、仮初めに生を受けたこの世に執着することのはかなさよ。

04　うけがたき人のすがたにうかみいでゝこりずやたれも又しづむべき（二〇一）

なることが難しい人の姿に生まれてきたというのに、どうして懲りずに、誰もみな再び悪道の世界へと沈んでゆくのだろうか。

01では己の心を取り上げているが、02以下は一般人への教えとなっている。恐らく01の「我心」は、西行自身の心であるのと同時に、この連作を読む者の心でもあるのだろう。堕地獄が心の問題であること（01）を自覚した上で、仏教の教え（02〜04）を聴く、という構造になっているのである。そのような目で見れば、01「かゝるむくひのつみやありける」という問いの答えは、02から04で示される「俗世間への諸々の執着」であることが理解できるだろう。この時点では、西行と読者はまだこの世から地獄絵を眺めている。

さて、具体的には、次の05の歌から地獄の世界へと足を踏み入れてゆく。

05　このみゝしつるぎのえだにのぼれとてしもとのひしをみにたつるかな（二〇二）

生前は木の実がなっているのを見た枝が、今は剣の枝になっている。その枝に登れといって、獄卒は棍棒に付いた鉄菱を我が身に突き立てることだ。


「このみゝし」は「好み見し」であるとするのが従来の理解で、殺生の罪で堕ちる剣樹の地獄（武士の地獄）、あるいは邪婬の罪によって堕ちる衆合地獄（色男の地獄）などの風景が想定されている。(8) 前者は、剣を好んで見た、ということからの連想であり、後者は、剣樹の上に幻の美女が現れる『往生要集』の邪婬の刀葉林を想定し、「好んで見た美女がいる剣の枝に」とある程度の言葉を補って理解するものである。しかし、いずれにしても「好んで見た剣（の枝）」という言い方は他に用例がなく、歌ことばとしては、むしろ「このみ」は「木の実」であると考えるのが自然であろう。文法的には破調であるが、「このみゝし」は、「つるぎ」ではなく「えだ」にかかるものと考えておきたい。「人間界では木の実がなっていたその枝が、地獄では剣の枝になっている」ということである。

そして、そこへ登れという獄卒の言葉には、「今度はお前がその実になれ」という皮肉が含まれているのである。

このことは、和泉式部の、

あさましやつるぎのえだのたわむまでこはなにの身のなれるなるらん

（『金葉和歌集二度本』巻十・雑部下・六四四）

を踏まえると、さらにわかりやすい。このように、枝になる木の「実」と、剣の枝に刺し貫かれる我が「身」とを掛けた歌であるとすれば、「好み見し」という字をわざわざ当てる必要はないのかもしれない。

では、これはどのような場面であったのだろうか。

①罪人が獄卒に追い立てられている。

②剣樹の生い茂る場である。

③地獄絵の冒頭に位置している。

地獄絵を見ていると、このような条件を満たす場所が一ヶ所ある。「死出の山」である。①に関しては、『弁乳母集』（七二）に、

　　絵に、しでのやまに、おににおはれて女のなきてこえし

つくりこしつみをともにてしる人もなくなくこゆるしでの山かな

とあることなどから、古代以来の観念であったことが知られる。また、②については、西行の時代までは遡り得ないものの、少なくとも中世の中頃より、死出の山は剣の山とイメージが重なり、剣樹の生い茂る場であるという理解が広がっていたようである。そして、③については、死後まず越えゆく死出の山は地獄への入口としてたいへんふさわしい。これらのことを考えるならば、西行が見た「つるぎのえだ」の場面は死出の山であった、という可能性が高いといえるだろう。

三　前半の歌Ⅱ

死出の山から地獄へとやって来た西行と読者は、06から本格的に地獄の世界を巡ってゆくことになる。

06　くろがねのつめのつるぎのはやきもてかたみにみをもほふるかなしさ（二〇三）

剣のようになった鉄の爪が素早く動くことによって、お互いに体を切り裂き合うのは、何と悲しいことか。

これは、『往生要集』（大文第一・厭離穢土）の等活地獄に描かれる、次のような場面である。

この中の罪人は、互に常に害心を懐けり。もしたまたま相見れば、猟者の鹿に逢へるが如し。おのおの鉄爪を以て互に爴み裂く。血肉すでに尽きて、ただ残骨のみあり。(9)

絵画では、西行の時代に近い承久本『北野天神縁起絵巻』や聖衆来迎寺の「六道絵」に見られることから、当時よく描かれたモチーフであったのだろう。

また、05の歌との関係については、「つるぎのえだ」から「つめのつるぎ」へと、「つるぎ」という言葉を介して繋がっていることに注意しておきたい。特に前半の歌には、言葉やイメージによって前後の歌と連続性を持たせているものが多いようである。

07　をもきいわをもゝひろちひろかさねあげてくだくやなにのむくひなるらん（二〇四）

重い岩を百尋にも千尋にも重ね上げて、その重みで罪人の体を砕くのは、いったい何の報いなのであろうか。

岩石や岩山で罪人を挟み、獄卒が圧力を加えて押し潰す場面は、前歌同様、地獄絵ではよく描かれるモチーフである。しかし、西行が詠うように、岩を幾重にも積み重ねて、その重みで肉体を砕くような場面は、現存する地獄絵には見られない。実際にそのような絵があったのか、あるいは「挟んで潰す場面」をそのように表現したのかはよくわからない。

すなわとまうす物うちてみをわりけるところを

08　つみ人はしでの山辺のそまぎかなをの、つるぎにみをわられつ、（二〇五）

罪人たちはまるで死出の山に生えている杣木のようなものだ。獄卒が振り上げる剣のような斧で肉体を打ち割られているよ。

「すなわ」とは「墨縄」のことで、直線を引くための大工道具である。[10] したがって、この絵は黒縄地獄の一場面を描いたものと知られる。『往生要集』の「獄卒、罪人を執へて熱鉄の地に臥せ、熱鉄の縄を以て縦横に身に絣《すみなわをひ》き、熱鉄の斧を以て縄に随ひて切り割く」に対応しており、承久本『北野天神縁起絵巻』や聖衆来迎寺「六道絵」に該当する絵が見られる。線を引かれ斧で打ち割られるシーンは、肉体をバラバラにされる07の場面と、イメージの上で連続していよう。

ところで、ここで注意しておきたいのは、唐突に「しでの山」が取り上げられていることである。当然、死出の山は黒縄地獄とともに描かれるべきものではない。ここでは、杣木のように打ち割られる罪人たちの姿に、05で見た死出の山のイメージが重なって見えたと考えるべきであろう。やはり西行が見た地獄絵には、死出の山が描かれていたのである。

09　ひとつみをあまたにかぜのふききりてほむらになすもかなしかりけり（二〇六）

ひとつの肉体を風が無数の肉片に吹き裂いて、その上、炎にしてしまうことは何とも悲しいことだよ。

引き続き、肉体が粉砕されるイメージの歌である。地獄では、「業風」「熱風」「悪風」「刀風」など、様々な風が吹き荒れており、罪人はそれらに翻弄されつつ、切り刻まれてゆく。粉々になった肉体がまるで薪のように燃え上がるというのは、前歌からの連想であろう。

10　なによりはしたぬくゝこそかなしけれおもふことをもいはせじのはた（二〇七）

何にもまして舌を抜く苦しみこそ悲しいものだよ。舌の苦痛に加えて、思うことまでも言わせまいとする耕舌の畑が広がっている。

図１　耕舌の場面

「したぬくゝ」には、「抜舌」と「耕舌」の二種類がある。前者は文字どおり舌を引き抜く責め苦、後者は舌を引き伸ばし、鉄釘で地面に張りつけた上で犂を使って耕すという責め苦である。絵画では後者の「耕舌」を描く場合が多く、その痛々しさは印象的である（図１）。経典以外の文献資料では、例えば、『菅家文草』の「懺悔会作」（巻四・二七九）に、次のような文言が見られる。

風に在りて濫訴すれば、犂なして耕す舌。[11]

菅原道真が讃岐で催した仏名懺悔会での戒めで、調子に乗ってむやみに訴訟を起こす者は、地獄に堕ちて耕舌の苦しみを受ける、というものである。当時から、よく知られた地獄であったのだろう。

西行が見た絵は、おそらく「耕舌」の場面であろう。そうすると、最後の句の「はた」は、従来考えられているような「刑《はた》」(12)ではなく、「畑」「畠」と考えるべきではあるまいか。舌を畑のように引き伸ばして耕すイメージであろう。舌を抜かれる苦痛に加えて、思いを口にすることができない苦しみがあることを、西行は感じ取ったのであろう。「おもふことをも」の「も」は、肉体的な苦痛に加えて精神的な苦痛「も」、という意味を含んでいるのである。

四　前半の歌Ⅲ

11　なべてなきくろきほむらのくるしみはよるのおもひのむくひなるべし（二〇八）

くろきほむらのなかにをとこをむなもえけるところを

見たこともないどす黒い炎に焼かれる苦しみは、先の世で恋の物思いに苦しんだ報いに違いないよ。

問題の歌である。「真っ黒い炎の中で男女が燃えている」と、わざわざ詞書が付されているが、「くろきほむら」を描く地獄絵は、現存するものでは一例も存在しない。場合によっては、火炎の周りに渦巻く黒煙をそのように表現したのかもしれない。

さて、その黒い炎で焼かれる苦しみを、西行は「よるのおもひ」によるのものだと断言している。それはいったいどのような罪であったのだろうか。詞書の「をとこをむな」という表現と後述する両親の歌（14・15）との関係などから、これまで多くの論者は、「よるのおもひ」を男女の愛欲、邪婬、夫婦の営みそのものと考えてきた。しかし、それはあまりにも生々しい理解であり、かつ、現代的である。たとえそのような肉感的な響きを秘めていたとしても、あえてそこまで読み取る必要はないだろう。(13) あくまでも歌ことばとしての「よるのおもひ」の内容を考えるべきである。

では、「夜」、「思ひ」、あるいは「男女」といった言葉から連想されるものは何か。おそらくそれは恋歌の世界であろう。『山家集』「恋」の巻軸歌に、

たのもしなよひあかつきのかねのをとものおもふつみもつきざらめやは（七一一）

頼もしいことだよ。宵から暁にかけて鳴る鐘の音は。恋に苦しむ物思いの罪も消え去るに違いないよ。

と詠われた、宵から暁にかけての「恋の物思い」である。西行はそれを「つみ」と考えており、この歌の一首前では、そのような恋に苦しむ心が来世への報いとなることも自覚していた。

あはれ〳〵このよはよしやさもあらばあれこんよもかくやくるしかるべき（七一〇）

ああ、苦しいことだ。この世はもう仕方がない。どうにでもなれ。けれども、次の世でもまた、恋はこんなに苦しいのだろうか。

恋の苦しみが、後の世までも継承されてゆく恐怖。そのような来世への不安が、今、まさに眼前の光景として地獄絵の中に具現化している。それが黒い炎で焼かれる男と女の姿なのであろう。絵を前にした者は、そのことに驚かざるを得ないのである。(14)

12　わきてなをあかゞねのゆのまうけこそ心にいりてみをあらふらめ（二〇九）

わけてもやはり、煮えたぎる熔銅の供応こそは、心にまで沁み渡って、肉体もろともすべてを洗い流すのだろう。

地獄では、熔銅（熔けた銅汁）や鉄丸（熱鉄の塊）を飲まされる責め苦があり、地獄絵にもしばしば描かれている。西行が見た地獄絵にも、獄卒が金鉗で罪人の口をこじ開け、柄杓や銚子のような道具で熔銅を注ぐ場面が描か

れていたに違いない。前歌11の「くろきほむら」は、この歌の「あかがねのゆ」と対になっており、赤と黒という色の対比を引き立たせている。前歌では、そのような効果を狙って、敢えて地獄絵にない黒い炎を西行は創作したのかもしれない。

13　ちりはひにくだけはてなばさてもあらでよみがへらすることのはぞうき（二一〇）

　　塵や灰のように砕け散ってしまったら苦しみは終わると思っていたのに、そうはならなくて、肉体を甦らせる呪文があることは、とてもつらいことだ。

　獄卒が唱える「甦りの言葉」を取り上げたものである。古く『日本霊異記』（中ノ七）に、使の曰はく、「柱を抱け」といふ。光、就きて柱を抱けば、肉皆銷爛れ、唯骨璅のみ存り。歴ること三日にして、使、弊えたる箒を以て、其の柱を撫でて、「活きよ活きよ」と言へば、故の如くに身生きたり。[15]などと見られるこの場面は、地獄では死に果てることが許されない、という教えを端的に伝えている。それを知った罪人の絶望感が、「さてもあらで」によく表れていよう。

　さて、地獄絵の具体的な場面はここで終わり、次に続くのは、両親に関する歌である。

14　あはれみしちぶさのこともわすれけり我かなしみのくのみおぼえて（二一一）

　　かわいがってくれた母のことも忘れてしまった。責めを受ける私の悲しみが苦しいばかりで。

15　たらちをのゆくへをわれもしらぬかなをなじほのをにむせぶらめども（二一二）

　　父の行方を私も知らずにいることだ。お互い同じ地獄の炎にむせ返っているのだろうけれど。

　母を忘れ、父の行方もわからなくなるほどの苦しみを詠じたものであるが、それにしても、なぜ、ここで両親のことを詠じる必要があったのだろうか。通説では、11の歌の「よるのおもひ」を「をとこをむな」の肉体関係にまつわる罪障と考え、我が身はその結果として生まれた罪深い存在であるという自覚から、両親のことが想起されたと考えられている。一例を挙げてみよう。

ここにいきなり父母の堕獄のイメージが浮かんだのは、西行自身の存在が実は父母の「よるのおもひ」の結果なのだ、われ罪の子なり、父母もまたかの衆合地獄の責苦をまぬかるることなし、しかるに、今はわが苦のみ覚えて、父母の苦悩に思いをかけるいとまなしというように、連想が次々と作動していったからだと考える(16)。

図2　甦りの場面

物語性に富んだ文学的な解釈であり、たいへん興味深い。しかし、ここで重要なのは、あくまでもこれが地獄絵をもとにした連作であるという視点である。また、各歌が前後と緊密に連携していることはすでに確認したが、そうすると、この場合は13の歌との関わりを考えてみる必要があるということになろう。

では、再び、13の「甦りの言葉」について考えてみよう。『往生要集』では、

獄卒、鉄叉を以て地を打ち、唱へて「活々」と云ふと。
(等活地獄)

と記されているが、それを絵画化した聖衆来迎寺「六道絵」は、図2のようにその場面を表現している。鳥のような顔をした獄卒が、「鉄叉」に似た杖で地面をたたき、「活々」と唱

えている瞬間である。一方の罪人は、切り刻まれ、白骨化し、赤子になる様が異時同図法で描かれている。絵師は、言葉や教えを絵画化する際、様々な工夫を凝らすが、地獄絵で「甦り」を表す記号は、この無邪気な顔をした「赤子」なのである。この真っ白な肌をしたあどけない赤子の姿は、おどろおどろしい地獄絵の中では、逆に異様で目を引くものであろう。したがって、西行が地獄絵を前に両親のことを思い出したのは、この純真無垢な赤子の姿がきっかけであったと考えられるのである。「甦りの言葉」の度に赤子の姿に戻りながらも、生んでくれた両親のことを思い出すことは一度もなく、ただひたすら責めを受け続ける。そのような罪人の苦しみと悲しみが、両親の歌を引き出したものと考えておきたい。

五　前半の歌Ⅳと後半の歌Ⅰ

前半の最後は、救済の可能性を探るものであり、地獄に直接救済者が現れることは、この時期になって登場した新たな地獄観の一つである。

こゝろを、こすえんたらば、あびのほのをのなかにてもと申すことをおもひいで、

16　ひまもなきほむらのなかのくるしみもこゝろをこせばさとりにぞなる（二一三）

絶え間ない地獄の炎に焼かれる苦しみも、それを機に発心すれば、地獄の苦しみも悟りへとつながるのだ。

詞書に引用された文句は、良源の『註本覚讃』に見られるもので、当時、広く知られていたようである。[17]七五調の和讃の形態で、「絶望的に見える地獄の苦しみも、見方を変えれば悟りをひらく機縁になるのだ」という教えである。しかし、そのように主体的に発心できる者はそう多くはあるまい。そこで西行は、最後に次のような、仏に

よる救済を願う歌を配し、前半を締め括っているのである。

あみだのひかり願にまかせて、重業障のものをきらはず、地獄をてらしたまふにより、地獄のなかえの湯清冷のいけになりて、はちすひらけたるところをかきあらはせるを見て

17　ひかりさせばさめぬかなえのゆなれどもはちすのいけになるめるものを（二一四）

阿弥陀仏の慈悲の光がさすと、決して冷めることのない地獄の釜の湯であっても、蓮の花が咲く清涼の池に変わるのになあ。

いわゆる「地獄の釜割れ」を描いた場面であろう。まさに地獄にいながらの直接の救済であり、『百座法談聞書抄』（一一一〇年）にも、念仏の功徳としてではあるが「地獄のかなへにはかにわれて、鉄の湯かへりて清涼の池となりぬ」(18)との記述が見られる。また、絵画では、厳島神社紺紙金字『華厳経』（平安時代末）巻二十二の見返絵がその古い例であろう。地獄の釜が割れ、煮え湯が清涼水となり、蓮華の花が生じる場面が描かれている。西行の時代には、すでによく知られたモチーフであったのだろう。最後の句が「ものを」で終わっているのは、「信じる心がありさえすれば、もれなく救われるのになあ」という詠嘆であり、教えを説く側から阿弥陀への帰依を勧めている様が窺われる(19)。

以上、前半の歌を検討してきたが、教えを説く側の西行が我々読者とともに地獄めぐりをし、最後は阿弥陀仏への帰依を勧めるという、教化の物語であったことが理解されるだろう。また、当然のことながら、各歌は地獄絵を踏まえて読むべきものであり、さらには前後の歌との連続性にも気を配る必要があることは重要であった。

さて、それらのことを踏まえた上で、ここからは、後半の歌を検討してゆくことにしよう。まずは、「序」に相当する歌からである。

みかはの入道人す、むとてか、れたるところに、たとひ心にいらずともをして信じならうべし、この道理をおもひいで、

18　しれよ心おもはれねばとおもふべきことはことにてあるべきものを（二一五）

理解するのだぞ、我が心よ。信じられないので信じないと思うに違いないことは、実はこの世の真理であるはずなのだからなあ。

19　をろかなる心のひくにまかせてもさてさはいかにつゐのおもひは（二一六）

愚かな心が導くままに生きたとしても、さてそれではどうなるのだろう、臨終の際の気持ちは。きっと後悔するに違いない。

前半同様、「心」への問いかけと「つゐのおもひ」が取り上げられている。三河の入道[20]の「たとえ信じられないことでも、それは真実の教えなのだから無理にでも信じるべきだ」という教えを思い出して詠んだ歌二首である。「信じることが堕地獄からの救済の鍵である」という理解は、前半の最後の歌と内容的に通じるものがあろう。では、なぜそのような教えを思い出したのか。それは地獄絵を見たことが引き金になっているのであろう。以下は、三河の入道や仲胤僧都の言説をもとに、新たな地獄めぐりへと出発する第二部である。

18の歌の「ことはことにて」については諸説あるが、三河の入道の言葉からも「事は事にて」と考えるのがよいようである。凡夫が信じ切れない「事」こそが「事」実（真理）なのである、と考えて支障はあるまい。連作の冒頭が心への呼びかけであることは前半と同じであり、地獄めぐりをする者としての自覚を促す狙いがあるのだろう。最後の「ものを」という詠嘆は、17と同じく、やはり宗教者としての西行の立ち位置を示している。

続く19の歌も「心」を取り上げ、思うがままに一生を送れば、臨終の時に後悔するに違いないことを詠じてい

る。これは、前半の03の歌と対応しており、その後悔の先にあるのが、以下に続く地獄への道のりなのである。

六　後半の歌Ⅱ

前半の歌が死出の山から地獄へと入っていったように、後半は、地獄の手前、閻魔王庁をその出発点としている。

20　えむまの庁をいでゝ、罪人をぐしてごくそつまかるいぬゐのかたに、ほむらみゆ、罪人いかなるほむらぞと獄卒にとふ、なむぢがをつべき地獄のほむらなりと獄卒の申をきゝて、罪人をの、きかなしむと、ちういん僧都と申し、人、説法にし侍りけるをおもひいでゝ

とふとかやなにゆへもゆるほむらぞと君をたきゞのつみのひぞかし（二一七）

罪人が聞いてみたとかいうことだ。「あれは何のために燃えている炎なのか」と。すると獄卒こう言った。「積み重ねた罪が薪となってお前を焼く、その炎だよ」と。

21　ゆくほどはなわのくさりにつながれておもへばかなしてかしくびかし（二一八）

歩みゆく間は縄状の鎖につながれたままで、そんな時、我が身の行く末を思えばなんとも悲しいことだ。手かせ首かせをされて、もう逃げることもできないのだから。

今度は、説法の名手、仲胤[21]の話を思い出して、地獄めぐりの道中を構成してゆく。これ以下の部分は、長大な詞書が特徴的であるが、わざわざ「ちういん僧都と申し、人、説法にし侍りける」と断っている以上、この部分は西行の独創ではあり得ない。語りは仲胤に任せて、西行はあくまでも和歌によって道案内を続けてゆくのである。

20の歌は、罪人と獄卒のやり取りをそのまま切り取ったものであり、臨場感がある。19の臨終の場面で感じた「地獄に堕ちるのではないか」という不安が、まさに現実のものとなった瞬間といえよう。

この20の歌が罪人の心に去来した一瞬の恐怖を切り取ったものであるとするならば、続く21の歌は、時間的、空間的に物語を進行させている。閻魔王庁を出た罪人の歩みは、表面的には地獄への道のり（空間）であるが、同時にそれは、自分の運命の終着点への歩み（時間）でもあるだろう。したがって、「おもへばかなし」という嘆きは、従来考えられているような、縛り上げられ手かせ首かせをされていることに対しての詠嘆などではあるまい。地獄行きを告げられた罪人が、道中かみしめ続けなければならない、我が身の行く末への思いと考えるべきであろう。その時間と空間の流れが「ゆくほどは」というひと言に凝縮されているのである。

かくてぢごくにまかりつきて、ぢごくの門ひらかむとて、罪人をまへにすへて、くろがねのしもとをなげやりて、罪人にむかひて、ごくそつつまはじきをしかけていはく、このぢごくいでしことは、きのふけふのことなり、いでしをりに、又かへりくまじきよし、かへすぐ〵をしへき、ほどなくかへりいりぬること、人のするにあらず、なむぢが心のなむぢを又かへしいるゝなり、人をうらむべからずと申て、あらきめよりなみだをこぼして、ぢごくのとびらをあくるをと、百千のいかづちのをとにすぎたり

22　こゝぞとてあくるとびらのをときゝていかばかりかはをのゝかるらん（二一九）

お前の行き先はここだといって獄卒が地獄の扉を開ける。その大音声を聞いて、罪人はどれほど恐怖にうち震えていることだろう。

悲しみとともに歩みを進めてきた罪人の恐怖心は、地獄への到着と同時に絶頂を迎える。最後に涙ながらに説教をする獄卒の姿は、西行の独創と捉えられることが多いが、そう考えるべき根拠はない。むしろ、前歌同様、獄卒

を人間味豊かに描いたのは仲胤その人ではなかったか。西行が目指したのは、説法を和歌として再構成することであったのである。

七　後半の歌Ⅲ

さてとびらひらくはざまより、けわしきほのをあらくいでゝ、ざい人のみにあたるをとのおびたたしさ、申しあらはすべくもなし、ほのをにまくられて、罪人ぢごくへいりぬ、とびらたてゝつよくかためつ、ごくそつうちうなだれてかへるけしき、あらきみめにはにずあはれなり、かなしきかなや、いついづべしともなくてくをうけむことは、たゞぢごく菩薩をたのみたてまつるべきなり、その御あはれみのみこそ、あか月ごとにほむらのなかにわけいりて、かなしみをばとぶらうたまふなれ、地獄菩薩とは地蔵の御なゝり

23　ほのをわけてとふあはれみのうれしさをおもひしらるゝ心ともがな（二二〇）

地獄の炎に分け入って、我々を救ってくださる慈悲の嬉しさを、理解することができる心であってほしいものだ。

24　さりともなあか月ごとのあはれみにふかきやみをもいでざらめやは（二二一）

いくら地獄が苦しくてもよ、暁ごとに訪れてくださる地蔵菩薩の慈悲によって、深く暗い地獄の闇を抜け出せないことがあろうか。きっと救ってくださるはずだよ。

25　くるしみにかはるちぎりのなきまゝにほのをとゝもにたちかへるかな（二二二）

地獄の苦しみを代わりに受ける宿縁がないために、仕方なく地蔵菩薩は炎の中へと立ち帰ってゆくのだよ。

26　すさみ〳〵なもとゝなへしちぎりこそならくがそこのくにかはりけれ（二二三）

片手間に「南無」と唱えた宿縁があるからこそ、地獄の底の苦しみを代わりに受けてくださるのだよ。

27　あさひにやむすぶこほりのくはとけむ、つのわをきくあか月のそら（二二四）

朝日とともに、冷たく固まった氷のような苦しみは和らいでゆくだろうか。暁の空に地蔵菩薩の訪れを知らせる錫杖の音が聞こえるよ。

同じく長大な詞書が記されているが、ここから後半のクライマックス、地蔵菩薩による救済へと話は展開してゆく。但し、前半の阿弥陀仏による救済同様、安易に罪人の救済を約束するものではない。うなだれて帰って行く獄卒の描写と、「地獄菩薩」という耳慣れない表現が出てくるのは、やはり、説法の言説が影響しているのであろう。(22)

さて、23と24は、地蔵菩薩の「あはれみ」に触れる喜びを詠じたもの。25と26は、地蔵菩薩との「ちぎり」を取り上げ、前者はそれを持たぬ者、後者はそれを持つ者の行く末を対照的に描いている。恐怖と救済を織り交ぜたこれらの歌の配列は、まさしく説法の手法そのものであり、西行が和歌による説法の再現を試みていることがよくわかる。

最後の27の歌は、同じく地蔵菩薩の有り難さを詠じたものであるが、その訪れを象徴するのが「むつのわ」という錫杖の音である。地獄の世界も救済の有り様も、後半はすべて音によって統一しようという意図が感じられよう。この歌で一点注意しておきたいのは、「や」という疑問の係助詞であり、単に「救済された」という結末ではないのである。結局は、信じる心が重要なのであり、西行の道案内で地獄めぐりをする者、つまりこの連作を読む者に対して信心を起こさせることが、西行の最終的な意図であったと考えられるのである。

おわりに

「地獄ゑを見て」で始まるこの連作を、絵と語りから紡ぎ出された教化の物語であるという視点から辿ってみた。それは、和歌による絵解き、説法であったといってもよいだろう。途中、「すなわとまうす物うちてみをわりけるところを」(08)、「ざい人のみにあたるをとのおびたたしさ、申しあらはすべくもなし」(23)と謙譲語が口をついて出るのは、そのような西行の立場を象徴していよう。あるいは、和歌自体にも、絵解きや説法の口吻を伝えるものがある。「かなし」「うし」「あはれ」といった感情語である。これは情感豊かに教えを説く際の常套句であり、奇しくも仲胤の説法をもとにした23の詞書にも「かなしきかなや」という説法の口吻がそのまま伝えられている。

西行が読者とともに地獄めぐりをする。その過程で、罪を浄化してゆくこの連作は、「悔過の文芸」にふさわしいものであるといえるだろう。この連作の読解を通じて、我々もそれを追体験することができたはずである。

註

(1)　基本的には、錦仁氏が「当該の連作を西行一人の独白ということも、他者に向けた教化の作品ということも、同じように可能である。そもそも決め手はない」と指摘されたことに尽きよう。「〈絵画との関わり〉西行地獄絵の歌を例として」(『国文学』第三十九巻第十三号、一九九四・十一)。

(2)　早く、窪田章一郎氏は、「前後には嵯峨で詠んだ「たはぶれ歌」や、源平戦乱期の歌群があるので、この作歌年代もこの頃と推測することが可能である」と推測している。(『西行の研究』東京堂出版、一九六一)。但し、異論もある。

（3）新編国歌大観、角川書店。以下、西行以外の和歌はこれから引用する。

（4）片野達郎氏「西行『聞書集』の「地獄絵を見て」について」（『和歌文学研究』二十一号、一九六七・四）。

（5）錦仁氏に、「地獄絵を見つめる西行の目に読者の目が乗り移って、一首ずつ歌を読み進めてゆくのである」との指摘がある。「『聞書集』の「地獄絵を見て」」（『国文学解釈と鑑賞』、一九九〇・八）。

（6）平田英夫氏は、「和歌による地獄語りのバージョン」を制作することが目的であったと指摘されている。「西行『聞書集』の地獄歌をめぐる一試論」（『国文学雑誌（藤女子大学）』七十七号、二〇〇七・十二）。

（7）久保田淳氏編『西行全集』（貴重本刊行会、一九八二）。以下、西行の和歌の引用はすべてこれによる。

（8）先行研究とこの歌の解釈については、以前、論じたことがある。拙稿「「剣の枝」のある風景――西行が見た地獄絵と死出の山――」（『国語国文』第八九七号〈第七十八巻第五号〉、二〇〇九・五）。

（9）日本思想大系『源信』（岩波書店、一九七〇）。以下の引用も、すべてこれによる。

（10）地獄絵には、獄卒の責め具としてその当時の大工道具を描くことが多かった。したがって、建築のための道具や技術を知る上でも、地獄絵は重要な資料となっている。土屋安見氏・石村具美氏「『六道絵』の大鋸」（『竹中大工道具館研究紀要』三号、一九九一）。

（11）日本古典文学大系『菅家文草』（岩波書店、一九六六）。

（12）伊藤嘉夫氏校注の日本古典全書『山家集』（朝日新聞社、一九四七）以来、「はた」は「刑」であると考えられている。また、宇津木言行氏校注の和歌文学大系『山家集／聞書集／残集』（明治書院、二〇〇三）には、磔の意味の「はたもの」の略称ではないかとの指摘がある。

（13）宮澤努氏は、「恋の恋情」程度の理解で留めるべきだと述べている。「西行「地獄絵を見て」論」（『国文学研究』〈早稲田大学国文学会〉七十三号、一九八一・三）。

（14）恋と堕地獄については、別稿で論じる用意がある。

（15）日本古典文学全集『日本霊異記』（小学館、一九七五）。

（16）山田昭全氏『西行の和歌と仏教』（明治書院、一九八七）。

（17）前掲註4、片野氏論文参照。

(18)『百座法談聞書抄』（南雲堂桜楓社、一九六三）。

(19) 西行個人の阿弥陀仏への不信の表明とする論もある。宇津木言行氏「浄土・地獄と和歌」（『和歌の力〈和歌をひらく・第一巻〉』岩波書店、二〇〇五）。

(20) 寂照。俗名を大江定基という。平安時代中期の天台僧。『今昔物語集』等に多数の説話が見られる。

(21) 忠胤とも。藤原季仲の子。説法の名手として知られた。『宇治拾遺物語』『古事談』『古今著聞集』等に多数の説話が見られる。また、『言泉集』には「忠胤説法云」などとして、一部説法の概要が伝わっている。

(22)「地獄菩薩」という名称自体は、和歌文学大系が指摘するように、『地蔵菩薩十齋日』（大正新脩大蔵経二八五〇）等に見られる。

『拾遺愚草』雑部「述懐」について
――『正治初度百首』鳥五首とのかかわりから――

大野順子

はじめに

藤原定家の述懐歌といえば、『正治初度百首』の鳥題が内昇殿に繋がるという大きな幸福をもたらした一方で、承久二年(一二二〇)内裏歌会では「野外柳」詠によって後鳥羽院の勅勘を被るという厄災の源となったことなどが知られる。このように述懐歌は、他者に読み解かれることで定家に禍福をもたらしているのであるが、定家自身は述懐歌をどのようなものとして捉えていたのだろうか。

定家の述懐歌については、片山享氏が「述懐歌小考(下)――新古今から新勅撰へ――」(1)のなかで述懐歌の変遷を四期に分けて概括して以降、先にあげた鳥題詠や柳詠、あるいは大内の花見における詠といった著名歌を中心にさまざまな角度から論が重ねられてきている。(2)しかし、『拾遺愚草』雑部の小部立て「述懐」の詠については、まとまった数の述懐歌が収録されているにもかかわらず、これまでさほど関心の対象とはなってこなかった。

そこで本稿では、『拾遺愚草』雑部「述懐」詠を主な分析の対象として、述懐歌に対する定家の意識の一端を探っていく。

一　『拾遺愚草』下巻――その構成と「述懐」部――

『拾遺愚草』は冷泉家時雨亭文庫に定家自筆本が残り、上巻には識語が付されている。(3) その識語から、『拾遺愚草』が『定家卿百番自歌合』編纂後に拾い遺されていた詠草から作られた三巻の家集であること、(4) 書名は『定家卿百番自歌合』の拾遺であることとともに、自身が侍従であったことからその唐名を用いて付けられたこと、そして、成立が建保四年（一二一六）二月十八日であることなどが読み取れる。

しかし、実際には、建保四年以降の詠も数多く入集している。建保四年二月以降に成立した『洞院摂政家百首』や『道助法親王家五十首』が上・中巻に含まれており、詠作年代が確定できるもののうち最も時代が下った詠としては、天福元年（一二三三）の定家出家関係歌がある。おそらく建保四年二月の初撰本以降、定家自身によって段階的に歌の増補が行われて現在の形になったと考えられる。

さて、『拾遺愚草』三巻の構成であるが、上巻には百首歌が中巻には百首以外の定数歌が集められるというように、上・中二巻に定数歌がほぼ詠作年代順に収められている。これに対して、下巻は部類歌集となっている。下巻の部立ては、春・夏・秋・冬・賀・恋・雑（旅・述懐・無常）・神祇・釈教である。いずれの部立てにおいても題詠歌が多数を占めるが、それらの歌々は必ずしも詠作年代順に並べられてはいない。部立て内部の配列をそれぞれ概括すると、以下のようになる。

四季歌の場合には、勅撰集の四季の歌と同じく、季節の変化に従って歌が並べられており、さらに個々の歌は季節の経過や歌材の連想によって配列されている。ただし、ところどころに五首歌・十首歌と詠歌の場ごとにまとめて並べられている場合もあるため、歌材が前後する部分もみられる。

賀と恋の部は、四季の歌に比べて、多くの贈答歌が含まれる。いずれの部も前半は題詠歌が集められていて、後半に贈答歌を多く含む非題詠歌群が配置されている。

雑部のうち「無常」には題詠歌はほとんどなく、ある特定の人物の死を悼む哀悼歌が大部分を占めているが、それとは反対に、「旅」・「神祇」・「釈教」はほとんどが題詠歌となっているため、他者と交流するような詠や、内心を吐露するような詠は少ない。これらに対して「述懐」の部は、前半に題詠歌、後半に贈答歌を中心とする非題詠歌を配置する構成になっていて、「賀」・「恋」の部の配列方法に近い。

ところで、『拾遺愚草』の構成については、兼築信行氏が『拾遺愚草』上・中巻の分析から、直接的には『秋篠月清集』に構成の範を求めることが可能であると指摘し、さらに、「定家の家集編纂意識は、良経家集と良経家歌壇の所産によって方向付けられた」と述べる(5)。

『秋篠月清集』は、百首歌と五十首歌が収められた「百首愚草」と部類歌集の形をとる「式部史生秋篠月清集」との二巻から成る。このうち部類歌集部分は、春・夏・秋・冬・祝・恋・旅・雑・哀傷・無常・神祇・釈教という部立て構成になっている。この部立ての構成や、四季歌の部に季節の推移によって歌を配列する時間意識が感じられることなど、『拾遺愚草』の構成と共通する部分も多い。しかしながら、『秋篠月清集』には「述懐」という部立てはみられない。

「式部史生秋篠月清集」雑部の中間部分には、

夢中述懐

うたたねのはかなきゆめのうちにだにちぢのおもひのありけるものを
まことにもよのことわりをしる人はこともおろかにいとふべきかは
述懐
よのうきは人の心のうきぞかしひとりをすまむみやこなりとも
ふちはせにひまなくかはるあすかがは人の心のみづやながるる
はらはでやのきばをくさにまかせましふるきをしのぶ心しげりて
そめおきしうきよのいろをすてやらでなほ花おもふみよしのの山
つぼむよりちるべきいろのものなればあらしにはなはやどるなりけり
をりをりの心にそめてとしもへぬ秋ごとの月春ごとのはな
ながきよのふけゆく月をながめてもちかづくやみをしる人ぞなき
てらすらむ月日のひかりくもらずはそらをたのみてよをやすぎまし
（『秋篠月清集』雑部　一五一一〜一五三〇）[6]

というように、述懐題の詠作が少なからず含まれており、その前後（一五一九〜一五二〇、一五三一〜一五三六）にも述懐性を多分に含んだ詠が並べられているが、良経はそれらをまとめて「述懐」部とはしない。また、『秋篠月清集』とともに定家の家集作成の参考とされたであろう父俊成の家集にも述懐の部は存在しない。さらに言えば、現存する私家集（部類歌集）のなかに、「述懐」部を設けた例は、定家以前にはみられない。先行する家集にはない部立てを自身の家集に設けたということは、そこに定家のこだわりがあったとみるのが自然であろう。

定家が家集に「述懐」を設けたのはいかなる意識によるものなのか。以下で、「述懐」部三十七首を具体的にみていく。

二　『拾遺愚草』「述懐」部と賀部の近似

『元永二年七月十三日内大臣忠通歌合』の顕季判に、「述懐の心なり、歌合にはよまずとぞうけ給はる」とあるように、述懐歌は晴れの場では詠まれない類いのものであった。それが『堀河百首』で「述懐」が歌題として用いられて以降、承安二年（一一七二）の『広田社歌合』をはじめとする社頭歌合などに述懐題が出されるようになると、「述懐」題は次第に一般的に用いられる歌題として認知されていく。

『広田社歌合』の判者俊成が、「述懐」題の七番判詞で「身沈み齢暮れぬるものの述懐の題にあふことは、憂へを延べ、胸を休むべき頼りには侍れど」と述べていることからも明らかなように、述懐題は我が身の不遇や老いといった嘆きを詠むものである。しかしながら『拾遺愚草』の「述懐」部には、いわゆる述懐題の本意にかなう歌々のほかに、単に不遇を嘆くにはとどまらない贈答歌がいくつも収められている。

「述懐」部は、前半（二七〇四～二七二二）には題詠、(7) 後半（二七二三～二七四三）(8) には贈答歌を中心とする非題詠歌が配置されている。このうち前半の題詠歌群は「述懐」の題意を満たすため、さまざまな悲嘆や憂悶が詠まれている。(9) 後半の非題詠歌群冒頭部の定家詠は、

　為家元服したる春加階申すとて、兵庫頭家長につけ侍りし

子を思ふふかき涙の色にいでてあけの衣のひとしほもがな（二七二三）

ゆるさるべきよし御気色侍れば、返し　家長

道をおもふ心の色のふかければこのひとしほも君ぞ染むべき（二七二四）

そのたび叙侍りにき

京官除日のついでに下﨟参議おほく納言昇進あるべきよしきこえしに、正三位を申すとて、清範朝臣につけ侍りし

雪のうちにもとの松だに色まされかたへの木本は花も咲くなり（二七二七）

人のよろこびはなくて、ゆるされ侍りにき

というように、子為家の加階を願う親心を歌い（二七二三）、昇進が思うに任せぬ身の上から正三位を乞う（二七二七）といった述懐歌の本意に沿うような歌が並べられている。しかしながら、続く贈答歌は、些か傾向を異にする。

建久六年正月叙位に、ともにかかいしたるあしたに、左衛門督隆房卿

くれ竹にこづたふ鳥の枝うつりうれしきふしの友にこそしれ（二七二八）

返し

もも千どりこづたふ竹のよの程もともにふみ見しふしぞうれしき（二七二九）

四位して後臨時祭日、越中侍従舞人にて内裏をいでしほどに

たちかへり猶ぞ恋しきつらねこしけふのみづのの山あゐの袖（二七三〇）

返し、つぎの日

山あゐのしをれはてぬる色ながらつらねじ袖のなごりばかりを（二七三一）

二七二八・二七二九の贈答には、嘆きの色は過去にも現在にもみえず、互いに昇叙した喜びだけが溢れている。

これらは、恩寵を得た後の明るい喜びを交わし合う歌が多く選びとられている賀部に入っていてもおかしくないよ

うな歌である。また、二七三〇・二七三一の贈答では、越中侍従（家隆）が五位のものがつとめる舞人として臨時祭に奉仕する嘆きを歌っているのとは対照的に、定家からの挨拶の歌である贈歌は、つい先頃四位に昇叙した定家自身の喜びが滲んでいる。『拾遺愚草』が定家の家集であることを考えれば、昇叙した定家の抑えきれぬ思いが込められた歌は、賀部に入集するほうが相応しいのではなかろうか。

述懐歌らしい歌として先にあげた二七二三と二七二七も、二七二三には加階が許されたことを歌う家長詠の答歌と「そのたび叙侍りにき」との左注があり、二七二七には「人のよろこびはなくて、ゆるされ侍りにき」という左注が付されるなど、非題詠歌群に収められている歌々は単に嘆きを歌うのみでは終わらず、その先に喜びが控えていることを示す構成となっている。『拾遺愚草』「述懐」部の非題詠歌群全体を見渡してみると、小侍従・慈円との贈答二つを除いたすべての贈答歌が栄達に関わるものであり、かつ、嘆きから喜びまでをひとまとまりにまとめた贈答歌となっている(10)。

このように「述懐」部の贈答歌の多くは、出詠時の沈淪の嘆きが、後には昇進の喜びと結びついていくのである。

賀部の非題詠歌群には、やはり栄達に関する贈答歌がかなり含まれているのであるが、その歌々は賀部の詠でありながら述懐的な要素がみられる。

　少将になりたるよろこびに、おなじ中将、身にうらみありてこもりゐられたりし比、三日をすぐして

うれしさをとはで過ぎつる日数にも思ふ心の色やみゆらん（二五〇六）

　返し

うれしさをとはれぬほどの日数ゆゑわくる心も色やみゆらん（二五〇七）

中将（公衡）は、定家の任左近衛少将の祝いを詠んでいるのであるが、詞書に「身にうらみありてこもりゐられたりし比」とあり、「思ふ心の色やみゆらん」から明らかなように、公衡自身の嘆きがかなり明瞭にあらわれている。これに対して定家の詠は、そのような公衡の心情を怨むような歌いぶりとなっている。さらにその直前の贈答では、

皇后宮権亮公衡朝臣、色ゆるされてともいまだしらざりしに、御禊行幸に菊のしたがさねきられたりしをみて、つぎの日

白菊のねは一もとの色なれどうつろふ程は猶ぞ身にしむ（二五〇四）

返し

たぐふなる名を思ふにも白菊のうつろふ色はげにぞ身にしむ（二五〇五）

贈歌答歌ともに結句に「身にしむ」が用いられていて、述懐性が強い。「色ゆるされてともいまだしらざりしに」と述べる詞書によって、後には禁色を許されるという栄誉に浴することが示されているのであるが、公衡の歌自体は嘆きのなかに沈んでいる。

二条中将、このゐづかさにて年たけぬるよし、述懐百首におほくよみて、程なく右兵衛の督になりてあしたに

かしは木はけふやわかばの春にあふ君がみかげのしげきめぐみに（二五二二）

返し　　兵衛督

春の雨のふりぬとなにか思ひけんめぐみもしげきもりのかしは木（二五二三）

この贈答では、詞書に「述懐百首におほくよみて、程なく右兵衛の督になりて」とあり、述懐歌を多数詠じたそ

の先で、二条中将（雅経）が右兵衛督を射止めたとある。これは、「述懐」部の贈答が嘆きを詠じたその先で喜びごとに巡り合うのとよく似た構造を持っている。

以上のように、賀部の一部と「述懐」部の非題詠歌群には、いずれも「沈倫の身が恩寵を得て昇進する」ことを主題とした贈答歌が選ばれていて、テーマ設定がよく重なっている。おそらく定家は、「述懐」部と賀部で、「立身出世」・「栄達」という共通する事象を描き出そうとしていたのであろう。しかも、「述懐」で詠じられた「暗」は、やがて恩寵によって「明」に変化することが予め約束される類いのものであるとも考えていた。賀部という本来喜びに満ちた部立てに、「述懐」部と共通するテーマと構成を持ち込んでいることから、そのように推察できよう。

峯岸義秋氏は平安中期の述懐歌について、必ずしも「悲観的」なものに限定されてはおらず、「明るい、「祝」とも見るべき述懐の歌も作られていた」ことを指摘している。峯岸氏はさらに「それは神に対する敬仰と感謝と祝福とを意味する祝賀的性質を帯びている」とも述べ、具体的な例をあげつつ、「宗教的関心」から「心明るい述懐」が詠ぜられたことを指摘する。(11) しかしながら、定家の場合にはそうした「神慮、御利益」を期待するというよりは、もっと直接的に、現世に君臨する君主の恩寵による「明」に焦点をあてている。

建保五年五月、御室にて三首、寄山朝

今朝ぞこの山のかひあるみむろ山たえせぬ道の跡を尋ねて（二七四二）

寄海暮

しき浪のたたまくをしきまとゐしてくるるもしらぬ和かのうら人（二七四三）

「述懐」部の末尾部分は、建保五年（一二一七）五月に詠じられた題詠歌二首で結ばれている。非題詠歌群に続けて題詠二首が置かれているのは、二七四四以降の二十四首とともに最終段階で増補されたものが、最終的に二七四四以降が切り取られたときに、直前の丁に書かれていたため除かれなかった可能性が考えられる。しかし、定家が「述懐」部に相応しいものではないと考えたのならば、相剝ぎを行って不必要部分を除いた後に継ぎ直すなど、修正の方法はさまざまにあったはずである。非題詠歌群に続けて現在も残されているということは、定家がこれらを「述懐」部にあって差し支えない作品と認めていたということではなかろうか。

この御室の道助法親王のもとで詠まれた二首が、いずれも「たえせぬ道」・「くるるもしらぬ和かのうら人」というように、「述懐」部の詠でありながら言祝ぎの歌となっていることは見逃せない。そして、「たえせぬ道」・「くるるもしらぬ和かのうら人」といった表現を形作る原動力になるのは、御室における和歌の営為であり、和歌を愛する御室の主という神仏ならぬ人の力である。「述懐」部の末尾にこのような歌二首を配置するのは、定家にとっての述懐歌は単に嘆きを披瀝するだけものではなく、その先には君主などの上位者による救済と栄光とが待ち受けているとの認識があったことを補強する材料となろう。

このような述懐歌に対する定家の考えは、正治二年（一二〇〇）にも見られるものであったことを次節で確認していく。

三　『正治初度百首』鳥五首と述懐歌

正治二年（一二〇〇）八月に詠進した『正治初度百首』は、定家に内昇殿をもたらした記念すべき百首である。『明月記』八月二十六日条には「夜部歌之中有地下述懐、忽有憐慈歟(12)」と記されており、詠進した歌に含まれていた述懐歌が力を発揮したことが述べられているものの、それが具体的にどの歌であるのかは明示されてはいない。『源家長日記』では、鳥題五首中の「君がよにかすみを分けし蘆たづのさらにさはべにねをやなくべき」が、かつて定家が勅勘を被った折に、許されるきっかけとなった俊成と定長の贈答を想起させるものであることから、内昇殿という「御恵み」を得ることができたのだとする。

召されし百首の歌ども、このほどに参らせ合はれたる中に、中将定家朝臣の百首歌の奥に侍りし歌、

君が代に霞を分けし蘆田鶴のさらに沢辺に音をや鳴くべき

この歌は、思ふ所侍るべし。

在位御時、五節に事ありて、殿上放たれて侍りける次の年の春、父の入道の詠みて後白河法皇に奉られたる歌侍りき。

蘆田鶴の雲路迷ひし年暮れて霞をさへや隔てはつべき

「返事せよ」と仰せ言有りければ、参議定長、

蘆田鶴は霞を分けて帰るなり迷ひし雲路今日や晴るらむ

かくて還昇せられて後、世の替はる事有りて、かき籠られ侍りき。今は、近衛殿関白せさせ給ふゆゑなり。今の摂政殿もとのやうに出仕せさせ給ひしに、此の中将も同じく出仕せられしほどの事なり。哀れにおぼしめしけるにや。かくて還昇せらる。まことに此の道をおぼしめさば、此の人々いかが御恵みも侍らざらむ。

（『源家長日記』[13]）

しかし「あしたづ」詠に内昇殿の契機があったとするのは家長の捉え方であって、定家自身は鳥題すべてに述懐の思いを込めていたと考えられる。

宿になくやこゑの鳥はしらじかしおきてかひなきあか月の露（一二九四）
てなれつつすゑのをたのむはし鷹の君の御代にぞあはんとおもひし（一二九五）
君が代に霞をわけしあしたづのさらにさはべのねをや鳴くべき（一二九六）
いかにせんつらみだれにし雁がねのたちどもしらぬ秋のこころを（一二九七）
我が君にあぶくま川のさ夜千鳥かきとどめつる跡ぞうれしき（一二九八）

右にあげたのは、『正治初度百首』で定家が詠んだ鳥題五首である。この五首については『俊成・定家一紙両筆懐紙』(14)（永青文庫蔵）と呼ばれる草稿が残されており、定家がどのような意図を持って詠じたのか、ある程度辿ることができる。一二九四は、歌に続いて「朝綱卿詩云／家鶏不識官班冷　依旧猶催報暁声」との注記があることから、朝綱の漢詩（散逸）を下敷きとして、官途の不遇を詠じていることがわかる。一二九五に続いては「文治之比禁裏御壺被飼鶏以近臣／被結番供奉其事 長房　信清　範光　保家　定家」と記されており、文治頃、後鳥羽天皇の治世下の禁裏で鶏の番をしていた事実に基づいて詠まれた歌である。また、一二九六については特に注記はないものの、先にあげたような俊成歌との関わりから詠ぜられたと推測される。

しかしながら、一二九七・一二九八については、これら三首ほどには詠出意図が明確ではない。

　鴈千鳥　已停止候云々、然而此二首
殊大切思給候　此外凡可構出とも
不覚候　制仰たゝそこしらす
してや候へからむ

凡ハ述懐題被止題ニ述懐之心
詠之旁雖有其憚　此鳥題凡
一切不可叶候之間如此詠候又偏以狭事
　為先者為道遺恨候之故也

一二九七・一二九八の後には、右のような注記がある。この前半四行のなかで、明確な理由は示されていないものの、雁・千鳥の詠は停止されていること、とりわけ大事な二首であるので雁・千鳥詠を是非詠出したいと考えていることが書かれている。また、後半四行では、本百首では（院の意向によってか）述懐歌は憚られる状況にあるけれど、鳥題において述懐を詠まないわけにはいかず、「狭事」（歌の「道」という大きなものとの対比で考えれば、本百首の雁・千鳥の詠の停止は些末事であるとの意であろう）にこだわって思うままに歌を詠まないことは、歌の「道」のために遺恨である、と述べているとみられる。定家にとって雁・千鳥詠は「制」を破ってでも詠みたいほど大切な歌であり、鳥題五首で詠まずにすますこと自体が、「為道遺恨」であるとの強い信念が表明されている。

定家はなぜそれほどまでに、雁・千鳥詠にこだわったのか。結論からいえば、雁・千鳥は、和歌を詠むためには欠くことのできない「文字」に擬えられる鳥であった故と考えられる。

まず、一二九八の千鳥詠であるが、「かきとどめつる跡ぞうれしき」とあるように、『正治初度百首』に歌人として召され、百首歌を書き留めることができた喜びが歌われている。千鳥は冬の景物として詠まれやすい鳥であるとともに、古くからその足跡が文字に擬えられ、手紙や和歌（歌道）を詠んだ歌で用いられてきた。

　内侍馬が家に、右大将実資がわらはに侍りける時、ごうちにまかりたりければ、ものかかぬさうしをかけ
物にして侍りけるを見侍りて　　小野宮太政大臣

いつしかとあけて見たればはま千鳥跡あるごとにあとのなきかな
（『拾遺和歌集』雑下　五五三・五五四）

返し

とどめてもなににかはせん浜千鳥ふりぬるあとは浪にきえつつ

ふみつかはすをんなのかへりごとをせざりければよめる　祭主輔親

みつしほのひるまだになきうらなれやかよふちどりのあともみえぬは
（『後拾遺和歌集』恋一　六二五）

最慶法師、千載集かきてたてまつりけるつつみがみに、すみをすり筆をそめつつとしふれどかきあらはせ

ることのはぞなき、とかきつけて侍りける、御返し　後白河院御歌

浜千どりふみおくあとのつもりなばかひある浦にあはざらめやは
（『新古今和歌集』雑下　一七二六）

このように、千鳥は文字をあらわす鳥として広く用いられてきたのである。

定家の全詠歌に含まれる千鳥詠を見渡してみると、ほとんどが冬歌に用いられており、多くの場合、その声が歌われている。

旅ねする夢路はたえぬすまの関かよふ千鳥の暁の声
（『拾遺愚草』殷富門院大輔百首　冬　二四三）

湖上千鳥

にほの海月まつうらのさよ千鳥いづれの島をさして鳴くらん
（『拾遺愚草』関白左大臣家百首　冬　一五五八）

深夜千鳥

おのれなけいそぐ関路のさ夜千鳥とりのそらねも声たてぬまに
（『拾遺愚草』権大納言家三十首　二〇七二）

その一方で定家は、千鳥の足跡を文字に擬える歌を、鳥五首詠以外には詠んでいない。そのことを鑑みるに、鳥五首を詠ずるにあたって、千鳥という素材を、意図的に普段とは異なる詠み方で用いようとしていたのではなかろ

うか。

つづいて雁であるが、雁は『漢書』にみられる蘇武の雁信の故事に基づいて、古くから和歌でも手紙を運ぶ鳥として知られていた[15]。時代が下ると、次にあげる白楽天の詩のように、漢詩において、雁の連なって飛ぶ姿そのものが文字に喩えられるようになる。

風翻白浪花千片　雁点青天字一行
（『白氏文集』巻二十　江楼晩眺景物鮮奇吟翫成篇寄水部張員外／『和漢朗詠集』眺望　六二四）

『和漢朗詠集』に収められた漢詩から、雁の連なりを文字と捉える表現が、日本でも広く受け入れられていた跡が確認できる[16]。

雁飛碧落書青紙　隼撃霜林破錦機　菅
（『和漢朗詠集』雁付帰雁　三二一）

碧玉装筆斜立柱　青苔色紙数行書　菅
（『和漢朗詠集』雁付帰雁　三二二）

沙頭刻印鴎遊処　水底模書雁度時　朝綱
（『和漢朗詠集』水付漁夫　五一七）

一行斜雁雲端滅　二月余花野外飛　順
（『和漢朗詠集』眺望　六二八）

こうした雁の連なりを文字に見立てる表現は、和歌でもさまざまに用いられている。

津守国基
うすずみにかくたまづさとみゆるかなかすめるそらにかへるかりがね
（『後拾遺和歌集』春上　かへるかりをよめる　七一）

前内大臣基
河水にとわたる雁のかげ見えてかきながしたる秋の玉づさ
（『続拾遺和歌集』雑秋　題知らず　五八二）

秋の御歌の中に　　崇徳院御製

かりがねのかきつらねたる玉章をたえだえにけつ今朝の秋霧　（『新後拾遺和歌集』秋上　三三三）

はるのそらうすはなぞめのかみなればたまづさとのみみゆるかりがね　（『江帥集』かへるかり　三九一）

先にあげた漢詩の用例において、雁の連なりは単に文字の連なりをあらわすものであり、その具体が手紙であるかどうかは関係ない。しかし、和歌において雁が文字に喩えられるとき、それは基本的に「玉章」（手紙）の文字になっている。また、手紙には多くの場合、歌が添えられている。

このように雁の連なりを文字と見立てる表現を概括した上で、定家が『俊成・定家一紙両筆懐紙』において「つらみたれにし」に傍記した「行乱」の「行」をみると、漢詩において雁の連なりを示す際に「一行」・「数行」といった表現が繰り返し用いられていることは注目される。

また、一二九七の第四句にみえる「たちど」（立処）という言葉は、和歌では主に「鹿のたちど」と詠まれることが多く、雁との繋がりは薄い。しかし、散文を探っていくと、雁との繋がりではないが、かなり特徴的な表現がみられる。

霞にたちこめられて、筆の立ちども知られねばあやし　（『蜻蛉日記』天禄三年二月）

思ひ出づることども書きつづくれば、筆のたちどもみえず霧ふたがりて　（『讃岐典侍日記』）

ありがたかりける筆の立ち処は、いづれも見所ありてをかしき中にも　（『狭衣物語』巻第四）

書きたるさま、筆のたちども知らぬやうなるに　（『浜松中納言物語』巻第五）

ことさらに書きたる筆の立ち処書き様、目も及ばずぞ今朝はいとど見なさるるや　（『とりかへばや物語』）

「たちど」そのものは一般名詞であるため、さまざまな用いられ方がなされている。(17)しかしその一方で、複数の作品で「筆のたちど」が「知らぬ」・「みえず」というように、「乱れやすいもの」と捉えられて繰り返し用いられているのである。

こうした先行作品の表現と、一二九七における雁の「行（つら）」の「たちど」もしられぬ「乱」れという表現からは、定家が雁詠において文字の乱れを表現しようとしていた可能性がみえてこよう。同じ『正治初度百首』には、

玉章をかけてはやらじかへる雁空行くつらに筆を任せて　（『正治初度百首』春　信広　二一一二）

といった詠も残されており、雁の「つら」を空に書いた文字として見立てることにさほどの無理はなかろう。

一二九七の下句「たちどもしらぬ秋のこころを」は、これまで「秋のこころ」を「愁」として、その愁えは昇進の遅れを嘆くものとして考えられてきた。それにともなって、「つらみだれにし」は整然とした雁の列から遅れるような自身の苦境を歌ったものと理解されている。[18] しかし、ここまで述べてきたように、上句が文字との関連から形作られたとみられるならば、下句で表現される「愁」もまた、自ずから別の詠みが可能になろう。

この時期の定家は、歌人として非常に大きな愁いのただ中にいた。『明月記』七月十八日条には、『正治初度百首』の詠者として後鳥羽院に認められかけていたものが、通親や季経らの口出しによって叶わなくなったとある。当時三十九歳であった定家を排除するかのように、このたびの催しは四十歳以上の「老者」のみで行うとの沙汰が通親から出たらしい。七月二十五日は、すでに詠者とされていた隆信が歌の相談にきたにもかかわらず面会しておらず、定家の嘆きは非常に大きなものであった。それが、父俊成の『正治和字奏状』によって、ようやく参加が叶う（『明月記』八月九日条）。一二九八の千鳥詠において『正治初度百首』に歌を奉った喜びを歌う定家は、同じ秋の七月までは、同百首への参加が叶わないという嘆きの中に置かれていたのである。このような状況下にあった定

家の雁詠は、「どういたしましょうか、百首に召されないため、列を乱した雁のように歌を書く筆を乱してしまった私の愁いを」と詠んだと解することが自然ではなかろうか。

歌材となるような鳥のなかに、和歌や歌道と直接的に結びつく鳥はいない。しかし、足跡が文字に喩えられる千鳥や、飛ぶ姿が文字の連なりとして歌われる雁などは、文字という点から、歌に結びつく鳥として比較的容易に想起されやすいと言えよう。

定家は、雁詠によって歌人としての自らの不遇を歌い、千鳥詠によって後鳥羽院の恩寵を得て百首歌の歌人となった自身の喜びを表現しようとしたのである。歌道家の人間にとって、歌人としての悲しみと喜びを詠ずることが可能な雁・千鳥は欠くべからざる鳥であり、それゆえ、「此二首殊大切思給候　此外凡可構出とも不覚候」と父に強く主張したのであろう。

また、このように解するとき、鳥五首は整然とした構成を浮かび上がらせる。

一二九六のあしたづ詠は、『俊成・定家一紙両筆懐紙』の時点では二首目にあったものが、のちに百首が整えられたときには一二九五と入れ替えられて五首の中央に置かれた。歌の順序の入れ替えには、相応の意図があったと推測される。すでに指摘されているところであるが、当該詠は先にあげた『千載和歌集』俊成歌とともに、『正治和字奏状』の奥に書きつけられた「和歌のうらのあしべをさしてなくたづもなどか雲井にかへらざるべき」を背景として詠まれた歌である。父の二首のあしたづ詠は、官人としての定家と歌人としての定家を窮地から救ってくれる歌であった。それを二首ともに引いた一二九六では「さらにさはべのねをや鳴くべき」と歌われていて、内昇殿も許されない現状の不遇と『正治初度百首』参加以降への期待感が秘められている。

その前後の二首ずつで、官人としての定家と歌人としての定家が詠じられている。一二九四はこれまでの官途の不遇を歌い、一二九五もまた「君の御代にぞあはんとおもひし」とこれまで不遇であった自身を詠じつつも、過去形で結んでいるあたりに今後を期待する定家の思いが透けてみえよう。そして、あしたづ詠を挟んで一二九七は、先に述べたように百首への参加が叶わないため筆を乱す嘆きに沈んだ定家をあらわし、一二九八は、百首の催しに参ずることができた喜びを詠じている。つまり鳥五首は、官人・歌人としての窮地を救ってくれた父のあしたづ詠を下敷きとした歌を中央に置き、前半で官人としての嘆きとこれからへの期待感を歌い、後半で歌人としての深い嘆きと喜びとを歌うというように、それぞれの立場における定家の「暗」と「明」とが詠ぜられる、きわめて整った構成をとっているとみてよかろう。

鳥五首の述懐歌を詠んだ定家は、述懐を単に嘆きに沈む自身を歌うだけのものとはせず、その嘆きは予祝されたものであることを表現するまでひとまとまりと考えていた。そのため、このような構成をとったのではなかろうか。

おわりに

以上、『拾遺愚草』雑部の「述懐」部を中心に、定家の述懐歌を辿ってきた。

「述懐」部の題詠歌群は、題詠歌は題意を満たすことが第一義であるため、そこから定家の内面を探るのは難しい。しかし、非題詠歌群をみていくと題詠歌群とは些か異なる傾向がみえてくる。そこには昇進・栄達に関わる贈答が多く収められており、歌われる嘆きも、ただ嘆きに沈み込むことで終わるのではなく、その先に喜びが待ち受けていることまでが贈答歌によって表現されていた。こうした構成方法は、賀部の昇進・栄達に関わる贈答歌と類似するものであり、定家にとっての述懐は予祝の意識を背後に持つと考え得るものであった。

さきに題詠歌は題意を満たすことが第一であると述べたが、『正治初度百首』鳥題五首は草稿に定家自身の注記が残されており、鳥五首は題詠歌ではあるものの、その背後に潜む定家の意識を考察しうる。そこで定家自身が「述懐」を意識して詠んだと述べる鳥五首を見ていくと、その構成からも『拾遺愚草』雑部「述懐」と同様に単に嘆きを嘆きのままにはせず、喜びへと転ずる配列がみられた。定家には、家集を編むよりもかなり早い時点から、述懐歌を嘆きのみに終始しない意識があったとみてよかろう。

本稿で辿ってきたような述懐歌に対する定家の意識の変化がどの時点で起こったものであるのか、ある一点を指摘することは難しい。しかし、『正治初度百首』での述懐歌の構成についての新たな試みが内昇殿に繋がり、その成功体験が、定家の述懐歌に対する意識を規定するきっかけの一つとなった可能性は小さくないだろう。併せて指摘しておきたい。

註

(1) 片山享「述懐歌小考(下)――新古今から新勅撰へ――」(『中世文芸』三八、一九六七)。

(2) 山崎桂子『正治百首の研究』(勉誠出版、二〇〇〇)、久保田淳『藤原定家』(ちくま学芸文庫、一九九四)、今井明「藤原定家の「殊大切思給」述懐歌」(『香椎潟』四八、二〇〇二)、久保田淳「『新古今集』の美意識――大内花見の歌三首を軸として」(『藤原定家とその時代』岩波書店、一九九四)、村尾誠一「理世撫民体考――藤原定家との関わりについて――」(『国語と国文学』六三―八、一九八六)、青柳恵介「藤原定家における述懐的なるもの」(『成城文芸』八五、一九七八)、田尻嘉信「述懐の歌について――「有心」との関連――」(和歌文学研究』一一、一九六一)ほか定家の述懐詠に関連する論文は数多い。

(3) 先撰二百首之愚詞、聊有結番事、

仍可謂其拾遺、又養和元年企百首之
初学、建保四年書三巻之家集、彼是間
幷居拾遺之官、故為此草名
建保四年三月十八日
参議治部卿兼侍従藤在判

（4）識語によれば、『拾遺愚草』は『定家卿百番自歌合』の「遺りを拾」った歌々で作られたということになるが、『拾遺愚草』と『定家卿百番自歌合』には共通する歌が多く含まれている。

（5）兼築信行「藤原定家の家集編纂意識――建久期良経家歌壇と『拾遺愚草』」（『国文学研究』一〇九、一九九三）

（6）以下、本稿で用いる和歌は、特に断らない限り『新編国歌大観』を用い、その歌番号を示す。

（7）題詠歌の末尾近くには次の三首がある。

承元のころほひ、内より古今をたまはりて、かきてまゐらせしおくに

ためしなき世世のむもれ木朽ちはてて又うき跡の猶やのこらん（二七一九）

てる光ちかきまもりは名のみして人のしもにや思ひきえなん（二七二〇）

ふるき歌をかきて仁和寺の官にまゐらすとて

年ふかき時雨のふるはかきぞおく君にのこさぬ色やみゆると（二七二一）

書写した歌集の奥に書きつけた歌を題詠とみることには問題があるかもしれない。しかし、当該三首の前後の歌々は「三宮十五首、雑歌」（二七一七・二七一八）と「承久三年内よりめされし、述懐歌」（二七二二）という詞書を持っている。増補の折、承久三年の詠を贈答歌（二七二三・二七二四）の直前に入れていることから、このときの定家は二七二一番歌までを題詠歌と扱っていた可能性が高いと考え、題詠歌と非題詠歌の境目を二七二一番歌の直後とした。

（8）冷泉家本『拾遺愚草』の「述懐」には別筆の押紙で書き加えられた部分が三箇所（①二七一三、②二七二五・二七二六、③二七四四～二七六七）ある。③の押紙が継がれている部分には本文料紙四丁分を切り取った跡があるので、当初は本文料紙に書かれていた二十四首を、ある時期に定家自身によって切り取られた可能性も考えられる。そこで本稿では、定家自筆部分を尊重し、押紙に書かれた部分はすべて考察の対象から外した。

（9）　建久五年夏左大将殿歌合、述懐、浮田杜
君はひけ身こそうき田の杜のしめただひとすぢにたのむ心を（二七〇四）
同四年九月粟田宮歌合于時辞職寄海朝
和かのうらやなぎたる朝の身をつくしくちねかひなき名だにのこらで（二七一〇）
おなじころ歌あまたよみける中に
なきかげのおやのいさめはそむきにき子を思ふみちの心よわさは（二七一二）

官人として、あるいは歌人としての我が身の不遇を歌い、我が子の行く末を思うがゆえの嘆きを詠ずるなど、定家の詠ずる嘆きは多岐にわたる。

（10）　西行上人みもすその歌合と申して判すべきよし申ししを、いふかひなくわかかりし時にて、たびたびかへさひ申ししを、あながちに申しをしふるゆゑ侍りしかば、かきつけてつかはすとて
山水のふかかれとてもかきやらず君に契をむすぶばかりぞ（二七三四）
返し　上人
むすびながす末を心にたたふればふかくみゆるを山川の水（二七二五）
又
神路山松の梢にかかる藤の花のさかりを思ひこそやれ（二七三六）
又返し
かみ路山君が心の色をみん下ばの藤に花しひらけば（二七三七）
と申しおくり侍りし比少将になりて、あくるとし、思ふゆゑありてのぞみ申さざりし四位して侍りき

（11）峯岸義秋「歌合における述懐の歌」（『文科紀要　東北大学教養部』一、一五九八）。
（12）『明月記』の本文は、冷泉家時雨亭叢書別巻二『翻刻明月記』一（朝日新聞販売部、二〇一二）に拠る。
（13）『源家長日記』の本文は、『中世日記紀行文学全評釈集成』第二巻（勉誠出版、二〇〇四）に拠る。
今上御時五節のほど、侍従定家あやまちあるさまにきこしめすことありて、殿上のぞかれて侍りける、そのとしもくれにける又のとしやよひのついたちごろ、院に御けしきたまはるべきよし、左少弁定長がもとに申し侍りけるに、そへて侍りける　　皇太后宮大夫俊成

あしたづの雲ぢまよひしとしくれて霞をさへやへだてはつべき
このよしを奏し申し侍りければ、いとかしこくあはれがらせおはしまして、いまははや還昇おほせくだすべきよし御気色ありて、こころはるるよしの返事おほせつかはせとおほせくだされければ、よみてつかはしける　藤原定長朝臣
あしたづはかすみをわけてかへるなりまよひし雲ぢけふやはるらん
このみちの御あはれみ、むかしの聖代にもことならずとなん、ときの人申し侍りける
（『千載和歌集』雑中　一一五八・一一五九）

(14)『俊成・定家一紙両筆懐紙』の本文は、前掲註2の山崎著書に拠る。なお、『俊成・定家一紙両筆懐紙』に関する先行研究としては、前掲註2の山崎著書のほか、橋本不美男『王朝和歌資料と論考』（笠間書院、一九九六）、前掲註2の久保田著書、久保田淳『中世和歌史の研究』（明治書院、一九九三）などがある。

(15)これさだのみこの家の歌合のうた　とものり
秋風にはつかりがねぞきこゆなるたがたまづさをかけてきつらむ　（『古今和歌集』秋上　二〇七）
もろこしにて　かきのもとの人まろ
あまとぶやかりのつかひにいつしかもならのみやこにことづてやらん　（『拾遺和歌集』別　三五三）
これたかのみこのうたあはせに
秋風にはつかりがねぞきこゆなるたがたまづさをかけてきつらん　（『友則集』二一）

(16)雁の隊列についての漢詩・和歌における関心と受容の詳細については、岩井宏子「「雁」の詩と「かり」の歌」（『国文目白』三九、二〇〇〇）を参照。

(17)年経るにける立処変わらず（『源氏物語』末摘花）
御門のわたり隙なき馬、車の立処にまじりて（『源氏物語』胡蝶）
ふたもとの杉のたちどをたずねずはふる川のべに君をみましや（『源氏物語』玉鬘）
琴柱の立処乱るるものなり（『源氏物語』若菜下）
雲とも霧とも立ち処知らぬゆくへなさを恨み尽くし（『松浦宮物語』二）

(18)前掲註2の久保田著書、山崎著書、今井論文など。

稚児物語における欲望と性幻想の仕組み

李　龍美

はじめに

お伽草子には、主に寺院を中心に僧侶と稚児との交情を描いた、いわゆる「稚児物語」と呼ばれる物語群がある。たいてい仏の化現である稚児との交情を通じて、相手の僧侶が真の発心と仏道に導かれるようになるというあらすじを持つ稚児物語は、中世だけの独特な文学現象であると言える。

これまで稚児物語をめぐる研究は、主に稚児と僧侶の同性愛の有り様、あるいは稚児の聖なるイメージを中心に論じられてきたが、これらの先行研究の成果をまとめると、次のようである。

まず、家の存続と繁昌に縛られていない同性愛の純愛を説き、ジェンダーの側面から稚児物語をもう一つの恋愛譚として定義する。(1) 一方、観音の化現である稚児が相手の僧侶を救済し、自分は悲劇の最期を遂げるという展開は、前代の仏教説話、ないし貴種流離譚の流れを汲むものであるという見方も見られる。(2)

本稿では、登場人物の情愛の成り行き、もしくは稚児の転生に注目した既存の研究とは視座を異にして、稚児物語における現実の再構築の様相について考察してみたいと思う。具体的には、稚児物語の代表的な作品とされる『秋夜長物語』と『あしびき』を対象に、物語に築き込まれた稚児の記号化されたイメージ、僧侶の欲望と性幻想の投影、そして、父権の影響力などについて探ることにする。

一　中世の寺院と稚児

もともと「稚児」とは幼少の子供を意味する言葉であるが、中世の寺院では沙弥になる前の修行中の童子の中で、容顔美麗で詩歌・管弦に優れ、特に僧侶の性愛の対象となる少年を指す。説話集に稚児が登場する話としては、『宇治拾遺物語』巻一—一二「児の掻餅するに空寝したる事」、巻一—一三「田舎の児桜の散るを見て泣く事」や、『古今著聞集』巻八—八二三「仁和寺覚性法親王の寵童千手、三河」などがある。また『徒然草』五四段では、仁和寺の稚児を誘おうとして失敗する僧侶たちの姿が描かれている。このように、稚児にまつわる逸話はお伽草子以前にも見られるが、それはまだ物語の要素を持たない、ただのエピソードに過ぎず、お伽草子にいたって初めて、緻密な構成とストーリーを持つ「稚児物語」が生まれたわけである。寺院における僧侶と稚児との情愛を本格的に物語の素材として取り上げ、優美な作品に仕上げたことは、注目に値すべき成果であると思われる。つまり、「稚児物語はその硬質な文体、真摯な作品姿勢等、室町物語の中では文学的に高い水準を確保している(3)」と評価できるのである。

1　寺院と稚児

本題に入る前に、まず中世寺院における稚児の位相について述べたいと思う。中世の寺院には様々な童たちがいた。その代表が児・上童・中童子・大童子と呼ばれた童たちであり、彼らは寺院の中でも院家や房と呼ばれる空間で生活していた。院家・房とは、寺院の内部において公的な寺家に対して、僧侶の私的な生活の場に当たり、稚児・童たちはここで、それぞれ違う身分と役割をもって暮らした。寺院が教育の担い手でもあった中世には寺入りをして一定の期間の学習を経て、再び俗界にもどる公家・武家の子弟もいた。高い家柄の稚児に与えられた主な課題は、学芸・管弦・詩歌などの教養や諸技術を身につけ、国家的祈禱・修法を営む僧侶の後継者の道を歩むことであった。したがって、学問・管弦・詩歌・舞楽などの学習の他、師主である僧に供侍し、その姿を化粧と華美な装束で飾り立てられ、日常的には僧の身近の諸事を務め、僧の行列と仏事といった、いわばハレの場に出るのも稚児の役割の一つであった。

もう一つ、稚児の重要な役割として、童舞の担い手であることがあげられる。例えば、『石山寺縁起絵巻』の石山寺常楽会の場面や、『天狗草紙』東寺・醍醐・高野巻の醍醐桜会の場面など、絵巻にも当時の華やかな童舞の様子がよく描かれている。「中世になって芸能の中心が宮廷から寺社へ移行し、饗宴形態の芸能が盛んに行われていた当時の寺院では童舞は欠かせないことの一つであった。ときには神そのものとも見なされる聖なる稚児・童は、寺社で営まれる恒例・臨時の仏神事・修法・祈禱の中でも童舞を演じることによって、その場に神を降下させ、あるいは霊魂を招き寄せ、その場を聖なる空間に転化する」というのが、稚児、中でも師主に寵愛される寵童の役割であった[(4)]。実際、寺院の桜会などの際、他寺の僧侶が稚児を見初めることも多かったようで、例えば、『古今著聞集』巻五―二一一には、醍醐の桜会の際、僧と稚児との和歌の贈答の場面が見られる。

このような状況から見ると、師主である僧侶と稚児との間柄は、師弟というより主従関係に近いと言える。つまり、「稚児が師主の側近に祗候し、その服従故に寝室にまで奉仕するのは当然の成り行き[5]」となり、このことから、稚児といえば僧侶の性的な相手というイメージが固められていったのである。

ところで、僧侶側にしてみれば、稚児と交情を交わすことは誰もができるわけではなく、僧正や僧都、律師など、位の高い僧侶に限った特権であった。言い換えれば、一般の僧侶にとって稚児とは、それこそ高峰の花であったわけである。また、稚児側にしても、僧侶の寵愛を独り占めにするためには、その出自もさることながら、詩歌・管弦、舞楽などの才能を備えた上、容顔美麗でなければならなかったのである。こういうことから想定すると、寺院内部では僧侶と稚児との交情は尊くてめでたいこととして受け入れられていたのかもしれない。また、そこから稚児物語の美学が生まれ、発心遁世譚と絡み合って、物語の独自性を築き上げたとも言えるのではないだろうか。

2　虚像の他者

文学は現実を再構成することによって人間の欲望と現実認識を表す。そういう意味で、稚児物語に描かれた稚児は個性を持つ一人の主体的な人間というより、仏教の教義ならびに僧侶の性幻想が投影された虚像の他者であると言える。このような記号化の一つとして、稚児の身体的な境界性があげられる。普通、稚児は十二歳から十六歳頃までの美少年であるが、この時期が過ぎると正式な出家儀式を経て仏門に入ったり、還俗して家を継いだりした。十二歳から十六歳という年頃は第二次性徴が現れ始める時期にあたり、彼らが子供から男へ変わる境界に置かれていることを示す。このように刹那的で限られた稚児の身体的な価値は、物語の中で、彼の登場が主に春の満開の桜を背景に行われることで強調される。ちなみに、寺院の中で、稚児は僧侶と俗人の境界に置かれた存在である。このような身体的、ならびに社会的な境界性こそ、稚児のアイデンティティーの一つであると言える。

一方、焦点を稚児から僧侶へ移して稚児物語を読み直すと、出家（求道）→出会い（愛執）→別れ（失恋）→遁世（悟り）の展開となり、出家遁世譚、もしくは懺悔譚として読み取ることができる。このような出家遁世譚や懺悔譚はあくまで僧侶の悟りと解脱が主題であるだけに、僧侶の欲情は煩悩即菩提というプロセスのなかで肯定される。要するに、僧侶が男性でもなく女性でもない、境界的な存在である稚児と契りを交わすのは不邪淫戒を破ることではなく、むしろ、仏の化現である稚児は僧侶を真の仏道へ導く存在であり、二人の交情は宗教的に昇華されるのである。

二　『秋夜長物語』と『あしびき』

1　『秋夜長物語』

『秋夜長物語』は、稚児物語の代表作として早くから注目を集めてきた。成立年代は十四世紀後期、ないし十五世紀初期と推定されており、歴史的事実や多様な先行の文学作品を典拠とする特徴が見られる。物語のあらましは次のようである。

比叡山の衆道桂海律師は名誉と利益にのみ走って、出家者として修行を怠っている自らの姿を反省し、石山寺に詣で、煩悩即菩提を祈願する。七日目の夜、夢に容顔美麗な稚児の姿を見て以来、その面影が忘れられなくて悩んでいた。そんなある日、通りかかった三井寺の聖護院の庭で、偶然、一人の稚児を垣間見るようになるが、その稚児こそ夢に見た人と少しも違わなかった。以後、桂海は何とかしてその稚児に近づこうとするが、周りの状況が厳しくて、なかなか会う機会が訪れないまま日々が流れる。ある日、侍童の桂壽のはからいによって、桂海は師の坊の来客接待の酒宴の隙を窺って抜け出してきた稚児の梅若とようやく一夜を過ごすことができる。

その後、桂海は稚児を偲ぶ毎日を送り、梅若も桂海を慕っているうち、ついに桂壽を供にし、寺を抜け出して比叡山へ赴く。しかし、途中、二人は天狗に誘拐されてしまう。稚児の失踪に驚いた三井寺ではすべて山門の仕業であると憤り、稚児の父である左大臣まで疑ってその邸を焼き払い、左大臣は行方不明となる。また、戒壇のことでかねてから寺門との間で確執を続けていた山門の衆道たちはこれを聞き、たちまち蜂起して三井寺へ押し寄せ火をかけたので、三井寺は新羅大明神の社壇だけを残して全焼してしまう。

一方、石牢に閉じ込められていた梅若は、天狗たちの話から山門と寺門との合戦を聞いて悲しんでいるうち、淡路の竜神の化現である老翁の助けによって、無事に救い出される。しかし、故郷と三井寺が全焼し、父と師主が行方不明となった現実を目の前にし、梅若は絶望する。彼は桂壽に歌を託して桂海のもとへ行かせた後、入水してしまう。やがて、桂海は西山の岩蔵に庵室を結んで梅若の菩提を弔い、後には東山に雲寺を建てて贍西上人と仰がれる。後に、三井寺の衆道たちの前に現れた新羅大明神は、梅若は観音の化身で、今度の災いも桂海を真の仏道に赴かせ、多くの人を救済させるための方便であったと教える。

『秋夜長物語』の構成は、歴史的事実や多様な先行の文学作品を典拠としている点にその特徴が認められる。例えば、長年にわたる天台宗の延暦寺（山門）と三井寺園城寺（寺門）との対立関係という歴史的事実を、稚児と僧侶との愛情物語に巧みに取り入れて話を展開させている点、そして、登場人物も、平安時代の実在人物である贍西上人をモデルとしている点などがそれである。こういうことから、この物語の作者は「園城寺の僧侶か、園城寺関係の文人のものの戯筆である」(6)と推定されている。

2　『あしびき』

『あしびき』は、僧侶と稚児との恋情を描いた稚児物語の中、『秋夜長物語』に次ぐ雄篇であると評価される。その成立年代は、『看聞御記』の永享八年（一四三六）の記事に、内裏で「足引絵」の書写・制作が行われたことが記されていることから、およそ南北朝末期から室町初期にかけてであると推定されている。あらましを紹介すると、次の通りである。

朝廷に仕えていた儒林の隠士、菅原某は心を仏門に傾け、一人息子を比叡山東塔のとある律師のもとへ託した。その子はやがて侍従君玄怡という名を得て、学問修行に努める。八月のある夜、侍従は所用でしばらく滞在していた白河辺で、奈良の民部卿得業の子で興福寺東南院の稚児を見初め、やがて二人は契りを交わすようになる。侍従は山へ帰っても稚児のことが忘れられず、再び白河へ戻るが、稚児はすでに奈良へ帰ったあとであった。

一方、稚児も侍従を慕い、一人で奈良を出て比叡山に登るが、二人は偶然再会をし、寺院で一緒に暮らす。稚児の失踪に驚いた奈良では童から事情を聞き、傅の覚然を山へ遣わす。侍従は稚児を伴って奈良へ行き、稚児の父親である得業から稚児の住山の許しを得て、一足早く山へ戻る。ところが、稚児は継母に髪を切られ、悲歎のあまり家を抜け出して、道で出会った山伏とともに熊野へ赴く。稚児の失踪を聞いた侍従は悲しみのあまり病気となって実家に帰るが、心配する父母が山伏験者を招いたところ、山伏に従っていた弟子が稚児であることがわかり、二人はともに比叡山に登った。

三年後、父親に会いたいという稚児の望みで、二人は奈良へ下るが、たまたま得業は留守で、継母は娘婿である鬼駿河来鑒に命じ、稚児を殺そうと謀る。これを知った侍従らは合戦の準備を整え、鬼駿河来鑒を討つ。やがて、妻の奸計を知った得業は彼女を追放し、稚児は東南院を継いで小将律師となる。侍従も比叡山で師の跡を継いだが、のちに大原に隠居し、寂而上人と呼ばれる。小将も隠遁して高野山へ入ったが、そこで二人は再び再会、ともに修行に励んだあと、二人とも往生を遂げる。

『あしびき』は五巻構成となっており、三回にわたる稚児と侍従との偶然の再会が軸となって繰り広げられる。物語の筋を中心に考えてみるならば、それぞれの話を一つの独立した短編物語として把握することもできる。また、多くの稚児物語が主に稚児と僧侶との関係を単純化して、二人の交情と僧侶側の宗教的な救済を説いているのに対して、『あしびき』では、物語の展開に緊密性が乏しく、並列的・非連続的な構成を示しているのである。

三　僧侶の欲望と性幻想

1　欲望の投影

結論から言うと、「性的対象として尊い存在」とされる稚児の位相は、寺院内の僧侶層によって築かれたと言える。つまり、物語に現れた稚児のイメージと位相を築き上げ、かつ受容し、享受してきた主体は、僧侶側なのである。前にも述べたように、現実における僧侶と稚児との関係は相思相愛の情愛というより、一方的な少年愛に近い。言い換えれば、実際の寺院において、僧位の高い僧侶と稚児との関係は、お互い情緒の交感に基づいた横の間柄ではなく、権威と服従、性的な搾取と犠牲といった縦の間柄であり、こういう側面から、実際の僧侶と稚児との関係には、ジェンダーの非対称性が見てとれる。

しかし、稚児物語に描かれた僧侶と稚児との関係は、現実のそれと甚だ違うばかりでなく、両方の力学関係が逆になっている。つまり、物語の中では僧侶に対する稚児の積極的な求愛と純愛だけを取り立て、二人があたかも対等な関係で結ばれているかのように築き上げているのである。この点について、もっと詳しく検討してみよう。

2　誘惑する稚児

（稚児）「今夜コソ御所ヱ京ヨリ客人ノ御入候テ、御酒宴ニテ候程ニ、門主モ痛ク酔ハセ玉テ候ヘバ、フケ過グル迄帰ラデ祗候セヨ、召具セラレテ是ヱ忍ビヤカニ御入候ベシ」（『秋夜長物語』）

（僧）やがて袖をひかへて、語らひ寄れば、児も自づから返事などして、（中略）「月は簾をかゝげてこそ見侍らめ」とて、侍従が手を引きて、内へ入りければ（『あしびき』）(7)

右の二つの文は、僧侶の求愛に対する稚児の反応である。ほとんどの稚児物語は必ずと言ってもよいほど、同じ寺院に属する僧侶と稚児の交情は扱っていない。『秋夜長物語』と『あしびき』においても、僧侶と稚児の所属はそれぞれ延暦寺（山門）と園城寺（寺門）となっているが、両方は長い間、同じ天台宗のなかでも、対立関係を保っていた。このように、二人の所属を葛藤関係にある寺院と設定することで話の伏線を示し、物語の展開に緊張感を与えている。

また、『秋夜長物語』と『あしびき』の僧侶は出家したばかりの若手であるだけに、まだ寺院の中で影がうすい立場である。彼にとって、稚児は、別当や院家の主などでないと擁することができない「高峰の花」であったと言える。つまり、若手の僧侶が稚児に恋慕し、自分のものにしようと図ること自体、寺院の権威への挑戦にほかならない。その上、律師や僧都など、最高位の僧侶に寵愛される稚児と若い僧侶の交情は、寺院社会の秩序を覆す下剋上であるとも言える。

一方、物語の中で稚児は僧侶の求愛に対して積極的に応えるだけでなく、自ら相手を誘惑する人物として描かれている。このように、稚児の大胆な行動は、日頃、「イットナク深窓ノ内ニ向テ、詩ヲ作、歌ヲ読テ」（『秋夜長物語』）、「白河の関守はきびしき習ひ」（『あしびき』）というふうに、限られた範囲内での暮らしを強いられた稚児の事情から考えると、なかなか想像しがたい。すなわち、得体の知れない初対面の僧侶の求愛に対して、待ってましたと言わんばかりに応え、しかも何のためらいもなく自分からすすんで誘惑する稚児の姿は、とりもなおさず、稚児に誘惑されたい僧侶の欲望から作り出された、物語だけの虚像であると言える。

もう一つ、対立関係にある寺院の僧侶と稚児との交情という設定は、ただちに僧侶と稚児、二人の関係が垂直的な従属ではない、水平的な紐帯であることを意味する。中世寺院において、「少年愛は権力者である僧侶による、少年の内的自己を含む身体の人格的支配、隷属関係、主従関係を強制するものであり、（中略）能動者である成人と受動者である少年という、一方通行的な人格的支配、隷属関係」(8)であった。ところが、このような現実とは違って、稚児物語に見られる僧侶と稚児の出会いおよび情愛は、二人の対等な付き合いと情緒の共有に基づいて行われる。要するに、主従関係を離れて対等で純粋な情愛、社会的な禁忌に拘らない大胆な行動力という面から、稚児物語は、いわゆる恋愛至上主義を掲げた中世小説の恋愛譚と連動する。また、物語における現実の再構築は、「聖↓性↓聖」という稚児の位相を高める仕掛けでもあったのである。

3　成熟する稚児

さて、僧侶との情愛に積極的で果敢であった稚児は、やがて僧侶の行方を追って、自ら艱難辛苦の旅を選ぶことになる。つまり、僧侶と稚児はつかの間の出会いの後、やむを得ず別れることになるが、この際、恋慕に焦がれてあてもない旅路につくのは、常に稚児のほうである。

若君ハ元来三台九赫ノ家ニ生レテ、香車宝馬ノ駕ナラデハ、カリソメニモ未泥土ヲフミ玉ワネバ、足タユミ心疲レ果テ、、更ニ歩カネ玉ヘリ。（『秋夜長物語』）

思ひ残す事なかりけるまゝに、童にだにもかくとも言はで、たゞひとりつき出て、都の方へぞ辿り上りける。（中略）昼は方々つゝましかりければ、草むらの中に立忍びて、日の暮るをぞ待ち暮しける。（『あしびき』）

この文からもわかるように、物語は二人の再会の前段階で、稚児の苦行に近い逆境を語っている。このような逆境は、ある意味では稚児の精神的な成熟の道程を示すものであると思われる。

「行方モ知ラヌアダ人ノ只云捨シ言ノ葉ヲ実ニシテ、吾ニ心ヲツケシモ、誰ガセシ態ゾヤ。今ノ程ニ我ヲシルベニシテ、イカナル山ノイヅクノ浦ナリトモ尋行」トカコチ玉ヒテ、涙ヲハラハラトコボシ玉フ。（『秋夜長物語』）

人はいさ、おぼし入れぬ事を、ひとりかくしもやなど、心に心をもどき侍りつるに、（中略）此上は本意違ひ侍らねば、山へこそは登侍らめ。（『あしびき』）

右の文は、稚児がつらい旅の生き方を選んだきっかけは、どちらかと言えば、僧侶の愛への揺るぎない信念からではなく、稚児自らの確固たる自意識からであったことを明かす。言い換えれば、稚児にとって大切なのは、自分に向ける僧侶の愛ではなく、僧侶に向ける自分の純愛の完成、もしくは自らの信念を貫くことであったのである。

ふつう、物語の中で描かれた葛藤の様相の裏面には、その社会の道徳イデオロギーと自我の軋轢が潜んでいると言える。とすると、寺院を離れて自らすすんで流離する稚児の行動は、ただちに寺院の道徳律を捨てると同時に、真の自我を突き止めようとする、いわば「精神的な離乳」を表していると言えるであろう。

四　父親の拘束、そして順応

1　父親の遺言

稚児物語の中の主人公である稚児と僧侶は、もともと父親の意思によって寺院生活を始めるわけであるが、その例をあげると次のようである。

我こそかゝる影法師にて果つとも、是を引立てて、絶なむとする道をもつがせ、廃れなむとする家をもおこさむと思けれ共、（中略）いかならん僧坊辺にもつかはして、出家修学をもせさせて、後生菩提をつぶらはれむとぞ、案じ成にける。（『あしびき』）

これから侍従君玄怡は信仰心の篤い父親の意思にしたがって、比叡山東塔のとある律師の弟子として入山したことがわかる。また、父親は亡くなるまで息子の寺院生活にいろいろと干渉し、入山してから三年が過ぎても正式に出家を認めてもらえないことに強く反発し、ついに侍従君玄怡の出家を成し遂げさせる。

一方、稚児の父親も、息子の出家を熱心に望んでいた。

父の最後の遺誡、心肝に染みておぼえければ、（中略）寂而房といふ房号をつきて、墨染の姿にぞなりける。（『あしびき』）

ここにおいても稚児の出家遁世の決め手となったのは、父親の遺言であったのである。ちなみに、『松帆物語』という稚児物語にも、「法師になして父の御跡をもとはせ給へ[9]」と言って息子の出家を願う父親の姿が見られる。

2　別れと死

『あしびき』は稚児物語の中で、唯一死別ではなく、生き別れのモチーフを持つわけであるが、僧侶と稚児との別れの最も大きなきっかけとなったのは、実は「父親の説得」である。

「相構、この度は留め置き給てんや。いづくにか侍とても、恐らくは御兄弟のごとくにこそ候はむずれ」など、言へば、（中略）互に離るべき心地もせざりけれども、別涙を抑えて、侍従は登りぬ。（『あしびき』）

この文は、稚児の父親が僧侶である侍従に会って、稚児と別れることを頼む場面のせりふである。もともと、興福寺の住職である父親は、寺を継がせるために息子の若君を東南院へ預けて修行させたのであった。結局、父親に逆らえず、若君と侍従は生き別れて各々出家と遁世を選ぶことになる。自分の意思に反して情愛を絶たざるをえなかったという点から見ると、二人の別れは、「擬死」にあたると言えよう。とにかく強力な父権の行使、そして、それに対する服従こそ、主人公である稚児と僧侶の運命を拘束する中心軸として働いているのである。ちなみに、稚児物語において稚児の死は、主に父親との絆を前提に語られる場合が多いが、その例をあげれば次の通りである。

只我故ナル事ナレバ、サコソ神慮（神ノミココロ）ニモ違ヒ、人口ニモ落ヌラント、アサマシク覚テ（『秋夜長物語』）

右は『秋夜長物語』の梅若のせりふである。彼は自分のせいで山門と寺門との間で血塗れな合戦が起こり、その結果、実家が廃墟となり、父親と師主が行方不明になったことを知って絶望する。そして、自責の念に捉われて、ついに自ら入水してしまう。ちなみに、稚児物語『幻夢物語』にも父親との関わりで最期を迎える稚児の姿が見られる。

はな松殿、あわれ、とくおとなになり、親のかたきを、うちとりて、無念をさんし、父の、つひせんにも、備へはやと、申されしを

（『幻夢物語』[10]）

ここで稚児の花松は父親の仇討ちのために還俗するが、仇討ちに失敗して、無念の死を遂げることになる。物語において直接稚児を死に至らせたのは、僧侶への愛ではなく、父親、ひいては跡取りとして家（イエ）に対する責任感、もしくは負債の意識であったことがわかる。つまり、稚児物語の主題を一言で言うと、「聖なる稚児の純愛とそれによる僧侶の救援」ということになるが、物語の構造の裏面には、「仏法という建前に隠された家父長制の秩序とイエ意識」という、もう一つの中世的な言説があると言えるであろう。

3　擬制的な父権の認知

さて、『あしびき』の僧侶である侍従君玄怡は、紆余曲折の末、稚児と再会し、二人で一緒に寺へ戻る。ところが彼は、稚児の存在を律師に打ち明けられず、思い悩む日々を送る。果たして彼はなぜ、稚児のことを隠さなければならなかったのであろう。その理由としてまずあげられるのは、若君が対立関係におかれた寺院の稚児であることであろう。すなわち、勝手に若君を連れてきたことによって、今後、両方の寺院の間で確執なり不祥事なり、起こりかねない状況に陥ったのである。ところで侍従の躊躇いをめぐってもう一つ、注目したいと思うのは、侍従がその直前まで、律師の寵愛を独り占めし、可愛がってもらった稚児であったという事実である。要するに、侍従が律師に素直に稚児との関係を打ち明けられなかった理由として、律師の思惑―侍従への未練や若君への嫉妬など―をあげることもできるであろう。

ところが、いざ、事の顛末を知らされた律師の反応は、侍従の懸念とは裏腹に、意外な展開を見せる。それは次

の通りである。

律師聞きて「哀にありがたかりける事かな。影恥づかしき老法師、定めて面伏にぞ思はるらめども、とくして見参せばや」（中略）律師さまざまにもてなしけるを、近隣の人々次第にもれ聞きて「いみじくやさしき事かな」とて、集まり慰めけるに　（『あしびき』）

右からは、律師の寛容と彼の稚児への厚いもてなし、そして律師のやさしさに感心する周りの反応がわかる。つまり、律師の承認があってはじめて、侍従と稚児との愛は、隠すべき禁断の恋から誇らしい羨望の恋へと変わるのである。こういう面から考えると、侍従と稚児との間柄をめぐる律師の承認と歓待という設定は、擬制的な父親の許諾、すなわち、父権の介入を意味すると言える。

結び

本稿では、稚児物語の代表作といわれる『秋夜長物語』『あしびき』を中心に、物語に見られる僧侶の欲望と性幻想の投影の仕組み、そして、記号化された稚児のイメージについて考察してみた。文学が現実を再構築することで人間の欲望および現実認識を表すと言うなら、稚児物語における稚児の位相や性格のあり方は、とりもなおさず、僧侶の稚児への性幻想に基づいて成り立っていると言える。つまり、社会における寺院の役目と影響力、そして新しい教義などといった中世の時代相を背景に、僧侶の情念と仏法との接点を求める過程で生まれたのが稚児物語であったのである。

実際、寺院における僧侶と稚児との関係は、精神的、かつ肉体的な面ともに、相思相愛といった疎通と交流の間柄というより、稚児に対する僧侶の一方的な少年愛に近い。そして、彼らの関係性は権威と服従、搾取と犠牲という縦関係に基づいているので、男女の恋愛とはまた異なるジェンダーの非対称をも見ることができる。

しかし、稚児物語では、お互い対立する寺院に属する若い僧侶と稚児の交情を描くにあたって、稚児自らの積極的で大胆な性愛を浮き彫りにすることで、二人の情緒的な交感と対等な純愛を強調し、いわば「唯一無二の恋愛譚」を創り上げている。

一方、物語の中で、父親は遺言、そして時にはもっと積極的で強引な形で、主人公の運命を拘束する人物として描かれている。その結果、物語は僧侶と稚児との純愛という主題と並行して、父権への順応と家に対する義務の随行という、もう一つの言説で締めくくられる。こういう面から見ると、稚児物語における「稚児の死」には、神性の発現以外に、「父権への帰属」という意味合いも見出すことができると思われる。

註

（1）①「僧侶と稚児の性愛は権力再生産に結びつかない「性」関係であるゆえにこそ、その性愛は純化した恋物語を形成するのである。」（木村朗子『恋する物語のホモセクシュアリティ』青土社、二〇〇八、一五八頁）。②「児を僧侶の恋の唯一の対象と考える結果、児をふつうの恋愛談の女の位置にすえて表現する―いわば児の女性化が行はれざるをえなかった。」（市古貞次『中世小説の研究』東京大学出版会、一九五五、一四〇頁）。

（2）①「稚児の聖なるイメージと無力にして悲劇の最期は貴種流離譚の延長線上にあり、菩薩の化身である稚児が僧侶を真の仏道へ導くという稚児物語は前代の仏教の救済譚へつながっている。」（浜中修『室町物語論攷』新典社、一九九六、六〇～六七頁）。②「なぜ、稚児物語が書かれたか（中略）ほとけを幻視できぬ人々の、「稚児」を通してみようとした人々の熱い思いをみる。」（長谷川正春「性と僧坊―稚児への祈り」『国文学解釈と鑑賞』一九七四・一、六二頁）。

（3）浜中修、前掲書、一五頁。
（4）以上、寺院における稚児の役割に関しては、伊藤清郎「中世寺院に見る「童」」（『中世寺院史の研究』下、法藏館、一九八八、一八四頁）による。
（5）土谷恵「日本文学における男色」（『文学』〈冬〉、一九九五、四二頁）。
（6）斎藤清郎「秋夜長物語について」（『甲南国文』一四号、一九六七、四頁）。
（7）以下、『秋夜長物語』の本文引用は『御伽草子』（日本古典文学大系、岩波書店、一九五八）、『あしびき』の本文引用は『室町時代物語』上（新日本古典文学大系、岩波書店、一九八九）による。
（8）細川涼一『逸脱の日本中世　狂気・倒錯・魔の世界』（洋泉社、一九九六、七三～七四頁）。
（9）『松帆物語』の本文引用は、横山重・松本隆信『室町時代物語大成』一二巻（角川書店、一九八三）による。
（10）『幻夢物語』の本文引用は、横山重・松本隆信『室町時代物語大成』四巻（角川書店、一九八三）による。

伝承を活かす試み——巖谷小波と芳賀矢一——

関口智弘

はじめに

まず、この論集の表題である『絵解きと伝承そして文学』の、伝承の部分について考えてみたい。伝承について研究するとき、その多くが過去のものであることに気づく。前の代から伝えられてきたものなのだから当然といえばそれまでなのだが、伝承の中身にしても、絵解きや立ち絵、紙芝居にしても、必ず発生の瞬間というものがあるわけで、出現した当時は、その手法にしても技術にしても、取り扱われるコンテンツにしても、目新しいものであったはずなのである。そして、さらに重要なことは、その瞬間にこそ、伝承や伝統として扱われている事物がいかにして生み出され、営まれてきたのかを知るための情報が最も多く含まれていると考えられることである。ともあれ、タイムマシンも無い現状、過去のことは資料や状況証拠から可能な限りこれを考えていくほかに知る手立てがない。とすれば、今現在、生まれ続けているであろう、将来、伝統や伝承として扱われる事物はどうなのであろうか。

紙芝居のことを調べていて感じたことがある。紙芝居は、一九三〇年頃に立ち絵から生じたといわれているが、生じた時点では扱う内容も、絵も、目新しいものであった。話の筋書きにしても、子どもがわかるくらいには同時代的であったり、一部の作者が、当代の映画や文学、果ては社会思想まで反映させて作ったりした代物まで存在するという。紙芝居は、今でいえばマンガやアニメの同人誌のように、甚だ同時代的な性質を伴った芸能であったのだ。とすれば、紙芝居の復元を考える上では、過去の絵柄や過去の作品のサルベージを行う一方で、現代的な作品を作って演じてみることからも、その本質を探り得るのではないか。

伝承や伝統について考えるとき、過去にどうあったのかを知り、保存し受け継いでいく方法を模索することは重要であり、多くの分野で解決を待っている問題が山積しているが、それだけではなく、今日にどのように活かしていくのか、どのようにして伝承や伝統の中から力を借りていくのかを考えることも、意義のあることなのではないだろうか。そう思うとき、芳賀矢一と巌谷小波の名が思い起こされるのである。

一

芳賀矢一は、明治から昭和のはじめにかけて活躍した国学者、国文学者である。巌谷小波は、芳賀矢一と同時期に活躍した児童文学者である。二人の業績を辿ると、それぞれ専門とする分野について、従来の運用を変えたか、変えようと尽力した形跡が見られる。二人は、それぞれの専門とする分野への愛着と熱意とを持ちながら、その在り方を変えかねない行動に出たという点で相通じるものがある。二人は、日本語の仮名遣いの改善運動で轡を並べたが、その他にも、芳賀矢一は、文献学の手法で国学、国文学を照らし、その在り方を変えようとし、巌谷小波は、日本の近代児童文学における創作話篇の創始者でもあった。昔話や民話、伝説や神話を収集し、全集にして出版した蒐集家でもあり、特に、巌谷小波は伝承話の蒐集家・愛好家でありながら、作家として、その性質を変えかねない運用を行い、度々批判を受けた。ここでいう民話とは、民衆の中から生まれ伝承されてきた説話のことである。『世界お伽噺』（博文館、一八八九）の中で、ドイツ語の「フォルクスザアゲ」（Volks Sage）を「民間の口碑」として紹介しつつ、日本には適当な訳語が無いと書いている巌谷は、西洋の近代的な国家を築いた人間の成長、教育に影響した物語としての民話に注目した。芳賀は、口承や記述の中にあらわれる伝説や神話を、歴史的な事実から切り離すように考えつつも、伝説や神話といった物語に、時代時代の国民・民族の思想の発達や変化を見てとることができるとし、その研究の必要性を説いていた。通常、愛好者ならば、たとえ客観的な改善の必要性を見出しても、本質や運用に関わる変更を容易には行わないであろうし、また、望まないはずである。芳賀矢一も巌谷小波も、専門家である以前に、各々の分野に愛着と熱意とを抱いていたことは疑いが無い。それでも、両人は国学や児童文学に大きな変化を齎した。二人は、いかにして変革者たりえたのだろうか。本論では、二人の足跡を追いつつ、その過程を見てみることにする。

二

左に引用した文章は、芳賀矢一が明治三十八年（一九〇五）六月、『史学雑誌』第16編7号に発表した「地名伝説に就いて」という論文（『筆にまかせて』〈日本書院、一九二四〉に収録）の一部である。

要するに伝説は国民の考へ出した一種の誌的産物であつて、全く史学に関係ないといふことは言はれないのであります。今日は単に地名伝説に就いて申しますが、一般の伝説に就いて申しますれば、皆史学に多少の関係があるので、史学は申上げるまでもなく、国民の思想の発達も研究の題目として居らなければなりませぬから、国民の如何なる思想が伝説の上にあらはれたか、其思想は何処に起つて、何処へ拡がつたかどんな風に変わつたかといふやうなことは、其の時代の伝説を見て参考にしなければならぬと思ひます。伊賀の国の二つの伝説を見ても、国民思想の変化は分かつて来る、伝説其のものは歴史に関係ありませぬが、伝説の研究と言ふことは史家にも棄てたものではない。歴史材料として伝説を研究し、本当の資料と甄別することも、今日はまだまだ必要であると思ひます。又伝説は文学には最も必要である。面白い伝説で文学に謡はれないのが沢山ある。地名伝説にも中々面白い話があるので、まだ文学に顕はれてないものを文学に謡ふといふことは大切のことと思ひますから、どうか一般に伝説研究の盛になる様にといふ私の希望を序に述べて置きます。

この「地名伝説に就いて」は、芳賀矢一が日本各地の伝説や伝承に深い関心をもって研究をしていたことを示す論文である。伝説や神話、昔話や民話を語り伝えたり、記録したりする動きはこれ以前にもあったが、芳賀矢一の場合は、文献学や古代学といった手法に基づいてこれらを繙いたところに特徴がある。議論は伝承や伝説、神話に冷静な分析を加えつつ、作り話の可能性を明確に意識しながら展開され、

それでかういふ風な具合に、地名を解釈するといふことは上代の人ばかりではない。近代の学者でもやつて居る。斎藤彦麿のやうな人が、伊豆の国は出湯の国であるといひ、賀茂真淵は武蔵相模をムサガミ、ムサシモだと言つて居る。又鴨裕之は甲斐は甲斐の黒駒とて飼の義だといひ、薩摩は幸実だと言つた。鹿児島は無目籠で、鹿児島の内海は天孫遊猟の遺跡だなどと真面目にいつて居る。かういふ風に学者も解釈をする。宗教家は自分の宗教の都合のためには、色々の話を拵へて居る。それは昔から今日まで絶えたことがない。又文学者は

文学の伝説を変化して、狸穴と言ふ地名は八犬伝では狸の出たやうなことにする。妹背山といふ面白い名は、もとより文学には適当である。文学者が伝説の源を拵へて詩化して来る。さう言ふ風に故意に拵へることも沢山あります。

このように、身も蓋も無いとも感じられるようなことを述べている。地名にまつわる神話や伝説に向き合いつつも、一定の距離を置いているのである。文献を批判的に解読しているとしてしまえばそれまでだが、縣居の国学を修める家系に生まれ、自らも国学者の道を邁進した芳賀矢一のイメージからは若干の隔たりがあるようにも思える。

芳賀矢一は慶応三年（一八六七）、越前福井藩に生まれた。芳賀家は代々国学を修め、講釈する家柄であった。福井藩の藩校の中心は朱子学であり、芳賀家が修めた学問は皇学に分類されるものであったが、古学や詠歌を通じて「やまとごころ」を知るこうした学問は、教養科目のようなものであった(1)。幕末に生まれた矢一が小学校へ入学する頃には、父真咲は教育者から役人へと転じ、社会の情勢は、古学や詠歌を修めることに興味を失いつつあった。それでも国学への興味と熱意とを失わなかった矢一は、大学へ進学するにあたって、文献学に出会う(2)。西洋の学問である文献学が、自分が熱意を傾けつつも世間に顧みられなくありつつある国学に適用し得るという直観は、矢一にとっては刺激的なものであったと考えられる。文献学は、矢一自身が研究した縣居の門人たちの業績や、古学を体系化していった荷田春満の学問の方法に似ているところがあり、また、西洋の近代的な学問の裏付けを得ることで、国学が再び学ぶべき学問として顧みられるようになると考えられたのである。

明治三十三年、帝国大学で文献学を学び、既に教師となっていた矢一は、文部省から命じられてドイツへ渡る。ベルリン大学附属東洋語学校で教鞭をとるようになった矢一にとっては、本場で文献学を学び、日本に持ち帰ってどのように根付かせていくのかを考えるには絶好の機会であった。そして、この時に、帰国後に日本語仮名遣いの改善運動や国定教科書に関する事業等で行動を共にする巌谷小波と知り合うのである。

三

巌谷小波は明治三年（一八七〇）に東京府東京市麴町区で生まれた。本名は季雄という。父一六（本名…修）は近江水口藩の藩医を務め、松田雪柯・日下部鳴鶴と並ぶ明治の三筆として知られる。明治期には官吏を務め、それとともに東京に移った。季雄は二人目の妻八重との間に生まれた四人目の子で、季雄に大きな影響を与えた兄立太郎は最初の妻田鶴との間に生まれた長男であった。父方の祖母利子は、新待賢門院（孝明天皇の母）の祐筆を務めた。季雄は利子に可愛がられ、能や歌舞伎につれていかれた。また、父の書斎にあった漢籍や『西洋事情』『輿地誌略』『剪灯新話』『八笑人』『七変人』を読み、湯島聖堂の帝国図書館に通い詰めて『水滸伝』『アラビア物語』『空中旅行』など、さらに、馬琴の小説や浄瑠璃本などを読みふけった。藩医の家の子として医者になることを期待されながらも、文学、小説に熱中して医学の勉強が蔑ろになっている季雄を心配して、兄立太郎は留学先のドイツからオットーの『メルヘン集』を送り、ドイツ語の勉強をさせようと仕向けたが、このことが季雄の文学趣味をさらに昂じさせることになった。やがて、現在の独協中学・高等学校にあたる独逸学協会学校に入学、在学中の明治十八年に硯友社の最若年作家として、『真如の月』で活動を開始した。同じ時期に新聞に投稿を始め、その際に漣山人を名乗る（しずく、と誤読されたことから、明治二十八年以降、小波の表記を用いている）。若者の恋愛を言文一致で書き上げた小説は話題になったが、作品を重ねるごとに、言文一致の不徹底ぶりが批判の対象となった。また、明治二十四年に『少年世界』に発表した『こがね丸』以来の児童向けの創作話篇は、子ども向けの読み物としてフィクションを書き下ろすことが不適切であるとして、教育界、文壇、そして読者からも批判を受けることになった。『こがね丸』は、日本の近代児童文学における初の創作話篇である。[3] 国内においてまだ見慣れぬ児童向けの創作話篇は、教育界や文壇、読者が持っていた既存の価値観から、逆風を浴びせかけられることになる。[4] 言文一致の不徹底については、『こがね丸』冒頭でも作者自身が「されば文章に修飾を勉（つと）めず、趣向に新奇を索（もと）めず、ひたすら少年の読みやすからんを願ふてわざと例の言文一致も廃しつ。時に五七の句調など用ひて、趣向も文章も天晴（あっぱ）れ時代ぶりたれど、これかへつて少年には、誦（しょう）しやすく解しやすからんか。[5]」と断っている通り、当時の児童にとっては芝居や文語的な言い回しの方がかえって読みやすかったのかもしれない。それは、明治期の教育の中で、文語と口語とが読み書きの中でどれだけ教えられていたかによって判断が左右されるのだが、例えば、『少年世界』第二巻第四号（一八九六・二）の読者欄に掲載された「少年世界に望む」と題された読者からの批判文は、

> 小生は少年世界一号より毎号愛読致次号の発行を十二三日前より待程に御座候初め小生は幼年雑誌に於て従前発行の五雑誌を合し少年世界とて俊秀卓絶の雑誌を発行するとき大に其志の絶妙ならんと待居候処其発行するや余輩少年をして聊か不満の感を懐かしむ他に不有幼年欄を見る其載る所皆昔話の新案にして六七歳の小童を楽ましむるに如ず少年世界を読者七八歳の童兒は稀にして多く一二三歳より十六七歳以下の青年のみなり何ぞ然らば青年に相当する修身談乎或は記者深奥優饒なる胸中を探り有益なる新欄を設けられたし

という具合であり、詳細な年齢はともかくとして、書き言葉としてはこのくらいの記述をこなす少年がいた。そして、口語が授業の一単元として確立するのはまだ後のことである。そのように考えると、文語的な表現を「かへつ

て少年には、誦（しょう）しやすく解しやすからんか」とした小波の申し開きは正鵠を射ているように思えるが、小波の潤色とも翻案ともいえる芝居や戯文がかった脚色はこの後も続き、柳田国男らから、収集した民話や伝説をテキスト化する過程で脚色することで、その背景にあった事実がそこなわれるとして、やはり批判を受けている。この点に関しては、小波自身が、幼少期から親しんだ能や歌舞伎、そして父の書斎や図書館で読みふけっていた書物からの影響があり、つまりそうしたものが「好き」であったのであろう。しかし、巌谷小波が生きた時代の言文一致とは、口語とは異なる文語を用いていたことで、書物に書かれている知識や教養に触れる人間が限られていたことへの批判を含んでおり、一度、言文一致を背負って出た以上、「好き」で済まされる問題ではなかったのである。小波が日本語の改良に着手するのはドイツ留学から帰った後であるが、その際には、「好き」とは違った問題意識が芽生えていた。

さらに、後述する武島羽衣とのメルヘン論争などを経て、明治三十年ごろになると、私生活でのトラブルが続くものの、押川春浪や下田歌子など、その後の活動を広げるきっかけになるような人物と交流をもった。明治三十年代には作家のみならず教育者としても精力的に活動を展開するようになった小波にドイツ留学の話が舞い込んだのは、明治三十三年四月のことであった。

巌谷小波が招聘された経緯は、巌谷大四著『波の跫音―巌谷小波伝―』（新潮選書、一九七四）によれば、先にベルリン大学で教鞭を執っていた加藤晴比古から、小波が編集した『日本昔噺』が日本語の授業の教材とされていること、さらに、小波本人が教鞭を執ることが望まれていることを聞かされたことで、急遽決まったという。ドイツ留学については小波著『小波洋行土産』（博文館、一九〇三）にまとめられているが、日本語が、教えるにも学ぶにも甚だ難しいことを痛感したという旨が記されている。この時の体験から、小波は帰国後に「日本言葉の会」を立ち上げ、仮名遣いの改善を主張し、口語の音をそのまま記す「小波お伽仮名遣い」を提唱した。巌谷小波の提案は、日本語の伝統を蔑ろにするものとして貴族院の議員から反感を買い、同会に所属していた森鷗外らの反対もあって頓挫したが、この時、小波に賛同したのが芳賀矢一であった。

四

芳賀矢一は、国学者でありながら、巌谷小波の主張に賛成した。やはり、ドイツ留学での経験から、日本語は教える上でも学ぶ上でも、その理不尽な構造が学習に向かないと実感したからであった。これは、英語やドイツ語の言語的な構造に感化されたというよりも、単純に、学問が人間を自由にするものであるという発想から来ている。芳賀矢一が学んだドイツの文献学は、ゲッティンゲン大学でリベラル・アーツに連なるものとして存在していた。当初は書かれている言葉の総体としての文献を理解しようとするものであり、言葉の真意や正しい読みを精読する類のものではなかったが、文献を通じて古代の事情を知ろうとする性質は古代学へと結びつき、古典を精読するリテラシーは、それ自身を必須教養として大学で教えることで、当時のギムナジウム出身者の雇用先を確保する動きに組み込まれていくことになる。

これにより、研究者が大学という場所に群生できるようになり、文献の精読や解釈を持ち寄り議論するゼミナール形式の授業が成立することになる。こうした授業における議論の方法はソクラテス的な問答法が参考にされ、討論の過程を記録したノートが今日の研究ノートの端緒となった。十八世紀から十九世紀にかけてゲッティンゲン大学やベルリン大学を中心に、やがて国を越えてヨーロッパに広がっていくこうした動きは、古代ギリシアやルネサンスの学芸を理想として人間性の全面的発展と完成とを求めた思潮である新人文主義の潮流の中で、ゲーテやシラー、ベック、フンボルトらを輩出していく。

話が前後するが、リベラル・アーツとは、ギリシア・ローマ時代以来、人を自由にするために修めることが必要とされた文法学・修辞学・論理学の三学と、算術・幾何・天文・音楽の四科を合わせた自由七科とも称される科目である。『国文学読本』などの、芳賀矢一の著書でも、古代ギリシアやローマは度々引き合いに出される。さらに、明治維新以来の日本の躍進とアジア諸国の当時の状況の明暗を説明するために、学問の重要性を持ち出していることなどを鑑みるに、矢一自身もリベラル・アーツや新人文主義の思想に思うところがあったことが窺える。学問が人を自由にし、国の躍進や存亡に関わるとすれば、日本語が学ぶに難しい言語であるということは、国と国民の行く末を考える上で重要な問題であった。

芳賀矢一は明治三十五年に帰国後、初めての講義を「日本国民伝説史」と題し、明治三十七年九月から翌年七月にかけて東京帝国大学で行っている。講義はドイツの文献学や古代学の手法で記紀神話、祝詞、『今昔物語集』や『日本霊異記』などを資料として繙いたものである。また、明治三十八年には『史学雑誌』に前掲の「地名伝説に就いて」を発表している。かつて、自身が学び修めながら、世から顧みられなくなっていた国学の価値を改めて世に問うように、矢一の活動は活発化していく。巌谷小波との出会いは、神話や伝説が語り継がれていくこと、またそれによって、児童の育成＝国民の再生産に影響が出てくるということを確信した児童文学者との出会いでもあった。そして、開国以来、日清戦争、日露戦争といった国家間の格差や戦争、民族の興亡を目の当たりにしてきた芳賀矢一や巌谷小波にとって、日本人がいかにして生きていくのか、日本という国がこの先どうやって生き残っていくのかは、甚だ現実的で、差し迫った問題になっていた。

五

帰国後、文献学の裏付けに基づいた国学と国文学を展開していった芳賀矢一だが、この時期は日露戦争や大逆事件といった出来事を通じて、日本が思想統制を強めていく時期でもあった。明治三十九年には牧野文部大臣が「学生生徒風紀振粛元気振興」の文部大臣訓令を出し、明治四十一年には「通俗講談会」が発足した。これらは、日露戦争後の混乱と、民衆の不満に対して、政府が国民の意識を再統制する必要性を感じておこされたものであり、学校教育と対置される形で定義されて以来、あまり触れられることのなかった通俗教育の語が約二十年ぶりに登場する。通俗教育とは、学校での教育とは別に、家庭や子ども達を取り巻く環境の中で行われる教育全般を指す言葉であり、学校教育が、国や企業に対する個人のリテラシーを教育するものであるとすれば、通俗教育は、社会や世間との関わり方に関する知識を身に着けさせる教育である。明治四十四年に、大逆事件に対応する形で小松原文部大臣が発足させた「通俗教育調査委員会」は、日露戦争後の混乱や社会不安に際して、政府が通俗教育への干渉に意欲的になったことを示している。「文芸委員会」「通俗教育調査委員会」には芳賀矢一も巌谷小波も名を連ねている。矢一は、「お伽噺」の効果を信じドイツでの体験も併せて桃太郎主義の教育を提唱した小波共々、こうした流れの中にあった。

芳賀矢一の『国民性十論』は明治四十年十二月に冨山房より発刊された。日本国民の性質を、忠君愛国、祖先を崇び家名を重んず、現実的・実際的、草木を愛し自然を喜ぶ、楽天洒落、淡泊瀟洒、繊麗精巧、清浄潔白、礼儀作法、温和寛恕、の十に分けて論じた『国民性十論』は、冒頭で西洋文明との比較や当時の世界情勢を述べながら、日本人自身が、日本人とは、日本とはどのようなものかを自覚しなければならないと説くところから始まる。続いて、日本の神話や伝説、文学、生活空間にある建築や道具に至るまであらゆる切り口から、日本人の性質を論じている。そして最後は、当代を過渡期であるとした上で、伝統的な文化や作法が失われていくことを嘆きつつも、開国して外へ打って出た以上は、変えるべきところは変えねばならないし、守るべきところは守らねばならないとし、その判断のためによく過去を知り、新来の長所を見極めていくことが必要であるとして終わる。「国学とは何ぞや」は、帰国後の明治三十七年に国学院同窓会で行った講演の記録であるが、この中でも、荷田春満ら国学者の歴史と国学を司る学校の設立に纏わる話をしながら、日本の国学は西洋の文献学に近しいものであるとした上で、従来の日本の国学が「古代に偏し過ぎた」としている。それは、日本的なものの本質を求める際に、時代時代に偏った学問になり、結果的に、国学や時期や国籍といった都合で分断された状態にある国学を有機的に連動させることで、より客観的な自国史や、国民性が見えてくるということであり、中国やインドといった、国外との関係を改めて問い直すことで、世界の中の日本が、かつてどうあったのかを把握することでもあった。「今日以後の国学者は、徒に個人の跡を踏襲せずして、新しい方法によって研究しなければなりませぬ」と述べた直後に、故人の業績を忘れてはならないと続くので、過去のやり方を否定することではなく、むしろ、過去を客観的に把握した上で、これからどうすべきかを考えていくことが、国学に必要であるとする意図が窺える。矢一が言うように、国学の目的が、日本人や日本という国の過去の出来事を知ることを通じて、日本人や日本という国の本質を知ることであるとするならば、国学の目的であり役割は、また、日本人がこの先どのように振舞っていくのかを考える材料を探し出し、提供することに他ならない。

芳賀矢一が文献学を用いて展開した国文学や国学は、開国以来の勢いを失いつつあり、それまでを振り返り、これからを考えなければならなくなった日本にある種の指針を示し得るものであった。日本人とはどのような存在であり、日本とはどのような国であるのか。いわば、過去の来歴を確認しつつ、後先にわたって自己定義を行わねばならなくなったとき、芳賀矢一の師である小中村清矩がとった「国学の本質とは日本の本質、日本人の本質、事実を知ること、その言詞を知ること」というスタンスと、近代化された文献学・古代学による裏付けは大いに役立ったのである。ここで言う「言詞」とは、言葉遣いの変遷と、それに伴う思想の変化を知ることであり、同時に、漢学や漢文学の思想を判別し、純粋に日本的な部分を抽出するという意味である。当時の世界において、日本のみが列強に並び立たんとしていた理由を国民性に求め、その過程で、インドや中国との比較と、その思想的文化的影響を分別しながら、日本を当代の日本たらしめた日本人の本質を語り出そうとする態度は、「国文学読本緒論」や『国民性十論』などに度々見られる。『国文学読本』は明治二十三年に冨山房から出版されたものであり、矢一のかかる姿勢が学生時代から既にあったものであることが窺える。

六

芳賀矢一は、ドイツ滞在中に知り合った巖谷小波を文部省の図書委員や通俗教育調査委員会等に推薦した。小波は国内外の民話や昔話、伝説や神話を収集し、その分類や理解については浅からぬものがあったが、学者や研究者として振舞うことは避けていた節がある。(6)幼少期から古典や戯文に親しんだ小波は、児童文学だけにとどまらない広い教養を有していたが、何よりそれらを愛した愛好者であった。藩医の家に生まれ、工学者となった兄立太郎に代わって医者になることを期待されていた小波は、好きが昂じて十五歳で硯友社の最年少作家として言文一致の小説『真如の月』を書き、以降、作家としての道を進み始める。その作風は内外の児童文学や古典に範を採りつつ、巌谷小波が好んだ古典や戯文のテイストを取り込みつつ、後に『桃太郎主義の教育』へ繋がっていくような、教訓譚でも歴史物語でもない、フィクションとしての児童文学に一定の価値を見出すものであった。小波が明治二十四年に『少年世界』に発表した『こがね丸』は、日本の近代の児童文学としては初の創作話篇とされているが、言文一致の立場をとる作家でありながら芝居がかった言葉遣いや表現が目立ち、武島羽衣とのメルヘン論争で小波が掲げた「無意味非寓話」「わんぱく主義」といった思想が既に見られる。

小波が展開した創作話篇が、史実や既存の常識から自由な創作であるだけに、子どもの読み物としては教育的な価値に欠ける無意味で非寓話的なものであるという批難に対して、小波は「メルヘンに就いて」（『太陽』明治三十一・五）という文章の中で、敢えて無意味非寓話主義と称して事実や歴史、教訓に基づかない児童文学の意義性を説き始める。同文中に提示された「わんぱく主義」は、開国以降、世界に打って出なければならない日本人には、我意を戒めて遠慮と弁えを美徳とする風潮よりも、むしろ、欲しいと思ったら進んで取り、敢えてこれを為す「進取敢為」の姿勢が必要であるという考えから、上役に唯唯諾諾と従うだけの小利口な子どもよりもむしろ、わんぱくな子どもを育てるための児童文学が必要であるという主張であった。「メルヘンに就いて」の中には、次のような一文が書かれている。(7)

ファベルならばいざ知らず、メルヘンとしては、必ずしも道徳的倫理的の加味を要せず、寧ろ無意味非寓意の中に、更に大なる点可有之と存じ、所謂印象明瞭よりは、神韻朦朧たるを可とするが、申さば小生の主義に御座候、

ここで言うファベルとは、ドイツ語の Fable（寓話）のことであり、翌三十二年に博文館から出た『世界お伽

噺』発刊の辞には、[8]

一体お伽噺には、種々な種類がありまして、独逸語で云いますと、メエルヘン（奇異な話を小説的に書いた物）ファーベル（教訓の意を寓した比喩談）ザアゲ（古来の云い伝え）エルツェールング（歴史的の物語）の種に成り、そして其中のザアゲが、フォルクスザアゲ（民間の口碑）ヘルデンザアゲ（勇士の口碑）と、こう二つに別れて居ります。日本にはまだ適当な訳語がありませんから、通例は只お伽噺と云って居りますが、其中に自ら種類があります。彼の『少年世界』の巻頭に、私の始終書いて居りますのが、まづメエルヘンに属するもの。又それに教訓の意味を含ませた、『新伊蘇保物語』の様なのが、即ちファーベル又『日本昔噺』は大抵ザアゲを集めたので、『舌切雀』、『桃太郎』の類を、所謂フォルクスザアゲと云い、『八頭大蛇』、『羅生門』などは、立派なヘルデンザアゲです。それから『日本お伽噺』に成ると、ヘルデンザアゲ四分に、エルツェールング六分で、只『姨捨』と『羽衣』とが、フォルクスザアゲに成って居ります。

と書いており、明確な分類意識の元で書き分けていることを示している。他方、「無意味非寓話」で「わんぱく主義」のメルヘンが持つ具体的な意義性については、この時点では明言できていなかった。ドイツ留学における、ドイツの児童教育やフレーゲル主義との接触から、『桃太郎主義の教育』へと、その思想を昇華させていくのは明治四十年代のことであり、皮肉なことに、その頃には、巌谷小波が開拓してきた「お伽噺」はより芸術性の高い「童話」として世に受け入れられ、『赤い鳥』を刊行した鈴木三重吉らが主流となっていく。[9]

巌谷小波が明治二十一年に発表した『鬼車』は、小波自身がドイツ留学中の兄から送られて熱中したオットーの『メルヘン集』に収録された『Der Waldmensch』を翻訳しながら書かれたものであるが、原作との比較によれば、『鬼車』には王子の言動を中心に、巌谷小波が改編を加えた箇所が散見される。[10] 王子が母親や怪物など、周囲からの指示に従うままに行動していた箇所を、小波は王子が子どもらしい発想や科学的な知見に基づいた判断を下し、行動に移していくように書き換えており、後に提示される「わんぱく主義」の着想が既に息づいている。小波は、古典や戯作といった既存の作品を愛好しつつも、欧米列強の国々を築いた人々を育んだ児童文学を意識しながら、積極的な改編をもたらそうとしていた。そこには、積極性と行動力とに富んだ、世界に出ても競り負けないような強烈な人間像を理想として、将来の日本を担っていく子ども達に提示する目的があった。

芳賀矢一がベルリン大学で出会った頃、巌谷小波は作家として脂ののっていた時期でもあり、同時に、収集してきた民話や伝説を「お伽噺」として全集化していた。小波の作品は、前述したような言文一致の不徹底、史実性や教訓性の欠如したフィクションが教育上無意味であるという批判の他に、各地で収集してきた民話や昔話を元に作品を書く上で、潤色や改編の度合いが強すぎて、伝承の背景にある事実や歴史や風土といったものをそこなっているという批判がなされるが(11)、これは、巌谷小波が民話や昔話、神話や伝説の研究者である前に、作家であり運用者であったということではないだろうか。小波にとって、個々の「おはなし」は、サンプリングされるための素材であり、一度取り込んでしまえば、後は自在に組み合わせ、編集して出力する＝語り出すものであった。明治二十七年から二十九年にかけて博文館から刊行された『日本昔噺』に収録されている第1篇『桃太郎』や第19篇『一寸法師』など、芝居がかった口上や味付けがされた作品と、『大語園』に収録された内容とを比較すると、素材は素材として保存・保管していかなければならないことが自覚されていた（方言や固有名詞は捨象されているが）ことが感じられる。個々の民話や伝説の現状維持を偏重するあまりに、鍵付きで扱ってしまい、却って人々から忘却されたり、世情から乖離して存在意義があやふやになったりすること等を考えると、積極的に運用することで、社会の中の存在としての立ち位置を絶えず確認し続けることにも、意義があるように思われる。

七

国学や古学を文献学の見地から扱った芳賀矢一と、「無意味非寓話主義」「わんぱく主義」を掲げて、収集した民話や伝説、昔話や神話を時代の中で積極的に運用しようとしていた巖谷小波とには、日本の既存の文学を当代の社会に積極的に活かそうという意気において通じるものがあったのだろう。矢一が帰国後に小波に送った書簡からは、小波のお伽仮名遣いの頓挫について、その立場に賛同しつつ気遣う一方で、文部省の教科書委員会への参加をとりなすなど、公私にわたり交流があったことがわかる。[12] 芳賀矢一の死にあたって「芳賀博士をしのぶ」として巖谷小波が奏した文章には、[13]

博士が、伝統的の国学者でありながら、またすこぶる進歩した例の上田博士と共に仮名遣い改良論者で、その点が私とも同主義者だつた所から、私をいれて国語読本の上に、年来の持論を実行させんとし、かつその内容においても童話的気分を加味させようとしたからであつた。

とあり、小波を文部省の「文芸委員会」や「教科書調査委員会」に積極的に引き込んだ理由が、仮名遣いのことだけでなく、小波の「お伽噺」を軸にした活動であったことが窺える。帰国後の巖谷小波は次第に児童文学の作家としての活動からは距離を置き始めるが、この時期には『桃太郎主義の教育』（東亜堂書房、一九一五）を著して、児童教育や婦人教育の分野でお伽噺の口演や教育に関する講演を行い活躍していた。桃太郎主義とは、[14]

日本開闢三千年、国をして今日ほど発展した時はないが又今日ほど大切な時もあるまい。即ち新店の土台が据わるか、子役がいよいよ名題に進むか、首尾よく大学が出られるか、乗るか反るかの分け目である。そこで僕は考へた。今その大切な時に当つて、よく我国を導き得るものは誰か？我が桃太郎君を措いて又他に誰かあらうと。更に手取ばやく云えば、日本将来の国民教育は正に桃太郎主義ならざる可からずだ

のように、子どもの成長における一つの理想像を、昔話の桃太郎に見るという考え方である。一方、同じ『桃太郎主義の教育』の中で当時の学校教育をして、

時を定めて蒔いた杉苗を、同時に引き抜いて来て生垣をこしらへ、そして年々その芽を刈り揃えて、一定の行儀好き形にしてしまふ。

と、批判しており、これを「生垣教育」と表現している。『桃太郎主義の教育』に至る「無意味非寓話主義」「わんぱく主義」の内容とは、欧米列強と同等に渡り合い得る強さと近代的な自我とを持った人材の育成にその主眼があり、未来の傑物を育てるような思想は、従順で画一的な生産力・兵力の再生産装置としての、明治政府の教育思想をはみ出すものであった。桃太郎にしても、進取敢為の気風をまとった積極的に行動していく人材論にしても、小波の思想には、日本的な道徳の枠組みを超えた、規格外の英雄・英傑の登場を期待するところがあり、その期待は、「いずれかくあるべし」という、希望的観測に基づくフィクションとして描かれ、理想像として提示されていった。

その意味で、社会的な枠組みからはみ出したアウトロー達や愚連隊同然の部隊が活躍する『海底軍艦』のような作品を書いた押川春浪は、小波が想いを託するのに最適な人物であったと考えられる。デビュー後、人気作家となった春浪は日本のプロ野球発足の立役者となるなど、児童小説以外の分野でも活躍したが、小波の期待も空しく大正三年（一九一四）に、三十八歳で病死する。同年、小波は講談社の少年向け雑誌『少年倶楽部』創刊号の執筆陣に名を連ねている。創刊号において、社主野間清治が書いた「本誌の編集方針」は、後に、『のらくろ』『冒険ダ

ン吉』などを連載して同誌の黄金時代を築いた加藤謙一編集長によって、少年向け雑誌における「理想小説」の存在意義を見出さしめた。「理想小説」とは、読者の子ども達が成長していくにあたって、大望を抱くような人間の理想像を提示しようというものであり、この時、加藤謙一がその原型として思い浮かべたのが、中学生時代に読んだ押川春浪の小説であった。こうした着想は、山中峯太郎や佐々木邦の起用に繋がっていき、後に、より広い読者を得るために、佐藤紅緑からの助言に従う形でマンガの連載を増やし、『のらくろ』『冒険ダン吉』が連載されることとなる。加藤謙一は戦後、公職追放にあい講談社を去るが、親族会社を起こして出版した『漫画少年』では、貸本漫画家から『ジャングル大帝』でプロデビューさせた手塚治虫共々、漫画家を志す全国の少年少女の廻覧制同人誌「墨汁一滴」の評価と指導とを行い、この同人誌の描き手からは石ノ森章太郎らが出て、文字通り、戦後のマンガ文化を牽引していくことになるのである。

かなり迂遠な話になったが、加藤謙一や押川春浪を通じて、小波の「無意味非寓話主義」「わんぱく主義」といった、フィクションの胎動は現在も生きているのである。そのように考えると、『こがね丸』のような作品が受けてきた批判が、現在のジュブナイル小説やライトノベル全般に対する批判に似通っていることにも、何か偶然ではないものを感じる。少年期には、当時は小型の遊園地のようであったという秋葉原の駅構内に入り浸り、午年にちなんだ玩具や小物を買い集めていたという小波の精神が、今日のマンガやアニメの文化にもどこかで息づいているのかもしれない。

八

当初、創作話篇＝フィクションに対する戸惑いから、文壇や読者からも反発を買った巌谷小波の児童文学に貫かれていた「無意味非寓話主義」「わんぱく主義」は、日露戦争、大逆事件といった世情を背景に、次第に世間の流れと親和性を持つようになり、さらに広く理解されていく。先に触れたように、日露戦争や大逆事件による思想統制に関する通俗教育への関心[15]とは別に、他国との生き馬の目を抜くような競争に競り勝っていくために、強い子どもを育てなければならないという空気が次第に濃くなっていった時期であった。後に雨声会と称される、西園寺公望の私邸で催された文士会には巌谷小波も呼ばれている。西園寺公望もまた、教育について強い関心を示していた。また、森有礼らによって近代的な分業の概念から、家庭における教育者としての母親が日本でも見出されるようになると、子どもにお伽噺を聞かせる語り手を、母親に見出していた巌谷小波の教育論が注目されるようになっていった。小波は、明治三十年頃から、下田歌子の紹介で学習院幼稚園でのお伽噺の口演を行ったことを皮切りに、積極的に実演や講演活動を展開していった[16]。芳賀矢一が巌谷小波を教科書編纂に関わる委員会や通俗委員に推薦したのも、こうした流れにもよる。

「芳賀博士をしのぶ」によれば、結局、教科書の件は内閣総辞職と共に委員会の運営が立ち消えとなり、頓挫することになった。けれども、芳賀矢一や巌谷小波の活躍は、江戸の終わりから明治期においてあまり顧みられなかった日本の古典や民話、伝説、神話といったものに、再び注目を集めさせ、日本人の在り方と国の行く末に、少なからず影響を与えることになったのである。

おわりに

文献学を手段として近代日本の国学を展開した芳賀矢一にとって、民話や伝説といった類のものは、正史から漏れた、取るに足りない作り話ではなかった。むしろそれは、日本人の過去と本質へと至るための手がかりであり、同時に、民族や国を日本人が自己定義するための材料だったのである。ドイツからの帰国後、巌谷小波と交流を持ったことも、日本語改良運動のためのみではなく、小波が収集していたお伽噺の資料と、小波自身がそれらを用いながら桃太郎主義に代表されるような教育に関する着想を持っていたからである。

芳賀矢一にとっての国学とは、古典や故事の解析を趣旨とする、過去を知るための眼差しであると同時に、将来にわたって国民性や国の性格を定義する未来への眼差しを併せ持つ学問であった。巌谷小波が、収集した民話や伝説を体系化する一方で、恣意的に潤色・翻案したと批判されつつも、積極的な運用を続けていったこともまた、当代に民話や伝説の存在意義を主張するためであった。芳賀矢一と巌谷小波の主張は、日露戦争や大逆事件を背景にして、国策や世情に馴染んでいく。その功罪についてはここでは論じないが、彼らは自らの拠って立つところとした古典やお伽噺を研究し、過去の理解と保存だけでなく、その機能を時代の中で最大限に発揮しようとしたのである。

註

（1）佐藤晴夫「芳賀矢一の国学観とドイツ文献学」（『山口大学独仏文学』23巻、二〇〇一）。

（2）前掲論文では、芳賀矢一が初めて出会った文献学を教える外国人教師は、英国人教師 Basil Hall Chamberlain

(1850-1935)ではないかと推定している。
(3)『少年文学全集』(改造社、一九二八)。冒頭の鈴木三重吉による叙。
(4)鳥越信『日本児童文学案内』(理論社、一九六三)および、菅忠道『日本の児童文学』(大月書店、一九五六)。
(5)『こがね丸』(『日本児童文学大系(1)』〈三一書房、一九五五〉)。
(6)巌谷国士「再刊にあたって」(『「説話」大百科事典・大語園』名著普及会、一九八四)。
(7)「メルヘンに就いて」(『太陽』〈博文館、一八九八〉)。
(8)巌谷小波『世界お伽噺』(博文館、一九〇七)。
(9)巌谷大四『波の跫音—巌谷小波伝—』(新潮社選書、一九七四)。
(10)三浦正雄「巌谷小波の怪異観、『鬼車』を中心に—日本近現代怪談文学史4—」(『埼玉学園大学紀要(人間学部篇)』第10号、二〇一〇)。
(11)野村純一『新・桃太郎の誕生　日本の「桃ノ子太郎」たち』(吉川弘文館歴史文化ライブラリー、二〇〇〇)。
(12)芳賀矢一「書簡(巌谷小波宛)」(『明治文学全集』44、筑摩書房、一九六八)。
(13)巌谷小波「芳賀博士をしのぶ」(『明治文学全集』44、筑摩書房、一九六八)。
(14)巌谷小波『桃太郎主義の教育』(東亜堂書房、一九一五)。
(15)吉川正通「明治末期「通俗教育調査委員会」制度の一考察(社会教育観と社会福祉観)」(『社会問題研究』29号、一九七九)。
(16)松田良一「巌谷小波の出発—世界お伽噺と木曜会—」(『椙山国文学』9号、一九八五)。

漱石漢詩諸注釈書における「古別離」の誤解・誤訳をめぐって

崔　雪梅

はじめに

二〇一四年現在、夏目漱石の漢詩数は二〇八首と言われている。早くにまとまった形で漱石の漢詩六十六首に注釈を加えた研究者は和田利男氏である。一九三七年の孟夏、和田氏はその著『漱石漢詩研究』(人文書院、一九四〇・三)の序文で、漱石の詩に親しむことによって、「彼の人及び藝術の最後の扉を開く鍵は此の漢詩にある」[1]と感じたことを述べている。また、その時の漱石漢詩研究の現状、そして自らの漱石漢詩に拘った経緯、および覚悟を告げたのである。

世の漱石研究家が、此の忘れられた貴重な資料に對して認識を新にし、競つて其の研究の結果を公にせられんことを希つてゐた。だが、遺憾ながら今日に至つても、未だに私の要望は滿たして貰へない。そこで人がやつてくれないのなら自分でやる、といふ柄にもない意地つ張りが、どうせやるなら人眞似みたいな事はやりたくない、といふ日頃の私かなる主張と一つになつて、遂に自ら揣らず、此の難事業に手を染めたわけである。[2]

和田氏の研究は、言うまでもなく、漱石漢詩研究における先駆となり、後来の研究者の手本となるものである。

それから八年後の一九四五年十月、松岡譲氏は『漱石の漢詩』（十字屋書店、一九四六・九）の序文で、「これ迄漱石研究家に比較的漢詩が閑却されている上に、數次に捗る『漱石全集』並びに『漱石詩集』登載の全詩が、いつも返へり點捨て假名なしの白文のまゝであるのを思ひ出し、これでは如何に滋味豊であらうとも、大多數の今日の讀者にとつては一應讀むだけでも容易でないに違ひないのだから、親しめるわけがない事を痛感した[3]」と述べている。続けて、「漱石文學の未開墾の領土[4]」である漢詩一九八首を年代順に配列し、「和訓と簡單な註[5]」と「短い解説或は感想[6]」をも記したのである。さらに、松岡氏が自分の執筆意図に関して、次のように述べたのである。

> 本書は學問的な研究を目ざして書かれたものでないから、漱石の漢詩界に於ける位置づけや、その詩の價値を他の詩人達と比較計量して定める事や、作詩法の解剖批判やなどについては、一切觸れない。これは專門家ならざる私の柄にない以上に、又全く興味がないからでもある。同時に思想的背景などを一々克明に分類わけをしたり系統づけをしたりして、或は老莊的、或は禪的など、その由つて來るところを詮索するやうな煩瑣な戸籍調べも、所謂世の學者先生に一任して、こゝでは專ら彼の詩に直參してその醍醐味を享けん事を念としたつもりだ[7]。

右に記した如く、松岡氏の『漱石の漢詩』は、研究と一歩を画して鑑賞の立場から恩師の作品を考えて著されたものであることがわかる。しかし、それ故、『漱石の漢詩』が、漱石漢詩研究における価値を否定するものではない。漱石に師事し、後に女婿になった松岡氏の、漱石の親近者としての見解と感想とは、極めて重要なものと考えるのである。

両者の研究を踏まえて、吉川幸次郎氏は、岩波書店の一九六七年版『漱石全集』の漢詩部分に注釈を加える際、その序文で、次のように述べている。

執筆の動機は、先生（筆者注・漱石）の文学のこの部分が、久しく読まれざる書としてとりのこされ、私にさきだって、和田利男氏、松岡譲氏らに、業績があるけれども、なお不充分に感ぜられるのを、惜しんでである。注釈の態度としては、私の他の同種の書とおなじく、訓詁家の本分を守り、著者の心理としてあったものを発掘するのを、職務とした。したがって語の出典をあげる場合も、先生の記憶にあったと思われるものにとどめるのを、原則とする。私は先生の文学の他の部分に、必ずしも通ずるものでない。私の注釈を手がかりとして、より精密な研究が行われることこそ、私の希望である。(8)

中国語学と中国古典文学とに精通した吉川氏による注釈は、画期的な成果とも言えよう。氏の緻密な分析と考察とが、その後の漱石研究者に多大な影響と方向性とを与えたのである。現に、氏の右に出るものが未だにいない。

一方、吉川氏以後の漱石漢詩注釈書および論文は、ほとんど吉川氏の注釈を底本にし、和田氏と松岡氏の注釈を参考としたものである。曾て吉川氏が「私の注釈を手がかりとして、より精密な研究が行われること」を願ったことに対して、後人は敢えて触れようとは思っていないのが、現状である。

そこで、本稿は幾多の研究を検討・分析し、漱石の明治三十二年（一八九九）四月作「古別離」をめぐる注解・訳文上の誤謬を指摘し、是正することを試みたいと思う。これは、漱石漢詩研究において、あくまでも氷山の一角に過ぎないことである。然しながら、既存の研究成果に対する再検討あるいは批判することの少ない現状に直面する時、試行錯誤を重ねる大切さが失われてはいないか、という疑点と不安とを抱かざるを得ない。

既存の研究成果の再検討、および、漱石の漢詩を漱石に寄り添って読むことは、筆者の執筆の初志であり、動機である。漱石研究者諸氏の批評と指摘とをいただければ、幸いだと念ずることである。

一　漱石漢詩の注釈をめぐる先行研究

前掲した如く、和田氏は『漱石漢詩研究』で漱石の漢詩六十六首を、松岡氏は『漱石の漢詩』で一九八首を、吉川氏は一九六七年版『漱石全集』第十二巻「漢詩」で二〇八首を、それぞれ取り上げて先駆的に注釈を行った。その他、飯田利行氏『漱石詩集譯』（国書刊行会、一九七六・六）は、吉川氏の一九六七年版岩波新書『漱石詩注』を底本として、一七〇首に訳注を加えたものである。

そして、文芸評論家・二松学舎大学名誉教授である佐古純一郎氏の『漱石詩集全釈』（二松学舎大学出版部、一九八三・一〇）は、二松学舎大学佐古研究室で完成されたものである。漱石漢詩二〇七首の解読においては、当時、該大学の大学院中国学科の博士課程を終えている学徒の三人が「一首ずつ『語釈』『通釈』『補説』と本文の読み下しを用意して、四人でディスカッションしながら問題点を究明し、さらに三君がもう一度整理して原稿にするという手続を経てなされた。意見が分かれたときには、私（筆者注・佐古氏）の判断で一応の決着をつけるということもあった」(9)という形で完稿出版されたのである。

また、斉藤順二氏は、二松学舎大学佐古研究室のゼミナールの成員の一人（他に吉崎一衛・大地武雄両氏がいる）として、佐古氏の漱石漢詩の全釈の共同研究を手伝ったのである。斉藤氏の『夏目漱石漢詩考』（教育出版センター、一九八四・八）は、佐古氏の『漱石詩集全釈』が出版された翌年に出されたのである。共同研究を踏まえて、漢詩の訳文のすべては佐古氏の『漱石詩集全釈』と同じものである。

曾て、吉川氏の門下生で、岩波書店一九九五年版『漱石全集』第十八巻漢詩部門の注解者である一海知義氏が、岩波書店から依頼を受けたのは、氏が神戸大学を定年退職する前年の一九九二年だったようだ。恩師である吉川氏の注釈に関して、「すでに吉川幸次郎先生のきわめてすぐれた評釈があり、屋下に屋を架する必要はない[10]」と言っているが、「これまで未検討だった資料や新たに発見された資料等によって、従来の諸注に訂すべき問題が生じた[11]」ため、注解を引き受けたと述べている。一九九五年版『漱石全集』の漢詩部門は、従来の「漢詩」・「漢文」の注解に、未定稿の「漢詩」および漱石の学生時代の「作文」を加えている。そして、語句の注解を施すことに当たって、「先行の諸注や論文等を参照し、入矢高氏の教示を受け[12]」、吉川氏の注解を踏まえて、さらに、自らの注解を加えたと言う。文中、吉川氏の注解を引用した部分は、「吉川注」という形で注記されている。

それから、作家の古井由吉氏が著した『漱石の漢詩を読む』（岩波書店、二〇一一・二）は、全四回にわたって連続講義した岩波市民セミナー「漱石の漢詩を読む」を母胎にして完成したものである。この書は、漱石が修善寺大患以降から最期までに創作した漢詩作品をめぐって書いたエッセイである。その注釈と訓み下し文は、岩波新書版の吉川氏『漱石詩注』に従っているのである。

田中邦夫氏『漱石『明暗』の漢詩』（翰林書房、二〇一〇・七）は、小説『明暗』と同時期に創作された漢詩との関係をめぐって論じた一冊である。田中氏は漱石漢詩に対する注解・訓み下し文に関して、「後書き」で次のように記している。

私は、漢詩・漢籍については全くの門外漢である。その私が漱石の漢詩と『明暗』の関係に取組むことが出来たのは、和田利男、吉川幸次郎、中村宏、佐古純一郎、飯田利行、一海知義諸氏による漱石詩についての注釈類が存在し、その諸注釈に導かれて漱石詩を考えることが出来たからである。とりわけ一海氏の注釈から多くの学恩を受けた。また東北大学図書館のホームページで漱石詩のノートが公開されており、そのネット上の公開で、漢詩の細かい問題まで考えることが出来た。漱石詩の禅的性格については、陳明順『漱石漢詩と禅の思想』（勉誠社）から多く学んだ。禅書類についても多くの注釈書が存在し、禅語索引も整備されつつあり、そのおかげで、禅と漱石詩の関係も考えることが出来た。[13]

右に掲げた如く、田中氏は漱石漢詩の注解・訓み下し文について、諸先行の注釈書を踏まえ、「とりわけ一海氏の注釈から多くの学恩を受けた」と記している。前述したように、一海氏の注釈は、吉川氏の注釈に準じている。故に、田中氏が参考にした注解・訓み下し文の母胎は、吉川氏によるものであった、と言えよう。また、文中に提起した陳明順氏の『漱石漢詩と禅の思想』（勉誠社、一九九七・八）について触れておく。その序文は、文芸評論家で法政大学文学部名誉教授であった勝又浩氏の手になるものである。その冒頭の部分で曰く。

この論文によって夏目漱石の漢詩は初めて正当に読まれた。そして、この論文によって漱石の禅的な境位が初めて解明された。

少々コピーの文章めくが、やはりこういう宣言から始めたい。読んでいただければ分かる事ではあるが、何しろ三六〇ページの大論文、そして、この本を手に取って下さる方は、漱石に関心のある人、漱石研究者だとはいっても、漢詩に、まして禅などに多少とも心得があり、或いは興味を持っておられる方は、極々限られているであろうから、どれ程の人が、この周到緻密な論考を丹念に通読して下さるか、考えれば大変心細い。それゆえ初めに言っておきたいが、吉川幸次郎氏の『漱石詩注』を初め、これまでの注釈研究鑑賞は全く漱石詩が読めていなかった。信じ難いことだが、今日まで、漱石詩はとんでもない誤解、数々の噴飯的解釈に取り巻かれていた。漱石没後八十年、漢詩はこの書によって初めて正しく読まれたのである。[14]

右のように激賛された『漱石漢詩と禅の思想』は、漱石の漢詩の注解・訓み下し文において、吉川幸次郎氏・佐古純一郎氏・中村宏氏・松岡譲氏・飯田利行氏・和田利男氏・渡部昇一氏・斉藤順二氏の著書を参考にしたと、陳氏が自らの序文で記している。因みに、勝又氏のいう、「漱石の漢詩が一休和尚の詩や良寛の詩と同じ性格を持っている。ところが、従来の研究者はその事に気付かなかったか、気付いてもそこに踏み込むことをしなかった」ということは必ずしも正鵠を射てはいないのである。たとえば、飯田氏はすでに『漱石詩集譯』で、漱石が作詩上に影響を受けた詩人の一人に、良寛の名をあげており、加藤二郎氏は論文「漱石と禅—『明暗』を中心に—」（『文芸研究』日本文芸研究会、八七号、一九七八・一）で、禅の真理の発見、禅の体得と体験等について論究している。また、伊狩章氏は論文「夏目漱石と良寛」（『国文学　解釈と鑑賞』至文堂、五八巻一〇号、一九九三）で、漱石が良寛から受けた影響について論じている。

上述した漱石漢詩に関する著書のほか、論文の参考文献にしばしば見られる関連著書の漱石漢詩の訓み下し文・注解について、少々検討しておきたい。

中村宏氏の『漱石漢詩の世界』（第一書房、一九八三・十）は、松岡氏と吉川氏との注釈にしたがった。井出大氏の『漱石漢詩の研究』（銀河書房、一九八五・十二）は、松岡氏・吉川氏・中村氏（中村宏）・佐古氏の著作を引用・参照にした。英語学者・評論家である渡部昇一氏の『漱石と漢詩』（英潮社、一九七四・五）は、大勢の漱石漢詩研究者に引照されているが、エッセイで書かれて、取り上げた漢詩が数首にしかすぎない故、漱石漢詩研究における参考書とは考えにくい。その数首の訓み下し文は、渡部氏によって訳された。加藤二郎氏の『漱石と漢詩—近代への視線』（翰林書房、二〇〇四）は、吉川氏の注釈にしたがっているのである。

要するに、現在見られる漱石漢詩をめぐる諸研究は、その根本となる漢詩の注解・訳文、関連研究が、すべて和田利男・松岡譲・吉川幸次郎三氏の研究に基づいて展開されたものである。さらには、漢詩の訓み下しと古典文学に関わる索引においても、ほとんど吉川氏の研究を踏襲したものである。先駆の三氏以外、一海氏によって注釈された岩波一九九五年版、および二次刊行の『漱石全集』漢詩部分は、恩師の吉川氏の注釈を踏襲しているが、さらに研究・調査を深め、全集の出版後にも新発見・新解説に努めていたことがわかる。例えば、大正三年（一九一四）から五年（一九一六）まで漱石が使った「小遣帳及漢詩ノート」に記された初案・訂正稿・定稿をめぐって分析を行い、先行研究である加藤二郎氏の論文「『明暗』期漱石漢詩の推敲過程」（『宇都宮大学教養部研究報告』第二十二号、一九八八）と対比して論じているのである。その上、全集が補訂を加えて第二刷が刊行された二年後、一海氏はまた「漱石漢詩札記」（『漱石研究』翰林書房、終刊号、一八、二〇〇五）という題名で、漱石漢詩語の出典・漢詩人桂湖村の講評・王維の漢詩から受けた影響等に関して分析を試みている。

一見して漱石漢詩の研究成果が豊富のようであるが、実際、和田・松岡・吉川三氏の研究成果に限られている。現在、比較的に完全な漱石漢詩注解者の一海氏はともあれ、諸研究者が、漱石漢詩をめぐる古典語句の索引の調査研究、意訳および思想背景の研究において、源流を遡れば、参照・引用されたのは、吉川氏の注解と訓み下しである。

古典語句の索引の調査研究は、作品の意味解釈に重要な影響を与える。しかし、漢詩研究の諸氏にとって、最も根本的に必要となる素質は、正しく訓読できるか否かの問題である。誤謬が生じる原因を追究すれば、漢詩の訓読と漢文の訓読とを全く同一視したからである。

ところで、漱石漢詩研究において、古典語句の引用に関する注釈本が膨大化している一方で、漢文訓読に殆ど論究されていない原因は、中国語学に精通した中国文学者による漱石漢詩の注解者が少ないからである。

次の章では、漱石の明治三十二年四月作「古別離」をめぐって、既存の研究における注解・訳文上の誤謬について、分析・検討してみたい。

二　「古別離」の注釈における誤謬

1　訓み下し文における諸先行研究者が犯した誤謬

漱石の「古別離」は五言古詩で、詩体は「楽府」に属している。「楽府」とは、胡大雷氏の『文選詩研究』（広西師範大学出版社、二〇〇〇・四）によれば、古代では音楽を主管する官署で、漢の時代に始まると言う。楽府官署は、宮廷・巡礼・祭祀に使う音楽を掌るだけではなく、民謡を採集し、文人詩歌に合わせる楽曲を作ったのである。後になると、楽府官署が採集・制作した詩歌、入楽（曲に合わせること）できる作品および擬古楽府等の詩体名となる。

したがって、同じ楽府題で多くの作品が詠われたのである。例えば「古別離」は、楽府雑曲歌辞の項目で、梁の江淹、唐の孟雲卿・李益、南宋の張玉娘、清の乾隆帝等による詩歌作品が知られている。作品は「別離」という前提で、送別の離愁、あるいは他郷のある恋人に対する相思相愛として描かれている。内容は、作者が男女に拘わらず、恋に苦しむ女性の心境を歌う作品が多く見られる。

漱石の「古別離」と題する一首は、張衡の「四愁詩」の詩語を多く借用している。それに、長尾雨山氏の「情思が纏綿し、語言藻蕾が頗る復古調である」(15)という評の通りに、擬古の作品である。漱石の作は次の通りである（諸氏の訓読・注解を比較する際の便宜のため、文頭に番号を付けることにした）。

古別離　明治三十二年四月

①　上樓湘水綠　捲簾明月來
②　雙袖薔薇香　千金琥珀杯
③　窈窕鳴紫簫　徙倚暗涙催
④　二八纔畫眉　早識別離哀
⑤　再會期何日　臨江思邈哉
⑥　徒道不相忘　君心曷得回
⑦　迢迢従此去　前路白雲堆
⑧　撫君金錯刀　憐君奪錦才
⑨　不贈貂襜褕　却報英瓊瑰
⑩　春風吹翠鬢　悵悁下高臺
⑪　欲遺君子佩　蘭渚起徘徊

右に掲げた如く、漱石の「古別離」は、全二十二句で構成され、五言体、偶数句の文末にある「來・杯・催・哀・哉・回・堆・才・瑰・臺・徊」等の字が、すべて平韻に揃えられている。また、音頓（リズム）が上手く二・三に分けられている。文脈上、上下二句が一文となる故、全十一文となるのである。作詩は作文と同じように章法（起承転結という構成法）にしたがう点で、漱石の「古別離」は章法に合った作品である。

さて、作「古別離」の意味解釈をよりわかりやすく示すため、全篇を、起・承・転・結に分け、音頓を二・三に注し、句読点を入れてみる（音頓を「／」で記す）。

起　①上樓／湘水綠、捲簾／明月來。
　　②雙袖／薔薇香、千金／琥珀杯。
承　③窈窕／鳴紫簫、徙倚／暗涙催。
　　④二八／纔畫眉、早識／別離哀。
　　⑤再會／期何日、臨江／思邈哉。
　　⑥徒道／不相忘、君心／曷得回。
転　⑦迢迢／従此去、前路／白雲堆。
　　⑧撫君／金錯刀、憐君／奪錦才。
　　⑨不贈／貂襜褕、却報／英瓊瑰。
結　⑩春風／吹翠鬟、悵忉／下高臺。
　　⑪欲遺／君子佩、蘭渚／起徘徊。

起承転結の分け方について少々説明する。①の文頭の「上樓（楼に上る）」に対応して、⑩の文末の「下高臺（高台を下りる)」になっている。つまり、物語の首・尾の部分を提示し、起と承、転と結の分け目を示している。そして、②の文末「千金琥珀杯」を持つ行為から、③の文頭「鳴紫簫(紫簫を鳴らす)」の行為に転じることで、起・承の分け目を示しながら、物語の展開を暗示した。その上、③から⑥までの、「窈窕」たる女性が自らの悲しい心情を訴える場面から、⑦の「迢迢」・「前路」という距離感を示す形容動詞・名詞を用いることで、思惟の転換を示し、物語の承・転部分を示した。つまり、起は①~②、承は③~⑥、転は⑦~⑨、結は⑩~⑪である。

それに、「古別離」を漢文訓読する場合でも、句の音頓、上下句の付け合い、起承転結の変化に注意しないと、誤解・誤訳を犯す恐れがある。前述したように、和田・松岡・吉川三氏の注釈本は、その後の漱石漢詩研究者の底本となっている。けれども、作「古別離」は、和田氏の『漱石漢詩研究』(漢詩の六十六首)に収録されていないため、氏の考えを伺えなくなる。したがって、松岡氏による「古別離」の注釈が最初となるのである。

漱石漢詩諸注解者の訓読を分類すると、松岡氏・吉川氏・一海氏・二松学舎大学佐古研究室による四つに分けられる。四氏の訓み下し文の異同を検討すると、以下のようになる。しかし、意味は同じだが、文語体、送り仮名、平仮名等の異なる表記法によって相違が生じた場合、すべて同一視することとした。例えば、「来る—来たる、道ふ—道う」のようである。

起　①「上樓/湘水綠、捲簾/明月來」…四氏—同じ。

②「雙袖/薔薇香、千金/琥珀杯」…四氏—同じ。

承　③「窈窕/鳴紫簫、徙倚/暗涙催」…松岡氏—「窈窕　紫簫を鳴らせば、徙倚して　暗涙催さしむ」。吉川・一海氏—「窈窕として紫簫を鳴らし、徙倚して暗涙催す」。佐古氏—「窈窕として紫簫を鳴らし、徙倚として暗涙催す」。
④「二八／纔畫眉」…松岡氏―「二八　纔かに眉を畫くに」。吉川氏・一海氏―「二八纔かに眉を画がきしに」。佐古氏―「二八　纔かに眉を画がき」。「早識／別離哀」…松岡氏―「早くも識る　別離の哀しみ」。他の三氏―「早くも別離の哀しみを識る」。
⑤「再會／期何日」…松岡氏―「再會　何んの日にか期せん」。吉川氏―「再会　何んの日をか期せん」。佐古氏―「再会　何れの日にか期せん」。一海氏―「再会　何れの日をか期せん」。「臨江／思邈哉」…松岡氏―「江に臨めば　思ひ邈かなる哉」。他の三氏―「江に臨んで思い邈かなる哉」。

転

⑥「徒道／不相忘、君心／曷得回」…四氏―同じ。
⑦「迢迢／従此去」…松岡氏―「迢迢　こゝより去る」。他の三氏―同じ。「前路／白雲堆」…四氏―同じ。
⑧「撫君／金錯刀、憐君／奪錦才」…四氏―同じ。
⑨「不贈／貂襜褕」…松岡氏―「貂の襜褕を贈らず」。他の三氏―同じ。「却報／英瓊瑰」…松岡氏・一海氏―「報ゆ」。吉川氏・佐古氏―「報ず」。

結

⑩「春風／吹翠鬟」…四氏―同じ。「悵忉／下高臺」…松岡氏・佐古氏―「高臺を下る」。吉川氏・一海氏―「高台より下る」。
⑪「欲遺／君子佩」…松岡氏―「君子の佩を遺らんと欲して」。他の三氏―「君子に佩を遺らんと欲し」。「蘭渚／起徘徊」…四氏―同じ。

右に示した如く、四氏における大きな相違点と言えば、上下句の接続助詞と付け句の終助詞の使用にある。しかし、このような相違からは、互いの訓み下し文に差異が現れなかった。そして、訓み下し文中、しばしば一字空きにしているところが見られるが、これは音頓の二・三分けを意識しているため、注解者が空けたのである。但し、問題になるのは、四氏とも⑧・⑨・⑪に、音頓を記していないところである。つまり、このような音頓を無視した漢文訓読法が、その後の古典用語に関する注解、全篇に対する現代語訳等に誤謬の生じる原因となったのである。したがって、該当作の注解・訳文を引用・参照した書物・論文・雑誌も、同じような錯誤を繰り返してしまうのである。

漢詩を作る際には、古代漢語の句法の規則にしたがうべきである。漢詩を訓読する際に、古代漢文の句法・章法等の規則を熟識していないと、漢詩を正しく読むのはかなり難しいことである。

さて、四氏が⑧「撫君／金錯刀、憐君／奪錦才」の訓読に当たって錯誤の原因を分析してみる。すでに比較したように、四氏とも、

「君が金錯の刀を撫し、君が奪錦の才を憐れむ」

と、訳している。が、実際正しく訓読すると、

「撫す君の　金錯の刀、憐れむ君の　奪錦の才」

となるのである。つまり、⑧の上下二句とも「私」という主語が省略されているのである。さらに、主語を入れて現代語に訳すると、「私は君の金錯の刀を撫しながら、奪錦の才がある君を憐れむのだ」になる。このように、語順を変えることと主語・述語を省略することとは、漢詩を作る際によく見られる方法である。例を挙げると、次のようである。

例1・『詩経』木瓜　衛風

投我以木瓜、報之以瓊琚。

訓み下し文

我に投げる　木瓜を以《もち》いて、之に報ずるに　瓊琚《けいきょ》を以いて。

この作の上下句には、主語の「君」・「私」が欠けている。主語を入れて訳すると、「君は我に木瓜を投げてくれて、私は之に瓊琚で報ずるのだ」となる。

例2・『従軍行』王昌齢

黄沙百戦穿金甲、不破楼蘭終不還。

訓み下し文

黄沙に百戦し　金甲《きんこう》を穿つも、楼蘭《ろうらん》を破らずんば　終に還えるまじ。

この作は、主語の「私」と述語の「経る」を省略している。現代語に訳すると、「黄沙の中で、私は数多くの戦いを経て、金属の鎧まで破れているが、楼蘭を打ち破らぬうちには、断じて戻らないのだ」となる。故に、漢詩を訓読する際に、音頓および語順の変化等に注意しないと、作品の意味を十分に理解できなくなるのである。

さらに、⑨の「不贈／貂襜褕、却報／英瓊瑰」に対して、四氏は、

「貂の襜褕を贈らず、却って英瓊瑰を報ゆ[16]」

と訳しているが、正しく直すと、

「贈らざるが　貂襜褕を、却って報ずる　英瓊瑰」

となるのである。⑨は、主語と目的語が省略されている。上句は主語の「私」と目的語の「君」、下句は主語の「君」と目的語の「私」を省略している。現代語に訳すると、「私は君に貂襜褕を贈らなかったけれど、君は却って私に英瓊瑰を報じた」になる。ここの「貂襜褕」と「英瓊瑰」、および⑧の「金錯の刀」は、吉川氏の指摘したように、漢の張衡の「四愁詩」に登場する贈り物を援用したのである。その他、正岡子規宛の漱石の書簡明治三十二年五月十九日条には、自作「古別離」と「咏懐」の後に、作詩の経緯を記していることが知られるのである。

右は先日市中散歩の折古本屋で文選を一部購求帰宅の上二三牧《ママ》通讀致候結果に候どうせ眞似事故碌なものは出來ず候へども一夜漬の手品を一寸御披露申上候　怱々以上[17]

現在、東北大学附属図書館に漱石の蔵書が夏目漱石文庫の形で保存されている。その蔵書の中に、康熙二十六年（一六八七）版『昭明文選六臣彙註疏解』（八冊十九巻、清・心耕堂）、乾隆五十一年（一七八六）版『重訂文選集評』（八冊十五巻、清・金閶書業堂藏版）、貞享四年（一六八七）版『文選音註』（十二冊二十一巻、京都・風月莊左衛門）等が見られる。乾隆五十一年版『重訂文選集評』に関しては、橋口貢宛書簡・大正元年（一九一二）十一月十六日条に、「文選集評乾隆版本十六日着御厚意あつく御禮申上候　板は例の如く二枚とも割れ申候残念に候[18]」と記し、橋口貢氏からのプレゼントであったことがわかる。そこで、明治三十二年頃、漱石が古本屋で購入した『文選』は、『昭明文選六臣彙註疏解』か『文選音註』のどちらかである。『文選』を引いてみると、漢の張衡作「四愁詩」（晋

の張孟陽作「擬四愁詩」も見られる）、魏の阮籍作「詠懐」、梁の江淹作「古離別」等が収録されているのである。即ち、漱石の「古別離」は、右に掲げた詩人たちの作品からヒントを得て、創作されたと考えられるのである。

しかるに、現に多く引用・参考されている漱石漢詩注釈書の、詩語の索引の部分では、はとんど張衡の「四愁詩」との関連性を指摘しているが、「四愁詩」詩文についての誤訳・誤解によって、誤った「古別離」の現代語訳が次々と現れたのである。漱石の「古別離」の現代語訳については、次の節で詳しく分析することとしたい。

⑪「欲遺／君子佩、蘭渚／起徘徊」については、前述したように松岡氏は、

「君子の佩を遺らんと欲して、蘭渚に起つて徘徊す」（傍線引用者。以下同じ）

他の三氏は、

「君子に佩を遺らんと欲し、蘭渚に起ちて徘徊す」

と、訳している。二つの訳を比べてみればわかるように、助詞の「の」と「に」の使用が異なっている。松岡氏の「君子の佩」というような表現は、意味不明でありながら多義で解釈できる。つまり、省略した主語の「私」が相手の「君子」に「佩」を贈ろうとする意味なのか、または、もともと「君子」の所有した「佩」が、ある因果で今「私」の手元にあり、それをまた「君子」に贈ろうとするのか、あるいは、主語がいきなり「君子」に転じ、「君子」が「佩」を誰かに贈ろうとするのか、等のように解釈できる。松岡氏の訳に比して、他の三氏の「君子に」という表現は、主語・目的語を明確に訳している。しかし、音頓に注意すれば、意味がより判然とするのであろう。即ち、

「贈らんと欲して　君に佩を、蘭渚に　起つて徘徊す」

となるのである。そして、現代語に訳すと、「（相忘れずと言う君の誓いに応じて、）私は君に佩を贈ることで私の愛

を示したい。しかし（迢迢と遠いところへ行こうとする君といつ再会できるかと考えると）心が不安で、すぐ贈れなくなる。このような迷いで、私は、今蘭渚に彷徨うのである」のようになる。古代中国では、皇帝をはじめ、王公や大臣、あるいは文人墨客、乃至一般庶民の男子に至るまで佩玉を好んだのである。『礼記・聘義』に孔子の曰く「夫昔者君子比徳於玉焉」[19]、『礼記・玉藻』に「君子無故、玉不去身」[20]と記している如く、身分・人格・道徳等に比する佩玉の大切さが知られるのである。また、佩玉は常に男性の身に付けるアクセサリーとして、古代中国の女性は心から慕う男性の佩玉に自作の羅纓[21]を結びあげて、已の想いを示したのである。故に、「古別離」は末尾に至って、自分から離れようとする恋人に対する女性の切なさが、より深まるような形に詠まれたのである。

ところで、長尾氏の「情思が纏綿し、語言藻薈が頗る復古調である」という評をみれば、漱石の作詩能力に対する深い感銘が窺えるのである。

漱石の「古別離」の訓み下し文をめぐる先行研究の誤訳については、以上の通りである。

次に、詩語の関連索引における誤解・誤訳、そして「古別離」の現代語訳における誤訳等に関して検討してみる。

2　注解・訳文における諸先行研究者が犯した誤謬

前述した如く、漱石の明治三十二年作「古別離」と「咏懐」は、漢の張衡作「四愁詩」、魏の阮籍作「詠懐」、梁の江淹作「古離別」等の作品からヒントを得て創作したものである。特に、「古別離」は、張衡の「四愁詩」に登場する「金錯刀・湘水・英瓊瑤[22]・貂襜褕」を援用している。

さて、詩語関連索引における注解と訳文について検討してみることとしたい。和田氏と松岡氏はこの部分に触れていないため、吉川氏・飯田氏・佐古氏・一海氏の注解を対象とする。その前に、まず、詩語「金錯刀」・「英瓊瑤」・「貂襜褕」の出典である張衡の「四愁詩」四首中二首を説明する（前述と同様、文中の番号は筆者による。以下同じ）。

四愁詩　張衡

其の一

① 我所思兮在太山　欲往従之梁父艱
② 側身東望涕霑翰
③ 美人贈我金錯刀　何以報之英瓊瑤
④ 路遠莫致倚逍遙　何爲懐憂心煩勞

訓み下し文

我が思ふ所は　太山に在り、之に従って往こうと欲すれば　梁父《りょうふ》の艱《かん》あり。
身を側《そばだ》てて東望《とうぼう》すれば　翰《かん》を涕霑《なみだしお》る。
美人が我に贈る　金錯《きんさく》の刀《とう》を、何を以て之に報いん　英瓊瑤《えいけいよう》。
路遠くして致す莫《な》く　倚りて逍遥し、何の為に憂を懐《いだ》いて　心を煩労《はんろう》す。

其の三

①　我所思兮在漢陽　　欲往從之隴阪長
②　側身西望涕霑裳
③　美人贈我貂襜褕　　何以報之明月珠
④　路遠莫致倚踟蹰　　何爲懷憂心煩紆

訓み下し文

我が思ふ所は　漢陽に在り、之に従って往こうと欲すれば　隴阪《ろうはん》が長し。
身を側《そばだ》てて西望《せいぼう》すれば　裳《も》を涕霑《なみだしお》る。
美人が我に贈る　貂襜褕《ちょうせんゆ》を、何を以て之に報いん　明月珠。
路遠くして致す莫《な》く　倚りて踟蹰《ちちゅう》し、何の為に憂を懐いて　心を煩紆《はんう》す。

張衡の「四愁詩」は、四章に分け、各章の一句目に東・西・南・北の地名を取り上げて、各地にいる美人を慕い、思いのかなわない切なさを詠っている。すべて七言古詩で、音頓を四・三に分け、四句目から換韻になっている。漱石「古別離」の「金錯刀・英瓊瑰・貂襜褕」は、それぞれ「四愁詩」の一首目と三首目の③から取ったものである。『文選』（上海古籍出版社、一九八六・八）に収録された張衡の「四愁詩」には序文が付されている。いまその末尾部分だけ引用する。

時天下漸弊、鬱鬱不得志、爲四愁詩。効屈原以美人爲君子、以珍寶爲仁義、以水深雪雰爲小人。思以道術相報、貽於時君、而懼讒邪不得以通。

其辭曰。

現代語訳

（筆者注・張衡は）時に、天下に居るのが漸く疲れると思い、志が叶えられない鬱々とした心情を四愁詩に詠じる。屈原に倣って君子を美人にたとえ、仁義を珍宝にたとえ、小人の陰謀深さと軽薄さを水の深さと雪の降る様子とにたとえた。道徳と治術をもって時の君主に報いたいと思うが、小人の讒言と邪魔を恐れて、我が意を通じることが出来ないのだ。その辞に曰く。

つまり、張衡の作「四愁詩」の中の「美人」は「君子」を指し、「梁父」・「隴阪」は「小人」を指しているのである。そして、君主のもとに仕えたいが、小人の妨げによって思いが叶えなく、心の辛さを詩に詠じたのであると言う。「四愁詩」中の第一首に、主人公は東の泰山の「美人」から「金錯刀」を頂き、それに対して「英瓊瑤」を返礼にしようとする。第三首で主人公は、西の漢陽にいる「美人」から「貂襜褕」を頂き、それに「明月珠」を返礼にしようとする。

さて、張衡の「四愁詩」と違って、漱石「古別離」の主人公は男性から女性に転じ、恋人を慕う女性の心情として詠じられている。⑧の「撫君／金錯刀、憐君／奪錦才」の「金錯刀」は女性が男性に贈ったもので、女性はそれを撫しながら、君主の側に仕えるべきところ、まだ認めてもらえない男性の才能を惜しむのである。そして、⑨で女性は、愛のしるしとする「貂襜褕」を贈らなかったけれど、男性はすでに自分に「英瓊瑰」をくれて愛を示していると詠ずる。繰り返しとなるが、吉川氏等による「君が金錯の刀を撫し、君が奪錦の才を憐れむ」「貂襜褕を贈られざるも、却って英瓊瑰を報ず」のような訓み下し文は、出典である「四愁詩」の背景を無視していたことが知られる。

しかしながら、吉川氏の「金錯刀・貂襜褕・英瓊瑰」についての注解をみれば、

「金錯刀」

黄金を象嵌した古刀型の貨幣。漢の張衡の「四愁の詩」に見える語。「四愁の詩」は、遠くはなれた恋人から、贈り物がとどき、返しの贈り物をしようとするが、道遠くして届けにくいのを歎く歌であり、すべて四首あるうち、一首ごとに、双方の贈り物が現れる。「金錯刀」は、むこうから届いた贈り物の一つ。

「貂襜褕」

やはり「四愁の詩」でむこうから届く贈り物の一つ。「文選」の注によれば、要するにミンクのコウト。それをこの詩の佳人はもらっていないけれども。

「英瓊瑰」

しかしこちらからは宝石を「報」返礼としましょう。「英瓊瑰」は宝石の一種。張衡の「四愁の詩」では「英瓊瑤」であるが、ここは脚韻をふむために改めた。

というように解釈している。そして、一海氏による注釈をみれば、「金錯刀」の項目では、吉川氏による注解を丸ごと引用した上で、さらに、「この場合は貨幣でなく刀」と訂正している。さらに、飯田氏の注釈(23)をみると、これ

も吉川氏の注解に基づいて展開したものである。三氏とも張衡の「四愁詩」について正しく解釈しているが、「古別離」の⑧と⑨については誤って訳したのである。

さらに、佐古氏による注解をも引いてみよう。

「金錯刀」

黄金をもって文字、模様を彫ったもの。張衡の「四愁詩」に「美人贈我金錯刀（美人に我が金錯刀を贈る）」とある。

「貂襜褕」

貂の単衣の服（ミンクのコート）。張衡の「四愁詩」に「美人贈我貂襜褕（美人に我が貂襜褕を贈る）」とある。

「英瓊瑰」

美しい宝石。張衡の「四愁詩」に「何以報之英瓊瑤（何を以てか之に報いん英瓊瑤）」とある。

右に掲げたように、佐古氏は張衡の「四愁詩」の「美人贈我金錯刀」を「美人に我が金錯刀を贈る」、「美人贈我貂襜褕」を「美人に我が貂襜褕を贈る」と訳しているが、すべて誤った解釈である。このようなミスから、注解者の漢詩作詩上の知識ないし漢文訓読の能力、あるいは漢詩を読む能力が窺われるのである。

漢詩の作詩は、叙情性、音韻の調和、語順の変化、修辞法等を重んじるだけではなく、使用する言葉の品と格にも拘っている。よく見られる方法は、古典文学作品の言葉を援用することである。

次に、先行研究における「古別離」の現代語訳について検討してみる。注釈書刊行の順序で、まず飯田利行氏の訳文を分析する。

①　宿屋の二階に上ると相模灘の青海波を一望できる。その青海原をじっと見ていても、心の乱れはいっこうに

治まらない。考え込んでいた我が身が、夜のとばりにつつまれていたのに、ふと気がつき、つと立って簾をかかげると、皓々たる明月の光りがさしこんだ。

② その月光に乗って訪れた夢の中の美人は、両のたもとに薔薇の香りをふんだんに漂わせ、美しい琥珀の杯に口づけしたような唇を潤ませていた。

③ 奥ゆかしい調べを奏でる紫色の笛をとり出して、これを吹けば、その美人は、ゆきつもどりつして、ただ暗涙にむせぶばかりである。

④ そなたは、桃和柄を結う年頃になったかならぬのに文金島田に、引き眉の花嫁となってしまった。そして早くも生きながらの永の別離を味わう身となった。

⑤ 人妻となったあなたとの再会の日を、いついつと期するわけにゆかなくなった。二人の間を隔てている広く大きな江に面して、再会がいつかなうことやら分らないはるかな思いにかられ、呆然とたたずむばかりである。

⑥ あなたはお別れする前に、私のことはゆめゆめ忘れませんよと、あたかも誓うかのように仰入られましたが、あなたの心をどうして元のとおりにかえすことができましょうか。元にかえせば「人の掟」にそむく。

⑦ あなたは、私のところから去って、はるかに遠い彼方の人となってしまった。だがあなたの行く手には、白雲が重畳として無限の可能性が孕まれているかのようにみうけられる。

⑧ 私はあなたから頂いた黄金の模様のついた銭を大事にしているが、あなたは唐の則天武后よろしく、一たん与えた錦袍をとりあげて、もっとすばらしいと思われる他の人にそれを与えなさった。けれども私は、それゆえに才長けたあなたを不憫に思う。

⑨　また私は、あなたから貴重な貂の裘などは贈っていただかなかったけれども、私からは、おしるしに、美しい宝石を差し上げた。
⑩　そよそよと吹く春風は、あなたの緑なす黒髪をなびかせているが、春風に背を向けてあなたはいたみなげきつつ天上の月台から、しずしずと下りてくる。私はその幻覚を見る。
⑪　さてこそと私は勇気をとりもどし、再びあなたに相応しい佩玉を贈ろうと思い、蘭の生えている渚に立って、ゆきつもどりつする。

飯田氏の現代語訳は、漱石「古別離」の原文とかなり離脱しているだけではなく、本末顛倒し、尾鰭を付けたところが多い。例えば、「起」に当たる①と②において、ヒロインが「月光に乗って訪れた夢の中の美人」というように書き変えて、「結」の⑩において男性の「幻覚」だったことを付け加え、⑪において、原文では女性が男性に贈ろうとする「佩」を逆さまに訳したのである。その上、「承」の③〜⑥の部分を、男性と今は人妻である元恋人との間の不倫の恋として書き変えている。さらに「転」の⑧と⑨の部分をみると、詩語の出典を意識して訳したようだが、本人の訓み下し文とは食い違っている。この部分に関しては、すでに本稿の第二章一節で説明を行っているので、ここでは省略する。つまり、このような訳文が、長尾氏の「語言藻藴が頗る復古調である」という評に背いているだけではなく、注解者が原文の意味と背景とを十分に理解した上で訳したとは、とうてい信じがたいことである。

それに対して、佐古純一郎氏は次のように訳している。

①　高殿に登って見渡すと湘水は緑色に流れ、すだれを捲きあげると名月の光がさし込んでくる。
②　わたしの両袖にはバラの香がただよい、千金にも価する美しき琥珀の杯をもって汲みかわし、

③　奥床しい調べを玉笛が奏で、さまようて人知れず涙を流すのである。
④　十六歳でわずかに眉をかいて嫁いだかと思うと、早くも別離のかなしみを味わう身の上となった。
⑤　再び逢える日はいつの日かわからず、長江を眼の前にして、はるかな思いにふけるのである。
⑥　互いに忘れないと契り合った言葉も空しく、あなたの心をどうして、もとにもどすことが出来ようぞ。
⑦　わたしのところを去って、遥かに遠いところへ行ってしまったあなたの行く手には、白雲がうず高くおおっている。
⑧　あなたから戴いた黄金の模様を象った刀を撫で、あなたの詩文の優秀さに心ひかれるのである。
⑨　あなたから貂のコートを贈ってもらわなかったが、私は美しい宝石をお上げしましょう。
⑩　そよ吹く春風は、みどりなす鬟を吹き、わたしは、いたみ嘆きつつ高殿を下りるのである。
⑪　あなたに再び美しい佩を贈ろうとして、蘭の生えている水際に立って、行きつもどりつ去り難いのである。

前述したように、佐古氏は張衡の「四愁詩」の「美人贈我金錯刀」と「美人贈我貂襜褕」について誤った注釈を施した。そのために、⑧と⑨に対する訓み下し文と現代語訳も間違ってしまったのである。けれども、⑧・⑨および微細なところを除いて、飯田氏と比して原文に寄り添って訳している。そして、④の「二八纔畫眉」の女性について、飯田氏は「人妻」、既婚の女性として解釈しているが、佐古氏は未婚の女性だと考えているのである。

吉川氏は「畫眉」について「眉のけしょうは、妻となった女のすること。漢の張敞の妻のごとく、夫に眉を画かせた女もいる」というように解釈するが、漱石「古別離」中の「二八」の女性が既婚者だとは言えない。例えば、中唐の白居易の作品の中には、当時の世相を詠じた作品「秦中吟十首」がある。その一首目の「議婚」は、五言古詩、新楽府となっていて、貧富の差によって生じる女性の婚期の違いを述べ、貧しい家の娘の方が嫁としてふさわしいと詠っている。その一部分を左に抜粋する。

議婚　白居易

紅樓富家女、金縷繡羅襦。
見人不斂手、嬌癡二八初。
母兄未開口、已嫁不須臾。
綠窗貧家女、寂寞二十餘。
荊釵不直錢、衣上無眞珠。
幾廻人欲聘、臨日又踟躕。

訓み下し文

紅楼　富家の女《むすめ》は、金縷《きんる》　羅襦《らじゅ》に繡《ぬいとり》す。
人を見るも　手を斂《おさ》めず、嬌痴《きょうち》　二八の初。
母兄　未だ口を開かざるに、已に嫁ぐと　須臾《しゅゆ》がいらず。
緑窓《りょくそう》　貧家の女は、寂寞として　二十余り。
荊釵《けいさ》　銭に直らず、衣上　真珠なし。
幾回か　人聘《へい》せんと欲するも、日に臨みて　又踟躕《ちちゅう》す。

右に掲げる白居易の「議婚」から見れば、「二八」（数え年で十六）歳は女性の結婚適齢期である。そして、家柄と家財は、女性の婚期には影響する要素となる。

晩唐の李商隠には、少女が成長して思春期および結婚適齢期を迎えるまでの変化を描いた作品がある。左に掲げるその作品は無題で、五言古詩、楽府詩になっている。

無題　李商隠

八歳偸照鏡、長眉已能畫。
十歳去踏青、芙蓉作裙衩。
十二學彈箏、銀甲不曾卸。
十四藏六親、懸知猶未嫁。
十五泣春風、背面鞦韆下。

訓み下し文

八歳　偸《ひそ》かに鏡に照らし、長眉《ちょうび》　已に能く描く。
十歳　踏青《とうせい》しに去り、芙蓉　裙衩《くんさ》と作る。
十二　弾箏《だんそう》を学び、銀甲《ぎんこう》　いまだ曾て卸さず。
十四　六親より蔵《かく》れて、懸《か》ねて知る　猶未だ嫁がざるを。
十五　春風に泣く、面を背く　鞦韆《しゅうせん》の下。

右の李商隠の詩は、少女から大人になるまでの姿と心の変化を描く。早く大人に成長したがる八歳の少女は、すでに眉を綺麗に描ける。そして、十四歳に成長すると、少女は思春期に達して、婚期が近づいてくることを知る。それで、心の幼さのためか、少女は両親と離れることに感傷し、嫁入りの話をされないように、親に隠れる。十五歳になると、少女は恋を知り初めて、その喜怒哀楽がまるで一首の風物詩のようである。

白居易の「議婚」、そして李商隠の「無題」に詠じられているように、数え年の十五、六歳は、古代中国女性の結婚適齢期である。しかし、それ故、飯田氏の主張されたような「人妻」とは言えない。

それに、吉川氏は「畫眉」に注を施したが、これも少々不適切である。中国のことわざの中に、「張敞画眉」という言葉がある。その由来は、『漢書』の「張敞伝」に見られる。張敞は、漢の平陽出身の人物であるが、都で京兆尹（職位）を務めている時に、ある人が皇帝に張敞が妻の眉を描いて、官としての威儀を損じたと上奏した。そこで、皇帝が張敞に聞いたところ、張敞は「臣聞閨房之内、夫婦之私、有過於画眉者」[24]と答えた。また、張敞の妻が幼い時に怪我をし、眉尻の眉毛が欠けたので、張敞がそのために毎日妻の眉を描いてやった、という話もある。そこで、「張敞画眉」が、夫婦間の恩愛の情の深さを示す言葉として使われたのである。つまり、「畫眉」という行為は、李商隠の「無題」にも「八歳偸照鏡、長眉已能畫」と詠じているように、年齢と婚姻に拘わらず、女性たちの嗜好である。断じて、吉川氏の言う「眉のけしょうは、妻となった女のすること」ということではない。

漱石の「古別離」④で詠う「二八纔畫眉」の女性は、必ずしも既婚者とは言えない。むしろ、恋初める未婚の女性のイメージが強いのである。例えば、②の「雙袖薔薇香、千金琥珀杯」で表す女性の姿は、その家庭の裕福さを示している。そして、③「窈窕鳴紫簽、徙倚暗涙催」は、女性の受けた良い教養を示し、④の「纔（か）」・「早識」という程度の少なさを表す表現によって、女性の年の幼さと心の清純さとが強調されている。さらに、⑪の「欲遺」・「徘徊」という表現は、「君」の「不相忘」という誓いと贈ってくれた「英瓊瑰」に、女性は「佩」で報いたいが、再会が遥々のことだと考えると、女性の心の不安と迷いとがいっそう強まっていくことを暗示しているのである。

要するに、漱石の「古別離」中の女性は、吉川氏の言うような「妻となった女」でもなければ、飯田氏の言う「人妻」でもないのである。漱石が描こうとした女性像は、深い教養を受けた、清純で恋初める若い未婚の女性であった。

三 「古別離」を読み直す——長尾雨山の添削する以前と以後——

漢詩の創作にあたって、押韻と平仄を整えることは重要なステップである。古典漢文学の素養はもちろん、煩瑣な作詩法則をしっかりと守ることを要求される漢詩は、すでに、文人と俗人の間に一線を画したのである。その上、現代中国語の中だけではなく、日本の漢字音の中でも、呉音・漢音・唐音・宋音等がある。そのため、現代語として読むと、平仄が合わない漢詩作品も少なくはない。漢字音の多様化と複雑化への進展とともに、王朝の交替に随って、漢字の音と韻とを分類する韻書が生まれる。例えば、中国最古の韻書『切韻』（一九三韻）は、隋文帝仁寿元年（六〇一）に完成されている。それから北宋の『広韻』（二〇六韻）、南宋の『壬子新刊礼部韻略』（一〇七韻）、清に至って『平水韻』（一〇六韻）が完成され、その後普遍的に使われてきたのである。いま、漱石漢詩の諸注釈書で「古別離」項に記している「上平十灰の韻」は、つまり、『平水韻』（「百六韻」とも呼ぶ）による注釈である。

現に、岩波版『漱石全集』に載せる「古別離」は、長尾雨山氏による添削後のものである。「明治三十二年四月稿」と記された漱石の書蹟に、元の「古別離」の姿を見ることができる。添削した後の「古別離」は元の「來・杯・催・哀・哉・回・堆・才・瑰・臺・徊」の平韻を保持しているが、内容上に変化が生じたか否かについて、少々検討してみたい。

明治三十二年四月頃脱稿した漱石の「古別離」を、長尾氏は三箇所直したのである。それは、次のようである。

③窈窕鳴紫簫、徙倚暗涙催―「窈窕」ではなく、原作は「参差」であった。

⑩春風吹翠鬢、悵切下高臺―「春風」・「悵切」ではなく、原作は「秋風」・「携手」であった。

原作の③の「参差」は、長短で等しくない様子を指す。⑩の「携手」は、手を携えるという意味であるが、親密のことをも指す。「窈窕鳴紫簫、徙倚暗涙催」（傍点、引用者。以下同じ）だと、「窈窕たる女性が笛を吹いて徘徊しながら暗涙にむせぶ」という意味だが、「参差鳴紫簫、徙倚暗涙催」にすると、「笛を長くまた短く吹いて、徘徊しながら暗涙をむせぶ」となる。長尾氏がこの部分を直した原因は、恐らく「参差」より「窈窕」の方が「鳴紫簫」という行為の美感を想像し得るからであろう。そして、①の「湘水綠」、②の「薔薇香」の色彩と相応して、⑩の「秋風」を「春風」に直したと考えられるのである。しかし、⑩の付け句「悵切下高臺」は、窈窕たる女性が悲しみに耽るまま高台から下りる様子を言うが、原作の「携手下高臺」は、男女の二人が高台から下りることとなる。遡って、原作③「参差鳴紫簫、徙倚暗涙催」は、男性が笛を吹いて、そのメロディに女性は悲しみに耽って暗涙にむせぶ、という意味で理解してもよいであろう。そうして、⑤と⑥は、女性が「再會期何日」と嘆き、男性がその問いに「不相忘」と言う場面となり、⑧「撫君金錯刀、憐君奪錦才」は、男性が才能のある故、女性は留めたくても留められなく、男性から受けた切実な誓いと愛のしるしの「英瓊瑰」に、自分は「佩」を贈りたいと思った、というような物語として読めるのではなかろうか。

因みに、漱石の「古別離」について、岡三郎氏の「漱石の漢詩『古別離』と『雑興』の比較文学的研究―とくに『文選』との関連において（熊本時代の漱石2）―」（『青山学院大学文学部紀要』青山学院大学文学部、第二〇号、一九七九・三）という論文がある。当該論文では、「古別離」の詩語「秋風」・「蘭渚」を根拠として、作の時節を「秋」と主張している。岡三郎氏は、文中、幾多の日・中漢詩人の作品を取り上げて論じているが、漱石の漢詩作品も含めて、訓み下し文および注解等は、前掲の諸先行研究者[25]のものを引用・参照したのである。そして、詩語「蘭渚」の解釈において、『大漢和辞典』を引いていた。『大漢和辞典』では「蘭渚」の項目において、曹子建（曹植）の「應詔詩」の「朝發鸞臺、夕宿蘭渚」を取り上げ、「蘭の生えてゐるみぎは[26]」と解釈している。しかしながら、唐の李善注の『文選』では、この部分について「鸞臺、蘭渚、以美言之。（鸞臺・蘭渚、美を以て之に言う）」と解釈している。ここで、「鸞」・「蘭」という言葉は「美しい」という意味であった。それについて、李善はさらに古典を引いて注釈を施した。つまり、『大漢和辞典』では「蘭渚」についての意味解釈を誤ったのである。ところが、『文選』と『大漢和辞典』とを参考にした岡三郎氏は、『大漢和辞典』の誤りに気付かず、その論文で「蘭の生えてゐるみぎは」という意味で論証を展開したのである。

漱石の「古別離」は、張衡の「四愁詩」の詩語を多く援用している。援用した詩語の中、「湘水」という言葉は、張衡の「四愁詩」の「我所思兮在桂林、欲往従之湘水深（我が思う所は桂林に在り、往いて之に従わんと欲すれば湘水深し）」の「湘水」をとったのである。張衡の作中「湘水深」を擬して、漱石は「湘水緑」とした。李善による注釈、あるいは、辞書を引けばわかるが、「湘水」は中国の広西壮族自治区に源を発し、湖南省の洞庭湖に注ぐ河川である。この地域は亜熱帯気候で、年中降水量が多く、自然資源が豊富である。故に、張衡は「湘水深」と詠い、漱石はそれをまねて「湘水緑」と詠ったのである。岡三郎氏は、李善注の『文選』を引いているにも拘わらず、肝心の注釈本の注釈を無視し、「蘭」字に拘って時節を「秋」と判断した。他にもいくつかの錯誤が見られるが、本稿では省略する。

擬古の漢詩作品「古別離」を通して、漱石は、古代中国の漢文学だけではなく、文化・風土・人情についても知識が該博である、ということが窺えるのである。長尾氏の添削による、現に見られる「古別離」は、悲しむ「情思」に耽っている女性の美しい姿がありありと浮かんでくる。一方、それに比べて、原作「古別離」の「参差」・「秋風」という表現の使用はやや美感に欠けているが、作品から伝わる情景はよりドラマチックで、愛する二人の「情思」がより鮮明に表現されるのである。その詩名「古別離」の通り、古い時代の送別の場にいる恋人たちが訴える相思相愛と、感ずる離愁とを味わうことができるのである。こうして、長尾氏の付け加えた評語は、

情思纏綿語言藻薈頗復古調[27]結語遺君子佩歸旨[28]敦厚極得風人之意。

現代語訳

情思が纏綿し、言葉とその修飾が頗る復古調である。結語の「遺君子佩」は、帰旨（宗旨の意）敦厚で、極めて詩人の趣味に相応しいのである。

という評価の適切さと、添削の精確さとを感じ得るであろう。

最後に、漱石が「古別離」を創作した明治三十二年前後の事情について、少々記しておく。明治二十九年（一八

九六）四月、漱石は愛媛県尋常中学校（現、松山中学）を退職し、熊本の第五高等学校講師に就任する。その前年の十二月、上京して貴族院書記官長中根重一の長女中根鏡子と見合いして婚約し、明治二十九年の六月、十九歳の鏡子と結婚する。そして、翌年の三十年（一八九七）六月、父の直克が死去したため、妻を連れて上京し、約二カ月間滞在する。その間、病床の子規を見舞っている。十二月末、玉名郡小天温泉に旅行するが、代議士前田案山子の別荘に滞在した時、小説『草枕』、那美さんのモデルとなる前田案山子の娘の卓子と会う。明治三十一年（一八九八）一月から翌春まで、作った漢詩をしばしば同僚の長尾雨山に添削を求めた。六月、鏡子のヒステリーが昂じ、井川淵に投身自殺を企てる事件が起こった。三十二年五月、後に松岡譲に嫁いだ筆子が生まれる。三十三年（一九〇〇）五月、文部省から英語研究のため二年間の英国留学を命じられると、七月に帰京し、九月八日、横浜から出航した。

従来、漱石の文学作品・絵画作品における「女性」に関する研究は、一つの課題となっているが、右の通り明治三十二年前後の事情をみれば、件の「古別離」とはほとんど直接的な関連性はないようである。「古別離」中のヒロインに対する描写と物語は、漱石の深い漢文素養から来っていると考えられるのである。

まとめ

漱石の「古別離」における誤解・誤訳についての分析・検討の試みは、以上のようである。筆者は今後とも、先行研究者の成果を踏まえながら、諸注解・訳文における欠漏・不正について分析・検討を続けていきたいと考えている。最後に、筆者による「古別離」の訓み下し文を掲げて筆を擱くこととする。

古別離　漱石

上樓湘水綠、捲簾明月來。楼に上れば　湘水《しょうすい》緑に、簾を捲けば　明月来《きた》る。
雙袖薔薇香、千金琥珀杯。双袖《そうしゅう》　薔薇《しょうび》の香、千金　琥珀の杯。
窈窕鳴紫簫、徙倚暗涙催。窈窕　紫簫《してき》を鳴らし、徙倚《しい》して　暗涙を催す。
二八纔畫眉、早識別離哀。二八　纔かに眉を画《えが》くに、早くも知る　別離の哀しみを。
再會期何日、臨江思邈哉。再会　何日《いつ》か期せん、江に臨んで　思い邈《はる》かなる哉。
徒道不相忘、君心曷得回。徒に道う　相い忘れずと、君の心　曷《な》んぞ回らすを得ん。
迢迢従此去、前路白雲堆。迢迢　此れ従《よ》り去り、前路　白雲　堆《うずたか》し。
撫君金錯刀、憐君奪錦才。撫《ぶ》す君の　金錯《きんさく》の刀、憐れむ君の　奪錦《だつきん》の才。
不贈貂襜褕、却報英瓊瑰。贈らざるが　貂襜褕《ちょうせんゆ》を、却って報ずる　英瓊瑰《えいけいかい》。
春風吹翠鬟、悵悄下高臺。春風　翠鬟《すいかん》を吹き、悵悄《ちょうとう》　高台《こうだい》を下る。
欲遺君子佩、蘭渚起徘徊。遺《おく》らんと欲し　君子に佩《はい》を、蘭渚《らんしょ》に　起ちて徘徊《はいかい》す。

註

（1）和田利男『漱石漢詩研究』（人文書院、一九四〇・三）、「序」による。
（2）同前。
（3）松岡讓『漱石の漢詩』（十字屋書店、一九四六・九）、三～四頁による。
（4）松岡讓『漱石の漢詩』四頁による。

（5）同前。
（6）同前。
（7）松岡譲『漱石の漢詩』二四頁による。
（8）吉川幸次郎訳注『漱石詩注』（岩波書店、二〇〇八・十一）、一七〜一八頁による。
（9）佐古純一郎『漱石詩集全釈』（二松学舎大学出版部、一九八三・十）、三二二頁による。
（10）一海知義『漱石と河上肇　日本の二大漢詩人』―「漱石漢詩札記」（藤原書店、一九九六・十二）、三五頁による。
（11）同前。
（12）一海知義訳注『漱石全集』（岩波書店、一九九五・十）第十八巻、九六頁による。
（13）田中邦夫『漱石『明暗』の漢詩』（翰林書房、二〇一〇・七）、五四〇頁による。
（14）陳明順『漱石漢詩と禅の思想』（勉誠社、一九九七・八）、一〜二頁による。
（15）長尾雨山氏は、漱石が熊本の第五高等学校で教職に就いた時の同僚である。漱石はよく長尾氏に漢詩の添削を求めた。
（16）四氏の訓み下しは、上下句の接続助詞、付け句の終助詞が異なるが、意味は同じである故、「古別離」最初の注解者である松岡氏による訓読文を代表例とする。
（17）『漱石全集』十六巻、八四二頁による。
（18）『漱石全集』十五巻、二〇四頁による。
（19）昔の人は、みんな玉（ぎょく）の美しさを用いて、君子の人徳に喩えた、という意味である。
（20）君子は故無くて、玉（ぎょく）を身から取り外さないのだ、という意味である。
（21）羅纓《らえい》は、絹糸で結ったひもである。
（22）漱石の「古別離」には、「英瓊瑰」が使われているが、吉川氏の指摘の如く、脚韻を踏むために改めたのである。意味は同じ。
（23）前掲したように、飯田氏の『漱石詩集譯』は、一九六七年、吉川氏の岩波新書『漱石詩注』を底本として、一七〇首に訳注を加えたものである。
（24）現代語に訳すと、「臣の聞いた事によれば、閨房の中の事は、夫婦間のプライバシーで、むろん、眉を描くことより酷い事をする者もいるのだ」ということである。

(25) 漱石の漢詩作品においては、吉川幸次郎氏・中村宏氏・飯田利行氏の著書にしたがった。岡三郎氏が「古別離」の現代語訳について論証する時、飯田氏の現代語訳をテキストとしていた。

(26) 吉川氏もこれに準じて「蘭のおいた浜べ」と解釈した。

(27) 「頗復古調」について、吉川氏・一海氏二人とも「頗る復《ま》た古調」と訳したが、これは誤訳である。「復古調《ふっこちょう》」は一つの言葉として「新しい風潮に対して過去の思想・伝統・流行等に戻ろうとする傾向」を意味する。つまり「頗る復古調」と訳すべきである。

(28) 「歸旨敦厚」について、吉川氏と一海氏は「旨を敦厚《とんこう》に帰《き》し」と訳したが、これは少々不適切である。「歸旨《きし》」とは「主旨（あるいは目的）に帰す」という意味で、ここでは「趣旨」あるいは「宗旨」として理解すべきである。

ことも補足しておきたい。また『曽我物語』との関係については、渡瀬淳子「仮名本『曽我物語』巻五「貞女が事」の典拠――「韓朋賦」をめぐって――」、『早稲田大学教育学部学術研究』（国語・国文学編（56）、2007、31～38頁）を参照。

（6） 李剣国『新輯捜神記』中華書局、2007、389～393頁。

（7） 『呉地記』には、「『越絶書』曰：「夫差小女字幼玉、見父無道、軽士重色、其国必危、遂願与書生韓重為偶。不果、結怨而死。夫差思痛之、金棺銅槨、葬閶門外。其女化形而歌曰：『南山有鳥、北山張羅、鳥既高飛、羅当奈何？　誌欲従君、讒言孔多。悲怨成疾、歿身黄坡。』」という記載がある。

（8） 本研究のうちの訳注部分は、広島大学大学院総合科学研究科［アジア伝統文化論］の授業内に輪読した成果が含まれている。

（9） 原文は「身為主意、自作決断」。「身」は「自ら」の意。

（10） P.3227にはこの句なし。

（11） 原巻は「空虚」。

（12） 原巻には「書若無感、零落草間。其書有感、直到朋前」の句なし。

（13） 原巻は「竟一好時」、他本は「竟好一時」、「意好一時」など。ここでは平仄より見て、最も古いと見られる原巻の「竟一好時」がより正しいものとする。

（14） 「宮中」、S.4901+S.10291+S.3904は「空中」。「照」、P.3873は「曉」。

（15） 「文理」、「紋理」と改め、「四肢」の様子ととらえることができる。原文の「文理」のままの場合、「礼儀にかなった」、「知識のある」等の意味になる。要検討。

なお、本稿で使用した敦煌文献の編号は、「S.」は大英図書館蔵（The British Library）のスタイン編号、「P.」はフランス国立図書館（Bibliothèque nationale de France）のペリオ編号、「Дх」はロシア科学アカデミー東洋学研究所サンクト・ペテルブルク支部の敦煌文献編号である。図録としては『英蔵敦煌文献（漢文佛教以外部份）』（第1巻～第15巻、四川人民出版社、1990～2010）、『法国国家図書館蔵敦煌西域文献』（第1～34巻、上海古籍出版社・法國國家圖書館編、1994～2005）、『俄羅斯科学院東方研究所聖彼得堡分所蔵敦煌文献』（第1～17巻、俄羅斯科学院東方研究所聖彼得堡分所・俄羅斯科学出版社東方文学部・上海古籍出版社編、1992～）などがある。他に、インターネットサイト「国際敦煌項目（The International Dunhuang Project）」があり、一部の写本をカラー写真で見ることもできる。

「誰かこれがどのような意味か解釈できるか。」

梁伯は答えて言いました。

「私は解釈できます。『枝々が互いに向き合い』はその状況、『葉は重なり合って籠をなし』はその想い、『根の下は繋がり合い』はその気概、『下には泉が流れて往来を妨げ』は涙を表していると考えます。」

宋王はすぐに人を遣り、この樹を伐ってしまいました。三日三晩、血がこんこんと流れ続けました。二枚の札がそこに落ちると、それがつがいの鴛鴦に変わり、翼を広げると高々と飛び上がり、二人の故郷へと帰って行きました。ただ一本の美しい羽毛を残して。宋王はこれを手に取りそっと全身を撫でますと、大いに光彩を放ちました。ただ、首の上は撫でていなかったので、すぐにその毛で撫でると、その頭はすぐに落ちてしまいました。

庶人の妻を奪い、賢良な家臣を謀殺したことにより、三年とたたずに宋国は滅びてしまい、梁伯父子も辺境に追いやられてしまいました。

善い行いをすれば福がやってくるし、悪い行いをすれば災いとなるものです。

註

（1） この話は、『芸文類聚』巻第40、『法苑珠林』巻第36、『太平御覧』巻第559および巻第925の「引『捜神記』」とする文などにも見られる。

（2） 『大正新脩大蔵経』第53巻、484a。

（3） 同様の指摘は張涌泉・黄徴『敦煌変文校注』（中華書局、1997、215～216頁）にも見えている。

（4） 容肇祖「敦煌本『韓朋賦』考」、『慶祝蔡元培先生六十五歳論文集』、1935。周紹良・白化文『敦煌変文論文録』（上海古籍出版社、1980、649～691頁）に再録。

（5） 『韓朋賦』に見られる「相思木、連理樹、共枕儒」、「双飛鳥、韓朋鳥、化蝴蝶」、「青藤樹悲史」、「火焰と虹」などの要素が伝承された過程については、澤田瑞穂「連理樹記」（『中国の伝承と説話』研文選書、1988）に詳しい。ただ、ここに見える「相思木」に関しては、関連する資料として『元詩選』（初集巻第55「玉山草堂」）、『佩文韻府』（巻90之1）、『西湖遊覧志餘』（巻第11）などに「韓朋木」の記述が見えている

ました。

貞夫は車を降りると、墓の周りを三回繞り、号泣して泣き崩れました。「埋葬に際してあなたを呼んでも、貴方はもう答えられない。」その声は雲にもとどくほどでした。

振り返って百官に辞して言いました。

「きっと天は私に応えてくれるでしょう。『一馬には二つ鞍を載せず、一女は二夫に仕えない』と言うのですから。」

言い終わるとすぐに清陵台へと入っていき、苦酒を衣類に含ませて、葱のようにもろく破けやすくすると（台から墓穴に向かって倒れ落ちました）。周りのものは止めようとしましたが、（衣はもろく破れ）手にかかりません。百官はみな驚き慌てましたが、皆な心をうちました。

そのことは、すぐに使者を遣わして宋王に知らせが行きました。

王はこのことを聞くと多いに怒り、ベッドの脇から刀をとると、家臣を四、五人も斬り殺してしまいました。早馬を出して奏し、百官を集めました。天から大雨が降り、水は墓穴に流れ込み、救い出すことは難しい状況でした。

梁伯は王を諌めて言いました。

「絶対に助かることはありません。」

宋王はすぐに人を遣って墓を掘らせました。しかし貞夫は見つからず、青と白の二つの石を見つけることができただけでした。宋王はこれをしげしげと見ると、青石を道の東に埋め、白石を道の西に埋めました。すると道の東からは桂の樹が生え、道の西からは梧桐が生えてきました。枝々は交互に向き合い、葉は重なり合って籠をなし、根の下は繋がり合い、下には泉が流れて往来を妨げています。宋王は外へ出た時にこれを見て尋ねました。

「これは何の樹だ。」

梁伯は答えて言いました。

「これは韓朋の樹です。」

で密かに手紙を書き、その手紙を矢に付けて、韓朋に向けて射、手紙を届けました。そして韓朋はその手紙を手に取ると、まもなく自殺してしまいました。

宋王はこのことを聞き、心の底から驚き、すぐに大臣たちに聞きました。

「韓朋はどのように死んだのか。誰かに殺されたのか。」

梁伯は答えました。

「韓朋が死んだ時、傷ついたところはどこもございませんでした。ただ三寸ほどの絹に書いた手紙があり、韓朋の頭の下に結わえてありました。」

宋王はすぐにこの手紙を取って読みました。貞夫は手紙にこのように書いていました。

「天から雨がザアザアと、魚は池の中で泳いでいる。大きな太鼓は声もなく、小さな鼓も音もなし。」

宋王は言いました。

「誰かこの手紙を解読できるか。」

梁伯が答えて言いました。

「私は解読することができます。『天から雨がザアザアと』というのは韓朋の涙、『魚は池の中で泳いでいる』というのは彼の状況、『大きな太鼓は声もなく』というのは彼の気概、『小さな鼓も音もなし』は彼の想いです。まさに天下はこの語に尽きます。その意義は深いものです。」

貞夫は言いました。

「韓朋はもう亡くなりました。もはや何も言うことはありません。ただ願わくは大王の恩徳によって、礼にかなった葬儀を行う方が、後世に影響を残さず済むことになりましょう。」

宋王はすぐ人を城東に派遣し、百丈もの墓穴を掘り、三公の礼儀で埋葬しました。貞夫はそれを見に行くことを王に請い求め、「そこで長い時間をとどまることはいたしません」と言うので、宋王もそれを許しました。葬儀用の車に乗り、前後三千人余りの侍従をつけ、韓朋の墓所にやってき

なって楽しむことができないのでしょう。早めに韓朋の身体を傷つけてしまい囚人としてしまえばよいのです。」

そこで宋王は、その提案を受け入れました。すぐに韓朋の二本の前歯を叩き折り、その上彼の服をぼろぼろにして、清陵台の建築にあたらせました。貞夫がこのことを聞いた後、ひどく悲しみ、心の中は始終言いつくせない辛い思いで満ち溢れました。

貞夫は宋王に相談して言いました。

「清陵台を建築したのでしたら、ちょっと行って見てみたいものです。」

宋王はそれを許しました。

すると（宋王は貞夫に）豪奢な馬車と駿馬を賜わり、三千人余りもの大勢の人を身の周りに侍らせて、清陵台にやってきました。韓朋はと言いますと、刻んだ馬草を馬に与えているところで、妻を見て恥じ入り、草で顔を覆いました。こんな風景を見た貞夫は涙が雨のように止まりませんでした。

貞夫は言いました。

「宋王が綺麗な服をどんなに用意してくれても、私はそれも着ません。王が美味しい食べ物をどんなに用意してくれても、私はそれも食べません。私のあなたへの想いはあたかも乾ききって水を探し求めるかの如くです。あなたが苦痛を受ける様子を見て、私の胸は張り裂けそうです。やつれた様子でいるのは宋王のせいでしょう。どうして恥じて、私を避けるのですか。」

韓朋は答えて言いました。

「南山には、一つの枝が二股に分かれ、葉っぱも小さく中心の平らな荊棘という植物があり、やつれた私の今の様子はまさにそのようで、あなたに顔向けする気持ちになれません。東に流れる水、西海の魚も賤しさを離れて尊さを求めると言います。その意は何を指しているのでしょう。」

貞夫はその話を聞き、頭を下げて戻りましたが、涙は雨のように流れました。すぐに着物の裾のあたりを三寸ほど斬りとって、指を噛んでその血

「本日は甲子、明日は乙丑。大臣たちは集まり、王が良い夫人を得るでしょう。」

話が終わらないうちに、貞夫はもう到着しました。顔はきめ細やかな肌で、腰はシルクを束ねたようにしなやかで、四肢も美しく(15)、宮廷の美女たちでもかなうものはありませんでした。宋王は韓朋の妻を見て大いに喜び、三日三晩、享楽を尽くしました。そして貞夫に礼をとって皇后とし、前後に侍従をつけ宮中に入れました。

貞夫は宮中に入ると、憔悴して楽しまず、病床に伏せってしまいました。

宋王は言いました。

「そなたは庶人の妻であったが、今は一国の母になれたのだ。何の気にくわないことがあるというのだ。煌びやかな服を着て、何でも食べたい御馳走が食べられ、宮廷の侍郎が常にそばに仕えている。何の問題があってそのように心楽しくないのか。」

貞夫は答えて言いました。

「私は家を離れ親戚とも別れて韓朋の妻となりました。生きていくのにはそれにあった場所があるもので、貴賤にも区別があるものです。蘆は地にあり、荊は叢にあり、豺と兎はそれぞれ伴侶があり、雉と兎もそれぞれつがいになるものです。魚と鼈はともに水の中にいるものです。宮殿に上がって楽しいことがありましょうや。燕や雀は群がって飛び、鳳凰になっても喜びません。私は庶民の妻で、宋王の妻となることを喜べないのです。」

夫人が悩み楽しまずにいるので、王は言いました。

「夫人が愁い悩んでいるのだが、誰か良い方法はないものか。」

梁伯は言いました。

「私に良い方法があります。韓朋は三十歳未満で、二十歳には余りがある。容姿は優れて美しく、その黒髪に見えるように根は純粋で、白玉の緒止めのような歯に、真珠のような目があるから、夫人は韓朋のことが気に

韓朋の母親は年老いているので、その使者のことばに含まれた意図に気づきませんでした。新妻は客のこの話を聞いて、顔面が蒼白になって慌てふためき、思いました。

「お客のことばのように、私が隣近所で誰かと懇意にしているからだと言われると、もし、私が頑として出迎えなければ、説明がつかず、かえって誤解が深まるでしょう。しかし、私をお客に会わせるようなことになれば、賢く気だてがよくやさしい嫁は失われるかもしれません。これより後、姑は嫁を失って、嫁も姑を失うことになります。もはや慣れ親しんだ織機に別れを告げ、梭も降ろし、これから千年万年もう織ることはないでしょう。井戸の水は清く満ちみちあふれているのに、いつまた汲み上げることができるのでしょう。窯のなかの火は燃え盛りあふれているのに、いつまた私が息を吹き込むことができるでしょう。床や椅子の整ったこの寝室、いつまたそこで眠ることができるのでしょう。家の庭はこんなに草木が広がっているのに、いつまた掃くことができるのでしょう。菜園の野菜は青々としているのに、いつ摘むことができるのでしょう。」

自らの部屋を出て客間に入る時、貞夫が悲しく泣くので近隣の人まで悲しみました。貞夫は頭を下げて歩いていくと、涙は雨のように溢れました。客間に入って使者に礼をすると、使者は貞夫の身を起こし馬車に乗せました。貞夫が馬車に乗ると、疾風怒濤の勢いで走り出しました。韓朋の母は直後、天に向かって呼び地に向かって喚きました。あまりに大きな声で哭くので、隣人が驚いて集まりました。貞夫は言いました。

「天に叫んでも何の役にも立ちません。地に喚いても何も免れることはできません。ひとたび車に乗って去れば、もう帰ることはできないでしょう。」

梁伯は速度を速め、しだいに遠ざかっていきました。九千里余りを経てようやく宋国に到着しました。その頃、宮中[(14)]に光が照りさしました。宋王は不思議に思って、すぐに群臣と太史を召して、その不思議な現象の原因について古典を開き占いを立てさせました。博士は答えました。

濤の勢いでした。そして、三日三晩かけて韓朋の家にたどり着いたのでした。

使者は馬車を降りて、門を敲いて呼びました。韓朋の母親は外で使者を見て恐ろしくなりました。母親は声を出して使者に尋ねました。

「お尋ねしますが、あなたは誰の指示でここへ来たのですか。」

使者は答えて言いました。「私は宋国からの使者です。韓朋と一緒に働いている同僚です。韓朋は功曹（県知事の助手）をしており、私は主簿（文章の管理をする秘書）を務めています。韓朋から韓朋夫人宛ての手紙を頼まれました。」

韓朋の母親は、韓朋の新妻に言いました。

「このお客様のおっしゃったように、韓朋は今役人になって輝かしい前途があるようだ。」

貞淑な妻は答えて言いました。

「昨夜、私はうまく説明できない恐ろしい夢を見ました。『一匹の黄色い蛇が私を寝台の脚に縛り付けました。そして三羽の鳥が並んで飛び、二羽がお互いに激しく突き合って、一羽が頭に傷を受け、羽ははらはらと落ち、血はたらたらと流れる』というものでした。そして今、馬蹄が響きわたり諸臣が押し寄せてきました。普段隣近所の人さえ顔を合わせないくらいなのに、まして千里のかなたから来られた方と会う道理がありましょうや。お客が遠くから来ているということは、どう考えても信用することはできないのです。もし韓朋が外にいるというのならもちろん私が接待に出ますが、言葉巧みに韓朋からの手紙だと偽っているのかもしれません。お母様はお客に『新妻は病気で臥せっており医薬の治療を受けております』と返事してください。それから併せて、お客が苦労をしてはるばる遠くからいらしたことにはお礼を申し上げてください。」

そのように言うと、使者は返事をしました。

「妻が夫からの手紙と聞いてなぜ喜ばないのか。きっと隣近所で誰かと懇意にでもしているのだろう。」

す。

長い間顔を合わさず、あなたを想う気持ちは募っております。百年互いを守り抜くきまりの中で、一時でしたが仲睦まじく過ごすことができました。(13)あなたの便りもなく、お母様もお心を痛めておられます。妻は一人で心細く、夜は孤独に眠り、常に大きな愁いごとを抱えております。聞くところによると、鳥たちはつれあいをなくして鳴く声は悲しみに満ちていると言います。日が暮れて孤独に巣に戻れば、長い夜が待っていることでしょう。泰山と生まれたばかりの小さなものでは、天地ほどの差があります。（そのような差の中でも）空にはつがいの鳥が飛び、下には神亀がおり、昼夜戯れたあとはともに連れ添って帰っていきます。私にはいったい何の罪があると言うのでしょう。私一人では何の希望もありません。

海の水は盛んに流れ、風がなくとも波が立ちます。助けてくれる人は少なく、足を引っ張る人は多いものです。南の山には鳥がおり、北の山では罠を仕掛けています。鳥が高く飛べば、罠には何の意味があるでしょう。あなたが平安無事でいてくれさえすれば、私は他に望むことはありません。」

韓朋は手紙を手にして、心から悲しみました。三日間食事ものどを通りませんでしたが、空腹すら感じませんでした。韓朋は家に帰りたくなりましたが機会がなく、帰ることはかないませんでした。

そんなある日、韓朋は懐中していた手紙を不用意に宮殿の前で落としてしまいました。宋王はその手紙を読んで、文章がとても気に入りました。すぐに群臣と太史を召して言いました。

「韓朋の妻を手に入れることができたものには、金千斤を授け、一万戸の領地を与えよう。」

梁伯は王に対して申し上げました。

「私がやってご覧にいれましょう。」

宋王は大いに喜び、すぐに八台の車と名馬を遣わせ、前後につき従っていたのは三千人余りでありました。梁伯は命令に従い出発すると、疾風怒

かりです。そこで、頭のよく素晴らしい妻をさがして娶ることにし、貞夫という十七になったばかりの女性をさがしあてました。その貞夫の賢いことはまさに聖人とも言えるほどで、国でもとくに秀でたものでした。容姿も貞淑であることも天下に他に類のないほどでした。女性ではありましたが、経書をしっかりと理解し、およそすべての所作は天に叶うものでした。

貞夫が家に来て三日がたち、互いに好意を持ったので同居することになり、そこで言いました。

「共に誓い合いましょう。互いにその身を守ることを。貴方はもう他の女性を娶らず、魚と水のように仲良くありましょう。私もまた他へ嫁ぐことは致しません。死ぬまで貴方一人だけです。」

韓朋は家を離れて宋国に仕え、三年が過ぎ、六年が過ぎても帰らず、韓朋の母は、このことを想って心を病んでしまいました。韓朋の妻はこれを心配して、意を決して筆をとり、書をしたためることにしました。その文は彩をなすように美しく、言葉も金をちりばめたようで(10)、真珠や宝石のように美しいものでした。人に手紙を託すと、人に知られて何を言われるかわかりません。鳥に託すと、鳥は高く飛んでいってしまい頼めません。風に手紙を託すと、風は大空(11)にあって頼めません。

「もしこの書に表された気持ちが本当であれば、韓朋のもとに届くでしょう、もし本当でなければ道端で朽ち果てるでしょう(12)。」

このように妻は願をかけました。するとこの手紙の気持ちが真実だったので、手紙は韓朋のもとへ届くことができました。韓朋はその手紙を受け取って読み、家族の状況を知りました。

手紙にはこのように書いてありました。

「浩々と流れる水は渦を巻いて流れ、白く光り輝く月は雲に影を映すのみで（はっきりと姿が見えないので）あります。しかし、清らかな水は何時でも流れているわけもなく、また機を逃してしまっては作物も十分に成長しないでしょう。万物の移り変わりは天の定めに背くことはないもので

として発展したものである可能性があること。この点もまた、『舜子変』、『舜子至孝変文』に類似性を見ることができる。

（三）敦煌本『韓朋賦』は、その当初の製作の過程で『捜神記』の影響を受けている可能性があること。とくに、類似する「紫珪」などの故事が組み合わされ、新たな物語を作り出していること。この点は、『（擬）董永変文』がやはり『捜神記』中の「董永」故事に「田崑崙」を加えている点に類似性を見ることができる。

また、本論では触れなかったが、書き換えの過程で、『捜神記』の内容と比べて韓朋の妻や母親などの女性に関する記述が明らかに増加し、韓朋よりも、むしろ韓朋の妻を主とした物語展開に変えられていることもまた、重要であるように思う。この点は、同じ敦煌本の『王陵変』、『伍子胥変文』、『李陵変文』などに同じように強い女性を描写する傾向が見られ、唐代後期の時代背景と、物語の志向の変化を見ることができる。敦煌は唐中期以降に相当する吐蕃時代から武人たる帰義軍節度使統治時代にかけて、中央から離れて少数民族との交流を深め、また戦乱を多く経験する時代となり、それとともに、女性の地位向上や自立を示す資料が多く見られるようになる。女人社などの女性の互助組織の結成も、帰義軍節度使時代頃に始まる。このような女性の地位の向上の背景には、戦乱の多い時期における母子関係の変化があり、こうした変化が文学へも影響を及ぼしたものと考えられる。

附録　敦煌本『韓朋賦』試訳(8)

昔むかし、姓は韓、名は朋という賢士がおりました。幼い頃から親戚がなく、父を亡くしてからは、一人で老いた母を養い、身を謹んで孝行をしておりました。

朋は自ら(9)遠方へ仕える決心をしましたが、母が一人で暮らすことが気が

鳥既●高飛○、羅当○奈何○。（何：㊥歌韻）

志欲●従君○、讒言○孔多○。（多：㊥歌韻）

悲怨○成疾●、歿身○黄坡○。（坡：㊥歌韻）

命之○不造●、冤如○之何○。（何：㊥歌韻）　（『捜神記』）

この韻文は『呉地記』等にも残され、「『越絶書』に云く」としているが、管見によれば現行の『越絶書』には見られない(7)。

この韻文を含む物語は、呉王夫差に結婚を反対されて亡くなった紫珪の亡霊と韓重との交流の話であり、死しても愛を誓い合い、韓重が紫珪の塚に入り三日間ともに過ごすという件がある。こうしたやや類似する物語が、登場人物が韓という同じ名字の登場人物であることもあって、融合していき、その過程でこのような韻文の混入が起きたのであろう。敦煌本『（擬）董永変文』が、『捜神記』に見える「董永」の物語に「田崑崙」の物語を加えて内容を発展させたことにも非常によく似た現象だと思う。

むすび

以上のように、とくに書き換えと発展変化いう角度から見た場合、従来の敦煌本『韓朋賦』研究に以下の数点の指摘を新たに加えることができると思う。

（一）『韓朋賦』の写本を調査すると、他の講唱文学類と同様に、書き換えられた複数の異なるバリエーションが見られること。

（二）書き換えられる以前の『韓朋賦』の原型として、四言体を基調とした韻文体が存在していた可能性が考えられること。そしてその韻文は、平仄に関しても比較的整った箇所が残されており、朗読用か、節回しを付けて読み上げるなどの講唱の台本であったことが想像されること。こうした性質は、『舜子変』、『舜子至孝変文』に類似性を見ることができる。

なお、現存の敦煌本『韓朋賦』は、そうした講唱の内容を書き留めたものと見え、読み物、あるいは異なる講唱のスタイルの台本、あるいは種本

は、平仄に関しても比較的に整っている部分もあり、あるいは歌（後述）に、あるいは朗読用、節回しを付けて読み上げる講唱の台本などに用いられたことが想像される。

敦煌で他に類似する文体の文学文献としては、『燕子賦』などが四言を基調としており、最も近いかもしれない。P.2653写本では『燕子賦』は『韓朋賦』とも併写されており、用途という点でも近いものであったことが推測される。ただ『燕子賦』では六言、五言等をより多く混ぜており、『韓朋賦』のように限りなく四言斉体に保っているものとも若干の距離が見られるようで、より慎重な比較検討が必要になるであろう。また、これらが書き換えられて四言体ではなくなっていく理由は定かではないが、読み物としてまとめられる過程か、あるいは何らかの異なるスタイルの講唱の台本、あるいは種本として加筆されていったものかと推測される。類似するケースについては、四言ではなく六言体であるが、S.4654『舜子変』とS.2721V『舜子至孝変文』、羽39の舜子変文類、とくにS.4654『舜子変』に類似性を見ることができる。

また、こうした加筆の過程で、異なる文献からの転用と思われる部分も見られ、興味深い。この『韓朋賦』の文中には、古本系統の『捜神記』の「紫珪」から引用されたらしき一節が転用されている[6]。

海水●蕩蕩●、无風○自波○。（波：(平)歌韻）

成人○者少●、破人○者多○。（多：(平)歌韻）

南山○有鳥●、北山○將羅○。（羅：(平)歌韻）

鳥自●高飛○、羅当○乃何○。（何：(平)歌韻）

君但●平安○、妾亦●無化○。（何：(平)歌韻）

これは『韓朋賦』中の一段（敦煌本の五本がほぼ一致）であるが、このうちの後半の四句二行は『捜神記』とされる文からの転用である。ただ、本来は以下のように平仄にまで注意しているが、改作した時にはそれほど厳密さを意識していなかったということであろうか。

南山○有鳥●、北山○張羅○。（羅：(平)歌韻）

「浩浩○白水●、迴波○如流○。（流：㊥尤韻）
皎皎●明月●、浮雲○暎之○。（之：㊥支韻）
青青○之水●、各憂○有時○。（時：㊥支韻）
失時○不種●、和豆●不滋○。（滋：㊥支韻）
万物●吐化●、不為○天時○。（時：㊥支韻）
久不●相見●、心中○在思○。（思：㊥支韻）
百年○相守●、竟一●好時○。（時：㊥支韻）
君不●憶親○、老母●心悲○。（悲：㊥支韻）
妻独●単弱●、夜常○孤栖○。（栖：㊥斉韻）
常懐○大憂○、蓋聞百鳥失伴、其声○哀哀○。（哀：㊥灰韻）
日暮●独宿●、夜長○栖栖○。（栖：㊥斉韻）
太山○初生○、高下●崔嵬○。（嵬：㊥灰韻）
上有●双鳥●、下有●神亀○、（亀：㊥支韻）

＊○は平、●は仄を示す。以下同じ。

下線部はやはり文体の異なる部分であるが、これらを除いてみると、かなり整った文体があらわれるのである。このような観点から、P.2653にのみ見える部分を後代の書き入れであるとの仮説を立てて『韓朋賦』の冒頭部分を改めて校訂すると、以下のようであった可能性が考えられる。

昔有賢士、
姓韓○名朋○、少小●単孤○。（孤：㊥虞韻）
遂失○其父●、独養●老母●。（母：㊤有韻）
謹身行孝、朋身為主意遠仕、憶母独注（住）。
故娶●賢妻○、成功○素女●。（女：㊤語韻）
始年○十七○、名曰●貞夫○。（夫：㊥虞韻）
……

このように見た場合、長年の講唱による使用によって徐々に書き換えられたと思われる『韓朋賦』であるが、書き換えられる以前の原型には、四言体の韻文が存在していた可能性が考えられるのである。そしてその韻文

韓朋賦一巻			行惡得羊。 韓朋賦一卷。 癸巳年三月八日，張慶通書了。	行惡得殃。 韓朋賦一卷。

以上のように、単純に比較するだけでも各写本間に大きな差異があることが見てとれる。こうした異同は、『大目連冥間救母変文』類や、仏伝故事変文類、『醜女縁起』など、多くの講唱文学文献に見られるものであり、講唱を行う時間などの都合、講唱を行うテーマの変更のため、儀礼用のテキストから転用するためなど、様々な都合によって書き換えがなされたと考えられる。

二　敦煌本『韓朋賦』の文体

こうした書き換えをより細かく見た場合、例えばP.2653と他本とを比較すると異なる部分が目立つ。そうした中で、P.2653のみに見られる記載には、他の多くの部分に見られる四言体とは異なる文体を多く含んでいることに気づく。冒頭部分を抜き出して見てみよう。

昔有賢士、姓韓名朋、少小孤単。遭喪遂失［其］父、独養老母、謹身行孝。朋身為主意遠仕、憶母独注（住）、［故娶］賢妻。成功素女、始年十七、名曰貞夫。已賢至聖、明顕絶華、刑（形）容窈窕、天下更無。雖是女人身、明解経書。凡所造作、皆今天符。

このように見ると、下線部の部分では四言以外の句も多く混ざり、また四言ではあっても韻を踏んでいない箇所が多く見られることが分かる。となれば、あるいは元には四言の韻文が存在し、それをもとに書き換えられてこの文が作られた可能性が考えられるのではないか。

確かに、以下の文では、明らかに技巧をこらした韻文の形を残す部分が複数見られる。以下に幾つかを紹介してみよう。

韓朋得書、解読其言。

書曰：

乘素車，前後事従，
三千餘人，往到墓
所。貞夫下車，遶墓
三匝，號咷悲哭，聲
入雲中，喚君，
君亦不聞。迴頭辭百
官:「天能報恩。蓋聞
『一馬不被二　安，
一女不事二夫　』。」
言語未此，遂即至
室，苦酒侵衣，遂脆
如葱　，左攬右攬，
隨手而無。百官忙
怕，皆悉搥胸。即遣
使者，　報宋王。王
聞此語，甚大嗔怒，
床頭取劍，煞臣四
五　　。飛輪来走，
百官集聚。天下大
雨，水流曠中，難可
得取。梁百諫王曰:
「只有萬死，無有一
生。」宋王即遣捨之。
不見貞夫，　唯得
兩石，一青一白。宋
王睹之，青捨遊道
東　，白石捨於道
西。道西生於桂樹，
道東生於梧桐。枝枝
相當，葉葉相籠，根
下相連，下有流泉，
絕道不通。宋王出遊
見之：　「此是何
樹？」　對曰:「此
是韓朋之樹。」「誰能
解之？」梁百對曰:
「臣能解之。枝枝相
當是其意，葉葉相籠
是其思，根下相連是
其氣，下有流泉是其
淚。」宋王即　遣
誅罰之。　三日
三夜，血流汪汪。二
札落水，變成雙鴛
鴦，舉翅高飛，還我
本鄉。唯有一毛相，
甚好端政。宋王得
之，即磨拂其身。

乘素車，道前後
三千餘人，往到墓
所。貞夫下車，遶墓
三匝，嗥啼大哭，悲
入　，臨壙喚君，
君亦不聞。迴頭辝百
官:「天能報此恩。
『一馬不被　兩鞍，
一女不事二夫　』。」
言語未訖，遂即
容苦，須捉衣葱，

隨手如无。百官忙
怕，皆悉搥胸。即遣
使者，走報宋王。王
聞此義，是大嗔怒，
床頭取劍，　煞臣四
五人也。飛輪来報，
百官集敢。似天下大
雨，水流曠中，難可
得取。梁伯諫王曰:
「只有万死，无有一
生。」宋王遣人栓之。
不見貞夫，　遂得
兩石，一青一白。宋
王覩之，青石埋於道
東，白石埋於道西。
道東生於桂樹，道西
生於梧桐。枝枝相
當，葉葉相對，根下
相連，下有流泉，絕
道不通。宋王出　見
之　　:「此是何
樹？」梁伯對曰:「此
是韓朋之樹。」「誰能
解之？」梁伯對曰:
「臣能解之。枝枝相
當是其意，葉葉相寵
是其氣，根下相連是
其思，下有流泉是其
淚。」宋王　遣人
誅伐之。王曰:「三日
三夜，血流汪汪。二
札落水，變城雙鴛
鴦，舉翅高飛，還
本　。唯有一毛羽，
甚好端正。宋王愛
之，遂則磨拂身躰，
大好光彩，唯有項上
未好，即將磨拂項
上，其頭即落。□奪
庶人之妻，枉煞賢
良。未至三年，宋王
滅亡。梁伯父子，配
在邊疆。行善獲福，

臣素車，前後　使
三千餘人，往到墓
所。貞夫下車，遶墓
三匝，□咷大哭，悲
聲入雲，臨壙喚君，
君亦不聞。迴頭辝百
官:「天能報　恩。
『一馬不被兩重安，
一女不事二夫智』。」
言語未訖，　遂即
苦空侵衣，衣脆
如悲藻，
隨手而無。百官忙
怕，皆悉搥胸。即遣
使者，走報宋王。王
聞此語，甚大嗔怒，
床頭取劍，煞臣四
五　　。飛輪来走，
百官集聚。天下大
雨，水流曠中，難可
得取。梁伯諫王曰:
「只有乃死，無有一
生。」宋王遣人栓之。
不見貞夫，唯得
兩　，一青一白。宋
王觀之，青石埋於道
東，白石□於道西。
東道生於桂樹，道西
生於梧桐。枝枝相
對，葉葉相籠，根下
相連，下有流泉，絕
道不通。宋王出遊見
之，問曰:「此是何
樹？」梁伯對曰:「此
是韓朋之樹。」「誰能
解之？」梁伯對曰:
「臣能解之。枝枝相
對是其意，葉葉相籠
是其氣，根下相連是
其義，下有流泉是其
淚。」宋王即見人遣
追伐之。王見　三日
三夜，血流汪汪。二
札落水，變成雙鴛
鴦，舉翅高飛，還我
本鄉。唯有一毛　，
甚好端正。宋王愛
之，遂即磨弗　，
大好光彩，唯有項上
未好，即將磨弗，
其頭即落。生奪
庶人之妻，枉煞賢
良。未至參季，宋國
滅亡。梁伯父子，配
在邊疆。行善獲福，

宋王許之。 賜八輪之車，瓜騮之馬，前後事從，三千餘人，往到臺下。乃見韓朋，剉草飼馬，見妾恥，把草遮面。 　貞夫見之，淚下如雨。貞夫曰:「宋王有衣，妾亦不着；王若喫食，妾亦不幸。妾念思君，如渴思漿。見君苦痛，割妾心腸。刑容憔悴，決報宋王，何是着恥，避妾隱藏？」韓朋答曰:「南山有樹，名曰荊棘，一枝兩刑，葉小心平。刑容憔悴，無有心情。蓋聞東流之水，西海之魚，去賤就貴，於意如何？」貞夫聞語，低頭却行，淚下如雨。即裂群前三寸之帛，卓齒取血，且作私書，繫着箭　上，射與韓朋。朋得此書，便即自死。宋王聞之，心中驚愕，即問諸臣：「若為自死？為人所殺？」梁伯對曰:「韓朋死時，有傷損之處。唯有三寸素書，　在朋頭下。」宋王即　讀之。貞書曰:「天雨霖霖，魚游池中。大鼓無聲，小鼓無音。」　王曰:「誰能辨之？」梁百對曰:「臣能辨之。『天雨霖霖』是其淚；『魚遊池中』是其意；『天鼓無聲』是其氣；『小鼓無音』是其思。天下事此是，即言其義大矣哉！」貞夫曰:「韓朋以死，何更再言！唯願大王有恩，以禮葬之，可不得利後　。」宋王即遣人城東，軨百文之曠，三公葬之　。貞夫乞往觀看：「不取久高。」宋王許之。令		宋王戲之。乃賜八輪之車，　騮之馬，前後事從，三千餘人，往到臺下。乃見韓朋，坐菓飼馬，　妾着以身把草遮面正見。貞夫見之，淚下如雨。貞夫曰:「宋王有　，妾亦不着；王　有食。 　刑容憔悴，速報宋王，何以着恥，取草遮面，避妾隱藏？」韓朋答曰:「南有山水，名曰荊棘，一枝兩刑莖，葉小心平。刑容憔悴，無有心情。着聞東流之水，西海之魚，賤就妾情，於意如何？」貞夫聞此語，低頭却行，淚下如雨。即裂群裾三寸，　卓齒取血，且作私書，繫着箭　上，謝以韓朋。朋得此書，便即自死。宋王聞之，心忠驚愕，即問諸臣：「　為人所煞？」梁伯對曰:「韓朋死時，無有傷損之處。唯有三寸素書，繫在朋頭下。」宋王即　讀之。貞夫曰:「天雨霖霖，魚游池中。大鼓無聲，小鼓無常。」宋王曰:「誰能辯之？」梁伯對曰:「臣能辯之。『天雨霖霖』是事淚；『魚遊池中』是其意；『大鼓無聲』是其氣；『小鼓無音』是其思。天下事此是卿言，其義大矣哉！」貞夫見韓朋守死，何更再言：「唯願大王　恩，以礼葬之，可不得利後人。」宋王即遣　城東，栓百杖臨曠，三公葬之礼也。貞夫乞住　觀看:「不敢分停。」宋王許之。令	宋王乃許。 賜八輪之車，瓜騮之馬，前後事從，三千餘人，往到臺下。乃見韓朋，剉草飼馬，見妾羞耻，把草遮面。 　貞夫見之，淚下如雨。貞夫曰:「宋王有衣，妾亦不着；王若有食，妾亦不嘗。 　刑容顦顇，快報宋王，何以羞恥，取草遮面，避妾隱藏？」韓朋答□:「南山有樹，名曰荊棘，一枝兩形，葉小心平。形容顦顇，無有心情。盖聞東流之水，西海之魚，去賤就貴，於意如何？」夫貞聞此語，低頭却行，淚下如雨。即裂裙裾三寸，　卓齒取血，且作移書，繫着箭頭上，射與韓朋。朋得此書，便即自死。宋王聞之，心中驚愕，即聞諸臣：「　為人取煞？」梁伯對曰:「韓朋死時，無有傷損之處。唯有三寸素書，　在朋頭下。」宋王即取讀之。貞夫曰:「天雨霖霖，魚游池中。大鼓無聲，小鼓無音。」宋王曰:「誰能辯之？」梁伯對曰:「臣能辯之。『天雨霖霖』是其淚；『魚遊池中』是其意；『大鼓無聲』是其氣；『小鼓無音』是其死。大下是其言，其語大矣哉！」貞夫見韓朋自死，再言：「唯願大王有恩，以礼葬之。」 夫即往觀看:「不敢久停。」宋王許之。令

驚聚。貞夫曰:「呼天
何益，喚地何免，駟
馬一去，何　歸返。」
梁伯信速，日日漸
遠。初至宋國，九千
餘里，光照宮中。宋
王怪之，即召群臣，
并及太史。開書卜
問，怪其所以。悟士
答曰:「今日甲子，明
日乙丑。諸臣聚集，
王得好婦。」言語未
訖，貞夫即至，面如
凝脂，腰如束素，有
好文理。宮人美女，
無有及似。宋王見
之，甚大歡喜。三日
三夜，樂不可盡。即
拜貞夫，以為皇后。
前後事従，入其宮
裏。貞夫入宮，憔悴
不樂，病臥不起。宋
王曰:「卿是庶人之
妻，今為一國之母。
有何不樂? 衣即綾
羅，食即恣口。黃門
侍郎，恒在左右。有
何不樂，亦不歡喜?」
貞夫答曰:「辭家別
親，出事韓朋，生死
有處，貴賤有殊，蘆
葦有地，荊棘有叢，
豺狼有伴，雉笔有
雙。魚鱉百水，不樂
高堂。鷰若群飛，不
樂鳳凰。妾　庶人之
妻，不歸宋王之婦
人。」　　　　愁
思，誰能諫　?」
梁伯對曰:「臣能諫
之。朋年卅未滿，
廿有餘，姿容窈窕，
黑髮素絲，齒如軻
珮，耳如懸珠。是以
念之，情意不樂。唯
須疾害身朋，　以
為囚徒。」宋王
遂取其言，遂打韓朋
二板齒　。並着故破
之衣常，使築清陵之
臺。貞夫聞之，痛切
忏腸，情中煩怨，無
時不思。貞夫諮宋
王　:「既築清陵臺
訖，乞願暫往看下。」

驚聚。貞夫曰:「呼天
何益，喚地何免，駟
馬一去，何得再歸。」
梁伯迅速，日日漸
遠。初至宋國，九千
餘里，光照空中。宋
王恠之，即召群臣，
并及太使。開書卜
問，恠其所異。博士
答曰:「今日甲子，明
日乙丑。諸臣集聚，
王得好婦。」言語未
訖，貞夫　　面如
凝脂，腰如束素，有
好文理。宮人美女，
无有及似。宋王見
之，甚大歡喜。三日
三夜，樂不可盡。即
拜貞夫，以為皇后。
前後事従，入其宮
裏。貞夫入宮，憔悴
不樂。

「衣即綾
羅，食即姿口。黃門
侍郎，恒在左右。有
何不樂，亦不歡喜?」
貞夫答曰:「辞家別
親，出事韓朋，生死
有處，貴賤有殊，蘆
葦有地，荊棘有叢，
豺狼有伴，
[以下闕]

將其
貞夫還國。宋王問
来，　　到此三日
三夜，樂不可盡。即
拜貞夫，以為皇後。
前後事従，入其宮
裏。貞夫入宮，憔悴
不樂，病臥不起。宋
王曰:「卿是庶人之
妻，今為一國之母。
有何不樂? 衣即綾
羅，食即咨口。黃門
是郎，恒在左有。
何不樂，亦不歡喜?」
貞夫答曰:「辞家別
親，出事韓朋，生死
有處，貴賤有殊，蘆
葦有地，荊棘有叢，
豺根有伴，鷄兔有
雙。魚鱉有水，不樂
高堂。鷰雀群飛，不
樂鳳凰。妾是庶人之
妻，　不樂宋王之
婦。」王曰:夫人愁
思，　誰能諫之?」
梁伯對白:「臣能諫
之。朋年卅未滿，
廿有餘，咨客窈窕，
黑髮素絲，齒如軻
珮，耳如懸珠。是以
念之，情意不樂。唯
雖疾病客皃朋身，以
為囚從。」宋王
遂取其言，即打韓朋
雙板齒落。並着故破
之衣裳，使築青陵之
臺。貞夫聞　，實切
肝腸，清中煩怨，无
時不思。貞夫語宋
王曰:「既造青陵之
臺，訖願蹔往觀看。」

日日漸
遠。初至宋國，九千
餘里，光曉宮中。宋
王恠之，即召群臣，
并及太史。開書卜
問，恠其使畏。博士
答　:「今日甲子，明
日乙丑。諸臣集聚，
王得好婦。」言語未
訖，貞夫即至，面如
凝脂，腰如束素，有
好文理。宮人美女，
無有及似。宋王見
之，甚大歡喜。三日
三夜，樂不可盡。即
拜貞夫，以為皇后。
前後事従，入其宮
裏。

「卿是庶人之
妻，今為一國之母。」
「衣即綾
羅，食即咨口。黃門
侍郎，恒在左右。有
何不樂，亦不歡喜?」
貞夫答曰:「辞家別
親，出事韓朋，生死
有處，貴賤有殊，蘆
葦有地，荊棘有聚，
豺狼有伴，雉兔有
雙。魚鱉有水，不樂
高堂。鷰雀群飛，不
樂鳳凰。妾是庶人之
妻，　不樂宋王之
婦。」夫人愁憂不樂，
王曰:誰能諫之?」
梁伯到曰:「臣能諫
之。朋年三十未滿，
廿有餘，姿容窈窕，
黑髮素絲，齒□珂
珮，耳如懸珠。是以
念之，情意不樂。唯
須疾客朋身，　以
為囚徒。」宋王乃見
遂取其言，即打韓朋
雙板，　並垂着故破
之□裳，使築青綾之
臺訖，

「願暫往觀看。」

使三千餘人。從發道路，疾如風雨。三日三夜，往到朋家。使者下車，打門而喚。朋母出看，心中驚怕：「借問喚者，是誰使者？」使者答曰：「我從國之使來，共朋同友。朋為公曹，我為主薄。朋有秋書，來寄新婦。」阿婆迴語新婦：「如客此言，朋今　仕官，且得勝途。」貞夫曰：「新婦昨夜夢惡，文文莫莫。見一黃蛇，皎妾床脚。三鳥並飛，兩鳥相博。一鳥頭破齒落，毛下紛紛，血流洛洛。馬蹄踏踏，諸臣赫赫。上下不見鄰里之人，何況千里之客？客從遠來，終不可信。巧言利語，詐作朋書。　言在外，新婦出看。阿婆報客，但道新婦，病臥在床，不勝醫藥。承言謝客，勞苦遠來。」使者對曰：「婦聞夫書，何古不憘？必有他情，在於鄰里。」朋母年老，　能察意。新婦聞客此言，面目變青變黃：「如客此語，道有他情，即欲結意，返失其里。遣妾看客，失母賢子。姑從今已後亦失婦，婦亦失姑。」下　機，　謝其玉梭，千秋萬歲，不傷議汝。「井水湛湛，何時取汝？釜竈尪尪，何時久汝？床席闉房，何時臥汝？庭前蕩蕩，何時掃汝？薗菜青青，何時拾汝？」出入悲啼，鄰里酸楚。低頭却行，淚下如雨。上堂拜客，使者扶譽。貞夫上車，疾如風雨。朋母於後，呼天喚地，　天哭，鄰里	仕從餘人。從發道路，疾如風雨。三日三夜，往到朋家。所者下車，打門而喚。朋母出看，心中驚怕，即問喚者：「是誰使者？」　答曰：「我是宋國之使，共朋同有。朋為公曹，我為主薄。朋有私書，來寄新婦。」阿婆迴語新婦：「如客此言，朋今事仕官，且得勝途。」貞夫曰：「新婦作夜夢惡，文文莫莫。見一黃蛇，交妾床脚。三鳴並飛，兩鳥相博。一鳴頭破齒落，毛羽分分，血流落落。馬蹄踏踏，諸臣赫赫。上下不見鄰里之人，何卿千里之客？客從遠來，終不可信。巧言利語，詐作朋書。朋言在外，新婦出看。阿婆報客，但道新婦，病臥在床，不勝醫藥。□□□□□□□遠來。」使者對曰：「新婦聞夫書，何故不喜？□□□□□□□□□□□□不能察意。母聞客言，面目□□□□□□□□□□□□□□□□［後闕］	貳拾餘人。從發道路，疾而風雨。三日三夜，往到朋家。使者下車，打門如喚。朋母出看，心中驚怕，即問喚者：「是誰使者□□□□□□曰：「我是宋國使来，共朋同友。朋為公曹，我為主薄。朋有私書，来寄新婦。」阿婆迴語新婦：「児客此言，臣今　仕官，且德勝□。貞夫曰：「新婦昨夜夢惡，文文莫莫。見一黃虵，校接床脚。三鳥病□□兩鳥相搏。一鳥頭破齒落，毛羽分分，血流落落。馬蹄踏踏，諸臣赫赫。上　不見下隣里之人，何卿千里之客？客從遠来，終不可信。巧言利語，乍作朋書。朋言在外，新婦出看。阿婆報客，恒道新婦，病臥在床，不勝醫藥。病言謝客，故勞遠來。」使者對曰：「新婦聞夫言，何故不語？必有他情，在於隣里。」朋母年老，不能察意。新婦問客此言，面目變青變黃：「如客此語，必有他情，即欲結意，反失其里。遣妻看客，失母賢子。　姑亦失姑。」遂下金機，謝其王事，千秋　不當復織。「井水湛湛，何時取汝？釜竈尪尪，何時吹汝？床席闉房，何時臥汝？庭前蕩蕩，何時掃汝？薗菜青青，何時取汝？」出入悲蹄，隣里酸楚。低頭却行，淚下如雨。上堂拜客，使者扶舉。貞夫上車，疾而風雨。朋母於後，呼天喚地，號咷大哭，隣里	仕従，入其宮但。　三日三夜，望到朋家。使者下車，打門如喚。朋母出来，心忠驚怕則問喚者曰：「是誰使者？」答曰：「我是宋王使来，　共朋同者。朋為公曹，我為主薄。朋友私書，寄迴新婦。」阿婆迴語新婦：「児客此言，臣　今事官，且得勝常。」貞夫曰：「新婦昨夜夢惡，文文莫莫。見一黃虵，校妾床脚。三鳥並飛，兩鳥相搏。一鳥頭破相落，毛雨芬芬，血流落落。馬踣踏踏，諸臣赫赫。上　不見下隣里之人，　千里之客？客從遠来，終不可信。巧言利語，詐作朋書。朋言在外，新婦出看。阿婆答客，恒道新婦，病臥在床，不勝醫藥。並言謝客，故勞遠來。」使者謂曰：「婦間夫言，何故不語？必有他情，在於隣里。」朋母年老，不能察意。	□□□□□□□□□路，疾如風□□□□□□□□□□□□□□□□□□□□□□□□□喚。朋母出看，　心中驚□□□□□□□□□□□□□□「我是宋國之使，　共朋　同友。□□□□□□□□□□□□□書，来寄新婦。」阿婆迴□□□□□□□□□□□□□□□且得勝途。」貞夫曰：「新婦□□□□□□□□□□□□□虵，絞妾床脚。三鳥並飛，□□□□□□□□□□□□毛羽分分，血流落落。馬蹄□□□□□□□□□□□□□□之人，何向有千里之客？客從□□□□□□□□□□□語，詐作朋書。朋言在外，新□□□□□□□□□□□新婦，病臥在床，不勝□□□□□□□□□□□遠來。」使者對曰：「婦聞　夫書，□□□□□□□□□□□□於鄰里。」朋母季老，不能□□□□□□□□□□面目變青變黃：「如客□□□□□□□□□□□□□返失其里。遣妻看客，□□□□□□□□□□　其王事，千秋萬歲，　復織。□□□□□□□□□□□□□尫尫，何時吹汝？床席闉□□□□□□□□□□□□□何時掃汝？薗菜青青，何□□□□□□□□□□□□□楚。低頭却行，淚下如雨。上堂　疾如風雨。朋母於後，喚呼天□□□□□□迅速，

一夫。韓朋出遊，仕於宋國，期去三年，六秋不歸。朋 母憶之，心 煩惋；	一夫。韓朋出遊，事於宋國，期去三年，六秋不歸。朋 母憶子，口亦不言。其妻念之，內自發心。忽然執筆，遂字造書。	一夫。韓朋出遊，往於宋□□□□□□□□□不歸。朋母憶子，口亦不言，其妻念之，內自□□□□□□筆，其自斑斑，	一夫。韓朋出遊，往於宋國，其去三年，六秋不歸。朋□母憶子，口亦不言，其妻念之，內白發心。忽自執筆。其自琬琬，	
其妻寄書與人，恐人多言；意欲寄書與鳥，鳥恒高飛；意欲寄書與風，風在空虛。「書若有感，直到朋前。」	其文斑斑，而珠而玉。意欲寄書與人，恐人多言；意欲寄書與鳥，鳥恒高飛；意欲寄書與風，風在虛空。「書若有感，直到朋前；書若無感，零落草間。」其書有感，直到朋前。	文辤碎錦，如珠如玉。意欲寄□□□□□□□多言；意欲寄書與鳥，鳥恒高飛；意欲寄書□□□□□虛空。「書若有感，直到朋前；書若無感，零□□□間。」其妻有感，直到朋前。	文□□碎金，如珠如玉。意欲寄書與人，恐人多言；意欲寄書與□□鳥恒高飛；意欲寄書與風，風在虛空。「書若有感，直□朋前；書若無感，令落草間。」其妻有感，直到朋前。	
韓朋得書，解讀其言。書曰：「浩浩白水，迴波如流。皎皎明月，浮雲暎之。青青之水，各憂有時。失時不種，和豆不滋。萬物吐化，不爲天時。久不相見，心中在思。百年相守，竟一好時。君不憶親，老母心悲。妻獨單弱，夜常孤栖，常懷大憂。蓋聞百鳥失伴，其聲哀哀；日暮獨宿，夜長栖栖。太山，初生，高下崔嵬。上有雙鳥，下有神龜，晝夜遊戲，恒則同歸。妾今何罪，獨無光明！海水蕩蕩，無風自波。成人者少，破人者多。南山有鳥，北山張羅。鳥自高飛，羅當奈何。君但平安，妾亦無化。」韓朋得書，意感心悲。不食三日，亦不覺飢。韓朋意欲還家，事無因緣。懷書不謹，遺失殿前。宋王得之，甚愛其言。即召群臣，並及太史：「誰能取得韓朋妻者，賜金千斤，封邑萬戶！」梁伯啟言王曰：「臣能取之。」	韓朋得書，解讀其言。書曰：「浩浩白水，迴波而流。皎皎明月，浮雲影之。青青之樹，冬夏有時。失時不種，和豆不滋。萬物吐花，不違天時。久不相見，心中在思。百年相守，竟好一時。君不憶親，老母心悲。妻獨 弱，夜常孤栖，常懷大憂。蓋聞百鳥失伴，其聲哀哀；日暮獨宿，夜長栖栖。太山，初生，高下崔嵬。上有雙鳥，下有神龜，晝夜遊戲，恒則同皈。妾今何罪，獨無光暉！海水蕩蕩，無風自波。成人者少，破人者多。南山有鳥，北山張羅。鳥恒高飛，羅當奈何。君但高平安，妾亦無他。」韓朋得書，意感心悲。不食三日，亦不覺飢。韓朋意欲還家，事無因緣。懷書不謹，遺失殿前。宋王得之，甚愛其言。即趙群臣，並及太史：「誰能取得韓朋妻者，賜金千斤，封邑万戶！」梁伯啓王曰：「臣能取之。」	韓朋得書，解讀其言。 「浩浩白水，迴波如流。皎皎明月，伴雲影之。清清之水，冬夏有時。 不種，禾豆不滋。万物吐化，不違天時。久時相見，心中有辤。百年相守，竟相一時。君不憶親，老母心悲。妻獨單弱，夜常孤星，常懷大憂。盖聞百鳥失伴，其聲哀哀；日暮獨宿，夜夜星星。太山，初生，高下崔嵬。上有雙鳥，下有神龜，晝夜遊戲，恒則同歸。妻今何罪，獨無光暉！海水蕩蕩，无風自波。成人者少，破人者多。南山有鳥，北山將羅。鳥自高飛，羅當乃何。君但平安，妾亦無他。」韓朋得書，意感心悲。不食三日，亦不覺飢。韓朋意欲還家，事無因緣。懷書不謹，違失殿前。宋王得之，甚愛其言。即招群臣，並及太使：「誰能取得韓朋妻者，賜金千斤，封於万戶！」梁伯啓王曰：「臣能取之。」	韓朋□書，解讀其言。詩曰：「浩浩白水，迴波而流。叫叫明月，翔雲影之。清清之水，冬夏有時。 不種，禾豆不滋。万物土花，不用天時。久不相見，心中有詞。百年相見，竟好一時。君不憶親，老母心悲。妻獨孤單，夜常孤栖，懷抱徹天。盖聞百鳥失伴，其聲哀哀；人暮獨宿，夜夜栖栖。太山，初生，高下迴蹭。上有雙鳥，下有神龜， 遊戲，恒則同皈。妾今何罪，獨無光暉！海水蕩蕩，无風自波。成人者小，破人者多。南山有鳥，北山有羅。鳥自高飛，羅當奈何。君但平安，妾亦不他。」韓朋得書，意敢心悲。不食三日，亦不覺飢。韓朋意欲還家，事無因緣。懷書不謹，遺失殿前。宋王胸之， 即招群臣，並及太史：「誰能取得韓朋妻者，賜金千斤，封衣万斛！」梁伯答曰：「臣能取之。清是庶人之妻。」	［前闕］
宋王大憶，即出八輪之車，爪 騮之馬，	宋王大喜，即出八輪之車，爪 騮之馬，	宋王大喜，即出八輪之車，[馬+爪]騮之馬，前後	宋王大喜，即出八輪之車，瓜 騮之馬，前後	□□□□□□□□□□□八輪□□□□□□□□□□□□□□

行数	存6行
識語	無
背面文献	①韓朋賦一巻
①首題	3韓朋賦一巻
尾題	闕
行数	存3行
識語	無
解説	左行から倒写。S.2922の記載に近し。
本文	1．韓朋賦一巻　卓（貞）妻　昔右（有）賢士、姓韓名朋、少少（小）孤單。遂失其父、 2．獨養老母、故取賢妻、成公素女、年始十七、與賢至聖、名曰貞夫。 3．入門三日、意欲同居
参考文献	参照 P.2653

以上の六種の写本は、この時代の講唱文学の多くの抄本資料と同様に、大きな書き換えが行われている。その状況を詳細に見る為に、以下のように対照表として比較してみた（ロシア蔵本は僅かに三行と短く記載も S.2922と一致する為、省略した）。

P. 2653	S. 3227	S. 4901+S. 10291 +S. 3904	S. 2922	P. 3873
韓朋賦一首 昔有賢士，姓韓名朋，少小孤單。遭喪遂失父，獨養老母，謹身行孝。朋身為主意遠仕，憶母獨注，　賢妻，成功素女，始年十七，名曰貞夫。已賢至聖，明顯絕華，刑容窈窕，天下更無。雖是女人身，明解經書。凡所造作，皆今天符。入門三日，意合同居：「共君作誓，各守其軀。君　不須再取　，如魚如水；妾亦　不　再嫁，死事	韓朋賦一首 昔有賢士，姓韓名朋，少小孤單。 遂失其父，獨養老母， 故娶賢妻，成公素女，始年十七， 與賢至聖名顯。 貞夫入門三日，意合同居：「共君作誓，各守其軀。君亦不須再趣婦，如水如魚；妾亦　不須再嫁，死仕	□□□□□□□□□□□朋，小少孤單。 遂失其父，獨養老母， □□□□□□□□□□年始十七， 與賢智聖，名曰貞夫。 入門□□□□□□□□作誓，各守其軀。君亦不須再娶，□□□□□□□□□□再改嫁，死事	□□賦一首　貞妻 昔有賢士□名朋，少小孤單。 遂失其父，獨養老母， 故取賢妻，成公□女，年始十七， 與賢至聖，名曰貞夫。 入門三日，意欲同居：「共君作誓，各守其軀。君亦不須再娶婦，如魚如水；妻亦更不再既嫁，死事	

尾題　72. 韓朋賦一首
行数　存72行
識語　無
参考文献　参照 P.2653
背面文献　②雑写数行
②首題　無
尾題　無
行数　存６行
識語　無

⑸　S.4901＋S.10291＋S.3904
正面文献　①（韓朋賦）
①首題　闕
尾題　闕
行数　存48行
識語　無
参考文献　参照 P.2653

⑹　S.10291
参看 S.4901。

⑺　S.3904
参看 S.4901。

⑻　Дх 10277
正面文献　①開蒙要訓一巻
①首題　闕
尾題　６. 開蒙要訓一巻

尾題　88. 韓朋賦一巻
行数　存89行
識語　89. 癸巳年二月八日張慶道書
参考文献　参照 P.2653

(3) S.3227

正面文献　①下女夫詞一巻／②韓朋賦一首
①首題　闕
尾題　7. 下女夫詞一巻
行数　存8行
識語　有
参考文献　S.3877、S.5515、S.5643、S.5949、S.9501、S.9502、S.11419、S.13002、P.2976、P.3550、P.3893、P.3909等
②首題　韓朋賦一首
尾題　闕
行数　存17行
識語　無
参考文献　参照 P.2653
背面文献　③（俗務要名林）
③首題　闕
尾題　闕
行数　存33行
識語　無
参考文献　S.617、P.2609、P.5001等

(4) P.3873

正面文献　①韓朋賦一首
①首題　闕

識語　　無

原文　　1．『救諸衆生苦難経』　天台山中有一老師、年可九百歳。正月、二月、天神悲

2．哭、眼中泣血、唱言：“苦哉、苦哉！衆死盡。”弟子惠通合掌頂礼、眼中泣淚、

3．啟言：“有此災難、如何得免。”老師報言：“惠通！我閻浮衆生亡沒。並總念彌勒佛、

4．救諸蒼生。中國黄河已北、相魏之地、正在其中愚痴之子、不覺不知。三月、四月

5．鬼兵亂起、無邊無際、八月、九月已來、大末劫。衆生行善、鬼兵自滅、天地黑

6．闇、得免此災。寫一本、免一門；寫兩本、免六親；寫三本、免一村。流傳者是弟子。

7．謗此經者、入阿鼻地獄、無有出期；見此經不寫者、滅門；至心讀誦者、得成佛道。”

解説　　他本には巻末に以下のような韻文が付されている。「黑風西北起、東南興鬼兵。永常天地闇、何得心□□。先須斷酒肉、貪嗔更莫生。人能慎此事、佛道一時□。」

参考文献　　S.136、S.414、S.470、S.1184、S.1185、S.2649、S.3126、S.3417、S.3685、S.3696、S.4479、S.4924、S.5060、S.5256、S.5679、S.6060、P.2953、P.3117、P.3857、北京8282、北京8283、北京8284、北京8285、北京8286

方広錩「救諸衆生苦難経」、『敦煌学大辞典』上海辞書出版社、1999年、741頁。

(2)　S.2922

正面文献　　①韓朋賦一首

①首題　　1．□朋賦一首　貞妻

て校訂作業が行われ、後にロシア蔵本一点が発見されている。ただ、このうち戊巻、己巻、庚巻の三点は一つの写本が三つに断裂したものなので、敦煌本に残される「韓朋賦」の写本は全部で六種類ということになる。

各写本の詳細は以下の通りである。

(1)　P.2653

正面文献	①燕子賦一巻／②燕子賦一首／③韓朋賦／④救諸衆生苦難経
①首題	闕
尾題	61.　燕子賦一巻
行数	存61行
識語	無
参考文献	『敦煌変文校注』中華書局、1997年、376～412頁。
②首題	無
尾題	109.　燕子賦一首
行数	存48行
識語	無
参考文献	『敦煌変文校注』中華書局、1997年、413～422頁。
③首題	110.　韓朋賦一首
尾題	165.　韓朋賦一巻
行数	存56行
識語	無
参考文献	王重民等『敦煌変文集』人民文学出版社、137～153頁。潘重規『敦煌変文集新書』中国文化大学印行、961～979頁。伏俊連『敦煌賦校注』甘粛人民出版社、1994年、364～401頁。『敦煌変文校注』中華書局、1997年、212～231頁。
④首題	救諸衆生苦難経
尾題	無
行数	存７行

木曰「相思樹」。相思之名、起于此也。南人謂此禽即韓憑夫婦之精魂。今睢陽有韓憑城、其歌謠至今猶存。　　　　『捜神記』巻十一(1)

この話は、現行本の唐道世『法苑珠林』巻第二十七「至誠篇第十九感応縁」に「宋韓憑妻康王奪」として掲載されるほか(2)、『太平御覧』巻第五五九にも掲載がある。「韓朋」とするものは、同じ『捜神記』を引く唐劉恂『嶺表録異』にある。

この「韓朋」、「韓憑」の二者については、『古音駢字』巻上には「韓朋、韓憑（『捜神記』）。古『朋』字亦有『憑』音」とあり、音が近いことによるもので二者は同一であると述べている。かつて容肇祖も、「『朋』『憑』雖然在『切韻』裏一在二十四登、一在二十三蒸、疑古音近」のように述べ、音が近いことによる仮借字として使用されていた可能性を指摘している(3)。また容氏は、唐代以前に「韓朋」として通用していたものが、後代の『捜神記』の一本に「韓憑」と記載されていた為に「韓憑」とするのが慣例化していったことを指摘している(4)。

なお、『捜神記』の同説話には言葉のなぞ解きが多く見られるが、敦煌本『韓朋賦』本文においても同様で、同系の物語が文体とともに後世に伝わったと見られる点は興味深い。日本の『曽我物語』にもよく似たプロットの話が見えており、東アジア一帯に広く知られた物語であったと見られる(5)。

本稿では、こうした韓朋故事の中で、特に敦煌文献の分析を中心として、九、十世紀以前における『韓朋賦』成立の背景について若干考察してみたい。

一　『韓朋賦』現存資料の状況

敦煌本『韓朋賦』は、これまでに敦煌文献から八点の写本が確認されている。『敦煌変文校注』にも P.2653（甲巻）、S.2922（乙巻）、S.3227（丙巻）、S.3873（丁巻）、S.4901（戊巻）、S.3904（己巻）、S.10291（庚巻）とし

う。宋王は、韓朋が若く様相が優れているためだと思い、彼の歯を折り汚い服を着せて、清陵台建築という苦役につかせる。貞夫はそれを知り、宋王に頼んで清陵台へ行き、韓朋と再会を果たすが、彼のあまりの変わりように涙する。貞夫は韓朋に密かに手紙を書き、韓朋はその手紙を手に取ると、互いの境遇を嘆き、まもなく自殺してしまう。宋王は貞夫の頼みによって、礼をもって韓朋を埋葬する。貞夫は埋葬に際して泣き崩れ、清陵台から墓穴に向かって倒れ落ちる。折からの大雨の中で貞夫を見つけだすことができず、宋王は墓を掘らせるが、青と白の二つの石を見つけることができただけだった。宋王はその青石を道の東に埋め、白石を道の西に埋める。すると、道の東からは桂の樹が、西からは梧桐が生え、根も枝も重なり合うよう絡まり合い、道も泉にふさがれてしまう。宋王はすぐにこの樹を伐ってしまうが、三日三晩、血がこんこんと流れ続けたあと、二枚の札がそこに落ちる。すると、それがつがいの鴛鴦に変わり、翼を広げると高々と飛び上がり、二人の故郷へと帰って行った。

この話は、『捜神記』（二十巻本系統）に「韓憑」（あるいは「韓馮」）として残される著名な物語である。

『捜神記』には以下のように記されている。

宋康王舎人韓憑、娶妻何氏、美、康王奪之。憑怨、王囚之、論為城旦。妻密遺憑書、繆其辭曰、「其雨淫淫、河大水深、日出当心。」 既而王得其書、以示左右、左右莫解其意。臣蘇賀対曰、「其雨淫淫、言愁且思也。河大水深、不得往来也。日出当心、心有死志也。」 俄而憑乃自殺。其妻乃陰腐其衣。王与之登台、妻遂自投台、左右攬之、衣不中手而死。遺書於帯曰、「王利其生、妾利其死。願以屍骨、賜憑合葬。」 王怒、弗聴。使里人埋之、冢相望也。王曰、「爾夫婦相愛不已、若能使冢合、則吾弗阻也。」 宿昔之間、便有大梓木生於二冢之端、旬日而大盈抱、屈体相就、根交於下、枝錯於上。又有鴛鴦、雌雄各一、恆棲樹上、晨夕不去、交頸悲鳴、音声感人。宋人哀之、遂号其

敦煌本『韓朋賦』より見た「韓朋」故事の展開

荒見泰史

はじめに

『韓朋賦』は、敦煌文献に残される文学文献の一つである。『敦煌掇瑣』（劉復著、国立中央研究院歴史語言研究所専刊、1924年）に紹介されるなど、早くから敦煌の通俗文学文献に位置づけられ、『敦煌変文集』（王重民等六氏編、人民文学出版社、1957年）に掲載されて以降は、しばしば『舜子変』、『秋胡変文』、『前漢劉家太子伝』、『廬山遠公話』、『韓擒虎話本』、『唐太宗入冥記』、『葉浄能詩』などとともに講史類文献の一種に分類されている。

その物語は賢士韓朋とその妻の悲劇の物語であり、あらすじは以下の通りである。

昔、韓朋という賢士がおり、一人で老いた母を養い孝行をしていた。韓朋は自ら遠方へ仕える決心をしたが、母が気がかりで、貞夫という賢く美しい女性を妻とした。

かくて韓朋は安心して家を離れて宋国に仕えるようになるが、六年が過ぎても帰れない。韓朋の妻、貞夫は心配して韓朋に手紙をしたためた。その手紙は美しく感動的なものであった。ある日、韓朋は懐中していた手紙を不用意に宮殿の前で落とし、宋王がそれを読み、貞夫を気に入る。

宋王は梁伯に命じ韓朋の故郷へ行き、貞夫を連れ帰って王宮に入れ、無理やり皇后としてしまう。

貞夫は宮中に入ってから憔悴して楽しまず、病床に伏せってしま

あとがき

本書は、林雅彦先生の古稀をお祝いして、先生のご退職に合わせ二〇一五年三月に刊行すべく準備を進めてきたのであるが、結果的に、このように刊行が大幅に遅れてしまったことを、まず林先生に、そして早々に原稿を提出してくださった執筆者の方々に対し、刊行会代表としてお詫び申し上げる。

林雅彦先生の古稀記念論文集を刊行しようという声は、先生のご退職を三年後に控えた二〇一二年頃から、先生にご指導を賜った人たちの中から自然と湧き起こってきた。そして、それを現実のものとするために、有志六名が集まり、「林雅彦先生古稀記念論文集刊行会」を結成し、二〇一三年三月に、林先生のご臨席も仰ぎ、最初の会合を持った。そこで、編者は先生にお願いし、刊行会メンバーが編集委員を兼ねること、先生の研究業績や研究テーマなどを踏まえ、絵解きや伝承に関する論考を中心とした論文集にし、仮の書名を「絵解きと伝承」とすること、先生に高校・大学・大学院・研究会等でご指導を賜った者に執筆を依頼すること、原則として一論文につき刊行会メンバー二名による査読を実施すること、出版は先生のご紹介で方丈堂出版にお願いすること、二〇一五年三月の刊行を目指すこと、先生の薫陶を最も永く受けた最年長の渡が代表を務めることなどを申し合わせた。そして、執筆要項・原稿提出期限などを決めて、リスト・アップした方々に執筆依頼状を送った。その結果、このように、林先生のものを含む二十三本の論考を集めることができた。

集まった論考を見渡してみると、絵解きと伝承に関わるものだけでなく、そのどちらでもない、文学関係のものも含まれていた。そこで、全体を「絵とく」「事とく」「文字とく」の三部構成とし、それぞれに、絵解き関連の論考、伝説・伝承関連の論考、文学関連の論考を配列した。そして、書名は当初考えていた「絵解きと伝承」ではなく、先生のご提案で『絵解きと伝承そして文学』とすることになった。先生のご研究の中心をなすのが絵解きや伝承、もしくは唱導にあることは誰しも異論のないところであろうが、そもそもの先生のご研究の出発点は中世仏教説話文学や御伽草子絵巻などであり、高校や大学の講義では近代文学まで扱われることもあるほど、先生は日本文学全般に深い造詣をお持ちである。そのご指導が多領域にわたっていたことを、本書は如実に物語っていよう。

以下、私事にわたって恐縮だが、思い出も交え、先生のお人柄やご足跡について聊か述べさせていただくことをお許しいただきたい。

私、渡が先生に初めてお会いしたのは、先生が新任の若い国語教師として私立武蔵高校に赴任されたときだった。もちろん、教室の授業でもご指導いただいたが、それ以上に、私が所属していた民族文化部というクラブの顧問をお願いし、研修旅行にご同行願うなどしたことから、一教師と一生徒という関係を超えて、公私にわたって親しくご指導を賜るようになった。以来、学生時代・大学院生時代・非常勤講師時代、さらに同じ明治大学の専任になって以降、今に至るまで、個人的にご指導を賜り続けているわけである。先生と私は十歳、学年で言えば九学年しか違わず、もうかれこれ四十五年もご指導、ご鞭撻を賜っていることになる。改めてその永さに驚かされる。

四十五年を振り返ってみると、健康そのものという先生の姿を思い出すことがほとんどできない。いつも何かの病気、それも決して軽いとは言えない病気を、ときに二つ三つと同時に患われていたように思う。当刊行会の最初の会合でも、略歴のほかに病歴の一覧も付けた方がよいのではないかという話が冗談で出るほどであったから、その一つひとつを詳しく思い出すことはほとんど不可能である。おそらく、先生ご本人にしてもそうであろう。ご病気だけでなく、交通事故にも遭われているから、病院のベッドの上で過ごされた時間は一般の人の何倍にも及ぶはずである。さらに、ご長男を小児癌で亡くされてもいる。にもかかわらず、先生が研究や仕事に対する情熱を失われることは一度もなかった。「健康第一にお身体ご自愛ください」といった言葉に、先生が素直に従ってくださったことはなかった。ご病気やお悲しみは、先生の研究や仕事への情熱を奪うどころか、かえって、それを掻き立てるものであるかのようであった。

若い頃、先生の調査旅行に同行させていただいたことが何度かあったが、いつも調査以外のお仕事を旅先に持ち込まれていた。宿では、睡魔に勝てなくなった私が布団に潜り込んでも、まだ机に向かって原稿用紙を広げたり、調べ物をしたりしていらっしゃった。それなのに、朝起きると、いつ床につかれたかわからない先生がもう机に向かってお仕事をされているのである。しかもそれが毎晩なのである。私は、「どんなに頑張っても、この先生には到底敵わない」と思わざるを得なかった。出藍の誉れは夢のまた夢で、文字通り不肖の弟子の汚名は一生かかっても雪げないだろうと、早々に諦めた。そして、その通りになった。

常に病魔と闘ってこられたにもかかわらず、先生のご業績は質量ともに人並みをはるかに超えている。そして、そのほとんどが、病身をおしての日本全国・東アジアを股にかけたフィールド・ワークを踏まえたものであることを思うと、改めてその超人ぶりに驚かされる。ご研究以外でも、人文科学研究所所長や日本語教育センター長などの明治大学内の全学的要職を歴任されたほか、二度の説話文学会代表委員、国際熊野学会代表委員、絵解き研究会代表委員などの学界の要職も務められてきたし、永年『国文学　解釈と鑑賞』の編集にも携わられて多くの特集企画を世に問われた。しかし、それだけではない。先生の最も特色のあるご業績の一つは、数々のイベントを立案・企画・開催されてきたことである。とりわけ、数年おきに東京ばかりでなく長野市や岡崎市でも開催された絵解きフェスティバルは、特筆に値する。絵解きの魅力を世の中の人々に知ってもらいたい、伝統的な絵解きを後世に伝えたい、滅んだ絵解きを蘇らせたい、新しい絵解きを創出したい、そのような先生の研究欲を超えた「絵解き愛」は、絵解きの実演者の方々の心を動かし、絵解きに興味を持つ研究者の心を動かし、そうした人々が半ば手弁当で駆けつけることによって、企画は実現に向かって動き出すのである。

身近でそのお手伝いをさせてもらいながら、周りの人間をどんどん巻き込んで夢を現実のものにしていく先生のその緻密な企画力や運営能力、永年にわたって培われてきた幅広い人脈を生かした動員力や執念さえ感じさせる実行力の凄さにはつくづく感心させられた。研究面以上に、「この人には、人間としてとても敵わない」と思い知らされた。真似をしようなどとは夢にも思わなかったし、自分のような不器用な非才の凡人は、ついていこうとするだけで息切れしそうだと思ったほどだ。本当は、病身の先生をもっとお支えしなければならなかったのだろうが……。

先生は、温かいお人柄で知られるが、同時に並みはずれた気遣いの人でもいらっしゃる。それだから、研究の指導を受けた者ばかりでなく、調査に赴かれた先やご講演に赴かれた先などでも、すぐにファンを作ってしまわれる。先生のお人柄やお気遣い、深い学識に触れた絵解き実演者や資料の所蔵者、ご講演の聴講者のなかには、先生に敬愛の念と同時に親愛の情を抱かれる方も少なくないのである。そして、先生もそうした方々とのつながりをとても大事にしてこられた。二〇一五年三月に開催された先生の最終講義と古稀・ご退職を祝う会に集まった方々の数の多さとその多様さに、私は本当に驚かされ、改めて、先生の人脈の広さに感心させられた。多くは私の存じ上げない方々で、しかも、そのほとんどは、研究者でも大学関係者でもなかったのである。

右に紹介したのは、先生のご業績・お人柄のほんの一部にすぎない。それでも、先生の教育・研究にとどまらない幅広い領域にわたるご活動の凄さはお伝えできたかと思う。しかも、くどいようだが、ほとんどは病苦などと闘いながら刻まれたご足跡なのである。もちろん、それらの多くが、さまざまな方々の協力があってのものであることは言うまでもないが、とりわけ、由紀子夫人の先生に対する献身的なご助力については特筆させていただきたい。イベント会場には常に夫人のお姿があったし、近年は調査旅行や講演旅行などにも、杖が手放せなくなられた先生に常に同行されているご様子だし、いまでも原稿を手書きされており、腱鞘炎でいらっしゃる先生の清書原稿やお手紙は、昔からしばしば達筆な夫人の手になるものであった。ことほどさように、先生の一番身近にあって、先生の看病をなさりながら、先生のご研究やさまざまなご活動を支え続けてこられた夫人には本当に頭が下がる。先生のご活動・ご業績は、由紀子夫人という良き伴侶がいらっしゃってこそのものなのである。先生は細かいところまで目配りを怠らない完璧主義者でもいらっしゃるので、そのご苦労は並大抵ではなかったであろうと拝察する。

先生が次から次へといろいろな病魔に襲われるので、私は、正直、先生は無事に古稀をお迎えになれるだろうかと心ひそかに案じていた。幸い、その心配は杞憂に終わった。先生が、ご自身のお身体と夫人をおいたわりになりながら、ご無理をなさらず、末永くご研究をお続けになることを願ってやまない。

最後になったが、このように本書を刊行できたのは、出版事情の厳しいなか、快く出版をお引き受けくださった方丈堂出版社長光本稔氏と、編集を担当してくださりご尽力くださった同編集長上別府茂氏のお蔭である。方丈堂出版ならびに、編集経験がほとんどない私をいつも励まし導いてくださった上別府氏に、心より深謝申し上げる。

二〇一五年一〇月二四日

林雅彦先生古稀記念論文集刊行会　代表　渡　浩一

林雅彦先生古稀記念論文集刊行会　大野　順子
小池　淳一
髙達奈緒美
久野　俊彦
吉原　浩人
渡　浩一

典文学大系75』（訳、世晶出版社〈ソウル〉、2013）など。

関口智弘（せきぐち　ともひろ）
1984年生まれ。現在、明治大学大学院教養デザイン研究科教養デザイン専攻博士後期課程在籍。主要な編論著は、「日本の視聴覚芸能における街頭紙芝居の特異性」（『教養デザイン研究論集』5、明治大学大学院、2013）、「日本の視聴覚芸能におけるマンガ・アニメーション」（『日本語言文化研究』3、延辺大学出版社、2014）など。

崔　雪梅（サイ　セツバイ）
1987年生まれ。現在、明治大学大学院教養デザイン研究科教養デザイン専攻博士後期課程在籍。主要な編論著は、「夏目漱石の漢詩と『則天去私』」（『教養デザイン研究論集』8、明治大学大学院、2015）など。

荒見泰史（あらみ　ひろし）
1965年生まれ。現在、広島大学大学院総合科学研究科教授。復旦大学中国語言文学系博士課程卒業。文学博士。主要な編論著は、『敦煌変文写本的研究』（中華書局、2010）、『敦煌講唱文学写本研究』（同、2010）など。

玉本太平（たまもと　たへい）
1953年生まれ。現在、目白大学短期大学部非常勤講師。明治大学大学院教養デザイン研究科教養デザイン専攻修士課程修了。主要な編論著は、『天長地久の水の聖地―丹生川上の歴史・文化・伝承を辿る―』（私家版、2011)、「熊野からさらなる無漏の地を訪ねる―東吉野の歴史散歩―」〈研究ノート〉（『熊野学研究』２、国際熊野学会、2013）など。

田村正彦（たむら　まさひこ）
1972年生まれ。現在、明治大学国際日本学部兼任講師。大東文化大学大学院文学研究科日本文学専攻博士後期課程満期退学。博士（文学)。主要な編論著は、「三途の川にまつわる「初開男」の俗信」(『国文学　解釈と鑑賞』75-12、至文堂、2010)、「圓福寺（春日部市）「閻魔王宮と八大地獄図」とその開帳―信仰と娯楽の狭間で―」(『佛教藝術』326、毎日新聞社、2013)、『描かれる地獄　語られる地獄』(三弥井書店、2015)など。

大野順子（おおの　じゅんこ）
1972年生まれ。現在、国文学研究資料館機関研究員。総合研究大学院大学文化科学研究科日本文学研究専攻博士課程修了。博士（文学)。主要な編論著は、「『三百六十番歌合』について―撰者再考」(『明月記研究』13、明月記研究会、2013)、「藤原良経『六百番歌合』について―先行作品摂取を中心に」(『国文学研究資料館紀要　文学研究編』38、2013)、「建久期九条家歌壇における和歌表現について―十首贈答歌群を中心に」(『古代中世文学論考』28、新典社、2013）など。

李　龍美（イ　ヨンミ）
1966年生まれ。現在、明知専門大学日本語科教授（ソウル)。中央大学大学院文学研究科国文学専攻博士後期課程満期退学（日本)。主要な編論著は、『日本語原書読解』(Ｊ＆Ｃ〈ソウル〉、2012)、『エロティシズムで見る日本文化』(編、Ｊ＆Ｃ〈ソウル〉、2013)、『伽婢子―新日本古

田桐正彦（たぎり　まさひこ）
1953年生まれ。現在、女子美術大学教授。東京大学大学院人文科学研究科フランス語フランス文学専攻博士課程満期退学。主要な編論著は、『小学館ロ一ベル仏和大辞典』（共編、1988）、『フランス語　語源こぼれ話』（白水社、1998）、『オルレアン公詩歌帖の世界　シャルル・ドルレアンとヴィヨン』（三元社、2013）など。

渡　浩一（わたり　こういち）
1954年生まれ。現在、明治大学国際日本学部教授。東洋大学大学院文学研究科国文学専攻博士後期課程満期退学。主要な編論著は、『室町物語草子集―日本古典文学全集63』校注・解説・現代語訳（共著、小学館、2002）、『一四巻本地蔵菩薩霊験記』上・下、校注・解説ほか（共著、三弥井書店、2002・2003）、『お地蔵さんの世界―救いの説話・歴史・民俗―』（慶友社、2011）など。

小池淳一（こいけ　じゅんいち）
1963年生まれ。現在、国立歴史民俗博物館教授。筑波大学大学院歴史人類学研究科文化人類学（日本民俗学）専攻博士課程単位取得退学。主要な編論著は、『伝承歳時記』（飯塚書店、2006）、『唱導文化の比較研究』（共編著、岩田書店、2011）、『陰陽道の歴史民俗学的研究』（角川学芸出版、2011）など。

髙達奈緒美（こうだて　なおみ）
1956年生まれ。現在、東洋大学文学部非常勤講師。東洋大学大学院文学研究科国文学専攻博士後期課程満期退学。編論著は、『一四巻本地蔵菩薩霊験記』上・下、校注・解説ほか（共著、三弥井書店、2002・2003）、『東洋大学附属図書館哲学堂文庫蔵佛説大蔵正教血盆経和解―岩田書院影印叢刊11』解説（岩田書院、2014）など。

文学」(『国文学　解釈と鑑賞』75-12、至文堂、2010)、「信仰曼荼羅」—仏教と文学—」(『佛教文學』36・37合併号、佛教文學会、2012)、「海住山寺蔵『[相生の松]』(絵巻) について」(『智山学報』62、2013) など。

吉原浩人 (よしはら　ひろと)

1955年生まれ。現在、早稲田大学文学学術院教授。早稲田大学大学院文学研究科東洋哲学専攻博士後期課程満期退学。主要な編論著は、『《燈籠佛》の研究』(編著、至文堂、2000)、『東洋における死の思想』(編著、春秋社、2006)、『海を渡る天台文化』(共編著、勉誠出版、2008) など。

金　任仲 (キム　イムチュン)

1961年生まれ。現在、明治大学文学部兼任講師。明治大学大学院文学研究科日本文学専攻博士後期課程満期退学。博士 (文学)。主要な編論著は、『日本文芸思潮史論叢』(共著、ぺりかん社、2003)、『西行和歌と仏教思想』(笠間書院、2007)、『放浪、遍歴、乞食行脚—偉大なる伝達者達—』(共著、創元社、2014)、『華厳縁起研究—元暁と義湘の行跡—』(宝庫社、2015) など。

小番　達 (こつがい　とおる)

1967年生まれ。現在、名桜大学国際学群上級准教授。千葉大学大学院社会文化科学研究科日本研究専攻修了。博士 (文学)。主要な編論著は、『校訂延慶本平家物語』八、校訂ほか (共著、汲古書院、2006)、「延慶本平家物語における天神信仰関連記事をめぐって—第四・六「安楽寺由来事付霊験無双事」形成過程の一端—」(『中世文学』53、中世文学会、2008)、「延慶本平家物語における広嗣・玄昉関連記事の形成過程の一端—『松浦縁起逸文』をめぐって」(『國學院雜誌』114、國學院大學、2013) など。

（共著、勉誠出版、2014）など。

村松加奈子（むらまつ　かなこ）

1979年生まれ。現在、龍谷大学龍谷ミュージアム助教（学芸員）。名古屋大学大学院文学研究科美学美術史学専攻博士後期課程満期退学。主要な編論著は、「中世聖徳太子絵伝おける〈本伝〉と〈別伝〉―勝鬘皇寺本聖徳太子絵伝をめぐって」（『佛教藝術』293、毎日新聞社、2007）、「中世聖徳太子絵伝にみる三国伝来観―鶴林寺本聖徳太子絵伝をめぐって」（『美術史』169、美術史学会、2010）、「あらためて“絵解き”ってなぁに？―掛幅説話画の「場」をめぐる小考―」（展覧会図録『“絵解き”ってなぁに？―語り継がれる仏教絵画』、龍谷大学龍谷ミュージアム、2012）など。

石川知彦（いしかわ　ともひこ）

1959年生まれ。現在、龍谷大学龍谷ミュージアム教授（学芸員）。神戸大学大学院文学研究科芸術学芸術史専攻修士課程修了。主要な編論著は、『聖徳太子信仰の美術』解説等（共著、東方出版、1995）、『図説役行者』（共著、河出書房新社、2000）、「親鸞聖人絵伝の一作例～愛知・願照寺本を中心に～」（『説話・伝承学』21、説話伝承学会、2013）など。

鈴木　彰（すずき　あきら）

1969年生まれ。現在、立教大学文学部教授。早稲田大学大学院文学研究科日本文学専攻博士後期課程満期退学。博士（文学）。主要な編論著は、『平家物語を知る事典』（共著、東京堂出版、2005）、『平家物語の展開と中世社会』（汲古書院、2006）、『いくさと物語の中世』（共編著、汲古書院、2015）など。

髙橋秀城（たかはし　しゅうじょう）

1972年生まれ。現在、大正大学表現学部非常勤講師。大東文化大学大学院日本文学専攻博士課程後期課程満期退学。主要な編論著は、「法語と

執筆者紹介（掲載順）

林　雅彦（はやし　まさひこ）→巻頭の「林雅彦教授履歴」参照。

久野俊彦（ひさの　としひこ）
1959年生まれ。現在、東洋大学文学部非常勤講師。東洋大学大学院文学研究科国文学専攻博士前期課程修了。博士（文学）。主要な編論著は、『偽文書学入門』（共編、柏書房、2004）、『絵解きと縁起のフォークロア』（森話社、2009）、『日本の霊山読み解き事典』（共編、柏書房、2014）など。

上島敏昭（かみじま　としあき）
1955年生まれ。現在、坂野比呂志大道芸塾（浅草雑芸団）代表。日本大学芸術学部卒業。主要な編論著は、「見世物の現状」「見世物研究資料」（共編『見世物小屋の文化誌』、新宿書房、1999）、『魔界と妖界の日本史』（現代書館、2009）、「猿まわしの旅同行記」（村﨑修二編『愛猿奇縁　猿まわし復活の旅』、解放出版、2015）など。

原　聖（はら　きよし）
1953年生まれ。現在、女子美術大学芸術学部教授。一橋大学大学院社会学研究科地域社会専攻博士後期課程単位取得退学。主要な編論著は、『周縁的文化の変貌』（三元社、1990）、『〈民族起源〉の精神史』（岩波書店、2003）、『ケルトの水脈』（講談社、2006）など。

榎本千賀（えのもと　ちか）
1962年生まれ。現在、大妻女子大学国文科教授。東洋大学大学院文学研究科国文学専攻博士後期課程満期退学。博士（文学）。主要な編論著は、『神道縁起物語』（三弥井書店、2002）、「ちりめん本研究—松室八千三版『昔噺』と石塚猪男蔵『英文日本昔噺』が生まれた背景—」（『昔話—研究と資料—』38、2010）、『ちりめん本影印集成　日本昔噺輯篇』解説

絵解きと伝承そして文学
——林雅彦教授古稀・退職記念論文集——

二〇一六年一月三〇日　初版第一刷発行

編　者　林　雅彦
発行者　光本　稔
発行所　株式会社　方丈堂出版
京都市伏見区日野不動講町三八—二五
郵便番号　六〇一—一四二二
電話　〇七五—五七二—七五〇八
発売所　株式会社　オクターブ
京都市左京区一乗寺松原町三一—二
郵便番号　六〇六—八一五六
電話　〇七五—七〇八—七一六八
装　幀　小林　元
印刷・製本　亜細亜印刷株式会社

ISBN978-4-89231-137-6